Spätsommer 1989: Dein bester Freund brennt mit der Liebe deines Lebens durch. Dabei ist die gerade erst aus der DDR abgehauen – und ihr vor der Schule. Ausgerechnet du hast ihnen sogar zur gemeinsamen Flucht verholfen, obwohl es dir das Herz zerrissen hat. Danach gab es kein Halten mehr und euer aller Leben ist euch um die Ohren geflogen – und das Land auch, obwohl da die Mauer noch stand.

Jetzt, 30 Jahre später, kommt dir das alles wieder hoch, und du kannst nicht schlafen. Irgendwas hast du übersehen, vergessen oder vielleicht nur falsch verstanden. Eure Kinder sind bald so alt wie ihr damals, und stehen vor noch größeren Herausforderungen. Was könnt ihr tun, damit es ihnen besser ergeht?

Band 1 des fiktiven, zweiteiligen Tagebuchs von Johann Mayr
Band 2, „Erdenkinder" erscheint 2024

Über den Autor:

Vater, Ehemann, Freund und Filmemacher.
Ein Schreibender, immerfort. Aufmüpfig und verzettelt.
Geboren in Deutschland, lebt in Polen, ist in Europa zu Hause.

Jens Prausnitz

Wunschkinder

Ein Tagebuch der Generation 89 – Band 1

Roman

1. Auflage

© 2023 Jens Prausnitz

Umschlaggestaltung: Jens Prausnitz, Edgar Bąk, www.edgarbak.info
Korrektorat: Veronika Moosbuchner, www.lektorat-moosbuchner.de
Produktionsblog: www.generation89.de

ISBN Softcover: 978-3-347-93159-6

Druck und Distribution im Auftrag:
tredition GmbH, An der Strusbek 10, 22926 Ahrensburg, Germany

Publikation und Verbreitung erfolgen im Auftrag, zu erreichen unter: tredition
GmbH, Abteilung "Impressumservice", An der Strusbek 10,
22926 Ahrensburg, Deutschland.

für Ian

03.09.19

Meine Hände zittern. Sogar mein Hinterkopf schmerzt noch, dabei war es nur ein Albtraum. Der gleiche wie immer: Erster Schultag nach den Sommerferien, ich komme zu spät zu meiner Prüfung: Mathe, Aufsatz, Felgaufschwung, was weiß ich. Ich muss ins Zimmer 107 im C-Bau. Bin kein bisschen vorbereitet – und barfüßig. Der Boden ist kalt, die kurzen braunen Noppen erinnern mich an eine LEGO Platte auf der nie etwas aufgebaut wird. Und dann ... dann zerrte mich etwas von hinten an den Haaren und riss mich um. Das war neu.

Ich brauche eine Zigarette.

Zu blöd, dass ich mit dem Rauchen aufgehört habe. Aber ich weiß, dass auf dem Balkon noch welche in der Schachtel sein könnten, in der ich ... Stop! Nein! Bleib beim Thema, wie es dir der Therapeut damals empfohlen hat.

Verdammte Scheiße, warum träumt man nach all den Jahren überhaupt noch davon, in der Schule zu spät zu kommen?

Nicht mal damals, als ich noch zur Schule ging, hatte ich solche Träume. Nie, nicht ein einziges Mal. Wenn ich gewusst hätte, dass ich Jahre später schweißgebadet in der Nacht aufwachen würde, dann wäre ich ... dann hätte ich ... keine Ahnung, wahrscheinlich darüber gestaunt, überhaupt so alt zu werden.

Ich bin 48 Jahre alt und inzwischen länger aus der Schule raus, als ich je drin war. Woher zur Hölle weiß sie immer, wo sie mich findet? Ich bin mehrfach umgezogen, habe nie meine Adresse im Sekretariat hinterlassen und trotzdem spürt sie mich immer wieder auf.

Die Schulglocke war am Plärren, als müsse man sich vor einer fallenden Atombombe in Sicherheit bringen. Ich stand dort allein, mit einem Schlüssel in der Hand. Wofür brauchte ich den überhaupt? Die Türen waren während des Unterrichts doch sowieso nie abgesperrt. Aber ich wusste, dass es kein Klassenzimmer war, mehr so etwas wie ein Behandlungsraum in der Klinik, oder vielleicht ein Hotelzimmer? Wie das in Träumen eben oft nahtlos ineinander übergeht. Räume hin, Flure her, ich war allein, nicht einmal Lukas kam noch aus der Raucherecke angeschlurft.

Es ist kurz vor drei Uhr morgens, an Schlaf ist nicht mehr zu denken und ab nächster Woche habe ich auch wieder Nachtschicht. Vielleicht habe ich doch noch nicht diese dumme Sommergrippe auskuriert. Ich reibe mir den schmerzenden Hinterkopf und stehe auf.

Meine Wohnung und mein Kopf sind so leer wie eben die Gänge in der Schule, niemand da, der mir Gesellschaft leistet. Dann eben Musik. Ich krame das erstbeste „Blues vom Doc"-Tape (Nr. 73) aus seiner Hülle und fummle es in den Kassettenrekorder. Ein Blues Solo macht sich leise klagend auf den Weg, ich lasse mich von ihm an der Hand nehmen und in die dunkle Küche begleiten. Dabei drehe ich mich einmal um mich selbst, als würde ich tanzen und stelle erleichtert fest, dass ich nicht verfolgt werde. Gut so.

Ein Glas Leitungswasser später gehe ich auf den Balkon und suche nach der verdammten Schachtel. Mist. Natürlich sind noch welche drin und schon ziehe ich an der ersten, noch bevor sie an ist. Das Feuerzeug geht nicht und schlägt nur Funken. Kein Gas mehr drin. Also wenn das kein Zeichen ist, dann ... Und jetzt brennt sie doch. Das ist der Nachteil, wenn man eine ganze Schublade voll von den Dingern hat.

Schmeckt fürchterlich. Als würde ich einen Aschenbecher auslöffeln. Und wegen der Flamme eben sehe ich jetzt einen leuchtenden Punkt am Himmel, der da gar nicht hingehört. Ein Stern auf meiner Netzhaut, von dessen Existenz nur ich weiß. Eine Liebe, die nie verblasst. Ich liebe dich noch immer, Nadine. Wie am ersten Tag. Da. Bitte. Ich hab's gesagt. Na ja, nur geschrieben. Um es auszusprechen, fehlte mir der Mut.

Zufrieden, Herr Therapeut, dessen Namen ich längst vergessen habe? Aufschreiben solle ich so was. Äh ... Ja was denn? Na alles, wie es kommt.

Und das tue ich jetzt seit einer verdammten halben Stunde, als hätte ich nichts Besseres zu tun – wie schlafen zum Beispiel. Als könnte man so herausfinden, was zum Kuckuck das alles soll. Weiß ich natürlich noch immer nicht. Dafür bin ich jetzt aber wach. So richtig.

Zuerst fand ich die Schreiberei doof, aber dann hat sie doch etwas mit mir gemacht. Anfangs finden wir immer alles langweilig, bis wir merken, dass es funktioniert, wenn man der neuen Idee eine Chance gibt. Anfänge sind immer holprig.

Und jetzt denke ich doch wieder an sie: Nadine. Hast du mich vielleicht eben umgerissen? Aber du hast unsere Schule ja gar nicht betreten. Warum also die Albträume? Wieso kommen die immer wieder? Was habe ich vergessen? Ist es wegen des Jahrestages, der ansteht? Der Schulanfang 1989, den ich wissentlich versäumt habe, weil ich lieber Flüchtlingen helfen wollte? Nicht am Mittelmeer vor dem Ertrinken, sondern damals vor unserer Haustür mitten in Vilshofen und für alle zu Fuß erreichbar. Die Journalisten standen bereit, aus Amerika und sogar Japan waren sie angereist, die BBC neben dem ZDF und dann passierte tagelang nichts. Das fertig aufgestellte Lager stand leer, und die Presse dumm drum herum. Immer wieder diese Leere: leere Plätze, verlassene Orte. Leere in den Köpfen. Dann kamst du und hast Daniel gerettet, meinen besten Freund. Vor sich selbst, unseren Vätern und ... mir?

Du hast uns geweckt und wir sind in einer größeren Welt aufgewacht. Größer als Vilshofen, größer als Niederbayern. So wie Clara, Dennis und ihre Klassenkameraden heute den ganzen Planeten als Heimat verstehen, für den sie jeden Freitag auf die Straße gehen. Schwänzen tun doch nicht sie, sondern Politiker – die ihre einkneifen. Deine Kinder gehen für etwas auf die Straße, das längst wir hätten lösen müssen, bevor wir sie zur Welt gebracht haben. Kann ich deswegen nicht schlafen? Haben wir etwa wieder nichts aus der Geschichte gelernt? Mag sein, dass man dann ruhiger schläft. Tief und fest, aber traumlos.

Was hält mich immer noch im Gymnasium fest?

Und was ist das für ein Test, der in Zimmer 107 auf mich wartet?

Genug für heute, mir fallen endlich die Augen zu.

04.09.19

Das Aufschreiben gestern hat wenig genutzt, auch heute habe ich mehr mit der Bettdecke gerungen, als geschlafen. Ein Bett voller Erbsen. Wie der Prinz von und zu *Bonduelle*. Auch sonst nur Müll im Kopf, wie, dass ich dieses Wochenende dran bin mit Treppenhaus putzen, dass das Tomatenmark alle ist, sich das dreckige Geschirr stapelt. Irgendwann bin ich aufgestanden, habe alles im Becken eingeweicht und mich wieder hingelegt.

Eine gefühlte Stunde später habe ich abgespült, mir danach die verschrumpelten Finger eingecremt, nur um dann auf dem Balkon die letzte Kippe aus der Schachtel zu rauchen, die ich seit Wochen am Wegschmeißen war. Ich wollte doch aufhören, verdammt. Selbst die Handcreme hat den trockenen Tabak nicht wieder genießbar werden lassen. Immerhin waren es diesmal was, drei Monate? Und jetzt stehen welche auf dem eingebildeten Einkaufszettel noch vor dem Tomatenmark. Weil zum Kiosk muss ich zuerst, wenn ich nicht bei *Hit* oder *Aldi* einkaufen will. Das heißt, nur für die richtigen Kippen weiter laufen, bis zum Kiosk am Hansemannplatz. Ja gut, das Gemüse aus dem *Aksa* ist eh besser, aber gesünder wird der Spaziergang dadurch auch nicht. Auf dem Rückweg wäre der Kiosk dann schon wieder ein Umweg, selbst mit den vollen Taschen – nein, vorher ist besser. Logistik für Fortgeschrittene. Und Mutter meint immer, ich tauge nicht zum höheren Management. Aber wer von uns kann noch mal angeblich nicht die Einkäufe ohne Haushaltsleiter ins oberste Regal stellen? Und dann räume doch wieder ich alles ein.

So ging das die halbe Nacht, erst als es draußen hell wurde und mir die Vögel was von „Meisenknödel kaufen" zwitscherten, schlief ich ein.

Entsprechend gerädert saß ich dann am Rechner, als Clara und Dennis sich über *Hangout* bei mir meldeten.

„Du musst weiter aufklappen, wir sehen nur deinen Bauch!"

„Was?"

„Den Bildschirm, wir sehen dein Gesicht nicht."

„So besser?"

„Ihh, wie siehst du denn aus? Klapp wieder zu!"

Es ist so eine Freude mit den beiden. Ob es schon zu spät ist, seine Patenkinder zur „Patoption" abzugeben? Gebraucht, aber so frisch, frech und unbekümmert wie am ersten Tag, als sie mich vom Wickeltisch aus angepinkelt haben. Übermorgen wollen sie wieder demonstrieren gehen und weder Nadja noch Daniel haben diesmal Zeit, sie zu begleiten. Deswegen sind sie sauer und lästern über ihre Eltern. Ich habe ein wenig halbherzig versucht sie zu verteidigen, war aber zu müde, um ihrem Nachwuchs wirklich etwas entgegensetzen zu können.

„Klima geht uns alle an, Smörre."

„Ihr sollt mich doch nicht so nennen."

„Sorry, Babo."

„Okay, dann lieber doch das andere", seufze ich. „Bei der großen sind wir dann auch alle dabei."

„Versprochen?"

„Hm."

„Haaallooo – bist du noch da?"

„Ja doch, ich bin nur nicht wach."

„Du musst Fotos posten."

Clara drängelt sich vor die Kamera. „Aber nicht wie beim letzten Mal, wo du uns welche vom vorletzten Mal geschickt hast."

„Das war rein zufällig das gleiche Hemd, ich schwör's!"

„Ihh!"

Dann war wieder Dennis zu sehen. „Beide Male genauso schief zugeknöpft, klar. Es war auch der gleiche Dreitagebart."

„Jaja, ist ja gut. Soll ich diesmal auch gleich eine Tageszeitung mit ins Bild halten?"

„Damit du 'n grünes Blatt mitschleppst und dir dann was draufshopst? Komm schon."

Die sind einfach zu schnell für mich. Die Idee ist aber gut. Mein Computer piept, sein Akku macht gleich schlapp, genau wie meiner.

„Hast du schon ein Plakat gemacht?"

„..."

„Willst du unseres sehen?"

„Ich lass mich lieber morgen überraschen."

„Wir machen 'ne Insta Story. Und nicht im *Querformat* wie gewisse Leute."

„Meine Augen sind aber immer noch nebenei..."

„So hält man aber kein Telefon! Du machst dich doch selber über alle lustig, die es vor den Mund halten, als würden sie in ihr Marmeladenbrot sprechen."

„Ist ja gut, ihr Nervensägen."

Claras Nase und Mund schieben sich vor die Kamera. „Ich hab dir einen Link geschickt. Damit du ausschlafen kannst."

„Rick Astley? Ja, sehr witzig."

„Nein, Ehrenwort. Für wie gemein hältst du uns?"

„Also mal kein Video? Ihr überrascht mich."

„Doch."

„Ein Video? Zum Einschlafen?"

„Du musst es ja gar nicht gucken!"

So ging es noch eine Weile weiter. Ich erklärte ihnen, ich wolle keine Filme gucken, sondern schlafen. Nein nein, das wären welche speziell zum Einschlafen und Entspannen, also mehr zum Hören. Videos zum Hören? Jetzt hör doch zu!

Dann haben sie mich noch ein bisschen geneckt, es ging hin und her, und das war's. Meine Laune war deutlich besser als vorher. Also wie immer.

Ich liebe die beiden, sie lassen sich so wunderbar ärgern. Aber sie sind mir eindeutig zu visuell, alles muss Video oder mindestens Foto sein, besser Meme, oder wie das heißt. Was ist nur aus Bücher lesen geworden? Oh Mann, wenn man anfängt zu klingen wie die eigenen Eltern, dann ist man alt. „Smörre, Bücher lässt man sich heute vorlesen, als Audiobook oder Podcast", würden sie mir wahrscheinlich entgegenschleudern. Haben sie wahrscheinlich schon. Dann bin ich halt altmodisch, ich lese meine Bücher immer noch lieber selber.

Schade, dass wir uns diesen Sommer nicht gesehen haben, da hat mir was gefehlt. Aber sie sind jetzt aus dem Alter raus, in dem sie noch mit ihren Eltern oder dem Patenonkel Urlaub machen. Wir sind ihnen peinlich. Und das sind wir ja immer öfter tatsächlich, stellen uns zu dumm an mit der neuen Technik, gewöhnen uns zu langsam dran, gehen plötzlich immer früher schlafen und all das. Deswegen hätte ich mir trotzdem nicht die Nachtschichten zumuten sollen, bin doch keine Mitte 20 mehr. Mir ist es ein Rätsel, wo Schwester Heide das hernimmt. Oder Schwester Anita. Welche ist jetzt eigentlich noch mal dran?

Bin trotzdem gespannt, was mir die Zwillinge da geschickt haben, ich guck nachher mal nach.

Bin vom Einkaufen zurück. Das macht ohne die beiden auch keinen Spaß. Kochen erst recht nicht. Trotzdem habe ich mich heute für eines unserer gemeinsamen Lieblingsgerichte entschieden: Ofengemüse, weil man damit nie was falsch machen kann. Ein Sellerie, zwei große Süßkartoffeln, einige festkochende Kartoffeln sowie Cashewkerne und ein paar Scheiben Gouda sind alles, was man braucht. Für mich allein ist das zu viel, aber dann muss ich morgen nix mehr machen. Den gewaschenen und abgetrockneten Sellerie schneide ich in schmale Pommes Streifen, ebenso die normalen Kartoffeln, aber die Süßkartoffeln mache ich etwa doppelt so dick. Anschließend alles auf ein tiefes Backblech, salzen und pfeffern, mit Olivenöl übergießen, vermischen und gleichmäßig verteilen. Bei 180° im Backofen auf mittlerer Schiene 25 Minuten backen, dann die Cashewkerne darüberstreuen, nach weiteren 10 Minuten ein paar Käsestreifen darüber werfen und warten, bis diese zerlaufen sind. Wenn man den Dreh raushat, brennt nichts an. Einfach an den Ecken und Kanten aufpassen, dass aus Braun nicht Schwarz wird, spätestens dann kommt das Blech raus. Das Ergebnis ist immer unverschämt lecker für so wenig Aufwand und die Kinder essen sogar den Sellerie mit Begeisterung. Sellerie. Echt jetzt! Nahezu jedes Wurzelgemüse lässt sich mit heißer Luft und Olivenöl in Pommes-Konkurrenz verwandeln.

Ich stelle fest, dass ich gerade ein Rezept aufgeschrieben habe, wie so 'ne Omma. Fehlt nur noch, dass ich es ausdrucke und mir vorne in mein Kochbuch klemme, bis ich genug zusammenhabe, um einen eigenen Hefter damit zu füllen. Uah, wie gruselig.

Ich sitze jetzt auf dem Balkon und rauche eine frische Kippe, während das Zeug vor sich hin backt. Warum auch kein Rezept aufschreiben, das ich so noch nirgendwo gelesen habe? Ich koche ja gerne, nur halt nicht für mich alleine. Das ist irgendwie traurig. Mit Clara und Dennis macht es immer Spaß.

Vielleicht mag ich dieses Gericht deswegen so sehr, weil ich ihnen ein Gemüse untergejubelt habe, von dem sie behaupteten, dass sie es nie, nie niemals essen würden. Genau wie ich, als ich in ihrem Alter war. Ich war der Ansicht, dass es sich bei Sellerie um ein Werk des Teufels handelte, nur dazu da, um Kinder zu quälen. Meine Mutter hat es bei mir aufgegeben, und ich damals triumphiert. Jetzt triumphierte ich merkwürdigerweise aus genau dem gegenteiligen Grund, weil ich Clara und Dennis dazu bekommen habe, ihn zu essen. Ja gut, mich selbst auch. Und natürlich nur die Knolle. Die grünen Stängel sind so ungenießbar wie eh und je. Das Backblech dampfte und duftete herrlich, unsere Augen waren groß, und der Appetit darauf noch größer. Seitdem machen wir das immer wieder. Ups, ich glaub mir brennt was an!

Okay, für mich ist es noch essbar. Gerade so. Wobei, ich weiß noch, als wir uns zum ersten Mal an Chili con Carne versucht haben. Allerdings hatten wir kein Hackfleisch. Also halt anstelle von Carne noch mal Chili. Chili con Chili mit deutlich zu viel von beidem. Das Ergebnis war viel zu scharf, aber zu meiner Verblüffung so lecker, dass wir trotzdem nicht aufhören konnten, bevor alles verputzt war. Für Clara und Dennis war es vielleicht auch eine Mutprobe, wenn er noch eine Portion aß, musste auch sie nachziehen und umgekehrt. Unsere Nasen liefen und uns brach der Schweiß aus. Irgendwann saß Dennis dann ohne Hemd da und Clara war so sauer, weil sie nicht im BH vor uns sitzen wollte, dass sie sich ihre Haare unter dem Wasserhahn nass machte, damit sie ihr kühlend im Nacken lagen.

Nadine und Daniel haben die besten Kinder der Welt, und die wissen gar nicht, was für tolle Eltern sie haben.

Keine Ahnung wo diese Schreiberei hinführen soll, wenn's ein Kochbuch wird, steck ich es in den Ofen. Wie ging das noch ... Was hat mir der Therapeut noch mit auf den Weg gegeben? Ich hab's vergessen. Irgendetwas mit Ziele formulieren. Oder waren es Fragen, auf die man

Antworten haben will? Hauptsache schreiben, dann aber nicht bremsen und auf der Autobahn zurücksetzen, um die eben verpasste Ausfahrt zu nehmen, sondern den Worten freien Lauf lassen. Nun gut:

1) Ich will Schlaf. Traumlosen, erholsamen Schlaf. Regelmäßig. Täglich.

2) Siehe erstens.

3) Mit dem Rauchen aufhören? Ja, haha, genau.

4) Nicht mehr an Schule denken, oder Vilshofen.

5) ... und sie.

05.09.19

Gestern wieder so schlecht geschlafen, dass ich heute gar nicht erst darauf warte, bis ich mich im Bett herumwälze. Aber was mache ich dann? Jedenfalls nicht wie sonst Film gucken, bis ich müde werde. Nein, heute habe ich mich direkt mit dem Laptop an den Küchentisch gesetzt und schreibe jetzt, bis mir die Augen zufallen. Hauptsache irgendetwas fällt, vielleicht ja endlich der Groschen.

In der Klinik meinte Doktor Weber mal dazu, dass einem bei Schlaflosigkeit nur die richtigen Rituale fehlten: nicht zu spät essen, trinken, rauchen, vor Mitternacht unter die Decke, immer zur gleichen Zeit und so weiter. Das hatte ich mir auch schon so ähnlich aus Artikeln und Ratgebern angelesen. Dann natürlich in einem kühlen Zimmer liegen, kein blaues Licht mehr nach der Tagesschau, ionisierte Luft und weiß der Geier was sonst noch alles.

Ich glaub aber nicht, dass es bei mir etwas damit zu tun hat. Hat mich früher ja auch nicht gestört. Ich konnte immer überall gut schlafen, auf Donaukies genauso wie im von der Sonne aufgeheizten VW Bus. Ja, ich bin jetzt älter, aber mein System war immer kein Ritual zu haben. Das ist auf seine Art auch eins und ich bin lange gut damit gefahren. Oder gelegen. Von vielen Problemen erfährt man ja erst, dass es sie überhaupt gibt, wenn man sie selbst kriegt.

Das hier ist was anderes.

Vor dem blöden Satz bin ich jetzt fünf Minuten mit blinkendem Cursor gesessen. Wenn man nicht weiterweiß, einfach ein paar Schritte zurückmachen. Ist ja auch beim Elfmeterschießen so.

Also worum ging's noch? Erster Schultag 1989. Schon lustig, dass am gleichen Tag, als die DDR-Flüchtlinge über die Grenze durften, wir wieder in die Schule mussten und selbst gegen Fluchtreflexe anzukämpfen hatten. Also in der Schule war es bestimmt wie immer, ich war halt nur nicht da, sondern schwänzte. Die Wiedervereinigung kündigte sich an, in jenem September vor 30 Jahren, nur dass wir nicht mal im Traum daran gedacht hätten. Nicht einmal dann, als es direkt vor unserer Nase passierte. Die Tragweite der Geschehnisse war uns nicht ansatzweise bewusst, obwohl einen allein schon die anwesende Presse aus dem Ausland hätte nachdenklich machen müssen. Die waren ja nicht wegen uns vor Ort. Außerdem war noch immer Sommerloch und da wurde über alles berichtet. Die sollten Bilder machen von DDR-Bürgern, die sich aus ihrer Mangelwirtschaft in den rettenden Westen flüchteten. Als die dann Arbeitsverträge zu Dumpinglöhnen hinter dem Rücken aller Gewerkschaften unterzeichneten, waren die Kameras schon wieder weg und auf andere Motive gerichtet. Die von der Wirtschaft in die Mangel genommenen Arbeiter hätte das DDR-Fernsehen interessieren können, das hatte aber leider keine Kameras geschickt und lieber andere Sorgen erfunden. Noch.

Uns hatte das alles damals auch nicht interessiert. Wir hatten nur Augen für Nadine. Und jetzt heißt sie schon seit 30 Jahren Nadja, aber ich sehe immer noch Nadine vor mir, als wär's gestern gewesen. Meine Güte, ich muss so aufpassen!

Nadine platzte jedenfalls in unser Leben und wirbelte alles durcheinander. Sie war ein frischer Wind und so anders als unsere Mädchen, die gerade brav in der Schule saßen. Nein, sie wusch sich unter freiem Himmel ihre langen schwarzen Haare über eine Schüssel gebeugt – nur im BH. Und sie winkte lächelnd den Abiturienten zu, die auf dem Weg zum *Geistler* gaffend stehengeblieben waren, weil sie ihren Augen nicht trauten. Sie rechneten wohl damit, dass sie gleich kreischen und mit dem Finger auf sie zeigen würde, stattdessen lächelte sie ihnen zu und winkte.

Sie winkte! Mit der Hand! Und dem ganzen Arm! Dann wusch sie sich einfach weiter, als sei nichts geschehen. So etwas kannten wir nur aus der Fernsehwerbung, wo Frauen in der Südsee draußen ihre Haare wuschen und anschließend in Zeitlupe über die Schulter warfen. Die waren aber abgesehen von der Kamera immer allein. Und da mochte das sicher so in Ordnung sein, aber doch nicht bei uns, vor der Haustür.

Das hier hatte etwas Unverschämtes. Nadine war wie man sich fahrendes Volk vorstellte, und nicht mal bei dem Zirkus, bei dem ich und Daniel ausgeholfen hatten, sind wir Zeugen solcher Szenen geworden. Ich stand ja genauso glotzend da, nur aus dem Lager heraus, hatte vergessen wohin ich unterwegs war und blieb wie vom Blitz getroffen stehen. Nadine hatte nicht nur ihre Haare gewaschen, sondern mein Gedächtnis gleich mit. Gelöscht. Alles war weg, als wäre das Licht nach einem Stromausfall wieder angegangen, und ich sah alles um mich herum wie zum ersten Mal. Eine neue Zeitrechnung hatte begonnen, meine innere Uhr blinkte und ich blinzelte in die Sonne. Der Moment teilte die Zeit scharf in ein Vorher und ein Nachher.

An dem Tag sind wir uns alle zum ersten Mal begegnet: ich, Daniel, Lukas und Nadine. Natürlich nicht als sie sich die Haare wusch, sondern erst am Abend. Alle drei waren wir ihr einer nach dem anderen über den Weg gelaufen, und dann sah es fast wie abgesprochen aus. Da kann man schon von Schicksal sprechen, oder?

Die Folgen reichen jedenfalls bis heute und so viel ist seitdem passiert, so verdammt viel. Vorher gefühlt überhaupt nichts, dann alles viel zu schnell. Die Welt geriet aus den Fugen und wir konnten gut und gerne in den sich auftuenden Spalten hängen bleiben. Der Boden ist Lava ... Wir hatten aber keine Angst vor den Brüchen, ja nicht einmal ein Bewusstsein für die Risiken. Wir sprangen einfach über die sich auftuenden Klüfte hinweg und tänzelten die Gefahr ignorierend darum herum.

Das war alles aufregend, aber nichts so sehr wie Nadine. Alle drei haben wir uns in Nadine verliebt, und wer weiß wer noch alles. Psychologen werden sagen, dass das auch mit der Situation zu tun hatte, aber die haben eben in ihre Textbücher geguckt und nicht in diese grünen Augen, die einen über jede Ampel brettern ließen, ohne wenigstens einen flüchtigen Blick in die Seitenstraßen zu werfen.

Außerdem stand sie nicht zwischen uns, sondern sie hat uns noch enger zusammengeschweißt, bevor ... Ach ja.

Wir hatten den Sommer nicht wie sonst zusammen verbracht, sondern waren getrennte Wege gegangen. Lukas machte seinen Führerschein, Daniel jobbte und ich hing im Freibad rum. Als mir das zu langweilig wurde, suchte das Rote Kreuz gerade Freiwillige. So war ich im Flüchtlingslager statt der Schule gelandet.

Unsere Band lag eh auf Eis, obwohl uns ein paar zusätzliche Proben mehr als gutgetan hätten. Wir waren ein Power-Trio und gleichzeitig beste Freunde. Wie *Rush*. Nur hatten wir keinen Namen, weil wir uns auf keinen einigen konnten. Auch auf sonst nicht viel, was die Band betraf.

Lukas kam immer mit klischeehaften Vorschlägen an, *Witchass* war sein ewiger Favorit, weil es gleichermaßen an die Umrisse von Bayern erinnerte, wie bewies, dass Vilshofen dort den Arsch des Landes markierte, den Hexen-Hintern eben. „Heute der Arsch des Landes, morgen der, der ganzen Welt", wie Lukas zu sagen pflegte - wenn auch auf Bayerisch. Am glücklichsten war er, wenn wir Coverversionen spielten, da konnten wir wenig verkehrt machen. Daniel wollte hingegen intellektueller sein und nur Eigenkompositionen spielen, die sich nach dem zwölften Break und Zwischenspiel keiner mehr merken konnte. Die beiden kriegten sich deswegen ständig in die Wolle. Mir fiel dabei die Rolle des vermittelnden Zuhörers zu. Vielleicht bin ich auch deswegen Schlagzeuger geworden, denn beide spielten in ihrem eigenen Rhythmus weiter, Lukas im Viervierteltakt und Daniel, der alte Romantiker, der sich das nie eingestehen wollte, tendierte zum Dreivierteltakt, auch wenn er ihn als angeblichen Sechsachteltakt zu verschleiern versuchte.

„Walze" wäre ein echt guter Name für uns gewesen, aber der ist mir damals leider nicht eingefallen. Mist. Denn wenn auch sonst nichts, so machte immerhin unser Sound alles platt: Wir waren zu laut. Und deswegen auch ständig neben dem Beat. Mir blieb nichts anderes übrig, als Polyrhythmen zu lernen, um so die beiden Streithähne unter einen Hut zu kriegen, indem ich eine Ebene tiefer nach einem verbindenden Rhythmus suchte. Den fand ich im Siebenachteltakt. Das klang gleich komplizierter und stellte beide zufrieden. Wenn man jung ist, dann vereint einen eben nicht der kleinste gemeinsame Nenner, sondern der für uneingeweihte Ohren am kompliziertesten klingende. Wenn ich auch nur mal was Simpleres vorschlug, nannten sie mich gleich eine Woche lang Roland.

Mit Worten war ich leider nicht so gut, wenn man sie auch aussprechen musste. Aufschreiben war etwas anderes. Außerdem hoffte ich darauf, einmal wie Neil Peart bei *Rush* Songtexte zu schreiben, die dann Geddy Lee singen würde. Oder halt einer von uns. Wenn man so laut spielt, dass keiner mehr das eigene Wort versteht, kann man dahinter ja wunderbar schweigen. Heimlich begann ich mir Notizen für Songtexte zu machen, nur für mich allein, denn zusammen scheiterten wir ja schon wie gesagt am Bandnamen. In aller Stille hatte ich ein Ventil gefunden, auf dem Papier eines Notizblocks. Das war wie sich selber zuzuhören, ohne den Mund aufmachen zu müssen. Mucksmäuschenstill konnte ich dort meine Gedanken umkreisen, umzingeln und manchmal sogar zu fassen kriegen. Texte wurden zwar auch so leider keine fertig, aber immerhin ersparte uns das weitere Diskussionen darüber.

Wenn mir die zwei im Streiten wieder zu laut wurden, übertönte ich sie mit einem Trommelwirbel auf der Snare, dass beide erschraken.

„Spinnst etzad?", rief Lukas und Daniel sah mich vorwurfsvoll an.

Bevor ich etwas hätte sagen müssen, riss ich die Arme über den Kopf, hieb die Schlagzeugstöcke dreimal aneinander und ging auf die Eins im Riff von „YYZ" über – nicht das Instrumental von *Rush*, sondern unsere davon inspirierte Eigenkomposition, die natürlich genauso wenig einen eigenen Titel hatte wie unsere Band. Das funktionierte jedes Mal.

Lukas prügelte seinen Bass, Daniel schredderte seine Gitarre und beides verschob sich gegeneinander, drei gegen zwei. Rhythmus hält eben alles zusammen. Ich bin Kitt. Schlagzeug-Kid. Getrommelt, nicht gerührt.

In solchen Momenten fühlte ich mich ein bisschen wie Neil Peart. Immerhin haben wir das mit der Freundschaft bislang so gut hinbekommen wie Neil, Alex und Geddy. Man kann sich auch verstehen, ohne viel zu reden, und eine Band zeichnet eben mehr aus, als nur Musik zu machen. Bei uns konnte man das Musik machen sogar weglassen, aber nicht die Musik. Eine richtige Band hält zusammen und bleibt zusammen. Wenn einer fehlt oder stirbt, ist es einfach nicht mehr dasselbe – wie bei *Led Zeppelin*, als John Bonham starb oder Keith Moon *The Who* im Dunkeln stehen ließ.

Gut, das sind jetzt nicht die besten Beispiele, immerhin leben wir alle drei ja noch. Aber so weit getrennt voneinander, dass an gemeinsames Musikmachen nicht mehr zu denken ist.

Auch als Freunde wendeten sich die beiden an mich, wenn sie mal nicht weiterwussten. Was im Prinzip dauernd der Fall war, denn auch wenn man noch so kurz vor der Volljährigkeit stand (oder schon mittendrin wie in einem Haufen Hundescheiße), waren wir innerlich die reinsten Kindsköpfe geblieben. Mir merkte man das nur am wenigsten an, weil ich nie etwas sagte. Was wir aneinander hatten, begannen wir da gerade mal zu erahnen und waren schon fast im Begriff gewesen, es wieder zu verlieren. Erst Nadine hat es dann noch einmal richtig zum Leuchten gebracht, das Beste in uns. So ähnlich wie das Flüchtlingslager aus der ganzen Stadt, nur deutlich länger.

Mist. Es ist so lange gut gegangen und jetzt denke ich doch wieder an Nadine. Das hat mir gerade noch gefehlt. Und müde bin ich auch nicht geworden. Dann schau ich halt noch den Film fertig. Oder besser nicht. Was hat mich gestern nur geritten *Harry & Sally* zu gucken?

Ob ich was mit Schwester Birgit anfangen sollte?

06.09.19

Clara hat mir tatsächlich kein Rick Astley Video geschickt. Ich hätte gestern aber selbst lieber das geguckt, als Harry zur Silvesterfeier laufen zu sehen. Es ist ein Video mit einem komischen unaussprechlichen Kürzel im Titel und dann irgendetwas von 400 Triggern – da macht eine Asiatin Geräusche mit Haushaltsgegenständen und rasiert ... einen Spülschwamm? Aber die Tonqualität ist herausragend: kein Rauschen, keine Nebengeräusche, nichts. Naja, eigentlich nur Nebengeräusche, aber dafür prominent im Zentrum der Aufmerksamkeit. Zum Einschlafen empfiehlt Clara mir aber ein anderes, das dauert über drei Stunden! Äh, hallo?

Ich müsse dann über kurz oder lang nur herausfinden, was davon mich „triggert", schreibt Clara. Dann bekäme ich vielleicht „Tingles".

Aha. Hä?

Das sei ein angenehmes Kribbeln am Kopf, das sich wellenförmig ausbreite. Nur dass Menschen dafür unterschiedlich empfänglich seien, viele aber leider gar nicht, und von großer Dauer sei dieses Gefühl auch nicht. Also Kurzwelle statt Dauerwelle, irgendwas zwischen Radio und Haarstudio.

Ich traute mich aber nicht, nachzufragen. Sonst hätten sie mich wieder geschimpft, weil ich die E-Mail nicht gleich gelesen habe.

Ich solle mich mit Kopfhörern hinlegen und warten, schreibt sie.

Damit ich mich in der Nacht nicht versehentlich strangulierte, klemmte ich sie aber nur mit meinem Kopfkissen gegen die Wand. Das Video hörte sich nach Regen an und dann schlief ich tatsächlich ziemlich schnell ein, denn an mehr erinnere ich mich nicht. Ist mir jetzt auch egal ob's an dem Video oder meiner Müdigkeit gelegen hat, denn es hat funktioniert und dafür bin ich dankbar. Irgendetwas kommt mir daran merkwürdig vertraut vor, ich komm nur nicht drauf. Egal.

Mama hat angerufen und nach meinem Dienstplan gefragt. Wir haben uns für nach meiner ersten Woche Nachtschicht verabredet. Oder es versucht, denn an den Wochentagen hat sie natürlich wieder keine Zeit für mich, dabei ist sie es, die mich sehen wollte. Das ist so typisch, jetzt wird es eben der Samstag. Also vorläufig. Wahrscheinlich hat sie bis dahin auch schon wieder was anderes vor, ein Schachturnier im Altenheim organisieren, oder so was.

Gestern habe ich von meiner engsten Familie geschrieben, dabei weiß ich eigentlich gar nicht, was das sein soll. Also im Klischee-Sinne von Mutter, Vater, Kind. Mama hat unseren Laden ja alleine geschmissen, Multitasking am Limit, der To-Do-Liste immer fünf Punkte hinterherhinkend, aber mit mir an erster Stelle. Ich war wie ein Post-it, das auf der vordersten Seite kleben blieb. Ich konnte jeden andere Aufgabe verdecken und die Zeit anhalten, wenn ich wollte. Das habe ich gespürt, aber nie absichtlich davon Gebrauch gemacht. Und das weiß sie. Glaube ich jedenfalls.

An meinen Vater erinnere ich mich kaum. Die erste Erinnerung, die ich an ihn habe, war wie Zauberei für mein damaliges Ich: Ich war selbst noch klein, spielte in einer Wiese, und da kam ein Großer, der mir einen Ball von der anderen Seite eines Zauns holte. Ich muss so ungefähr zwei Jahre alt gewesen sein, meinte Mutter, und vielleicht erinnere ich mich nur daran, weil sie es mir erzählt hat? So oder so ist es das erste Bild, dass ich beim Wort Vater im Kopf habe. Jemand auf der anderen Seite des Zauns. Mein Ball kam zurück und der ist schon lange vergessen. Ich könnte nicht sagen, welche Farbe er hatte, wie groß er war oder wie er sich anfühlte. Aber dieser große Mensch, der dieses Hinderniss einfach so überwand, das war unerreichbar. Vater und Zaun, das ist alles, was ich habe. Und auch wenn es manchmal wehtut, dass er nie da war, gerade an Geburtstagen und all den Tagen, an denen ich allein mit Mama am Küchentisch saß, waren die Väter der anderen nichts, womit ich hätte tauschen wollen. Wenn man ihnen überhaupt mal begegnete.

Die Eltern von Lukas habe ich vielleicht dreimal gesehen. Die waren noch mit seinen jüngeren Geschwistern in Eging beschäftigt und er blieb dabei auf der Strecke.

Daniels Eltern haben das Gymnasium ultrawichtig genommen. Wohl weil sie selber nie auf einem waren, und trotzdem dem Märchen glaubten, es mache einen Unterschied, ob man später studiert oder nicht. Warum überschatten so oft die unerfüllten Wünsche der Eltern die ihrer Kinder? Und warum halten sie weiter an ihren utopischen Vorstellungen fest, obwohl der Schulalltag sie widerlegt?

Meine Mutter hatte da keine Illusionen. Wie auch? Alleinerziehend, in den 80er Jahren, in Niederbayern? Da hast du nix zu lachen. Darum habe ich in den Sommerferien immer gearbeitet, damit wir uns mal ein bisschen was leisten, oder ein paar Rechnungen mehr bezahlen konnten.

Als ich älter war, begleitete ich Mutter an Elternabenden immer durch die Schule, wartete vor der Tür und hielt mir die Handgelenke vor den Bauch. Manchmal hörte ich Mutter durch die Tür, wie sie androhte, mich dazu zu holen, wenn ihr einer der Lehrer einen Bären aufzubinden versuchte. Es ist ein tolles Gefühl, wenn einem vertraut wird, wenn jemand ohne Wenn und Aber für einen kämpft. Die anderen Eltern beäugten mich währenddessen wie jemanden, der etwas ausgefressen hatte. Manche der Mütter hatten etwas klebrig Mitleidiges im Blick, wenn ihre Männer abfällig in meine Richtung nickten. Diese Blicke habe ich nie vergessen und ich war so froh, als wir endlich von dort weggezogen sind. Es sind Kleinstadtblicke, ein unlöschbares Überwachungsregister, das kein

Gerücht vergisst, immer alles besser weiß, ohne je nachgefragt zu haben, und sich zur Not alles aus Bruchstücken selbst zusammenreimt. Eine Dorf-Stasi eben.

Auch damals ist mir schon aufgefallen, wie wenige Väter sich dort blicken ließen. Also im Vergleich zu den Müttern. Wenn ich jetzt so darüber nachdenke, dann waren Väter sogar in solchen Momenten noch am sichtbarsten. Besuchte man jemanden zu Hause, dann waren die Ernährer entweder noch in der Arbeit oder schon als Papa hinter Türen, wo sie nicht gestört werden durften. Dabei war ich immer neugierig auf einen Blick in Familien, wo es einen Vater gab, und sehr enttäuscht, doch wieder keinen zu Gesicht bekommen zu haben. Als hätten sich alle gegen mich verschworen. War das alles so verabredet, dass sie sich nicht zeigten, damit ich sie niemandem heimlich stehlen konnte? So etwas wie Angst hatten sie ja tatsächlich immer im Blick, aber es war nicht die davor, ich könnte ihnen etwas wegnehmen, sondern die davor, etwas falsch zu machen. Immer diese Angst vor dem Versagen in den Augen der Väter. Für sie war die geschlossene Tür schon so etwas wie eine Erleichterung. Einmal nicht gesehen werden, unbeobachtet sein. Vielleicht bin ich mit dem Zaun sogar besser dran als viele andere, die nur vor einer undurchsichtigen Tür standen. Ich konnte durch die Latten problemlos hindurchgucken und musste nicht heimlich durch's Schlüsselloch spähen, um zu sehen, was der eigene Vater so trieb. Was machen die eigentlich die ganze Zeit, wenn sie allein sind? Womöglich gab es darin nie mehr zu sehen als leere Zimmer, und die Väter standen dort mit dem Rücken zur Wand, vor allen Blicken versteckt. Waren sie es, die noch größere Angst vor ihren Kindern hatten? Ich weiß es nicht. Aber was ich weiß ist, dass wir nie so werden wollten, wie sie.

„Wenn ich mal Kinder hab", seufzte Daniel, „dann höre ich ihnen zu und bin für sie da."

„Ich will keine Kinder haben", entgegnete ich wie jedes Mal.

Daniel sah mich ernst an und sagte sehr langsam und leise: „Du wärst bestimmt ein guter Vater."

Mein Blick fror am gegenüberliegenden Rinnstein fest. „Und was, wenn doch mehr von meinem Vater in mir steckt, als ich wahrhaben will?"

„Red doch keinen Scheiß, Johann."

Red doch keinen Scheiß, Johann. Wie oft er mir das gesagt hat. Dabei stieß er mich immer mit der Schulter an. Ich weiß nicht warum, aber das half meistens. Dieser Schubs in eine andere Richtung. Nicht so, dass es wehtat, aber doch genug, um einen auf ein uns entgegenkommendes Auto aufmerksam zu machen, wenn wir wie so oft eine Waldstraße auf und ab stolperten, um wieder nüchtern zu werden, mit dem Blick zwischen den Sternen hin und her flippernd.

„Wozu noch mehr Kinder in diese kaputte Welt setzen? Es gibt schon jetzt zu viele, um die sich keiner richtig kümmert."

„Warte nur mal ab, bis du die Richtige triffst."

„Halt die Klappe, Daniel."

„Wie wär's mit Brigitte? Oder halt, nein, warte!" Er machte eine Pause. „Franz-zisch-ka!"

„Arschloch."

„Oui, oui, isch möschte disch küschen, Jo-ann."

„Du ... Sac de patates!"

Wir lachten. Gut, dass Lukas nicht dabei war, denn der hasste es wie die Pest, wenn wir französelten. Weswegen wir ihn natürlich manchmal erst recht damit aufzogen.

„Was, wenn es gerade dein Kind sein wird, dass die Welt rettet? Für uns alle? Was dann?"

„Komm mir nicht mit der John-Connor-Nummer. Und was ist mit all den anderen Kindern, die ihr Potenzial nie ausleben? Was, wenn das Kind, das in ein paar Jahren die rettende Idee hat, gerade jetzt irgendwo auf der Welt verhungert? Oder geschlagen, geschüttelt, seelisch gebrochen wird?"

„Dann ..." Daniel wusste nicht weiter. „Warum musst du immer alles so schwarzsehen?"

Ich zuckte mit den Schultern. „Hast du noch 'ne Zigarette?"

„Nein, verdammt!" Er boxte mich in die Seite und stand so ruckartig auf, dass es in seiner Tasche leise klapperte. Sein Blick ging zu den Sternen. Ich krieg jetzt noch Gänsehaut, wenn ich nur daran denke.

Es war einer seiner großen Momente, die sich mir ins Gedächtnis eingebrannt haben wie eine Tätowierung, die ein anderer für mich ausgesucht hat.

Daniel nickte und sah mich an. „Auch wenn es jetzt gerade stirbt ... was schrecklich ist ..." Er holte tief Luft und lächelte unwiderstehlich. „Dann lebt doch die Idee in ihm weiter, weil es als dein Kind wiedergeboren werden will."

Ich hätte darauf antworten können, dass ich nicht an Wiedergeburt glaube, an Seelen, Religion oder Familie, dass ich mir nie wieder Hoffnungen machen würde, wie auf einen Vater, der genau an meinem Geburtstag endlich vom Zigaretten holen zurückkäme. Aber ich konnte es nicht. Ich wollte es nicht. Was ich wollte, war dabei zu sein, wenn Daniel Vater würde, um dann seinen Kindern zu erzählen, wie glücklich sie sich schätzen könnten, gerade ihn und keinen anderen als ihren Vater zu haben. Das hätte ich ihm antworten sollen, aber es ist mir erst Monate später eingefallen.

Dafür habe ich es dann Jahre später tatsächlich seinen Kindern erzählt und tue es heute noch.

07.09.19

Mein Wunsch, dabei zu sein, wie Daniel Vater wird, ist dann ja tatsächlich wahr geworden. Also jetzt nicht direkt im Kreißsaal, da durfte ohnehin nur der Vater mit dabei sein. Auch ohne meine Anwesenheit ging es dort schon enger zu als gewöhnlich, denn zwei Kinder wollten im Abstand von nicht ganz vier Minuten begutachtet, gewogen und an die Mutterbrust gelegt werden. Meine Anwesenheit wäre selbst für Berliner Verhältnisse erklärungsbedürftig gewesen.

Daniel hat seine Sache auch ohne mich gut gemeistert, indem er Nadja einfach nur die zitternde Hand gehalten hatte. Auf der anderen sei er vorsichtshalber gesessen, um nicht versehentlich zu versuchen, ihr eine Haarsträhne aus der Stirn zu streichen – was sie schon nicht leiden konnte, als sie noch Nadine hieß. Nach allem, was die beiden vorher durchgemacht hatten – also Nadja und Daniel, nicht die Zwillinge – habe ich mich doppelt für sie gefreut. Irgendwie war auf einen Schlag alles doppelt so gut wie vorher und es traf endlich die Richtigen.

Das war alles andere als selbstverständlich, dass sie es noch einmal mit einem Kind probiert haben. Für mich grenzte das an ein Wunder. Ich habe es Daniel an der Stimme angehört, wie seine Sorge, es könnte wieder auf den letzten Metern etwas schiefgehen, verschwunden war. Er klang zum ersten Mal seit 10 Jahren wieder so unbeschwert wie früher. Die Geburt markierte auch ein Ende für so viele andere Sorgen, mit denen sie viel zu lange schwanger gegangen waren. Den emotionalen Ballast so vieler Jahre warfen sie ab, weil die zwei Wonneproppen, um die sie sich nun zu kümmern hatten, alle anderen Probleme hinwegfurzten.

Clara und Dennis sind auch einfach großartig. Ihre Fotos und Filmchen von der Demo gestern, die sie mir – na ja, mir und dem Rest der Welt – geschickt haben, machen mich auf eine tiefe Art und Weise glücklich, die ich nicht beschreiben kann. Nadine und Daniel muss es mindestens ebenso gehen. Ich kann es mir nicht anders vorstellen. Mit solchen Kindern muss man einfach vor Stolz platzen, weil sie alles besser machen als ihre eigenen Eltern. Das Wesentliche jedenfalls, weil sie alles mit ihnen teilen können, so wie ich mit meiner Mutter. Nur umgekehrt halten sie immer noch diese alte Lügengeschichte aufrecht, die sie eigentlich mal für andere erfunden haben. Aber die reproduzieren sie noch immer aus reiner Gewohnheit und jetzt sind ihre eigenen Kinder selbst in dem Alter wie wir damals. Sie dürfen sie nicht länger anlügen. Es wird Zeit reinen Tisch zu machen. Clara und Dennis stellen zwar Ansprüche an ihre Eltern, bei denen selbst Gandhi die Nerven verlieren würde, aber wer kann es ihnen verdenken, da sie sich doch für Weltfrieden und die Rettung des Planeten einsetzen? Nadja und Daniel unterstützen sie dabei, wo sie nur können, aber diese vergleichsweise banale Wahrheit bleiben sie ihnen noch immer schuldig.

Die Wahrnehmung der Kinder ist phänomenal. Kein Unrecht auf der Welt entgeht ihren Blicken, und um alles sollen sich die Erwachsenen gefälligst kümmern. Aber waren wir früher nicht mal genauso? Wir können nur nicht mehr mit dem Tempo des Internets und den digitalen Medien mithalten, so wie unsere Eltern vom Farbfernsehen und mehr als drei Kanälen überfordert waren.

Wir sollten bei der Gelegenheit gleich noch ein Recht auf Sendeschluss einfordern. Heute läuft alles rund um die Uhr, es gibt keine Pausen zum Durchatmen mehr, die Clara und Dennis anscheinend nicht brauchen. Oder gar nicht erst kennen, aber das täuscht. Früher, als sie noch klein waren, sind sie auch wie aufgezogen umhergesprungen und dann kippten sie fast ansatzlos in den Schlaf, als wäre ihr Kabel überspannt worden und am anderen Ende aus der Steckdose geflutscht.

Dass sie Ruhephasen benötigen, sehen sie noch immer nicht ein, deswegen bremse ich sie so gut ich kann in ihrem Alltag aus, versuche ihnen darin eine Zeitinsel zu sein, auf der die Uhren anders gehen. Ich habe den Verdacht, das ist einer der Gründe, weshalb sie so gerne mit mir sprechen, weil sie dann für einen Moment aus der normalen Zeit fallen, durch die Sanduhr auf einen Spielplatz. Mit Eltern geht das schlecht, und ich habe es ja leicht mit meinem Blick von außen. Wir quatschen vielleicht einmal die Woche miteinander für 'ne Stunde, sehen uns in den Ferien oder mal ein verlängertes Wochenende, damit Nadja und Daniel allein wegfahren können, und das war's auch schon. Ihr Unterbewusstsein lenkt sie zu mir und das macht mich auf eine Art und Weise glücklich, die ich nicht beschreiben kann.

Haben wir nicht auch versucht, die Welt zu retten? Die Probleme sind ja nicht neu, sondern nur noch größer geworden. Wir auch. Und müde. Unsere Widerstände zerschellten an Zäunen und vor Wasserwerfern in Wackersdorf und anderswo, den verzerrten Bildern unserer Proteste in Presse und Fernsehen konnten wir nichts entgegensetzen, außer unserer ohnmächtigen Wut vor den Bildschirmen. Vielleicht noch ein Leserbrief, der nie gedruckt wurde, oder ein Flugblatt, das dann niemand lesen wollte.

Heute senden sie selbst live von der Demo, haben ihre Lehren aus dem Arabischen Frühling und den Hongkong-Protesten gezogen, wissen einander zu helfen und sich zu organisieren. Es ist auch viel internationaler und vernetzter geworden. Dabei ist ihnen, glaube ich, noch nicht einmal bewusst, wie viel besser das ist, im Vergleich zu allem, was wir erlebt haben, dass ihre Ausgangslage viel aussichtsreicher ist, als unsere je war. Aber sie kennen nur das Jetzt, ihr Weg beginnt erst hier, und das was wir erreicht – oder besser nicht erreicht – haben, ist ihnen zu wenig. Sie sind nicht mehr zum Schweigen zu bringen wie wir. Sie erinnern uns daran, wie wir einmal waren. Waren wir doch, oder?

An den Reaktionen auf die Proteste hat sich rein gar nichts geändert, aber diesmal werden sie lauter, größer und gehen nicht wieder weg. Das ist neu. So sehr mich das freut, so sehr fürchte ich, dass das dazu führen wird, dass sich auch die andere Seite etwas Neues einfallen lassen wird.

Unserer Generation wird ja die sogenannte „friedliche Revolution" zugeschrieben, die dann zur Wiedervereinigung geführt hätte. Von dieser Etikettierung waren wir genauso verblüfft, wie überrumpelt. Wir waren viel zu beschäftigt und abgelenkt gewesen, um überhaupt auf die Idee zu kommen, dass wir irgendetwas damit zu tun haben könnten. Entschieden und gelenkt wurde das anderswo. Eine Revolution haben wir uns zwar schon davor gewünscht, aber daraus wurde ja nüscht, wie immer halt. Eigentlich sind wir sogar darum betrogen worden. Wir haben uns einlullen lassen, alle zusammen. Das kommt davon, wenn man nur wieder seine Ruhe haben will wie vor dem ganzen Zirkus oder einfach nur raus in die Welt möchte. Dann wachst du im Westen mit neuen Bundesländern auf und im Osten wird ein Land in Windeseile abgewickelt, das den alten Bundesbürgern etwas zu bieten gehabt hätte, wenn es nicht so schnell unter den Teppich gekehrt oder verscherbelt worden wäre. Eine arrangierte Ehe, in der einer den anderen nicht kannte, und damit von schlechten Eltern.

Was folgt daraus, liebe Kinder? Niemals heiraten! Na ja, das ist sicher noch verbesserungswürdig, aber mehr fällt mir dazu heute nicht ein.

Verdammt, mir fällt gerade auf: Wie will ich das denn mit dem Schreiben während der Nachtschicht halten? Den Laptop kann ich ja schlecht mitnehmen. Mit der Hand schreiben, wie damals? Nee, auf keinen Fall. Scheiße, dann muss ich mir noch so ein flaches Teil besorgen, das bequem in den Rucksack passt. Oder doch ein neuer Laptop? Die sind ja inzwischen auch kaum größer und nicht mehr solche Ziegelsteine wie meiner, bei dem die Batterie von 83 % direkt in die Notabschaltung springt. Die kosten aber bestimmt wieder ein Vielfaches. Also morgen noch Recherche, um dann im Elektrofachmarkt den Beratern ausweichend antworten zu können, wenn sie einem den Weg versperren.

Ich versuche es heute wieder mit einem dieser Videos zum Anhören. Gestern hat es mich jedenfalls nicht gestört und tatsächlich nach einer Weile umgehauen. War anscheinend langweilig genug, und unterschwellige Botschaften waren vermutlich auch keine dabei, denn mein Konto ist heute noch genauso im Dispo wie gestern. Wir werden echt genauso wunderlich wie unsere Eltern, die geheime Botschaften auf unseren Metal-Schallplatten vermuteten, wenn man sie rückwärts abspielte. Dabei hörten wir längst CDs, und Musik generell lieber vorwärts. Andererseits sind wir ja selbst kaum besser, wenn wir uns jetzt als Erwachsene zum Einschlafen Hörspiele aus unserer Kindheit anhören. Das könnte ich nicht, weil ich dann immer zuhöre, oder noch schlimmer: im Kopf mitspreche. Aber die machen das auch mehr als Einschlafritual, bis sie Ärger mit ihren Partnerinnen kriegen. Das hier ist also im Grunde so ähnlich, oder? Das komische Kürzel „ASMR" ist übrigens eine Abkürzung und keine esoterische Teesorte. Mein Fehler. „Tingles" habe ich zum Glück keine. Können mir gerne gestohlen bleiben, sonst brauche ich am Ende noch eine Creme aus der Apotheke. Hauptsache mir fallen gleich die Augen zu. Nacht!

09.09.19

Mir ist eben auf der Schlüsselrunde wieder eingefallen, wann ich davon schon mal gehört habe! Also von diesem ASMR-Video-Zeug. Ich lag gestern auf dem Bett, mit dem Laptop neben mir, und döste schon ein, als plötzlich eine Stelle in dem Video kam, an der jemand mit Kreide an eine Tafel schrieb. Und da wurde ich nicht nur wieder hellwach, sondern mir fiel wieder ein, dass Lukas früher immer gesagt hat, er liebe dieses Geräusch. Wir haben nie verstanden, was er damit gemeint hat. „Wie, mit Kreide schreiben?"

Okay, das war vielleicht doch eine Schnapsidee, auf Station zu schreiben. Schwester Anita guckte schon misstrauisch, als ich anstelle eines

Buches das Tablet auspackte. Andererseits findet sie auch so immer einen Anlass für gepflegtes Misstrauen. Sie hat dann wie nebenbei gefragt, ob das ein E-Book-Reader sei, was ich verneinte.

Steht sie jetzt etwa unauffällig hinter mir? Wenn du das hier gerade mitliest, Anita, dann habe ich dich ertappt, du neugierige Spionin! Herrgott noch mal, es dreht sich nicht alles um dich. Das ist privat und geht nur mich etwas an!

Wo war ich noch gleich? Ja, genau: Kreide.

„Na, mit Kreide auf a grad g'wischte Tafel schreibm", erklärte Lukas.

Daniel war sich sicher, dass er uns damit nur aufzog.

Lukas wollte es uns sogar mal vormachen, mit frischer Kreide auf einer noch vom Wischen feuchten Tafel, weil das enorm wichtig sei, aber halt leider nicht immer, und als wir fragten, ob er es denn jetzt fühle, meinte er nein, weil es jemand anderes machen müsse, damit er dieses „Gekribbel" spüre. Er mache das schließlich für uns! Daniel nahm ihm die Kreide ab, schrieb eine Gleichung an die Tafel, löste sie und Lukas schüttelte den Kopf.

„Na, du mochst as total foisch", sagte er niedergeschlagen.

„Du hast doch gesagt ich soll was ausrechnen!"

„Du schreibst irgendwia zu schney und hart, i woaß' doch a ned."

Und damit war das Thema gegessen, bis Lukas im Matheunterricht wieder aufhörte mitzuschreiben und selig mit geschlossenen Augen dasaß. Wir dachten eigentlich, er würde nur Tagträumen wie wir anderen auch. Ich muss ihm das unbedingt schicken und fragen, ob es das ist, was er damals meinte.

Ach Lukas, du warst schon wieder in etwas deiner Zeit voraus. Du hast uns nie angelogen. Also auch darüber nicht. Niemanden, jemals.

Es war uns schleierhaft, wie man so wenig Talent zum Lügen haben konnte. Lukas sah man es schon an der Nasenspitze an. Die musste nicht lang werden, um ihn zu überführen, sie wurde weiß, weil ihm das Blut in die Wangen schoss. Das hätte ihn eigentlich schützen müssen, aber da haben wir uns getäuscht.

Ha! Ich wusste es doch! Anita hat tatsächlich hier reingelesen und sitzt jetzt auf frischer Tat ertappt und schmollend in der Teeküche.

Das wird ihr eine Lehre sein. Oder auch wieder nicht. Wahrscheinlich ist sie jetzt umso mehr davon überzeugt, dass sich hier alles um sie dreht. Besser ich guck morgen mal nach, wie man das Gerät mit einem Passwort absichert, verdammte Axt, ey. Ich sollte vielleicht nicht so streng sein, sie hat sich ja auch ehrlich danach erkundigt, ob ich mich besser fühle nach überstandener Krankheit und so. Da hätte ich nicht gleich so schnippisch reagieren müssen. Na prima, jetzt habe ich auch noch ein schlechtes Gewissen.

Die Postkarte selbst wird nicht der Grund gewesen sein, aber der Auslöser dafür, dass Daniels Drecksack von Vater, der alte Speck, Lukas krankenhausreif geprügelt hat, um zu erfahren, wo Daniel mit Nadine hin war. Wobei schon das nur eine Annahme war (und ausnahmsweise sogar stimmte – das ist aber nicht der Punkt), denn laut Daniel hatte er nur draufgeschrieben, dass er am Leben sei und nicht vorhabe jemals zurückzukommen. Eine Ansichtskarte der Kasematten in Luxemburg und auch von dort abgeschickt, keine Adresse. Da ist dem ranzigen Speck der Kragen geplatzt.

Lukas wusste zu dem Zeitpunkt selbst nicht einmal, wo Daniel steckte, und wegen seiner Unfähigkeit zu Lügen, weiß er es ja bis heute nicht. Er hat die Schläge ertragen, unter Tränen, und sah dennoch von einer Anzeige ab. Weil er selbst doch auch um seinen Freund trauere und genauso im Dunkeln tappe, sagte er der Polizei.

In den Augen vom hirnverbrannten Speck machte sich Lukas schon allein dadurch verdächtig, dass er umgezogen war. Dabei war es nur innerhalb Vilshofens gewesen, aus der Fischerzeile in die Wohnung, in der ich mit Mama gewohnt hatte – was es uns überhaupt erst ermöglicht hat, Vilshofen so schnell zu verlassen. Sein Bruder war zunächst nicht so begeistert gewesen, aber erstens war er sowieso kaum zu Hause und zweitens gab es dort mehr Parkplätze. Ich glaube am Ende hat ihn auch das überzeugt. Unser Vermieter – und jetzt ihrer – war zwar anfänglich misstrauisch gewesen, aber er hatte unserem Leumund vertraut. Oder eher der damit einhergehenden Mieterhöhung um 50 Mark.

Als Lukas dann Monate später ein zweites Mal vom Speck verprügelt wurde, verpflichtete ihn ein Gerichtsbeschluss dazu, dass er sich Lukas nicht unter 50 Meter nähern durfte. Eigentlich wären 200 Meter die Norm gewesen, aber Vilshofen war dafür zu klein, dann hätte er nicht mehr zur Arbeit fahren können und Autos haben in der deutschen Rechtsprechung immer Vorfahrt.

Bei mir hatte er auch versucht, Informationen zu erpressen, aber meine Mutter hatte nicht lang gefackelt, sondern gleich die Polizei gerufen, als er bei uns vor der Tür gestanden war. Einen weiteren Grund hätte es da schon nicht mehr gebraucht, aber so fiel uns die Entscheidung, aus Vilshofen wegzuziehen, leichter als sowieso schon.

„Nie wieder Kleinstadt", sagte meine Mutter.

Noch im Frühjahr 1990 waren auch wir weg und Lukas, der Arme, blieb allein zurück. Wir hielten Kontakt und verbrachten im Sommer einen Teil der Ferien zusammen, aber er kehrte weiter unbeirrbar dorthin zurück, obwohl er jetzt von allen Seiten so schief angesehen wurde wie zuvor ich. Er war der Langhaarige, der die Prügel sicher auch ein wenig verdient haben musste. Irgendetwas hatte er bestimmt ausgefressen, von nichts kommt doch nichts! Aber weg wollte er von dort trotzdem nie. An Lukas prallte das alles ab, so schien es jedenfalls. Er trug seine Offenheit immer vor sich her wie einen Panzer, und die Blicke ignorierte er.

„Ja mei, füa an Versoger ham's mi vorher a scho ghoitn."

Seine bloße Anwesenheit bewies eigentlich das Gegenteil.

„Mei näim is Lukas, ei liv on se affa floa", sang er und fuhr fort: „Aba ehrlich, Johann, i bin hier dahoam und des lass i mia vo neamandm nehma, ob's eahna passt oda ned."

Ich habe das immer bestritten, aber irgendetwas muss da dran sein, Albtraum hin oder her. Wenn ich träume, dann bin ich häufiger dort im Gymnasium als irgendwo sonst, obwohl ich hier viel länger gewohnt habe. Ganz selten finde ich mich dort auch mal draußen auf den Straßen wieder, am Stadtplatz oder stehe vor der Vilsbrücke, aber eine Biegung später ist man woanders, verloren in einer namenlosen Stadt. In Vilshofen kann man sich überhaupt nicht verlaufen. Außerdem hat sich in den letzten 30 Jahren dort so gut wie nichts verändert, behauptet Lukas, außer ein paar Kreisverkehren. Das kann eigentlich nur auf den Einfluss von Dr. Wolf, unserem Französischlehrer zurückzuführen sein, der Ampeln als Affront empfindet. Jedenfalls hält mich Lukas auf dem Laufenden, denn ich bin ebenso wie Nadja und Daniel seitdem nie wieder dort gewesen. Und ich vertraue ihm. Er kann ja nicht lügen.

10.09.19

Die Schläge mögen bei Lukas äußerlich keine Narben hinterlassen haben, aber auf seiner Seele ganz bestimmt. Eine Therapie hat er verweigert, er wollte allein damit fertigwerden, so wie mit allem in seinem Leben. Dabei habe ich ihm dazu geraten, denn mir hatte sie sehr geholfen und er wusste das, hat es damals sogar selbst gesagt. Aber trotzdem blieb er in der Sache ein unverbesserlicher Dickkopf.

Die sichtbaren Narben wie bei mir oder Nadine sind mir da lieber. Die Hubbel an ihrem rechten Knie hat sie nie versteckt, wie es andere Mädchen vielleicht aus Eitelkeit getan hätten. Bei ihr gehörten die eben dorthin und fertig. Irgendwann fallen Narben dann häufiger anderen auf, als einem selbst. Man vergisst sie, weil sie zu einem Teil von einem geworden sind, wie auch die Erinnerungen, die damit verknüpft sind. Man hat es überlebt, überstanden und überwunden. Über Wunden. Narbengewebe. Weben. Oha, jetzt werd ich auch noch poetisch. Teppich weben ... Text weben. Einen Songtext vielleicht? Und wieder die alte Frage: auf Englisch oder auf Deutsch? Scars. Wars. *Scar Wars* – haha, ja genau. Frühstück!

Das Tablet habe ich jetzt mit einer PIN versehen. Schon wieder eine vierstellige Zahl, die ich mir merken muss. Zum Glück kann ich aber noch immer alle Festnetznummern meiner Freunde aus Vilshofen auswendig, und die waren eben vierstellig. Darum habe ich aus der Not eine Tugend gemacht und einfach meine Freunde den Karten und Geräten zugeordnet: Der Telefonknochen ist Delle, also Daniel, und Lukas meine Bank, usw. Anfangs habe ich die Namen zur Sicherheit noch mit auf die Karten geschrieben, aber die haben sich inzwischen abgerieben. Und alles nur, weil man sonst den Zeichensalat aus Passwörtern, Karten- und Mobiltelefon-PINs, Hausanschluss und Arbeitsdurchwahl durcheinanderbringt. Was man nicht alles tut, um neugierige Blicke aus den eigenen Angelegenheiten herauszuhalten, einschließlich der eigenen, wenn man Pech hat.

Irgendwann gehen einem natürlich auch die Freunde aus, dann muss man sich anders zu helfen wissen.

An den dreistelligen Notrufnummern scheitere ich trotz allem bis heute, wenn ich nicht vorher zur Sicherheit nachgucke. Und das als jemand, der in einem Krankenhaus arbeitet. Aber wer kennt schon noch seine eigene Nummer? Dafür kennen wir die vom Bringdienst. Denn nicht nur Liebe geht durch den Magen, sondern auch das Gedächtnis.

Ach, Vilshofen, warum habe ich dich noch mal verlassen? Eine typische Kleinstadt halt, und ich bin dort aufgewachsen. Mir kam sie mit ihren damals um die 15.000 Einwohnern kleiner vor, als einem die bloße Zahl glauben machen konnte. Selbst wenn man weiß, dass etwa die Hälfte davon auf Eingemeindungen entfällt, wo sollen denn all die anderen gewesen sein? Weil auf den Straßen begegnete man nie jemandem. Abseits der Hauptstraßen, dem Stadtzentrum und um die Schulen herum war Vilshofen unter der Woche wie leergefegt und nach Geschäftsschluss verlagerte sich das bisschen verbliebenes Leben sofort vor die Glotze, in die wenigen Gaststätten, Kneipen oder eines der beiden Eiscafés. Und wenn die zumachten, war es eine Geisterstadt. Nur zwei Diskotheken lärmten dezent ein bisschen dagegen an, eine am Stadtrand hinter dem Krankenhaus und die kleinere an der Vilsbrücke hörte man nur, wenn die Tür mal versehentlich länger offenstand. Und die gibt es eh schon lange nicht mehr. Ansonsten konnte man keine Heugabel an der Wand umkippen hören. Gespenstisch wie im Dornröschenschlaf, gerade weil einen die nachts gelb blinkenden Ampelanlagen daran erinnerten, dass man hier auf eigene Gefahr unterwegs war. Manchmal taten sie nicht einmal mehr das.

Gefahren gab es keine nennenswerten, außer man wurde von einem Discobesucher angefahren. Aber in der Stadt kündigten sich Autos schon mit ihren quietschenden Keilriemen an, wenn sie noch kilometerweit entfernt waren. Man musste keine Fledermaus sein, um sie präzise orten zu können, aber nur weil es einem der Stadtplan so einfach machte: Die wenigen Unterführungen hatten alle ihr charakteristisches Echo, und auf jeder Seite der Vils gab es in jeder Himmelsrichtung im Prinzip nur eine mögliche Straße. Und so war das keine große Kunst, die irgendjemanden beeindruckt hätte. In größerer Gefahr waren sowieso die Leute im Auto, weil die sich regelmäßig um Bäume wickelten oder in Böschungen überschlugen.

Irgendwie ist heute in der Klinik nichts los, scheint eine ruhige Nacht zu sein. Oder das ist nur die Ruhe vor dem Sturm und nachher dann wieder die Notaufnahme voll. Ich trau dem Frieden nicht und dreh besser mal 'ne Runde.

Nö, ist echt nichts los. Niemand will was, alles schläft, die Geräte piepen und pumpen gleichmäßig vor sich hin, draußen weht kein Lüftchen und die Nacht ist sternenklar. Die gleichen Sterne, wie man sie auch in Vilshofen sieht.

Wo war ich stehen geblieben? Auf Station bin ich vorhin nicht vor der Übergabe fertig geworden, aber es hat Spaß gemacht, mir das ins Gedächtnis zu rufen, und mich dann auf dem Heimweg wach gehalten. Mal gucken, ob ich's gleich noch einmal zusammenkrieg, nach einem Nickerchen.

War mit Schwester Birgit zwischen Station 3 und 4 auf dem Balkon eine rauchen. Ganz in Mondlicht getaucht sah sie bezaubernd aus, wie sie da ihren Pferdeschwanz neu gebunden hat, mit der glimmenden Zigarettenspitze zwischen den Lippen, fast genauso wie ... Aber dann machte sie den Mund auf und ihr schwäbischer Dialekt vernichtete bei mir jede romantische Regung.
Romantik ist echt nur auf Hochdeutsch möglich, sonst wird es sofort aufdringlich. Dialekte haben ja echt ihren Charme und bergen riesiges Potenzial, wenn es um Humor und Witz geht. Dialekt erzeugt sofort Nähe, in der man sich zwar wohlfühlt, aber jeder Sex-Appeal geht darüber gnadenlos flöten. Deutsch kann als Sprache einfach nicht sexy sein. Romantisch geht gerade mal so, der Lyrik und Poesie sei Dank, aber wenn's ans Eingemachte geht, dann bleibt Deutschen echt nichts anderes übrig, als die Klappe zu halten. „Ja, ja, weiter, du geile Sau?" Nee, echt nicht.

Das ist doch gruselig. Ich konnte noch keinen einzigen deutschen Porno mit Ton ansehen. Das ist ein Ding der Unmöglichkeit. Oder man weicht besser gleich auf andere Sprachen aus. Körpersprache zum Beispiel.

Also was ich hier ja eigentlich herausfinden wollte, war, warum ich in meinen Träumen in Vilshofen so verloren, so orientierungslos bin? Verlaufen kann man sich da doch gar nicht. Gut, aber selbst dazu müsste ich erstmal aus dem Gymnasium raus! Ein Gebäude, in dem ich 8 Jahre lang ein und aus gegangen bin. Und es ist immer das Gymnasium, nie die Berufsschule in Aachen! Wieso? Der ganze Rechenweg liegt vor mir und trotzdem stimmt das Ergebnis nicht. Das verstehe ich nicht. Und das ist wahrscheinlich auch der Grund dafür. Was habe ich übersehen? Zeit für eine Wutkippe.

Was mich auch noch wütend macht, ist, dass wenn ich nur das Wort Heimat höre, in meinem Kopf die Straßen von Vilshofen auftauchen und sonst keine. Ich habe vorher wie nachher auch woanders gewohnt, warum gerade diese? Weshalb suchen sie mich immer noch heim? Heimsuchung! Was für ein Wort. Jetzt wird mir so einiges klar. Und auch wieder nicht.

Vielleicht muss ich einfach ganz woanders anfangen, und mich von dort aus auf den Weg machen. Egal, jetzt mache ich mir besser noch schnell was zu essen, bevor ich gleich wieder zur Arbeit muss.

11.09.19

Versuch ich es noch mal ausführlicher hiermit, denn in dieser Nacht ist es auf den Tag genau 30 Jahre her. Alles. Er teilt alles in ein Vorher und ein Danach, wie es bei den meisten das umgekehrte Datum ist, nur dass ich nicht den 09.11. vom 11.09. trennen kann. Für uns fand der Mauerfall eben schon drei Monate früher statt. Für mich, die wartenden Journalisten, für ganz Vilshofen. Ganz Vilshofen? Nein, denn das nahe gelegene Gymnasium leistete tapfer Widerstand gegen die Belagerung durch die Weltgeschichte. Na ja, selbst Widerstand ist ein bisschen zu hoch gegriffen, man ging halt zur Schule und damit hatte es sich.

Wann hat man in einer der hintersten Ecken des Landes schon mal die Gelegenheit hautnah mit Geschichte in Berührung zu kommen, ohne vorher in einen Bus steigen zu müssen? Das konnte man zum ersten und einzigen Mal bequem zu Fuß in der großen Pause machen. Aber es war ja noch der erste Schultag, und ehe man sich sortiert, die Bücher ausgeteilt und eingebunden hatte, war das Lager schon wieder geschlossen und die Chance vertan gewesen, jemanden von „drüben", vom Leben dort oder wenigstens seiner Flucht erzählen zu lassen. Zeitzeugen interviewen, begreifen, Anteil nehmen, verstehen. Es hätte sich uns allen eingebrannt, wäre mehr als nur eine Fußnote am Ende des Sommers geblieben.

Wir Abiturienten aus dem C-Bau waren da in einer komfortableren Situation als die jüngeren Schüler. Die ersten Schultage hatten immer etwas von Schlange stehen bei der Bücherausgabe gehabt, und man bekam die Leviten gelesen, wie ernst es jetzt wurde und so weiter und so fort. Das machte auf uns keinerlei Eindruck mehr, wir hatten die gleiche Rede so oder so ähnlich schon mindestens siebenmal gehört. Kam man ein paar Tage später, kriegte man seine Bücher immer noch, sogar deutlich schneller, und brauchte dafür doppelt so lange, weil es während einer Schulstunde stattfand. Wir wären ja doof gewesen, gleich am ersten Tag auf der Matte zu stehen.

Ich war schon die ganzen letzten Tage auf den Beinen gewesen und hatte geholfen das Lager mit aufzubauen. Allein das rechtfertigte doch eine Pause von der Schule, oder? Und ich konnte danach ja schlecht alles nur stehen und liegen lassen, ohne wenigstens vorher einem Flüchtling geholfen zu haben. Was konnte ich denn dafür, dass die Diplomaten so lange brauchten? Endlich war durchgesickert, dass die Ungarn um Mitternacht die Grenze nach Österreich öffnen würden und wir rechneten mit den Trabis und Wartburgs frühestens bei Sonnenaufgang. Also ging ich so lang wieder nach Hause ins Bett und stellte mir den Wecker, denn die ersten Ankömmlinge wollte auch ich nicht verpassen.

Nur hatte keiner die Rechnung mit dem schnellen Meyer gemacht. Der fuhr nämlich einen Toyota Corolla und röhrte schon mitten in der Nacht durch die leergefegten Straßen von Vilshofen. Der Sportwagen passte zwar besser in unser Straßenbild, aber deutlich schlechter in unsere

Vorstellung von der DDR. Manche im Westen träumten von so einem Auto und wären womöglich allein dafür nach drüben gegangen.

Ich habe seine Ankunft also verschlafen wie alle anderen vom Team, bis mich Lukas wach klingelte. Er arbeitete zwar genauso wenig dort wie Daniel, aber ausgerechnet die beiden stellten das Empfangskomitee der ersten Flüchtlinge dar. Nicht der Bürgermeister – im Urlaub –, nicht sein Stellvertreter und Nachfolger – im Schlaf –, nicht die Journalistenmeute – in Hotels –, sondern meine besten Freunde. Und warum? Weil sie eine Live-Radioreportage angehört hatten und sich unbedingt mal die Beine vertreten wollten. Und dabei ein Bier trinken, weil … man das bei uns so macht.

Das der schnelle Meyer sie weder überfahren hat noch gleich wieder aus Vilshofen herausgefahren war, grenzte an ein kleines Wunder. Viel wird nicht gefehlt haben, denn von Passau kommend hat er geistesgegenwärtig gleich die erste Ausfahrt nach Vilshofen genommen, die ihn auf die Passauer Straße und in ihrem Verlauf links unter einer Bahnunterführung hindurch und dann schon wieder aus der Stadt hinausführte, unabhängig davon, ob er die Ortenburger nach links oder die Aidenbacher geradeaus gewählt hätte. Glücklicherweise hielt er sich rechts und kam so direkt am Lager vorbei. Wäre er dabei eine Idee schneller gefahren, in etwa so wie unsere Landjugend, dann hätte er ca. 20 Sekunden später das Ortsausfahrtsschild passiert, denn das Lager war in den frühen Morgenstunden noch stockfinster.

Ich lag zu Hause im Bett, aber Daniel kam und klopfte an mein Fenster – wir wohnten ja gleich ums Eck in der Ortenburger. Oder war es nicht Lukas gewesen? Die beiden haben mich so oft geweckt, dass ich mir nicht mehr sicher bin. Unterwegs erzählte mir halt einer von beiden, was sich abgespielt hatte, und ich habe mir die Geschichte seitdem so oft erzählen lassen, weil ich sie immer noch nicht glauben kann und einfach zu schön finde: Der Toyota überholte Lukas und Daniel auf der Höhe vom *Geistler*, sie hatten ihn schon vor der Bahnunterführung durch die Stadt röhren gehört. Das Auto kam vor ihnen gegenüber des Bergerparkplatzes sportlich zum Stehen, wo zwischenzeitlich die zur Grenze aufgebrochenen Übertragungswagen eine Lücke im Kies hinterlassen hatten. Eine kleine Staubwolke trieb auf die Straße hinaus, der

Motor wurde abgeschaltet, Autotüren geöffnet und kurz darauf zugeschlagen.

Daniel und Lukas kamen näher und standen einer vierköpfigen Familie gegenüber, ein Ehepaar, so in den 30ern, mit zwei müden Mädchen, vielleicht um die 12 Jahre alt. Hier West, dort Ost. Ein Moment der Stille, von beidseitiger Ehrfurcht erfüllt, ein bisschen spannend sogar, aber doch anders als erwartet. Kein Feuerwerk, keine Blaskapelle, sondern zwei übernächtigte Jugendliche in ungepflegteren Klamotten, als man selbst am Leib trug, mit langen, ungewaschenen Haaren.

Der mit einer von Bandstickern zusammengehaltenen Jeansjacke trat vor, fasste sich ein Herz und sprach feierlich, mit breitem bayerischen Akzent, jede Silbe betonend: „Grüß Gott, herzlich willkommen in Vilshofen."

Dann entstand wohl eine Pause und es war deutlich zu spüren, dass noch etwas gesagt werden müsse, etwas, das der Situation angemessen wäre.

Also räusperte sich Lukas und fügte hinzu: „Hättets ihr vielleicht a Zigaretten für uns?"

Das klingt so sehr nach Lukas, dass ich keinen Zweifel an der Geschichte habe, außerdem hatte er die Zigarette noch in der Hand, als er mich weckte, um die Familie zu registrieren. Seine Nasenspitze war nicht blass, die Wangen nicht gerötet, die Ohren sah man der langen Haare wegen eh nicht – nichts sprach für eine Lüge. Die beiden waren sich sonst nie in etwas einig, kriegten sich wegen Kleinigkeiten in die Haare, aber nicht hier.

Dieser Satz war so prophetisch, dass man ihn eigentlich einem Geschichtsband zur Wiedervereinigung voranstellen müsste. Der Ausverkauf der DDR durch die Treuhand schwang darin schon ebenso mit, wie das völlige Unverständnis für die geschichtliche Dimension dieses Moments. Das war wie die Mondlandung, und so, als ob Neil Armstrong nach seinem ersten Schritt auf ungewohntem Terrain, noch bevor er überhaupt den Mund aufmachen konnte, zu hören bekam: „Das können Sie hier aber nicht so stehen lassen!" – einschließlich eines Strafzettels für Falschparken.

Und doch ist es genau dieser Parkplatz, zu dem ich immer zurückkehre, oder? Oder genauer zu dem, was einmal darauf stand. Ich suche in den Straßen von Vilshofen nach den Zelten, die mir so viel bedeutet haben. Ausgerechnet, weil zelteln hat mir nie sonderlich gefallen. Aber als die Zelte dort auf dem Bergerparkplatz standen, war mir Vilshofen zum ersten Mal nach langer Zeit wieder ein Zuhause geworden, genau wie für die Flüchtlinge, die herzlich aufgenommen wurden. Ich habe selbst dort endlich Zuflucht gefunden, nicht nur die Flüchtlinge aus der DDR, die wir aber immer „Übersiedler" nennen sollten, und ich habe dort begriffen, dass auch mich nichts mehr halten konnte, ja vielleicht nicht einmal meine Freunde.

Das Zeltlager hatte sich binnen eines Tages in das schlagende Herz der Stadt verwandelt, die flexiblen Zeltwände pumpten Menschen durch die Straßen wie Blut durch die Adern, Nährstoffe kamen in Form von Kuchen und Kleiderspenden dorthin und wurden weiterverteilt. Die Stadt fühlte sich endlich lebendig an, erwachte zum Leben. So hätte es immer sein müssen. Einen Tag vorher hatte sich dort noch rein gar nichts geregt. Die Trabis waren wie eine Transfusion für dieses schläfrige Herz, das Lager ein Defibrillator, der es unter Strom setzte und wieder zum Laufen brachte. Nein, es war eine Herztransplantation für ein totes Land, und die rettete unser aller Leben. Das war keine Wiedervereinigung, sondern eine Notoperation. Endlich regte sich was in dem Laden.

Apropos regen – ein Haltedübel der Überwachungskamera am Eingang hat sich gelockert, und die lässt jetzt den Kopf hängen. Hab's provisorisch mit *Hansaplast* am Putz fixiert, aber klebe besser zusätzlich noch dem Hausmeister eine Nachricht an sein Kabuff, wenn ich gleich meine Runde drehe.

12.09.19

Die Zwillinge haben mich heute früh geweckt. Haben mal wieder vergessen, dass ich Nachtschicht hatte. Sie waren gestern demonstrieren und maulen über ihre Eltern. Also fast alles beim Alten, wäre da nicht der Umstand, dass sich Clara wohl in einen Mitdemonstranten verguckt hätte. Meint jedenfalls Dennis, sie bestreitet das.

„Und weißt du wie der heißt?", fragte Dennis. „Mario. Stell dir das mal vor!"

Ich gähnte, was offenbar nicht als angemessene Reaktion auf diese Enthüllung ankam.

„Ja und? Was ist daran auszusetzen?", wand Clara ein. „Außerdem find ich ihn ... nett."

„Der nette Mario!"

„Du bist nur eifersüchtig."

„Auf Mario? Das ich nicht lache."

„Du hast doch selbst gesagt, dass sein Plakat besser als unseres war."

„Das ist doch was ganz anderes."

„Könnt ihr das vielleicht ohne mich ...", warf ich versuchsweise ein.

„Was ist besser, Smörre: ‚Respect your mother' oder ‚Like the oceans we rise'?", wollte Dennis wissen.

„Beides super", seufzte ich und fischte mir eine Kippe aus der Schachtel. „Ganz besonders natürlich Mario."

„Siehst du", sagte Clara grinsend.

Dennis wendete sich händeringend an mich. „Nenn mir nur einen guten Mario, der ...."

„Adorf."

„Adolf?"

„Nein, Mario Adorf, der Schauspieler?" Ich zündete mir die Fluppe an und der Rauch stieg mir sofort ins Auge.

„Kenn ich nicht. Aber mehr fallen bestimmt auch dir nicht ...."

„Götze, Basler, Gómez, Balotelli und sicher noch ein halbes Dutzend weiterer Fußballer." Mein Auge tränte und ich musste blinzeln. Die beiden nahmen davon ohnehin so wenig Notiz wie von meinen Super Marios.

„Siehst du", wiederholte Clara, diesmal triumphierend.

„Aber du hasst doch Fußballer!"

„Nicht Fußballer, sondern Fußball", korrigierte Clara.

„Und was ist mit dem Komiker? Der heißt auch Mario."

„Der ist gar nicht komisch."

„Ja eben."

„Das hat Mario doch selber gesagt."

„Was soll er denn auch sonst sagen?"

„War's das? Ich komm sonst nämlich zu spät zur Arbeit und wollte mich eigentlich vorher noch mal hinlegen."

„Doch nicht etwa mit der brennenden Zigarette?"

„Natürlich nicht."

„Dann chatte so lange mit uns, bis sie aus ist, ja?"

„Einverstanden", nickte ich. „Und was haben die Römer sonst noch für uns getan, außer uns Marios zu schenken?"

Nadines Kopf schob sich ins Bild und es verschlug mir den Atem. Ihr Anblick traf mich unvorbereitet, sie war noch schöner als in meinem Kopf. Ein Schluckauf ließ mich den Rauch so ruckartig einatmen, dass ich husten musste.

„Du wolltest doch mit dem Rauchen aufhören", stellte sie unnötigerweise fest.

„Ja, Mama, schon gut", neckte ich und wischte mir die Tränen aus den Augen, in die sich vielleicht noch andere gemischt hatten.

„Du wolltest den beiden doch ein gutes Beispiel geben."

„Ich bin ja weit genug weg."

„Wir können dich sehen."

Wie kann es sein, dass ich immer wieder vergesse, wie viel schöner sie mit den Jahren geworden ist? In meiner Erinnerung sehe ich immer noch ihr junges Selbst vor mir. Nicht einmal die Webcam kann ihrer Schönheit etwas anhaben, und das macht gerade alles nur noch schlimmer.

Ein Schmerz in der Brust, so dass ich mir unter dem Tisch kräftig ins Bein kneifen musste, um nicht zu platzen. „Ich diene als abschreckendes Beispiel, schon vergessen?"

„Bist du denn ein Ei?", wollte Nadine wissen.

„Sehe ich etwa gepellt aus?"

Sie nickte. „Genauso blass, ja. Oder als hättest du einen Geist gesehen." Sie lächelte dabei, zärtlich, bezaubernd, dann war sie weg. Die Blicke ihrer Kinder folgten ihr neben dem Bildschirm und ich hörte ihre Stimme von weiter weg sagen: „Lasst euren Patenonkel noch ein bisschen schlafen, ja?"

Wir redeten stattdessen aber noch ein bisschen, lachten und mir ging Nadine's Anblick nicht von der Netzhaut, wo sie sich eingebrannt hatte wie auf einem Röhrenbildschirm.

Nach dem Videotelefonat war ich zu wach, um mich hinzulegen, also ging ich einkaufen. Kaum auf der Straße, fiel mir Mario Puzo ein. Verdammt.

Das ist so typisch. Ich glaube, Nadine wollte mir sogar den Tipp geben und ich hab's nicht gerafft. Wie immer krieg ich die Hälfte nicht mit und die besten Antworten fallen mir erst hinterher ein. Davon kann ich ein Lied singen.

Lanza! Mario Lanza! Ach, ich bin heute zu nichts zu gebrauchen.

Eine Stunde später rief mich Daniel an. Ich war gerade auf dem Rückweg vom Einkaufen, stellte die Taschen an eine Hauswand und zündete mir eine Zigarette an.

Er war sauer auf mich. „Wieso hast du ihnen von Nadine erzählt?"

„Hab ich nicht."

„Du hast mehrmals Nadine zu ihr gesagt."

„Was?" So eine Scheiße! Ist mir das etwa rausgerutscht? Muss wohl.

„Sie haben uns gelöchert ohne Ende, ob du damit vielleicht Nadja gemeint haben könntest."

„Warum sagt ihr es ihnen nicht einfach? Sie sind alt genug."

Daniel stockte der Atem. „Das sagst ausgerechnet du? Nach all den Jahren? Ich könnte dir echt den Hals umdrehen. Und was soll das denn bringen?"

„Weil es die Wahrheit ist? Sie sind doch inzwischen alt genug."

„Das ist nicht deine Entscheidung, Johann."

„So habe ich das auch nicht gemeint."

Ich kann mich nicht erinnern, Daniel schon mal so geschockt erlebt zu haben. Oder sauer. Außer auf seine Eltern. Und unsere Lehrer. Und halb Vilshofen.

„Daniel, sie sind jetzt so alt wie wir damals."

„Das ist was anderes!"

„Ist es nicht. Und sie sind schlauer, als wir es je waren. Du klingst fast schon wie ..." Ich biss mir auf die Zunge. Mir musste schnell was einfallen.

„Wie wer? Sag schon, spuck es aus!"

„Du weißt schon. Wie unsere Eltern." Da. Ich hatte tatsächlich den leisen Teil laut gesagt. Wie wahrscheinlich bei den Zwillingen auch.

„Wie *meine* Eltern, wolltest du doch sagen, gib's zu!"

„Daniel, ich ..."

„Du hast echt keinen Schimmer, was du angerichtet hast!"

„Es war ein Versehen, okay?"

„Nein, gar nichts ist okay. Von wegen Versehen, du Schwerenöter. Ich muss jetzt." Und er hängte auf.

Das tat weh. Zwei heftige Fettnäpfchen an einem Tag und ich war noch nicht mal auf Arbeit. War es wirklich so schlimm, dass sie erfuhren, dass Nadja früher Nadine hieß? Ich meine, sie wussten, dass wir uns in einem Flüchtlingslager kennengelernt hatten. Nur eben angeblich in Passau, nicht in Vilshofen. Passau war insofern besser, als dass die Nibelungenhalle, in der wir nie gemeinsam gewesen waren, in der Zwischenzeit abgerissen worden war und es somit dort auch nichts mehr zu besuchen gab. Und falls doch, war Passau immer noch weit genug von Vilshofen weg. So ungefähr lautete die offizielle Version, auf die wir uns vor 17 oder 18 Jahren geeinigt hatten, als die beiden noch im Bauch waren und ich ihnen versprach, dass ich ihnen helfen würde. Da wussten wir nicht einmal, dass sie zu zweit sind.

Nein, ich glaube der wunde Punkt war, dass ich seine Eltern angesprochen habe. Um das Thema machen wir einen Bogen, genauso wie um die von Nadine, denn Nadja hat ja keine mehr, von denen sie wüsste. Stattdessen halte ich ja als Ersatz her, weil sie sonst niemanden haben. Patenonkel, Opa und Mädchen für alles.

Warum habe ich mich überhaupt auf diese Lügengeschichte eingelassen? Daniel ist mein bester Freund und ich seiner. Jedenfalls war ich das bis heute, glaube ich.

Clara und Dennis vermissen es, Großeltern zu haben, stattdessen haben sie nun mich. Das finden sie zwar super, nur die Fragen bleiben. Vor allem, weil sie schon von klein auf spüren, dass da mehr ist, was man ihnen nicht sagen will, dass man ihnen etwas verheimlicht.

Ihre Eltern seien Waisenkinder in der DDR gewesen, hätten einander dort kennengelernt, sich ineinander verliebt, geheiratet und wären dann über Ungarn geflohen. Das war zwar schön knapp, leicht zu merken, aber halt gelogen. Und obendrein schlecht gelogen.

Es war verdächtig, dass immer nur Nadja von Ungarn erzählte, und Daniel von Passau – nie umgekehrt. Was das Waisenhaus anging, blieben sie beide gleich vage und Daniel hat sich bestimmt das eine oder andere aus *Gottes Werk & Teufels Beitrag* von John Irving geborgt, ohne daran zu denken, dass die beiden das später mal selbst lesen könnten.

Jede Nachfrage zu ihren Heimen haben Nadja und Daniel abgeblockt, verschleppt, nicht weiterverfolgt. Denn sie wussten ja um die Lüge, die mit jedem weiteren Verzicht auf Nachforschungen nur größer und offensichtlicher wurde. Wenn nicht für Clara und Dennis, dann doch für mich. Und wenn mir schon Zweifel kamen, dann würden irgendwann auch sie Verdacht schöpfen.

Nach all den Jahren haben Nadja und Daniel Angst vor ihren Eltern. Noch immer laufen sie vor ihnen davon, fürchten sich davor, mit ihren Kindern an der Hand einmal in einer Fußgängerzone vor ihnen zu stehen. Daniel weniger, seit sein Vater gestorben ist, er hat sich da seitdem ein wenig entspannt. Seine Mutter hatte den alten Speck bereits vorher verlassen, einen anderen geheiratet und ebenfalls Vilshofen den Rücken gekehrt – wenn auch vielleicht in einer anderen Reihenfolge.

Aber bei Nadja ist es noch immer so schlimm wie damals. Nicht weil sie Angst vor ihnen hatte, sondern weil die Enttäuschung viel zu tief saß. Der Spalt, der sich zwischen ihnen aufgetan hatte, war unüberbrückbar, kilometertief, schwarz und eiskalt. Nach all den Jahren wusste sie auch nicht mehr, was es noch zu sagen gegeben hätte. In den ersten Jahren hat sie die Situation immer mal wieder in ihrem Kopf durchgespielt, um Antworten gerungen, aber irgendwann hörte selbst das auf, und so durfte es gerne bleiben, wenn es nach ihr ginge.

Außerdem hatte Nadine ja auch eine Postkarte geschickt. Allerdings erst später, weil sie zunächst gar nicht wusste wohin damit. Bis ihr der Gedanke kam, sie an Bekannte ihrer Eltern in die DDR zu adressieren, als aus ihr schon die neuen Bundesländer geworden waren. Sie war sich ziemlich sicher, dass ihre Eltern nach der Wiedervereinigung wieder Kontakt zu ihnen aufgenommen hatten. Sie waren politisch aktiv gewesen, gehörten zu den Reformern, die die DDR von innen heraus verändern wollten, und jede Flucht kategorisch ablehnten. Sie waren die Einzigen gewesen, die ihre Eltern in die Fluchtpläne einweihten, so sehr hatten sie einander vertraut und ihre – wenn auch gegenteilige – Meinung respektiert, dafür war man sich ja beim Gegner einig. Nadine hatte Anfang 1990 in einer Zeitung von ihnen gelesen, dass sie Teil des Neuen Forums geworden waren und wusste also, dass sie in keinem Stasi-Knast einsitzen mussten, nachdem die Rothes über Nacht verschwanden. Wenn sie stattdessen als IM enttarnt werden würden, war es ihr im Grunde auch egal. Und damit hatte es sich.

Antwort hat sie natürlich keine darauf bekommen, weil auch diese Postkarte als kommunikative Einbahnstraße konzipiert war, die nicht zurückverfolgt werden konnte.

Die Postkarten waren für beide, für Nadine und Daniel ein Weg gewesen, Frieden mit ihren Eltern zu schließen, als würden deren Pappkanten die Nabelschnüre ein zweites Mal durchschneiden.

Nur der räudige Speck fand sich nicht damit ab, fuhr immer wieder nach Luxemburg und hoffte wohl darauf, seinem Sohn dort eines Tages zufällig über den Weg zu laufen. Dabei war Daniel sonnenklar gewesen, dass er Luxemburg nie wieder betreten würde, nur blieb seinem Erzeuger selbst noch der offensichtlichste Symbolismus verborgen.

Kinder sollten keine Angst vor ihren Eltern haben, niemals. Es sollte immer nur andersherum sein, wie bei mir. Meine Mutter hatte Angst um mich gehabt, es hätte nicht viel gefehlt und ich wäre gestorben. Dann wäre sie ganz allein gewesen. Danach war alles besser zwischen uns und sie wurde obendrein eine Ersatzmutter für Daniel und Lukas, wie sie sich ihre eigene gewünscht hätten. Das machte mich sogar ein bisschen eifersüchtig, ich hatte schließlich nur meine Mutter und wollte sie nicht noch mit anderen teilen müssen. Aber die beiden waren für mich mehr wie die Brüder, die ich nie hatte. Darum war das am Ende schon auch okay so. Diese drei sind für mich immer meine Familie gewesen und inzwischen sind es auch Nadine – Shit – Nadja! Nadja, Clara und Dennis. Blut mag dicker als Wasser sein, aber Liebe schwimmt immer oben. Und gerinnt nicht. Also so wie Spüli? Sie baden gerade ihr Herz darin ...

Wieder habe ich fälschlicherweise geglaubt, ich sei darüber hinweg, und jetzt stehe ich da und weiß, dass ich sie immer noch liebe, immer lieben werde. Für mich wird sie Nadine bleiben, egal wie oft ich Nadja höre. Für Clara und Dennis ist sie Mama, wenn ich bei ihnen bin, und wie Daniel und alle anderen jeden verdammten Tag seit 30 Jahren Nadja zu ihr sagen, höre ich ja nicht. Daniel hat es sich natürlich angewöhnt, wie könnte er auch anders? Aber ich muss mich jedes Mal zusammenreißen, es mir förmlich auf die Handinnenflächen schreiben, weil sie in meinem Kopf Nadine geblieben ist, und auch bleiben wird. Vor jeder Schlüsselübergabe zu Beginn meiner Zeit mit Clara und Dennis habe ich deswegen Bammel. Und am Ende ebenso.

Apropos Schlüssel, es ist Zeit für die zweite Schlüsselrunde, die Sonne geht schon auf.

Ich laufe durch die leeren Räume der Klinik, überprüfe wieder die Türen und Durchgänge, als ob sie über Nacht heimlich von Kobolden geöffnet worden wären, um kleine Kinder zu stehlen. So haben wir es auch immer in Berlin gespielt, als die beiden noch klein genug waren, um an Kobolde zu glauben, die sich von dem ernährten, was uns beim Kochen und Essen unter den Tisch fiel. Es hat lange gedauert, bis sie dahinterkamen, dass ich grob durchfegte und aufwischte, während sie schliefen. Hier waren keine Kobolde mehr am Werk, die Klinik ist einfach zu groß. Aber ich vermisse sie ein bisschen.

Clara und Dennis sind keine Kinder mehr, die vor der Welt beschützt werden müssen, vor Kobolden oder Fakten. Sie sind es doch, die deswegen versuchen, die Welt zu retten! Dazu brauchen sie den Zugang zu allen Informationen, die sie nur kriegen können, selbst wenn die vielleicht auf den ersten Blick nichts mit alledem zu tun haben.

13.09.19

Ich weiß zwar nicht wie genau Clara diesen Mario kennengelernt hat, aber ich ahne es. Wenn es nur annähernd so war, wie ich Nadine kennengelernt habe, dann ... auweia. Das erste Mal habe ich ja schon beschrieben: Aus der Ferne beim Haarewaschen. Nach meiner Raucherpause bin ich dann wieder ins Zelt zur Registratur, half den Flüchtlingen bei ihren ersten Schritten im Lager und hörte ihnen zu.

Als ich dann über Papieren saß, legten sich plötzlich ihre Hände auf meine und ich wusste schon, dass es ihre sind, bevor ich hochsah. Sie hatte mich was gefragt und weil ich nicht gleich reagiert habe, hat sie es wiederholt: ob ich nachschauen könne, ob ihr Papa inzwischen eingetroffen sei und ob ich ihr dabei helfen könne, ihn zu finden, falls man ihn in eines der anderen Auffanglager geschickt habe. Das tat ich dann auch, doch zuerst kriegte ich kein Wort raus, schluckte, nickte, blinzelte, befreite sanft eine meiner Hände, nahm meine Brille ab, putzte sie, stach mir beim wieder Aufsetzen fast ein Auge aus, zog die Augenbrauen hoch, hob das Kinn, sah den ausgefüllten Zettel an, den sie mir auf den Tisch geknallt haben musste, noch bevor ihre Hände auf meine gelangt waren, und stammelte einen Silbensalat darüber wie Buchstabensuppe aus der Packung. Jetzt starrte ich den Zettel an, als sähe ich seinesgleichen zum ersten Mal.

Ich habe kein fotografisches Gedächtnis, aber diesen Zettel sehe ich so klar und deutlich vor mir wie eine Fotografie.

Ihre Schrift sah ich, die Buchstaben ausschweifend, die Linien übertretend, eine Grenzgängerin durch und durch. Ich blinzelte, atmete aus und sah zu ihr auf, jedes Blinzeln fokussierte auf eine andere Sommersprosse.

Immer blicke ich zu ihr auf, mein Leben lang.

Wie schön sie war. Dann stammelte ich etwas, von dem ich hoffte, es enthielte die folgenden Informationen: „Mach dir keine Sorgen. Ich finde ihn und sag dir umgehend Bescheid. Zelt 23, Rothe." Ich bezweifle stark, dass es so klar über meine Lippen kam, aber wie durch ein Wunder hat sie mich wohl trotzdem verstanden, denn ihre Hand drückte meine und dann schenkte sie mir ein von den wunderbarsten Grübchen, die ich je gesehen hatte, umrahmtes Lächeln, wie es schon zuvor Daniel verzaubert hatte – nur wusste ich das da noch nicht. Sie stand schneller auf, als ihr meine Augen folgen konnten, an ihr blieb kein Blick haften, alles perlte an ihr ab wie Regen von einem Kürbisblatt.

„Nadine", flüsterte ich.

Der ganze Moment hat sich in meine Seele geschliffen: die Holzbank, auf der ich saß, die Zeltplane, die Luftfeuchtigkeit, alles. Alles Leben und meine Aufmerksamkeit hatte sie aus dem Zelt herausgesaugt, einfach mitgenommen, und ich wollte nur wieder in ihrer Nähe sein. Wie zum Kuckuck hatte sie das gemacht?

Wenn sie mich gebeten hätte ihr bis ans Ende der Welt zu folgen, ich hätte alles stehen und liegen gelassen. Die Zeit blieb in ihrer Gegenwart stehen, schlich auf Zehenspitzen aus dem Zimmer, alles war da, die Wahrnehmung so klar, wie wenn man sich seine frisch geputzte Brille aufsetzte. Gleichzeitig war es genau umgekehrt, nicht mehr so scharf, die Grenzen verliefen, alles wurde eins. Ich war mit ihr vereint in diesem Moment. Als hätte ich mein ganzes Leben für diesen einen Augenblick trainiert, ohne es zu wissen, im Schlaf eine Sprache gelernt, direkt ins Unterbewusstsein geschrieben und dann gesprochen, als hätte es nie eine andere gegeben. Eine zweite Muttersprache, eine neue Heimat. Kein Schlafwandeln mehr, sondern der Traum wurde hier zur Wirklichkeit und die Welt zum Traumhintergrund. Wie einen Ertrinkenden zog sie mich aus dem Wasser und mir war, als würde ich nach Jahren zum ersten Mal Luft holen.

In dem Moment verstand ich, was Freiheit ist. Was wirkliche Freiheit ist. Wie Freiheit geht. Mit ihr. Freiheit umwehte sie wie ein Duft.

Und dass uns die Freiheit erst von drüben mitgebracht wurde. Weil wir vorher gar keine Ahnung von ihr gehabt hatten. Gar keine, von nichts.

Es klingelt.

Es hat wirklich geklingelt, unten an der Tür zur Notaufnahme. Ein Junge hat Spaghetti erbrochen, ist mit Verdacht auf Blinddarmentzündung rüber ins Klinikum gebracht worden und ich habe die Sauerei eben aufgewischt.

Alles hätte anders verlaufen können. Rede ich mir jedenfalls seitdem gerne ein. Wenn ich ihr zuerst begegnet wäre, nicht Daniel, so wie es eigentlich hätte sein sollen. So wäre es richtig gewesen.

Und der säuerliche Geschmack von frisch Erbrochenem hängt mir immer noch in der Nase.

Jetzt hat sich Schwester Anita darüber beschwert, dass ich hier nur noch rumsitzen und schreiben würde. Immerhin mal was Neues, sonst meckert sie ja darüber, dass ich hier Bücher lese. Natürlich während sie ihre Klatschspalten zum hundertsten Mal durchblättert. Ich glaub, in Wahrheit ist sie nur eifersüchtig auf das, was immer ich hier auch schreibe, weil das könnte ich ja genauso gut ihr erzählen. Dabei bin ich froh darüber, mal nicht mit ihr reden zu müssen. Wobei reden nicht stimmt, mehr Zuhörer sein, für was immer sie jetzt wieder Skandalöses gelesen hat oder welche neuen kruden Ansichten sie vertritt. Das hält sie wach, aber mich macht das wütend. Wut hält einen zwar auch wach, aber gut ist das nicht. Trotzdem sollte ich mal wieder irgendetwas für sie tun. Ich glaube, ich werd ihr ein Buch kaufen. Sie liest halt leider gerne Krimis, die überhaupt nicht mein Genre sind. Aber vielleicht hat Mama einen Tipp für mich, sie liest ja ab und zu welche. Werd sie fragen, wenn wir uns das nächste Mal sehen.

14.09.19

Was ist denn heute los? Erst ein Armbruch, dann 'ne akute Meningitis mit Lumbalpunktion und allem. Der Arme hatte schon so einen Druck, dass es durchs halbe Behandlungszimmer spritzte.

Jetzt ist's schon nach Mitternacht und alle kleinen Patienten schlafen heute unruhig. War vielleicht mal wieder Erdbeben? Auf Station 3 nässen sie sich ein, die Eltern klingeln und man kann sich nicht mal ...

Ich war grad mal eine Zigarette anzünden, dann stand bereits die nächste Notaufnahme an: Salmonellen oder Rotavirus, weiß nicht mehr was, denn vorher war schon einer, da war ich mit der Schlüsselrunde noch nicht mal durch, und ich bring's jetzt durcheinander. Müdigkeit.

Wird heut nix mehr, habe ich den Verdacht. Dann hat auch noch Schwester Anita zweimal mein Tablet verräumt, weil es im Weg war. Immerhin hat sie mir geholfen meine „Semmel" wiederzufinden.

Noch eine Notaufnahme, und leider eine mit „Holst du mal den Sizilianer aus dem anderen Behandlungszimmer?" plus dem sich daran anschließenden Geschrei und Gerangel vor dem Röntgensaal mit der Polizei. Ich bin echt bedient.

Singe innerlich „Everyday glory" vor mich hin, weil Neil einfach immer für alles die richtigen Worte gefunden hat, bei dem es mir sonst die Sprache verschlägt.

15.09.19

Gestern kam echt noch ein Patient rein, zwischen Schlüsselrunde und Übergabe. Gibt so Tage.

Aber nun dazu, wie Daniel sich in Nadine verliebt hat. Oder besser, wie er ihr begegnet ist und sie beide es mir mehr oder weniger überein-stimmend erzählt haben.

Daniel hatte im Vergleich zu mir schon mal das Glück, nicht bei vollem Bewusstsein gewesen zu sein, denn er wehrte sich dagegen geweckt zu werden. Geweckt hat sie uns ja alle, aber Daniel eben sprichwörtlich als Erstes, weil sie ihn für mich hielt, für einen schlafenden Helfer im Lager. Das ist wohl die traurige Ironie daran, dass sie eigentlich auf dem Weg zu mir war.

Wenn ich doch nur diese eine Nacht nicht zu Hause geschlafen hätte, sondern gleich im Lager, wie z. B. die Nacht davor. Wenn, wenn, wenn ... ja, dann. Dann aber!

Aber weiter im Text. Dieser Helfer lag jedenfalls nur so da. (Das hätte ich auch gekonnt.) Auf einer Bank, wo längst ein anderer sitzen sollte. Sechs plus x eben, ganz wie Uwe es gesagt hatte. Es dauerte sechs Stunden und ein bisschen mehr, bis zur vollen Einsatzbereitschaft des Lagers. Wir waren noch bei sechs minus und Nadine war natürlich schneller gewesen. Sie war immer in allem schneller. So lernten sie sich kennen, Nadine mit dem gelben Laufzettel in der Hand, Daniel mit einem Kater im Kopf.

Nadine brauchte nur einen Stempel, das konnte Daniel aber nicht wissen, dabei saß er zufällig davor. Als er Nadine sah, war das wohl wie in

Schneewittchen, nur das nicht der Prinz der schlafenden Prinzessin einen Kuss gab, der sie aufweckte, sondern die Prinzessin hielt dem Prinzen die Nase zu. Gut, Daniel hatte jetzt keinen vergifteten Apfel gegessen, höchstens etwas Vergorenes, Bier um genau zu sein. Ein Schuss Dornröschen war auch noch dabei, denn nach 100 Jahren Schlaf hat sich die Prinzessin wahrscheinlich erst mal die Zähne putzen wollen, so wie Daniel nur schnell unter eine Dusche wollte.

Nadine hielt ihm den ausgefüllten Zettel unter die Nase und wollte weiter, und Daniel ihre Telefonnummer. Es würde mich nicht wundern, wenn er sie danach gefragt hätte. Dann fiel ihm wahrscheinlich ein, dass sie dort ja jetzt gar nicht mehr wohnte und es ewig klingeln würde. So wie leider immer noch in seinem Kopf. Er nahm ihren Zettel, genau wie ich wenig später und las: Nadine Rothe.

„Was für ein schöner Name: Nadine."

Wahrscheinlich sah er sie verträumt an, und sie rollte mit den Augen.

„Ich bin Daniel." Und dann hielt er ihr die Hand hin.

Nadine beugte sich schon langsam zu ihm runter, als würde sie ihn küssen wollen, Daniel machte verträumt die Augen zu, dann nahm sie sich den Stempel und prägte damit so laut ihren Zettel und den Tisch darunter, dass sich Daniel fast auf die Zunge gebissen hätte, und ging kopfschüttelnd aus dem Zelt, bevor er die Augen wieder richtig auf hatte.

Und gerade so beim Rausgehen warf sie ihm einen schelmischen Blick zu. Das war das Tüpfelchen auf dem I. Einer von diesen Blicken, die sich einbrennen, die man nie vergisst – die hat sie drauf.

Ich habe keinen Grund daran zu zweifeln, dass es wirklich so war.

Ich versuch's heute Abend besser wieder mal mit Lesen. Diese komischen Videos überzeugen mich nicht. Wie Lukas Nadine kennengelernt hat, schreibe ich morgen auf, mir steckt immer noch die gestrige Nacht in den Knochen.

18.09.19

So gut habe ich noch nie nach einer Nachtschicht geschlafen. Endlich! Am Lesen lag's nicht, sondern weil ich es doch noch mal mit ASMR probiert habe, also am nächsten Morgen zu Hause. Das Video lenkte meine Ohren genug ab, um den unaufmerksamen Rest von meiner eigenen Müdigkeit überwältigen zu lassen.

Und jetzt fühle ich mich so ausgeschlafen wie ewig nicht. Die ersten drei Tage nach einer Nachtschicht bin ich ja meistens ziemlich gerädert, aber stattdessen habe ich so gut geschlafen und bin so voller Energie, dass ich glatt das Schreiben vergessen habe. Dabei war ich noch nicht mal mit dem ersten Tag vom Flüchtlingslager fertig und so lange stand es nicht einmal. Heute vor 30 Jahren war es schon wieder leer, nach nicht einmal einer Woche Betrieb.

Die letzten zwei Tage habe ich mich endlich um die Dinge gekümmert, die sich aus Faulheit angehäuft hatten, aber natürlich nur wegen meiner Sommergrippe liegengeblieben waren. Meine Wäsche zum Beispiel. Also gestern zum Waschsalon getigert, Maschine vollgestopft, kein Kleingeld für den Waschmittelautomaten gehabt, gegenüber Zigaretten und eine Dose Cola gekauft, dann endlich rauchend draußen gestanden. Drinnen war es mir zu stickig, obwohl die Tür offen stand.

Warum hinterlässt Cola aus der Dose noch mal dieses blecherne Gefühl im Mund und auf den Zähnen?

Die frische Wäsche wurde dann gleich im Treppenhaus vom Geruch der im alten Fett anbrennenden Buletten von Herrn Wirsing empfangen. Nach spontanen Sprint in den zweiten Stock hängte ich meine Klamotten noch immer nach Luft japsend auf dem Balkon auf. Zur Belohnung wollte ich dann gleich eine rauchen, bremste mich aber noch im letzten Moment und qualmte stattdessen drei Minuten später am offenen Küchenfenster, nachdem ich die Fensterbank freigeräumt hatte. Von dort hörte ich dann dabei zu, wie die Müllabfuhr unter dem Balkon ihre Tätigkeit aufnahm. Von solchen

Stinkstiefeln erzählen sie einem in der Waschmittelwerbung nie etwas.

Dann habe ich gestern *Verlorene Paradiese* fertig gelesen, und die Idee, dass die Erde selbst ja nichts anderes als ein Generationenraumschiff ist, geht mir nicht mehr aus dem Kopf. Wir fliegen halt statt geradeaus im Kreis und müssen mit den Konflikten zwischen Wissenschaft und Religion, Zweifel und Glauben auch immer wieder von vorne anfangen. Ganz los werden wir sie nie, höchstens ändert sich ihre Form. Wir reden vom Klimawandel und andere freuen sich halt über das schöne Wetter. Alles eine Frage der Wahrnehmung und wie viel Wissen man verträgt oder ignoriert.

So toll es geschrieben ist, ich musste immer wieder eine halbe Seite zurückblättern, weil meine Gedanken nach Vilshofen abwanderten. Dass man gleichzeitig eine Sache lesen kann, ohne sie zu behalten, weil man an etwas anderes denkt, hat zwar etwas Faszinierendes, stört aber mächtig bei beidem. Und ich dachte, ich hätte Vilshofen längst hinter mir gelassen. Meine Reise ging nicht von der Erde nach *Shindychew*, sondern nur von Vilshofen nach Aachen. Trotzdem liegen auch hier Welten dazwischen.

Bin ich überhaupt schon angekommen? Daran, dass die Erde hier gerne mal bebt, habe ich mich inzwischen gewöhnt, aber wie soll man so zur Ruhe kommen? Oder bin ich es, der die Beben provoziert, weil ich keine Wurzeln schlage? Ist es am Ende gar nicht Vilshofen, das an mir hängt, sondern bin ich hier derjenige, der nicht loslassen kann? Und wenn es so ist, zu welcher Gruppe gehöre ich dann? Zu den Gläubigen oder den ewigen Zweiflern?

Kein Wunder, dass mir bei solchen Gedanken das Lesen schwerfiel. Auch zum Lesen braucht man Ruhe, bei der Arbeit geht es nicht. Jedenfalls nicht, wenn man seine wachen Phasen zum Schreiben nutzt. Ich werde deshalb erst mal darauf verzichten in den Nachtschichten zu lesen. Dann muss ich quasi schreiben. Multitasking ist halt Quatsch. Bleib bei einer Sache, und wenn dir was einfällt, mach es gleich oder schreib es auf einen Zettel für später.

Das heißt, einen geborenen Multitasker kenne ich: Lukas. Niemand sonst kann die widersprüchlichsten Dinge mit unsichtbaren Händen jonglieren, bei denen anderen der Angstschweiß ausbricht. Lukas scheint nicht zu wissen, dass es sich um laufende Motorsägen in seiner Rechten und um scharfe Handgranaten und eine Orange in seiner Linken handelt. Anderen würden da die Hände zittern, bei ihm bleibt der Kopf leer und er sieht nur den richtigen Weg. So jemand müsste eigentlich Chirurg werden, nur kann er leider eine Leber nicht von einem Schnitzel unterscheiden. Außerdem gibt es noch den ausgleichenden Nebeneffekt, dass er manchmal die einfachsten Sachen nicht auf die Reihe kriegt. Den Stundenplan lesen, die richtigen Hausaufgaben machen oder die nötigen Schulbücher mitbringen – wenn ihm jemand sagt, was er tun soll, blockiert etwas in seinem Kopf. Anarchismus ist ihm ebenso angeboren wie Multitasking. Zugegeben eine schräge Kombination. Auch um seinetwillen wünsche ich mir, dass Clara und Dennis die ganze Wahrheit erfahren. Es ist ungerecht, wenn umgekehrt nicht auch Lukas endlich von ihnen erfährt.

Vor 19 Jahren hat er Nadine und Daniel zuletzt gesehen, in ... Wo hatten wir uns gleich noch mal verabredet? Als Nadine dann mit den Zwillingen schwanger war, wiederholten wir einfach die Abmachung, wie wir sie schon zuvor bei Valentin getroffen hatten. Wenn Lukas nicht wusste, wo sie wohnten und dass es ein Enkelkind – oder jetzt eben Enkelkinder – gab, dann konnte er sich gar nicht verplappern.

Lukas übte sich zwar im Lügen, aber das Einzige, was er hinbekam, war, dass andere sichtbare Körperteile rot wurden: Nase, Wangen, Ohren oder alles nacheinander wie bei einer kaputten Ampel. Es war hoffnungslos. Bis wir dahinterkamen, dass zu unserem Vorteil auszunutzen. Weil es sich bei den Eltern etabliert hatte, dass Lukas nicht lügen konnte, wurde er für sie zum wandelnden Lügendetektor. Aber wir fanden heraus, dass man die Wahrheit ein wenig zu unseren Gunsten verbiegen konnte. Wenn die Fragen nämlich nicht präzise genug gestellt waren, dann konnte sich Lukas dumm stellen, weil er ja nicht exakt danach gefragt worden war.

Zum Beispiel die Frage, ob wir Alkohol getrunken hätten, verneinte Lukas erleichtert, weil wir ja keinen reinen Alkohol getrunken hatten, sondern Spirituosen. Ein Bier zum Beispiel besteht schließlich zu mehr als 95 % aus anderen Substanzen, also trank man da doch in erster Linie Bier und keinen Alkohol. Blieb ein letzter Schluck in der Flasche oder Dose, konnte man sich damit rausreden, dass dort der Großteil des bösen Alkohols sein musste, im Noagerl. Weil er sich so ähnlich am Boden absetzte wie Hefe im Weißbier. Nicht wahr?

Ganz doof waren Daniels Eltern aber auch nicht, weil der alte Speck zum Beispiel frech fragte, ob Daniel denn vielleicht ein Bier getrunken habe, was Lukas an den Rand der Lüge brachte. Jedoch nur an den Rand, denn um sicherzugehen, kippte sich Daniel immer noch einen Schluck von etwas anderem hinein, damit es auf diesem Umweg für Lukas zu einem Radler wurde. Er stellte vorher immer sicher, dass Lukas dabei nicht hinsah, sondern nur hinhörte, wenn er es tat. Damit versaute sich Daniel zwar oft den Geschmack vom Bier ein wenig, andererseits wollte aber auch wirklich nie wieder jemand einen Schluck von ihm abhaben. Und wenn Daniel mutiger drauf war, enthielt sein Radler sogar Schnaps. Mehr als eins trank er dabei sowieso nie, damit er nüchtern genug blieb, und für hinterher hatte er immer *Tic Tac* dabei. Wenn er nichts anderes zum reintun fand, landete auch mal eins davon im Bier, wo es dann vor sich hin blubberte oder es beinahe zum Überlaufen brachte, wenn er nicht aufpasste.

Was früher funktioniert hat, würde auch jetzt klappen. Und Lukas war einverstanden gewesen. Auf die Frage, ob er wisse, wo Nadine und Daniel wohnten, antwortete er wahrheitsgemäß mit „Nein". Wurde er gefragt, ob er Nadine und Daniel gesehen habe, dann verneinte er auch das, denn er hatte ja Nadja und Daniel getroffen. Zu unserem Glück wurde er immer nach beiden zusammen gefragt und nie einzeln. Aber wer nach Daniel fragte, bekam als Gegenfrage „Daniel Speck?" zu hören. Denn für ihn war er ja inzwischen zu Daniel F. geworden und so lief auch diese Frage ins Leere. Unseren Daniel und diese Nadine von drüben hatte er also offiziell zuletzt im September 1989 gesehen.

Die Sache war tatsächlich wasserdicht, aber leider auch in beide Richtungen und damit wenig durchdacht, denn es hieß auch, dass wir Lukas immer mehr belügen mussten. Bei kleinen Lügen ist das ja vielleicht noch in Ordnung, weil es das Beste für alle war, aber mit der Zeit wurden die Lügen größer. Sprichwörtlich, denn die Zwillinge werden übernächstes Jahr volljährig und er hat bis heute keinen blassen Schimmer von ihrer Existenz. Das ist einfach zu viel. Nach allem, was er für sie ertragen hatte – und auch für mich. Wie oft ich ihn darüber angelogen habe, warum ich wieder keine Zeit hatte, um meinen Urlaub mit ihm zu verbringen. Jahr für Jahr blieb mir immer weniger Zeit für ihn, als wäre unsere Freundschaft langsam eingeschlafen, aber so war es nicht. Nur wie musste das erst für ihn ausgesehen haben? Jetzt vergisst nach Daniel auch noch Johann, dass es mich gibt? Das war gemein. Man richtet sich in der neuen Welt bequem ein und dann will man nicht von alten Überbleibseln gestört werden, die einen an diese Lügen erinnern, weder an die, die man anderen auftischt, noch an jene, die man sich selbst erzählt. Das Versteckspiel hat Lukas über die Jahre mit verschlungen. Wollten Nadine und Daniel warten, bis ihre Kinder ausgezogen waren? So ging das nicht weiter.

Also rief ich ihn an, bevor ich länger darüber nachdenken konnte. Sein Mobiltelefon leitete direkt auf die Mailbox weiter, wahrscheinlich war der Akku wieder leer. Auf gut Glück versuchte ich den Festnetzanschluss. Hoffentlich war er in der Zwischenzeit nicht schon wieder umgezogen und hatte wie üblich vergessen seine Telefonnummer mitzunehmen. Jedes Mal meldete er es komplett ab und dann wieder neu an. Ich wollte schon wieder auflegen, als er außer Atem abhob.

„Wos gibt's?"

Es ist irre. Spätestens nach zwei Silben mit Lukas hat man gute Laune. Noch immer, nach all den Jahren.

„Haaallooo, is da wer?"

„Ich bin's."

„Johann?"

„Ja, wer sunst?"

„Mei, schau her, da Johann meld se a amoi", stellte Lukas sarkastisch fest. „Wia geht's denn Axel und Christiane, i moan da Nadja?"

„Ach, alles beim Alten", log ich so routiniert, dass ich die Augen zusammenkniff. „Mir steckt nur gerade die letzte Nachtschicht in den Knochen, sonst ist alles okay."

„Aber bei mir gibt's wos Neis", sagte er mit vor Stolz platzender Stimme. „I wollt' di eh oruafa, weil i bin schwanger."

„Vom *Hacklberger* oder vom *Aldersbacher*?"

„Des dad dir so passn, du Lokalpatriot. Na, i moan mia san schwanger!"

„Die Mia? Von wem?"

„Na, vo mir", haspelte Lukas. „Loss mi hoid ausred'n."

Verdammt, auch das noch. Das war kein Scherz. Lukas wurde Papa und ich machte hier dumme Witze.

„Koa Mia, sondern d'Sandra und i, mia kriag'n a Kind."

„Das ist ja großartig!", rief ich, und ich freute mich wirklich für ihn, von ganzem Herzen. „Alles Gute, dir und ... Sandra? Kenn ich die?"

„I wo, natürlich ned. Aber du wirst as kennalerna, wennst zu uns kimmst und des mit dem Wickeln und oim Drum und Dran zoagst."

Jetzt steckte ich in der Patsche. „Nichts lieber als das, wann ist es denn so weit?"

„Termin ham mia Ende Mai."

„Das ist ja noch eine Weile hin." Und ein ziemlich klares Zeitfenster, um endlich reinen Tisch zu machen. Eine Gnadenfrist. Wie konnten wir uns nur so an diese ganze Scheiße gewöhnen?

„Wieso host denn du überhaupt's ogruafa?", wollte Lukas wissen und ich hatte keine Ahnung, was ich sagen sollte.

„I hob di vermisst", sagte ich wahrheitsgemäß und konzentrierte mich damit auf den letzten kümmerlichen Rest Wahrheit. „Die Tage hab ich viel über das Flüchtlingslager nachgedacht, und wie ihr Nadines Vater gesucht habt."

„Du werst lacha, i a. Des is jetzt genau dreiß'g Jahr her und mia is so, als war's erst gestern gwen."

„Genauso geht's mir auch", sagte ich und musste lächeln. Dann hatte ich eine Eingebung. „Weißt du zufällig noch, wie die Klassenzimmer im C-Bau nummeriert waren? Erinnerst du dich an ein Zimmer 107?"

„107? Na. Wia kimmst denn auf so wos?"

„Hatte einen beschissenen Albtraum, in dem ich danach gesucht hab."

„Wenn i vo der Schui tram, dann is Party in der Turnhalle und sunst nix", schwärmte Lukas.

„Weißt du noch, wie du auf dem Dach ..."

„Mei, verzähl des fei neamandm, Johann. Ihr hobts es versprocha!"

„Und ich hab's gehalten", beruhigte ich ihn. „Das ist doch inzwischen verjährt."

„Füa mi ned", sagte Lukas und seufzte. „Und wos, wann'd 107 gor ned im Gym is, sondern woanders?"

Er war immer noch für einen überraschenden Geistesblitz gut, genau wie damals. „Lukas, du bist genial."

„Woaß i eh."

„Noch was, Lukas", ergänzte ich, schon im Auflegen begriffen. „Hat dich eigentlich noch mal jemand nach Daniel gefragt?"

„Uff, da muas i überleg'n. Wart' amoi ..."

„Ist schon länger her, oder?"

„Mei, mindestens a paar Jahr. I glaub 10 g'langa da ned. Wieso fragst?"

„Ich kann mich nicht erinnern, wann du mir zum letzten Mal was erzählt hast. Bevor's Alzheimer ist, dachte ich, frag ich", bog ich mir eine passable Ausrede zurecht.

„Wahrscheinlich als der oide Speck g'storbn is, da hod mi wer nach'm Daniel g'fragt."

„Das wäre dann Anfang 2006 gewesen."

„A scho wieda ewig her. Kimmt mir ned so lang vor."

„Hast du noch mal von ihm geträumt?", fragte ich und ahnte bereits die Antwort.

„Ja, leider. Oa- zwoamoi im Jahr is Hau-den-Lukas", seufzte er. „De Drecksau. Aber immer no bessa als vo der Schui trama."

„Vielleicht mog i nur wieder zum Geistler gehn."

„Endlich sogst eps G'scheids", sagte Lukas lachend und wir alberten noch ein wenig wie früher herum, ehe wir auflegten.

Mich hat im Nachhinein überrascht, mit welcher Leichtigkeit ich eingewilligt habe, ihn in Vilshofen besuchen zu kommen. Ich bin 30 Jahre nicht dort gewesen. Aber jetzt, nachdem ich angefangen habe darüber zu schreiben, ist mir sogar danach zumute. Als käme ich nach Hause. Dabei ist das albern. Wo bin ich überhaupt zu Hause? Hier? Dort? Ich hab echt keine Ahnung. Mit Mutter habe ich immer zur Miete gewohnt. Daniel auch, wenn ich mich nicht irre. Nur Lukas' Elternhaus in Eging war da anders, dafür ist er dann öfter in Vilshofen umgezogen als wir anderen alle zusammengenommen quer durch die Republik.

Ob es doch was anderes ist? Was suche ich dort, im Zimmer 107? Die Konfrontation mit einem Gespenst? Ist es das, was mich in meinen Albträumen zurück in die Schule treibt? Kann man seinen Frieden vielleicht auch aus der Ferne machen? Nein, vielleicht geht das nicht.

Verdammt, ich habe vergessen Lukas von ASMR zu erzählen! Ich wollte es ihm doch schon schreiben und jetzt versäumte ich glatt die nächste Gelegenheit. Als wäre er nicht mehr Teil meines Lebens. Es tut weh, sich das einzugestehen, aber er hat lange eine viel zu kleine Rolle gespielt. Ich habe ihn vermisst und mich dann daran gewöhnt. Er fehlt mir. Und wie. Ich schreibe ihm jetzt sofort.

19.09.19

Lukas ist derjenige, der in Vilshofen am meisten Zuhause war. Es hat ihn nie richtig in die Welt hinausgezogen, er hatte dort alles, was er zum Leben und Glücklichsein brauchte. Am meisten vermisste er noch den Eginger See, weil ihm fließende Gewässer ein wenig unheimlich waren.

Ich und Daniel haben uns regelmäßig über seine Sesshaftigkeit gewundert, denn wir hatten Hummeln im Arsch, und konnten gar nicht oft genug aus Vilshofen raus. Je länger, desto besser.

Aber woran lag das? Denn diese Heimatverbundenheit hatte nichts patriotisch Verklärtes an sich. Er nahm alles so, wie es war, die guten wie die schlechten Seiten, positionierte sich eindeutig dazu und man konnte ihn immer beim Wort nehmen. Lukas schien aus der Zeit gefallen zu sein, wurde nicht von Strömungen um ihn herum erfasst, drehte sich wie ein kleiner Strudel am Flussufer gegen die Stromrichtung und machte es sich dort gemütlich wie eine Katze, die sich zum Nickerchen einrollt. Wie ein stehendes Gewässer, dessen Strömungen man nicht gleich erkennt. Jedenfalls behauptete er, dass es im Eginger See Unterströmungen gab, die einen unter Wasser ziehen konnten. Das war vielleicht das Einzige, bei dem wir uns nie sicher waren, ob er uns verarschte, aufzog oder schwindelte.

In Vilshofen käme außerdem früher oder später die ganze Welt vorbei, wenn er nur lange genug warten würde. Das Flüchtlingslager gab ihm da sogar ein bisschen recht. Oder Bands, die im Pa-Hof spielten. Die Geduld einfach an Ort und Stelle zu warten hatten wir nicht. Vielleicht war Lukas aber schon in diesem Zen Zustand zur Welt gekommen. Das hatte auch Vorteile. Denn Lukas konnte an Vilshofen ablesen, was wirklich blieb. Er las die Stadt wie Wahrsager ihren Kaffeesatz. Vilshofen war seine Skala, sein Lackmustest für alles. Blieb etwas dort haften, hinterließ es Spuren, dann beschäftigte er sich damit. Moden kamen und gingen, manchmal gleich zusammen mit den Lokalpolitikern, die sich dafür eingesetzt hatten. Wer nicht genau hinsah, hätte ihn mit einem Sturkopf verwechseln können, aber Lukas war nur der Fels in der Brandung. Ihn warf einfach nichts aus der Bahn.

Vilshofen war für mich nie richtig Heimat geworden, wegen des doch großen Minderwertigkeitskomplex der Kleinstadt. Den kann man inzwischen sogar offiziell am Zusatz „an der Donau" ablesen, um wenigstens nicht länger mit dem Namenszwilling nördlich von Regensburg verwechselt zu werden, der kaum mehr zu bieten hat als einen Wirt, einen Getränkemarkt und dem obligatorischen Sportverein. Dabei gibt es dort ja auch eine Vils, und an dieser Dopplung lässt sich doch wunderbar ablesen, wie klein die Welt einmal für die Vilshofener gewesen sein muss, dass die aus dem einen jenen aus dem anderen nie begegnet sind. Die waren einander einmal so fremd wie Ost- und Westdeutsche 1989 und sind es wahrscheinlich bis heute geblieben. Denn genau wie in tiefster Vergangenheit kommen weder die einen noch die anderen Vilshofener heute in ihrem Alltag weit über ihre Stadtgrenzen hinaus (und wenn dann eher in einem Ferienflieger), doch deswegen will noch lange kein Niederbayer versehentlich für einen Oberpfälzer gehalten werden – und umgekehrt.

Während die bayerischen Stämme vor ihren Dörfern darüber diskutieren, wer oder was denn jetzt bayerischer ist, sind es die Urbayern in ihrem Schatten, mit denen ich immer sofort warm geworden bin. Solche sturen Böcke wie Lukas, charmant-ruppige Urviecher, deren offene Herzlichkeit noch jeden für sich eingenommen hat.

Der Geistler war auch so einer. Unser Metzger, Wirt und Orakel. Natürlich hat uns Lukas zum ersten Mal zu ihm geschleppt.

Seine Gaststube zu betreten war wie auf Botschaftsgelände zu kommen, ein Staat im Staate. Dort herrschten leicht verschrobene Gesetze: seine. Wem das nicht passte, der konnte ja wieder gehen. Wen die Soße vom Schweinsbraten verdächtig an die auf den Pommes erinnerte und wer das ansprach, obwohl die doch auf einem anderen Teller kamen, konnte zur Strafe damit rechnen, dass er ihm ein paar Milliliter weniger Bier zapfte, indem er es mehr schäumen ließ.

Eine Speisekarte suchte man drinnen wie draußen vergeblich, es gab eh immer das Gleiche – deswegen ging man ja dorthin. Erwartete man etwa an einer Currywurstbude Salat? Die Preise kannte man bald auswendig und die blieben während unserer gesamten Schulzeit gleich, frei von Inflation oder sonstigen Zahlendrehereien. Das einzige Mal, dass er schummelte, war, als sich die Journalisten vom Privatfernsehen erdreisteten, eine Quittung von ihm zu verlangen. Eine Quittung! Von ihm, der gerade Gratisessen an die Flüchtlinge ausgab! Denen hat er dann eins ausgewischt, indem er ihnen heimlich fünfzig Pfennig zusätzlich auf die Rechnung mogelte. Damit hatte sich die Sache für ihn erledigt. Wir mochten seine Art und Rechtsprechung. Da fühlte man sich sofort merkwürdig geborgen, war gerne Gast.

Als er starb, hielt es seine Familie nicht mehr dort. Der Geistler war das einzige funktionierende Beispiel für die Aufhebung der Gewaltenteilung gewesen, und sie starb mit ihm. Alles erinnerte Lukas an die Lücke, die er hinterlassen hatte. Die Wände waren näher gerückt, der Raum kühler und obwohl das Essen eigentlich noch genauso schmeckte, war trotzdem nichts mehr richtig. Die Gaststube hatte nicht mehr die richtige Ausstrahlung, es war wie in einem Sonnensystem zu sein, dessen Sonne erloschen war. Das warf die Planeten aus ihren Umlaufbahnen und alle gingen fortan ihre eigenen Wege. Es ist zwar wieder eine einheimische Metzgereikette dort eingezogen, aber der Verlust war durch nichts zu kompensieren.

Der Erste, den Lukas verloren hatte, war sein Bruder. Der lebte zwar noch, war aber gerade beim Bund, und ohne seinen VW Bus fehlte uns die Mitfahrgelegenheit. Markus war meistens allein damit unterwegs gewesen – seinem angeblichen Liebesnest. Dabei steckte mehr Liebe im Auto, als dann tatsächlich darin gemacht wurde. Lukas' Bruder hatte im Gegensatz zu uns zwar schon viel mit Mädels gehabt, aber eher neben dem Wagen als darin. Mehr so in auf und unter Schlafsäcken an Lagerfeuern. Also wenn wir seinen Erzählungen Glauben schenken durften. Zwar fanden wir einmal einen Slip im hinteren Bereich, aber den hat er dort wohl strategisch für uns platziert (und im Zweifel sogar selbst gekauft), denn wehe einer von uns ließ auch nur mal eine Jacke oder einen Pulli drin liegen – der Täter kam nicht einmal ganz zur Schiebetür raus.

Markus war unsere Eintrittskarte in ganz neue Kulturwelten gewesen. Mit ihm erreichten wir zum ersten Mal die fernen Indie-Discos, funkelnde Sternschnuppen, jede bis zu 40 oder 50 km tief in der Pampa versteckt. Discos, die zwar auch Namen hatten, aber meist eher an Schuppen erinnerten, und vielleicht deshalb eher unter ihrem Ortsnamen bekannt waren: Jägerwirth, Bad Griesbach, Büchlberg, Köching, Bad Höhenstadt.

Nach Markus ging Daniel, dann ich, Geistler starb und von da an war Lukas allein in Vilshofen. Für mich fühlt es sich ein bisschen so an, als hätte er dessen Funktion geerbt, als bräuchte jeder Ort einen wie ihn. Einen mit Herz, der dort hingehört und den Laden zusammenhält.

Wahnsinn, an den VW Bus und Markus habe ich lange nicht mehr gedacht. Eben beim Rauchen ist mir wieder eingefallen, dass der Bus hinten ausgebaut war. Mit einer Sitzbank, die man als Bett ausklappen konnte, sowie einem kleinen Tisch, den man dazu vorher zur Fahrzeugwand einfalten musste. Sicherheitsgurte gab es hinten keine, nur noch zwei Sitze hinter der Fahrerbank. So blieb theoretisch viel Stauraum für Transporte oder gar eine Tour. Der Bus wäre ideal für unsere Instrumente gewesen, aber Markus weigerte sich, egal wie oft wir auf das Thema zu sprechen kamen. Rein hypothetisch, denn wir hatten ja überhaupt keine Auftritte. Aber in den Discos hätten wir auftreten können und wenn wir die abklapperten, fühlte sich das schon ein bisschen so an, wie auf Tour zu sein, und wir liebten dieses Leben.

Markus zog uns damit auf, dass er sich höchstens unter der Bedingung darauf einließe, wenn wir uns auf einen Bandnamen einigten. Weil er ganz genau wusste, dass wir höchstens Kandidaten hatten: *Loss of Sight*, *Blind Alley*, *Second Sight* – immer war irgendetwas mit den Augen nicht in Ordnung, ein Vorschlag schlimmer als der andere. Gemeinsam hatten die nur, dass es uns offensichtlich an Durchblick mangelte. Unsere Band habe ich aber auch namenlos zusammengehalten.

Inzwischen habe ich das Trommeln ganz aufgegeben. Ob ich überhaupt einen Rhythmus ohne Klick halten könnte? Wenn sich die beiden wieder verheddern würden und dann hilfesuchend zu mir gucken, könnte ich sie dann noch immer mit ein bisschen Kopfnicken wieder neu einzählen wie früher? Wahrscheinlich eher nicht. Wir haben inzwischen wirklich alle was mit den Augen. Und die fallen mir jetzt endlich zu.

21.09.19

Gestern war ich zu erschöpft, um noch zu schreiben und heute habe ich Muskelkater in den Armen. Wie Clara und Dennis in Berlin war ich hier demonstrieren. Den größten Stress bereitete es mir tatsächlich, ein Schild vorzubereiten. Also nicht das Basteln selber, sondern was ich draufschreiben sollte. Das erinnerte mich an die Suche nach einem Bandnamen, obwohl diesmal nicht meine besten Freunde überzeugt werden mussten, sondern ... alle? Also alle wie in „die ganze Welt"? Außerdem musste ich mich damit später vor meinen Patenkindern rechtfertigen. Kurz war ich versucht, einfach das Peace-Zeichen zu malen, aber dann schrieb ich stattdessen „prüfungsrelevant" in die Mitte, mit nach rechts immer enger und größer werdenden Buchstaben, als würden die den Bauch einziehen und sich lang machen, dafür blieb links aber sehr viel Platz. Also noch mal von vorn. Weil ich das Schild aber wahrscheinlich nie wieder von meinem Besenstiel trennen kann, so wie ich es da verklebt habe, kam das neue Stück Pappe eben vor das alte. Jetzt konnte ich das Wort richtig gut lesen. Wenn ich mich nicht weit davon entfernte. Verdammt. Also machte ich die Buchstaben dicker, bis sie sich fast berührten und malte nach außen weisende Pfeile drum herum.

Das war gar nicht übel. Aber wegen des zweiten Pappschildes kippte es jetzt nach vorne, also klebte ich als Gegengewicht noch eins mit der Aufschrift „Science over profit" auf die Rückseite. Na bitte, geht doch.

In Aachen war zu meiner Überraschung mehr los, als ich erwartet hätte. Mein Wende-Schild hat direkt ein paar Schmunzler hervorgerufen, was mir sehr schmeichelte. Leider war es so kopflastig, dass es auf Dauer ganz schön Kraft erforderte es oben zu halten. Ich habe überhaupt nur eins gemacht, um nicht versehentlich von Eltern als potentieller Pädophiler beäugt zu werden. Dafür hat's wohl gereicht, waren aber auch mehr Erwachsene dabei, als ich erwartet hätte. Mein Lieblingsplakat war diesmal „More trees, less assholes". Der Ton wird langsam rauer.

Weil mein Handy keine Fotofunktion hat, musste ich jemanden bitten mich mit meiner Kamera zu fotografieren. Die konnten dann mit einem Apparat, der etwas mehr erforderte, als auf einen Auslöser zu drücken, nicht umgehen, also war ich prompt unscharf und zu dunkel. Wobei ich das mit dem „unscharf" nur annehme, denn auf dem Bild konnte man nichts erkennen, es sah aus wie bei Nacht unter dem Bett aufgenommen. Beim nächsten Versuch war die Belichtung zwar okay, dafür aber weder mein Schild lesbar noch das Gesicht als meines zu erkennen. Im dritten Anlauf passte es dann, damit ich einen Beweis für die Zwillinge hatte, inklusive der Titelseite der aktuellen Aachener Zeitung.

Am schlimmsten waren gar nicht die Reden, wie ich angenommen habe, sondern die Musik. War die Zeit stehen geblieben oder warum liefen da die Protestlieder der 60er, 70er und vielleicht noch 80er Jahre, aber nichts von heute? Gibt es keine mehr oder hat hier der Vater von jemandem DJ gespielt? Allen Ernstes kam „We don't need no education" aus auf den Rücken geschnallten Brülltonnen, ich war von mobilem Surround-Sound umzingelt, fünf gegen einen, ohne Fluchtmöglichkeit, wenn man Teil der Demo bleiben wollte. Unerträglich. Was das Problem auf den Punkt bringt. Früher brachte man es auf den Punk, bzw. der Punk die Aufregerthemen zu uns. Es gibt keine Protestmusik mehr, das klingt alles nach dem Plattenschrank der Eltern – Verzeihung – Großeltern. Wir hatten wenigstens noch ... na ja, so dolle klangen unsere Punks jetzt auch wieder nicht, den Arzthosen ging's einfach noch zu gut. Das war im Grunde genauso gegrölt wie Fangesänge oder Karneval, halt nur mit E-Gitarren. Braucht man nur mal jemanden fragen, der kein Deutsch versteht. Manchmal verstand man allerdings auch das Englisch der Deutschen nicht, etwa wenn Mille von *Kreator* über die Lichtgeschwindigkeitsriffs bellte, aber bei „Toxic trace" war die Wut über die Vergiftung des Planeten schon im Titel zu erahnen, und erst recht im Video zu spüren. Bei uns hieß Klimakatastrophe halt noch schlicht Umweltzerstörung, die Ursachen für beides sind aber die gleichen geblieben: Jemand verdient daran, auf Kosten von uns allen.

Oh, und *Rage Against the Machine* – die klangen nicht nur richtig wütend, sondern hatten es schon unmissverständlich im Namen stehen. Aber was hört sich denn heute bitte noch revolutionär an? Könnte „Bad guy" etwa als Protest durchgehen? Und wenn ja, Protest wogegen? Das Aufwachen?

Das darf doch echt nicht wahr sein. Was ist nur aus der Rockmusik unserer Eltern geworden? Kuschelrock Sampler. Da kam der Protest gar nicht erst mit drauf. Wir hatten dann wenigstens kurz Grunge, aber den Kids heute bleibt nur Cringe, Krümel und Autotune.

Nach der Demo habe ich die Reaktionen in den Medien verfolgt. Irgendwie beklatschen alle Parteien die demonstrierenden Kinder, aber eher so, als wollten sie sie übertönen. Für die Misere verantwortlich, oder wenigstens angesprochen, fühlt sich keiner. Alle verweisen auf ihre Programme und Initiativen – und Montag geht bitte wieder zur Schule und macht eure Hausaufgaben. Und zwar still auf eurem Zimmer, wie früher.

Ich glaub der Protest ist noch zu bunt. Ach, guck mal, eine Sonnenblume! Ui, die da hat einen Globus gebastelt, ach wie süß! So kommt der Klimawandel nicht in den Köpfen an. Vielleicht sollten die Kinder auf ihrem Schulweg einfach mal damit anfangen Autoreifen zu zerstechen. Da sind Straßenbahnbenutzer klar im Vorteil.

Trotzdem: Die *Fridays for Future* Demonstrationen sind größer, als alles, was ich bisher gesehen habe. Gestreikt wird sogar weltweit, und immer mehr Gruppen schließen sich ihnen an, allen voran natürlich die Wissenschaftler selber. Eigentlich ist es wie der Moment aus *Des Kaisers neue Kleider*, als die Stimme eines Erwachsenen bestätigt, was das Kind zuerst ausgesprochen hat: „Der Kaiser ist nackt!" Tja, Hans Christian, die Leute bleiben aber lieber trotzdem weiter nackig, wenn es ihnen zu heiß wird, und pflegen dabei ihren Sonnenstich.

Aber die Dynamik einer weltweiten Bewegung sollte man nicht unterschätzen, es fehlt ihr nur noch der richtige Ausdruck für ihren Protest, der richtige Hebel ... und bessere Musik.

Clara und Dennis sind jedenfalls zufrieden, weil diesmal Nadine und Daniel dabei waren. Sie haben mir Fotos geschickt, und wenn ich jemals eine glückliche Familie gesehen habe, dann diese. Und ich bin mir sicher, dass die ersten Bilder von Lukas, Sandra und ihrem Kind genauso aussehen werden. Und würden sie voneinander wissen, wäre es nur noch schöner.

Okay, ich muss los, sonst komme ich zu spät.

Bin wieder da. Mama macht einen fitten Eindruck, ehrlich gesagt fitter als ich. Sie sieht jetzt in Rente jünger aus, als in ihren letzten Dienstjahren. Ihr Rücken ist tatsächlich besser geworden, und vom Sich-was-dazu-verdienen ist sie nicht abzubringen.

„Mutter", sagte ich betont, auch um sie damit ein bisschen zu ärgern. „Meinst du nicht, du könntest deine Rente einfach genießen, wie andere auch?"

„Das mache ich doch, *Stachelbärchen*."

Ich kneife die Augen zu und nicke getroffen. Sie weiß, dass ich es hasse, wenn sie mich so nennt. „Du arbeitest immer noch im Altenheim."

„Nein, ich helfe dort nur aus, das ist ein Riesenunterschied."

„Ja, gut. Ich mach mir nur Sorgen, dass du dir zu viel aufhalst, wenn du schon mal dort bist."

„So wie du mit drei Monaten Nachtschicht? Du bist auch nicht mehr der Jüngste. Sieh dich doch einmal an, du sitzt da wie ein Häufchen Elend."

„Das ist wegen der Demonstration gestern, ich hab Muskelkater."

„Von dem bisschen gehen?"

„Nein, weil ... Ach, können wir bitte das Thema wechseln?"

„Du hast doch damit angefangen", beschwerte sie sich, fragte dann aber schon versöhnlicher: „Wie geht's Clara und Dennis?"

„Gut", sagte ich noch ein wenig genervt.

„Waren sie denn demonstrieren?"

„Ja, natürlich, ist alles gut gegangen. Aber das geht für die ja jetzt noch die ganze Woche mit Aktionen weiter. Ich weiß wirklich nicht, wo die die Energie hernehmen. Aus der Luft? Von der Sonne?"

„Du warst mal genauso." Mama lächelte milde. „Was hast du denn dann auf dem Herzen, mein Junge?"

„Wenn ich das wüsste – ich hab vor ein paar Tagen mit Lukas telefoniert. Er wird Vater."

„Schön für ihn", freute sie sich. „Vielleicht ein bisschen spät, aber das wird er schon schaukeln. Richte ihm Grüße von mir aus, dem Saubazi."

„Mach ich. Es ist nur ..."

„Du willst, dass er endlich von Daniel erfährt, dass er nicht der Einzige mit Nachwuchs ist?"

Gibt es etwas Besseres, als wenn einen die eigenen Eltern in dem bestätigen, was man denkt, ohne es überhaupt aussprechen zu müssen? „Ich an seiner Stelle würd's ihm sagen."

„Und du hast Angst, dass er wieder wochenlang sauer auf dich ist, wie als du es mir erzählt hast."

Ich nickte.

„Du kannst die Entscheidung nicht für ihn treffen."

„Was kann ich denn dann tun? Es zerreißt mich, Mama."

Sie nahm mich an den Handgelenken und drückte sanft zu. Das beruhigt mich immer.

„Im Altenheim ..."

„Ach, komm mir nicht mit deinen Geschichten aus dem Altenheim", flehte ich.

„Im Altenheim", wiederholte meine Mutter langsam, „da warten sie alle auf den Besuch von ihren Enkeln. Auch die, die überhaupt keine Kinder haben. Als würden sie sich bei anderen Mitbewohnern anstecken, so geht das reihum. Sie warten und warten, sind unglücklich und bauen Erwartungen auf, die kein Enkelbesuch erfüllen kann. Mit dem Warten machen sich viele auch jedes kleine Glück zunichte, das sie haben könnten, jeden Tag. Das hat mich mal sehr getröstet. Wusstest du das?"

„Das kleine Glück?"

„Nicht um Enkel zu trauern, die ich nicht habe. Sondern darüber froh zu sein, dass du dein Glück mit mir teilst, und ich meins mit dir. Das Glück, dich immer noch in meinem Leben zu haben. Dazu gehört auch, dass ich Entscheidungen von dir akzeptiere, die ich nicht teile. Und dass ihr Lukas nichts gesagt habt, fand ich noch nie richtig."

„Was du nicht sagst." Ich befreite meine Hände, lehnte mich zurück und zog eine Zigarette aus der Packung.

„Oder das da ..."

„Mutter!", stöhnte ich. „Ich hab's kapiert."

Sie schusserte mir mein Feuerzeug über den Tisch zu. „Du warst eifersüchtig, wenn Daniel und Lukas länger bei uns geblieben sind. Und sie waren so oft da, dass ich mir überlegt habe, ihnen eigene Schlüssel machen zu lassen."

„Ist ja auch kein Wunder, dass die nicht zu sich nach Hause wollten."

„Was du bei deiner Eifersucht übersehen hast, war, dass sie sich Sorgen um dich gemacht haben. Sie haben sich die gleichen Vorwürfe gemacht wie ich. Dass sie dich zu lange alleingelassen haben, dass sie nicht für dich da waren, als du sie am meisten gebraucht hast."

„Ich war nur doof gewesen und ..."

„I red ned vo dir", unterbrach mich Mama. „I wui sogn, dass di der Lukas und der Daniel genauso liabm, wia i di. Deswegen warn di für mi seitdem imma wia Familie. Host mi?"

Bei Lukas klang es immer fröhlich, aber wenn Mama ins Bayerische rutschte, war der Spaß unmissverständlich vorbei.

„Du meinst, sie versauen sich auch noch das bisschen Glück, das sie mit ihren Enkeln haben könnten, wenn sie dann doch mal kommen?"

Mama nickte. „Weil, was können sie ihnen anderes erzählen, als dass sie die ganze Zeit auf sie gewartet haben?"

Das leuchtete mir ein. „Wenn man dir zuhört, könnte man meinen, die ganze Welt wäre ein Altenheim."

„Ist sie auch", seufzte Mutter. „Wie eine Bibliothek, aus der nie ein Buch ausgeliehen wird."

„Apropos, hättest du vielleicht einen Tipp für mich?", fragte ich. „Etwas, das ich Schwester Anita schenken könnte?"

„Der Scheuklappen-Tante? Wieso denn das?"

„Damit sie mal was anderes als ihre Klatschhefte zu lesen hat. Sie mag Krimis ganz gerne."

„Lass mich mal nachdenken. Vielleicht fällt mir was ein."

Dann sprachen wir ein bisschen über die Bücher, die wir gerade lesen. Für Nachtschichten braucht man packende Geschichten, die einen wach halten und in die man nach Unterbrechungen schnell wieder hineinfindet. Wenn man in Altenheimen den Bewohnern vorlas, ebenso, auch wenn dort die Aufmerksamkeitsspanne meist aus anderen Gründen beeinträchtigt war. Von daher hatten wir immer gute Tipps füreinander.

Es tat gut, das mit ihr besprochen zu haben, nur sah ich noch immer keinen Ausweg aus meinem Dilemma. Ich konnte nicht hinter Daniels Rücken gegen seinen Wunsch verstoßen und Lukas alles erzählen. Die beiden wissen voneinander nur noch aus zweiter Hand, nämlich meiner. Und seit 13 Jahren hat niemand mehr Lukas nach ihm gefragt.

Warum bin ich überhaupt der Idiot, der mit allen Kontakt hält? Der sich an alles erinnert? Wieso bleibt das alles immer an mir hängen? Warum tun sich die anderen alle leichter mit dem Loslassen? Wahrscheinlich, weil ich im Herzen ein Schlagzeuger geblieben bin. Ich liebe diese Idioten einfach zu sehr, und daran bin nun mal nur ich selber schuld.

Oh verdammt! War gestern nicht Lukas' Geburtstag? Ja, natürlich. Und ich Esel frage mich seit Wochen, warum mir das Streikdatum die ganze Zeit so merkwürdig vertraut vorkommt.

23.09.19

Da ist die Freiwoche auch schon wieder um. Verdammt. Und heute Nacht wieder einen Schulalbtraum gehabt, fast so wie beim letzten Mal. Zu früh gefreut. Ich wusste irgendwie, dass es eine Fortsetzung war, etwas später am gleichen Tag, oder was weiß ich. Nur diesmal hatte ich einen Schlüsselbund dabei, wie der aus meiner Nachtschicht, den ich jetzt gerade spüre, wie er in der Hosentasche gegen meinen Oberschenkel drückt.

Es war Nacht und ich machte die Schlüsselrunde durch die Schule, vielleicht wie Elvis damals? Weiß ich gar nicht. Alle Eingänge musste ich prüfen: die Raucherecke, dann hinter der Bibliothek den Ausgang zum kleinen Pausenhof. Dunkelheit umfing mich, so ähnlich wie bei Schuldisco, wenn sich niemand auf die Tanzfläche traute – nur ohne DJ, Musik und alles, nicht mal Trockennebel, der einen vor Blicken hätte schützen können. Und ich spürte, dass ich nicht alleine in der Schule war. Ich kam die hintere Treppe hoch, am Musiksaal vorbei Richtung Haupteingang. Der Durchgang zum A-Bau war stockfinster, ein schwarzes Loch, und ich ging nach rechts zur Doppeltür, die nach draußen führt. Ich wollte raus, und nicht in den anderen Gang hinter mir hinein. Ich wusste, dass dort etwas auf mich wartete, ganz am Ende, im Biologie-Zimmer. Ich hielt die Schlüssel umklammert und wollte mehr zusperren, als es Türen gab, und nichts auf.

Hinter jeder Tür konnte es lauern wie das Alien auf der Nostromo, und ich hatte anstelle eines Flammenwerfers nur mein Feuerzeug dabei, das nicht an bleiben wollte. Ein Wind blies vom A-Bau her und pustete es immer aus. Suchte ich nach dem Alien oder war ich seine nächste Beute? Kein Geräusch, nur Totenstille. Ich wagte nicht zu Atmen und selbst die dämliche Schulglocke hätte jetzt beruhigend auf mich gewirkt, so ähnlich wie eine Computerstimme, die den Countdown bis zur Selbstzerstörung herunterzählte.

Oder ist es eigentlich andersherum? Bin ich das Alien? Das Kuckucksei, das ins falsche Nest gelegt wurde, das hässliche Entlein? Waren die Lehrer diejenigen, die sich vor uns gefürchtet haben? Nein, das Lehrerzimmer war das Nest und jedes der faulen Eier darin konnte aufplatzen und einem ins Gesicht springen. Sogar die blauen Rauchschwaden hatte es dort gegeben, von Zigaretten, Zigarillos und der einen oder anderen Pfeife. Damit betäubten sie einen, und wer dann zu schwach wurde, um noch zu fliehen, den grabschten sie sich und machten ihn fertig. Es wurde einem speiübel, und dann trug man plötzlich etwas – nicht in, sondern vor sich her, fremdgesteuert von den Lehrern, für sie, irgendwohin. Arbeitshefte, Bücher, so was halt.

Die Schlüsselrunde im Krankenhaus war grad echt gespenstisch, alles wegen dem Scheißalbtraum. Ich habe direkt eine an der Auffahrt aus der Tiefgarage rauchen müssen. Da stehe ich eigentlich ganz gerne, nur eher unter der Überwachungskamera, anstatt davor. Heute war mir aber irgendwie wohler, wenn ich wusste, dass man mich oben auf einem Monitor sehen konnte.

Themawechsel. Ich wollte schon beim letzten Mal endlich über Lukas schreiben und wie er sich in Nadine verguckt hat. Der ist aber vorher noch seiner Monika begegnet. Und das kam so:

Als der schnelle Meyer sich fertig angemeldet hatte, musste er seinen Toyota Corolla noch umparken. Denn die Autos sollten alle zum Volksfestplatz an der Donau gebracht werden, der dafür hergerichtet worden war. Der BGS hatte einen Shuttle-Service eingerichtet. Lukas bot sich an, ihm zu zeigen, wie er dorthin kam, und so fuhr er mit. Das stelle ich mir romantisch vor – einschließlich mit der von Müdigkeit begünstigten Zeitlupe. Und der Moment muss ziemlich genau mit dem Sonnenaufgang zusammengefallen sein. Und unbedingt ohne den Geruch dazu, es sei denn, man gehört zu jenen, die den von Tankstellen lieben, diese Mischung aus Benzinschwaden und einem Hauch von Motoröl? Zu denen gehörte ich nie, wohl, weil unsere Wohnung neben der *Agip*-Tankstelle gelegen hatte.

Die Sonne ging gerade donauseitig auf, stand noch tief, beleuchtete aber die Wolken von unten in einem kräftigen Orange. Sie bogen auf die Zufahrt zum Volksfestplatz ein und dort parkten in einer Dunstblase aus Abgasen Trabis, Wartburgs und Ladas ein.

Lukas wird sich an die Güterzüge erinnert haben, die aus Dingolfing kommend durch Vilshofen fahren, vollgestellt mit fabrikneuen BMWs und für ihn unerreichbar, weil nie einer für ihn runterfallen wollte.

Hier lag die Sache anders. Hinter ihnen hupten bereits die nächsten Neuankömmlinge, die rechtzeitig umgeleitet wurden, wie es geplant war, und seine Augen gingen auf. Lukas erkannte Gelegenheiten, wenn er sie sah, und hier hieß es jetzt oder nie.

Er stieg aus und ging langsam oben an der Böschung entlang Richtung Friedhof, die Augen nicht von der Horde Autos abwendend. Dann sah er vor sich einen anderen gehen, der genauso wie er konzentriert zu den Fahrzeugen hinuntersah, als ob es Büffel wären, und der auf der Suche nach leichter Beute war, kein Jungtier, sondern ein krankes, lahmendes, das man leicht reparieren konnte. Lukas sah zur gegenüberliegenden Seite. Dort lauerten aber keine Jäger, dafür reichlich

Schaulustige. Einige waren mit ihren Mofas hergeknattert und stellten keine Gefahr für ihn dar, keine Konkurrenz. Aber hier pirschten mit ihm andere ausgehungerte Fahrzeuglenker herum, ausgestattet mit großen Führerscheinen, für Vierbeiner, Klasse 3. Langsam schlichen sie alle näher an ihre auserkorenen Opfer heran, zogen immer enger werdende Kreise, sorgsam darauf bedacht, dass man sich nicht gegenseitig in die Quere kam, es auf ein anderes Tier abgesehen hatte als der Nebenmann, und sprach es schließlich an.

Die Wahl der Waffen fiel dabei unterschiedlich aus. Manche versuchten es mit einer Lügengeschichte, wie dass man damit im Westen gar nicht fahren dürfe, nur um von einem ADAC-Mann eines Besseren belehrt zu werden. Andere wollten ihre Rennpappen einfach nur so schnell es ging loswerden.

15 Minuten später hatte Lukas sich ein Auto gekauft und Monika getauft. Das sind die wesentlichen Eckpunkte, wenn man außer Acht lässt, wie Lukas nach Hause sprintete, um seinen Sparstrumpf zu plündern (und die gemeinsame Haushaltskasse mit seinem Bruder), wieder zurückrannte, als hinge sein Leben davon ab, um dann glücklich eine Stunde zu brauchen, um vom Platz zu fahren. Erst gab ihm der Vorbesitzer einen Crashkurs im geparkten Auto, dann stand er im Stau, der sich an der Ausfahrt gebildet hatte. Glücklich im Leerlauf tuckernd war er im siebten Himmel.

Wo das „Monika" herkam, hat er nie verraten. Ich vermute, dass es mit der französischen Austauschschülerin Monique zu tun hatte, die mal eine Woche da war, als wir in die Achte gingen, aber ich kann mich auch irren. Woran ich mich erinnere ist, wie wir nach der Schule durch die Straßen liefen und Moniköh riefen, und Jöhän, Danielöh und Lükähs, aber Lukas hat nie mitgemacht, nur gequält gelächelt. Wir waren ihm peinlich, und es war uns egal.

Monika parkte er dann auf dem für einen Montag übervollen Parkplatz vom Gemeindehaus der evangelischen Kirche, die direkt in Sichtweite neben dem Bergerparkplatz lag. Es war immer noch der 11. September und noch nicht mal Mittag! Aber unser aller drei Leben standen bereits komplett kopf. Es lag etwas uns bis dahin Unbekanntes in der Luft und diesmal kam es ausnahmsweise mal nicht von der Brauerei. Unsere verhärtete Lebenseinstellung hatte sich binnen Minuten darin aufgelöst, wir waren jetzt wie Wachs in den Händen ... von niemandem. Alles hätte man aus uns formen können, alles war möglich, alles war drin, nicht nur Schrödingers Hund, Katze, Maus – alle seine Haustiere, eine ganze Arche Noah.

Der evangelische Pfarrer Köckhuber stand überwältigt vor einer Welle aus Hilfsbereitschaft, die eine Schlange zum Gemeindehaus bildete. Lukas lief daran vorbei und es roch wie Weihnachten, hier nach Zimt, dort nach Zitronenkuchen, er erkannte Gesichter, die vor Freude strahlten, mit Geschenken in den Armen, so wie sie sie gerade tragen konnten.

„Scheinheilige Könige", murmelte Lukas, nur um dann geschockt festzustellen, dass da nichts von dem sonst üblichen Misstrauen in den Gesichtern stand, sondern Freude. Als seien sie einem Stern gefolgt, der jetzt über dem Bergerparkplatz leuchtete und statt Myrrhe brachten sie Windeln mit, die sich vermutlich auch damals schon als deutlich nützlicher erwiesen hätten, wenn man gerade ein Neugeborenes besucht. Daran sieht man wohl auch, wie viel Könige mit der Kindeserziehung zu tun haben. Sehr weise, die Besucher aus dem Morgenland, beziehungsweise von so weit her gereist wie aus Einöd.

„Die ham ja doch eps bei eana dazua g'lernt, was Dieter?", sagte Lukas und klopfte dem Pfarrer aufmunternd auf die Schulter, ohne dass auch nur einer von beiden bemerkte, dass eigentlich ein „Herr Köckhuber" angemessen gewesen wäre. Außerdem war Lukas katholisch, aber er kannte ihn ja aus den ökumenischen Schulgottesdiensten, die er gemeinsam mit Herrn Schlichting hielt.

„Da predigt ma' jahrelang Nächstenliebe und bringt Beispiele, und wenn es plötzlich alle tun, kann ma's kaum glauben."

Es kann sein, dass Lukas die glasigen Augen von Herrn Köckhuber sah, als er das murmelte, aber wahrscheinlich hielt er es für eine Spiegelung in dessen Brille, denn er lief längst weiter, hinten um das Gemeindehaus herum. Natürlich auf der Suche nach uns, um mit seiner Eroberung anzugeben.

Dann lief auch er in Nadine. Na, fast.

„Kannst du das bitte mal halten?"

Lukas drehte sich zu ihr um und sah sie erst nicht richtig, weil sie vor der Sonne stand, so dass er die Augen zusammenkneifen musste. Als er die Hand über die Augen hielt, sah er blinzelnd, wie schön sie war. Und oben ohne, weil sie ihm gerade ihren BH hinhielt. Wobei das so nicht ganz stimmt, denn das war gar nicht ihrer, sondern einer, den sie aus den Kleiderspenden für ihre Mutter herausgefischt hatte. Sie selbst trug einen zu eng anliegenden pinken Badeanzug, unter dem sich ihre Nippel abzeichneten. Lukas fielen trotzdem fast die Augen aus dem Kopf und er nahm mit zittriger Hand den Büstenhalter entgegen, ihn vorsichtig zwischen Daumen und Zeigefinger haltend, als wäre er ein ausgerollter Fliegenfänger, auf dem er doch eigentlich landen wollte.

„Und das hier bitte auch?" Nadine warf ihm ein Sommerkleid zu, das er geschickt mit dem ausgestreckten Arm auffing und willig als lebender Kleiderständer diente. Seine Augen gewöhnten sich an das Gegenlicht, während sich Nadine durch die Kisten grub.

„Na, das war's wohl", erklärte sie, warf einen Ostfriesennerz über Lukas, nahm ihm die Sachen vom Arm und aus der Hand und ehe sich Lukas befreit hatte, war sie weg. Er sah sich um und erhaschte noch einen Blick, wie sie das Pfarrhaus Richtung Lager passierte, hastete ihr leicht benommen hinterher und fiel dabei fast über die eigenen Füße. Nein, da war kein Erschrecken in ihren Augen gewesen. Nicht der Hauch davon. Wie konnte das sein? Was zur Hölle war das? Auf kirchlichem Grund musste das doch eher ein Zeichen des Himmels sein, ein Engel vielleicht? Und was genau wollte er noch mal hier?

Während Lukas so vor sich hin ins Lager stolperte, lief er auf jemanden auf, der sehr elegante Schuhe trug. Lukas stammelte „Entschuldigung" und wollte weiter, da reichte ihm Max Streibl die Hand, schüttelte sie und drehte seinen Kopf lächelnd zur Seite, genau in die Richtung der Fotografen. Lukas sah nur noch Blitzlichter und ehe er begriffen hatte, was da gerade passiert war und die Lichtflecken auf seiner Netzhaut verblassten, war der Tross um den bayerischen Ministerpräsidenten auch schon weitergezogen. Hatte der gerade „Herzlich Willkommen" zu ihm gesagt?

Auch Daniel hatte eine Begegnung mit der Presse. Diesmal allerdings der eigenen, von einem Privatsender, ich habe vergessen, welcher.

Die fragten ihn, wo er herkomme, und erwarteten als Antwort wohl Ungarn, und nicht „der Ortenburger". Woher sollten sie nach knapp zwei Wochen vor Ort auch wissen, dass die Straße hinter der Häuserreihe des Bergerparkplatzes so heißt?

„Ach so, Österreich, ja, haha. Und wie ist es hier im Westen?"

„Bisschen mehr los als gestern, aber sonst ..."

„Keine Angst mehr vor Bespitzelung?"

„Na ja, das fühlt sich jetzt auch wie ein Verhör an. Könnten sie mich mal bitte vorbei ..."

„Etwas Dankbarkeit können wir schon erwarten, oder?"

„Was? Wieso ..."

„Die Bereitschaft, Sie alle aufzunehmen. Das ist nicht umsonst."

„Ich würde ja gern von hier weg, aber man lässt mich ja nicht."

„Der Papierkram dauert eben ein bisschen."

„Ein bisschen? Zwei Jahre nennen Sie ein bisschen?"

„Übertreiben wir mal nicht. Wo soll es denn dann hingehen?"

„Weiß ich noch nicht, Hauptsache weg von hier."

„Wie, auch aus Westdeutschland oder nur Bayern?"

Daniel nickte. „Freiheit und so."

„Ach Reisen, jaja."

„Nein, ich meinte schon ins Ausland gehen, mal woanders leben als in diesem Kaff."

Das war wohl der Moment, als bei dem Reporter der Groschen fiel, er die Arme hängen ließ und die Aufzeichnung abbrach. „Der ist von hier."

„Ich? Ja, was ..."

Der Reporter machte seinem Ärger ein bisschen Luft. „Solltest du nicht in der Schule sein?"

Daniel zuckte mit den Schultern. „Da ist heut eh noch nix los."

„Dann geh halt nach drüben, wenn es dir hier nicht passt!"

Und weg waren sie. Wegen seiner langen Haare hatten sie ihn wenig überraschend für einen Flüchtling gehalten.

Die ausländischen Journalisten mochten wir alle sehr viel mehr, wahrscheinlich weil es denen am Ende egal war, woher wir kamen, ob aus West oder Ost. Für die waren wir sowieso alle Deutsche, immer gewesen.

Die nahmen eine Einigkeit war, die es gar nicht gab, und bis heute nicht gibt. Also abgesehen von diesen wenigen Tagen.

Unseren Beteuerungen, dass die Einheimischen hier sonst nie so freundlich wären, glaubten sie schlicht nicht. Wer konnte es ihnen verdenken? Wir trauten ja selbst kaum unseren eigenen Augen. Also hielten wir vorsichtshalber die Klappe, damit man am Ende nicht uns in Mainkofen einliefern würde.

24.09.19

Ich habe noch mal über den Albtraum von gestern nachgedacht. Also vorgestern, ach egal. Eigentlich wollte ich mich eher in der Schule einsperren und verbunkern, als dort heraus, oder nicht? Sich zu verschließen ist wahrscheinlich genau der falsche Gedanke. Vielleicht sollte ich mir Hilfe suchen – im Traum, meine ich, nicht im Wachzustand. Die richtigen Türen öffnen. Jetzt aber erst mal Kaffee.

Zum Glück ist diese Woche Schwester Heide auf Station, da gibt's keinen Stress. Außerdem hat mein Lieblingsarzt Notdienst, Doktor Heßler, oder wie ich ihn seltener nenne: Rolf. Er ist der einzige Arzt hier, zu dem ich auch privat Kontakt habe, also jenseits der Betriebsfeiern. Er sammelt alte Blues Alben, auf Vinyl, fantastisches Zeug, das mir komplett unbekannt war. Er hat mir sogar diverse Mixtapes damit aufgenommen. Ja, tatsächlich noch immer Kassetten. Und ich hör die total gerne, obwohl er nie Titel draufschreibt. Seit 30 Jahren nicht, und dafür sind erstaunlich wenige Doppelte dabei, soweit ich das beurteilen kann. Trotzdem werde ich den ersten Song nie vergessen, und wie er mich weggeblasen hat. Jimi Hendrix erkannte ich zwar an seinem Gesang, aber das Lied hatte ich vorher noch nie gehört: „Freedom". Und den hat er wohl nur gewählt, um mir den Einstieg zu erleichtern, denn danach kannte und erkannte ich lange nichts mehr, während die Solos gleichzeitig mit weniger gespielten Noten immer länger wurden. Das forderte, überraschte und beglückte mich wie sonst nur wenig, denn diese Musik eröffnete mir eine neue Welt. Ich spürte, dass mich hier jemand an die Hand nahm und langsam darin herumführte, der sich auskannte.

Die obskursten alten Platten hört er rauf und runter, während er am einzigen Tisch sitzt und mit seiner mechanischen Schreibmaschine Seiten voll tippt. Aktenordner voll, ungelogen Meter davon. Er hat mir mal was zum Lesen mitgegeben, weil ich ihn darum gebeten habe, nur verstanden habe ich nichts. Mal waren es philosophische Gedankengänge mit Querverweisen, denen ich nicht folgen konnte, mal medizinische Diagnostik ausgehend von Symptomen, wie aus einem Hörsaal zu Medizinstudenten – und auch hier ging alles genauso ohne Titel fließend ineinander über, höchstens durch eine Leerzeile getrennt – wobei das auch einfach nur das Tagesende andeuten mochte, ich weiß es nicht. Das machte mir sogar ein bisschen Angst, als wäre er ein Psychopath, wie er den Filmen der 90er Jahre hätte entsprungen sein können. Ein netter, kleiner, pummeliger Psychopath allerdings, der spartanischer lebte als irgendjemand sonst, dem ich je begegnet bin. Umgeben von Bücherregalen und Platten, unter deren Gewicht sich die Bretter lächelnd bogen, einer imposant verstaubten Stereoanlage und einem Sessel, mit einem aus gestapelten Büchern bestehendem Beistelltisch, der „Coffee Table Book" völlig neu definierte; alles Bücher, die ihn langweilten, und er sich demzufolge nicht an etwaigen Dosenbierflecken darauf störte. Wahrscheinlich gibt es auf Japanisch ein eigenes Wort dafür – wie Tsundoku – nur dass es bei ihm von Haus aus gar keine ungelesenen Bücher gab. Allerhöchstens nur einmal gelesene, und das war das Vernichtendste, was er ihnen seiner Meinung nach antun konnte. Ein Urteil über Bücher erlaubte er sich ausschließlich dann, wenn er sie von Einband zu Einband gelesen hatte. Neben Stuhl und Tisch gab es nur noch Kühlschrank, Bett und Kleiderschrank. Kein Fernseher, kein Computer, kein Telefon.

Dr. Heßler ist so was wie ein Universalgelehrter, beinahe wie da Vinci, nur dass er halt nicht so gut malen kann. Aber zum Anstreichen hätte es immer noch gereicht, ein Tom Sawyer von heute eben. Dafür hat Rolf bei der Anatomie die Nase vorn, und ich würde mich lieber von ihm operieren lassen als von Leonardo.

Außerdem kenne ich keinen anderen Menschen, der so ausgeglichen ist, in sich ruhend und glücklich, wie Heßler. In etwa so stelle ich mir den

Dalai Lama vor, wenn der eine Vorliebe für Dosenbier hätte. Darauf angesprochen lachte Rolf nur und bot mir eines an, was ich gerne annahm. Er amüsiert sich köstlich über alles, was ich ihm erzähle, über meine Ansichten, mein Leben. Anfangs hat mich das geärgert, inzwischen stört es mich nicht mehr. Wie ich das so lange überlebt habe, fragt er mich immer wieder, und ich will von ihm eigentlich das Gleiche wissen. Vielleicht ist es das, was uns verbindet. Schwester Anita meinte irgendwann mal lapidar: „Na, da haben sich die Richtigen gefunden!" Und damit hat sie bis heute recht behalten.

Auf der Suche nach Nadine haben sich dann Daniel und Lukas gegenseitig über den Haufen gerannt. Ich kann es mir lebhaft vorstellen, wie sie aneinander vorbeireden, weil sie dem anderen nur so halb zuhören und die wesentlichen Informationen jeweils erst mit einiger Verzögerung verarbeiten.

„Wer ist Monika?"

„Oh mei, die hob i ja ganz vergess'n!"

Den Weg zurück Richtung Gemeindehaus faselte Lukas von seiner Eroberung, ihren schnucklingen Kurven, dass sie ein wenig streng rieche und nicht die Schnellste sei, aber endlich ginge mal was. Daniel grübelte derweil, wie lang er sie schon kannte, und dann stand ihnen ein Trabi im Weg und die Angebetete war natürlich schon wieder weg.

„Und? Wos sogst?"

„Wie? Wozu denn?"

„Na Monika!" Lukas breitete seine Arme begeistert vor dem Trabi aus.

„Haha, unsichtbar oder wie jetzt? Das ..." Der Groschen fiel. In Zeitlupe. „Du hast ein Auto gekauft?"

Lukas nickte begeistert und zog die Autoschlüssel aus der Hosentasche. „Des is mei vorzogns Geburtstagsgschenk. Woin ma a Rundn drehn?"

„Wie denn?"

Der Parkplatz hatte sich in ein einziges Durcheinander verwandelt, mit dem kleinen evangelischen Gemeindebus im Zentrum.

Jetzt suchten sie den Pfarrer Köckhuber, also Lukas eher als Daniel, der noch nicht wusste, wie er ihm verklickern sollte, dass er lieber hierbleiben wollte, um dieses Mädchen zu finden. Seine Meinung änderte sich jedoch schlagartig, als er sie ins Gespräch mit dem Pfarrer und einen Pullover verstrickt fand, der ihr eine Nummer zu groß war.

„Im Kloster Schweiklberg beim Bruder Wendelin findest du bestimmt was Passendes. Wir fahren gleich wieder eine Gruppe nauf", erklärte der Pfarrer und deutete zum Gemeindebus.

Noch ehe Lukas etwas sagen konnte, preschte Daniel vor: „Du kannst gerne schon mit uns rauffahren."

Alle sahen sie Daniel verdutzt an.

„Was denn?"

Losgefahren sind sie dann tatsächlich zusammen und kamen hupend und winkend an mir auf der Aidenbacher Straße Richtung Vils vorbei, ehe ich überhaupt begreifen konnte, was jetzt schon wieder geschah. Weg waren sie. Nadine hatte sie dann auf der Höhe der Breslauer Straße dazu überredet, nicht am Kloster zu halten, sondern weiter nach Tiefenbach zu fahren.

„Des is doch die entgegng'setzte Richtung!", jammerte Lukas, und Daniel übersetzte Nadine, so simultan er konnte als hochdeutsches Echo.

Sie fuhren dann vor Waizenbach rechts Richtung Hördt und dort den Berg wieder herunter. Lukas hielt unterhalb der Stecknadelkurve an und begutachtete die Lage. Auf dem Volksfestplatz, den man von dort aus gut sehen konnte, herrschte noch immer reger Betrieb und die B8 drohte vor Trabis überzulaufen, als wären es ineinanderkippende Dominosteine. Gleich purzelten sicher die ersten in die Donau und trieben ab, um an der Staustufe Kachlet bei Passau herausgefischt zu werden.

„Auf der anderen Donauseite kommt uns bestimmt weniger entgegen, da kommen wir schneller voran", kombinierte Daniel.

Lukas stimmte zu und als sie in der Kapuzinerstraße vor der Ampel warten mussten, klopften ihnen vorbeikommende Fußgänger begeistert auf's Dach.

„Machts mir koa Beuln eini! Des ko i fei scho selber a!"

„Host des g'hört? D' Flüchtling kenna scho Boarisch!", rief draußen jemand begeistert.

Lachend ging es dann über die Donaubrücke Richtung Tiefenbach und noch auf der Kreuzung hupten die Trabis einander aufgeregt zu.

Währenddessen blieb ich im Lager zurück und wurde Zeuge echter Rührung im Gesicht von Max Streibl. Eine echte Regung, wie ich sie bis dahin noch nie in einem Politikergesicht gesehen hatte. Und es lag nicht an der Erbsensuppe, die er tapfer mit den Flüchtlingen löffelte, sondern weil ihm die menschlichen Einzelschicksale, die man ihm dort erzählte, tatsächlich nahegingen, daran war nichts gespielt. Und ich verstand ihn gut, denn mir ging es ja genauso. Wie bereitwillig sie mit einem ihr Glück darüber teilten, es bis hierher geschafft zu haben. Dieser Lebendigkeit, die alles in den Schatten stellte, was es hier gab, konnte man sich unmöglich entziehen. Deswegen wollte ich von dort auch nicht weg. Das Lager war wie eine Tankstelle, an der man Glück tanken konnte. Umsonst, und so viel man wollte. Danach dürsteten wir mehr als nach allem anderen. Und hier war die Quelle, die noch die härtesten Herzen aufweichen konnte, eine Oase in der Wüste. So einfach plötzlich so vielen helfen zu können, gab mir und meinem Leben einen Sinn, eine Zufriedenheit, wie ich sie zum ersten Mal erlebte.

Zwischendurch dachte ich an Nadine, ihr Leuchten von innen heraus, und wollte diesem Licht überallhin folgen, so wie es Daniel und Lukas jetzt gerade taten. Mein einziger Trost war, dass ich wusste, sie würde hierher zurückkommen. Nicht zu mir, aber von ihrem Anmeldezettel wusste ich, dass auch ihre Mutter hier war. Und wenn ich eines von meiner Mutter gelernt habe, dann, dass es wichtig ist, die Mütter kennenzulernen, wenn man an deren Töchtern interessiert ist. Und was soll ich sagen, das hat alles nur noch schlimmer gemacht, denn Doris war umwerfend.

Sie hätte Nadines ältere Schwester sein können, obwohl sie sogar ein Jahr älter war als meine Mutter. Aber die eigene betrachtet man mit anderen Augen und Doris war unglaublich attraktiv, nur reifer und runder an Stellen, die sich bei Nadine erst noch entwickelten, aber auch später nicht an die Kurven ihrer Mutter heranreichen sollten. Doch allein an den paarweise auftretenden Grübchen hätte man ihre Verwandtschaft erkannt, denn es waren eher Sicheln, die wie kleine Klammern jeden Hauch eines Lächelns einrahmten und einem automatisch die Laune hoben. Man verspürte den Drang, sich aufzurichten, gerade zu stehen, die Schultern zurück- und den Bauch eingezogen. Aber auch ihre Augen hatten den gleichen Scheinwerfereffekt, der einen blinzeln ließ.

Als ich zu ihrem Zelt kam und die Plane zur Seite schlug, wusste ich noch nicht, wer sie war, sondern sah nur am hinteren Ende eine Frau auf ihrer Pritsche sitzen, die schwer atmete, als würde sie weinen. Ich ging zu ihr, um sie zu trösten, und erschrak, als mich die Familienähnlichkeit überspülte wie eine Welle, obwohl ich das doch bereits vorher gewusst hatte. Sie sah mein besorgtes, verdutztes Gesicht und lachte.

„Geht es dir gut?" Sie klopfte neben sich auf die Pritsche. „Setz dich."

Ich kam ihrer Aufforderung nach, nahm mit weichen Knien Platz und sagte: „Das Gleiche wollte ich eigentlich Sie gerade fragen."

„Doris", stellte sie sich vor. „Ich heiße Doris, und du?"

„Johann. Ich ... verzeihen Sie, ich meine du hast traurig ausgesehen, da dachte ich ..."

„Traurig?", fragte Doris verdutzt.

„Ja, als würdest du nach Luft schnappen."

„Tu ich ja auch, weil ich wegen diesem blöden BH keine mehr kriege." Sie griff sich mit beiden Händen hinten unter ihre Bluse und hängte ihn aus, wobei sie ihre Brust so vorstreckte, dass ich verlegen die Zeltwand ansah, während neben mir Gymnastikübungen ausgeführt wurden, die die Pritsche wippen und leise quietschen ließen, was alles nur noch viel schlimmer machte. Ich erwartete gleich ein lautes Plopp-Geräusch zu hören.

„Oh, das ist viel besser." Erleichtert atmete Doris auf, und legte den erschöpften Büstenhalter über ihre Oberschenkel. „Du hilfst hier, oder?"

„Ja, hauptsächlich bei der Essensausgabe."

„Ah, richtig, ich hab dich vorhin beim Mittagessen gesehen. War das ein Politiker?"

„Ja, Max Streibl, der bayerische Ministerpräsident. Der ist aber schon wieder weg."

„Und die Kameras mit ihm?"

„Ja, die kommen aber nach der Pressekonferenz in Passau wieder zurück. Ich glaub, er hat ein bisschen mehr bekommen, als er erwartet hat."

„Erbsensuppe."

„Auch, aber ich dachte an ... wie soll ich sagen ... echte Anteilnahme? Etwas in der Art. Er dachte wohl, es wäre ein Fototermin wie jeder andere, aber hier passiert etwas anderes. Das kann man fühlen. Sogar er."

„Ich weiß nicht, was du meinst."

„Diese Aufbruchstimmung, die man mit Händen greifen kann."

„Ja und?" Doris sah mich interessiert an.

„So ist das hier nie. Bis gestern war hier nie etwas los. Wir wussten zwar, dass ihr kommt, haben die ganze Zeit gewartet, aber ... ich weiß auch nicht. Vielleicht liegt es am Roten Kreuz? Irgendwie haben wir verhungernde, blutende Menschen erwartet, die knapp dem Tod entronnen sind und dringend operiert werden müssen. Oder wenigstens geimpft. Eher so wie in *M.A.S.H.* halt. Stattdessen kommen aber Busladungen mit vor Lebendigkeit sprudelnden, glücklichen Menschen an."

Doris lachte. „Da haben wir dich wohl auf dem falschen Fuß erwischt?"

„Nicht nur mich. Ich glaube, das ist für viele ein Schock. Ich erkenne die Stadt nicht wieder, die Hilfsbereitschaft und das alles. So sind die hier nie."

„Freu dich doch."

„Ich?"

„Ja, wieso denn nicht?"

„Weil ..." Ich überlegte. Darauf wusste ich keine Antwort.

„Na siehst du. Könnte ich dich um was bitten?"

„Ja, natürlich." Schweißperlen bildeten sich auf meiner Stirn. Mir fiel erst jetzt auf, dass im Zelt Temperaturen wie in einer Sauna herrschten.

„Könntest du nachsehen, ob mein Mann inzwischen angekommen ist? Anton Rothe."

„Ich weiß. Also ich meine, leider nein."

„Ach, hat dich Nadine deswegen schon gelöchert?"

Ich nickte.

„Mist."

„Wir finden ihn sicher", wand ich beruhigend ein und war gleichzeitig froh, dass er jetzt nicht das Zelt betrat.

„Sicher kommt er noch. Wir sind ja nicht in Ungarn mit dem Auto liegen geblieben", seufzte Doris. „Es ist nur, dass da unsere ganzen

Klamotten drin sind und ich gerne endlich in frische Unterwäsche schlüpfen würde, wenn schon nicht aus der sozialistischen Miederware."

Ich deutete auf den BH auf ihren Knien. „Und jetzt entpuppt sich das Westmodell als zu eng?"

Sie nickte. „Könntest du mir vielleicht ein paar Büroklammern besorgen?"

„Ja klar."

Was war ich froh, wieder aus dem Zelt zu kommen. Die Sonne heizte es unbarmherzig auf, oder war ich das gewesen? Was sich da neben mir unter der Bluse fröhlich schaukelnd beim Sprechen bewegt hatte, brachte mir Blutdruck und Kreislauf durcheinander. Eine Minute länger und ich hätte einen Vorwand finden müssen, um nicht aufzustehen. So entkam ich gerade noch und hatte schon Bilder aus *Die Reifeprüfung* vor Augen.

Nadines Mutter war meine Mrs. Robinson.

Frau Rothe.

Doris.

Oh Mann.

Großartig! Jetzt laufe ich mit einem Ohrwurm durch die Klinik, und summe „Mrs. Robinson", während ich auf meiner Runde auf Station 4 Temperatur, Puls und Blutdruck eintrage. Wieso überhaupt Reifeprüfung? Als ginge es in dem Film ums Abitur ablegen oder Obst im Supermarkt. Wobei ihre Rundungen mich durchaus an Obst erinnerten.

Doris hat ja nie versucht mich zu verführen, oder ich sie, aber meine körperliche Reaktion hätte eindeutiger nicht sein können. Gleichzeitig waren da widersprüchliche Gefühle, denn sie könnte ja ebenso gut meine Mutter sein, und mit all dem kam ich überhaupt nicht klar. Sie war umwerfend. Ich fand sie körperlich anziehender als Nadine, wohl weil sie schon eine reife Frau war und kein bestenfalls pubertierendes Ding. Eben genau wie Anne Bancroft – ich weiß ja nicht mal, wie die junge Schauspielerin heißt, die da ihre Tochter spielt! Ich verstand nicht, was Dustin Hoffman von dem jungen, unsicheren Mädchen wollte, wo die reife, bestmögliche Version Frau, die aus ihr vielleicht noch werden mochte, schon da war und ihn in ihr Bett ließ. Was stimmte mit ihm nicht? Oder mit mir? Gut, der Film wäre deutlich kürzer, würde sein schönes

Finale einbüßen, aber meine Güte: Mrs. Robinson war der heißeste Feger, und daran hat sich für mich nie etwas geändert.

Ich fühlte mich schon immer zu reiferen Frauen hingezogen. Mama hatte glaube ich etwas völlig anderes mit ihrem „Wie die Mutter, so die Tochter" im Sinn gehabt.

Ratlos trug ich eine Hand voll Büroklammern in ihr Zelt. Damit verlängerte Doris geschickt den Umfang des Büstenhalters, deren Körbchen zwar immer noch zu klein waren, ihr aber nicht länger die Luft abschnürten. Jedenfalls lange genug, um ihren passenden BH von drüben schonend per Hand zu waschen und in der Nachmittagssonne trocknen zu lassen. Währenddessen ging ich eine rauchen, als ob sich mir der Kopf nicht schon genug drehte.

25.09.19

Wusste ich's doch! Lukas hat auf meine E-Mail wegen ASMR geantwortet. Genau das wär's gewesen, und, dass ich mich daran noch erinnert hätte. Ob ich es denn jetzt auch spüren würde, dieses Prickeln. Ehrlich gesagt weiß ich es gar nicht, weil ich immer noch vorher eingeschlafen bin und mir das schon genügt. Aber was ich sehr mag, ist, wenn mit Papier geknistert wird. So wie dicke Wochenzeitungen, die geknickt werden oder das Streichen von Händen über dünne Seiten – davon habe ich ihm welche geschickt. Er mir dann auch andere. Da streicht einer mit Holzwürfeln über andere Holzoberflächen, tippt sie damit an, reibt sie an etwas ... Tolle gleitende Geräusche, als würde einem jemand durch die Haare streicheln. Ob sich Mädchen deswegen so gerne gegenseitig Zöpfe flechten? Nun ja, theoretisch hätten wir Metalfans das ja auch jederzeit mit unseren Mähnen machen können. Zum Beispiel während der Umbaupausen auf Konzerten, wo man eh nichts Besseres zu tun hatte ... das wäre mal ein unvergesslicher Anblick gewesen.

Am späten Nachmittag suchte ich erneut Doris' Nähe, weil ich annahm, dass sie sich Sorgen um Nadine machte, die noch nicht zurückgekehrt war. Außerdem wollte ich mit meiner eigenen Unruhe nicht länger allein sein. Lukas ist nie länger hinter dem Steuer gesessen, als für ein paar Runden mit dem VW Bus seines Bruders auf dem Parkplatz, bis ihm schlecht wurde. Und hatte ein Trabi überhaupt so etwas wie eine Knautschzone? Bis zur Ausgabe des Abendessens waren es noch ein paar Minuten, und ich fand sie zwischen dem Gemeindehaus und dem Pfarrhaus auf der Wiese im Schatten sitzend, gegenüber vom Spielmobil, vor dem einige Kinder herumtollten.

„Ist hier noch frei?", fragte ich und deutete auf den Platz neben ihr.

Doris sah zu mir auf. „Sieh an, mein erster Nichtsozialistischer Freund."

Zögernd setzte ich mich.

„Was führt dich zu mir? Ist etwa mein Mann aufgetaucht?"

Ich schüttelte den Kopf. „Das scheint dich nicht zu überraschen."

Sie wich mir aus und wechselte das Thema. „Du siehst erschöpft aus."

„Bin ich auch. Hab gerade einen Schwung Windeln vom Gemeindehaus zur Dreifachturnhalle geschleppt."

„Weißt du, Johann", setzte sie, ihre Wut nicht länger beherrschend, an. „Das ist so typisch für meinen Mann. Seine Patienten kommen immer zuerst. War klar, dass er noch nicht mal richtig im Westen angekommen ist und dann auf einer Autobahn in Österreich den Rettungssanitäter geben muss."

„Verkehrsunfall?"

Doris winkte ab. „Unser Auto hatte einen Platten. Dann haben hilfsbereite Österreicher angehalten und geholfen, uns auf die Seite zu schieben, von denen hat dann einer einen Herzkasper gekriegt."

„Oha."

„Dann meinte mein Göttergatte, ich solle mit Nadine bei anderen mitfahren und er käme nach. Er hat nicht mal eine Antwort abgewartet, sondern einen Wartburg herbeigewunken. Wir würden uns gleich wieder hinter der Grenze finden. Das klang ja einigermaßen logisch, aber dort angekommen hieß es dann, es gäbe nicht ein, sondern drei Lager. Einfach klasse."

„Wieso seid ihr nicht in Österreich bei ihm geblieben?"

„Ich war sauer!", sagte Doris verärgert. „Auf ihn, weil wir ja nicht wussten, ob auch hier welche von der Stasi unterwegs waren.

In Ungarn haben sie Kinder entführt, damit man bleibt, also warum nicht auch in Österreich? Vielleicht setzte er uns sogar hier der Stasi direkt mit ins Auto! Aber ich war so wütend! Immer ist irgendetwas. Ich habe versucht, eine Entscheidung zu erzwingen, wir oder seine Patienten. Er kommt immer zuletzt und seine eigene Familie ist an vorletzter Stelle. Bei ihm kann das Stunden oder Tage dauern. Tage, an denen ich seiner Tochter die Tränen trocknen darf, weil Papa noch nicht da ist und ihm sicher was zugestoßen ist."

„Klingt nach reichlich Pflichtbewusstsein."

„Schon, aber wem gegenüber?", schnaubte Doris. „Als Nadine klein war, hat sie gemeint, wenn sie nur selbst krank wäre, dass dann Papa bei ihr bliebe. Da hat sie sich das Knie aufgeschlagen und sich mit Händen und Füßen gewehrt, dass ich sie verarzte. Kannst du dir das vorstellen?"

Ich sah verlegen zu Boden. „Das habe ich bei meiner Mutter auch mal gemacht."

„Bei Nadine ist davon eine Narbe am Knie geblieben. Weil ich sie natürlich trotzdem verarztet habe, beide am Heulen. Und als Papa dann das Pflaster begutachtet und für gut befunden hat, hat sie mich mit einem wütenden Blick angesehen, den ich mein Lebtag nicht vergessen werde. Wie hat denn dein Vater reagiert?"

„Gar nicht, der ist ja abgehauen als ich noch sehr jung war. Ich wollte nur, dass meine Mutter mehr Zeit mit mir verbringt oder weniger arbeitet."

„Das tut mir leid. Hat nicht geklappt, oder?"

„Nein. Ich war aber zu jung, um das damals zu begreifen."

„Ich werde nie vergessen, wie sie mich da angesehen hat", schluckte Doris. „Es war nicht nur Wut auf mich, weißt du? Und ich habe auch lange gebraucht, um zu verstehen, dass sie da begann, ihre eigene Hilflosigkeit auch in mir zu sehen, dass ich es ja genauso wenig schaffte ihn zu Hause zu halten, und das schon viel länger als sie. Während sie an der Straße gestanden war und auf das dumme Auto gewartet hatte, war ich am Fenster gestanden und hatte auf alle beide gewartet."

„Immerhin kam er dann doch nach Hause", sagte ich. „Mein Vater kam nie, und ich hab trotzdem auf ihn gewartet. Völlig irrational. An meinen Geburtstagen war es am Schlimmsten. Ich sah ihn immer hereinkommen, den Arm voller Geschenke, und ich sah mich in Zeitlupe auf ihn zu rennen. Von Jahr zu Jahr wurden die Geschenke kleiner, bis ich irgendwann nur noch von ausgebreiteten Armen träumte, die mich doch nie auffingen und wie im Karussell fliegen ließen."

„Das muss schlimm gewesen sein." Doris legte ihre Hand sanft auf meinen Rücken. „Kein Kind sollte auf Liebe warten müssen."

Ich sah sie an. „Eltern auch nicht. Ich habe lange nicht verstanden, was meine Mutter alles für mich aufgegeben hat. Ich kam immer an erster Stelle, aber man kann trotzdem übersehen, was das eigene Kind wirklich braucht."

Doris sah mich stirnrunzelnd an. „Wie alt bist du?"

Ich guckte auf meine imaginäre Armbanduhr, wo nur ein Schweißband war. „Dieses Jahr 18 geworden." Ich zuckte mit den Schultern. „Wie du."

Sie lachte und zeigte dabei wieder ihre umwerfenden Grübchen. „Charmant ist der Schlingel auch noch!"

Ich stand auf und konnte nicht aufhören zu flirten. „Nadine ist gar nicht deine Schwester?" Argh, das kam einfach so aus mir raus und meine Zehennägel klackten protestierend von innen gegen die Turnschuhe.

„Wo willst du denn hin?"

„Muss die Abendessensausgabe vorbereiten", sagte ich und wandte mich zum Gehen. „Ich wollte dir eigentlich nur sagen, dass du dir keine Sorgen machen sollst wegen Nadine."

„Tue ich nicht", antwortete Doris. „Sie kann sehr gut auf sich selbst aufpassen, und jetzt sind wir ja im Westen. In Sicherheit, oder?" Mir entging der sarkastische Unterton nicht. „Jeder wartet am Ende für sich allein, nicht wahr?" Doris strich mit der Hand über das Gras, wo ich gesessen hatte, und die Halme richteten sich wieder auf, als ob ich sie nie plattgedrückt hätte.

Ich hatte bald Feierabend, wollte aber nicht gleich nach Hause, sondern vorher Nadine sehen, und noch lieber ihre Narbe am Knie. Als Mama nach der Arbeit am Lager vorbeikam, um nach mir zu sehen, fand sie mich bei der Essensausgabe. Ich sagte ihr, dass ich eher spät nach Hause käme, und so wie sie lächelte, hatte die Atmosphäre sie wohl längst selber erwischt. Meine Beine taten schon weh, aber sie trugen mich trotzdem überall hin, nur nicht nach Hause.

Ich ging ins Spielzelt und ließ mich dort von den Kindern in Beschlag nehmen. Wenn man sich auf Kinder einlässt, dann gibt es kein So-tun-als-ob. Entweder man geht zu 100 % mit oder sie verlieren das Interesse an dir. Sie spüren, ob du wirklich spielst oder nur so tust. Dann toben sie lieber allein weiter. Mich brachte das Spielen endlich auf andere Gedanken und erlöste mich schließlich ganz von ihnen. Sie blieben an der Oberfläche schwimmend zurück, mit dem Gesicht nach unten, ertrunken. Meine Gedanken natürlich, nicht die Kinder!

Eine Kollegin machte dort ebenfalls eine Pause, oder hatte genauso Feierabend wie ich und sah uns zu. Sie war eine von denen, die aus Gießen gekommen waren, um uns mit dem Papierkram zu helfen. Früher oder später würden die das dort wieder ganz übernehmen, da war ja auch die zentrale Aufnahmestelle. Barbara hieß sie und sie fragte mich, ob ich Geschwister hätte.

„Ich? Nein, wie kommst du darauf?"

„Ach, nur so", sagte Barbara mit einem Lächeln und ließ mich weiterspielen.

Die Frage, ob ich Geschwister hätte, hat sich mir aber eingebrannt und irgendwie ist sie auch mit dafür verantwortlich, dass ich heute hier in einer Kinderklinik arbeite. Man musste ja gar nicht der leibliche Vater sein, um gut mit Kindern zu können. So wie sich ja auch Lukas später um seine jüngeren Geschwister kümmern sollte – genau wie sein älterer Bruder zuvor um ihn. Dieses Licht hatte Barbara angeknipst, und wie bei einer Energiesparlampe dauerte es eine Weile, bis der Gedanke seine ganze, blendende Strahlkraft entwickeln würde. Hatte Daniel nicht schon so was Ähnliches gesagt? Mir hatten ja auch schon Pädagogen bei Sommerjobs vom Spielmobil nahegelegt, dass ich mit dem Talent doch Lehrer werden könne. Da lief es mir immer kalt den Rücken runter. Noch mehr Schule? Das war das Letzte, wonach mir der Sinn stand. Ich wollte dort ein für alle Mal raus, nicht dahin zurück. Deswegen habe ich doch bis heute diese Albträume davon, oder nicht? Aber es gab ja auch Wege außerhalb der Schule, und die Kinderklinik liebte ich.

Als Daniel und Lukas endlich mit Nadine zurückkamen, da waren ihre Haare noch nass vom Baden. Doch als ich Daniel sah, wusste ich was los war. Nicht wegen dem Pflaster auf seiner Stirn, sondern seinem verträumten Blick darunter. Den hatte ich schon ein paar Mal gesehen, diesen entrückten Gesichtsausdruck. Nur war dieser schlimmer, als alle bisherigen zusammen. Nadine lachte, als sich herausstellte, dass wir drei die besten Freunde waren, und meinte, das sei wohl tatsächlich so, dass auf dem Land jeder jeden kenne. Dann zog sie los, um ihrer Mutter zu erzählen, wie sie den Tag verbracht hatte, und Daniel sah ihr auf eine Art und Weise nach, die mir einen Stich ins Herz versetzte.

Lukas hat mir später erzählt, dass sie Nacktbaden waren. Ich dachte, ich hörte nicht richtig, denn der See muss doch eiskalt gewesen sein? Lukas bestätigte das und meinte, Nadine hätte auf die Bemerkung nur prustend entgegnet, dass die Ostsee kälter sei, sie sollten sich mal nicht so haben. Nadine fing an sich auszuziehen und na ja, dann hätten sie nachgezogen, also eigentlich nur er, weil Daniel am Ufer geblieben war, um Feuer zu machen. Damit sie ihre Klamotten trocknen könnten.

„Habt ihr euch etwa erst im Wasser ausgezogen?", wollte ich wissen.

„Na des hob i eam a gsogd", seufzte Lukas. „Und dann hod er gfrogd, ob i an Benzinkanister hätt."

„Wieso das denn?"

Lukas erklärte, dass Daniel wohl das Feuer nicht gleich zum Laufen gebracht hatte und deshalb nachhelfen wollte, um nicht wie ein Idiot dazustehen.

„Ja und wieso hat er jetzt das Pflaster?"

„Ach des. Da is eam der Kofferraumdeckel aufg'sprunga, als er den Kanister wieder nei stellen wollt, und d'Nadine grad nackert ausm Wossa kemma is", ergänzte Lukas. „Aber d'Nadine hat'n glei verarztet, weil ihr Bappa is ja a Arzt."

„Und, habt ihr ihn gefunden?"

„Na, leider ned. Mia probiern's glei morgen in der Früa no amoi."

Dann fuhren die beiden zum Tanken und anschließend brachte Lukas Daniel nach Hause, wo das erwartete Donnerwetter überraschend mild ausfiel, obwohl es schon nach der Tagesschau war. Das Vilshofener Lager muß wohl in der Sendung vorgekommen sein, und Lukas' Gefährt unterstrich irgendwie den Wahrheitsgehalt. Das Daniel deswegen den ersten Schultages geschwänzt hatten, würden sie ja noch früh genug erfahren.

So blieb ich endlich allein mit Nadine auf dem Parkplatz zurück. Allein unter ein paar Hundert anderen, die ich aber nicht mehr sah, sobald sie da war. Der Zustrom ebbte nicht ab. Wie bei Hochwasser, das es donauaufwärts noch bis zu uns spülte. In dem organisierten Chaos war Nadine mein Fixstern geworden wie der Parkplatz selbst für mein Leben. Das würde Nadine glaube ich gefallen, und Nadja auch. Sie hatte drüben genauso auf ihren Vater gewartet wie ich hier auf meinen, und keiner von beiden war gekommen. Dafür hatte uns heute der bayerische Landesvater besucht. Ein schwacher Trost, ich weiß. Und weg war der ja auch schon wieder. Abwesende Väter, egal wohin man sieht.

26.09.19

Ich habe Nächte schon vorher geliebt. Dann gehörte das Draußen endlich uns und nicht den Erwachsenen. Die saßen da entweder hypnotisiert vor der Glotze oder noch alkoholisierter im Biergarten. Wie in der Zombie-Apokalypse, nur umgekehrt, weil wir als Überlebende in kleinen Gruppen um die Häuser zogen, die Langhaarigen in zerfetzten Klamotten hier, die leichenblass Geschminkten dort.

Wir hätten natürlich zum Geistler gehen können, aber lieber borgten wir uns von ihm unbürokratisch einen Kasten Bier, den Markus dann frisch aufgefüllt später wieder zu ihm zurückbrachte. So konnten wir überall unter den Sternen parken, auf dem Rücken liegen und unsere Musik hören, oder in den Baggersee hinter Künzing grillen und im Mondlicht schwimmen.

Aber seit dieser einen Nacht denke ich immer an Nadine, an diesen Moment, in der zwischen uns die Zeit stehen blieb, und den ich in meiner Erinnerung wieder und wieder durchlebe. Ihre grünen Augen leuchteten von innen und sie roch wie ein Erdbeerfeld.

Wir saßen zwischen den Zelten und sie hatte sich an mich gelehnt, weil die Septembernächte doch schon merklich kühler waren, obwohl der

Asphalt noch bis lange in die Nacht seine gespeicherte Wärme abstrahlte. Der Mond reflektierte das Sonnenlicht, meine Seele ihre Sehnsüchte. Selbst wenn ihr nach dem Bad im See nur ein wenig kalt gewesen sein sollte, sie konnte jetzt auf mich zählen. Was ich damals nicht wusste – nicht wissen konnte –, war, dass ich bei dieser Gelegenheit noch jede Chance bei ihr gehabt hätte. Vielleicht sucht mich diese Nacht auch deswegen bis heute heim. Geredet haben wir auch. Also nach langem Schweigen.

„Du redest nicht viel, was?" Waren ihre ersten Worte. Natürlich. Mein Kopf war leer, und meine Antwort brauchte daher viel zu lange, um sich natürlich anzufühlen.

„Ich bin nicht gut mit Worten."

„Das glaube ich dir nicht."

Ich zuckte mit der freien Schulter.

„Als ich heute in der Schlange vor deinem Tisch stand, hab ich zugehört, wie du mit uns gesprochen hast."

„Das war doch immer das Gleiche", meinte ich. „Dazu braucht man keine Ausbildung."

„Wie man richtig mit Kindern umgeht kann man nicht einfach lernen. Da war ein müdes Kind an der Schulter eines Vaters und du hast so leise gesprochen, dass ich dich nicht mal gehört habe."

„Dann hast du mich ja gar nicht gehört?"

„Nein, aber ich konnte am Gesicht des Vaters ablesen, dass es das Richtige war. Das Drumherum erzählt manchmal mehr als die Worte selbst. Wie du sie sprichst ist genauso wichtig. Und ehrlicher."

„Bei dir habe ich gestottert."

„Und wie!", sagte sie kichernd. Ich lächelte und wurde wahrscheinlich auch rot. Ob es wohl dunkel genug war, dass sie es nicht merkte? Bestimmt wusste sie es auch so. Wir schwiegen wieder und es war wundervoll.

„Siehst du, das meine ich", brach Nadine nach einer Weile erneut die Stille.

„Was?"

„Dass du nicht viel redest. Aber du strahlst etwas aus. Im nicht sichtbaren Spektrum."

„Im nicht sichtbaren Spektrum?"

„Vom Licht. Ultraviolett, Infrarot, so was."

„Das siehst du? Wie eine Biene? Oder was weiß ich – ein Hund?"

Das habe ich bestimmt nicht so gesagt. Hoffentlich. Das mit der Biene ist mir auch erst jetzt wieder eingefallen. Oder hatte sie es gesagt? Irgendwie so ähnlich muss es sich abgespielt haben. Ich bin dieses Gespräch in meinem Kopf so oft durchgegangen und ich weiß einfach nicht mehr, was davon wirklich stimmt und was ich irgendwann hinzugefügt habe. Es wird in meiner Erinnerung unschärfer und gleichzeitig in meiner Gegenwart immer präziser.

„Dann eher Biene, aber ich dachte eigentlich an die Sterne." Nadine deutete nach oben. „Wenn hier nicht so viel Licht von der Straßenbeleuchtung wäre, könntest du die Milchstraße sehen. Und mit anderen Augen noch viel mehr. Da sind nicht nur Sterne, sondern ganze Galaxien und ... Zwischenräume."

Wenn ich doch damals nur so schlau gewesen wäre, um das Gespräch auf unsere Körperwärme zu lenken, deretwegen sie sich an mich lehnte. Sie suchte Wärme, das war alles, und ich teilte meine nur zu gerne mit ihr.

„Ich glaube, ich bin da mit meinen schon überfordert. Ohne Brille sehe ich nichts, da bin ich mehr Maulwurf als Biene. Und ich kenn kein einziges Sternbild außer dem großen Wagen. Oder dem kleinen? Ich ... hab's nicht so mit Autos."

„Ist sowieso ein großer Bär und kein Auto", sagte Nadine lachend. „Und Lukas redet von nichts anderem, glaube ich. Ich tu mich schwer, ihn zu verstehen und hab erst heute Nachmittag begriffen, wen er mit Monika meint."

„Welche Monika?"

„Na der Trabi. Das ist Monika."

„Ach, Lukas. Du Kindskopf."

„Kannst du vielleicht deswegen so gut mit Kindern?"

Ich gluckste amüsiert.

„Es ist ja ein toller Singsang, aber ich habe heute irgendwann den Eindruck gehabt, dass er so viel redet, um sich selber beim Denken zuzuhören."

„Ja, absolut, aber er kann nichts dafür. Seine Gedanken mussten auch so immer erst das Geschrei seiner Geschwister übertönen."

Sie lachte und hatte dabei die gleichen Grübchen wie ihre Mutter, und jetzt Clara. Diese an leichten Wellengang erinnernden Klammerbemerkungen hätten jeden neidisch gemacht. Von meiner Mutter hätte ich auch lieber ihre kleinen Ohren geerbt als die große Nase, die obendrein jedes Mal läuft, wenn ich was esse oder trinke, das von der Umgebungstemperatur abweicht.

„Bei dir kommt auf einen Teil Reden, ein Teil Zuhören und ein Teil Schweigen. Und wahrscheinlich noch ein Teil Nachdenken. Das ist ein gutes Verhältnis."

„Den Teil mit dem Reden könnte man meinetwegen auch weglassen."

Wieder diese Grübchen, und sie knuffte mich in die Seite. Ich schmolz dahin. Es war wundervoll sie zum Lächeln zu bringen, aber ich ahnte, dass da nicht mehr sein würde. Keine Ahnung warum. Ging da schon was zwischen ihr und Daniel?

„Welchen Teil lässt denn Daniel weg?"

Als hätte ich die Frage mit meinen Gedanken angezogen. Verdammt. Hatte ich etwa das Gespräch von uns weggelenkt? „Das Schweigen. Wobei er es nicht direkt weglässt. Es ist mehr so, dass ihn seine Eltern nicht ausreden lassen, ihm ins Wort fallen. Er kann Schweigen nicht so genießen. Seins ist von außen erzwungen und kommt nicht von innen wie bei mir."

„Das ist traurig."

„Ja, denn er hätte echt was zu sagen."

Nadine schwieg. Ich weiß nicht, worüber sie nachdachte, aber ich konnte spüren, dass etwas in ihr rastlos arbeitete. Ihre Hände lagen in ihrem Schoß wie vom Baum gefallene Blätter. Gerne hätte ich meine sanft darübergelegt, aber ich brachte den Mut nicht auf, wollte den Moment nicht zerstören.

„Ihr drei kennt euch schon lange. Du, Daniel und Lukas."

„Seit der fünften Klasse. Also eigentlich der sechsten."

Wieder eine lange Pause, in der ich spürte, wie ihr Abstand zu mir innerlich immer größer wurde. Und ich Depp tat nichts dagegen!

„Ich würde gerne mal hören, was er zu sagen hat, nicht nur Übersetzungen von Lukas' Monologen. Er hat eine so schöne Stimme."

„Gib ihm noch ein bisschen, das wird schon."

Sie nickte und guckte zur anderen Seite, ich glaube, um sich eine Wimper aus dem Auge zu wischen. Sie atmete tief ein. Ich wollte gerade alles, nur nicht mit ihr über Daniel reden müssen. Mit allen jederzeit, aber warum ausgerechnet mit ihr? Und jetzt?

Ich fuhr fort: „Er braucht die Zeit. Wenn er schnell antworten muss, dann sind seine Worte kantig, damit sie weh tun, wenn sie einen aus kurzer Distanz treffen. Dafür hat er ein Talent entwickelt, wahrscheinlich weil ihm zu oft der Mund verboten wurde."

„Bei mir war's andersrum. Da war selten jemand, der genug Zeit hatte mir zuzuhören."

„Jetzt schon, oder?"

Sie nickte.

„Wenn Daniel schweigt, dann feilt er noch an den richtigen Worten herum."

„Viel Zeit bleibt uns nicht mehr."

„Ich hab nicht gesagt, dass er immer fertig wird. Auf seinen ersten abgeschlossenen Songtext warten wir ja auch noch."

„Echt?"

Ich nickte. „Darum habe ich ja selber angefangen, welche zu schreiben."

„Und?"

„Ich hab's doch schon gesagt: Ich bin nicht gut mit Worten."

Ein drittes Mal hatte ich sie zum Lachen gebracht und dann rauchte sie noch heimlich mit mir eine Zigarette, obwohl sie sich sicher war, dass das ihre Mutter an ihr riechen würde wie ein Spürhund.

Nadine drehte die Zigarette nachdenklich zwischen zwei Fingern und blies auf die Glut, die bereits auf den Filter heruntergebrannt war, dann schnippte sie ihn weg Richtung Mond und machte dabei ein Raketengeräusch.

„Und wieder nichts", seufzte sie.

„Die brennt noch", sagte ich wenig hilfreich.

Nadines Blick nahm eine überraschende Härte an. „Wir verglühen alle in der Atmosphäre, nur so langsam, dass wir es nicht mehr merken." Sie stand auf. „Es vorher in eine Umlaufbahn zu schaffen, das wär was. So wie Walentina Wladimirowna Tereschkowa. Sagt dir die was?", fragte Nadine.

„Die kann ich ja nicht mal aussprechen", gestand ich. „Äh, klingt russisch und nach einer Frau. Wer war das?"

Nadine lächelte. „Ein Traum, der vielleicht noch wahr wird." Sie ging die paar Schritte zu dem Zigarettenfilter, und trat ihn aus. „Die Stufen der Trägerrakete zurücklassen und dann allein in der Kapsel weiter zu den Sternen." Sie sah mich an und kam noch mal zu mir zurück. Mein Herz schlug mir bis zum Hals. „Danke dir, ich dreh noch eine Runde allein." Dann beugte sie sich zu mir herunter, ich spürte ihren Atem an meinem Ohr, als sie „Du bist ein guter Freund" flüsterte, dann drückte sie mir ohne vorher einzuatmen ihren warmen Mund auf die Wange, und ihre kalte Nasenspitze an den Rand meiner Augenhöhle. Ehe ich wusste, wie mir geschah, war sie eine hüpfende Silhouette, die kleiner wurde und um eine Zeltecke verschwand.

Ich spürte ihre Lippen noch immer, wo sie mich berührt hatten, vielleicht weil sich zwischen den Zelten die Luft bewegte und die Stelle ähnlich reagierte wie ein befeuchteter Finger im Wind. Hatte ich das nur geträumt? Nein, mein Herz war weg. Gestohlen! Von unsichtbarer Hand. Wie ausgeraubt saß ich da, aber glücklich. Alle meine Sorgen, der ganze Ballast, alles war weg. Wie ein Heißluftballon, bis zur Schwerelosigkeit aufgeblasen und bereit, vom kleinsten Windhauch davongetragen zu werden.

Oh, Nadine. Wieso musstest du auch ausgerechnet was von Sternen verstehen? Seitdem sind sie für mich untrennbar mit dir verbunden, egal wohin ich dort oben auch sehe, erkenne ich nur deine Sommersprossen wieder. Du strebst dein Leben lang nach dem Orbit, um die Erde aus der Distanz zu sehen, in ihrer Gesamtheit, Verletzlichkeit und Zartheit, wie sie alle Astronauten und Kosmonauten beschrieben haben.

Dein Blick ging immer von hier unten hinauf in die Tiefe des Kosmos, um von dort zurückzuschauen und alles was du da oben siehst, sehe ich in dir. Du bist meine unendliche Weite, jener in jenem Sommer aufgegangene Fixstern, der alle anderen überstrahlt, und sich beim näheren Hinsehen als Galaxie entpuppt, auf deiner Nase, deinen Wangen, deiner Stirn, mit zwei schwarzen Löchern, denen nichts entgeht, in denen ich mich verloren habe und aus denen es kein Entkommen mehr gibt. Wer in sie blickt, verliert sich in ihnen und kommt vielleicht am anderen Ende in einer neuen Welt zum Vorschein – glücklicher als in dieser.

Wenn ich das gerade so lese, dann stecken da doch Ansätze für einen Songtext drin. Mal sehen:

Somewhere over the rainbow
In infrared
Heat like from a microwave
Hear me in your radio

Can you hear me now
In your light
I can glow
All night

Somewhere under the rainbow
In ultraviolett
Where I see your bones
Everything begins to radiate

Can you feel me now
In the light
I see it all
My love

Anstelle von „radiate" wäre wohl „transmit" oder „broadcast" besser? Na toll, der poetische Moment ist dahin. Flüchtig wie … ein junges Reh, bevor es von Discogängern überfahren wird? Scheiße, weg sind sie, die richtigen Worte, dahin, dahin. Unwiederbringlich.

Ich habe mich nicht aus der Deckung gewagt, aber das hätte eh nichts mehr an der verdammten anderen Schultersache geändert. Und die beiden erinnern sich nicht einmal daran.

27.09.19

Es ist mir ja ein bisschen unheimlich, wie ungestört ich diese Woche hier zum Schreiben komme. Vielleicht ist das wieder nur die Ruhe vor dem Sturm? Oder nachts schläft sogar die Fallpauschale. Man könnte sich beinahe wieder daran erinnern, warum man den Beruf überhaupt gewählt hat. Aber ich glaube eher, dass es daran liegt, dass Heide bei jedem Alarm schneller auf den Beinen ist als ich. Wahrscheinlich habe ich einmal zu oft „Nur diesen Satz noch fertig!" gesagt. Und jetzt ist sie schon aus der Tür, ohne ein „Bleib sitzen, ich mach das" zu entgegnen. Ich fühle mich bereits schlecht deswegen, als würde ich sie ausnutzen. Heute kam ich auch erst eine Idee später und sie hat mich nicht mal mehr darauf angesprochen. Sie ist einfach einfühlsamer als andere. Fast so, als nähme sie mich eher als zusätzlichen Patienten wahr denn als Kollegen. Ich würde jederzeit das Gleiche für sie tun, wenn sie nicht sowieso der ausgeglichenste Mensch wäre, den ich kenne. Ich werde mir etwas einfallen lassen, um mich angemessen dafür zu bedanken. Ganz bestimmt.

Es war am Morgen des 12. September gewesen, dass die Trägerrakete, die meinen Traum in eine stabile Umlaufbahn transportieren sollte, in tausend Stücke zersprang. Eine unerwartete Explosion, eine Druckwelle, und die Bruchstücke fielen in alle Himmelsrichtungen verstreut wieder zur Erde, als hätte jemand einen riesigen, feurigen Regenschirm über mir aufgespannt.

War das wirklich so? Seit Tagen dreht sich alles Kreis und je öfter ich es umkreise, desto mehr schleifen sich die rauen Stellen ab, alles wird glatt und glaubwürdig wie jede andere Perspektive auch, wenn man sie nur oft genug gehört hat. Man kann das Private nicht einfach nachschlagen, wenn man will, da müsste man schon permanent Tagebuch geführt haben. Und ich Esel habe genau vorher wieder damit aufgehört, also vor 1989, als ich gerade halbwegs gelernt hatte, mit Worten umzugehen. Aber ein Muskel, den man nicht regelmäßig trainiert, verkümmert wieder. Ich hatte ja vorgehabt, stattdessen Songtexte zu schreiben, nur ... nun ja.

Klar, ich kann auch in Zeitungen von damals gucken oder Bücher von Historikern lesen, Biografien und so, aber da findet man ja nur Daten und Ereignisse, die nicht das widerspiegeln, was man selbst empfunden hat. Da fehlt die eigene Gänsehaut, die kleinen Momente, die nur man selbst gesehen hat. Dann steht deine emotionale Wahrheit gegen die offizielle, und die passen selten zusammen. Also macht unser Gehirn aus Notwehr, was es immer macht: Es filtert aus. Macht Fehler. Schert sich einen Dreck drum, entschuldigt sich bei niemandem. Unsere Erinnerungen werden so lange umsortiert, bis alles endlich passt und in sich stimmig ist. Hauptsache wir bleiben der Held unserer eigenen Geschichte. Das ist Selbstschutz, oft aus Verzweiflung heraus, weil es manchmal nur falsche Entscheidungen gibt, und man sonst jemand anderem mit der Wahrheit wehtun würde. Egal was man tut, am Ende leidet immer einer.

Darum habe ich mich wegen der Schultersache für das Leiden entschieden, alleine, um es von den anderen abzuwenden. Ich schmiss mich auf die Granate, die außer mir niemand gesehen hatte.

Lukas hatte nur noch Augen für seine Monika und Daniel war gar nicht mehr richtig da. Bewusstlos verliebt, blind geworden für alles, was nicht Nadine war. Wie hätten er oder Lukas in dem Zustand merken sollen, dass ich auch verliebt war? Ich fühlte mich von meinen besten Freunden im Stich gelassen. Das war einfach nicht fair.

Wir saßen nach dem Frühstück zusammen und ich hatte bereits nach Tiefenbach und Passau telefoniert, aber Anton Rothe war noch immer nicht dort aufgetaucht. Auch im inzwischen eigens für den Suchdienst des Roten Kreuzes eingerichteten Zelt gab es noch keine Neuigkeiten, denn die Rothes waren beileibe nicht die einzige Familie, die auf der Flucht getrennt worden war.

Lukas tröstete gerade Nadine mit „Der Johann woas bestimmt no eps", Daniel verdoppelte den hoffnungsvollen Blick von Nadine, was mich dazu veranlasste mir auf die Schenkel zu klopfen, aufzustehen, und noch einmal zum Bundesgrenzschutz zu gehen. Als wäre ich nicht schon zweimal deswegen dort gewesen, aber die Verlängerung der Hoffnung um fünf Minuten gab mir fünf Minuten, um einen neuen Plan zu entwickeln. Quälend lange fünf Minuten, wenn dir nichts einfällt, außer dass du gerne eine gute Nachricht hättest, deren Überbringung vielleicht den Ausschlag gäbe, dass sie sich in dich verliebt und nicht in deinen besten Freund, oder dass der Zelteingang sich von dir entfernen möge, dass Jean-Michel es aus total logischen Gründen während des Frühstücks ans andere Ende vom Lager verlegt haben könnte. Alles, nur bitte keine Entscheidung.

Ich sehe sie noch draußen auf der Bank vor mir sitzen, Nadine links, Lukas in der Mitte, Daniel rechts. Dahinter drängten sich Menschen Richtung Anmeldezelt, als gäbe es dort Gratis-Impfungen und nicht nur Formulare zum Ausfüllen. Die Schlange führte am Anschlagbrett vorbei, auf das jemand „BRDDR = alles deutsch!" geschrieben hatte.

„Hier geht's ja mehr zu als auf dem Stadtplatz", staunte Daniel, während ich ins Zelt ging.

Alle drei konnten sie draußen mein Gespräch mithören, nein, noch immer keine Meldung von der Grenze, ja, die Kollegen wissen dort, dass sie einen Dr. Rothe nach Vilshofen schicken sollen, wäre ja einfach zu merken, Rothe wie Rotes Kreuz mit „h".

Den Kopf schütteln müssen und Nadine wie in Zeitlupe aufstehen sehen. „Ich sag meiner Mutter Bescheid."

Und wie sie dann hinten um die Bank herumging, dabei wie beiläufig Daniels rechte Schulter berührte, versetzte mir einen Stich ins Herz. Es schlug so hart, dass meine Trommelfelle in den Ohren schlackerten, ich war einen Moment taub. Der losgelöste Teppich unter der Snare raschelte noch, dann war es still, bis auf ein hohes Fiepen in den Ohren, als der Schalldruck nachließ und die Wände wieder näher kamen wie am Ende einer Bandprobe.

Daniels Schulter, ihre Finger, im Vorbeigehen, eine zärtliche Berührung, nicht mehr als ein Windhauch, und diese Geste sagte mir alles. Vielleicht weil ein unbewusstes Schulterzucken ausblieb, ich weiß es nicht. Außer mir erinnert sich ja niemand daran. Dieser Moment enthielt alle Antworten, alles was ich nicht wissen, was ich sofort wieder vergessen wollte, ungesehen und ungeschehen machen wollte, aber bis heute sehe ich es so deutlich vor mir, dass da kein Raum für die Zweifel der anderen ist. Und nichts hat sich geändert, denn ich will immer noch beide lieben, Nadine und Daniel, und wir alle einander.

Nadja nervt es, dass ich immer wieder davon anfange und sagt, dass sie da überhaupt noch nicht in Daniel verliebt gewesen sei. Und Daniel zuckt eigentlich schon zusammen, noch bevor eine Mücke auch nur zur Landung auf ihm ansetzt, weswegen die immer mich und Lukas zerstochen haben. Aber ihren leicht gekrümmten Ringfinger und den ebenfalls leicht abgewinkelten kleinen Finger will er nicht bemerkt haben? Obwohl sie ihn gestreift hatten, sein T-Shirt unter ihren Fingerkuppen eine kleine Welle warf, die Schauer über meinen Rücken laufen ließ. Das bilde ich mir nicht ein. Beide sahen glücklich und doch abwesend aus und ich wusste in dem Augenblick, dass sie füreinander bestimmt waren, dass nichts zwischen sie kommen würde. Es war mein Blick der unter dieser zarten Berührung zerdrückt wurde.

Dann verschwamm alles, mir stiegen Tränen in die Augen, ich nahm meine Brille ab und setzte mich auf die Bank, dorthin wo Nadine gesessen hatte. Mit den Tränen putzte ich die Gläser, die kein bisschen schmutzig waren, während Lukas von seinen Plänen für Monika erzählte, irgendetwas mit Farben. Und wie sie gestern bei Besensandbach von einer Schafherde ausgebremst worden waren, anstelle von Trabis auf der B8. Nadine war wohl auf die Motorhaube geklettert, der Schäfer hatte ihr ein Lämmchen in die Arme gedrückt, das sich von ihr halten ließ, und die Schafe waren an ihnen vorbeigeströmt wie flauschig weiches Wasser, eine über den Asphalt klackernde Brandung. Daniel und Lukas hätten derweil drinnen „Welcome to the Jungle" von *Guns n' Roses* gesungen, und alles, was ich wollte, war weinen, und ich musste es mir verkneifen.

„Bin gleich wieder da", habe ich mehr verschluckt als gesagt und bin nach Luft ringend losgestolpert, und hinter dem Spielzelt heulend zusammengesunken. Neben einer dünnen, weißen Wand, durch die ich Kinder spielen hören konnte. Für mich war alles schon wieder aus gewesen, dabei hatte es noch nicht einmal angefangen.

Sie sollten einander haben, beschloss ich dort und in dem Augenblick, auch wenn es mich zerriss. In der kurzen Zeit hatte selbst ich Nadine lieben gelernt und nahm an, dass sie beide gut füreinander sein würden. Über Nadine hatte ich das Wesentliche von Doris erfahren, sah sie durch ihre Augen, Daniel kannte ich mein halbes Leben lang, und besser als mich selbst. Ausgerechnet ich wusste mehr von beiden, als sie voneinander!

Deswegen habe ich versucht mir einzureden, dass es eigentlich Doris war, für die ich mich interessierte. Wahrscheinlich weil das Daniel nicht verletzen würde. Wenn dein bester Freund und du das gleiche Mädchen lieben, was bleibt dann noch für einen übrig? Eine Lüge.

Früher oder später fliegt einem dieser Selbstbetrug um die Ohren. Die Granate explodiert nicht gleich in dem Moment, aber der Sicherungsstift ist raus, man wünscht sich nur noch einen schnellen Tod. Ein großer Schmerz und es ist endlich vorbei. Dass ich das nur als emotionales Wrack überleben würde, konnte ich damals unmöglich wissen. Der Schmerz kommt seitdem immer wieder als ungebetener Gast zu Besuch, und an Heilung glaube ich nicht mehr. Jedes Mal wenn ich versuche, das auseinandergedröselt zu bekommen, sehe ich erneut vor mir, wie ihre Finger Daniels Schulter berühren, beiläufig und schwerelos. Dann kommt mir alles wieder hoch und ich fange mit leeren Händen von vorne an.

28.09.19

Ich weiß nicht mehr, wie lange ich gebraucht habe, um mich so weit zu beruhigen, dass ich zu den anderen zurückgehen konnte. In meinem Kopf versuchte ich die letzten Zeilen aus „Something for nothing" zu singen, aber selbst dort versagte mir die Stimme. Stattdessen entwickelte sich im Spielzelt ein Streit zwischen zwei Kindern, den ich durch die Zeltwand mitverfolgte. Die beiden waren sich uneins über irgendetwas und ich pfiff laut durch die Finger, was sie erschreckte.

„Hast du das gehört?", fragte das eine Kind.

„Bin ja nicht taub!", blaffte das andere zurück.

Ich nahm die Hände vor den Mund und rief: „Attention, äh sch... Aufgepasst, *attenzione*! An alle Bewohner dieses Planeten: die Solarföderation ist geflohen und jetzt müsst ihr tun was ich euch sage!"

Nach einer Pause meinte das zweite Kind: „Das kommt gar nicht aus den Lautsprechern."

„Warum guckst du dann hoch?"

„Hab ich nich ..."

Ich fiel ihnen ins Wort: „Ich sagte ich habe die Kontrolle übernom..."

„Wir können deinen Schatten sehen!"

Mist. „Und ich komme euch fressen, wenn ihr euch nicht vertragt!"

In dem Moment bemerkte ich, wie Nadine stirnrunzelnd zwischen den Zelten stand und mich beobachtete. Mein Herz blieb stehen und machte dann einen Satz in meinen Mund. Ich musste es runterschlucken, damit es mir nicht auf die Füße fiel.

„Das glauben wir dir nicht", sagten beide Kinder zusammen.

Ich schmatzte laut und tat so, als hätte ich einen vollen Mund. „Das hat der Junge hier auch gesagt." Dann machte ich einen Satz gegen die Zeltwand und drückte meine Fingerspitzen zu Krallen geformt so in den Stoff, dass die beiden erst erschraken und dann zu lachen anfingen.

Nadine lief um das Zelt herum zum Eingang und rief laut: „Schnell, baut euch eine Burg, bevor sich das Ding mit seinen Tentakeln durch die Wand gräbt!"

„Ich rieche Kinderbeine! Die schmore ich in Zitronensaft", improvisierte ich. „Miam, miam!"

Nadine machte drinnen weiter. „Beeilt euch, dann findet euch das Wesen vom anderen Stern nicht. Es sieht sehr schlecht, obwohl es acht Augen hat. Das ist eure einzige Chance!"

Dann schlich ich vom Zelt weg und ging wieder zu Daniel und Lukas. Nach fünf Minuten kam Nadine dazu.

„Wieso acht Augen?", fragte ich sie. „Wie soll ich das denn anstellen?"

Nadine lachte. „Dir wird schon was einfallen. Sie sind jetzt sowieso damit beschäftigt sich aus den Matten eine Burg zu bauen." An Lukas und Daniel gerichtet sagte sie. „Wollen wir dann los?"

Alles, was ich noch tun konnte, bevor sie wieder mit Monika verschwanden, war, Daniel kurz beiseitezunehmen, als Nadine und Lukas schon losgelaufen waren.

„Was denn?", fragte er überrascht, als hätte er meine Anwesenheit erst jetzt wieder bemerkt.

„Denk nicht so viel darüber nach, was du sagen willst. Tu was. Du hast vielleicht nicht viel Zeit, auch wenn es dir so vorkommt."

Im Spielzelt fand ich zu meiner Überraschung einige Schwimmnudeln neben den Holzstelzen – warum hatten wir die da noch mal? Aus welchen Gründen auch immer, sie leisteten mir jetzt gute Dienste. Ich zog meine Arme bis zum Ellbogen an den Körper ins Hemd, so dass ich mir die Nudeln in meine kurzen T-Shirt-Ärmel klemmen und dort von innen mit der Hand stabilisieren konnte. So hatte ich noch einigermaßen Kontrolle über meine Tentakel, bis man sie mir ausriß. Davon machten die zwei Jungs ausgiebig Gebrauch, und ich ließ sie mir schnell in anderen Farben unter dem T-Shirt nachwachsen, auch wenn das ein bisschen Fummelei war. Die Tentakel konnten der Burg nichts anhaben und als ich Verstärkung von einem etwa gleichaltrigen Flüchtling bekam, übernahm der meine Rolle und ich ging mit deutlich besserer Stimmung zurück ins Lager.

Nebenbei war so das Tentakelburg-Spiel entstanden, für das Clara und Dennis inzwischen zu alt geworden sind. Als sie jünger waren, haben sie es geliebt und Nadja mag den Ursprung inzwischen vergessen haben, doch gefreut hat sie sich jedes Mal darüber, wenn sie uns dabei beobachtet hat, und da tat es mir schon nicht mehr so weh. Die Zeit heilt alle Wunden, nur woher soll man wissen, dass das auch 20 Jahre dauern kann, wenn man selbst gerade mal 18 ist? Da ist das noch mehr als ein Leben. Getröstet hätte es mich eh nicht.

Draußen, vor Zelt 18, hatte sich die Warteschlange weiter verlängert und stand weiterhin brav hinter dem rot-weißen Absperrband. In dem Punkt sind DDR-Deutsche von ihren BRD-Pendants schon mal nicht zu unterscheiden. Das heißt, doch. Einen Unterschied gab es, aber nur dieses eine Mal: Nie wieder im Leben habe ich Deutsche irgendwo lächelnd Schlange stehen sehen. Weil das, worauf sie warteten, für alle reichen würde. Dort gab es keine Freiheit mehr abzuholen, sie waren ja längst frei. Und was noch besser war: Sie teilten ihre Freiheit mit uns. Alles, was es dazu brauchte, war ein Lächeln. Geteiltes Leid mag halbes Leid sein, und geteiltes Glück doppeltes Glück; aber wie verhält es sich mit einem geteilten Deutschland? Ist es nur dann glücklich, wenn es an sich selbst leiden kann?

Damals konnte ich sie spüren, eine andere deutsche Identität, solidarisch, hilfsbereit, offen. Ich bekam es nicht richtig zu fassen, genauso wenig wie die Kinder meine Tentakel. Und wenn doch, rissen sie aus. Was dort nur langsam nachwuchs, kribbelte so ähnlich wie eine verheilende Wunde. Man musste einfach nur helfen und zuhören, ohne darüber nachzudenken, und alles war gut. Ich würde meinem jüngeren Selbst gerne etwas zurufen, weniger um mich vor zukünftigen Komplikationen zu warnen als auf einen anderen Aspekt hinzuweisen, nämlich die Klarsicht jenseits des Jammerns und Meckerns, die zwei deutschesten Disziplinen neben der ewigen Besserwisserei. Einfach mal aufmerksam sein und nichts kommentieren, nur beobachten, damit man nicht jene unwiederbringlichen Momente versäumt – diese Sternschnuppen großen Glücks.

Was mir umgekehrt wohl mein damaliges Selbst zu sagen hätte? Wahrscheinlich im ersten Augenblick nichts. Ich wäre bestimmt überrascht, überhaupt noch am Leben zu sein, und inzwischen fast dreimal so alt wie damals. Zu sagen hätte ich mir eher wenig, dafür aber eine Menge Fragen. Fragen wie: „Hast du Sex?", „Bist du glücklich?", „Spielst du in einer Band?" – solche Sachen. Und die sind nur auf den ersten Blick naiv. Die Jugend ist für die Fragen da, das Alter für die Antworten, bei jedem einzelnen. Ich hatte damals kein Bild von einer Zukunft, von einer Welt außerhalb der Schule. Wie kann man diesen eigenen Altersunterschied in der Seele nur überbrücken?

Ich mach mal Pause, um mit Schwester Heide zu reden, und um selber die nächste Runde im Krankenhaus zu drehen. Jetzt soll sie endlich die Füße hochlegen.

Sie hat mir Fotos ihrer Enkel gezeigt, und da habe ich kurz überlegt, ob ich ihr Schwimmnudeln kaufen sollte, aber bis ich ihr das mit den Tentakeln erklärt hätte, würde sie sich sicher fragen, warum ich sie als Monster verkleiden möchte. Aber etwas, das sie mit ihren Enkeln teilen könnte, wäre schön. Ich frag sie nachher oder morgen noch, was sie denn damals als Kind für Spiele gespielt hat. Dann fällt mir bestimmt was ein.

Im Lager gab es zum Glück so viel zu tun, dass die Stunden nur so verflogen. Allein die unglaublichen Geschichten, die man zu hören bekam, wie etwa die von den zwei, die unter einen Zug geklemmt von Budapest bis Wien gefahren sind. Unter dem Waggon! Wie im Film. Oder die drei Dresdner, die ihr Auto in Tschechien stehen ließen, um durch einen Wald nach Ungarn zu flüchten, wo sie dann beim ersten Schwung über die Grenze dabei waren. Gut, das klingt jetzt nicht mehr so spannend, wie sie es erzählt haben, aber dazu muss man halt wissen, dass bei ähnlichen Aktionen andere gestorben sind. Die wollten allen Ernstes in Vilshofen bleiben und hatten sich über die Pinnwand mit Arbeitsangeboten schon ein Vorstellungsgespräch für den nächsten Tag besorgt. Und immer die lachenden Gesichter dabei vor Augen, die Freude darüber am Leben und irgendwo angekommen zu sein, machten einen auf eine Art und Weise betrunken, an die keine Droge der Welt heranreicht. Angeblich wären ja auch hier alle so freundlich, aber damit hatten eindeutig sie angefangen. Jetzt lachten natürlich alle. Das war ja gerade das Irre. Sie müssen das mitgebracht haben, denn so hatte hier zuvor keiner gelacht, in meinen 18 Jahren dort nicht. Am Abend trafen noch weitere Busladungen voller Leute ein, deren Geschichten mich interessierten. Das bedeutete natürlich Überstunden, aber auf die freute ich mich.

Die Freude verbreitete sich längst in kleinen Dosen im ganzen Land, denn in den zwei Tagen waren gut 300 Autos quasi direkt weitergefahren, zu Verwandten die schon auf sie warteten. Nicht alle machten Halt um sich gleich wieder registrieren zu lassen, sondern drehten vorher eine Ehrenrunde in der Freiheit, fern von Listen, Stempeln und Aktendeckeln.

Ich half also, Anträge auszufüllen, teilte dazwischen Essen aus, deutete in Richtungen, erklärte Wege, schleppte Sachen von hier nach da und von dort zurück, und hörte zu und noch mal zu. Anderen mit so einfachen Mitteln helfen zu können, macht glücklich, und mir wurde klar, dass ich das nie und nimmer in der Schule gelernt hätte. Alles in weniger als zwei Tagen. Was ich wirklich in dem Moment im Lager tat, war, meine Reifeprüfung abzulegen, ich machte mein praktisches Abitur, nur die Schule nahm das weder zur Kenntnis noch erkannte sie das Ergebnis an.

29.09.19

Ach Österreich, warum? Die Prognosen haben es ja schon angedeutet, aber die ÖVP kommt tatsächlich ungeschoren davon, als hätten sie nie zusammen mit der Ibiza-FPÖ regiert. Ach, was reg ich mich auf, bei uns träumen ja auch welche von so einem feschen jungen Herrn, an dem nichts haften bleibt. Einen, den allein aufgrund seines Alters nichts mehr mit den Waldheims verbindet. Menschen ohne Gedächtnis, Schwiegersöhne die bei Tisch verschweigen, was sie gerne mit den Töchtern anstellen würden. Da sitzt überall ein Herr Karl im Keller. Oder ist es den Österreichern unter der skandallosen Expertenregierung nur zu langweilig geworden?

Ich brauch 'ne Kippe, um Dampf abzulassen.

1989 war Österreich so hilfreich, so offen gewesen ... Was ist da eigentlich passiert? Woran lag es? Dass man wusste, dass die Flüchtlinge nicht bei ihnen, sondern beim Nachbarn unterkommen würden? Durchgereicht und aus dem Sinn? Nur sichergestellt, dass ihnen die Kraft für den nächsten Grenzübertritt reicht? Nein, das wäre unverschämt und griffe zu kurz. Die helfenden Österreicher, von denen uns erzählt wurde, waren vom gleichen Schlag wie die hier helfenden Vilshofener. Sie vermittelten ein Gefühl von Mit-offenen-Armen-empfangen-werden. Wer möchte das nicht? Das schafft Vertrauen, Dankbarkeit, Freude. So kamen sie an. Wie von Fans angefeuerte Formel-1-Fahrer, oder eher Go-Karts, von Eltern angefeuert.

Manche Österreicher mögen damals sogar mit ein bisschen Neid auf die Flüchtlinge geguckt haben, weil in Deutschland die EU anfing, von der sie damals selbst noch kein Teil waren. Das vergisst man schnell. Wie wir unseren eigenen pomadigen Nachwuchspolitiker, der sich mit fremden Lorbeeren geschmückt hat.

Am Endergebnis wird sich da wohl nicht mehr viel ändern, aber um mich wirksam davon abzulenken, muss ich jetzt was anderes machen. Und ich weiß auch schon, was – ich zeichne den Lagerplan auf. Nicht zum ersten Mal, daher kann ich ihn immer noch aus dem Kopf skizzieren. Andere kritzeln Pfeile, Herzchen und Strichmännchen beim Telefonieren oder aus Langeweile, bei mir wird meistens dieses Flüchtlingslager daraus, und das erste Feld, das ich dabei im Blick habe, ist immer das F5 – ihr Zelt, die Position meiner königslosen Königinnen. Ich war ihr Bauer, der sie bis ans Ende der Welt begleiten wollte. Um sich dann in was noch gleich zu verwandeln?

Aber der Reihe nach. Das Lager war schachbrettähnlich angelegt, nur mit mehr Feldern und farblich waren die darauf angeordneten Unterkunftszelte entweder Weiß oder gingen eher ins Bräunliche. Oder Olivgrün-Grau-Braun, je nach Lichteinfall. Auf der hinteren Seite reihten sich Gruppen zu je 6 Zelten, alphabetisch von A bis I durchbuchstabiert. Etwa in der Mitte wurden diese von einer zweireihigen Toiletten-Phalanx, mit einander zugewandten Eingängen, unterbrochen. Einerseits sorgte das für einen zusätzlichen Hauch von Privatsphäre, und andererseits blieb auch mehr von dem Hauch dort.

Zur Hauptstraße hin verteilten sich dann noch weitere Zelte, die mit K von 1 bis 15 durchnummeriert waren, und außerdem ein paar abschließende Funktionszelte mit dem Buchstaben Z, und das war's. Zur Versorgung stand noch das große Essens- und Aufenthaltszelt hinten rechts, mit den Waschanlagen an der kurzen Seite. Das waren wuchtige Container, aus denen es stark nach Seife und Chemie roch, aber eher frisch als unangenehm, nicht so wie beim Volksfest, wo sich sehr schnell der Duft von frisch Erbrochenem daruntermischte.

Wenn man von der Aidenbacher Straße hereinkam, war gleich links gut sichtbar ein Sanitätswagen und die mobile Wache sowie das zentrale Anmeldezelt Z18, wo man vom DRK Begrüßungsgeld ausgegeben und seinen Schlafplatz zugeteilt bekam. Außerdem war dort noch die Bundesaufnahmestelle, wo die netten Kolleginnen aus Gießen saßen. (Nein, da sind keine männlichen Kollegen mit gemeint, es waren wirklich nur Frauen.)

Eine Seite des Eingangs flankierte der Bundesgrenzschutz, auch wenn es erst mal nicht viel zu bewachen gab. Aber wir wünschten uns ein ums andere Mal, sie könnten die Journalisten auf der gegenüberliegenden Straßenseite wenigstens ein bisschen in Schach oder besser ganz vom Schachbrett fernhalten. Journalisten, die doch wieder nur die falschen Fragen stellen, egal ob vor Ort, in den Elefantenrunden im Fernsehen oder in Pressekonferenzen. Was hatte Uwe nur für eine unendliche Geduld mit denen gehabt. So vielen war er noch nie auf einmal begegnet, hat er uns erzählt, und hier wünschte er sich schon einen Pressesprecher, damit er in Ruhe seiner Arbeit nachgehen konnte, die ja wie am Schnürchen lief.

Ach, Moment – von Uwe, meinem Chef, habe ich noch gar nichts erzählt! Dabei ist er für mich die Autorität des Sommers gewesen, und nicht nur deshalb, weil er mit seinem Igelkopf alle anderen überragte.

Uwe Suchomel vom Roten Kreuz kam mit seinen Kollegen in einem VW Bus in mein Leben gefahren – komisch, immer wieder spielen die eine Rolle. Egal: Der Laden stand nach drei Tagen, aufgebaut unter den Augen der Presse aus aller Welt. Sogar das ZDF hatte einen Übertragungswagen dorthin bestellt, und zwar vom Kinderfernsehen. Kein Witz. Das war gerade erst gegründet worden, und dann standen da kleine deutsche Kinderreporter zwischen Kollegen aus England und Japan. Man erkennt daran aber auch, wie sehr man bei uns die Tragweite verschlief und aufgrund der Jahreszeit noch mit dem Sommerloch verwechselte. Winterschlaf im Sommerloch. Die Kinder hatten aber trotzdem die überraschenderen und besseren Fragen. Es sollten eigentlich nur noch Kinder Fragen stellen dürfen.

Uwe sah einfach unter allen Leuten wie ein von Kindern umgebener Basketballspieler aus, war dabei aber ein Muster an Bescheidenheit. Und vor allem laberte er nicht herum, sondern redete Tacheles. Ein Anpacker, wie er im Buche steht. Einer von denen, die vor Ort die Probleme lösten, die Bürokraten aus der Ferne verbockt hatten. Auf die Nerven gingen ihm besserwisserische Politiker in ihrem für den Ortsbesuch ungeeigneten, eleganten Schuhwerk. Daran konnte man sie laut ihm auch immer zuverlässig erkennen. Als es dann im Vorfeld der Grenzöffnung ein bisschen länger geregnet hatte, stand prompt der Herr Staatssekretär in Tiefenbach knöcheltief im Wasser. Wer hätte bei dem Ortsnamen schon mit so was rechnen können? Ich glaube, inzwischen würde Uwe aber auch Gummistiefel an Politikerbeinen misstrauisch betrachten, ohne sich das anmerken zu lassen.

Prompt überschlugen sich jedenfalls die Regional- und Landes-politiker mit Aktionismus, dass die billige Zeltlösung wohl doch nicht so ideal sei. Nur bei uns in Vilshofen gab's solche Probleme erst gar nicht, denn hier standen die Zelte auf Beton und Asphalt. Wenn man die Zelte vom Kondenswasser trocken kriegen wollte, musste man sie nur lüften. Für so grundeinfache logische Argumente hatte aber niemand mehr offene Ohren und das ging Uwe auf den Keks, der lieber half, ohne erst viele Worte machen zu müssen. Er war schon überall gewesen, aber so ein Tamtam wie hier hatte er noch nirgendwo erlebt. Und deshalb verlegten wir halt unnötige Bretter in den Zelten, damit sich die Politiker gegenseitig auf die Schultern klopfen konnten, ohne das Brett vor ihrem Kopf auch nur mit den Fingerspitzen anzupacken. Oder irgendein anderes.

Die Leitung des Lagers teilte Uwe sich mit Friedrich-Wilhelm Moog, der die politische Verantwortung trug. Ich kam nicht drüber weg, dass er nicht mit dem Erfinder des Moog-Synthesizers verwandt war und nannte ihn deshalb trotzig hinter seinem Rücken Jean-Michel, was mir deutlich entspannter über die Lippen kam. Manchmal ahmte ich auch Melodien aus *Equinoxe* oder *Oxygène* nach, und meine Kollegen in der Küche kicherten. Uwe war halt mehr der Praktiker, und mir wahrscheinlich deswegen von Anfang an sympathischer. Wie unfair und parteiisch man doch manchmal ist.

Apropos Küche: Der Geistler gab Essen aus, als gäbe es kein Morgen, und wer einmal bei ihm gegessen hatte, wollte garantiert nicht mehr den Lagerfraß haben, den ich ihnen servierte.

Außer dem Lager gab es dann noch Schlafplätze in der Dreifachturnhalle für Familien mit kleinen Kindern. Auf das andere Ende des Altersspektrums hatte sich Mutter mit ihren Kollegen im Altenheim vorbereitet. Umsonst, denn alle Greise saßen weiterhin unbehelligt in der Führungsriege der SED. Die Flüchtlinge hingegen waren ausnahmslos alle jung. Ich glaube, Doris war mit Mitte 30 schon eine der Ältesten; aber nicht nur sie, irgendwie sahen alle dort mindestens zehn Jahre jünger aus als ihre Pendants im Westen. Dann gab es noch ein paar Schlafplätze im Kloster, der städtische Kindergarten lud tagsüber Kinder zu sich ein und einige Vilshofener Geflüchtete zum Abendessen.

Um die Koordination der sozialen Dienste hat sich der Pfarrer Köckhuber gekümmert, der alle zu sich ins Gemeindehaus an den „runden" Tisch einlud, obwohl der eigentlich eckig war, wie er bei sich bietender Gelegenheit gerne betonte.

Wen der dabei alles unter einen Hut gekriegt hat, Hut ab: Wohlfahrt, Diakonie, Parteivertreter, Krankenpflege, Altenpflege – alle zogen danach an einem Strang, weil der Pfarrer mögliche Zankäpfel und Streithähne gar nicht erst zusammen in einen Korb gesetzt hatte. Am meisten beeindruckte ihn aber die unaufgeforderte Spendenbereitschaft der Bürger. Uns ja auch.

Jetzt haben wir bereits die Morgenstunden des 30. September und ich schreibe seit einem Monat. Hat es was gebracht? Na ja, nicht direkt Antworten, aber bessere Fragen und damit auch neue Vorhaben:

1) Clara und Dennis sollten wissen, wer Nadine und Daniel waren, wie aus Speck und Rothe auf dem Papier andere Menschen wurden.

2) Lukas muss von Clara und Dennis erfahren. Und umgekehrt.

3) Geschenk für Schwester Heide besorgen.

Das ist doch eigentlich recht übersichtlich. Und ich schlafe mit dem ASMR-Zeug wirklich besser als vorher ohne. Allein dafür hat es sich schon gelohnt sich damit zu beschäftigen.

Oh, und die übrigen Punkte gelten immer noch. Nur von Schwester Birgit werde ich auf Weiteres die Finger lassen, bei den Zigaretten dauert's eher ein bisschen länger. Dafür hat Schwester Heide nichts dagegen, wenn ich mich heute schon vor der Übergabe aus dem Staub mache, weil ... Na weil ich sie drum gebeten habe.

01.10.19

Keinen Bock einkaufen zu gehen. Der Kühlschrank ist leer und ich lass ihn gerade abtauen. Alle herausnehmbaren Teile wollte ich dann direkt in der Badewanne einweichen, aber als ich mit der Gemüseschublade und den

Glaseinlagen davorstand, zögerte ich. Ehe ich das mache, sollte ich besser mal die Badewanne schrubben. Jetzt steht alles davor und ich sitze mit knurrendem Magen am Tablet. Den Ständer dafür habe ich in der Klinik vergessen oder er ist unauffindbar in eine Falte meines Rucksacks gerutscht, also habe ich es eben mit Büchern eingeklemmt. Das vordere Buch ist so dick, dass ich deswegen jetzt dauernd unten Leerzeilen einfügen muss, damit der Text hoch genug rutscht und ich sehen kann, was ich gerade geschrieben habe. Dann vergesse ich, dass der Cursor noch unten ist. Also schreibe ich unsichtbar hinter dem Buch weiter, glaube aber, jetzt sei auch noch die Tastatur kaputt, hacke wütend ein paar Mal auf die Eingabe-Taste und lese, dass ich Erhellendes wie „grglfckd" für die Nachwelt festgehalten habe.

Wenn Tage so anfangen, dann verlässt man besser nicht mehr das Haus. Da zieht man die Scheiße förmlich an und ein Unfall jagt den nächsten. Sollen doch die anderen draußen den Laden schmeißen, ich bleib heut drinnen. Aus Sicherheitsgründen.

Wie das Flüchtlingslager ausgerechnet in Vilshofen landen konnte, ist mir rückwirkend betrachtet ein Rätsel. Allerdings nur ein kleines, denn da griffen die richtigen, erfahrenen Rädchen gut geölt ineinander: Das Rote Kreuz kann seine Zelte schließlich überall auf der Welt aufschlagen, also warum nicht auch bei uns? Darüber hinaus zur Abwechslung mal eine funktionierende Infrastruktur aus Wasser, Strom und Verkehrswegen vorzufinden, war für Uwe sicher eine gern gesehene Erleichterung auf der Habenseite. Aber wie jeder Auftrag stellte auch dieser bald unvorhergesehene Anforderungen, auf die es spontan zu reagieren galt. Auch deshalb, weil es in seinem Umfang der größte Einsatz seit dem Ende des zweiten Weltkriegs war. Das stellte für ihn allerdings nicht ansatzweise die härteste Nuss dar. Im Falle von Vilshofen waren das die Reporter. Wären da nicht auch die glücklichen Gesichter gewesen, ich glaube Uwe hätte sich manchmal lieber in eine sehr viel entlegenere Krisenregion gewünscht als nach Niederbayern.

Des Weiteren ergriffen die richtigen Leute aus der zweiten Reihe die politische Initiative. Denen blieb gar nichts anderes übrig, denn ihre Vorgesetzten waren im Urlaub. So schlug die „Stunde der Stellvertreter", wie es in den Regionalzeitungen hieß, und ein knappes Jahr vor den anstehenden Kommunalwahlen sicherlich nicht die schlechteste Gelegenheit, sich zu profilieren. Der Gschwendtner ist dann ja tatsächlich erster Bürgermeister geworden, aber anders als Daniel glaube ich nicht, dass er das aus Berechnung getan hat. Es war ja trotzdem richtig, und als die Flüchtlinge dann kamen, haben sie genauso sein Herz erobert wie unsere und sogar das vom Ministerpräsidenten. Das nahm einen mit, das blieb bei einem, dieses Bild, dieses Gefühl, das Richtige getan zu haben. Nichts macht glücklicher, und wir erinnern uns doch alle seitdem mit den wärmsten Empfindungen daran zurück. Wir versuchen bis heute, zu verstehen, was das war, warum es da und dort so viel offensichtlicher und leichter war, das Richtige zu tun. Ich weiß nicht, ob man dem Gschwendtner hinterher ein Angebot machte in die Landespolitik zu wechseln, das Zeug dazu hatte er allemal, aber er blieb bis zu seiner Pensionierung Vilshofen treu, wo er laut Lukas bis heute ist und einer der wenigen, die ihn immer herzlich grüßen.

„Wahrscheinlich hast du Recht“, seufzte Daniel. „Aber wahrscheinlich nimmst du ihn nur in Schutz, weil ihr Namensvettern seid.“

„Sehr witzig, du falscher Prophet, du“, stichelte ich.

„Depperter Apostel“, spuckte Daniel grinsend zurück.

So hatte uns der Geistler immer genannt, seine „depperten Apostel“: Daniel, Lukas, Markus und Johann...es. Wir schrieben zwar keine Evangelien, durften aber bei ihm anschreiben. Ein bisschen. Vielleicht ließen wir uns deswegen auch öfter bei ihm blicken als in der Kirche. Trotzdem hat es mich immer geärgert, dass er meinen Namen verunstaltete.

Worauf ich hinaus will ist, dass es schon eine ganze Menge mehr als politisches Kalkül braucht, um mal eben den Wochenmarkt vom Bergerparkplatz auf den hinter dem Gymnasium zu verlegen. Der erste Impuls war sicher ein rein menschlicher. Und irgendwann ging es dann doch wieder ums Geld, die lachenden Gesichter waren eine Sache von gestern und der verschobene Markt wollte auf seinen angestammten Platz zurück.

War eben im Bad pinkeln und habe natürlich vergessen, dass da der ganze Krempel aus dem Kühlschrank vor der Badewanne steht und mich beinahe auf die Fresse gelegt. Bin dann wie ein Storch drüber weggestakst und auf dem Rückweg in der Küche mit einer Socke plötzlich im Wasser gestanden. Habe nicht genügend Handtücher vor den Kühlschrank gelegt. Schreib ich halt barfuß weiter.

Worüber man im Lager damals auch stolperte, waren Leute, die dort eigentlich gar nichts zu suchen hatten. Zum Beispiel neugierige Mitschüler, die einen Kasten Bier und Schokolade ranschafften und sich zu den Leuten ins Zelt setzten, aber wir nickten einander nur grinsend zu. Problematisch waren Arbeitgeber, die auf eigene Faust nach neuen Angestellten suchten. Und das nicht nur von Baufirmen aus der Gegend, sondern aus dem ganzen Land: vom Arzt über Krankenschwestern bis zum Handwerker wurde alles gesucht, und fast immer auch gefunden. Betriebe, die seit Monaten und Jahren offene Stellen hatten, Anzeigen schalteten und jetzt so verzweifelt waren, dass sie nach Niederbayern fuhren, in der Hoffnung, dort Arbeitswillige zu finden. Arbeitgeber, die sich selbst auf den Weg machten. Im Auto. Von heute aus betrachtet, erscheint das komplett irre. Wahrscheinlich ginge das jetzt über Twitter und Facebook ebenso direkt, aber 89 nahm man die Sache selbst in die Hand. Wie ein Selbstbedienungslager für billige Arbeitskräfte.

Abgesehen davon, dass das düstere Assoziationen weckte, fragte ich mich da zum ersten Mal, was unsere Arbeitsämter eigentlich beruflich machen. Die kriegten es auch nach mehrmaligem Ersuchen vom Gschwendtner nicht hin, etwas auf die Beine zu stellen, das wenigstens die zukünftigen Arbeitnehmer vor Knebelverträgen geschützt hätte. Tags darauf führte das zu der Entscheidung das Lager für Unbefugte zu sperren, und zwar ganz. Ich meine, bei uns, in der Stadtverwaltung, bei Radiosendern und der Zeitung bimmelte ständig das Telefon mit Arbeitsangeboten, oft sogar mit Wohnung. Da wunderte ich mich, wieso die BRD eine Arbeitslosenquote von 5 % hatte, wenn es gleichzeitig so viele freie Stellen gab. War da nicht was mit dem Markt und so? Sollte sich das bei uns nicht angeblich alles von selbst regeln? Zu gern hätte ich damals wie heute begriffen, was da schieflief. Oder wo.

Bis mir Lukas erzählte, wie er nach dem Bund beim Arbeitsamt mit dem Berufswunsch Musiker vorstellig geworden war: Während er dort wartete, hörte er, wie hinter den verschlossenen Türen unter gedämpftem Gekicher Kuchen verteilt und mit Geschirr geklappert wurde. Als er endlich an die Reihe kam, versuchten sie ihn an ein Sägewerk zu vermitteln. Da wurde mir so einiges klar. Es gibt Staatsdiener und dann gibt es Beamte. Die einen nehmen ihren Job ernst, andere fühlen sich für nichts zuständig und horten Kuchengabeln. Da bläht sich ein Apparat auf, der nur sich selbst erhält und Menschen endlos gängelt. Sicher ist auch das ein Klischee, denn in jedem Beruf gibt es Leute, die sich für die Sache aufreiben, für andere mitarbeiten (sogenannte Mitarbeiter), und dann eben solche, die nur eine ruhige Kugel schieben: ihren Bauch. Oder nicht einmal das.

Dass jetzt plötzlich „die von drüben" einen Job bekamen, passte natürlich einigen bei uns auch wieder nicht in den Kram. Wieso kriegten „die da" jetzt Wohnungen und Jobs, während man selbst tagein, tagaus nur am Rummeckern war? Gäbe es Meckern als Beruf, wäre Deutschland Weltmarktführer. Komischerweise werden aber lieber Leute eingestellt, die den Job machen, ohne lange zu quatschen. Menschen, die alles stehen und liegen gelassen haben, um hierherzukommen, wo anderen der Weg von der Couch zum Kühlschrank schon zu weit ist. Ausgerechnet diese „real existierenden Sozialisten" waren die perfekte Verkörperung des neoliberalen Ideals: bereit den Wohnort zu wechseln, konnten überall neu beginnen, wenn es der Job erforderte und verzichteten auf die im Westen mühsam erstrittenen höheren Löhne, Betriebsräte oder Gewerkschaftsmitgliedschaften – und all das obendrein mit einem Lächeln! Schlug man das einem tranigen BRD-Arbeitnehmer vor, ging denen langsam ein Licht auf. Natürlich reagierten die nicht mit größerer Flexibilität auf die neue Situation, sondern mit dem Wunsch, die Neuankömmlinge mögen sich doch bitte wieder hinter ihre Mauer verziehen. Da durften sie sich gerne weiter von Ikea und Co. ausbeuten lassen und unsere günstigen Möbel und Strumpfhosen herstellen, Hauptsache sie blieben drüben und störten nicht unsere Ruhe. Die Neubürger aus der DDR erwiesen sich als leichter integrierbar, als so manche alteingesessene, krumme, gelb-schwarze BRD-Banane mit rotem

Kopf. Unsere Arbeitgeber hatten frisches Blut gewittert. Wie Haie kamen sie sogar noch aus Flensburg angeschwommen.

Die Kehrseite der Medaille war dann, dass wenige Tage später die DDR ihren Ärzten die Ausreise untersagte. Eine ganze dort ausgebildete Generation drohte in den Westen abzuwandern. Welcher Staat würde da nicht in Panik geraten? Man kriegte beinahe Verständnis für die DDR-Oberen, denn wer sollte die tapferen Montagsdemonstranten in Leipzig und anderswo wieder zusammenflicken, wenn der Staatsapparat sie vorher zusammengeknüppelt hatte? Es kämpften ja auch Leute für den Wandel drüben und jetzt wurde langsam aber sicher die Luft dünn. Vielleicht war es aber auch genau dieser Umstand, der das Zuschlagen des Staates verhinderte. Das eine wäre ohne das andere nicht möglich geworden. Die Flüchtlinge fielen nicht den vor Ort für mehr Rechte Kämpfenden in den Rücken, sondern hielten ihnen unverhofft sogar den Rücken frei.

Eben habe ich geniest. Meine Beine sind inzwischen eiskalt, allen voran die unbesockten Füße. Hätte ich mal die eine Socke angelassen und ab und zu den Fuß gewechselt. Oder gleich ein neues Paar angezogen. Ob das schon gereicht hat, um mich zu erkälten? Na ja, solange es kein Virus ist, das ich versehentlich mit aufgetaut habe, sollte es passen. War das jetzt eigentlich das erste Mal, dass ich den abgetaut habe? Als ich hier eingezogen bin, habe ich doch den Kühlschrank vom Vormieter übernommen. Wenn der und auch der vor ihm ... reicht das womöglich weiter zurück, vielleicht sogar bis zur Spanischen Grippe? Auftauen oder nicht auftauen, dafür ist es jetzt eh zu spät, ich lasse mir erst mal ein heißes Bad einlaufen.

Hätte es die DDR nicht gegeben, man hätte sie erfinden müssen. Der billigen Arbeitskräfte wegen. Und wenn ich so darüber nachdenke, dann erscheint mir Hartz IV jetzt auch in einem ganz anderen Licht, das mich frösteln lässt.

Es fing auch hinter den Kulissen des Lagers damals an, ums Geld zu gehen. Und bei der Frage endet leider immer alle Solidarität. Zuverlässig. Überall. Lange bevor der Soli eingeführt und monatlich fällig wurde, stritt sich der Bund mit Bayern und die mit den Gemeinden um die anwachsende Rechnung der Lagerunterhaltung. Was am Ende dazu führte, dass Uwe schlicht angelogen wurde: Man erzählte ihm, dass der Bergerparkplatz geräumt werden müsse, weil dort bald was gebaut werden würde. Auf die dazugehörige Baustelle wartet Vilshofen übrigens bis heute.

Der Wochenmarkt taugte auch nicht als Argument, denn der war es schon vorher gewöhnt gewesen, zur Not auf den Gymnasiumparkplatz auszuweichen. Was dann den einen Anwohnern plötzlich zumutbare 300 Meter weiter weg war, kam ja anderen 300 Meter entgegen, also blieb für die meisten die Entfernung im Mittel sowieso. Alle anderen kamen eh mit dem Auto.

Okay, die Wanne ist voll, eine Idee zu heiß, aber dann schwitze ich eben alles Gift aus mir raus. Die Sauna des kleinen Mannes. Danach reibe ich Scheuermilch in den Schmutzrand, lasse sie über Nacht einwirken und gehe früh schlafen. Mit Socken.

03.10.19

Der Kühlschrank läuft wieder, die ganze Wohnung ist geschrubbt, ich war einkaufen und habe mir eben leckere Kürbissuppe gekocht. Wenn man sich dazu Kürbiskerne in Wasser mit Salz anschwitzt und dann heiß drüberstreut, so dass es knistert, und abschließend mit einem Schuss Kürbiskernöl als Jackson-Pollock-Gedächtnis-Klecks verfeinert, hat man sich einen perfekten Herbstdreiklang gezaubert.

Jetzt, nachdem die Wohnung sauber ist, rauche ich nur auf dem Balkon, so wie es immer sein sollte. Quarze ich dann irgendwann wieder drinnen, ist es Zeit für den nächsten Hausputz. Wenn es mir diesen Herbst und Winter auf dem Balkon zu kalt wird, schaffe ich es ja vielleicht endlich, ganz damit aufzuhören. Auf jeden Fall weniger. Wäre auch billiger. Dann könnte ich mir stattdessen mal wieder guten Whisky gönnen. Das ist doch ein Plan.

Während ich im Lager weiter Geschichten aufsaugte, waren Daniel, Nadine und Lukas nur auf einen Parkplatz in der Kloster-Mondsee-Straße gefahren, um dort Monika mit Dispersionsfarben zu verschönern. Sie werden gelacht haben, während jeder auf einer anderen Seite herumkleckerte. Weder das eine noch das andere entging einem besonders aufmerksamen Anwohner, der prompt das Fenster öffnete und sie ermahnte, dass da ja nichts auf den Boden tropfen dürfe. Auf einen mit Öl- und Benzinflecken übersäten Parkplatz wohlgemerkt. Damit war auch geklärt, wie weit der glücklich machende Radius des Lagers reichte: weniger als einen Kilometer Luftlinie.

Doch die drei schenkten dem Maulkopf keine weitere Beachtung, nachdem Nadine ihn dazu eingeladen hatte, ihnen doch beim Bemalen des Dachs zu helfen. Als Antwort hatte der nur sein Fenster zugeknallt und die Vorhänge zugezogen. Lukas versuchte, seinen Totenkopfring mit Narrenkappe auf die Motorhaube zu übertragen und das Ergebnis sah mehr danach aus, als ob ein Oktopus darauf überfahren worden wäre. Lukas habe das mit Absicht versucht, perspektivisch in die Länge gezogen zu malen, erzählte er später geknickt, so dass es dann im Rückspiegel eines Autos richtig aussähe.

„Welches Auto soll dich denn im Rückspiegel sehen?", wollte Daniel wissen. „Die überholen dich doch nur, also müsste sich der Fluchtpunkt doch eher am linken Frontscheinwerfer orientieren, oder nicht?"

„A wieda wahr", sagte Lukas seufzend.

„Meinst du, du kriegst die Motorhaube in einer Farbe angemalt?", wollte Nadine wissen.

„I glaub scho."

„Dann mach das doch als Grundierung und ich mal dir dann nachher deinen Totenkopf drauf. Aber so, dass er für dich richtig aussieht. Einverstanden?"

Lukas nickte und drückte so auf die Tube, dass ein großer Schwall auf die Motorhaube klatschte, den er dann mit seinem Pinsel eifrig verteilte wie Teig auf einem Backblech. Deswegen hat er wohl nicht mitgekriegt, wie sich Nadine und Daniel währenddessen verstohlen angesehen und beobachtet haben. Irgendwo in diesen Momenten muss beiden klar geworden sein, dass sie sich ineinander verguckt hatten. Anders kann ich mir die diversen Handabdrücke nicht erklären, in Grün, Blau und besonders die türkisen. Außerdem klebte beiden noch Farbe an Fingern

„Okay. Ich muss dann …"

„Daniel!" Ich hielt ihn fest. „Hier soll niemand länger als zwei, höchstens drei Tage bleiben und danach sieht es auch aus, verstehst du? Das ist ein Durchgangslager."

„Aber ihr Vater …"

„Der kann doch schon im nächsten Bus hierher sitzen, oder von woanders nach seiner Familie schicken lassen."

Das saß. Daniel schluckte, nickte und lief den anderen zögerlich hinterher. Er drehte sich nochmal zu mir um und lächelte so glücklich, wie ich ihn mindestens seit einem Jahr nicht gesehen hatte. Dann war er weg und ich blieb, meine fehlenden Tentakeln und sechs weitere Augen brauchend, zurück. Ein Insekt, dem man die Flügel ausgerissen hatte, ein angefahrenes Tier im Straßengraben, das langsam verblutete.

Gerettet hat mich eines der Kinder aus dem Spielzelt. Das stand betreten vor mir, als ich zu einem Häufchen Elend zusammengesunken dasaß, völlig leer wie eine Basstrommel mit einem viel zu großen Loch im Fell, wo einmal das Herz gewesen war.

„Bist du der, der hinter dem Zelt gesessen hat?"

Ich nickte.

„Die Burg ist jetzt fertig", sagte es.

Wegen meiner Tränen konnte ich nicht mal sehen, ob es ein Junge oder ein Mädchen war. „Hm."

Das Kind scharrte hörbar mit einem Fuß über den Boden. „Magst du sie mal sehen?"

Wollte ich ehrlich gesagt nicht. Ich wollte so viele Dinge gleichzeitig, so viele widersprüchliche Dinge! Mit meinen Freunden mitfahren, dabei sein, wenn die drei Spaß hatten, mit Nadine allein unter den Sternen liegen, mit ihr im Arm wie gestern, schweigen, rauchen, lieben. Stattdessen sagte ich blinzelnd: „Kinderbein, ich rieche warmes Kinderbein – mein Leibgericht!"

Kreischend lief das Kind weg.

„Mit euren Knochen repariere ich mein Raumschiff und komme vielleicht endlich von hier weg", murmelte ich versuchsweise, entschied mich dann aber dafür, das besser für mich zu behalten.

und Klamotten. Nadine hatte blaue, und Daniel grüne Finger. Sie hatten wohl die Dachpappe als Unterlage genutzt, ihre Hände dort eingetunkt und dann Abdrücke ihrer Hände auf die Beifahrertür gestempelt.

Daniel hatte unter der Klinke mit seiner rechten Hand den Vulkanier-Gruß hinterlassen und Nadine machte mit ihrem blauen Daumen dicke Punkte an die Enden der Finger und die Handwurzel. Das wäre der Kopf des Centaurus' und dann stupste sie mit ihren Fingern den Körper des Sternbildes darunter.

„Und was ist das da?", fragte Daniel und deutete auf den Zwischenraum der Beine.

„Das Kreuz des Südens", erklärte Nadine.

„Zeigst du uns das heute Nacht?"

Nadine schüttelte den Kopf. „Geht nicht, das sieht man nur auf der Südhalbkugel. Aber siehst du hier die Vorderbeine? Also was die Pfoten wären?"

„Was ist damit?"

„Das sind Alpha und Beta Centauri." Nadine drehte sich zu Lukas. „Haben wir auch Pink?"

„Na, um Himmels wuin!"

Nadine seufzte. „Dann mach's halt grün. Hier Daniel." Sie deutete auf die Stelle und Daniel stupste einen grünen Finger auf die Pfote.

In dem Moment schob Nadine mit ihrer freien Hand Daniels Ärmel hoch und malte ihm ein blaues Tattoo auf den Oberarm.

Das war knapp unterhalb der Stelle, wo sie ihn schon am Vormittag berührt hatte und wovon angeblich beide nichts gemerkt haben wollen. Da war es, schwarz auf ... also blau auf pink. Ultramarinblau auf blassrosa Weißbrot-Grundierung.

Ich habe mir das nicht eben erst ausgedacht. Unterbewusst hatte sich das doch schon am Morgen abgezeichnet, als hätte Nadine beiläufig eine Skizze auf der Schulter hinterlassen, die sie jetzt ausarbeitete. Dann rangen die beiden einhändig miteinander, schmierig-bunte Finger verspielt ineinander verkeilt, grün und blau tropfend, türkis verliebt. Eine Sauerei, wie sie sich auch gerade politisch in Österreich andeutet.

Jedenfalls war die Grundierung der Motorhaube zu feucht, also fühlten sie sich dazu genötigt eben so lange durch die Gegend zu fahren, bis sie trocken genug war. Der Totenkopf ist ihr dann ziemlich gut gelungen. Im Vergleich dazu wirkte die Höhlenmalerei der Sternbilder wie der Fantasie von Dreijährigen entsprungen. Offensichtlich waren die Künstler dabei in Gedanken woanders gewesen.

Der große Wagen auf der Fahrerseite mit seiner Achse ging ja noch, denn viel schneller als ein Ochsenkarren ging der Trabi auch nicht, nur behauptete Nadine, dabei handele es sich in Wahrheit um den Kopf eines Bären. Exakt so unbeholfen wirkten die Sternbilder für meine Begriffe alle. Wie frühe Computerspiele verglichen mit denen von heute. Wenn Kleinkinder das Malen entdecken und man sie fragt, was sie denn da gemalt haben, sind die Antworten ähnlich überzeugend wie Sternzeichen: Man muss sie halt schon darin sehen wollen. Die Leute früher hatten bestimmt deutlich mehr Fantasie als unsereins heute. Aber Kinder würden dort auch ein Mama- oder Papa-Sternbild entdecken können, wenn man sie ließe, nur wir Erwachsene halt leider nicht mehr.

Auf Monikas Heckscheibe prangte noch bis zuletzt der unbearbeitete Aufkleber mit dem DDR-Landeskennzeichen. Unbearbeitet deshalb, weil viele bereits das erste D und das R durchgestrichen oder gleich ganz abgekratzt hatten. Heute würde man das wohl ein „Meme" nennen, damals war es ein Bekenntnis zu einem anderen Deutschland. Strichen die einen Mehrwert heraus? Genau genommen betonten sie ja nicht „Deutschland", sondern das „Demokratische". Selbst wenn es ihnen um die Symmetrie ging, damit das D in der Mitte blieb, balancierten sie doch mehr damit aus, als ihnen bewusst war. Man hätte es nur in der BRD genauso tun, und dort symbolisch den Bayerischen Rundfunk herausstreichen müssen, der sich in den 80er Jahren noch aus Satiresendungen auszuklinken pflegte. Aber bei uns prangte ja nur das langweilige D auf dem Aufkleber, kein BRD. Wie sollte überhaupt das Länderkürzel für ein wiedervereinigtes Deutschland aussehen? Wenn man das B und das D in BRD streichen würde, dann bliebe das R in der Mitte übrig. An dem hing also alles.

Lukas malte als seinen Diskussionsbeitrag eine Banane über das erste D, auch wenn es mehr nach einem abnehmenden Mond aussah, so ganz in Gelb. Weil er meinte, die BRD sei ja schon bananig geformt, wie sie sich da an die DDR schmiegte, und Nadine erzählte ihnen den dazu passenden Witz, warum die Banane krumm sei. Die beiden zuckten ahnungslos mit den Schultern.

„Weil sie einen Bogen um die DDR macht", antwortete Nadine die Augen rollend.

„Sigst'as", sagte Lukas vergnügt.

„Das macht also die BRD zur Bananenrepublik der DDR", ergänzte Daniel und Lukas schrieb es später, als die Farbe trocken war, noch klein in Schwarz mit *Edding* als zwei schmale schwarze Streifen in die Banane: „Bananenrepublik" in den ersten Bogen und „Deutschland" als kleineren zweiten. Aus der Ferne betrachtet sah es dann schon eher wie eine Banane aus.

„Und was ist mit dem R, wofür steht das?", wollte Nadine wissen.

„Rendite", schlug Daniel vor.

„Reh-Pub-Lik", sprach Lukas silbenweise. „Lik-ör?"

„Pub und Likör klingt beides nicht sehr Deutsch", warf Daniel ein. „Abgesehen vom Saufen natürlich."

„Wieder veröffentlichen?", fragte Nadine versuchsweise.

„Häh?" Lukas war mit seinem Latein am Ende.

„Republizieren", übersetzte Daniel. „Nehmen wir doch was Neues für das R, wenn wir schon dabei sind. Wenn wir es stehen lassen, ist es ja ein Doktor, und das klingt zu … gebildet."

Die drei überlegten.

„Eigentlich sieht die Banane ja mehr wie ein C aus, oder nicht?" fragte Nadine nachdenklich.

„Blos koa christliches Irgendwos mehr, mia ham ja scho zwoa."

Nadine und Daniel nickten zustimmend.

Lukas blickte ein bisschen nachdenklich drein. „A bisserl duad's mir scho ums Doppel D leid."

„Damit kann ich nicht dienen", sagte Nadine und sah an sich herunter. „Ich kann meine Schuhe sehen."

„So hab i des fei ned g'meint", beschwichtigte Lukas. „Weil …"

„Du bist perfekt", fiel ihm Daniel ins Wort. „So wie du bist."

Wahrscheinlich wurde er rot dabei. Ganz sicher sogar, obwohl ich gar nicht dabei war und Lukas mir nur ungefähr wiedergegeben hat, was gesagt worden war. Die eine Hälfte davon reimte er sich notgedrungen zusammen, weil ich so oft danach fragte, die andere Hälfte habe ich mir wohl selbst über die Jahre ausgedacht. Aber allein, dass Daniel jemanden unterbrochen haben soll, war eine Seltenheit, aber obendrein um einem Mädel, dass er mochte – nein, liebte – ein Kompliment zu machen ... Da hätte er sich früher eher die Zunge abgebissen.

Nadine stutze wohl einen Moment, ehe sie loslachte. Das muss Daniel innerlich kurz wehgetan haben, aber er fing sich schnell und ließ sich von ihrem Lachen anstecken, denn er legte nach. „Besonders das verwaschene Blau deiner Hände hat es mir angetan. Das hat nicht jede."

„Ach ja?"

„Na ja, d' Schlumpfine is a blau", warf Lukas ein.

„Bei uns waren die Schlümpfe rot", lachte Nadine.

„Ach, Quatsch!"

„A so a Schmarrn!"

„Nein, ehrlich wahr. Ich hatte einen zum Kuscheln, als ich klein war. Es gibt Fotos."

„Vielleicht san de nur verblasst?", vermutete Lukas.

„Ja, genau!" Daniel nahm die Vorlage an. „Welche Farbe hattest du denn auf dem Foto?"

Nadine tat so, als würde sie überlegen. „Stimmt, jetzt wo du es sagst, ich hatte einen leichten Grünstich."

„Du bist vom Mars?", schlussfolgerte Daniel.

Nadine nickte lächelnd.

Daniel hob seine Faust zum Gruß wie Honecker. „Ich auch."

Und das hat es dann wohl besiegelt. Zwei Außerirdische haben sich gefunden, in den unendlichen Weiten niederbayerischer Hügel, auf einem Getränkemarkt-Parkplatz. Und auf beiden war noch Pfand.

Ach so ja, das mit dem R haben wir später gelöst, als Nadine schon weg war, Daniel im Hausarrest saß und ich mit Lukas in Monika schweigend durch die Gegend fuhr.

Lukas blickte grimmig drein. „Daniel hat heid in der Schui g'sogt, dass des R für Rache steh soid."

Ich schüttelte den Kopf, dann traf es mich wie ein Blitz und ich säuselte mit so tiefer Stimme wie ich konnte den Refrain von „Speak".

Lukas drehte sich zu mir. „Revoluschn? Mei, warum ned?"

Wir waren jung und wussten es nicht besser. Und der Song, nein – das Album ist einfach geil. Es brauchte nicht viel Überzeugungskraft und es wurde schließlich „Rÿche" auf der Heckscheibe daraus, denn wir hatten unsere „Queen of the Reich" ja in Nadine gefunden, und damit auch unsere Mission. Außerdem hätte „Revolution" zu viel von der Heckscheibe undurchsichtig gemacht.

„I remember now".

06.10.19

Heute war es dann wieder so weit, ich stand mit klapperndem Schlüsselbund in der Schule. Im krummen Gang zu den Wissenschaftsräumen, bei Nacht und natürlich allein. Etwas wartete dort auf mich. Ganz hinten. Aber warum hier? Vielleicht weil es die einzigen Klassenräume waren, die überhaupt ein Dahinter hatten? Manchmal holten wir dort auf einem Rollentisch vorbereitete Versuche heraus, die von weniger gut bis gar nicht funktionierten. Dann behaupteten die Lehrer „eigentlich müsste jetzt dies und das passieren", was uns mit der Zeit immer misstrauischer werden ließ. Gegenüber den Lehrern, und leider auch ein wenig der Wissenschaft. Nicht wiederholbare Experimente, denen wir dennoch Glauben schenken sollten? Äh ... Ist es da ein Wunder, dass unsere Leistungen direkt proportional zu unserer Enttäuschung immer schlechter ausfielen?

Jetzt wäre mir selbst ein mißglücktes Experiment lieber gewesen, als ... was oder wem auch immer ich mich dort hinten stellen sollte. Waren das Schritte vor mir im Dunkeln? Sie entfernten sich aber. Was immer es war, hatte dort Schmiere gestanden, und ich lief jetzt direkt in die Falle. Und wie es eben nur in Träumen oder Horrorfilmen ist, ging ich dumm und tapfer weiter, mitten hinein in mein Verderben. Der dünne Teppich schluckte meine Sohlen, meinen Mut und zu allem Überfluss auch das Licht, denn es wurde dunkler. Ich konnte mich nur noch an den silbrig glänzenden Türklinken vor mir orientieren.

Da! Wieder Schritte. Meine? Nein, ich war ja stehengeblieben, um meine Augen an die Dunkelheit zu gewöhnen. Es war auch mehr ein Getrappel, wie ... von Pfoten – Hunde, die mir nicht nur den Rückweg abschnitten, sondern mich jetzt jagten, so dass ich zu Laufen anfing, blind in die Finsternis hinein. Eigentlich hätten sie mich längst eingeholt haben müssen (wieso weiß ich überhaupt, dass es mehrere ...) und nach der Biegung, die ich gerade aus dem Gedächtnis genommen hatte, da waren doch – und schon trat ich ins Leere, wo ein paar Stufen nach unten führten. Der Aufschlag tat kaum weh und ich hörte, wie die Hunde schwer hechelnd hinter mir immer näher kamen. Hier war ich in einer Sackgasse, doch schaffte ich es, mich ins Klassenzimmer zu retten und die Tür von innen zu schließen. Die Stühle standen auf den Tischen und durch die Fenster drang milchiges Licht, so dass ich schnell erfassen konnte, dass mir nichts zwischen den Tischbeinen auflauerte. 107 Tischbeine vielleicht? Nein, nicht gerade genug. Hier ging es um etwas anderes, aber was?

Ich raffte mich auf und öffnete die Tür zum Hinterzimmer. War das nicht anders geschnitten? Jetzt sah es mehr aus wie die Notaufnahme bei uns in der Klinik, oder der Operationssaal, und irgendwie auch beides auf einmal. Dann klackerte etwas hölzern zu Boden, kam blitzschnell näher und ehe ich etwas erkennen konnte, ging ein Stich, ein brennender Schmerz durch meine Wade, der mich aufweckte.

Ich erwartete etwas in mein Bein verbissen vorzufinden, als ich die Decke zurückschlug, aber da war nichts. Stöhnend rieb ich meine Phantomwunde. Es hatte sich so echt angefühlt, ich spürte den Schmerz immer noch nachklingen, ja war fast ein wenig enttäuscht, nicht in einer Blutlache sitzend aufgewacht zu sein. Dann fing ich an zu zittern. Nicht weil mir kalt war, sondern aus Angst. Es wurde besser, je mehr Licht ich einschaltete und weiter brennen ließ, nachdem ich einmal durch die ganze Wohnung gelaufen war. Als würde es alles, worauf es fiel, desinfizieren und Monster in den Schatten töten. Es werde Licht. Und Stromrechnung.

Ganz klar die falsche Zeit, sich das Rauchen in der Wohnung abzugewöhnen, tippe ich hier und drücke bereits die dritte „Zuvielte" aus. Verfickte Schule. Fluchen hilft mir jetzt auch nicht weiter, aber fühlt sich gut an.

Wissenschaft, Operation, Experiment. Als müsste ich etwas nachholen, nachsitzen, ich sitze allein nach. Mit Hunden? Zeus, Apollo, fasst ihn? Die Höllenhunde aus *Ghostbusters*?

Aber ich war dort doch schon, also was soll das?

Was vergessen, habe ich dort was vergessen? Keine Ahnung.

Ich mache die Lampen zögerlich wieder aus und lege mich ins Bett, lasse aber vorsichtshalber den Bildschirm mit einem ASMR-Video drauf an, wenn auch mit so weit wie möglich heruntergedimmter Helligkeit. Das sieht ein bisschen so aus, als ob ein Kopf aus meiner Matratze guckt, was jetzt nicht wirklich hilft. Aber da er nur beruhigend „Schhh" machend auf mich „ein-schhh-t", fallen mir irgendwann die Augen zu.

Ein Anruf meiner Mutter riss mich brutal aus dem Tiefschlaf. Ich wusste noch gar nicht wer oder wo ich war und es ist mir im Nachhinein unbegreiflich, woher ich so schnell wusste, wie man ein Telefon überhaupt bedient.

„Hab ich dich geweckt?", fragte Mutter und ich brummte bestätigend in die Leitung. „Ich dachte, du hast erst ab morgen Nachtschicht?"

Ich variierte mein zustimmendes Brummen, ein Hauch Unwillen mischte sich darunter.

„Stellst du dich schon vorher um oder warum schläfst du um eins noch?"

„Mutter!", jammerte ich und bereute es sofort, aber Mama war gnädig.

„Geh dich erst mal rasieren, Brummbär. Hast du schon ein Buch für die Nachtschwester besorgt?"

„Was?" Schwester Anita. Die hatte ich total vergessen. „Verdammt, nein, hab ich nicht."

„Dann hab ich eine Empfehlung für dich: *Schwarzes Kleid mit Perlen* von Helen Weinzweg."

„Prima, danke. Geh ich gleich nachher besorgen."

„Heute ist Sonntag."

„Na gut, dann eben morgen."

„Schreib's dir auf: *Schwarzes Kleid mit Perlen*."

„Jaja, is ja schon gut", murmelte ich träge. Wo waren meine Zigaretten? Andererseits lag ich mit meinem Kopf noch immer unter meiner Bettdecke und hatte keine Lust, in absehbarer Zeit etwas daran zu ändern. Ob es gefährlich war, darunter zu rauchen? Also wenn man die Glut weit genug von der Decke fernhielt, dann ... „Entschuldigung, hast du was gesagt?"

„Ich hab gefragt, ob du Daniel schon von Lukas' Vaterschaft erzählt hast", wiederholte Mutter geduldig.

„Äh, nein", seufzte ich. „Noch nicht."

„Mach das mal. Es könnte ihn doch auf die Idee bringen, sich selber bei ihm zu melden."

„So hab ich das noch gar nicht gesehen."

„Würde zu ihm passen, findest du nicht?"

„Da ist was dran", stimmte ich ihr zu. „Warum rufst du überhaupt an? Wir wollten uns doch sowieso nachher sehen."

„Ja, eben deswegen. Ich schaffe es heute nicht."

„Wieso, ist was passiert?"

„Nein, alles in Ordnung", erklärte sie beruhigend. „Also mit mir. Nur im Altenheim, da ..."

„Ich will es gar nicht wissen, Mama. Bitte ...", flehte ich.

„Was denn? Bist du etwa sauer deswegen?"

„Vielleicht ein bisschen?", gab ich überrascht zu. „Aber es ist schon in Ordnung, nur mag ich nicht schon wieder eine der Geschichten aus dem Altenheim hören. Nicht jetzt, nicht heute. Ich bin zu müde, verstehst du?"

„Ja doch. Danke für dein Verständnis und ich mache es wieder gut."

Deswegen hatte sie also mit dem Buch für Schwester Anita angefangen. Schlechtes Gewissen, weil sie mir wieder mal absagen musste. Es kränkte mich nicht wirklich, ja freute mich sogar, dass sie ein aktives Leben führte, auch wenn ich es nicht so recht nachvollziehen konnte, wieso das immer noch im Altenheim sein musste. Sie hatte ihr ganzes Berufsleben in welchen verbracht und wollte unter keinen Umständen einmal selber in eins. Mama sah darin keinen Widerspruch, solange sie nicht die Seiten wechselte. Wenn sie selbst dort alte Leute herumschieben konnte, war alles in Butter.

Sie tat sich einfach schwer mit dem Loslassen alter Gewohnheiten, aber wer tut das nicht? Mich hatte sie längst in die Selbstständigkeit entlassen und es war die Gewohnheit des Nachfragens und Umsorgens, die sie ebenso wenig ablegen konnte wie ich meine Eifersucht, wenn bei ihr doch mal jemand vor mir dran kam. Es ist wie mit dem Rauchen aufhören, irgendwie unmöglich. Selbst wenn es eine Weile klappt, fängt man schleichend wieder damit an.

Dann fragte sie noch, ob's was Neues von Mario gäbe, was ich verneinte, und dann hängten wir auf, wofür ich sehr dankbar war.

Heute kann ich zwar das Buch nicht kaufen, aber dafür kann ich was anderes machen, was ich beinahe vergessen hätte: Eben habe ich bei meiner Semmel nach der PIN noch den Fingerabdrucksensor aktiviert. Vielleicht bin ich schon paranoid oder Schwester Anita färbt langsam auf mich ab. Egal, fühlt sich gut an.

Wo ich schon dabei war, griff ich die Anregung meiner Mutter auf und rief Daniel zu Hause an, er ging aber nicht selber ran, sondern Clara, die im ersten Moment ein wenig enttäuscht klang, dass ich es war. Daniel spielte Gitarre, allerdings beruflich. Er brütete über ein alternatives Arrangement für eine Band, die gerade bei ihnen im Studio eine Platte aufnahm.

„Du nimmst dir Arbeit mit nach Hause?"

„Ja", bestätigte er.

„Könnte mir nie passieren. Oder sagen wir so: Es würde auffallen."

„Schimpf du mich bitte nicht auch noch. Ich mag den Song ja tatsächlich, nur hört man die Endlosschleife trotz der Kopfhörer, seit ... oha, bald zwei Stunden. Deswegen konnte sie mir das Telefon also gar nicht schnell genug bringen." Daniel lachte.

„Gut, dass du es hast, denn dann könntest du bei Gelegenheit mal Lukas anrufen."

„Wie kommst du denn darauf? Hast du etwa wieder seinen Geburtstag vergessen?"

Verflixt und zugenäht, als hätte er den sechsten Sinn. „Als ob du ihm gratuliert hättest."

„Natürlich nicht, aber ich habe deswegen nie ein schlechtes Gewissen. Und wann hast du deinen zuletzt gefeiert?"

„Ja, schon klar. Es gibt aber noch andere als die von uns alten Säcken. Demnächst gibt es sogar einen, den wir feiern müssen", sagte ich ein wenig geheimnisvoll.

„So? Steht denn ein Runder an? Wer ... Moment, soll das ... Willst du damit sagen, Lukas wird Vater?" Daniel flüsterte den letzten Teil.

„Jep."

„Richte ihm Grüße aus, und dass wir uns für ihn freuen."

„Warum machst du das nicht selber? Wenigstens dieses eine Mal? Morgen, aus der Arbeit." Ich versuchte so, seinen Bedenken zuvorzukommen.

„Ja, das könnte ich wohl, nur ..."

„Die Nummer ist noch die alte, ich kann sie dir trotzdem noch mal schicken." Ich hatte ihn und ließ nicht locker.

Daniel seufzte. „Du weißt doch, wie es ist ..."

„Ich weiß, woran wir uns gewöhnt haben. Damit muss mal Schluss sein. Er wird es dir nicht übelnehmen, ganz im Gegenteil. Erst beim zweiten Kind ist es zu spät. Einen besseren Anlass kannst du dir gar nicht ausdenken."

„Vielleicht hast du ja recht. Das kommt so plötzlich."

„Besprich es mit Nadja." Ich bin mir sicher, dass sie sich so sehr darüber freuen wird, dass sie Daniel überzeugt. „Ich kann es ihr auch gerne sagen."

„Nein, ich mach das schon."

„Danke."

„Wieso liegt dir so viel daran?"

„Weil auch das dazu gehört, dass Clara und Dennis die Wahrheit erfahren."

Daniel verstummte. „Dir ist es wirklich ernst damit?"

„Ja, natürlich. Machen wir reinen Tisch."

„Kannst du das bitte uns überlassen?"

„Jetzt geht es hier erst mal um Lukas. Er ist doch sogar euer Trauzeuge, verdammt noch mal!"

„Okay, okay. Wie heißt denn seine Freundin?"

„Äh ... Moment, mir fällt's gleich ein." Aber dem war nicht so. „Scheiße. Ich glaube, es stand irgendwo in seiner E-Mail. Nur so viel: Es ist niemand, den wir kennen."

„Bist du dir da sicher?", fragte Daniel sarkastisch.

„Keine Monika diesmal, soweit weiß ich."

Dann redeten wir noch über unsere beiden Demonstranten. Die Schule machte wohl Ärger, weil sie auch nach den Sommerferien wiederholt gefehlt hatten, aber Nadja und Daniel hielten ihnen den Rücken frei. Es gab auch Unterstützung von immer mehr Eltern, die sich inzwischen offiziell als *Parents for Future* der Bewegung angeschlossen hatten. Das hätte es mal damals schon bei uns geben sollen. Wer weiß, was wir so alles hätten erreichen können. Ein bisschen Schummeln bei den Entschuldigungsgründen hat noch keinem geschadet, und ganz sicher nicht dem Planeten.

Pinocchio! Das hölzerne Geklapper im Traum? Obwohl es ja ein Stich war, den ich im Bein gespürt habe, mehr wie das Viech aus *Alien*, das aus dem Ei geschlüpft ist. Seine angespitzte Nase vielleicht? Lüge ich mir die Hucke voll? Ach, ich weiß es doch auch nicht. Keine Videos mit Holzgeräuschen mehr, so viel ist sicher.

07.10.19

Vorhin das Buch gekauft, das mir Mutter für Schwester Anita empfohlen hat. Schönes, schlichtes Cover. Der Klappentext klingt zwar mehr nach Spionage als Krimi, aber das sollte ihr trotzdem gefallen.

Bevor ich zu meiner Schicht aufgebrochen bin, haben mich noch überraschend Clara und Dennis angerufen. Sie freuen sich über meine Annäherung an ASMR und gratulierten mir. Ich neckte sie damit, dass meine Albträume deswegen jetzt lebhafter wären und dass ich nach dem Aufwachen jetzt immer großen Appetit auf Holzspäne mit Nagellack hätte. Dann erzählte ich den Zwillingen auf ihre Bitte hin meinen gestrigen Albtraum, ließ aber weg, dass ich ihn schon häufiger so oder ähnlich geträumt habe. Dennis fragte mich, ob ich in den Träumen wüsste, dass ich schliefe.

„Wie soll das denn gehen?"

„Hast du schon mal auf die Uhr geguckt? Ich meine im Traum?"

„Keine Ahnung, wahrscheinlich schon."

„Weil die meistens nicht gehen. Oder stehen bleiben."

„Oder zeigen zwei total verschiedene Zeiten an, wenn man zweimal guckt", warf Clara ein.

„Und Lichtschalter machen kein Licht an", übernahm wieder Dennis. „Oder aus, je nachdem."

Wenn man das merke, dann seien das Klarträume, und die lassen sich steuern. Da könne man auch fliegen, sich mit Feinden aussprechen, alles erdenklich Mögliche ausprobieren. Clara und er würden sich das gerade beibringen und Fortschritte darin machen. Ich solle ein Traumtagebuch führen, gleich nach dem Aufwachen. Na prima, als wäre ein Tagebuch zu schreiben nicht bereits genug Arbeit. Andererseits notiere ich die eh schon hier drinnen, also was soll's? Muss ich ihnen ja nicht auf die Nase binden.

„Erzählt mir mehr von diesen Klarträumen", bat ich seufzend.

„Ach, wir wollen hauptsächlich Spaß haben und ein bisschen Unfug machen", erklärte Dennis.

„Gar nicht wahr!"

„Clara will natürlich Mario wiedersehen."

Clara boxte ihren Bruder in die Seite.

„Ist doch wahr." Dennis grinste. „Den halben Tag sitzt sie da und malt Blütenblätter – er liebt mich, er liebt mich nicht, er liebt – Aua!"

„Habt ihr noch ein bisschen mehr ... ich sag mal, wissenschaftliche Hinweise?"

„Klarträume hat man in der REM-Phase, wenn man schon beinahe wach ist", erläuterte Clara und funkelte ihren Bruder böse an.

„So, wie wenn man sich morgens noch mal umdreht, oder nach dem Pinkeln wieder hinlegt?"

„Genau."

„Und wenn du von Monstern träumst, die dich beißen", ergänzte Dennis, „dann sind auch das Teile deiner Persönlichkeit, die dir was sagen wollen."

„Um mich daran zu erinnern, dass es eine gute Idee war, keine Haustiere zu haben?"

„Smörre! Du nimmst uns nicht ernst." Clara hatte heute anscheinend keinen Sinn für Humor.

„Doch, doch tue ich", beschwichtigte ich.

„Alles, was du träumst, ist Teil von dir", fuhr Clara fort. „Bewusst oder unbewusst."

„Auch echte Gebäude wie die Schule? Oder Wohnungen, in denen ich gelebt habe?"

„Ja, ich ... glaub schon?" Dennis grübelte. „Clara weiß das genauer. Sie liest was von Jung, um mehr über ihre Träume zu erfahren."

„Warst du sehr enttäuscht, dass der Traum-Mario nichts mit dem echten zu tun hat?", fragte ich Clara und sie nickte.

„Ich sag ihr ja immer, das Fliegen schöner wäre."

„Nur träumst du selber nicht von genug Lichtschaltern?"

Dennis nickte seufzend. „Du hast's erraten."

„Vielleicht tauscht ihr einfach mal Plätze?"

„Ich versteh nicht ..."

„Du sprichst mit Mario und Clara findet die Lichtschalter. Wie wäre es damit?"

„Das ... ist eine prima Idee!", jubelte Clara und Dennis stöhnte.

„Und ich werde das auch ausprobieren", versprach ich. Warum auch nicht? Ich hatte selber keine bessere Idee und das war erst mal deutlich unkomplizierter, als einen Termin bei einem Experten zu buchen. Außerdem billiger. Andererseits hat allein das Tablet ...

Also war das gar nicht das Gymnasium? Obwohl es bis ins kleinste Detail stimmte? Vielleicht wurde es einfach zur gleichen Zeit gebaut, in mir drin meine ich, als ich es draußen in echt besuchte.

Denn Lukas hat erzählt, dass es jetzt sehr anders aussähe. Teilrenoviert, mit einer Mensa und einem überdachten Atrium, in dem auch Konzerte stattfänden. In meinen Träumen ist es aber noch so wie 1989/90 und davor.

Also die REM-Phase abpassen. Im Schlaf. Danach hatte sich doch auch die Band benannt, *R.E.M.*? Ich war nie ein großer Fan, darum erinnere ich mich nicht.

Schwester Anita hat sich sehr über das Buch gefreut und über den Wellness-Detox-irgendetwas-Tee noch mehr. Ich weiß nicht mal, was da drin ist, sondern stand nur zu lange in der Schlange an der Kasse, wo solches Zeug herumstand, hielt ihn dann nach ein paar Minuten für eine gute Idee und habe ihn mit einpacken lassen. Inzwischen nicht mehr, denn sie hat ihn nach Mitternacht aufgebrüht. Und ich dachte noch „Was riecht hier so komisch?", und dann schleppte sie schon Stövchen und Kanne in den Bereitschaftsraum. Konnte ja schlecht nein sagen, also trank ich auch eine Tasse davon und der ekelige Geschmack weckte mich tatsächlich auf. Die Essenz einer aufgebrühten Socke voller Kompost hätte das wahrscheinlich auch bewirkt, und wäre geschmacklich in einer ähnlichen Liga gelandet.

Merke: Wenn ich den Tee selbst mit Tabak gemischt nicht rauchen würde, unter keinen Umständen trinken. Ich war froh die nächste Runde drehen zu dürfen, um ja keine weitere Tasse eingeschenkt zu bekommen.

Auf dem Balkon gewesen, geraucht. Ohne Birgit, und das ist auch besser so. Schwester Anita hat in der Zwischenzeit die Kanne allein ausgetrunken, aber ist direkt wieder in die Küche verschwunden um eine zweite aufzubrühen. Verdammt. Das brennende Teelicht verführt mich wie üblich dazu, meine Finger ins flüssige Wachs zu tunken und trocknen zu lassen. Eine Schönheitsmaske für die Fingerkuppen. Dann pule ich sie runter, brösele sie wieder hinein und alles geht von vorne los.

Während Lukas, Nadine und Daniel Monika bemalten und danach die anderen Lager abklapperten, ging ich in meiner Arbeit als helfende Hand und offenes Ohr auf, als plötzlich Doris vor mir stand. Es war ein bisschen wie aus einem Nickerchen aufzuwachen, ich wusste nicht wie lange ich geschlafen hatte und bemerkte erst jetzt, dass mein Magen wohl schon länger knurrte. Sie fragte, ob die drei inzwischen schon zurück seien, was ich verneinte ohne es wirklich genau zu wissen. Alles verwischte hier zu einem rauschähnlichen Zustand, in dem ich Raum- und Zeitgefühl verlor, obwohl ich mich kaum von der Stelle bewegte. Außerdem war es in dem Durcheinander immer noch ein Leichtes aneinander vorbeizulaufen.

Ich versuchte, sie zu beruhigen. „Die kommen schon wieder, und dein Mann auch." Das klang wenig überzeugend und entsprechend unbeeindruckt sah mich Doris an. „Du ... du bist ihr Fixstern, beide wissen, wo du bist und finden immer ihren Weg nach Hause zurück." Wie sie mich da angeschaut hat. Mir blieb das Herz stehen. „Tut mir leid, ich ..."

„Ist schon gut, aber das hat mein Mann auch immer gesagt. Er hat es mit den Sternen. An ihm ist ein Kosmonaut verloren gegangen, aber er wollte ja lieber Arzt werden."

Am Wort „Kosmonaut" konnte ich mich nicht satthören. Vielleicht weil ich bei Astronauten immer ein bisschen an Österreich denken musste. Am Akzent hätte man es ihr jedenfalls nicht angehört, wo sie herkam, aber mir ja ebenso wenig.

„Ich weiß nicht mal, ob das so stimmt. Fixsterne waren mehr was für Seefahrer, oder? Aber wenn sie wirklich da oben im Weltraum wären, von allen Seiten von Sternen umgeben, würden sie total die Orientierung verlieren, unsere Kosmonauten. Dann wird die Erde zum Fixpunkt. Sie brauchen uns, um sich auf ihren Ausflügen nicht zu verirren."

Und wie sie mich jetzt wieder ansah, und dabei lächelte! „Uns?"

„Du, ich, das rote Kreuz auf ihrer Landkarte, zu uns finden sie immer zurück. Mach dir keine Sorgen." Rot. Rothe. Robinson. Wir waren hier auf Robinsons Insel und ich war Freitag, Donnerstag, Mittwoch und die anderen Wochentage.

„Danke Johann, das habe ich gebraucht, glaube ich. Es ist schön, einmal nicht alleine zu warten", seufzte Doris und ich schmolz dahin. „Du bist also der Freund, zu dem man immer gehen kann."

Ich zuckte mit den Schultern. „Manchmal weiß ich nicht, ob sie zu mir oder zu meiner Mutter kommen."

„War das die Frau, die gestern bei der Essensausgabe mit dir gesprochen hat?" Jetzt zuckte ich zusammen. „Die mit den kurzen braunen Haaren?"

„Ja." Ich schluckte. Und wurde bestimmt rot. Warum war es mir peinlich, dass Doris meine Mutter gesehen hat? Hätte ich sie etwa einander vorstellen sollen? Nee.

„Wie heißt sie denn?"

„Wer, Mama? Mayr, genau wie ich. Das ist ihr Mädchenname, denn ..."

„Ja, ich meinte mit Vornamen", erklärte Doris lachend.

„Ach, Helene."

„Ein schöner Name. Steht ihr gut."

„Dir auch. Also nicht Helene, sondern Doris passt gut", sagte ich etwas unbeholfen herumeiernd. Flirtete ich etwa schon wieder mit ihr? Oh ja.

Doris lachte erneut und ich konnte einfach nicht genug davon bekommen, genauso wenig wie von den Grübchen, die sich dabei zeigten. Ihr Lachen war unwiderstehlich. Wer wäre da nicht freiwillig für eine Zugabe zurückgekehrt? Doris' Lachen war so losgelöst von allem, schwerelos im Kosmos, eine Sonne, in deren Licht es nur Nacht werden konnte, wenn man sich von ihr abwendete. Ich wärmte mich an diesem Licht, während ich auf das Auftauchen des Mondes – ihrer Tochter – wartete.

Schwester Anita hat mir eine zweite Tasse von dem Gebräu eingeschenkt, einfach auf den kaltgewordenen drauf, liest selig lächelnd in ihrem neuen Buch und wirft mir manchmal Blicke zu, ob ich denn auch meinen Tee trinke. Ob sie mir da was reingetan hat? Quatsch. Ich tue einfach so, als würde ich weiterschreiben, indem ich, äh, tatsächlich weiterschreibe. Oh Mann.

Doris bot mir jedenfalls an, mir dabei zu helfen, gespülte Kuchenformen zum Gemeindehaus zu tragen, weil es ihr zu blöd wurde, nur den ganzen Tag herumzusitzen und auf Mann und Tochter zu warten. Vollbeladen mit klappernden Blechen auf den Armen schepperten wir steif wie Ritter in ihrer Rüstung an der evangelischen Kirche vorbei.

„Spielst du Tennis?", wollte Doris wissen.

„Ich? Nein, Schlagzeug. Wieso?"

„Wegen der Schweißbänder."

„Ach die. Nein, die sind … Das ist kompliziert. Eine lange Geschichte."

„Eine Fluchtgeschichte, nehme ich an?"

Ich war so dankbar für diese Formulierung und lächelte erleichtert.

„Könnte man so sagen, ja."

„Und sie ist gut ausgegangen, die Flucht." Da waren sie wieder, diese unglaublichen Grübchen! „Wir beide haben es bis hierher geschafft. Ist ja eigentlich egal woher."

„Na ja, ich bin nur aus der Nebenstraße rübergelaufen, das zählt wohl kaum", seufzte ich. Aber mit dem anderen hatte sie recht.

„Das kann genauso weit weg oder nah sein wie bei mir jetzt die DDR. Oder der Mond."

„Und wohin soll es dann für euch als Nächstes gehen?"

„Keine Ahnung. So weit haben wir gar nicht gedacht. Wir wussten ja nicht einmal, ob wir es wirklich rüber schaffen."

„Aber was würdest du denn gerne machen?"

„Oho, du bist ja ganz schön neugierig."

„Na ja, Fixsterngerede beiseite, du kommst mir nicht wie jemand vor, der gerne zu Hause sitzt."

Doris sah mich überrascht an, und ich ein wenig betreten zu Boden. „Ich bin ja auch lieber hier als in der Schule, wo ich jetzt eigentlich wieder sitzen müsste. Seit gestern schon."

„Da würde ich gerne stehen, anstatt Kuchenbleche und Formen zu schleppen."

„Wo, in meiner Schule?" Ich sah sie irritiert an. „Wieso das denn?"

„Weil ich als Lehrerin gearbeitet habe. Ich vermisse es, Kinder zu unterrichten."

„Du ... bist Lehrerin?"

Doris nickte. „Grundschule."

Wir kamen im Gemeindehaus an und stapelten den Krempel so gut es ging auf einem Tisch, wo die Spender sich ihre Formen und Bleche wieder abholen konnten. Der Lärm brachte uns kurz zum Schweigen und ich dachte zum ersten Mal seit Ewigkeiten an meine Grundschullehrerin, Frau Farré. War ich nicht auch in sie ein wenig verknallt gewesen, ohne zu begreifen, was das für ein Gefühl war? Ich konnte sofort verstehen, dass Kinder ganz vernarrt in Doris gewesen sein mussten. Wir gingen nach draußen auf die Wiese.

„Das heißt, du hast eine Menge untröstlicher Kinder drüben zurückgelassen. Das wird dir nicht leichtgefallen sein."

„Das nicht, aber der dortigen Schulleitung dürfte ein Stein vom Herzen gefallen sein. Endlich sind sie mich los."

„Nicht sozialistisch genug?"

„So ähnlich haben sie es gerne zu umschreiben versucht."

„War Nadine nicht eifersüchtig auf die anderen Kinder?"

„Und wie. Wie kommst du darauf?"

„Meine ..."

„Deine Freunde, du hast es ja vorhin gesagt. Wegen deiner Mutter."

„Und das waren nur zwei. Ich kann mir nicht vorstellen, wie das bei einer ganzen Klasse voller Kinder gewesen sein muss."

„Wenn ich nur Tests korrigieren musste, ging es eigentlich. Nur wehe, wenn ich zu Hause was für die Klasse vorbereitete, dann war sie unendlich geknickt und mutierte zu einer kleinen, aber unglaublich effektiven Nervensäge."

„Auf einmal bin ich froh, dass meine Mutter in einem Altenheim arbeitet. Auf die alten Knacker war ich nie eifersüchtig."

„Dafür dann eben deine Großeltern."

„Die habe ich gar nicht mehr richtig kennengelernt. An meinen Opa mütterlicherseits kann ich mich nur noch dunkel erinnern."

„Das tut mir leid."

Ich zuckte mit den Schultern. „Muss es nicht. Eigentlich waren die Alten im Heim ja ein guter Ersatz. Die hatten immer Schokolade für mich, auch wenn die oft eher für die eigenen Enkel gedacht war – nur kam ich öfter vorbei, und so kam ich halt in den Genuss. Die Schokolade war manchmal so alt, dass sie schon fleckiger war als die Alten selbst."

Doris lachte und ich grinste.

„Was haben denn Nadines Großeltern gesagt?"

„Meine Eltern haben gar nicht mehr erfahren, dass es sie gibt und die meines Mannes hätten uns wahrscheinlich eigenhändig über die Grenze gefahren. Aber keiner von beiden hat einen Führerschein."

„Ich habe auch keinen gemacht."

„Braucht man hier nicht unbedingt einen, so auf dem Land?"

„Doch, schon", sagte ich. „Aber ich wollte hier weg und das war ein bisschen Rebellion. So wie Hochdeutsch zu sprechen. Und mit Autos habe ich es auch nicht."

„Wohin soll es denn gehen?"

„Ich weiß nicht, einfach raus hier?"

Doris schmunzelte.

„Findest du das witzig?"

„Das alleine nicht, aber mir hat vorhin Antje erzählt, dass sie und ihr Freund hierbleiben wollen."

„In Vilshofen? Wo kommen die denn her, dass sie hier..."

„Dresden."

„Ich glaub, da würde ich trotzdem tauschen. Da kann es nicht schlimmer sein als hier."

„Die Wahl muss man erst mal haben."

Da hatte sie damals so recht wie heute. Wenn man die Wahl hat, bleibt man vermutlich eher dort wo man keine Erlaubnis mehr für das Weggehen braucht. Wer ausreisen darf, bleibt. Vilshofen war nicht Dresden, aber bequemer als ein Umzug woandershin. Was man nicht alles schluckt, nur weil man irgendwann jede zusätzliche Anstrengung scheut. Die unüberwindbaren Mauern sind unsichtbar. Die Flüchtlinge hielten uns einen Spiegel vor und vielen gefiel es nicht, darin zu sehen, wie faul und verwöhnt wir in den fetten BRD-Jahren geworden waren. In den letzten 30 Jahren hat sich das sogar noch verschlimmert, und zu allem Überfluss haben wir inzwischen die Ossis damit angesteckt.

Den Tee trinke ich nicht. An der zweiten Tasse habe ich ewig genippt und darauf gewartet, dass Anita mal kurz für „kleine Mädchen" verschwindet. Als es dann endlich so weit war, habe ich ihn in die Topfpflanze gekippt.

08.10.19

Also einen Klartraum hatte ich jetzt nicht, aber dafür einen Urinus Interruptus. Soll heißen, ich musste im Traum so dolle, dass sich dort alles um Toiletten drehte. Wahrscheinlich Nachwirkungen von dem dämlichen Tee. Erst konnte ich kein Klo finden, oder ihm fehlte die Schüssel, während draußen hinter jeder Hecke und in jeder Gasse schon jemand stand. Dann war ich zu Hause, das heißt in unserer alten Wohnung in Vilshofen, aber die Badtür wurde von innen zugehalten! Ich musste so sehr, dass ich zum Küchenspülbecken ging, das stand aber mit ungewaschenem Geschirr voll, was völlig untypisch war, und dann konnte ich nicht, obwohl ich wollte. Also habe ich einen Putzeimer aus dem Schrank genommen und endlos reingepinkelt. Es hörte überhaupt nicht mehr auf und ich musste immer noch! Bevor der Eimer überlief, habe ich dann doch aufgehört, aber es fühlte sich genauso schlimm wie vorher an. Eigentlich hätte mir spätestens dann aufgehen müssen, dass ich träume, denn da war kein Loch im Eimer, oh Henry und Karl-Otto. Stattdessen suchte ich eine Weile weiter bis ich endlich erschöpft merkte, dass ich im Bett lag und ... nun ja, in echt aufs Klo musste.

Ich glaube, das beste Anzeichen für Klarträume ist, wenn man nicht pinkeln gehen kann. Nirgends! Oder es bringt exakt null Erleichterung. Nicht funktionierende Lichtschalter und Uhren sind nichts gegen Toiletten. Noch vor den Seelenklempnern müssen richtige Klempner ran. Muss Mama mal fragen, ob ich jemals ins Bett gemacht habe, also als Kind.

Am Abend folgte eine Achterbahn der Gefühle, wie ich sie seitdem nicht wieder erlebt habe. Dabei fing alles so toll an. Ich war gerade dabei, im großen Zelt nach dem Abendessen aufzuräumen, als sich Cartoon-Klänge unter meine Handgriffe legten, eine Posaune begleitete meine Rumpfbeuge vorwärts mit einer ausgerutschten Tonleiter und eine gedämpfte Trompete machte Wap-Wap zu meinem Tellergeklapper. Im ersten Augenblick tat ich das belustigt als Anzeichen von Übernächtigung ab. Dann bemerkte ich, dass meine Kollegen alle grinsend in eine Richtung schauten und als ich nachsah, packte dort tatsächlich gerade eine Band ihre Instrumente aus und schraubte an ihren Mundstücken herum.

Ich trug Kisten heraus, als würde ich noch schnell das Geschirr in Sicherheit bringen wollen, die Neubürger strömten in entgegengesetzter Richtung in das Zelt und im Nu herrschte dort eine gelöste Stimmung, wie ich sie noch auf keinem Vilshofener Straßenfest erlebt hatte. Und das alles ohne Alkohol! Nüchtern. Ich meine, ich hatte ihnen den dünnen Tee gerade erst ausgeschenkt und selber getrunken. Da war nichts drin gewesen, was diese Ekstase erklärt hätte.

Die Flüchtlinge feierten unsere *New Orleans City Stompers*, als stünde dort Michael Jackson auf der Bühne. Oder *Rush*. Der Dixieland Jazz hat hier immer für gute Laune gesorgt, nur war ich halt daran gewöhnt, dass die Leute dabei stur vor Bier oder Weinschorle saßen, aber hier wurde getanzt wie zu den aktuellen Top 10 in einer Disco bei Tequila und Prosecco. Als hätte es in der DDR keine Livemusik gegeben. Aber es freute mich dann doch. Wenn man Herrn Wittmann mit seiner Posaune sah, wirkte er deutlich glücklicher als in seinem Geschäft und man wünschte, er hielte sie auch dort stets hinter dem Rücken verborgen, um sofort darauf los zu spielen, wenn sich die Kinder den Regalen voller Spielsachen zuwendeten. Vielleicht irre ich mich, aber ich glaube, das hätte den Umsatz angekurbelt. Ob ihm die Posaune dann aber noch genauso viel Spaß bereitet hätte? Oder die Ehe gehalten? Arbeit ist halt was anderes als Üben, Proben und Auftreten. Und das wusste ich, ohne selbst überhaupt jemals aufgetreten zu sein. Das Leben ist eben eine Flickschusterei, ob mit oder ohne Jazz, aber mit Musik auf jeden Fall leichter zu ertragen.

Nadine und Daniel rannten mich vor dem Zelt beinahe über den Haufen und gingen grinsend hinein. Kurz darauf kam Lukas keuchend vor mir zum Stehen.

„Host du die zwoa scho g'sehn?"

„Sind gerade an mir vorbei ins Zelt. Ich bin mir nicht mal sicher, ob sie mich gesehen haben."

„Na, die sehn scho an hoiben Tag nix anders mehr, als sich selba tiaf in'd Aug'n."

„Was ist denn passiert?"

„Wenn i des nur wissad", seufzte Lukas. „I woaß nur, das des o'gfanga hod, nachdem mia d'Monika ogmoin ham."

„Angemalt? Welche Farbe?"

„Koa Farb, bunt! Und mein Totenkopfring hod d'Nadine mir auf d'Motorhaubn gmoin. Schaut super aus."

„Schau ich mir nachher an. Ich trag das noch weg und komm gleich."

Lukas verschwand ebenfalls im Zelt und ich schleppte die letzte Kiste zu den anderen. Auf dem Rückweg lief ich in Doris und einen Mann an ihrem Arm.

„Hallo Johann, darf ich vorstellen?" Sie zeigte strahlend ihre anbetungswürdigen Grübchen. „Anton, mein Mann."

Gut, dass ich keine Kiste mehr trug, denn die wäre mir jetzt auf die Füße gefallen. Die Kinnlade blieb sogar oben, aber aus meinem Mund verpuffte ein Laut, der weder Vokal noch Konsonant war.

Eine Hand streckte sich mir entgegen, ich ergriff sie und wurde jetzt auch äußerlich durchgeschüttelt. Sie war warm, ein fester Händedruck, und erst jetzt setzte sich in meinem Kopf zusammen, was vorher unvollständig gewesen war, mir aber schon gereicht hatte.

„Danke, dass du dich um meine Familie gekümmert hast", sagte Doris' Ehemann und sah sich um. „Du weißt nicht zufällig, wo ich Nadine finden kann?"

„Äh, nein", stammelte ich. „Das heißt doch, jetzt schon, sie ist im Zelt, beim Dixieland."

„Dixieländ? Ich dachte das wäre drüben bei den Toiletten?", scherzte Doris und löste mich damit aus meiner Verspannung.

„Das ist unsere Dixie-Wörld, nicht das Land."

„Meine ganze Welt in einem Dorf", sagte Herr Rothe und ging zum Zelt. „Ihr entschuldigt mich, ich will nur eben Nadine überraschen."

Nicht nur die, wettete ich. Und bis hierhin hätte alles noch irgendwie gut ausgehen können, doch dann wurde ich leichenblass.

„Geht's dir nicht gut?", fragte Doris. „Du siehst aus, als hättest du ein Gespenst gesehen."

Ich schüttelte den Kopf, wandte mich zum Zelt und flüsterte: „Keinen Geist, sondern ..."

„Johann!", rief der vermaledeite Speck die Musik übertönend und sogar Doris zuckte zusammen. „Wo steckt mein Nichtsnutz von Sohn?"

„Guten Abend, Herr Speck", sagte ich angestrengt freundlich. „Sie hier?"

Und wie auf Kommando trat Herr Rothe mit Nadine und Daniel aus dem Zelt. Daniel blieb wie angewurzelt stehen, als er seinen Vater erblickte, und erst so fiel auf, dass er Nadines Hand hielt, die ihren anderen Arm um die Hüfte ihres Vaters geschwungen hatte.

„Na jetzt wird mir einiges klar!", posaunte er und kam mit den Armen fuchtelnd näher.

„Es ist nicht das, wonach es aussieht", sagte Daniel und hob abwehrend seine blau-grüne Hand.

„Sie sollten erst mal das Auto sehen", versuchte ich von Daniel ablenkend einzuwerfen, weil ich ahnte, was auf ihn zu kam. Aber zu den aus dem Zelt dringenden Dixieland-Klängen konnte man einfach keinen gesprochenen Satz mehr ernst nehmen. Die Musik machte die gruselige Diskussion noch absurder, als sie ohnehin schon war, zu einer *Knoff-Hoff-Show* aus der Hölle, bei der man sich aber nicht mal traute den dargebotenen Käse auch noch zu beklatschen.

„Daniel!"

„..."

„Wieso warst du heute wieder nicht in der Schule?"

„Ich ...", stammelte Daniel.

„Der Direktor hat angerufen."

„Er ist nur der stellv..." Klatsch! So schnell konnte man gar nicht gucken. Die Geschwindigkeit, mit der der ranzige Speck Daniel eine wischte, musste etwas damit zu tun haben, dass er täglich mit Spannung und Starkstrom zu tun hatte. Das färbte wohl ab.

„Wie siehst du überhaupt aus?" Der alte Speck starrte auf Daniels bekleckerte Kleidung und die verfärbte Hand. „Wenn Mutter das ..." Sein Blick fiel auf Nadine, die ihre gleichsam gefärbte Hand hinter ihrem Rücken versteckte. „Ach, so ist das."

„So ist was?" Wollte Nadines Vater wissen, der zwischen die beiden trat. „Rothe", sagte er und streckte ihm die Hand hin.

Diese steife Vorstellung mit Nachnamen und der ausgestreckten Hand passte irgendwie so überhaupt nicht hierher, oder doch auf eine Art und Weise, die ich einfach nur nicht verstand. Der Speck passte ja noch viel weniger her.

„Genügt es nicht, dass wir euch hier aufnehmen und versorgen? Müsst ihr uns auch noch unsere Kinder verderben?"

„Bitte was? Ich kann nicht ganz folgen." Anton Rothe lächelte höflich. „Mit wem habe ich die Ehre?"

Das machte den Speck auch nicht fett. „Das geht Sie einen feuchten Kehricht an. Wegen Ihrem Fräulein Tochter hat mein Sohn den Unterricht versäumt."

„Papa, das stimmt so nicht, ich ..."

„Unterbrich mich gefälligst nicht, wenn ich rede!" Und er versetzte Daniel erneut ansatzlos eine Ohrfeige, aber dieses Mal so heftig, dass er taumelte und sich Herr Rothe instinktiv vor ihn stellte, und Nadine sich zu ihrer Mutter.

„Das genügt jetzt, finde ich", sagte er. Das Lächeln war weggewischt.

„Was fällt Ihnen denn ein? Gehen Sie mir aus dem Weg!"

„Ich habe genug gehört."

„Ach ja? Das glaube ich nicht. Sie hören mir jetzt mal zu. Kaum einen Tag hier, aber schon große Töne spucken. Ich sag Ihnen, wie hier der Hase läuft: Niemand hat euch eingeladen. Schlimm genug, dass wir euch noch durchfüttern dürfen, während ihr euch auf unsere Kosten ..." Er fuchtelte mit der Hand in Richtung Zelt. „Bespaßen lasst."

„Das Konzert ist kostenlos", warf ich ein.

„Ach ja? Und woher weißt du das?"

„Weil ich hier arbeite. Ehrenamtlich."

„Ein Schulschwänzer bist du. Das ist es, was du bist, ein Schulschwänzer und ein Versager genau wie mein Junge und dieser andere Nichtsnutz." Wie auf Kommando trat Lukas aus dem Zelt.

„Oh mei ..."

„Keiner von euch hat schon mal richtig gearbeitet, die Rechnung zahlen ja immer die anderen." Und an Herrn Rothe gerichtet: „Übernehmt gefälligst selber Verantwortung, ihr Sozialhilfeempfänger!"

„Oh, ich finde schon was."

„Ach ja? Als was denn?" Der Speck brutzelte immer heißer in seiner Pfanne. „Lieber erst mal eine ruhige Kugel schieben, aber für die Müllabfuhr zu fein, nicht wahr?"

„Ich bin Arzt."

Speck ließ sich keine Sekunde aus dem Konzept bringen. „Ein Herr Doktor, sieh einer an, dann behandeln Sie sich mal selbst. Daniel, wir gehen!"

Uwe trat jetzt aus dem Zelt zu uns, sah zum angebrannten Speck hinunter, der kurz verstummte, dann fragend zu uns. „Gibt's Probleme?"

„Ja, ganz andere Probleme, als denen unser Steuergeld nachzuwerfen. Aber immer schön die Hand aufhalten, das können sie."

„Und Sie haben hier was genau verloren?"

„Die hat doch auch keiner eingeladen!"

„Ich fordere Sie hiermit dazu auf, das Gelände unverzüglich zu verlassen, oder ..."

„Sie rufen die Polizei? Das hätte ich mir denken können!"

„Oder ich schmeiße Sie eigenhändig raus, bevor das der Bundesgrenzschutz für mich erledigen könnte." Uwe machte einen Schritt auf ihn zu, so dass der angekokelte Speck einen Schritt zurückwich. „Sie stören das Konzert mit Ihrem Geschrei, und einen Clown hat niemand bestellt."

„Komm Daniel, wir gehen."

Daniel machte keine Anstalten, sich zu bewegen.

„Daniel, wir gehen!" Er machte einen Ausfallschritt und zerrte Daniel am Arm hinter sich her Richtung Post, wo er wahrscheinlich sein Auto geparkt hatte.

Nadine wollte eingreifen, aber ich schüttelte den Kopf und Doris hielt sie zurück. Es hätte alles nur noch schlimmer gemacht, als es schon war.

„Was war das denn?", fragte Doris fassungslos.

„A Albtraum, des kann i eich sogn", meinte Lukas und sprach aus, was alle dachten.

„Ich dachte, ihr hättet übertrieben", sagte Nadine geschockt.

„Das ist ja schlimmer als in der DDR", sagte Herr Rothe in dem Versuch, die Situation etwas aufzulockern.

„Willkommen in Bayern", seufzte Lukas.

Uwe schüttelte den Kopf. „Arschlöcher gibt es überall. Das könnt ihr mir glauben, ich war auf der ganzen Welt. Die sind international."

Es kam ein Mann zu uns, von dem ich nur wusste, dass er was mit dem Geheimdienst zu tun hatte, und er bat Uwe, mit ihm zu kommen. Die beiden verschwanden und wir standen weiter in betretenem Schweigen da. Niedergetrampelt traf es wohl eher.

„Was passiert denn jetzt mit Daniel?", fragte Nadine schließlich, sichtlich aufgelöst.

„Nix, was er ned scho kennt", sagte Lukas.

„Mach dir keine Sorgen", fuhr ich fort. „Daniel weiß am besten damit umzugehen."

„Kann man da nicht wirklich die Polizei rufen?"

„Der sind die Hände gebunden, und dem Jugendamt auch. Es sind ja seine Eltern. Das läuft leider alles noch unter ‚in den geltenden Erziehungsrahmen fallend'. Meine Mutter hat es mal versucht ... und dann war Daniel eine Woche lang nicht in der Schule. Wegen einer ‚Magen-Darm-Grippe', hieß es."Ich ballte meine Hände zu Fäusten. „Die Flecken waren danach nur noch gelb, angeblich vom Fußballspielen."

„Oba Daniel spuit nur Gitarre", stellte Lukas fest.

Inzwischen weiß ich aus bald drei Jahrzehnten Berufserfahrung, dass der schmierige Speck noch nicht einmal die Spitze des Eisbergs darstellte. Dennoch schockt es mich jedes Mal aufs Neue wie damals bei Daniel. Jeder einzelne Fall lässt mein Blut kochen. Wir alle haben heimlich genauso die Tage bis zu Daniels 18. Geburtstag gezählt wie er selbst. Und der lag immer noch Monate entfernt. Wie er danach die Schule zu Ende bringen würde, stand noch auf einem anderen Blatt, aber die Volljährigkeit markierte für ihn so viel mehr als ein Führerschein wie bei den meisten anderen – dass er sich endlich rechtlich zur Wehr setzen könnte. Eine Verletzung der elterlichen Sorgfaltspflicht war bei Daniel durch das Jugendamt nicht nachweisbar: Er wirkte äußerlich gesund, wohlgenährt, ging zur Schule und alles. Ein blauer Fleck hier und da reichte noch nicht aus und es waren die Worte, die ihm mehr wehtaten. Die gesprochenen sowieso, aber die unausgesprochenen am allermeisten. Das Schweigen seiner Mutter, das fehlende Vertrauen in ihn und alles andere, was damit zusammenhing. Alles eben.

„Daniel lebt in der Hölle", sagte ich leise. „Und kann nirgendwohin fliehen."

„Ned amoi in am Flichtlingslager", ergänzte Lukas bitter.

„Und die Schule?", wollte Doris wissen.

„Was soll damit sein? Es fehlen uns noch zwei Jahre bis zum Abitur."

„Ich meinte die Lehrer, kann da niemand ..."

„Bei uns? Die ordnen doch selber alles dem Abi unter. Danach kann man dann ja machen, was man will. Vorher hat alles andere zu warten."

„Und dann is nur d'Schui mit oam fertig", sagte Lukas. „Danach hoit die der Bund, d'Uni, der Job – es geht ewig so weida."

„Willkommen in der Freiheit", scherzte ich, und dazu spielten die *New Orleans City Stompers* ganz unironisch „My bucket's got a hole in it".

„Freiheit beginnt im Kopf", sagte Herr Rothe.

„Und do herd's a wieda auf."

„Du, Lukas", begann ich. „Kannst du morgen zur Schule?"

„Ja scho, aber i mog ned."

„Nein, wegen Daniel. Kannst du …"

„Ah so, ja freili", seufzte er.

Ich richtete mich an die Rothes. „Machen Sie sich keine Sorgen, wir kümmern uns um ihn."

Das klang weit weniger hoffnungsvoll, als es sollte, aber die Familie nahm es dankbar an, um ihre Zusammenführung emotional abzuschließen. Eine Sorge nach der anderen. Was blieb einem auch anderes übrig? Sie gingen zu den Zelten und ich ließ mir von Lukas die bemalte Monika zeigen. Im Dunkeln sahen alle Farben nur noch grau aus. Von der Motorhaube grinste mir der Totenschädel unter seiner Narrenkappe entgegen und mir war das Lachen vergangen. Da half auch kein Dixieland mehr.

09.10.19

Warum kaufe ich eigentlich immer zu viele Bananen? Die werden schon wieder schwarz und mehr als eine esse ich eh nie. Auf der Haltbarkeitsskala von Avocado bis Honig sind sie zwar eher weiter vorne angesiedelt, aber wenn ich nur eine abreiße, kommt es mir so vor, als würde ich eine Familie voneinander trennen. Auf die Arbeit nehme ich mir auch keine mit, allerdings nur deshalb, weil ich sie nicht in meinem Rucksack haben will. Wie jeder, der mal eine drin vergessen hat, gerade zwischen zwei Nachtschichten oder als überraschend ungeeignetes Lesezeichen zwischen viel zu vielen Buchseiten.

Vergessen hätte ich fast mein einziges Gespräch mit Vater Rothe. Anton. Wobei mehr verdrängt als vergessen richtig wäre. Ein eindrucksvoller Mann, so viel stand fest. Gebaut wie ein junger Sean Connery, mit nahezu ebenso markanten Gesichtszügen, allerdings nach oben hin eher abgerundet mit der Frisur des alten Sean Connery.

Ein Händedruck, der einen innerlich aufzurichten vermochte wie ein Chiropraktiker von außen. Eine durch und durch Haltung vermittelnde Erscheinung. Kein Wunder, dass Nadine von klein auf zu ihm wie zu einem Filmstar aufgesehen hatte. Genauso nah und genauso fern, auch wenn er angeblich im gleichen Haus schlief.

Ob Nadine manchmal glaubte, ihre Mutter hätte ihn sich nur ausgedacht, oder einen Schauspieler engagiert? Nein, er war zweifelsfrei ihr Vater. Ihre Nase kam nach seiner, der gleiche Schwung der Nasenflügel, der sanft abfallende Knick im oberen Drittel, der bei ihr noch weicher ausfiel, die kleine Erhebung am Ende wie bei einer Absprungschanze – es war nicht zu übersehen. Beiden stand sie ausgezeichnet.

Ich hätte ihn mit anderen, weniger bewundernden Augen gesehen, aber ich wusste damals noch nicht, was kurz zuvor passiert war. Denn Nadine hatte versucht, ihre Eltern zum Bleiben zu überreden. Ohne Erfolg, aber eben nicht einmal ein paar Tage waren drin gewesen. An Aufgaben herrschte bei uns gerade kein Mangel und wir hätten garantiert was organisieren können. Da bin ich mir sicher, noch dazu für einen Arzt. Hallo?

Aber nein, es sollte schon am nächsten Morgen weitergehen, zuerst nach Gießen, was wir damals allerdings noch nicht wussten und von dort aus wer weiß wohin. Mit dem Zug, denn das Auto hatte er schon einem Österreicher verkauft.

Denn Anton Rothe wollte nicht eine Minute länger warten, sondern rüber über die Grenze, und als das Auto weg war, wurde ihm leichter ums Herz. Ich stelle mir vor, wie er aus dem Zugfenster sah, kühle Septemberluft wehte ihm durch ein offenes Fenster um die Nase. Ohne Auto war er jetzt sogar noch eine Idee freier als mit. Der Zug erreichte bald Passau, wo man ihm prompt mitteilen konnte, dass seine Familie in Vilshofen sei, nur ein Stück weiter die Donau aufwärts. Wahrscheinlich wäre er sogar geschwommen, wenn ihm nicht ein BGS-Beamter vorgeschlagen hätte, ihn mitzunehmen, weil er sowieso dorthin fuhr.

Und wieder heulte sich Nadine die Augen aus, nur diesmal nicht seinetwegen. Nicht direkt. Es war, als würde er Daniel und sie im Stich lassen, wenn sie ihn am dringendsten brauchte. Jedem Patienten widmete er mehr Zeit und Aufmerksamkeit und es sollte doch alles anders werden, wenn sie erst drüben wären. Dort sei die medizinische Grundversorgung besser, die Arbeitsteilung und alles, nicht wie in der DDR. Dann würde er mehr Zeit haben, für sie, für Doris, ja vielleicht sogar für ein Hobby? Jetzt war er erst ein paar Stunden hier und schon zeichnete sich ab, dass wohl alles anders kommen würde, dass ihren alten Problemen ebenfalls die Flucht in den Westen gelungen war.

Ups, muss zur Arbeit. Schnell noch einen Apfel eingepackt und los.

Schwester Anita war ganz blass und aufgelöst, ich wollte sie schon fragen, ob sie nicht lieber wieder nach Hause wolle, aber dann erzählte sie mir mit zittriger Stimme, dass in Halle jemand versucht hätte, in einer Synagoge ein Blutbad anzurichten. Die Tür hat wohl gehalten, aber eine Passantin sei erschossen worden und dann noch jemand in oder vor einem Dönerladen.

„Einzeltäter?", fragte ich betäubt zwischen Hoffnung und Sarkasmus, meinen eigenen Schock herunterwürgend, aber Schwester Anita nickte sofort. Ich wollte es so gerne glauben.

Ich blende aus, was sie mir gerade aus den Nachrichten an Einzelheiten erzählt. Glaube ich jedenfalls, denn ein paar Sachen schnappe ich doch auf. Eine Schießerei nördlich von Halle? Bomben auf einem Friedhof? Das kann doch alles nicht stimmen! Bitte. Die Polizei habe die Synagoge wohl gar nicht bewacht. Aber war heute nicht sogar Jom Kippur? Da bin mir ziemlich sicher. Aber ich muss mich jetzt auf die Arbeit konzentrieren, verdammt.

Meine Handgriffe sind ein bisschen zittrig, aller Routine zum Trotz. Warum nimmt mich das so mit? Ich will gerade nicht darüber nachdenken. Auch nicht darüber, wie sehr sich das alles schon wieder häuft. War doch Anfang der 90er genauso gewesen. Hat es seitdem überhaupt je richtig aufgehört? Erst diesen Sommer haben sie Walter Lübcke erschossen und ich hatte das für einen Dammbruch gehalten. Einen Politiker erschossen, der sich für Flüchtlinge engagiert hat! Von der CDU. Damit war doch eine rote Linie überschritten worden wie in den 70ern bei der RAF, oder? Aber die braune Linie verläuft offenbar bei der Union woanders als die rote bei der SPD. Ich brauche eine Zigarette.

Nichtwissen ist so tückisch. Die Fragen sammeln sich nur wie hinter einer notdürftig verrammelten Tür, von der man weiß, dass sie den Zombies draußen nicht ewig standhalten wird. Wie die Tür in Halle. Verdammt. Morgen wissen wir dann mehr. Aber will man das überhaupt? Muss unbedingt auf andere Gedanken kommen, sofort, und kann nicht schon wieder eine rauchen.

Das wir auch rein gar nichts über die DDR wussten! Über diesen großen, blinden Fleck, unseren Nachbarstaat. Ist nicht auch Halle ... (seufz)

Auch in der Schule kam die DDR seltener vor als Frankreich. Für unsere damaligen Schulbücher war das noch nicht lang genug her. Mauerbau und Rosinenbomber, aber sonst? Hinter dem Eisernen Vorhang wurde alles eins, zur Sowjetunion, eine riesige rote Fläche. Wie beim *Krieg der Welten* das rote Kraut der Marsianer, das schon ihren Planeten rot gefärbt hatte. Überall Kommunisten, sogar auf dem Mars! „Les Gammas n'existent pas!"

Mit der bloßen Möglichkeit, dass auch da drüben vereinzelt Gedanken frei blieben, hielten sich weder unsere Bücher noch unsere Lehrer auf. Als uns die Flüchtlinge dann plötzlich leibhaftig gegenüberstanden, erschraken wir ob unserer eigenen Ignoranz und Vergesslichkeit. Wir waren uns selbst peinlich, aber immerhin ging einigen endlich ein Licht auf.

An jenem Abend bedankte sich Anton Rothe bei mir für den Beistand, den ich seiner Familie geleistet hätte. Er hatte zwei Bierflaschen dabei – die klassische bayerisch-braune Halbliter-Pulle – und reichte mir eine.

„Ist zwar kein Sekt, aber zum Anstoßen reicht's auch, oder?"

Ich zuckte mit den Schultern, nahm die Flasche aber dankbar entgegen. Es war ein langer Tag gewesen, der mir doch mehr in den Knochen steckte, als ich wahrhaben wollte.

Wir stießen an, nahmen beide einen tiefen Schluck und ich muss wohl das Gesicht verzogen haben.

„Zu warm? Das stand den ganzen Tag bei uns im Zelt, hat mir meine Frau erzählt. Schüler haben das hier reingeschleppt. Bier und ... Schokolade. Ist das bei euch etwa ... ein Ding?"

Ich schüttelte den Kopf und deutete auf das Etikett. „*Wolferstetter.* Das kann einem an der Straße Richtung Aldersbach einfach nicht schmecken."

„Wie?"

Ich winkte ab. „Alles in Ordnung, ich hab den ganzen Tag zu wenig getrunken. Also jetzt nicht gerade Bier, mehr so überhaupt."

„Geht mir genauso. Wollte einfach nur ankommen und habe eben erst gemerkt, wie mir die Zunge am Gaumen klebt."

„Und? Schmeckt's?"

Anton Rothe schob anerkennend die Unterlippe vor und nickte einmal.

„Wirklich?"

„Ja, gut, kalt wäre es bestimmt besser. Ich bin aber eher der Pils-Typ."

„Da sind Sie ja genau am richtigen Ort gelandet", sagte ich ironisch und spürte, wie mir das Bier bereits zu Kopf stieg. „Ist noch was von der Schokolade da?"

„Ich fürchte nein." Rothe blinzelte irritiert.

„Jetzt, wo ich was getrunken hab, fällt mir auf, dass ich auch Hunger habe. Hätte mir besser mal bei der Essensausgabe vorhin auffallen sollen."

„Ich wollte dich auch gar nicht so lange aufhalten, sondern nur Danke sagen."

„Gern geschehen", sagte ich.

„Danke für alles, was du für meine Familie getan hast."

„Um Himmels willen, das klingt ja jetzt fast so, als hätte ich sie vor dem Ertrinken aus der Donau ans Ufer gezerrt und nicht nur beim Ausfüllen von Dokumenten geholfen."

„Doch, doch, bis vorhin wusste ich nicht, ob ich sie je wiedersehe." Ihm versagte die Stimme, und er schluckte leise. „Da bist du schon so nah am Ziel und dann kommt so was dazwischen."

„Da in Österreich?"

Er nickte.

„Wieso sind Sie nicht einfach mitgefahren?"

„Dann hätte ich mich mein Leben lang gefragt, ob der Mann, der uns geholfen hat, noch lebt. Oder ob er nur deswegen gestorben ist, weil er uns helfen wollte."

Jetzt war ich es, der nickte. Dann runzelte ich die Stirn. „Er ist gestorben?"

„Was? Nein. Aber ich musste einfach sicher sein. Und gleichzeitig bleibt die Zeit stehen. Mir ging alles zu langsam und um mich herum, zwei Meter weiter auf der Autobahn so schnell, so unglaublich schnell, und ich bekomme das alles mit – als würde man durch Schlamm waten."

„Ja, das ist mir hier auch aufgefallen. In jeder Minute scheint sich ein Tag zu verbergen, in konzentrierter Form, und in jedem Tag dann eine Woche, in jeder Woche ein Jahr. So etwas habe ich noch nie erlebt."

Wir schwiegen beide.

„Ob sich das wieder angleicht?", fragte ich in meine Bierflasche hinein, die ich hin und her kippelte. „Also, dass sich die Zeiten wieder angleichen und alles normal läuft?"

„Da kann ich dich beruhigen", sagte Rothe. „Das bleibt nicht so. Auch wenn einen die Sorgen im Moment verrückt machen."

„Sie hätten sie so oder so gefunden, es ..."

„Das weiß ich jetzt auch, aber dort, noch in Österreich? Dort nicht. Ich habe in den letzten zwei Tagen jeden Halt verloren."

„Wie auf einem Weltraumspaziergang", schlug ich vor. „Wo man so übervorsichtige Bewegungen machen muss, ganz langsam, damit man sich den Anzug nicht beschädigt."

Er sah mich musternd an. „Ja. Aber das war kein Weltraumspaziergang. Da war keine Leine, keine Sauerstoffversorgung. Alles war weg, abgeschnitten. Kein Funk, nichts. Ich habe stumm in meinen Helm geschrien und niemand hat mich gehört."

„Solche Albträume habe ich manchmal als Kind gehabt, dass ich meine Mutter rufe, wie sie neben dem Filmprojektor steht, der einzigen Lichtquelle, und sie hört mich einfach nicht."

„Filmprojektor?"

„Ja, im Altenheim, wo sie arbeitet?", erklärte ich. „Und da durfte ich nicht sprechen, dabei war der Ton immer viel zu laut, weil sonst die Hälfte der Bewohner gar nichts gehört hätte."

„Hat dich das Licht getröstet?"

„Vom Projektor?"

„Ja, weil Angst hat man doch vor der Dunkelheit, oder nicht? Und so ein Projektor ist doch hell. Ich ... entschuldige, ich wollte dich nicht unterbrechen."

„Keine Ahnung, darüber habe ich noch nie nachgedacht. Reden Sie weiter."

„Anton."

„Was? Ach so, ja, Johann."

Wir schüttelten einander noch mal die Hände.

„Mich haben die Sterne getröstet. Von klein auf. Das Licht hat mich genauso getröstet wie das Wissen um die Stille dort oben. Aber ich hatte auch meine Eltern hier unten, meine Schwester. Und jetzt meine eigene Familie, das hat geholfen."

„Bei was geholfen?" Ich kam nicht richtig mit.

„Halt. Sie haben Halt gegeben, von dem ich dachte, der hätte was mit dem Ort zu tun, wo ich aufgewachsen bin."

„Ich bin hier aufgewachsen und will nur von hier weg. Wenn ich mit der Schule fertig bin, bin ich auch mit Vilshofen fertig."

„Die Wahl hatte ich nicht."

„Verstehe ich nicht. Tut mir leid, dass ich nicht mitkomme, ich ..."

„Schon gut." Papa Rothe lächelte.

Ich konnte jetzt sehr gut verstehen, dass das für Nadine, wie für jedes Kind ein Geschenk war. Diese Geduld, die er einem entgegenbrachte war sehr einnehmend. Perfekte Eigenschaft für einen Arzt.

„Auf dem Zettel steht Magdeburg, nicht wahr?"

„Ja. Stimmt das denn nicht?"

„Bei meiner Frau und Tochter schon, bei mir nicht. Ich bin ein Heimatvertriebener."

„Dafür sehen Sie mir zu jung aus."

„Nein, erst nach dem Krieg", sagte er bitter. „Von der innerdeutschen Grenze. Da wurden ganze Landstriche und Dörfer geräumt. An einem Tag standen Männer in Uniform in unserem Garten und wir hatten zwei Stunden, um unsere Sachen zu packen."

„Ach du Scheiße."

„Das kannst du laut sagen. Siehst du das?" Er hielt mir seinen nackten Unterarm hin. „Ich krieg noch heute Gänsehaut, wenn ich nur daran denke. Ich war damals zu jung, um es zu verstehen und eigentlich habe ich es nie verstanden. Einfach so. Haus, Garten, alle meine Spielplätze und Spielkameraden – weg. Meine ganze Welt eigentlich. Die Sonne hat sich kaum bewegt, da ist keine Wolke, und in dir drin ist plötzlich nur noch Schatten. Und dann wurde es schlimmer." Er verstummte.

„Das klingt furchtbar." Ich sah ihn abwartend an, gab ihm Zeit die Worte zu finden. Aber es kam nichts mehr. „Warum erzählen Sie – erzählst du mir das alles?"

„Weil wir nicht in Bayern bleiben werden und ich möchte, dass du das deinem Freund erklärst."

Jetzt sackte mir das Herz in die Hose. Scheiße, was hatte er da gerade gesagt? Wie, wann, wohin?

„Wie heißt er noch ..."

„Daniel?"

„Ja, richtig: Daniel. Meine Tochter ..." Er atmete tief ein. „Nadine hält große Stücke auf ihn, und ..."

„Zu Recht", warf ich ein. Vielleicht mit einer Idee zu viel Ärger in der Stimme.

„Das wirst du besser beurteilen können als ich."

„Allerdings", blaffte ich.

Rothe seufzte. „Nadine hat versucht, mich zum Bleiben zu überreden."

„Was spricht denn dagegen? Für ein paar Tage, oder ..."

Er winkte ab und schüttelte den Kopf. „Nein. Wir müssen weiter."

„Aber wieso denn?"

„Die ganzen Uniformierten machen mich nervös. Schon der Polizist in Österreich, die andere Uniform ... dann hier im Westen gleich wieder andere, und so viele verschiedene – nimm's mir nicht übel, aber seit der Zwangsumsiedlung ist das mein wunder Punkt."

„Kein Wunder, nur ..."

Er packte meine Hand mit beiden Händen und schüttelte sie. „Ich bin froh, dass du das verstehst." Dann trank er seine Flasche aus, schnappte sich ebenfalls meine geleerte und drehte sich im Weggehen noch einmal um. „Gute Nacht. Und schau, dass du auch ein bisschen Ruhe bekommst. Du siehst aus, als könntest du Schlaf gebrauchen."

Da hatte er recht. Ich nickte nur und fand keine Worte mehr. Ich musste Daniel irgendwie Bescheid geben, ihn irgendwie erreichen. Sofort. Verdammt.

Mir fiel damals natürlich nichts Besseres ein, als erst mal Lukas zu suchen.

Schicht ist zu Ende. Bei der Übergabe haben sie es auch schon alle gewusst, die gleichen bleichen Gesichter wie Schwester Anita und ich. Uns fehlen die Worte. Wieder einmal.

10.10.19

Anstatt nach der Schicht gleich schlafen zu gehen, habe ich natürlich den Fehler gemacht, noch kurz den Fernseher einzuschalten. Morgenmagazin. Es redet eine Moderatorin im Studio mit dem Reporter vor Ort und man erfährt nur, was vorher schon im Bericht erwähnt wurde, fast so, als würde es in einem Test abgefragt. Ein antisemitischer Anschlag. Ja, dabei handelte es sich um einen antisemitischen Anschlag. Vielleicht sollten sie es zur Sicherheit noch als Untertitel einblenden. Was soll es denn sonst gewesen sein, wenn der Mörder bei einer Synagoge vorfährt? Das war früher doch mal besser, oder nicht? Also Nachrichtensendungen. Mehr so mit einordnen und „weiterführenden Informationen". Im Morgenmagazin gibt es nur sich halbstündlich wiederholende Info-Bröckchen, die auch gerne noch mal innerhalb dieser halben Stunde wiedergekäut werden. Das muss an den Drogen liegen, mit denen sich die Moderatoren wach halten: Kaffee, Koks und Wetterkarten. Was sollen sie auch sonst sagen: „Legen Sie sich ruhig noch mal hin, grad ist eh nix los." Dabei war gestern was los.

Mist, waren das gerade schon die 8-Uhr-Nachrichten? Der eingeblendeten Uhr nach zu urteilen, ja.

Was du nicht sagst, Harriet, ein Einzeltäter also, welch Überraschung. Woher der Attentäter das mit Jom Kippur wusste? Er wird es im Vorfeld gegoogelt haben, was bereits genügte, um der Polizei einen Schritt voraus zu sein. Oder eher zwei. Zum Glück hat er wohl der Livestreaming-Technik mehr Aufmerksamkeit geschenkt als seinen Sprengsätzen. Moment, was? Der hat auf Englisch gestreamt? Verbale Sprengsätze für internationale Ohren also. Vielleicht war es sogar das Lampenfieber des Attentäters, das den Juden das Leben gerettet hat. Es sollte rund um die Uhr verdeckte Ermittler im Netz geben, die behaupten, der Stream laufe bei ihnen nicht richtig, während sie parallel schon ihre Kollegen informieren. Bis die am mutmaßlichen Tatort eintreffen, versucht man das „Kameraproblem" zu lösen. Die Polizei – dein Freund und Helpdesk. Mir läuft es kalt den Rücken runter.

„Bedrückend" sei es für die Anwohner. Aha. Was sollen da erst die Betroffenen in der Synagoge sagen? Klar wäre es bequemer, wenn die Anschläge nur anderswo stattfinden würden. Einfach outsourcen, Hauptsache nichts geschieht bei uns vor der Haustür.

Wieso nennen die jetzt seinen Namen? Verdammt noch mal, wann lernen die Journalisten das bitte endlich? Das inspiriert Nachahmungstäter, die auch gesehen werden wollen. Ihr macht euch zu Mittätern!

Die nächste Tante schiebt jetzt die Verantwortung dem Netz in die Schuhe. Bald sagt bestimmt wieder jemand das bekannte Mantra auf: Killerspiele und Heavy Metal, Lauschangriff und Vorratsdaten. Oder Stoppschilder ins Internet! Weil wir nur wie Autos denken können. Einmal Schildbürger, immer Schildbürger. Es beginnt in den Schulen, sagt sie. Aha.

„Die Jüdinnen und Jüden" – jetzt sagt die auch das schon zum zweiten Mal. Okay, es reicht, Glotze aus, ich brauch wenigstens ein bisschen Schlaf. Wobei ... Mit den Schulen hat sie vermutlich aus Versehen sogar recht. Nur nicht so, wie sie meint.

Sechs Stunden später stehe ich wie gerädert mit Kaffeetasse auf dem Balkon und rauche wieder viel zu viel – zu früh oder zu spät, je nachdem. Meine innere Uhr geht dabei mal vor, mal nach und grundsätzlich nie richtig. Wieso musste ich auch den Fernseher anmachen? Verdammte Terroristen. Und von der Schule habe ich wieder geträumt, glaube ich. Nazis oder Glatzen gab's bei uns am Gymnasium zwar keine, aber war der Attentäter nicht aus dem gleichen Schulsystem hervorgegangen wie wir? Internet oder Schule, alles Spiegelbilder unserer Gesellschaft, in die wir lieber nicht so genau schauen wollen, aus Angst, uns darin wieder-zuerkennen. Das Problem sollen bitte immer die anderen haben.

Jetzt sitze ich müde auf Station und frage mich, was man in der Schule lernen müsste, um ein weiteres „Halle" zu verhindern. Wo verliert man diese Idioten? Vielleicht ist schon die Frage falsch, weil man die gar nicht mehr erreicht. Es würde ja genügen, wenn sie die Synagogen nicht mehr erreichen. Es reicht Bürger statt Reichsbürger.

Was noch? Zugang zu illegalen Waffen erschweren. Wer anfängt, sich selber welche zu bauen, verletzt sich wahrscheinlich eher selbst schwer als andere. Und diejenigen, die allen Hürden des Rechtsstaats ausweichen, muss man aufspüren, beobachten und verhaften. Sicher nicht über V-Männer, die die Szene „versehentlich" mitfinanzieren. Gibt es eigent-lich V-Frauen? Die scheinen mir besser geeignet, um Schlimmeres zu verhindern. Die sagen „Hase, du bleibst hier" und die Sache hat sich.

Aber das Problem sind ja jene Faschos, die meinen, keine Frau abbekommen zu haben, als wären die mal irgendwo gratis verteilt worden. Auf die Idee, dass genau diese Vorstellung direkt etwas damit zu tun haben könnte, dass Frauen um sie einen weiten Bogen machen, kommen sie erst gar nicht. Also wähnen sie sich von noch mehr Arschlöchern umgeben, als vorher, dabei ist wie bei allen späteren Einzeltätern die Chance höher, dass man selbst das größte und einzige Arschloch weit und breit ist.

Pass auf: Wenn du allein mit 'ner Knarre rumläufst und alle laufen schreiend vor dir weg, dann bist du das Arschloch. Wenn du nicht alleine mit einer Knarre rumläufst, sondern in einer Gruppe, ist das nur okay, wenn du dabei eine Uniform trägst, die dir von deinem Arbeitgeber gestellt wurde. Wenn nicht, bist du hoffentlich gerade im Schützenverein, ansonsten wieder: Arschloch.

Ups, Schwester Anita will reden. Über Halle. Verdammt. Die arme unbeteiligte Frau, die erschossen worden ist. Ja, sicher. Der blinde Hass ist das Problem. Und wenn grad kein Jude oder Ausländer zur Hand ist, dann nimmt man eben gerne den Dauerbrenner Frauenhass. Und wenn da ein Mann gewesen wäre? Dann wäre der wahrscheinlich auch tot.

Wer Menschen erschießen will, der findet einen Grund. „Die 5G Strahlen haben es mir befohlen, Herr Wachtmeister!" Schuld hat allein der Täter.

Schlimm genug, wenn Leute anfangen, so zu reden, als hätte da wer in Notwehr gehandelt. Was haben denn die Toten vom jüdischen Friedhof Provozierendes getan, das eine selbstgebastelte Bombe rechtfertigt? Angst vor Zombies, oder was? Nee, die Faschos teilen die Welt immer in „wir gegen die" ein und definieren beides immer neu, wie es ihnen gerade passt und vor die geladene Flinte läuft.

„Es geht immer gegen Schwächere, gegen Minderheiten, und irgendwann gegen alle, die einem im Weg stehen", sagte ich. „Da braucht man nur mal den Röhm fragen."

„Welchen Herrn Böhm?", fragte Schwester Anita.

„Nicht Böhm, Röhm – wie in Röhm-Putsch?", erklärte ich.

„Sagt mir nichts."

„Geschichte ... der SA-Anführer, den Hitler beseitigte, damit er ihm nicht gefährlich werden konnte?"

„Stimmt, da war einer. Bei der Machtergreifung, oder so."

„Genau der."

„Und der war Jude?"

„Nein, wohl kaum. Deswegen hat man ihm ja was angehängt. Oder besser angedichtet, dann aufgehängt."

„Hat man den nicht erschossen?"

„Ja, entschuldige, die Wortspiele gehen mit mir durch."

„Das kommt von deiner Schreiberei."

Da muss ich ihr wohl zustimmen. Und das gerne. Was kann denn ich dafür, wenn mir das Gespräch mit mir selbst mehr gefällt als das mit anderen um mich herum? Ausgenommen vielleicht Doktor Heßler, der hat aber leider gerade keinen Dienst. Er hätte gewusst, wie Röhm mit Vornamen heißt – ich komm einfach nicht drauf. Mir fällt nur ständig Walter Lübcke ein. Warum beunruhigt das alles so wenige in diesem Land? Wieso führt das alles nicht zu einem Innehalten? Wieso schockt uns das alles als Gesellschaft weniger als noch Anfang der 90er?

Jetzt ist es wieder so weit, auch wenn die üblichen Verdächtigen das sofort leugnen werden: Juden sind das Ziel von Anschlägen. Dabei warnen sie uns schon seit Jahren genau davor, vor dem sich verändernden Klima, und wir haben abgewunken. Ach, diese oder jene Friedhofsschändung, das muss doch noch gar nichts heißen, kein Grund zur Hysterie. Nur dumme Jugendliche.

Nein, wir waren die Dummen und Schwester Anita wollte es nie wahrhaben. Also bis gestern. Von ihr hieß es immer, die Muslime – ja, die seien schlimm, aber doch nicht die Juden, gegen die hätte doch niemand was! Ja, von wegen. Egal mit welchen Minderheiten es beginnt, die Juden stehen immer nur weiter unten auf der Liste. Jeder Liste, wie es scheint.

Wie schön wäre es, wenn jetzt alle Deutschen aufwachen würden. Werden sie aber natürlich nicht. Ich sehe es aber mit einem Hauch von Genugtuung, dass die Erkenntnis heute endlich bei Schwester Anita angekommen ist.

Ich bin nur noch müde und erschöpft. Das habe ich damals besser weggesteckt. Wobei ich nach dem Gespräch mit Anton Rothe auch keine Kraft mehr hatte, Lukas zu wecken. Aber eine Nachricht konnte ich ihm unter den Scheibenwischer klemmen, die ich dick mit *Edding* auf ein Stück Papier geschrieben hatte: „Nadine reist HEUTE ab! Kommt schnell. Ich versuche sie aufzuhalten. J." Nicht sehr geistreich, aber mehr war mir vor dem Weg zur Fischerzeile nicht eingefallen und ich wollte ihn nicht wecken. Dann hätte ich mir den Zettel ja auch sparen können.

Aber Lukas im Schlaf zu stören, war die dümmste Idee, die man überhaupt nur haben konnte. Eine Garantie dafür, dass er nichts von dem behielt, was man in der darauffolgenden Stunde zu ihm sagte, oder um ihn herum geschah. Er musste schon von selbst wach werden, selbst wenn das hieß, dass er sich verspätete.

Worauf mich aber nichts vorbereitet hatte, war Lukas in einen Schlafsack gewickelt auf der Rückbank von Monika vorzufinden. So würde er mit der Sonne wach werden, damit er sich in der Schule um Daniel kümmern könnte. Er hatte an alles gedacht und seine eigene Schwachstelle klug überbrückt. Den Zettel würde er also genau rechtzeitig zu sehen kriegen.

Und so schleppte ich mich nach Hause ins Bett und schlief wie ein Stein.

Genau wie jetzt gleich. Übergabe, und ab nach Hause.

11.10.19

Hab wirklich tief geschlafen heute, keine Träume, nichts. Fühle mich zwar ziemlich gerädert, aber wohl nur deshalb, weil ich noch gar nicht ganz wach bin. Ich mache jetzt nix außer Frühstücken, auf dem Balkon sitzen und in den Himmel gucken.

Auf Station, Schlüsselrunde gedreht. Manchmal nervt es mich ja, wie son Nachtwächter mit seinem Schlüsselbund durch die Klinik zu laufen und an Türen zu rütteln, von denen ich weiß, dass sie abgesperrt sind. Aber dann fällt mir wieder ein, wie angenehm es ist, in so einer kleinen Klinik zu arbeiten, anstatt in einer Uni-Klinik in der Großstadt. Gerade diese Verschlafenheit hat auch ihren Charme, weil sie uns mehr Zeit für die kleinen Patienten lässt.

Dass das Budget hier nicht für einen Nachtwächter und Pförtner reicht, steht natürlich auf einem anderen Blatt. Kinderkliniken rechnen sich nicht. So klingelt es nachts bei Notfällen auf Station 3, der diensthabende Pfleger geht runter, lässt die Patienten rein und begleitet sie mit ihren besorgten Eltern in eines der beiden Aufnahmezimmer, wo sie dann auf den diensthabenden Arzt warten. Ab da überschneiden sich die Tätigkeiten dann ja wieder mit meinem eigentlichen Aufgabenbereich.

Außerdem ist es meistens besser, wenn zuerst ein Mann geht, obwohl der Eingangsbereich doppelt gesichert und videoüberwacht ist. So erkennt man die Spaßvögel, die alle Schaltjahre mal auf die geniale Idee kommen, bei uns Klingelstreiche zu spielen, schon daran, dass man sie gar nicht erst zu Gesicht bekommt. Ansonsten sieht man schon durch die Kamera, wer da so steht, und die explosiven Vatertypen erkennt man schon an ihrer Körpersprache. Die gewalttätigen oft auch gerade daran, dass sie ihre Partnerin mit dem Kind vorschicken, aber selbst etwas abseits im Schatten stehen bleiben. Dann gehe immer ich runter.

Den Schlüsseldienst brummen wir normalerweise unseren PJlern oder Studenten auf. Wenn wir aber grad mal keinen haben, melde ich mich gerne wieder freiwillig, irgendwie wissen das auch alle und ich habe mich daran gewöhnt.

Nach der Scheibenwischer-Nachricht an Lukas bin ich fast wie eine Fledermaus nur nach Gehör nach Hause gelaufen, mit schon geschlossenen Augen. Aufgeweckt hat mich dann Nadine. Also eigentlich ein lautes Klopfen unten ans Fenster. Ein Stockwerk höher lehnte ich mich fluchend hinaus, weil ich beim Öffnen den Firlefanz vom Fensterbrett auf den Fußboden und meine nackten Füße befördert hatte, und verstummte, als ich unten das unscharfe Gesicht von Nadine erspähte, die zu mir hochsah. Ich erkannte sogar ohne Brille, dass etwas nicht stimmte.

„Ich komm runter!", rief ich und wäre beinahe aus dem Fenster geklettert, um Zeit zu sparen, nahm dann aber doch die Treppe und auf dem Weg nach unten sogar Brille und Hose mit, um sie nicht mit meiner Morgenlatte zu begrüßen.

„Wie komme ich zum Gymnasium? Ich muss Daniel finden", japste sie. Sie war den ganzen Weg gelaufen und etwas außer Atem.

Ich versuchte sie zu beruhigen. „Lukas holt ihn da raus und dann kommen sie zu dir."

„Dafür ist keine Zeit mehr, mein Vater ..." Ihre Stimme versagte.

„Er will jetzt schon los?"

Tränen liefen ihr übers Gesicht und sie fiel mir um den Hals. Ich hielt sie fest, spürte die Hitze ihres Körpers unter dem Pullover und zerkrümelte innerlich zu einem Häufchen Elend. Wie man seinem Traum gleichzeitig so nah und doch so fern sein konnte, ging mir nicht in den Kopf.

Die Worte aus meinem Mund formulierten sich wie von selbst und ich weiß bis heute nicht, woher sie kamen. „Geh zur Schule, versteck dich dort beim Fahrradunterstand, bis du Lukas oder Monika auf dem Parkplatz entdeckst. Ich geh zum Lager und halte sie auf." Dabei trabte ich mit ihr im Schlepptau los, barfüßig an der *Agip*-Tankstelle vorbei, während sie sich ihre Tränen mit dem Ärmel abwischte. „Siehst du den Weg dort, auf der anderen Straßenseite an den Hochhäusern vorbei?"

„Hochhäuser?"

„Na gut, für hiesige Verhältnisse ist halt alles hoch, was mehr als zwei Stockwerke hat. Der Weg da führt dich direkt zum Gymnasium, der

Fahrrad-Parkplatz ist rechts davor, bei der Parkbucht für die Busse – du kannst es unmöglich verfehlen."

„Ich danke dir, Johann", sagte sie mit einem Lächeln, und mein Herz schmolz dahin. Dann küsste sie mich auf die Wange und rannte über die Straße. Das war das letzte Mal, dass ich sie gesehen hatte. Bei unserer nächsten Begegnung war schon Nadja aus ihr geworden.

Ich musste jetzt direkt eine rauchen gehen. Diese Erinnerung ... Es kommt mir alles wieder hoch. Ich hatte die Wohnungstür offen stehen lassen, war barfuß los und wäre wahrscheinlich auch so weitergelaufen, wenn nicht eine Gruppe kichernder Mädchen, die auf dem Weg zur Schule war, an mir vorbeigekommen wäre. Sprintend lief ich nochmal zurück, machte eine Katzenwäsche, rief Mama ein „Morgen!" in die Küche, wo sie sich gerade einen Kaffee kochte und was vom „Tag der offenen Tür" redete, aber ich wich ihr mit einem „Erzähl ich dir alles nachher!" aus und war weg. Ihr hätte ein Blick in mein Gesicht genügt, um das gebrochene Herz zu bemerken. Ich spürte aber, dass ich all meine Energie für den mir noch bevorstehenden Kraftakt brauchte.

Infusion gewechselt, Blutdruck abgelesen und Pulswerte eingetragen, niemand mit hohem Fieber. Routine, die für Sicherheit sorgt genau wie ein ruhiges, gleichmäßiges Kinderatmen zwischen den durcheinander-piepsenden Apparaten. Wie eine schlechte Imitation von Vogelgezwitscher im Wald.

Als ich im Lager ankam, nachdem Nadine zum Gymnasium aufgebrochen war, fühlte ich mich fast so, als hätte ich sie zur Schule begleitet, obwohl ich in die entgegengesetzte Richtung gegangen war. Ein bisschen so, als hätte ich meine Hausaufgaben vergessen oder mich nicht auf einen Test vorbereitet. Unterwegs hatte ich mir den Kopf dar-über zerbrochen, was ich denn sagen könnte und war mit nichts zufrieden, sondern davon überzeugt, dass ich sofort auffliegen würde. Es hatte keinen Sinn. Ob ich es so versuchen sollte, wie wir es Lukas in den letzten Jahren eingetrichtert hatten? Immer ein Körnchen Wahrheit beimischen?

Und dann stand schon Doris vor mir. Sie war so aufgelöst, dass mir der Schreck darüber wohl ins Gesicht geschrieben stand.

„Was ist denn los?", fragte ich ernsthaft besorgt.

„Hast du Nadine gesehen?"

Schon saß ich in der Tinte. Keine Verschnaufpause. Was jetzt? Was jetzt? Was jetzt?

„Ja, klar", sagte ich. Oh, ich Idiot, und weiter?

„Und wo?" Doris' Stimme war viel zu leise für sie.

„Auf der Straße hinter dem Gemeindehaus. Sie kommt gleich wieder." Ui, das war gut. Ich war stolz auf mich.

Doris runzelte die Stirn. „Was wollte sie denn da?"

„Oh, sie geht nur kurz zum Gymnasium, sich verabschieden. Stimmt was nicht?" – Ah, ich Esel! Das klappt nie.

„Bist du dir sicher?"

Uff, noch mal davongekommen. „Ja, klar, wieso?"

„Wir müssen zum Bahnhof, der Zug geht in weniger als einer Stunde."

„Das schafft ihr noch locker", beruhigte ich sie. „Zu Fuß seid ihr dort von hier aus schneller, als wenn ihr ein Auto oder Taxi nehmt. Fünf Minuten. Höchstens."

Doris grinste. „Das hat dein Kollege Armin auch gesagt."

Ich lächelte ein bisschen zu angestrengt und versuchte auszurechnen, wie viele Minuten ich den anderen gerade erkauft hatte.

Beim Gymnasium spielte sich währenddessen ein anderes Drama ab. Nadine war leise fluchend dort angekommen, weil sie unterwegs die Schulglocke schon zweimal hatte klingeln hören. Was sie nicht ahnen konnte, war, dass Lukas natürlich trotzdem verschlafen hatte und sie vergeblich warten musste. Als sie zum Parkplatz guckte, schimpfte sie gleich wieder, denn was ich vergessen hatte, war, dass dort heute der Wochenmarkt stattfand, der ja wegen des Flüchtlingslagers dorthin ausweichen musste. Die Ersten packten zwar bereits ihre Sachen, aber trotzdem war dort noch viel zu viel los. Und jetzt? Sie könnte Lukas ja entgegengehen. Aber verdammt, von welcher Seite würde er denn kommen?

Dann hörte sie das unverkennbare Geräusch eines sich nähernden Trabis. Wie viele würden wohl diese Straße nehmen? Sie kam aus ihrem Versteck und sprang auf die Straße, um Lukas abzufangen. Nadine kollidierte beinahe mit Lukas, der schlagartig wach wurde, bremste, die Beifahrertür öffnete und kaum, dass sie saß, mit ihr am Markt vorbeiknatterte.

Lukas bog gleich nach dem Parkplatz links in den Stifterweg ein, schaltete den Motor ab und ließ Monika im Leerlauf ausrollen. Vom Schulgelände trennte sie hier nur ein dichtes Gebüsch. Lukas war sehr nervös und erst recht, nachdem Nadine ihm erklärt hatte, was sie dort machte. Sie und Daniel müssten zusammen abhauen.

„Wohi denn?"

„Egal, Hauptsache weg."

„Guad, i geh eam hoin. Konnst du fahrn?"

„Was?"

Lukas klopfte auf Monika's Lenkrad. „Ko... Kann-st du ..." Er deutete auf sie und rang sich jede Silbe sorgfältig ab. „... Auto-fah-ren? "

Jetzt nickte Nadine und schnappte sich die Autoschlüssel.

„Oba pass auf, es darf die neamand segn." Lukas öffnete die Autotür und hielt inne.

„Worauf wartest du noch?"

„I woaß no ned, wia i eam aussebring. Des ko schon a boa Minutn dauern."

„Beeil dich."

„Moanst, I geh nei und schmeiß einfach an Feueralarm o? Des glaubt mir koana mehr. Sogar d'Feierwehr ruaft erst o, weil i des schon zu oft bracht hob."

Nadine schnaubte. „Hast du noch den Benzinkanister?"

Ich hätte das Gesicht vom Goldhammer nur zu gern mit eigenen Augen gesehen, als er Lukas am Feuermelder abgefangen hatte, der gerade im Begriff war, ihn auszulösen. Genau genommen in dem Moment, als ein anderer Lehrer aus dem Lehrerzimmer den Gang entlanggelaufen kam, einen kleinen Rauchwirbel hinter sich herziehend und „Feuer ..." flüsternd – Vielleicht um einer Panik vorzubeugen. Goldhammer dachte vielleicht erst, dort hätte sich ein Haufen Schularbeiten unter ihrem Eigengewicht selbst entzündet, oder die Glut einer Zigarette sei draufgefallen. Das war gar nicht einmal so ungewöhnlich: Von Herrn Brückner korrigierte

Arbeiten bekam man regelmäßig mit Brandflecken darauf zurück, aber diesmal mischte sich echte Panik in seine Stimme, als er näher kam, eine Tonlage, die man so nicht von ihm kannte. „Die Turnhalle", quiekte er. „Rauch". Erst jetzt begriff Goldhammer, ließ Lukas los, löste den Feueralarm aus, und zischte ihm noch „Raus mit dir!" durch die Zähne zu.

In der Zwischenzeit war Anton Rothe zu einem BGS-Mann in den Wagen gestiegen, um Nadine an der Schule abzufangen. Ich sollte in der Zwischenzeit Doris zum Bahnhof begleiten, wo wir uns dann gleich alle treffen wollten. Natürlich willigte ich ein und tat so, als sei das alles eine gute Idee und war innerlich am Verzweifeln. Zum Glück merkte Doris nichts davon, die an ihren eigenen Nervenenden knabberte wie an Fingernägeln, während meine eigenen in mir langsam über eine Tafel kratzten.

Daniel hatte Lukas sofort im Trubel der Evakuierung gefunden. Das war keine große Überraschung, denn Daniel wusste, dass das mit dem Feueralarm eigentlich nur Lukas gewesen sein konnte. Auf dem kleinen Pausenhof strebten alle nach rechts, um die Rauchsäule vom Sportplatz aus zu sehen, während die beiden sich in die entgegengesetzte Richtung davonmachten, auf den Grillparzerweg und dann die Krankenhausstraße hoch bis zur Ecke, an der Nadine schon mit laufendem Motor auf sie wartete.

Lukas war jetzt schon aus der Puste. „Host du wirklich ...", keuchte er, „... d'Turnhalln ozünd?"

„Nein, nur die Hochsprungmatte", sagte Nadine knapp. „Rein mit euch!"

Daniel wollte sie beim Einsteigen ins Auto küssen, aber sie drehte ihm nur die Wange hin, damit sie sich nicht noch länger aufhielten. Als Daniel dann auf der Rückbank mehr lag als saß und Lukas mit der Beifahrertür und seinen noch heraushängenden Beinen kämpfte, fuhr Nadine so sportlich an, wie es der Trabi zuließ.

„Und wohin jetzt?"

„Immer geradeaus", japste Lukas und zog die Tür zu, hielt sie aber vor Anspannung weiter fest umklammert.

Anton Rothe und der BGS-Mann müssen wohl am Gymnasium gewesen sein, während Nadine mit dem Trabi nur eine Seitenstraße weiter im Auto wartete. Wie knapp sie einander verpasst hatten, weiß ich nicht, ich kann es mir nur ausmalen. Ich weiß nicht einmal, wie sie auf die Idee kamen die B8 Richtung Passau zu nehmen. Hat doch jemand am Parkplatz den Trabi vorbeifahren sehen? Ein Lehrer? Ein Schüler? Ein Anwohner? Ein Bauer vom Markt? Lange dort aufgehalten haben sie sich jedenfalls nicht.

Von unseren Mitschülern habe ich später nur so viel erfahren, dass tatsächlich Goldhammer höchstpersönlich den Brand mit dem Feuerlöscher unter Kontrolle gebracht hatte, unter dem Gegröle der Unterstufe, die ihn anfeuerte, ausbuhte oder beides. Als die Feuerwehr eintraf, gab es nichts mehr zu löschen, aber neben dem Brandgeruch lag auch der von Benzin in der Luft und das Nachspiel wurde sehr hässlich.

Wenn die Schüler nur etwas leiser gejubelt hätten, hätte Rothe vielleicht das Tuckern des laufenden Motors hinter den Büschen gehört und so Vieles wäre anders gekommen. Ein paar Minuten eher und er hätte sie mit dem Benzinkanister über die 100-m-Bahn wegschleichen sehen können, zu der Stelle, wo man gut durch die Hecke schlüpfen konnte. Es macht mich ganz kirre, wie wenig gefehlt haben muss, damit alles eine andere Wendung genommen hätte. Wir waren wie menschliche Billardkugeln, die beim Anstoß an diesem Morgen in alle Welt auseinanderstrebten, gegen Banden und ineinander krachten. Die weiße Kugel war Nadine, schickte mich barfüßig auf die Reise und prallte selber in Richtung Gymnasium ab. Von da an überschlugen sich die Ereignisse, alles kullerte wild durcheinander und spielte sich doch in einem geschlossenen Rahmen ab, in dem irgendwann jeder in seinen eigenen Abgrund fallen sollte.

Als ich später selbst zur Schule rannte, muss Rothe schon an mir vorbei gewesen sein. Auf dem Gymnasium-Parkplatz rätselte ich dann, wo alle abgeblieben waren. Abgesehen von Gemüseresten auf dem Parkplatz und dem Brandgeruch in der Luft war dort alles wie sonst. Was zur Hölle ... Hatten die Händler etwa gegrillt?

Wie ich später erfahren sollte, fuhren da die drei parallel zur B8 Richtung Passau und grölten eine Strophe aus „99 Luftballons", aber mit

„Was reimt sich auf Schulminister", weswegen sie gleich mal vor Lachen die Unterführung verpassten. Noch so ein Moment, der einer glücklichen Fügung gleichkommen sollte.

Auf die B8 wollten sie dann ein paar hundert Meter später in Sandbach wechseln und weiter Richtung Passau fahren, um dort die A3 Richtung Norden zu nehmen. So war der Plan, den Lukas im Kopf hatte, aus dem leider schon nichts mehr wurde, ehe er auch nur die Chance dazu bekam, den anderen davon zu erzählen.

So, jetzt noch die Schlüsselrunde, dann geht's ab nach Hause.

12.10.19

Igitt, ich muss vom Frühstücksbrote schmieren noch Butter oder Fett von der Salami am Finger gehabt und dann auf den Fingerabdrucksensor vom Tablet gedrückt haben. Schöne Schweinerei. Fingerabdrücke auf Bildschirmen bringen mich ja schon auf die Palme, aber an der Seite auf einer Taste ist es irgendwie noch ekliger. Und das mir! Da benutze ich schon eine externe Tastatur und einen Eingabestift mit Gummikappe, und jetzt das. Ich habe sogar immer noch ein Mikrofasertuch dabei, mit dem ich pingelig alles abwische, und wenn in der Arbeit jemand mit dem Zeigefinger auf ein Diagramm am Monitor zeigt, spannen sich mir bereits die Halsmuskeln an. Wehe, wenn sie ihn berühren. Darauf zeigen genügt doch. Wehe, wenn – und schon ist's passiert. Schwester Heide ist so eine. Sie meint es ja nicht böse. Wahrscheinlich braucht sie das haptische Feedback und Klack-Geräusch ihres Fingernagels, um ihren Punkt zu unterstreichen, aber mich treibt das in den Wahnsinn. Wir haben ja auch überall Apparate, an denen man Knöpfe drücken muss, vielleicht ist es ihr deswegen nicht so bewusst. Und seitdem es eh alle ständig auf ihren Telefonen und Computern machen, stehe ich mit meiner Marotte ziemlich allein da. Ich bin eine aussterbende Art, die sich über Fingerabdrücke auf Fingerabdrucksensoren aufregt.

Dass es den Berührfimmel sogar als eigene ASMR-Kategorie gibt, macht mich fertig. „Tapping" schimpft sich das, und dann wird alles befingert, was Oberflächen hat. „Bekloppt" kriegt da eine ganz neue Bedeutung. Ich meine, es ist eine Sache, das Geräusch von schreibender Kreide auf einer feuchten Tafel zu mögen, aber ob jemand das Kratzen von Fingernägeln darauf als vergleichsweise entspannend wahrnehmen würde, wage ich zu bezweifeln. Furchtbar! Aber wahrscheinlich gibt's sogar dafür irgendwo eine masochistische Gruppe, die voll darauf abfährt. Wie offenbar andere auf Schmatz- und Kaugeräusche stehen, sogar die haben ihre Liebhaber. Lauter Verrückte! Und ich bin jetzt einer davon. Vor drei Monaten hätte ich es nicht für möglich gehalten, dass ich ganz vernarrt in Papiergeräusche und anderes Geknister sein würde. Jetzt reagiere ich darauf wie eine Katze auf Katzenminze.

Auf dem Weg zum Bahnhof hörten Doris und ich den Feueralarm vom Gymnasium und wenig später die anrückende Feuerwehr. Klar, dass wir da unruhig wurden. Das war vor Mobiltelefonen und wir hielten uns erst mal an den Plan: zum Bahnhof, wo wir dann die anderen treffen sollten. Der BGS-Kollege und Anton Rothe würden schon klarkommen. Wir wären beide gerne hingelaufen und hätten damit vielleicht alles nur schlimmer gemacht, oder uns deswegen am Bahnhof verpasst, aber mit dem Wissen von heute hätte ich es gerne darauf ankommen lassen. Stattdessen trotteten wir mit Kloß im Hals weiter. So merkte ich immerhin nicht mehr, dass die beiden Koffer sauschwer waren. Doris trug einen Rucksack mit den Sachen, die sie im Lager bekommen hatten, und das war's.

Da fällt mir ein, eben wollte ich eigentlich aufschreiben, was ich geträumt habe, aber daran kann ich mich jetzt wegen des blöden Zwischenfalls mit meinen Fettfingern nicht mehr erinnern! Nur daran, dass ich dort barfuß war. Genau wie an dem Tag mit Nadine auf der Ortenburger Straße. Ich glaube, das ist kein Zufall, oder? Wieder behält er recht, der Psychodoktor von damals. Schreiben zieht alles aus dir heraus. Nein, das ging anders. Was hat er noch mal gesagt? Ah ja: „Sitz stumm da wie ein Angler und fange deine Gedanken auf Papier." Oder so ähnlich. Kann ich mir dann jetzt endlich in meinen Träumen wieder Schuhe anziehen?

Am Bahnhof angekommen wurde es dann erst so richtig schlimm, denn es gab nichts mehr zu tun und still sitzen ging gar nicht. Alle, wie wir da standen, sahen gebannt zu der schwarzen Rauchfahne, die sich langsam auf der anderen Seite der Gleise in der Luft verteilte. Was immer dort gebrannt hatte, war jetzt unter Kontrolle, glimmte aber umso heißer und gefährlicher in uns weiter. Wir mussten stehen, sitzend hätten wir die Anspannung nicht ausgehalten. Ich versuchte, Doris zu beruhigen und sagte ihr, sie solle sich keine Sorgen machen, es ginge bestimmt allen gut und was man eben in solchen Situationen so sagt. Ich war damit überfordert. Ich weiß gar nicht, ob sie überhaupt zugehört hat, obwohl sie immer nickte. Aber das konnte genauso gut ihren eigenen Gedanken gelten. Etwas war unaufhaltsam in Bewegung gesetzt worden und jetzt konnte man nur noch dabei zusehen.

Die Zeit verging schrecklich langsam, ein Zug hielt, Menschen stiegen aus, andere ein, und weg war auch der. Der nächste, der hier halten würde, wäre dann schon ihrer. Und eher, als uns lieb war, fuhr der an unserem Gleis ein, aber niemand kam. Doris und ich sahen uns an, wir hatten beide schon geahnt, dass es genau so kommen würde. Andere aus dem Lager, die ebenfalls mit uns dort gewartet hatten stiegen ein und sahen uns fragend an, ehe sie im Waggon verschwanden. Dann standen wir alleine dort und Doris hielt es nicht länger aus.

„Ich gehe jetzt nachsehen."

„Nein", sagte ich und stellte mich ihr in den Weg. „Ich gehe. Ich renne!"

„Ich komme mit."

„Und die Koffer?"

„Scheiß auf die Koffer!"

„Und was, wenn sie gleich kommen?"

„Dann nehmen wir den nächsten verdammten Zug. Müssen wir doch sowieso."

„Ja, und was werden sie denken, wenn sie hier nur die Koffer stehen sehen?"

Jetzt hielt Doris inne, sie wollte etwas erwidern, aber dann brach sie in Tränen aus und ich nahm sie in den Arm wie eine Stunde zuvor ihre Tochter.

„Ich bin gleich wieder zurück, ich verspreche es", sagte ich, als sie sich wieder gefangen hatte. Dann rannte ich los, bevor sie es sich anders überlegen konnte. Wieder einmal war sie es, die auf andere warten musste. Doris habe ich seitdem nicht mehr wiedergesehen.

In der Zwischenzeit hatten Nadine, Daniel und Lukas sich so etwas wie eine Verfolgungsjagd mit Anton Rothe geliefert. Die waren auf die B8 gefahren und haben dort schnell Boden gut gemacht, und wenn Nadine nicht an der Unterführung vorbeigebrettert wäre, dann hätten sie sie noch dort abgefangen. So sahen sie einander plötzlich auf gleicher Höhe nebeneinander herfahren, der bunte Trabi war ja nicht zu übersehen und der BGS-Geländewagen hupte unüberhörbar. Was sie rettete, war ihr minimaler Vorsprung in Sandbach, wo Lukas Nadine zur Fähre dirigierte, mit der sie ablegten, noch bevor ihre Verfolger die Anlegestelle erreichten. Das konnte auch nur Lukas einfallen, aber er hatte recht: Wenn du nicht schnell genug bist, um deinen Verfolgern davonzufahren, wechsle auf ein noch langsameres Verkehrsmittel.

Ein bisschen Schwein hatten sie aber immerhin, denn der Fährmann hätte auch auf der anderen Seite sein können. Und so wurden nur 10 Meter Donau unüberwindbar, egal wie sehr Rothe dort tobte, sie sollen gefälligst umkehren, während der Grenzschützer zurück zum Wagen ans Funkgerät ging. Das verhieß nichts Gutes, aber ein paar Minuten hatten sie sich erkauft. Minuten, die ich zu gerne mit eigenen Augen erlebt hätte.

„Wer so schreit, der ko a wartn, bis i wieder z'ruck bin", kommentierte der Fährmann lapidar und ging nicht weiter auf das Gebrüll von Rothe ein, sondern seelenruhig zum anderen Ende seines Gefährtes. Die verängstigten Gesichter von Nadine und Daniel dürften ihm das Herz aufgeweicht haben, ehe Lukas ihn zur Verblüffung aller fragte, ob er der Kapitän sein.

„Wie, Kapitän?"

„I hob da a Idee." Er begann, sich die Hände zu reiben, und fragte, ob er sich kurz die Schirmmütze borgen dürfe. Als der das verneinte, klaute Lukas sie ihm und bat ihn, für die Dauer der gleich folgenden Zeremonie nur Steuermann zu sein, sonst müsse er ihn leider von Bord schubsen, denn das sei ein Notfall.

„Wie, Steuermann?", begann der Fährmann verwirrt. „D'Fähre hängt an am Seil, des sieht doch a jeda und ..."

„Schhh!!", machte Lukas. „Wia ging denn des noch, der Spruch, den die imma bei a Hochzeit songn?"

Der verdutzen Nadine hielt er die Auswahl seiner Ringe, die er sich von den Fingern pulte unter die Nase.

„Das ist ja ein Fingerhut!", stutzte sie.

„Scho, aber als Ring", erklärte Lukas ein wenig beleidigt. „Nimm hoid an andern." Den Totenkopf mit der Narrenkappe lehnten beide natürlich ab, den konnten sie unmöglich annehmen. Also einigten sie sich auf den goldfarbenen Fingerhut-Ring für Nadine und einen silbernen für Daniel.

„Der ist mir zu weit", meinte Nadine.

„Den konnst a z'ammdrucka. De san hintn alle offen, sigstas?"

„Jetzt passt er wie angegossen", sagte Daniel.

„Und de wachsn sogar automatisch mit eich mit." Lukas' Miene hellte sich wieder auf. „Mei, jetzt foids mir wieda ein! Wos Gott zusammeng'fügt hod, des deaf der Mensch ned trenna. Und i näh' eich jetzt zam."

„In eine offene Beziehung, die mitwächst", ergänzte Nadine.

„Da war doch no a Spruch mit ‚wer Einwände hat, der möge austreten'", warf der Fährmann ein, der nur so getan hatte, als höre er nicht hin. „Na, vortreten war's!"

„Dann befördere ich ihn in die Donau. Das schwöre ich", sagte Daniel ernst, der jetzt Nadines Hände in seine nahm, und ihr tief in die Augen sah.

„I glaub du muasst eigentlich eps anders schwörn, aber des is mia a recht, und dir, Nadine?"

„Ich schwöre bei der Vils, dass wir von hier an immer wieder zusammenfließen werden." Dabei schob sie Daniel den Ring über den Finger, der auch ihm eine Idee zu weit war und drückte ihn zusammen bis er hielt.

„Mei, is des schee", seufzte der Fährmann.

„Damit erklär i eich jetzt zu Mann und Frau," sagte Lukas zufrieden, während die beiden sich bereits küssten. „Ihr könnts jetzt knutschn, bis mia anlegn."

Der Fährmann nickte und Lukas gab ihm seine Mütze zurück.

„Sie san jetzt a Trauzeuge. Aber eigentlich braucht's no an zwoatn."

„I glaub, den habts a so scho. Schau." Er deutete zum anderen Ufer, an dem ein Polizeiwagen zum Stehen kam.

„Oh mei, i hink heut imma an Schritt hinterher. Und i woid glei über Otterskirchen und Rathsmannsdorf mit dene zur Auffahrt bei Aicha vorm Wald."

„Des wird wohl heid nix mehr."

„Kenna mir ned mit dera Fähre ..."

„Und as Stahlseil durchbeißn, oda wos?" Der Fährmann schüttelte den Kopf. „Und selbst wenn, an der Schloisn in Kachlet habns uns dann ganz sicher. Nur das ma alle vorher no dasaufa."

„Und die Donau brächte uns nur nach Ungarn, wo ich ja gerade erst hergekommen bin", meinte Nadine. „Nein, danke."

„I hätt trotzdem Lust, mit dera Fähre d'Donau obezumfahrn wia der Huckleberry Finn und Jim den Mississippi."

„I manchmoi a", seufzte der Fährmann leise.

„Tuhdäys Tom Soja is a färrimän", sagte Lukas und brachte damit Daniel zum Lächeln.

So tuckerten sie der wartenden Polizei in Zeitlupe in die Arme. Da mit dem Trabi eh keine Fluchtgefahr bestand, durften sie auch zusammen fahren, allerdings mit einem der Beamten auf dem Beifahrersitz. Vorher versprach Lukas dem Fährmann noch, dass er wiederkommen würde.

„Woas i eh", antwortete der darauf.

Die haben sich danach aber auch tatsächlich angefreundet.

So ging es dann begleitet von einer Polizeieskorte zum Bahnhof in Vilshofen. Laut Lukas hat keiner von ihnen auf der Fahrt auch nur ein Wort gesprochen, bis auf den Polizisten, der ganz außer sich war, mal in einem Trabi zu sitzen und seiner Begeisterung darüber Luft machte. Nadine und Daniel hätten sich währenddessen hinten im Trabi immer tiefer und tiefer in die Augen gesehen.

Schwester Anita ist heute so merkwürdig gereizt. Habe versucht sie zu trösten, aber das hat es nur noch schlimmer gemacht. Besser, ich frag sie erst gar nicht, ob ich mich morgen etwas verspäten kann. Sie heute gar nicht mehr anzusprechen ist wahrscheinlich das Beste. Ups, die Klingel!

Da bin ich wieder. Ist schon früh geworden, und die Bahnhofssache packe ich jetzt nicht mehr an. Ich mache lieber eine Kanne von dem Ekeltee und lass dann meine Tasse kalt werden, während ich die Schlüsselrunde drehe. Anita plagt bestimmt ihre Herbstdepression. Draußen wird es deutlich früher dunkel und bleibt auch länger so, die Blätter fallen und alles ist grau.

13.10.19

Da wacht man mal gut erholt und guter Laune auf, und dann schreibe ich auf nüchternen Magen das schlimmste Kapitel auf. Irgendwann muss es halt sein und ich will es hinter mich bringen. Ich mag nicht dran denken, die Vorstellung davon zerreißt mich, aber ich kann es mir nur vorstellen, weil ich nicht dabei war. Sonst wäre ich nur ähnlich paralysiert dagestanden wie Lukas.

Er hat es mir minutiös bis in die Details erzählt, wer was anhatte und so. Für solche Sachen habe ich überhaupt kein Gedächtnis. Wenn mich jemand fragen würde, was ich gestern anhatte, dann müsste ich zum Wäschekorb gehen und spicken. In der Klinik ist es ja einfach, da trage ich jeden Tag die gleichen Kittel, von denen ich mehrere Sätze habe, die von Zauberhand gebügelt und gefaltet vor meinem Spind wieder auftauchen. Das färbt wohl auf Zuhause ab, nur leider nicht der Teil mit dem Bügeln und Zusammenlegen. Daher verzichte ich daheim auf beides.

Als sie am Bahnhof ankamen, stand dort schon der Geländewagen vom BGS auf dem Busparkplatz. Rothe wartete an den Wagen gelehnt und Doris auf halbem Weg zu den Gleisen noch immer bei den Koffern. Der Polizist auf dem Beifahrersitz sagte Lukas, er solle dicht hinter dem Geländewagen parken, wunderte sich dann, weshalb er zunächst parallel daneben zum Halten kam, nur um dann rückwärts einzuparken, ließ ihn aber gewähren. Der Polizeiwagen, der ihnen gefolgt war, blockierte sie sicherheitshalber von hinten. Kaum, dass der Motor abgestellt war, sprang Rothe schon an die Beifahrertür. In dem Moment war Lukas froh, dass dort zunächst der Polizist ausstieg und sich vor ihm aufbaute, sonst wäre er wohl zu ihnen ins Auto gekommen.

„Jetzt gehen wir erstmal einen Schritt zurück und holen tief Luft, ja?", sagte der Polizist ruhig und schob Rothe mit der flachen Hand auf dessen Brust sanft aber bestimmt drei Meter zurück, und der ließ es geschehen.

Dann kletterte zunächst Daniel an Nadine vorbei aus dem Auto und gab sein Bestes. „Ihr könntet doch in Vilshofen bleiben." Daniel sah hilfesuchend zu Doris. „Nadine kann hier zur Schule gehen, und ... und ..." Er wandte sich an Anton, der aber durch ihn hindurchstarrte, als wäre er unsichtbar. „Im Krankenhaus nehmen sie bestimmt einen so guten Arzt, und ... und ..."

Hinter Daniel stieg Nadine aus dem Trabi und Rothe folgte ihr mit seinem Röntgenblick, dem sie aber mühelos standhielt. Auf der anderen Seite stieg Lukas vorsichtig aus und war froh, das Auto noch zwischen sich und der Szene zu haben, die ihm wie aus einem Film vorkam, unwirklich, irgendwie zu langsam, wie wenn man die gleiche Explosion mehrmals hintereinander, aber aus unterschiedlichen Winkeln gezeigt bekommt.

„Wir sind verheiratet", sagte Nadine und hielt ihrem Vater den beringten Finger vors Gesicht.

„Sehr witzig."

„Wollen Sie denn nun Anzeige erstatten?", fragte der Polizist pflichtschuldig. „Da käme einiges zusammen und allein der Papierkram ..."

Rothe schüttelte nur den Kopf. „Wir wollen nur noch weg von hier. Je eher, desto besser."

„Ich will nicht von hier weg, Papa!", rief Nadine.

„Das ist nicht deine Entscheidung, Liebes."

„Ich kann für sie sorgen!", rief Daniel. „Ich kann sofort anfangen zu arbeiten, wo ich im Sommer war, wirklich. Ich habe ein Empfehlungsschreiben, das kann ich Ihnen ..."

„Nadine kann für sich selber sorgen", unterbrach Herr Rothe ruhig. „Wenn sie alt genug ist. Sie kann studieren und lernen, was sie will, und alles werden, was sie will."

„Warum später?" Daniel blieb unbeeindruckt. „Das kann sie auch jetzt schon."

„Wieso fragt mich hier keiner, was ich will?", schrie Nadine in die Runde.

Ich stelle mir vor, dass es eine kurze Pause gab, in der sie beide Nadine überrascht anguckten, als sähen sie sie zum ersten Mal, aber das ist wahrscheinlich schon Wunschdenken und es ging nahtlos weiter. Vielleicht hat ihr wenigstens Doris kurz die Hand auf die Schulter gelegt, aber die stand dafür ja zu weit weg, oder sie haben einander angesehen, einvernehmlich, weil ich es mir nicht anders vorstellen mag. An der Frage sind schon andere Männer gescheitert, mich eingeschlossen, und wir werden es auch weiterhin tun, bewusst oder unbewusst, bei Nadine, Iris, Sabine oder Marie.

„Du bist entführt worden", sagte Rothe wie zu einem Kleinkind.

„Bin ich nicht, Papa – das war ja meine Idee! Meinetwegen haben die beiden die Schule geschwänzt, und ich habe ... auf sie gewartet. Die letzten zwei Tage hätte ich ohne sie nicht überstanden. Weil du nicht da warst!"

„Darüber reden wir, wenn wir im Zug sind."

Der Bahnhoflautsprecher knackte und kündigte die Einfahrt des nächsten Zuges an – ich habe vergessen wohin, Lukas würde es noch wissen. Ich erinnere mich nur, dass Nadine später erzählt hat, dass sie in Würzburg umgestiegen seien und unterwegs dorthin kein Wort miteinander wechselten.

„Keine Anzeige also", sagte der Polizist zufrieden und klopfte sich auf die Brusttasche mit dem Notizblock. Doch niemand schien ihn weiter zu beachten, darum drehte er sich um und ging zu seinem im Auto wartenden Kollegen. „Dann machen wir uns ... Es ist ja so weit alles wieder in ... Also wir werden dann mal ... Wiedersehen."

„Komm jetzt", sagte Rothe und machte einen Schritt auf die beiden zu. Daniel versuchte, sich größer zu machen und Nadine umarmte ihn von hinten.

„Ähem!" Der Polizist, der in Begriff war in den Wagen einzusteigen, räusperte sich und schüttelte mit mahnend erhobenem Kinn den Kopf. „Auseinander jetzt, zefix no amoi."

Als Daniel sich doch zur Seite drücken ließ, rannte Nadine an beiden vorbei zu ihrer Mutter. „Warum sagst du denn nichts? Wieso können wir nicht einfach hierbleiben?" Hinter ihnen kam kreischend der Zug zum Stehen.

„Wir können doch in den Ferien wieder herkommen. Mach keine große Sache daraus", soll Doris angeblich gesagt haben. Ob sie ihrer Tochter nicht angesehen hat, wie ernst es ihr war? Dass sie sich verliebt hatte und damit für rationale Argumente nicht mehr zugänglich war? Vielleicht hat auch genau das sie so erschreckt.

Rothe ging zu ihnen, nahm einen Koffer in jede Hand und trieb seine Familie damit vor sich her Richtung Gleis, während Daniel einen Schritt dahinter lief. „Warum denn jetzt diese Eile? Ist das überhaupt der richtige Zug? Nehmt doch den nächsten, wieso alles überstürzen?"

„Wie eure Hochzeit, meinst du?", fragte Rothe verächtlich über die Schulter. „Euch täte eine Abkühlung ganz gut."

Der Schaffner rief zum Einsteigen auf.

Daniel wandte sich dann wohl an Doris. „Sie haben mich doch schon erlebt, würden Sie mich denn mit Nadine zusammenziehen lassen? Ich werde alles für sie tun, immer."

Und das hat er. Das war nicht nur so dahingesagt. Er hat es nicht nur in dem Moment so gemeint, wie er es gesagt hatte, sondern Wort gehalten. Das konnte damals nur niemand wissen. Ich war nicht dabei, aber ich würde es allen so gerne heute aus der Zukunft zurufen, aber selbst darauf hätte niemand gehört. Ob ich selber eine Veränderung in Daniels Stimme wahrgenommen hätte, wäre ich dort gewesen? Wer weiß. In diesen zweieinhalb Tagen haben wir uns alle verändert, sind unmerklich gealtert, reifer geworden, freier, erwachsen. Wenn das doch nur die damaligen Erwachsenen ansatzweise gespürt hätten, so Vieles wäre anders gekommen.

Daniel wiederholte es noch einmal, verzweifelter: „Für immer!"

Doris schüttelte den Kopf, Nadine riss sich los und lief jetzt zu Daniel, stellte sich Rücken an Rücken zu ihm, so dass sie weitere Angriffe abwehren konnten. Dabei verschränkten sie die noch immer Reste von Farbe zeigenden Finger ihrer Hände ineinander.

„Wieso hast du sie nicht festgehalten", schnaubte Rothe, der die beiden Koffer in die offene Tür wuchtete.

„Wieso soll ich immer alles ausbügeln, was du verbockst?" Das klang endlich mehr nach der Doris, die ich kennengelernt hatte.

„Steig ein!", schrie Anton zu Nadine, die den Kopf schüttelte.

Als Rothe einen Schritt auf sie zu machte, rotierte Daniel sich in ihrer Verschränkung einfach zwischen sie, so dass er selbst vor ihm stand und nicht mehr seine Tochter. Rothe holte aus und Daniel versuchte noch ungläubig, sein Gewicht so zu verlagern, dass er den Schlag abfangen konnte, aber da war es schon passiert. Lukas war sich nicht sicher, ob ein Zug gepfiffen hatte oder ob das Doris gewesen war, die schrie, auf jeden Fall ging Daniel zu Boden und alle Geräusche waren nur noch wie durch Watte.

Nadine, die mit ins Taumeln gekommen war und nicht gleich begriff oder begreifen wollte, was geschehen war, wurde von ihrem Vater aufgefangen und dann mit beiden Armen hochgehoben. Dabei muss ihr wohl der Ring vom Finger geflogen sein. Sie biss ihrem Vater in die Hand, aber der ließ nicht locker, sondern trug sie so zum Zug. Sie trommelte mit ihren Fäusten auf ihn ein, aber es half nichts.

Lukas rannte zu Daniel, der zu allem Überfluss auch noch unglücklich gestürzt war.

Der Schaffner blies in seine Trillerpfeife und übertönte damit, was Doris schrie, die mit einstieg, als Rothe Nadine an ihr vorbei trug.

Daniel rappelte sich auf, ehe Lukas bei ihm war, die rechte Hand aufgeschürft, mit der er den Sturz abgefangen hatte. Er spuckte Blut auf den Boden und lief zum Zug, doch jetzt stand der Schaffner dort in der Tür und der Zug fuhr bereits an. Wie im Film lief Daniel nebenher und schrie: „Nein! Nein, nein, nein!"

Der Bahnsteig war zu Ende und Daniel, der kein bisschen abbremste sprang auf das Gleis und rief halb erstickt weiter nach Nadine. Er rannte dem Zug hinterher, dessen Tempo er schon nicht mehr halten konnte. „Nadiiin!"

Verdammte Scheiße, ich bin jetzt echt zu spät zur Arbeit gekommen. Und zu essen vergessen habe ich auch. Jetzt knurrt mir der Magen. Schwester Anita war sauer, aber als ich dann meinte, dass wir uns Pizza bestellen, war es wieder gut. Sie zeigte sich überraschend verständnisvoll dafür, dass ich wegen des Schreibens vergessen hatte, zur Arbeit zu kommen. Sie hat nicht mal gefragt worüber, und das muss sie viel gekostet haben, mehr als mich die Pizza. Aber zurück zum Bahngleis.

Lukas stand dort fassungslos und sah seinem Freund hinterher, der da schon auf die Bahnüberführung zulief, hob geistesabwesend den Ring von Nadine auf, steckte ihn ein und dann verschwand Daniel auch schon aus seinem Sichtfeld. „Scheiße", japste er. „Scho wieda laffa."

Er lief an der Bahnhofskneipe vorbei zur Treppe, in der Hoffnung, Daniel nicht aus den Augen zu verlieren. Ich weiß, wie sehr Lukas laufen hasst, aber hier muss er die Beine in die Hand genommen haben, denn er will ihn noch auf der anderen Seite der Brücke gesehen haben, wo Daniel oben weiterlief, während er sich selbst unten durch den hupenden Verkehr kämpfte, um dann am Kindergarten und Kino vorbei runter zur Vils zu laufen, wo er stehen blieb und lauschte. Wahrscheinlich war ihm die Puste ausgegangen.

Die Torbögen der Eisenbahnbrücke müssten sein Keuchen mit einem Echo zurückgeworfen haben. Als er sich auf den Boden sacken ließ, machte es ein feuchtes Geräusch. Es dauerte einen Moment, bis Lukas begriff, dass es gar nicht von seinem Hosenboden kam, sondern etwas in die Vils gesprungen war. Daniel, um genau zu sein. Der Wahnsinnige war von der verdammten Bahnbrücke gesprungen. 20 Meter oder wer weiß wie hoch. Viel zu hoch halt, um zu springen, aber Daniel hat's gemacht. Platsch!

Lukas half dem Häufchen Elend, in das sich sein Freund verwandelt hatte, an Land, wo er sich erbärmlich schluchzend zu einer Kugel einrollte und heulte wie noch nie in seinem Leben.

„I war mia sicher, dass er dehydriert, Johann." Deswegen brachte er ihn danach auch zum Geistler, als sich Daniel in seinen Klamotten wieder trocken geweint hatte, und Lukas wich die ganze Zeit keinen Millimeter von seiner Seite, die gute Seele.

Zum Geistler gingen sie nicht über die Hauptstraße, sondern von den Tennisplätzen her. Das er da war, sah man an seinem Mercedes, der wie üblich vor der Garage stand, die für diese Angeberkarre zu klein war. Geistler bestritt aber vehement, dass er sich da verrechnet hatte und wir zogen ihn ja kaum damit auf. Als die beiden dort vorbeiliefen, pfiff er sie aus der offenen Garage zu sich, wo er uns auch nach Geschäftsschluss schon so manchen Kasten Bier übergeben hatte.

„Hot der Johannes eppa an Matthäus dauft?", fragte er und fügte ein „Es depperte Apostel" mit an. Als er dann sah, in welchem Zustand Daniel war, holte er ihm erst mal einen Schnaps von der Theke und ein Küchentuch zum Abtrocknen, das aber selber tropfnass war.

„Geht's um a Frau?" wollte er wissen, woraufhin Lukas nickte und Daniel wieder zu schluchzen begann. „Des hob i mia denkt."

Er schenkte Daniel noch einmal nach und nahm dann selber einen tiefen Schluck aus der Pulle. „Der greift und lost ned locker", sagte er heiser. „Wia a g'scheids Weibsstück, aber des verstehts no ned."

„Was gibt's denn da nicht zu verstehen?", hauchte Daniel.

„Wennst jung bist, da mogst no Ferrari foarn."

„Daniel versteht nix vo Autos", warf Lukas ein.

„Wart's ob, so vui versteht er a no", beharrte Geistler. „Wennst de Wahl zwischn am Ferrari und am Traktor host, wos nimmst?"

„Häh?" Lukas war überfordert. „An Ferrari."

„Du Depp!", fauchte Geistler. „Ebn ned! Bei schenam Wetter, eh klar, da rauschst mit so am tiefag'legtn Brettl über d'Straß, und ois passt."

„Sog i doch", protestierte Lukas.

„Ja, oba wos machst, wennst in der Scheiße steckst, wia jetzt dei Freind? Do kimmst mit am Ferrari ned weit, und wenna no so vui PS hat. Am Feldweg haut's eam scho den Spoiler weg, d'Radln kriagn an Plattn und de ganze scheene Karre kracht auf d'Felgn", dozierte Geistler triumphierend. „Aber a Traktor, der kimmt überoi hi. Der ziagt de außi. Is vielleicht ned so schee anzuschaugn, und a bisserl langsam a, aber wenn's drauf okimmt, dann ziagta di außi. Aus am Schlamm, aus am Acker, aus der Scheiße. Immer. Und jetzt schleichts eich."

„I hab eam außizogn – wos hoaßt denn nachad des?"

Geistler rollte nur mit den Augen und schloss die Garage.

Recht hatten beide, Lukas und der Geistler. Aus der Scheiße zu ziehen galt es in unserem Fall beide, Nadine und Daniel. Lukas war für Daniel schon zum Traktor geworden und ich musste es für Nadine werden, damit die beiden es ab dann füreinander sein konnten, wie es schon von dem Tag an hätte sein sollen. Aber wer weiß, ob ihre Ehe überhaupt so lange gehalten hätte, wenn sie nicht gleich zu Anfang derart auf die Probe gestellt worden wäre?

Die Nachtschicht ist rum und ich fühle mich noch wach. Ob ich durchmache? Erst mal von Schwester Anita verabschieden.

Eins noch: Ich war nie wieder so maßlos von jemandem enttäuscht wie von Anton Rothe. Weniger als 24 Stunden war er in meinem Leben gewesen. Zuvor habe ich nur viel Gutes über ihn gehört und die Sehnsucht nach ihm und die Angst um ihn beinahe körperlich greifen können. Dann die Freude über die Wiedervereinigung mit seiner Familie, sein einnehmendes Wesen, das Verständnis für Daniel, wie er sich gegen dessen Vater eingesetzt hatte – ich war selbst im Nu Fan geworden. Auch das Gespräch mit ihm war so weit okay gewesen. Aber das, was mir die anderen vom Bahnhof erzählt haben, schien einen völlig anderen Menschen zu beschreiben, als den, den ich kennengelernt hatte. Und wenn es mich schon so schockierte: Wie musste sich das erst für Nadine und Doris angefühlt haben? Ein waschechtes Wechselbad der Gefühle, das dann zusammen mit dem Baby in die Vils ausgekippt wurde.

14.10.19

Fuck it, ich mach durch. Bin noch mal kurz in der Klinik gewesen, zur Grippeimpfung, und habe danach mit den beiden verbliebenen schwarzen Bananen ein Bananenbrot gebacken – jetzt duftet es in der ganzen Wohnung ganz herrlich danach, das ist fast das Beste daran. Ein Hauch vorweihnachtlicher Atmosphäre breitet sich aus, nur frischer. Nüsse, Zimt und Apfel sind darin zu einer wunderbaren, recht klebrigen Angelegenheit verbacken, aber es schmeckt ja trotzdem so gut, dass man sich noch eine zweite Scheibe abschneidet. Und wenig später noch eine.

Beim Rauchen vor der Klinik Doktor Heßler getroffen und mit ihm über Halle gesprochen. Und Österreich. Dazu meinte er, dass der Heintje-Verschnitt nach der FPÖ nun eben die Grünen kaputtmache, was sich dann in zwei Jahren bei uns so ähnlich wiederholen würde. Ich wollte widersprechen, ließ es dann aber bleiben. „Wir machen den Österreichern doch alles nach. Wenn es nur falsch genug ist."
„Beim Antisemitismus haben wir aber gerade wieder die Nase vorn", sagte ich seufzend.

„Das ist eine Abfahrt, da sollte man unsere Nachbarn nicht unterschätzen. Außerdem sind wir noch nicht unten", sagte er müde. „Wir sind in keiner Position, irgendwem Ratschläge zu erteilen."

„Dabei tun wir nichts lieber als das", warf ich ein.

Er nickte. „Die ganzen Friedhofsschändungen bei uns, die Hakenkreuze? Alles längst Alltag, der nur noch ein Schulterzucken oder Kopfschütteln auslöst. Gezielte Provokationen in KZ-Gedenkstätten? Ein bisschen pflichtschuldig Empörung zeigen, fertig. Alles Routine." Heßler kam ein bisschen in Fahrt. „Letztes Jahr in Bonn?"

„Bonn?" Ich runzelte die Stirn. „Was war da noch mal?"

„Der Professor, dem erst die Kippa vom Kopf geschlagen wurde, um danach von mehreren Polizisten überwältigt, verprügelt und fixiert zu werden, als sei er der Täter?"

„Ach das. Ja, ich erinnere mich", log ich.

„Hat zu laut ‚Haltet den Dieb' gerufen. Auf unseren Antisemitismus, Rassismus oder Sexismus wollen wir nicht aufmerksam gemacht werden. Es geht schon längst nicht mehr allein gegen Objekte und um Schmierereien. Damit fängt es an und im nächsten Schritt gewöhnen wir uns auch wieder daran, dass Menschen Gewalt angetan wird. Wegen ihrem Glauben, ihrer Hautfarbe oder angeblich zu kurzen Röcken, von denen man ungewollt schwanger wird."

Ich schwieg und machte meine Zigarette aus. „Was ich nicht verstehe, ist, warum ausgerechnet die Polizei nicht vorbereitet war."

„Wusstest du vor Halle von Jom Kippur, dem Feiertag? Sei ehrlich."

„Ja, aber nur, weil ich es zufällig wo aufgeschnappt habe, im Radio glaub ich. Vielleicht war es auch eine Themenwoche mit Spezialitäten im Angebot ..."

Heßler gluckste verächtlich. „Der Discountmarkt an der Ecke ist besser auf alle möglichen Feiertage vorbereitet als der Polizeikalender. Spätestens beim Lichtfest tappen die Behörden dann wieder im Dunkeln." Er sah zu mir rüber. „Was ist los, ist die Viertelstunde schon rum?"

Ich nickte. „Außerdem hab ich Hunger. Nach Impfungen hab ich immer Hunger. Kann ich dich auf was einladen? Ich weiß, wo man Bagels bekommt. Weil, auch Solidarität geht durch den Magen."

Wir gingen in die *Elia* Bäckerei und kauften welche, aber ehrlich gesagt hatte ich keine Ahnung, wie gut die tatsächlich sind. Wenn das so ähnlich ist wie mit Laugengebäck außerhalb Bayerns, dann gute Nacht. Aber ich fand die lecker, bis mich Heßler darauf hinwies, dass das Versöhnungsfest eigentlich ein Fastentag sei. Da wurde es mir zu einem Kloß im Hals.

Danach redeten wir noch ein bisschen über Musik und er fragte mich, ob ich immer noch am Schreiben sei. Die Antwort muss ihm gefallen haben, denn sein Lächeln straffte ihm sogar die Stirnfalten. So geliftet sah er 20 Jahre jünger aus, genau wie damals, als wir uns kennengelernt hatten. Unsere Gesprächsthemen sind ja auch noch die Gleichen wie vor 20 Jahren: Nazis, Musik und das Schreiben.

Ich habe inzwischen aufgehört, mich zu fragen, wie es wohl wäre, wenn Nadines Vater plötzlich vor mir stünde. Er war ja Arzt, oder ist es vielleicht inzwischen wieder, um genau zu sein. Ich hätte es ja als gerecht empfunden, wenn man ihm die Doktorwürde nach seinem Verhalten am Bahnhof entzogen hätte, aber stattdessen wurde nur einfach seine Ausbildung in der DDR nicht anerkannt. Nadine hatte es uns erzählt, nachdem das alles vorbei und sie endlich mit Daniel zusammen war. Wie hieß das noch, Diplom-Mediziner? Eine gleichwertige Ausbildung halt, die man drüben beim Militär machen konnte. Er sollte noch mal ein Examen ablegen, wenn er hier als Arzt arbeiten wollte. Irgendetwas in der Art. Und Doris hatte bestimmt auch ihre eigenen bürokratischen Hürden zu nehmen, um wieder als Grundschullehrerin arbeiten zu können. Im Vergleich dazu erschien ihnen die Flucht rückwirkend wahrscheinlich beinahe als einfach. Die BRD erstickte sie jetzt in Papierkram und Stempeln, wie sie es ja auch mit uns machte, bis jeder weitere Fluchtreflex unterbunden war.

Da sie aber dringend Geld brauchten, fing er eben an, als Sanitäter zu arbeiten, weil das wohl ging. Zum Glück, denn sonst wären sie wahrscheinlich nicht lange genug in Gießen geblieben, um Nadine und Daniel einander wiederfinden zu lassen. Also war auch das wieder so ein Zufall oder eine schicksalhafte Wendung, ohne die alles ganz anders gekommen wäre. Ich mag es mir gar nicht ausmalen.

Als dann die Mauer fiel, kamen zu den Zweifeln sicher noch Wut und wahrscheinlich auch Gewissensbisse hinzu. Wäre es doch besser gewesen, zu bleiben? Sollten ihre Freunde etwa recht behalten haben? Die DDR von innen heraus zu verändern, anstatt einfach zu gehen? Nicht den Symptomen entfliehen, sondern die Ursachen bekämpfen? Stattdessen saß er zurückgestuft in der Notaufnahme fest und dann verschwand auch noch seine Tochter. Geschah ihm ganz recht.

Was, wenn er in der Zwischenzeit auf Kinderarzt umgeschult hätte? Ob er mich wiedererkennen würde, stünde ich heute vor ihm? Wahrscheinlich nicht. Ich sehe nicht annähernd mehr so aus wie damals. Als er mich zuletzt gesehen hat, trug ich noch eine Brille und lange, gelockte Haare. Naturlocke und offen, weil ich damals Zöpfe bei Männern doof fand, aber schon immer Pferdeschwanz bei Frauen liebte. Wie auch immer, jetzt trage ich Krankenhauskluft, die dünn gewordenen Haare im Zopf und die Stirn höher. Nein, erkennen würde er mich ganz sicher nicht. Aber ich ihn. Oh ja. Diese Augen werde ich nie vergessen. Nadine hat sie von ihm geerbt, das gleiche, lebendige Grün. Selbst wenn sie vom Leben stumpf geworden sein mögen, ich würde sie überall erkennen. Auch Clara und Dennis haben beide diese Augenfarbe und das Leuchten darin geerbt.

Vor ein paar Jahren hatte ich noch Angst vor dieser möglichen Begegnung gehabt, aber inzwischen nicht mehr. Seit die Kinder da sind, bräche es mir wahrscheinlich sogar das Herz, ihn zu sehen. Erst die Tochter zu verlieren (auch wenn man selbst daran schuld war) genügt schon, um daran zu zerbrechen, aber gar nicht erst zu erfahren, dass man Großvater geworden ist? Da versagt mir die Vorstellung. Man könnte es ihm vielleicht sogar ansehen, ob er seiner Tochter inzwischen vergeben hat. Ich kann es mir nicht anders vorstellen.

Irgendwann muss man doch Frieden mit sich selbst schließen, oder man kann nicht weiterleben. Als Arzt wäre es ihm ein Leichtes, den Notausgang zu nehmen, und er würde sich dabei bestimmt nicht so stümperhaft anstellen wie ich mit 15. Aber wer tagtäglich die Wehwehchen von Menschen flickt und dabei immer wieder auch in besorgte Elterngesichter blickt, die einen nach dem Gips oder Wundverband dankbar anlächeln – das macht etwas mit einem. Jedenfalls geht es mir so. Wie viele Stiche hat die Wunde in seinem Herzen gebraucht? Ist sie jemals verheilt? Ich bezweifle es. Sie wird nach außen durchscheinen, ohne jeden Zweifel. Ich würde ihn mit geschlossenen Augen erkennen, weil mein Herz eine ähnliche Wunde trägt. Zugefügt haben wir sie uns beide selbst, mit unserer Eifersucht.

So erkläre ich mir jedenfalls meine Wunde. Natürlich wollte ich auch, dass Daniel glücklich wird, aber warum ausgerechnet mit ihr? Die Frage ist natürlich unfair, denn umgekehrt hätte ich mich ja nur in jemand anderen verlieben müssen. Nadine hat zwar auch an meiner Schulter gelehnt und geweint, aber sie nie so zärtlich berührt, dass ich es nicht einmal gemerkt hätte wie du, alter Freund. Sie miteinander so glücklich gesehen zu haben, tat gleichzeitig gut wie weh, und meine Liebe lief ins Leere.

Ein Vater liebt seine Tochter sicher anders als ich, und ich hätte damals nicht den Mut gehabt, den Daniel bewiesen hat (oder die Dummheit), aber verdammt, Daniel, warum sie? Warum ausgerechnet sie? Ich habe dein Glück gesehen, aber hast du meinen Schmerz überhaupt bemerkt? Wie sehr es mich zerriss? Du hast es nicht gesehen, nicht sehen wollen, bis heute nicht.

Was schreibe ich denn da?

Aber es stimmt ja.

Ich habe nie wieder eine andere so sehr geliebt.

Ich habe sie immer und immer wieder in anderen gesucht, und nie gefunden.

Ich habe deswegen Herzen gebrochen, ohne es zu merken.

Ich habe mich nie von ihr gelöst.

Ich habe ihre Nähe gesucht und dann nicht ausgehalten. Es war einfacher, in den gleichen Räumen zu leben wie sie, wenn sie nicht da war und ich mit Clara und Dennis allein sein durfte. Dann konnte ich so tun, als wäre ich der Mann in ihrem Leben und sie nur auf Geschäftsreise oder etwas in der Art. Von dieser Illusion habe ich gezehrt, und darüber sind inzwischen sogar ihre Kinder erwachsen geworden. Jetzt ist auch das vorbei.

Ihr Traktor bin ich aber nie gewesen, bis vielleicht auf dieses eine Mal.

Der Arm tut an der Einstichstelle ein bisschen weh, aber das wird vergehen genau wie die Erinnerung an Halle. Ich will es nicht wahrhaben, aber es ist so. Bonn hatte ich ja auch vergessen. Sogar ein bisschen die Stadt selber, dabei war ich mal dort. Ich bin mit Bonn als Hauptstadt aufgewachsen, und ich wollte, dass unser Parlament dortbleibt. Symbolisch, demütig. Stattdessen kam der Umzug nach Berlin. Ein Ruck nach rechts, der durch das ganze Land ging und auch den Diskurs dorthin verschob. Damit haben wir wohl auch unsere Immunität eingebüßt. Wenn wir je eine hatten. Vielleicht haben wir uns den Antifaschismus nur eingebildet und stattdessen bloß ein Placebo eingenommen. War die DDR unsere Kontrollgruppe? Hatte hier überhaupt ein Volk den richtigen Impfstoff gekriegt? Und wenn ja, welches? Nur bei einem bin ich mir sicher: Wir haben nicht mehr genügend Antikörper.

15.10.19

Habe wie erschlagen geschlafen. Bin zwar kurz aufgewacht, als gerade die Sonne aufging, dann schnell pinkeln gegangen und sofort wieder eingepennt. Der Traum danach war irgendwie anders.

Ich befand mich wieder in der Schule und suchte Wasser, weil ich einen Brand löschen musste. Im Schulklo ging dann das Licht nicht an, was ich merkwürdig fand, aber ich konnte die Tür mit dem Schuh(!) offen halten, so dass Licht herein fiel, dann kam aber kein Wasser aus dem Hahn. Also bei keinem der beiden Becken, und die Spiegel waren auch weg. Das war ein Zufall zu viel und wenn das passiert, dann ... dann war irgendetwas? Es wollte mir nicht einfallen, aber ich war plötzlich irgendwie aufmerksamer als sonst. Ich wusste, dass da gar kein Feuer war, sondern ein kontrollierter Brand, um den ich mir keine Sorgen zu machen brauchte. Okay. Umso besser. Was wollte ich hier noch mal?

Dann fiel mir ein, dass ich mich hier versteckte, in der Schule. Und zwar vor Nadines Vater. Der war aber Jäger, nicht Arzt, und er hatte das Feuer aus der Ferne gesehen wie ich damals vom Bahnhof aus, und er war auf dem Weg hierher. Keine Ahnung, woher ich das alles wusste, aber ich versteckte mich in der Bibliothek. Als ich mich an ein Regal lehnte, stach mir etwas in den Arm. Ich krempelte den Ärmel hoch und da war eine Tätowierung, ein grüner Fleck, der mich so glücklich machte, dass ich nicht mehr schlafen konnte.

Ich schlug die Decke zurück und war ganz enttäuscht, dass ich keine Schuhe trug. Ich wollte schon unter's Bett gucken, aber dann dämmerte mir, dass ich wach gewesen war. Also im Traum. Irgendwie die ganze Zeit, und dann vor Aufregung leider auch richtig. Mist.

Muss ich den Zwillingen erzählen, ein erster Durchbruch. Kein Klartraum, aber immerhin einer mit Aufklärung. Nur die Tätowierung muss ich auslassen. Nadine hatte Daniel so einen Klecks auf den Oberarm gemacht, wenn auch in blau. Den Teil muss mir niemand übersetzen.

Anscheinend finden immer mehr Elemente aus meinen aufge-schriebenen Erinnerungen einen Weg in meine Träume, ganz klar mit dem Feuer, und über Anton Rothe habe ich doch auch nachgedacht. Warum eigentlich? Wohl der Väter wegen. Passt ja: Fehlende Väter, der Mangel an echten Autoritäten in der Schule und so weiter.

Ob das heißen soll, dass ich mich in der Schule vor den Vaterfiguren verstecke? Immerhin waren wir dort vor ihnen sicher, vor allem Daniel, und der hatte dort in Talmüller ja sogar so etwas wie einen Ersatzvater.

Für Lukas war Geistler Ersatzvater, später dann auch der Gschwendtner, weil der die gleiche sentimentale Verbundenheit mit dem Flüchtlingslager am Bergerparkplatz zeigte wie wir. Sein beherztes Handeln hatte ihn ja zum Bürgermeister gemacht und er kam immer wieder darauf zurück. Deswegen nannte ich ihn immer „unseren Tor zur Freiheit", was Lukas überhaupt nicht witzig fand. Und eins musste man ihm lassen, er gab keine Ruhe, ehe nicht ein Stück Mauer an der Vils stand, weil ihm die feierlich eingeweihte Plakette auf dem Bergerparkplatz nicht genügte.

So viel Durchhaltevermögen hatte Lukas' leiblicher Vater nicht mal im Ansatz bewiesen. Der strahlte überhaupt keine Autorität aus, also suchte er sie woanders und fand sie in unserem philosophierenden Metzger. Man hätte es auch schlechter treffen können.

Und ich ... nun, mein Vater hatte uns sitzenlassen. Das war so ähnlich wie bei Lukas, und doch anders. Er wusste ja, wo er war: in Eging. Meiner war weg. Dachte ich jedenfalls lange. Bis der Brief vom Anwalt kam und

Mutter noch in der Arbeit war. Es ging um Alimente, die er natürlich nicht zahlte. Den Brief hatte ich über Wasserdampf vorsichtig geöffnet, darin eine Adresse gefunden, die ich mir aufschrieb, und dann mit zittrigen Händen den Brief wieder verklebt und zurück in den Briefkasten getan. Dann hielt ich es nicht mehr im Haus aus und lief die Ortenburger Straße hoch, dann runter und aus Vilshofen raus. In Zeitlarn hatte ich mich wieder einigermaßen gefangen, lief aber noch den Berg hoch und weiter bis zu den Schotterwerken. Dort sah ich eine Weile den Lastern zu und fuhr irgendwann per Anhalter mit einem zurück.

Davon habe ich Mama bis heute nichts erzählt. Das war, als mir noch die Adern schmerzhaft an den Handgelenken pulsierten, wenn ich mich aufregte. Sie hätte sich Sorgen gemacht, und zu Recht. Erst hatte sie mich vor dieser Information beschützt und danach ich sie. Damit sind wir hoffentlich quitt.

Nein, mein Vater war nicht da und einen Ersatzvater habe ich nie gehabt. Vielleicht am ehesten mit Uwe Suchomel. Oder jetzt mit Dr. Heßler. Ja, da ist was dran. Besser spät als nie.

Es gibt immer so verdammt wenig Auswahl an männlichen Vorbildern, denen man auch noch als Erwachsener nacheifern möchte. Für einen Jungen reichen erst mal Helden und Abenteurer, Kämpfer für Gerechtigkeit und Freiheit. Wo waren denn die tollen Männerfiguren in meiner Kindheit? Pan Tau? Winnetou? Morris Buttermaker? Die hatten schon was, nur waren die alle keine Väter. Vaterfiguren gab es schon viele, aber die ähnelten unseren eigenen leider erstaunlich und ließen sich kaum zu Hause blicken.

Dass Daniel am Bahnhof vorgeschlagen hat, arbeiten zu gehen, hätte ein Argument seines Vaters sein können. Um genau zu sein, war es das ja auch, denn sie waren den Sommer über gemeinsam zur Arbeit nach Aunkirchen gefahren, also ins Gewerbegebiet dort. Wobei sein Vater beim *Emmer* arbeitete und Daniel beim *Zeisler*. Das hatte ihr Verhältnis erstmalig etwas entspannt, weil der Vater glaubte, der Sohn käme langsam zur Vernunft, würde in seine Fußstapfen treten oder so was in der Art. Auf jeden Fall würde ihn der Knochenjob beim Zeisler von seinen Hirngespinsten mit der Musik befreien. Tat es natürlich nicht. Er machte den Job ja deswegen, um sich die Gitarre kaufen zu können, von der er träumte: eine *Fender* Telecaster, butterfarben. Was mich ein bisschen wunderte, denn Alex Lifeson spielte doch 'ne *Gibson*? Das Geld reichte aber weder für die eine noch die andere, aber immerhin ein Nachbau inklusive kleinem Verstärker war drin. Alles, was er sich zu Hause jahrelang hatte anhören müssen, konnte er jetzt übertönen. Wenn auch nur bei mir im Proberaum.

Ha! Und ob wir noch alternative Vaterfiguren hatten! Neil, Geddy und Alex! Mein Traum war es ja gewesen, genauso ein Powertrio zu werden wie die drei, als sie mehr oder weniger in unserem Alter waren und zu *Rush* wurden. Inzwischen sind sie ja locker alt genug, um unsere Väter zu sein, aber eben solche, für die man sich nicht schämen musste, sondern im Gegenteil – auf die man stolz sein konnte. Sie sind gemeinsam erwachsen geworden und erfanden sich dabei musikalisch immer wieder neu, wenn sie wieder einmal alles ausgereizt hatten, und blieben allen Veränderungen zum Trotz doch unverkennbar die gleiche Band.

Gerne hätte ich sie gefragt, wie sie es damals angestellt hatten, dass alles so zusammenkam, denn bei uns ging gar nichts zusammen. Andererseits war ja auch nicht Neil von Anfang an dabei gewesen. Erst mit ihm starteten sie wirklich durch. Wir hatten immer noch mehr Meinungen als Bandmitglieder. Daniel wollte immer, dass wir auf Englisch singen, also er, Lukas hingegen Coverversionen spielen, aber auf Bayerisch oder zur Not eingedeutscht, und ich endlich Musik machen, anstatt zu diskutieren – gerne nur instrumental, Hauptsache spielen.

Wir hätten es wie *Rush* machen müssen, einfach mit irgendetwas anfangen, und wenn einem ein Stil langweilig wurde, änderten man eben die Richtung. So wurde bei ihnen aus Hardrock Progressive Rock, dann experimentierten sie mit Synthesizern und ihre Musik wurde radiotauglich, ja sogar poppig. Jetzt, 20 Jahre später, waren sie wieder beim Hardrock angekommen, aber doch so ganz anders als damals. Als würde sich ein Kreis schließen, nur weiter oben als man angefangen hat.

Bei uns ging alles querbeet durcheinander und wir konnten uns für überhaupt nichts entscheiden. Vielleicht war das mit der Band nur mein Traum gewesen und gar nicht der von Lukas und Daniel?

Rush sind mehr als 40 Jahre zusammengeblieben, und als Familie sogar noch länger, nur ohne den Streit dabei. Eigentlich waren sie das für mich: meine Idealvorstellung von einer richtigen Familie. Blut mag dicker sein als Wasser – aber kaltes klares Wasser, das einen erfrischt, reinigt und trägt, wenn man sich darauf treiben lässt, ist auch nicht zu verachten.

Blut wird da überbewertet. Es tritt aus Wunden aus, wenn man sich in der Familie Verletzungen zufügt, da ist nix mit Geborgenheit. Aber womit spült man Wunden aus? Eben. Wenn ich zwischen Blut und Wasser wählen müsste, wäre es immer Wasser. Man kann mehr Wasser herunterschlucken als Blut. Außerdem widerspricht sich ja Familie und Freundschaft gar nicht. Daniel und Lukas waren meine Familie, auch wenn es mit der Musik nicht klappen wollte. Wir ließen eigentlich nur das Musizieren weg, unsere Freundschaft war so dick und dünn wie die von *Rush*. Sie waren für mich immer da gewesen, mein Vater nicht.

Als die Tochter von Neil bei einem Unfall ums Leben kam und wenige Jahre später seine Ehefrau an Krebs, fand er auch dank seiner Bandfamilie wieder einen Weg zurück ins Leben. Das sind die Familien, zu denen ich aufsehe, die füreinander da sind und sich stützen, auf die man sich immer verlassen kann.

Jetzt, da Nadine weg war, mussten wir Daniel stützen, und wir wussten einfach nicht wie. Auch bei uns pausierte die Band, lag auf Eis – und das tut sie bis heute. Als Daniel Vilshofen hinter sich ließ, hatten wir noch keine Songs, die wir hätten spielen können, um uns an ihn zu erinnern. Nichts war jemals fertig geworden und so klaffte nur eine riesige Lücke in unserer Mitte. Neil war wieder zur Band zurückgekommen, wir konnten nicht einmal zusammenbleiben. Erst verließ uns Daniel, wenn auch unter unserer Mithilfe, dann ich. Also ist der Vergleich hier doch gar nicht so abwegig? Neil brauchte seine Freunde, um überhaupt wieder wo ankommen zu können, und wir halfen Daniel dabei, uns zu verlassen. Andererseits haben ihn ja auch Alex und Geddy nicht gehalten, sondern auf ihn gewartet, wir haben nachgeholfen.

Ups, Telefon.

Die Zwillinge. Der Laptop war aus, deswegen hat weder *Skype* noch *Hangout* gebimmelt. Das kommt davon, dass ich alles auf der Semmel schreibe und sogar die Anfänge rüberkopiert habe. Sie verstehen nicht, weshalb ich die nicht dort installieren will, aber ehrlich gesagt, bin ich froh, dass da mal nichts klingelt.

Sie riefen wegen Weihnachten an. Ob ich zu ihnen nach Berlin kommen wolle. Das hat mich ein wenig auf dem falschen Fuß erwischt. Ich meinte, ich würde meinen Dienstplan angucken müssen, so habe ich mir etwas Bedenkzeit erkauft. Denn ich weiß längst, dass ich Mitte November wieder in den Tagdienst wechsle und Weihnachten frei habe. Erst Silvester werde ich wieder arbeiten.

Vor Schreck habe ich glatt vergessen, ihnen von dem Klartraum zu erzählen, verdammt.

18.10.19

Zwei Tage habe ich jetzt über das Weihnachtsproblem nachgedacht. Mama ist da eh wieder im Altenheim, dekoriert und hilft und macht, während die Bewohner, die darauf Wert legen zur Kirche und zurückgekarrt werden. „Wenn sie Glück haben", wie meine Mutter immer anmerkt. Mit Kirche brauchte man ihr nicht kommen. Spätestens als Papa nicht wiederkam, war auch ihr Glaube an diese Institution auf Nimmerwiedersehen verschwunden. Ja, es gab zwar hier und da Unterstützung für sie als Alleinerziehende, aber doch mit einer unterschwellig mitschwingenden Schuldzuweisung als Zugabe. Als wäre das eine Strafe von Oben gewesen, für etwas, das sie getan hätte. Denn mein Vater war ja weg, damit galt für ihn wohl die Unschuldsvermutung, oder was weiß ich. Auf jeden Fall machte meine Mutter mit der Täter-Opfer-Umkehr Bekanntschaft. Wieder einmal. Und auch wenn sie damals ihren Ärger und die Wut mir zuliebe runterschluckte, vergeben hat sie es ihnen nie, weder den Institutionen noch meinem Vater.

Nein, für Mama war es wichtig, für diejenigen da zu sein, die einen brauchten. Von daher würde sie mich unter Garantie dazu ermuntern, nach Berlin zu fahren. Wahrscheinlich nicht einmal deswegen, weil die Kinder ihren Patenonkel so lange nicht gesehen haben, sondern umgekehrt. Sie sah mir an der Nase an, wie sehr mir die beiden fehlten. Sie hatte ja auch beobachtet, wie gut sie mir in den letzten Jahren getan haben, als sich so etwas wie Stabilität bei mir eingestellt hatte. Und sie hat nie wegen Enkelkindern gequengelt, nicht ein einziges Mal. Obwohl ich weiß, dass sie jede Anzahl Kinder mit offenen Armen empfangen hätte. Nur war ihr eben noch wichtiger, dass sie mir da nicht reinredete. Zur Vaterschaft kann man sich auch genötigt fühlen, weil man die zur Karriere braucht, und wenn man nicht mit Kindern kann, dann bleibt man halt länger im Büro.

Mama hat mich jedenfalls nie zu etwas gedrängt, weder zur Karriere noch zum Kind. Und nicht nur meinetwegen, sondern auch wegen der möglichen Mutter ihrer Enkel, die nicht das Gleiche durchmachen sollte wie sie. Vom Kind natürlich ganz zu schweigen. Denn sie wusste nicht einmal, wie sie sich einen guten Vater vorstellen sollte. Weder aus ihrer eigenen Kindheit noch bei mir. Sie hat auch nie versucht, aus mir den Vater zu machen, den sie sich für mich gewünscht hätte. Ich war keine Ersatzbeziehung, die fand sie ja in ihrer Arbeit und Trost in den Erzählungen von noch beschisseneren Ehemännern, die geblieben waren, anstatt zu gehen.

Worüber ich mir den Kopf zerbrochen habe, war der Gedanke, Nadja und Daniel zu fragen, ob ich Mama vielleicht mitbringen könnte. Denn sie fragt mich eigentlich jedes Mal nach Clara und Dennis. Auch wenn sie es nie gesagt hat, ich glaube sie würde sich sehr freuen, sie einmal in echt kennenzulernen. Als hätte ich nicht schon genug daran zu kauen, wie ich damit umgehen soll, mit Nadja mehrere Tage unter einem Dach zu sein. Sie schlafend in meiner Nähe zu wissen, ihre Anwesenheit in der gleichen Wohnung zu spüren. Nicht nur in den Gegenständen, sondern tatsächlich da, warm und atmend – ich glaube, das würde mich zerreißen.

Clara und Dennis haben bestimmt nichts dagegen, denn das wäre ja fast mal so, als käme Oma zu Besuch – eine Erfahrung, die sie aus verständlichen Gründen bisher nie machen konnten. Nadja ließe sich wohl auch überzeugen, aber Daniel ... die beiden kennen sich von früher schließlich mehr als gut. Diese Vertrautheit würde man ihnen auch ansehen. Das war kein Start bei null.

Aber ohne Begleitung halte ich es dort nicht aus und heule mich in den Schlaf. Jede Frau in meinem Bett vergleiche ich unweigerlich mit ihr. Und wenn ich jemand anderen mitbringe? Vielleicht spekulieren sie sogar genau darauf. Oder schlimmer, wenn nicht, dann werden sie versuchen, mich mit wem zu verkuppeln! Ach du Scheiße, es wird einfach immer schlimmer, je mehr ich darüber nachdenke.

Ob ich Birgit ... Nein. Nein! Auf keinen Fall. Die Ähnlichkeit würde allen ins Auge springen. Wie sollte ich mich da denn bitteschön rausreden? „Ach, jetzt, wo du es sagst. Ja, tatsächlich, man könnte euch für Zwill... für Geschwister halten!" Uff.

Aber wen könnte ich dann fragen ... Heßler? Der würde wegen der Kinder nicht mitwollen. Die erinnern ihn zu sehr an den Job. Himmel, seine Bude hat kaum Fenster vor lauter Büchern. Der ist glücklicher, je weniger Menschen er um sich herum hat, und da soll ich ihn ... Nein. Die älteren Kolleginnen sind alle verheiratet und die Jüngeren alle chronisch auf der Suche nach dem Einen, und da müsste ich sensible Vorarbeit leisten, damit die Frage nicht so aus dem Nichts käme.

Bleibt eigentlich nur Lukas. Das wäre zwar praktisch, aber das kann ich wiederum ihm nicht antun. „Du, komm, lass uns Weihnachten gemeinsam in Berlin verbringen. Zusammen mit Nadja und Daniel. Ach ja, und mit ihren Kindern, die wir dir gegenüber irgendwie siebzehn Jahre lang vergessen haben überhaupt zu erwähnen."

Doch, Moment mal! Andersherum muss ich es machen! Nicht mit Lukas nach Berlin, sondern ich muss zu Lukas anstatt nach Berlin. Aber dann müsste ich ja nach Vilshofen. Nun gut, dass ist eine Kröte, die ich schlucken kann. Warum auch nicht? Ich häng dort doch jetzt gedanklich schon seit Wochen rum. Dann kann ich auch gleich hinfahren. Lukas wird begeistert sein.

So, ich habe ihm eben eine E-Mail geschrieben und ihm den Vorschlag gemacht. Danach habe ich gekocht. Ein Leibgericht der Zwillinge – wie fast alles, das hier auf den Tisch kommt. Eigentlich habe ich erst gemeinsam mit ihnen meinen Gaumen trainiert. So als Ausgleich und Korrektiv zu meinen durch die Raucherei verkümmerten

Geschmacksnerven. Wie viel man aus Nudeln mit Tomatensoße herausholen kann, hätte ich nie gedacht. Da bin ich einerseits Freund der einfachen Variante, bei der man die guten Dosentomaten mit Butter und einer in zwei Hälften geteilten Zwiebel über 'ne halbe Stunde vor sich hin köcheln lässt. Andererseits, wenn es schneller gehen muss, brate ich eine kleingeschnippelte Zwiebel und zwei Knoblauchzehen in Olivenöl an, gerne mit gehobelten Mandeln dran, ehe ich alles mit einem Spritzer Essig für eine leicht saure Note ablösche. Wein ist mir dafür einfach zu schade und bei Kindern war mir nie wohl damit. Dann ein Glas Tomatenmark – na ja, für mich allein tut's auch ein halbes –, ein Teelöffel Dijon-Senf sowie ein halber griechischer Joghurt, nur nicht zu viel, damit er später im Geschmack nicht dominiert. Das habe ich ohne Abschmecken im Gefühl, und wenn man mag, kann man Kindern da jetzt auch gut ein bisschen Gemüse reinschmuggeln und durchgaren, Maiskörner oder so. Ich hatte keins mehr im Kühlschrank, daher dieses Mal ohne. Nebenher natürlich schon die Nudeln im kräftig gesalzenen Wasser haben, damit man die Soße eventuell mit einem Schuss vom Nudelwasser verdünnen kann, falls sie zu dolle eindickt oder man möchte, dass die Spaghetti ordentlich rumspritzen. Dann noch Oregano und Pfeffer rein, und wenn was davon noch nicht lange genug mitgeköchelt hat, halt mit Majoran nachwürzen. Fertig. Nudeln abgießen, unter keinen Umständen „abschrecken", sondern sofort eine heiße Portion auf den Teller, ordentlich Soße dran, Parmesan drüber reiben und mampfen.

Hmm, den Rest Soße habe ich gleich mit dem Löffel und 'ner Scheibe Brot aus dem Topf gekratzt. Da ich auch deswegen zu viele Nudeln hatte, habe ich an den Rest ein bisschen Olivenöl getan, damit sie nicht verklumpen. Die haue ich mir dann morgen mit Schinken und Ei in die Pfanne, gewürzt mit einem großen Spritzer Maggi oder Tabasco. Oh, Telefon.

Schon wieder die Zwillinge, die mich gleich erfolgreich damit aufzogen, dass ich den Laptop nicht an hätte. Aber das stimmte gar nicht, ich hatte doch eben noch eine E-Mail an Lukas geschrieben. Dann bemerkte ich, dass der Akku leer war und sich das Ding selbst ausgeschaltet hatte. Na prima. Aber die Verteidigung ließen sie nicht gelten.

„Warum machst du das nicht am Tablet?", wollte Clara wissen.

„Ich mag da keine Ablenkung drauf haben. Wenn die E-Mail-Benachrichtigung auf dem Laptop im Nebenzimmer ankommt, kann sie dort auf mich warten, aber nicht wenn sie auf dem Ding eingeht, das ich gerade in der Hand hab", erklärte ich umständlich. Die zwei kicherten, weil sie sich immer köstlich über meine auf sie absurd wirkenden Angewohnheiten amüsierten.

„Wer ist Lukas?", fragte Dennis, und mir entglitten die Gesichtszüge. Hatte ich etwa seinen Namen gerade laut gesagt? Muss ich wohl. Wie gut, dass das kein Videogespräch war.

„Ach, ein Schulfreund von mir und ... den ich lange nicht gesehen habe."

„Von dem du uns früher öfter mal Sachen erzählt hast?", fragte Clara.

„Wie das eine Mal, als er ein Feuer in der Wohnung gemacht hat?", warf Dennis ein.

Stimmt, ja. Ich habe ihnen früher manchmal Erinnerungen erzählt, aber da waren auch Anekdoten von Daniel dabei gewesen, nicht allein welche von Lukas. Aber jetzt war sein Name raus. Also trat ich die Flucht nach vorn an. „Ja, genau der."

„Oh, ich finde es toll, dass ihr noch Kontakt habt", freute sich Clara.

„Ich auch."

„Muss toll sein, wenn man schon so lange befreundet ist."

„Ist es auch, und weil wir uns so lange nicht gesehen haben, werde ich über Weihnachten zu ihm fahren."

„Och, nö!", jammerte Dennis.

„Smörre! Wir haben zuerst gefragt."

„Nehmt es mir nicht übel, ich würde euch ja auch gerne wiedersehen."

„Kann dieser Lukas nicht warten?", wollte Clara wissen.

„Normalerweise schon", gab ich zu. „Aber er braucht meine Hilfe."

„Wir auch, du kannst uns nicht mit Mama und Papa alleine lassen", nörgelte Clara.

„Ach, auf einmal? Im Sommer wolltet ihr weder was von ihnen noch von mir wissen."

„Was ist denn so wichtig?", fragte Dennis.

„Er ... bekommt ein Kind, also seine Freundin, und ..."

„Du ersetzt uns durch ein jüngeres Kind!", empörte sich Clara.

„Nein, so kann man das nicht ... na ja, vielleicht doch. Aber so ist es nicht."

„Scheiße", sagte Dennis unverblümt. „Dann bringt Clara bestimmt als nächstes Mario ins Spiel. Aua!"

„Also eigentlich erwähnst du ihn immer als Erster", wechselte ich dankbar das Thema.

„Genau, der ist nur eifersüchtig! Du glaubst gar nicht wie sehr."

Dann erzählte ich ihnen noch von meinem ersten Erfolg mit einem Klartraum. Also dem einzigen. Sie waren begeistert und ermunterten mich dazu, das weiterzuverfolgen. Nur auf meine Frage, ob ich mir jetzt ins Bett Schuhe anziehen sollte, wussten sie erst mal keine Antwort.

„Na, wenn du dich dran gewöhnst, eigentlich immer Schuhe anzuhaben ...", überlegte Dennis laut.

„Aber in Träumen träumt man doch selten vom Schlafen, oder? Da ist man doch eigentlich immer wach, also müsste man dort immer Schuhe anhaben."

„Und wenn man am Strand ist?" Dennis war nicht überzeugt.

Ich konnte förmlich hören, wie Clara überlegte. „Flossen vielleicht?"

„Ist ja gut", sagte ich. „Ehrlich gesagt träume ich öfter vom Schlafen als vom Schwimmen."

„Echt?", fragte Dennis mißtrauisch.

„Ja, aber das ist ein Nebeneffekt von den Nachtschichten, nichts Psychologisches."

„Willst du jetzt wirklich Schuhe ins Bett anziehen?" Clara schien allein der Gedanke ganz neue Möglichkeiten zu eröffnen.

„Warum denn nicht? Keine Straßenschuhe, ist ja klar. Aber ich könnte ein Paar meiner Turnschuhe in die Waschmaschine schmeißen und dann die nehmen?"

„Du klingst selber nicht gerade sehr überzeugt", befand Dennis.

„Bin ich auch nicht."

„Wieso warst du überhaupt barfuß in deiner alten Schule?", wollte er wissen.

„Ich ... weiß es nicht, das will ich ja gerade herausfinden."

„Und woran erinnerst du dich in der Schule noch? Jedes Detail zählt und hilft dir dann beim Klarträumen", erklärte er mir zum wiederholten Male.

Damit konnte ich dienen, also erzählte ich es den beiden. Bis auf das mit der Tätowierung.

Als ich den Laptop gerade ans Netzteil angeschlossen habe, piepte gleich die Inbox. Lukas hat mir schon zurückgeschrieben! Eigentlich hat er wohl sogar angerufen, aber es war halt die ganze Zeit besetzt. Er ist begeistert von der Idee und platzt jetzt schon vor Vorfreude. Ich habe lange nicht mehr das Gefühl gehabt, etwas richtig zu machen, aber jetzt war ich mir sogar sicher.

21.10.19

Eigentlich wollte ich mich schon die letzten Tage ein bisschen auf Nachtschicht einstellen, hab's dann aber doch wieder gelassen. Immerhin war ich diesmal so schlau, Äpfel anstelle von Bananen zu kaufen. Spekulatius gab's auch schon. Mag ich zwar nicht sonderlich, aber Schwester Heide umso mehr. Also alles eingepackt und einen kleinen Herbstspaziergang gemacht, anstatt mit der Campusbahn zu fahren. Die ist immer noch so neu, dass ich mich darin unwohl fühle. Hat vielleicht auch was mit Trotz zu tun, da doch hier einige so stolz auf die Eisen- und Straßenbahngeschichte sind, während es in Vilshofen nix dergleichen gab. Gut, zur Schule hatte ich es nicht weit, und alles andere in der Stadt ließ sich theoretisch gut zu Fuß oder mit dem Rad erreichen. Aber jede Mitfahrgelegenheit wurde gerne angenommen.

In der Klinik gab's direkt ein paar Überraschungen: Die Topfpflanze auf der Ablage blüht. Im Oktober! Natürlich rosa. Ob das von der Tee-Diät kommt, der sie unfreiwillig ausgesetzt war? Dann hätte ich den Mist lieber geschluckt, als jetzt rosa Blüten vor der Nase zu haben. Wir sind doch so schon von Hauttönen umgeben. Ich habe vergessen wie das Grünzeug heißt, es war was mit Bergen, glaube ich, und da gibt's auch weiß blühende Varianten. Edelweiß? Bin doch kein Botaniker. Mein Umgang mit Pflanzen beschränkt sich darauf, dass ich sie esse oder rauche und fertig. Immerhin sieht mich niemand schräg an oder vermutet, dass ich etwas damit zu tun hätte. Stattdessen freuen sich alle an dem Farbtupfer. Sind die blind, oder was?

Die andere Überraschung wiegt ohnehin schwerer: Ich brauche keine Schlüsselrunde mehr drehen, weil die seit ein paar Tagen ein FSJler übernommen hat. Ihm ist alles gezeigt worden und jetzt habe ich den rosa Salat. Ich könnte der Bergblume die Blätter ausrupfen.

Wo war ich eigentlich stehen geblieben? Richtig, außer Puste am Gymnasium, nachdem ich vom Bahnhof aus hingerannt war. Weit und breit keiner der Gesuchten zu sehen. Also rang ich kurz nach Atem und trabte weiter zum Lager, aber dort war auch niemand. Also voll wie Sau, aber keine Nadine, keine Rothes, kein Lukas, kein Daniel. Ich wollte eigentlich wieder zum Bahnhof, aber die Kollegen brauchten meine Hilfe bei der Essensausgabe, da konnte ich schlecht Nein sagen. Alles zog sich und ich war gar nicht richtig bei der Sache, bis plötzlich der Beamte vom Bundesgrenzschutz vor mir stand, der Anton Rothe gefahren hatte. Nicht dass ich das vorab gewusst hätte, aber ich konnte es seinen Worten entnehmen.

„Die sind uns echt entwischt, mit dem Trabi", berichtete er seinem Kollegen.

„Hast du zu schalten vergessen, oder wie ist das möglich?"

„Haha, nein. Die sind auf einer Landstraße parallel zur Bundesstraße gefahren. Aber es kommt noch besser. Ey, danke, es reicht schon!"

Ich hatte ihm wohl sein Schnitzel unter einem Riesenhaufen Kartoffelbrei begraben. Möglicherweise lag aber nicht mal eins drunter, was ich lieber für mich behielt.

„Während wir gewendet haben, sind die auf eine Fähre gefahren, die vor unserer Nase abgelegt hat", fuhr er fort. „Ich dachte erst, der springt mir in die Donau, der war nicht zu beruhigen."

„Und dann?"

„Dann saßen sie in der Falle und ich habe die Polizei verständigt, die haben sie dann auf der anderen Seite abgefangen."

„Und dann?", platzte es aus mir heraus und die beiden sahen mich entgeistert an.

„Dann sind sie zum Bahnhof wie wir auch und in den Zug eingestiegen, wie geplant. Ende der Geschichte." Damit nahm er sein Tablett und die beiden setzten sich weit genug weg, dass ich nichts mehr hören konnte. Aber ich wollte nichts davon wahr haben. Nein, nein, nein! Scheiße, nein! Waren Daniel und Lukas etwa mitgefahren? Und wenn nicht, wo waren sie abgeblieben? Was hätte ich damals für ein Mobiltelefon getan, um sie anrufen zu können. Stattdessen tappte ich im Dunkeln.

Alles verdüsterte sich.

Auch Uwe war merkwürdig blass gewesen. Als ich ihn darauf ansprach erzählte er mir, was ihm gestern vom Geheimdienst gesteckt worden war. Seine Presseauftritte wären denen drüben nicht verborgen geblieben und darum gelte er jetzt als Staatsfeind.

„Ausgerechnet du?", fiel ich ihm ins Wort. „Aber du hast doch nur deinen Job gemacht, daraus können die dir doch keinen Strick drehen!"

„Anscheinend doch."

Und genau der lästigen Pflicht wegen, auf die er liebend gerne verzichtet hätte: Pressearbeit. Was es für ihn aber überhaupt erst schlimm machte, war, dass er nicht wusste, ob deswegen seine Tante drüben jetzt Repressalien ausgesetzt war. Er wusste nicht, ob er sie jemals wiedersehen würde, nur weil er hier Menschen in Not half, wie er es schon sein ganzes Berufsleben lang getan hatte. Und warum hat dieser Agent ihm das überhaupt mitteilen müssen? Ich verstehe die Motivation dahinter nicht – und nur weil sie es wussten? Seit wann muss ein Geheimdienst denn alles aussprechen, was er weiß? Spricht deren Berufsbezeichnung nicht für das genaue verdammte Gegenteil? Wahrscheinlich haben sie sich nur gelangweilt, weil sie die einzigen waren, die bei uns nix zu tun hatten. Also verbreiteten sie ein bisschen Angst, um ja nicht einzurosten, diese Arschgeigen. Als hätte Uwe den Kopf nicht schon mit genug anderem Kram voll gehabt.

Alles kippte an diesem Tag und auch der Ärger mit den Jobvermittlern ging weiter. Die lockten die Opfer für ihre Anwerbungsversuche eben vorher aus dem Lager raus. Es war zum Verzweifeln.

Ach ja, gestern hatte mich noch Daniel in seiner Mittagspause vom Handy aus angerufen und sich darüber beschwert, dass ich den beiden vom Vilshofener Gymnasium und Lukas erzählt hatte.

„Träumst du denn auch noch von der Schule?", fragte ich zurück.

„Was? Das tut doch jetzt nichts zur Sache. Erst rutscht dir das mit Nadine raus und jetzt auch noch Lukas? Was ist denn in letzter Zeit los mit dir?"

„Ich hab's doch versucht zu erklären, ich schlaf schlecht. Wegen der Träume. Dann haben mir deine Kinder erzählt, wie ich dem mit Klarträumen auf den Grund gehen kann."

„Claraträume?"

„Die gibt's wirklich, ich hab auch Ärzte bei mir in der Klinik gefragt, ob einer nicht zufällig Schlafforscher kennt, die einen Versuchsschläfer suchen. Bis da was frei wird, bin ich auf mich selbst gestellt. Jetzt haben mich deine beiden nach meinen Fortschritten befragt, und ich hab's ihnen erzählt. Das mit den Schuhen."

„Ich dachte, du warst barfuß – was denn auf einmal für Schuhe?"

„Soll ich dir das jetzt auch noch mal alles erzählen?"

„Ehrlich gesagt nein", schnaubte Daniel, dessen Ärger sich langsam verzog. „Ich hab ja geglaubt, dass Lukas als Erster von uns Vater wird."

„Haha, dann fehle jetzt also nur noch ich, oder wie?"

Daniel schwieg.

„Hallo? Bist du noch dran?"

„Ja", erwiderte er kühl.

Ich fuhr gähnend fort. „Mir wäre es lieber gewesen, du hättest es von ihm selbst erfahren, aber … ja, wieso hat er das wohl nicht gemacht, hm? Hast du ihn denn schon angerufen?"

„Sehr witzig, Johann. Du weißt, es ist nicht seinetwegen, sondern wegen dem ganzen Rattenschwanz an Lügen, den die Sache inzwischen nach sich zieht. Die Kinder glauben uns dann gar nichts mehr."

„So ein Blödsinn", widersprach ich. „Gib's zu, es ist einfach nur bequemer so, und du hast Schiss."

„Natürlich hab ich Schiss! Was glaubst du denn?"

Wir schwiegen.

„Bei mir ist sie nicht leer", sagte Daniel leise.

„Was?"

„Wenn ich von der Schule träume. Wir sitzen still im Klassenzimmer, die Glocke hat geläutet und der Lehrer ist noch nicht da. Mich wundert gar nicht, dass unsere Tür schon zu ist, verstehst du? Da ist keiner von uns draußen auf dem Flur, oder wenigstens an der Tür und lauscht, ob er kommt. Ich weiß, dass es ein ‚er' ist, weil es eine Englischstunde ist, beim Geiger. Oder war's Geschichte? Jedenfalls vergeht Minute um Minute, keiner sagt was, und dann sind alle wie aus gebranntem Ton und ich weiß, dass ich drankomme, weil ja nur ich atme, und ich bin nicht vorbereitet und dann höre ich Schritte durch die Tür, eigentlich viel zu laut, und ..."

„Ist ja gut, Daniel", versuchte ich ihn zu beruhigen.

„Nach all den verfickten Jahren, habe ich immer noch Sätze von diesem Arschloch im Ohr. ‚Last but not least.' Wer das ‚but' auch nur einmal vergisst, dem reißt er den Arsch auf."

„Den but-butt."

„Ja, und jedes Mal, wenn ich es höre, dann hat mein ‚but' da zwei ‚t' und ich denke an dieses Arschloch."

„Find ich jetzt nicht so schlimm."

„Und deswegen fährst du diese Weihnachten nach Vilshofen. Wegen Lukas und ..."

„Sandra heißt die Glückliche."

„Ganz bestimmt?"

„Jaha, hab nachgeschaut und es mir auf den Handrücken geschrieben, zum Einüben."

„Ah, clever. Ist das Kind denn schon da?"

„Termin ist im Frühling." Ach verdammt, ich Idiot.

Ich hörte Daniel schlucken. Nach einer Pause fuhr er fort: „Dann hab ich noch ein bisschen Zeit. Gibst du mir noch mal seine Nummer? Ich hab die aus ... also ich finde die nicht mehr. Und ich verspreche nichts, hörst du?"

Yes, Jackpot, Bingo, Lotto!

„Ich schick sie dir gleich als SMS."

„Wieso nicht die Visitenkarte? Ach, mach wie du's kannst. Ich hab jetzt keinen Nerv dir zu erklären, wie man die verschickt. Und wie verbringt ihr dann die Woche unter dem Weihnachtsbaum?"

„Keine Ahnung, *Witchass* reunion?"

Daniel lachte so herzhaft und losgelassen, wie ich ihn Jahre nicht gehört habe.

„*Witchass*! Das hatte ich total vergessen!"

„Und? Einverstanden?"

„Nein, nie und nimmer. Aber mit *Witches Ass* könnte ich leben."

„Das sag ich ihm."

„Red doch keinen Scheiß, Johann!"

Wir lachten und obwohl es nur am Telefon war, griff ich mir mit der freien Hand an die Schulter, als hätte er mich dort gestoßen, wie er es immer getan hat.

„Du, meine Pause ist rum, ich muss wieder rein."

„Wie wär's wenn du das nächste Mal einfach mal anrufst, wenn du ein bisschen mehr Zeit hast?"

„Ich überleg's mir."

Er legte unvermittelt auf. Ich nahm's ihm aber nicht übel. Das war auch überhaupt nicht unhöflich gemeint, sondern eine Angewohnheit, die ihm von früher geblieben ist, wenn er die Nähe seines Vaters auch nur ahnte. Der alte Speck war immer der Ansicht gewesen, dass wir viel zu oft und lange miteinander telefonierten. Zwar zum verdammten Ortstarif, aber für ihn war das andere Vils-Ufer so weit weg und gefühlt so teuer wie ein Telefonat nach Übersee. Unvermitteltes Auflegen ohne Verabschiedung war deswegen etwas, woran sich alle Gesprächspartner von Daniel wohl oder übel gewöhnen mussten.

22.10.19

Schon merkwürdig, diese ASMR-Videos. Wenn ich sie nicht nur im Hintergrund zum Einschlafen höre, sondern dabei zusehe, nicht direkt konzentriert, aber auch nicht gleichgültig wie zuvor dann ... klingen sie besser? Da bekomme ich plötzlich erste Anflüge eines leichten Kribbelns, wenn das Geräusch gerade passt. Wobei Letzteres nur eine Komponente für mich ist. Ja, vielleicht nicht einmal die Wichtigste. Wichtiger als alles andere ist das richtige Tempo, noch vor der Tonqualität. Es muss nämlich langsam sein. In einem gleichmäßigen, eher schleichenden Rhythmus.

Manche dieser „Artists" haben das geradezu im Blut, andere hingegen überhaupt nicht. Ganz im Gegenteil. Bei mir rührt sich gar nichts, wenn da nur wild drauflosgeflüstert und gepinselt wird. Es ist frustrierend, wie vielen das egal zu sein scheint, was sie da tun. Na ja, vielleicht nicht egal, aber sie machen es halt nicht richtig? Pflichtbewusst, aber ohne Seele? Oder tragen den Rhythmus nicht in sich? Man merkt ihnen an, dass sie hinterher noch etwas vorhaben oder einfach nicht bei der Sache sind. Die ticken nicht richtig.

Jemand, der das richtige Tempo und fantastische Tonqualität hat, ist eine junge Britin, die wie ihr Name schon sagt, magisches vollbringt. Da ist es beinahe egal, womit sie Töne erzeugt. Auch wenn es komisch klingt (haha), aber ich scheine alle Formen von Holz zu mögen. Besonders, wenn es zu Papier weiterverarbeitet wurde, das ist ja schon beinahe wieder logisch. Wenn ich jemanden finde, der Zeitungen genau richtig umblättern kann, dann höre ich wahrscheinlich nichts anderes mehr. Oder das Knistern von Folien! Ein Franzose mit Handschuhen macht davon tolle Videos. Auf den bin ich gestoßen, weil der in einem Video mit Kreide auf eine feuchte Tafel geschrieben hat, was ich sofort Lukas schicken musste.

Aber wenn ich ihren Händen dabei zusehe, diesen in sich ruhenden Menschen, dieser Seelenruhe, wie sie in den merkwürdigsten Tätigkeiten aufgehen, wie in Trance geraten und sich um nichts weiter kümmern – das berührt mich, das ist unwiderstehlich. Mein eigener Atemrhythmus passt sich dem an, synchronisiert sich und dann gleitet alles hinüber ins Kribbel-Krabbel-Territorium. Es ist wie eine geleitete Meditation ohne nervende Musik.

Dann höre ich noch einem Polen zu, wenn ich nicht irre, und einer Koreanerin – oder war's umgekehrt? Ich glaube sogar, beides stimmt. Überhaupt ist das so international; ich habe jetzt schon sicher von jedem Kontinent Videos gehört, wobei ja besonders Flüstern sehr beliebt zu sein scheint, auch bei Clara und Dennis. Mich reizt das nicht, genauso wenig Rollenspiele, bei denen sie so tun, als würden sie einem die Haare schneiden oder rasieren? Da kriege ich eher Stress, wenn ich die scharfen Gegenstände nur sehe, oder verdächtig lächelnd ein Handtuch über die

Kamera gelegt wird. In Filmen geht das oft schlecht aus, und eigentlich würde ich ja ganz gerne wieder aufwachen.

Auf dem Weg zur Arbeit fing ich an, zu überlegen, dass es doch keine gute Idee sei, nach Vilshofen zu fahren. Das ist ganz bestimmt ein Fehler. Was will ich denn da? Außerdem habe ich noch keine Idee für ein Geschenk für Lukas oder Sandra. Überhaupt Sandra, ist die dann nicht auch mit dabei? Wahrscheinlich schon. Was bringe ich der denn mit? Ich bin immerhin über Weihnachten bei ihnen, das geht nicht ohne Mitbringsel. Verdammt, ich weiß noch nicht mal, ob sie bereits zusammengezogen sind. Womöglich plant Lukas für Weihnachten jetzt Umzug und Renovierungsarbeiten, wenn ich schon mal da bin. Verdient hätte ich es. Worauf lasse ich mich da nur ein?

Die pinken Blüten machen mich fertig. Ob ich sie heimlich einfach abreiße? Während der Tagschicht könnte das noch klappen, aber wenn wir hier nur zu zweit auf Station sitzen ... So ein Mist. Vielleicht während der Übergabe, oder kurz davor? Das ist noch kein Plan. Ich drehe den Pot wenigstens von mir weg, so dass ich die Blüten nicht sehe, wenn ich beim Schreiben mal hochgucke.

Wo war ich? Ah ja: Nach der Essensausgabe hörte ich Lukas nach mir pfeifen. Er hatte Daniel kurz in der Obhut vom Geistler gelassen, um sich von mir meine Wohnungsschlüssel zu holen. Da wusste ich schon in etwa, was das bedeutete. Daniel musste wieder hergerichtet werden. Denn wenn nicht, dann kriegte er zu Hause Ärger. Daher war uns die nötige Prozedur, um das abzuwenden längst zur Routine geworden und Mama hatte nichts dagegen. Wenn wir also mal wieder aus einer verrauchten Disco nach Hause kamen, oder ein T-Shirt vollgekotzt war – nicht unbedingt von uns selbst, aber auch das kam vor –, dann duschte er sich bei uns und zog sich frische Klamotten an. Da Daniel und ich in etwa gleich groß waren, und wir in unserer Freizeit ohnehin meist Jeans und Band-Shirts trugen, die unsere Eltern nicht voneinander unterscheiden konnten, fiel das nie weiter auf. Beim nächsten Mal nahm Daniel dann meistens wieder seine eigenen Klamotten mit, die wir in der Zwischenzeit mit unseren gewaschen hatten, und alles war gut. Wir synchronisierten zur Sicherheit sogar die Waschmittelmarken. Meine und Daniels Garderobe hatten sich in den letzten zwei Jahren derart durchmischt, dass wir längst vergessen hatten, wem ursprünglich was gehörte. Wie bei Brüdern.

Auf meine Frage, was passiert sei, schüttelte Lukas nur den Kopf. Im Gehen wollte er dann von mir wissen, ob der Notarzt im Lager sehr beschäftigt sei, und dann platzte mir fast der Kragen.

„Was ist passiert, Lukas?"

„Des glaubst ma ned, wenn i dir's sog."

„Die Kurzfassung bitte. Jetzt sofort", bestand ich darauf.

Lukas seufzte. „Se san mitm Zug weg und Daniel is hinterherglaffa und in d'Vils g'sprunga."

So ließ er mich stehen und ich wollte nichts mehr, als hinter ihm herlaufen. Scheiß doch auf meine Pflichten, mein Freund brauchte mich jetzt nötiger. Ich wusste zwar, dass Lukas perfekt allein mit ihm klarkam, nur reichte mir das nicht. Daniel brauchte mehr als Lukas, aber selbst, wenn ich mitgekommen wäre, es hätte die Lücke, die es in ihn gerissen hatte nicht aufgefüllt. Vielleicht war es sogar besser, wenn sie das heute ohne mich machten. Ich musste ja selbst damit klarkommen, dass Nadine weg war. Und Doris. Keiner von beiden konnte ich Lebewohl sagen, oder wenigstens traurig hinterhergucken. Auch mir fehlte etwas. Also zwang ich mich zurück in die Geschäftigkeit, in der ich jeden zweiten Eintrag auf den Formularen versemmelte, bis eine Kollegin übernahm und man mich zu einer Pause schickte.

Dann stand ich nervös rauchend neben der Tafel und konnte die Sätze darauf nicht mehr begreifen und mit mir in Verbindung bringen, wenn ich sie las: „Bitte füllen Sie den Aufnahmeantrag im Aufenthaltszelt aus und warten Sie hier bis zum Aufruf. Halten Sie ihre Ausweispapiere bereit." Für mich blieb davon nur „Warte hier" übrig, und ich hasste jede Minute. Uns rief niemand auf, wir waren dazu verdammt, in diesem Nest hocken zu bleiben, während alle anderen gingen. Der Schmerz war immer schon da gewesen, Vilshofen, die Kleinstadt, das Ländliche und die Flüchtlinge hatten das nur vorübergehend betäubt. Jetzt, wo die betäubende, euphorisierende Wirkung nachließ, kam der ganze Schmerz in seiner vollen Heftigkeit zurück und ich wusste, dass auch ich nicht hierbleiben konnte.

Ein deutliches Gefühl, für das ich damals noch keine Worte hatte, aber ich spürte es in jeder Faser.

Als Lukas dann endlich mit Daniel kam und ich das Elend in seinem ganzen Ausmaß sah, brach in mir etwas auseinander. Dieser Tag stellte eine Zäsur im Leben von uns dreien dar, die mit nichts sonst zu vergleichen war. Und nicht nur bei uns, auch bei Nadine und ihren Eltern. Die Geschehnisse breiteten sich immer weiter aus wie Wellen, nachdem man einen Stein ins Wasser geworfen hat. Die Wellen trieben uns von hier aus immer weiter auseinander. Nur was war eigentlich der Stein gewesen, welches Ereignis? Der dumme Speck vielleicht? Nein, an ihm war ja nichts neu und so schmerzhaft es mitanzusehen war, so routiniert gingen wir damit um. Eigentlich muss es Anton Rothe gewesen sein, oder nicht? Bevor er kam, war alles gut gewesen. Wir hatten uns bei den Geflüchteten mit dem Freiheitsfieber angesteckt und in nur zwei Tagen Antikörper gegen alle Formen der Unterdrückung entwickelt, von denen wir auch hier umgeben waren. Väter und andere Autoritäten hatten ihre Legitimation verloren, wir trieben auf den Wellen von ihnen davon.

Daniel sah fürchterlich aus, obwohl er frisch geduscht und in meinen (oder sogar seinen) Klamotten steckte. Lukas und ich brachten ihn in den Sanitätswagen, wo ein Arzt seine Wunden genauer unter die Lupe nahm. Die Hand aufgeschürft und verstaucht, Gitarre spielen fiel damit erst mal flach. Außerdem ein Fußgelenk vom Sprung in die Vils verrenkt, weswegen er jetzt humpelte. Aber die größte Wunde stand ihm ins Gesicht geschrieben und war mit nichts zu behandeln, nicht von außen. Der wiederholt erlittene Vertrauensbruch durch Erwachsene, es widerte ihn so sehr an. Da war nur noch Wut, so konzentriert wie nie.

„Die Polizei, Johann", schnaubte er. „Wenn sich herausstellt, dass sie keine Autorität haben, keine Argumente, dann schlagen sie zu oder rufen die Polizei."

„Oda beides", fügte Lukas hinzu.

„Und wenn sie zuschlagen, wo ist dann die Polizei?" Daniel kam in Fahrt. „Dann schauen sie weg, dann sind ihnen plötzlich die Hände gebunden, dann brauchen sie auf einmal das Jugendamt, Zeugen und was auch immer.

Sich nur ja keinen Papierkram aufhalsen. Nein, als Elternteil kannst du in diesem Land mit deinen Kindern machen, was du willst."

„Nadine sollte hier ein besseres Leben haben", warf ich ein.

„Und hat sie das? Als ich sie zuletzt gesehen habe, hat ihr der eigene Vater den Mund zugehalten."

„Des stimmt fei. Oba g'foin hat's eam ned, des hob i g'sehn."

„Oh doch, das gefällt ihnen. Das ist, wie wenn mein Vater sagt, dass ihm die Schläge, die er mir verpasst, mehr wehtun würden als mir. Das ist alles so schlecht erstunken und erlogen."

„Der Rothe ist doch nicht wie dein Vater ..."

„Und ob er das ist!", schrie Daniel. „Nur weil er sich besser ausdrücken kann und er nicht ganz so schnell die Beherrschung verliert? Weil er vorher auch noch mit Worten zuschlägt, was bei den meisten schon genügt? Wenn die nicht gleich bekommen, was sie wollen, dann greifen sie zur Gewalt. Is so."

Ich wollte etwas darauf erwidern, aber erstens fiel mir nichts ein und zweitens hatte er recht. Inzwischen weiß ich das, damals suchte ich nach einem Argument, um in Rothe keinen Speck sehen zu müssen.

„Red jetzt ja keinen Scheiß, Johann. Ich seh's dir an. Mein verdammter Zahn wackelt, so hart hat der hingelangt."

„Lass mal sehen", unterbrach ihn der Sanitäter und ließ sich den Zahn zeigen. „Sieht nicht so schlimm aus, der fängt sich wieder ein. Kau die nächsten Tage vorsichtshalber auf der anderen Seite, okay?"

Daniel hörte nicht mehr richtig hin und flüsterte nur enttäuscht: „Sie sind alle gleich."

Draußen vor dem Wagen hörten wir, wie eine Stimme in ein Reporter-Mikrofon berlinerte: „Mensch, wir sin doch och Deutsche! Ick glob, det habt ihr völlig verjessen."

Den Kopf schüttelnd sagte Daniel: „Ne, aber uns. Wir sind hier die Vergessenen. Schon immer gewesen."

„Oba mia haltn zam", ergänzte Lukas finster.

Wir überlegten dann, was zu tun sei, und es führte leider kein Weg daran vorbei. Daniel würde bald nach Hause gehen müssen. Vor Schlägen war er paradoxerweise ja sicher. Dass es ausnahmsweise mal nicht die vom alten Speck waren, sah man ihnen ja nicht an. So viel Reflexion war dann schon da, als wären seine Schläge im Vergleich zu denen von heute unsichtbarer. Ob er wohl darüber nachdachte, wie amateurhaft Rothe im Gegensatz zu ihm zugeschlagen hatte? Und der wollte Arzt sein?

Nur der vermutlich nächste Verweis für das unerlaubte Fernbleiben von der Schule würde die Schrauben dann zu Hause noch enger anziehen.

Wir rieten Daniel dazu, jetzt den Geläuterten zu geben und wieder brav zur Schule zu gehen, so schwer es ihm auch fiel. Es hieße ja nicht, bis zum Abitur auszuharren, und ich erzählte ihm von dem Flüchtling, der noch am Samstag, also vor der Grenzöffnung aus Ungarn nach Österreich rübergekommen war. Man konnte es vorher nicht wissen oder für gegeben nehmen. Aber er konnte sich mit ein paar Tagen Gehorsam Zeit für den Ausbruch erkaufen. Wie Clint Eastwood in dem Alcatraz-Film. Zwei drei Wochen, höchstens einen Monat. Ob er so lange durchhalten würde? Er wusste es nicht, würde es aber probieren. Dass Lukas und ich keinen Schimmer hatten, wie wir das anstellen sollten, konnten wir ihm in dem Moment ja schlecht auf die Nase binden.

Daniel hatte mit allem recht, wir mussten sie an ihren Taten, nicht an den Worten messen. Auf schöne Worte konnten sehr hässliche Wunden folgen. Oder Mauern. Und Kugeln. Es hatte schließlich auch Tote unter den DDR-Flüchtlingen gegeben, und nicht nur an der Mauer, sondern aktuell zwischen Österreich und Ungarn. Auch dort war geschossen worden und einer war erst vor wenigen Tagen am Donau-Ufer verblutet. Nicht alle sind hindurchgeschwommen und sitzen heute als coolste Sprecherin des Landes in der Tagesschau. Auch wenn es rückwirkend so aussieht, als wäre alles glimpflich ausgegangen: Es haben Menschen ihr Leben gelassen, und jedes einzelne war eines zu viel. Ein Toter genügt, um die Angst aufrechtzuerhalten, man selbst könnte ja der oder die Nächste sein, oder vielleicht jemand, den man kennt. Wer sich damals aufgemacht hat, nahm auch den eigenen Tod in Kauf. Und es waren Zehntausende. Wann haben in Westdeutschland auch nur annähernd so viele vergleichbaren Mut zu irgendetwas bewiesen oder aufgebracht?

Bei uns traf es stellvertretend für alle Schulschwänzer Daniel. Ihn hatten sie nach zweimalig gelungener Flucht wieder eingefangen. Er war der perfekte Sündenbock für Goldhammer, um in anderen Schülern bestehende Fluchtreflexe zu unterdrücken. Bei einem Arztsohn oder einem Mädchen hätte er sich das nicht getraut, aber das Arbeiterkind kam ihm gerade recht.

Auf dem Nachhauseweg wieder über Weihnachten gegrübelt. Ich könnte ja immer noch einen Rückzieher machen, wenn mir gar kein Gastgeschenk einfällt.

23.10.19

Dann hatte Lukas und Daniel am Donnerstag die Schule wieder, denn ich half ja immer noch im Lager. Meine Mutter versicherte mir, dass sie mir eine entsprechende Entschuldigung schreiben würde, falls mir jemand deswegen Ärger machen sollte. Irgendeine Krankheit, weil dann keiner nachfragte. Die Wahrheit interessierte niemanden. Dass ich für das Rote Kreuz Menschen half, stellvertretend für uns alle, zählte nicht. Die Schulpflicht ging vor, und wenn ich dort nicht wie im Feldlazarett Operationen durchführen würde, dann war es nichts anderes als Schwänzen, was in ihren Augen wirklich tat. Ich war da halt anderer Meinung. Nicht nur am Wochenende, sondern auch wochentags. Was mich verdächtig an die Rhetorik rund um *Fridays for Future* erinnert; es hat sich in den letzten 30 Jahren rein gar nichts verändert. Die Unterrichtszeit ist heilig.

Daniel schrieb niemand eine Entschuldigung. Hatte er auch nicht nötig, weil er die Unterschrift seines Vaters fälschen konnte, nur leider nicht gleich seinen Vater mit dazu, der ihm nie im Leben eine ausgestellt hätte.

Lukas hatte sich schon letzten Sommer einen Abreißblock gebastelt, fix und fertig vorbereitet und als Minderjähriger unterschrieben, weil das noch kurz vor seinem Geburtstag war. Damit lief er seitdem herum, als handele es sich dabei um ein Scheckbuch. Jetzt würde er Daniel aber nicht alleinlassen, also ging er tatsächlich zur Schule. Und zwar zu Fuß.

Damit die Sache mit dem Trabi von gestern nicht mit dessen Konfiszierung endete wie schon zuvor bei seinem Jo-Jo, diversen Springbällen, Styropor-Flugzeugen, einem Fangbecher und dem Ding, dessen Namen ich nicht weiß: eine Art Tischtennisschläger, an dem ein Ball mit einer Gummischnur befestigt ist. Alles Sachen, die nicht zum Stillhalten taugten. Lukas wollte diesmal nichts riskieren, es war aber wohl mehr ein Reflex. Ich muss ihn mal fragen, ob er sich an den ganzen Krempel noch erinnert.

Ich selbst kam währenddessen mit einem unguten Bauchgefühl im Lager an. Auf den ersten Blick sah alles normal aus, vielleicht eine Idee leerer als gestern um die gleiche Zeit, nur dass sich das heute nicht mehr ändern würde. Es war eindeutig, der Andrang ging zurück, die Lage wurde überschaubar. Auch vorher hatte es schon Leerlauf gegeben, man guckte halt, wer was brauchte, war Ansprechpartner, und wenn es die Zeit erlaubte, hörte man einfach nur zu. Die Freude der Geflüchteten war noch immer ansteckend, aber sie erreichte mich nicht mehr so wie zuvor. Dafür konnten die Flüchtlinge natürlich nichts, es waren die Erlebnisse des letzten Tages, die mir in den Knochen steckten. Anstatt die gemischten Karten gerecht zu verteilen, hatte das Schicksal mit uns eine Runde „32 glaub auf" gespielt.

Es war der Tag, an dem der Gschwendtner Uwe oder Jean-Michel die Lüge mit den Bauarbeiten auf dem Bergerparkplatz erzählte. Wenn ich heute darüber nachdenke, dann glaube ich, dass Moog da schon wusste, dass das nicht der Wahrheit entsprach, denn wieso wäre das nicht schon knapp einen Monat zuvor Thema gewesen, als das Lager geplant wurde? Es war ein ritualisiertes Um-den-heißen-Brei-herumreden gewesen, bei dem beide wussten, dass es nicht stimmte, aber es hielt die Fassade aufrecht. Politik halt. So hatte man eine Erzählung für die Mitarbeiter. In dem Fall für Uwe, das Rote Kreuz und alle anderen Helfer. Auch für Gschwendtner war es nur eine Ausrede, die die wahren Beweggründe überdeckte, aber welche? Sicher ging es dabei um was Hässliches, irgendetwas mit Finanzen, bzw. wer die Zeche am Ende zu zahlen hat: die Wähler. Eine öffentliche Diskussion darüber konnte einem vor einem

Wahljahr schneller alle Sympathien kosten, als man sie sich mühsam erarbeitet hatte.

Wieder mit Dr. Heßler Dienst. Ich habe ihn um ein neues Tape gebeten und er wirkte ein bisschen müder als sonst. Inzwischen ist er ja auch in seinen Siebzigern und könnte eigentlich längst in Pension sein, aber er mag nicht darüber nachdenken. Das erinnert mich verdächtig an meine Mutter. Mein Verdacht ist, dass er eben doch genauso den Kontakt zu Menschen vermisst, oder nicht ganz abreißen lassen möchte, obwohl er sich erfolgreich als Einzelgänger und Höhlenmensch ausgibt. Mit dem unregelmäßigen Schlafrhythmus hat er keine Probleme, da er ohnehin schläft, wann und wo er müde wird.

In seiner Wohnung ist es so dunkel, dass man die Nacht nie vom Tag unterscheiden kann. Er hat seine Nase entweder in einem Buch oder über der Schreibmaschine und schläft regelmäßig über beidem ein. Ich schwöre, dass sich sein Kopfabdruck auf den verblassenden, abgewetzten Tasten der Schreibmaschine abzeichnet wie die Umrisse des alten Mannes mit seinem Stock auf den Stufen in Hiroshima. Manche Explosionen sind nur so sehr verlangsamt, dass es 50 Jahre braucht, bevor sie für andere sichtbar werden.

Es ist ein bisschen so, als würden wir dank der Kassetten zu unseren Anfängen zurückkehren. Denn kennengelernt habe ich ihn in einem Krankenhaus-Archiv, als ich meinen Zivildienst leistete. Meine Station wurde renoviert und damit ich nicht im Weg rumstand, ließ man mich im Keller Akten sortieren. Die wohl langweiligste Tätigkeit meines Lebens, die ich mit meinem Walkman zu überbrücken suchte. Dabei stieß ich eines Tages auf ihn, nachdem wir uns wohl schon einige Male verpasst hatten, bzw. ich ihn wegen meiner Kopfhörer nicht hörte. Dafür aber gerochen. Zwischen all dem Staub hatte ich nämlich manch-mal den Eindruck, dass mich ein Hauch von Bier umwehen würde. Da befürchtete ich schon, ich hätte Epilepsie oder so, wie Leute, die meinen, angebratene Zwiebeln zu riechen, bevor sie einen Anfall haben. Eines Tages saß er dann einfach da wie ein Geist, umgeben von Aktenstapeln, über einen Block mit karierten Seiten gebeugt, einem ge-öffneten Dosenbier vor sich und einer Plastiktüte an der Stuhllehne baumelnd.

Auf die Frage, was er dort mache, erklärte er mir: Statistik. Eine Aufgabe, die kein Computer übernehmen könne, sondern von einem ausgebildeten Arzt gemacht werden müsse und von diesen Akten gebe es eben noch keine digitalisierte Variante. Er war noch immer beim Buchstaben K, als meine Station längst renoviert und der penetrante Geruch von frischer Farbe lange wieder verflogen war. Ich meinte, das würde ja Jahre dauern, bis er damit fertig sei, worauf er zufrieden grinste. Das schien für ihn keine Rolle zu spielen und ich konnte mir nicht erklären, wie man das aushielt. Wieso machte man etwas, das sonst niemand freiwillig tun würde?

„Genau deswegen", meinte er lapidar. Denn so hatte er seine Ruhe, und wenn er das drei Monate lang durchzog, konnte er sich von dem Verdienst den Rest des Jahres freinehmen, Platten hören, suchen und ersteigern, lesen, schreiben und gut Essen. Das war seine Vorstellung von „das Leben genießen", und ich gebe zu, das machte mich ein bisschen neidisch.

Bis zum nächsten Jahr scheiterte wieder eine Handvoll anderer Mediziner an der Langeweile dieser Aufgabe, so dass man ihn mit Kusshand zurücknahm. Für sein Bier bekam er sogar einen kleinen Kühlschrank und er nahm seine Arbeit fast exakt wieder an der gleichen Stelle auf, wo er im Jahr zuvor aufgehört hatte. Da ging mir langsam ein Licht auf. Ein Leben in wenigen Pinselstrichen, klar und deutlich. Freiheit in einer Welt, die ausnahmsweise den eigenen Regeln gehorchte und dabei niemanden sonst belästigte.

Drei Tage hatten Lukas und Daniel gefehlt, und der Abstand zum Rest der Klasse war bereits nahezu uneinholbar. Also für die anderen. Die Schüler hätten nur aufholen können, wenn sie jetzt geschlossen als Helfer zu uns übergelaufen wären. Aber da hätten wir sie ja zurückschicken müssen, weil es nicht mehr genug zu tun gab.

Andersherum gab es nicht viel mehr als ein paar Seiten aus Heften abzuschreiben und wenige Kapitel aus Büchern nachzulesen. Manche Unterrichtsfächer hatten ohnehin erst jetzt ihre erste Stunde und weil obendrein jemand kurzfristig krank geworden war, konnten sich die beiden in dieser Freistunde ihre Bücher abholen.

Die offizielle Bücherausgabe hatten sie ja längst versäumt, aber darum konnten sie sich auch jetzt noch problemlos kümmern, denn Nachzügler gab es ja immer. Dann bekam man zwar nur noch die eher zerfledderten Restexemplare, aber Lukas zog die sowieso von Haus aus den gut gepflegten vor. Weil dort waren manchmal die tollsten Geschichten am Rand zu finden, behauptete er, obwohl die meisten davon am Ende eines Schuljahres von ihm selber stammten, und so, wie sie dann aussahen, wurden sie eh ausgemustert und er durfte sie gegen eine geringe Gebühr behalten. Da er immer knapp bei Kasse war, lief es darauf hinaus, dass er Elvis, unserem Hausmeister, einen Nachmittag half und damit hatte es sich. Manchmal rettete er sogar noch ein paar zusätzliche Exemplare vor dem Müll, auch Doppelte und Bücher aus Jahrgängen, die er gar nicht besuchte. Wahrscheinlich hätte er sie sowieso zu Hause vergessen, oder noch wahrscheinlicher: nicht wiedergefunden.

Erstaunlich, wie sehr ich mich inzwischen daran gewöhnt habe, hier meine Runden zu drehen und zwischendurch zu schreiben. Einfach wieder da anzuknüpfen, wo ich gerade war. Ich könnte es auch andersherum sehen. Die Arbeit unterbricht meine Schreiberei. So ist es aber nicht, sonst hätten sich längst meine Kolleginnen beschwert. Vielmehr ist es so, dass mir auf meinen Runden die Erinnerungen nur so zufliegen. Als würde ich hier in die Vergangenheit zurückkreisen, über die allmählich stiller werdenden Gänge immer weiter zurück in der Zeit. Ich horche dabei in mich hinein und das Echo wird dann der nächste Absatz.

Mir ist fast so, als wäre ich in den letzten Wochen aufmerksamer geworden, obwohl ich in Gedanken meist woanders bin. Jede Abweichung springt mir dann förmlich ins Auge. Ist der Goldhammer womöglich so ähnlich durch die leeren Gänge der Schule geschlichen, während drinnen unterrichtet wurde? Gruselige Vorstellung, aber ja, natürlich ist er das. Da war er in seinem Element. Nicht, wenn er selbst Chemie unterrichtete, sondern wenn er Abweichlern eine Lehre erteilen konnte. Wenn er Druck ausüben und bestrafen konnte, wenn er sich am längeren Hebel wusste ... Zeit für meine nächste Runde.

Verdammte Scheiße, der Goldhammer! Was, wenn der Goldhammer den Gschwendtner unter Druck gesetzt hat und gar nicht der Wochenmarkt und seine Kunden? Nicht wegen des Bergerparkplatzes, sondern wegen des scheiß Parkplatzes vom Gymnasium? Sicher, während der Ferien oder am Samstag spielte es keine Rolle, aber diesen Mittwoch war ja Schule, und womöglich stand da jemand ungewaschene Radieschen verkaufend auf *seinem* Parkplatz! Es war zwar im Grunde immer noch genug Platz für alle Autos, aber eben nicht mehr auf den angestammten Plätzen. Die Händler hielten sich einfach nicht an seine ungeschriebenen Regeln. Nirgendwo hingen Täfelchen mit Nummernschildern und im Prinzip konnte jeder parken, wo er wollte. Aber Schüler des Gymnasiums, deren Führerscheine noch nicht trocken waren, wussten auswendig, wo wessen Auto stand, auch wenn es gerade nicht da war. Als blieben dort Phantom-Autos im Luftraum zurück. Deswegen hatten wir darunter selbstverständlich eines Nachts mit Kreide ziemlich eindeutige Botschaften hinterlassen.

Die einzige Ausnahme war der klapprige Citroën vom Französischlehrer, mit dem er wie ein Irrer durch die Gegend bretterte. Dr. Wolf parkte nämlich mal hier und mal da, wie er gerade zum Stehen kam und das hieß auch quer. Auch darin verbarg sich natürlich eine Lektion für uns (und jeden der es nicht wissen wollte): In Frankreich mache man das so! Da war Lukas natürlich hellhörig geworden und seitdem träumte er davon, dort einmal mit seinem eigenen Auto hinzufahren.

Dr. Wolf wohnte nur ein paar Straßen oberhalb von Daniel, darum beging er einmal den Fehler, mitzufahren. Er muss Todesängste ausgestanden haben, während der Lehrer französisch fluchend die Kurven schnitt, noch bei Rot über die Ampeln bretterte und glücklicherweise aufgrund des löchrigen Auspuffs alle Fußgänger schon im Vorfeld in Deckung gehen ließ. Der Doktor war fest dazu entschlossen, als „gutes Vorbild" voranfahrend Vilshofen zu kultivieren, was sich aber glücklicherweise nie bis in die Fahrschulen herumgesprochen hatte. Die Polizei griff vermutlich nur deswegen nicht ein, weil ein abschreckendes Beispiel auf den Straßen zu haben, langfristig den größeren Lerneffekt hatte. Anders lässt sich das eigentlich kaum erklären, außer wieder durch aktive

Vermeidung von Papierkram. Oder die Beamten hatten ihn im Zweifel früher selbst als Lehrer gehabt und fürchteten, sich nicht mehr an die richtige Vokabel von „papiers du véhicule" zu erinnern.

Der Gschwendtner war zwar sicher nicht bei Goldhammer in Chemie gesessen, aber der Druck könnte tatsächlich aus der Schule gekommen sein, nicht aus der „Wirtschaft". Es war eben schon immer ratsamer gewesen in Deutschland wirtschaftliche Gründe anzugeben. Je größer der Umsatz und die damit verknüpften Arbeitsplätze, desto besser. Die Bequemlichkeit von Lehrern, womöglich mal ein paar Meter weiter zur Schule laufen zu müssen, hätte sich deutlich schlechter als Erklärung der Schließung des Flüchtlingslagers geeignet als eine Baustelle. Wer anderen eine Grube gräbt, sollte seine Schaufel besser gut verstecken, bevor er mit ihnen redet.

Goldhammer war immer nur in der Schule, seiner Goldgrube, in der er Scheiße (uns) in Gold (Untertanen) verwandelte. Moment ... Hatte der Professor, nachdem die Straße des Gymnasiums benannt war, nicht sogar was mit Dünger zu tun gehabt? Die Professor-Scharrer-Straße. Ha! Scheiße ist das eigentliche Gold, und Untertanen das, was wir zusammen mit Königen abgeschafft haben. Nun ja, in Bayern halt nur theoretisch, nicht gefühlt.

Die Kränkung, wenn aus Minderjährigen plötzlich Erwachsene geworden waren, die sich zu behaupten wussten, steckten Menschen wie er nie weg. Wo kam das her? Was ist ihm passiert und zugestoßen, dass er sich nur in den Gängen einer Schule wohlfühlen konnte? Welches Machtgefälle hat er selbst erleiden müssen, dass er dann selbst reproduzierte? Recht- und Ordnungshüter an einer Schule mit weniger als 1000 Schülern sein – für mich ein Albtraum, und für Goldhammer? Vielleicht kein Traum, aber sicheres, vertrautes Terrain, weil außerhalb der Schulmauern, über die echte Welt, hatte er keine vergleichbare Kontrolle. Dort begegnete ihm alles auf Augenhöhe und das war die schlechtere Wahl.

Es ist nicht gerade hilfreich, an dieses Arschloch zu denken, wenn ich die Entscheidung treffen muss, ob ich Weihnachten in Vils-hofen verbringen werde, oder nicht. Vielleicht bringt mich aber gerade ein Aufenthalt dort endlich auf andere Gedanken, oder rückt sie wenigstens gerade?

Und falls ich Goldhammer begegne, dann sollte er sich besser warm anziehen. Ob er überhaupt noch lebt? Muss Lukas mal nach ihm fragen. An der Schule ist er ja wahrscheinlich nicht mehr, eher in Rente oder so. Ehrlich gesagt kann ich mir aber nicht vorstellen, dass er es ganz ohne Schule aushält. Wie gesagt, dass ist die einzige Welt, in der er sich wohlfühlt, dort ist er der große weiße Hai im Teich und draußen im Meer nur noch ein kleiner Fisch.

24.10.19

Okay, diese Nacht hatte ich immerhin keinen Albtraum mehr, aber auch keinen Wachtraum. Ich war im C-Bau auf dem Flachdach, und dann bin ich geflogen. Aus dem Wissenschaftstrakt im ersten Stock war ich durch die Tür aufs Dach gegangen, ich glaube ich bin Lukas gefolgt, der dann auf der Kante im Mondlicht balancierte und mich mit den Kieselsteinen vom Dach bewarf. Die trafen mich, taten aber nicht weh, und er sagte „Schau amoi obe!" oder so und dann kam ich langsam auf den Rand zu. Jetzt stand er schon unten im Hof und grinste zu mir herauf.

„Trau di!" rief Lukas und obwohl ich mich an der Dachkante abstützte, fiel ich darüber oder eher hindurch – und flog. Nein, schwebte. Weil ich die Luft anhielt, glaubte ich. Und so war es dann: Unterbrach ich die Atmung, lag ich stabil in der Luft. Beim Einatmen verlor ich zwar einen Meter an Höhe, den konnte ich aber durch panikartiges Rudern mit den Armen wieder gut machen.

So flog ich dann über Vilshofen. Nicht wie in einem Flugsimulator, sondern ich konnte den Wind in meinem Gesicht spüren, als wäre es das Normalste der Welt, so wie Ferdinand mit einem Propeller am Rücken über den Häuserdächern zu treiben. Moment, war nicht Karlsson der mit dem Propeller? Egal, jetzt war ich mit Fliegen dran. Ich hatte zum ersten Mal keine Angst mehr vor dem Fallen. Kein bisschen Höhenangst. Wundervoll war das! Und genau dann wachte ich natürlich auf, vor Enttäuschung grunzend. Oder hatte ich etwa geschnarcht?

Ich versuchte alles, um noch einmal einzuschlafen, eine halbe Stunde lang lag ich verkrampft mit zugepressten Augen rum. Vergebens, ich war zu aufgeregt, zu wach, zu glücklich. Aber die Erinnerung an das Gefühl von Schwerelosigkeit wirkte nach, diese Entspannung, wenn man mal über den Dingen schwebt.

Wieso war Lukas überhaupt auf dem Dach? Was wollte er noch mal da? Wenn mich eine vergleichbare Befreiung in Vilshofen erwartet, dann nichts wie los! Ein nur annähernd gutes Argument ist mir im wachen Zustand leider noch nicht zugeflogen. Also im realen Leben steht es 1:0 gegen Vilshofen, in meinen Träumen 1:0 dafür. Wie verrechnet man das? Zählt das im Traum vielleicht als Auswärtstor?

Der Kühlschrank ist leer, der Magen knurrt und es stinkt aus dem Treppenhaus nach fettigem Mittagessen. Eine Entscheidung muss her. Der leere Bauch hilft vielleicht nicht beim Fliegen, aber er trägt mich bestimmt leichteren Fußes zum Supermarkt.

Wieder da. Ein Rucksack voll „Aldi-schönen-Sachen". Noch auf dem Parkplatz am Imbisswagen für den Rückweg mit Pommes rot-weiß gestärkt. Etwas zu schwer für's Frühstück, aber ich konnte einfach nicht widerstehen. Immerhin habe ich es geschafft auf Bier und Currywurst zu verzichten.

Nach der Schule war Lukas zu mir ins Lager gekommen und trug ein Lederband um den Hals, an dem zwei seiner Fingerhut-Ringe baumelten.

„Warum machst du dir die nicht wieder an die Finger? Da ist doch noch Platz?", fragte ich.

„Des san de Eheringe vom Daniel und der Nadine. Daniel hod mir seinen zur Aufbewahrung overtraut und i hob mia gestern nach der Schui dacht, dass de zamg'hern, ned getrennt auf meine Finga. Und woaßt wos? Die klimpan so schee." Er demonstrierte mir, was er damit meinte und freute sich diebisch über das leise Kling-Klang an seinem Hals, wenn er die Straßen entlangging.

„Großartig."

„Als der Daniel heut wieda bsonders traurig war, hob i nur die Ringa aneinanderschlagn lassn, und i glaub, des hod eam wieder neian Mut gem."

Okay, das war genial, das musste ich Lukas lassen. Auf so was konnte niemand sonst kommen. Dann berichtete er noch, dass der alte Speck Daniel von der Schule abgeholt und Goldhammer ihn bis ans Auto eskortiert hätte. Ganz so wie bei einer Gefangenenübergabe – was es ja auch war.

„Du, es hätt'n echt nur no Handschelln g'fehlt."

„Der ist in seiner Mittagspause extra von Aunkirchen hergefahren? Das ist richtig übel. Sieht gar nicht gut aus."

„Den lassn's nie mehr ausse."

„Ich werd nachher anrufen", versprach ich.

„De lassn die ned amoi mit eam redn."

„Doch, ich ruf genau dann an, wenn der Alte vor der Glotze hängt und die Tagesschau guckt. Dann geht seine Mutter ans Telefon und der sag ich, dass ich nicht wüsste, welche Hausaufgaben ich hätte, weil ich ja noch im Lager helfe."

„Mei, des is genial!" Lukas runzelte die Stirn. „Aba was machst, wenn's dir vorschlagt, dass i dir des a sogn kanntad?"

„Und? Weißt du, was ihr auf habt?"

„Na, wieso? I ruaf allawei …" Lukas' Gesicht hellte sich auf. „Mei, du bist a Schenie!"

So hat es dann auch tatsächlich funktioniert. Ich konnte es Daniel an der Stimme anhören, wie leblos sie war, und hoffte, dass das auch seiner Mutter nicht entging, die ihn bestimmt anfangs belauschte. Wir hatten diese Art Gespräch längst perfektioniert, bei dem jede Seite zu einem anderen Publikum sprach. Zusammengeschnitten hätten sie keinen Sinn ergeben, aber wer Daniels Hälfte mithörte, war beruhigt.

„In Mathe machst du die Algebra-Aufgaben von Seite 12 und 13."

„Wir holen dich da raus Daniel, halte durch. Nur noch ein paar Tage."

„Bis Montag, ja. Englisch Vokabeln von Unit 1."

„Uns fällt was ein, bisher haben wir immer eine Lösung gefunden."

„Nein, Schullektüre haben wir noch keine bekommen. Talmüller meinte, nächste Woche hätte er eine Auswahlliste."

„Soll ich am Wochenende wegen einem Bericht über das Flüchtlingslager für den Eulenspiegel anrufen?"

Eulenspiegel war der Name unserer Schülerzeitung und außerdem unser Codewort, falls es ihm wirklich dreckig gehen sollte, und man unter einem Vorwand zu Hilfe kommen musste. Dann würde entweder Lukas oder ich so tun, als bräuchten wir Hilfe bei einem Artikel, denn in Deutsch war Daniel der Beste von uns, und seine Alten schöpften keinen Verdacht. Sein Vater sah mit Genugtuung, dass sein Sohn in etwas der Beste war und seine Mutter erkannte dann den geborenen Lehrer in ihrem Sohn, oder vielleicht auch nur die sichere Beamtenlaufbahn.

Aber Daniel ging nicht auf das Angebot ein. „Sonst haben wir nichts auf, also bis jetzt. Morgen kommt bestimmt noch was dazu. Bist du da noch am Bergerparkplatz oder im Außenlager?"

„Welches Außenlager? Tiefenbach?", fragte ich verdutzt zurück. Was wollte er mir denn damit sagen? „Oder meinst du den Volksfestpla..."

„Dann bis Montag", sagte Daniel und legte ohne zu zögern auf.

Damals habe ich in solchen Momenten noch den Hörer angeschrien.

Daniel wollte mir damit wirklich etwas zwischen den Zeilen sagen, und zwar, dass ich herausfinden sollte, wo die Rothes hingefahren seien. Das erfassten wir aber gar nicht beim Roten Kreuz, wir verteilten nur die Nummer des Aufnahmeverfahrens, wiesen ihnen einen Zeltplatz zu oder schickten sie zur Dreifachturnhalle und es gab etwas Taschengeld. Das Weitere wurde dann in den Zelten 16 und 17 von den Kolleginnen aus Gießen geregelt, wo alle Informationen früher oder später zentral zusammenfließen würden. Wir füllten nur den Laufzettel mit aus und sammelten die Pässe ein. Außerdem hatte ich längst danach gefragt, aber es war leider keine Adresse angegeben worden.

Am Abend erzählte ich alles meiner Mutter, oder jedenfalls soweit ich kam, und sie war entsetzt.

„Das war alles gestern?", fragte sie ungläubig.

Ich nickte. Die ausrückende Feuerwehr habe sie gehört, aber das tat sie immer, denn die Wache war ja nur etwas über 100 Meter vom Altenheim entfernt. Die Alten hörten das meist gar nicht und fragten nur „Feuer wer?"

„Armer Daniel", schloss Mama und fasste damit die Situation genauso zusammen wie wir. „Und was ist aus dem Mädchen geworden?"

Ich schluckte gequält meine eigenen Gefühle hinunter und krallte dabei meine Fingernägel in die Ellbogen meiner übereinandergelegten Arme, ehe ich ein Schulterzucken andeutete.

„Ach ja, ehe ich es vergesse: Morgen ist der letzte Tag von Herrn Schneider, der geht in Rente."

„Wer?"

„Unser Postbote, Herr Schneider?"

„Ach der, ja gut. Der macht doch noch einen fitten Eindruck? Ich schreib ihm 'ne Karte."

„Du bist ein Schatz." Mutter lächelte und inzwischen glaube ich, dass es ihr gar nicht um Herrn Schneider ging, sondern dass sie mich auf einen anderen Gedanken bringen wollte. Dann seufzte sie. „Hoffentlich landet er nicht zu bald bei mir im Heim. Nach der Pensionierung geht es bei den meisten verdammt schnell bergab ..."

Der Freitag war auch mein letzter aktiver Tag im Lager gewesen, denn ab Samstag wurden die Flüchtlinge anderswo untergebracht. Nicht länger in Zelten, sondern in festen Unterkünften und woanders. Unser Lager würde man zur Sicherheit noch stehen lassen, wenn auch leer. Von oben betrachtet hatte der Bergerparkplatz sowieso Ähnlichkeit mit dem Umriß der DDR, und aus der Nähe stimmte sogar das Detail mit den Grenzschützern, nur halt ohne Schießbefehl. Glaube ich jedenfalls. Welche Seite verteidigten die hier eigentlich? Man konnte gar nicht anders, als im Lager eine entvölkerte Miniatur-DDR zu sehen, aus der alles Leben gewichen war, genau wie aus der echten.

An jenem Freitag zerbrachen wir uns sowieso noch die Köpfe darüber, wie wir Daniel aus seiner Familie herausholen könnten, ehe er sich selbst etwas antat. Und wie zum Teufel sollten wir Nadine überhaupt je wiederfinden? Gottverdammt! Wohin hatte sie der Zug gebracht? Sie war für uns wie vom Erdboden verschluckt und Daniel vom Fluss ausgespuckt.

Der nächste Schwung Flüchtlinge verabschiedete sich von uns, und auch die letzten Pressevertreter zog es weiter, jenen hinterher, die bereits gestern zu den Unterkünften bei München aufgebrochen waren. Keine zwei Wochen später würden sie von der deutschen Botschaft in Prag berichten, wo unser Außenminister seinen krummen Satz nicht fertig sprechen konnte. Auch Uwe würde bald gehen, bis es wieder in einem anderen Land Zelte aufzubauen galt. So schnell wie wir es errichtet hatten, waren wir jetzt als Helfer überflüssig geworden. Selbst die Lokalpresse verlor das Interesse, obwohl sich die leeren Zelte nicht vom Fleck rührten.

Wo blieb denn der Wochenmarkt, oder die angekündigte Baustelle? Hatte ich etwa alles nur geträumt? Diese Leere war nicht auszuhalten. Viereinhalb Tage lang hatte hier ein gesamtdeutsches Herz geschlagen, mitten in Europa, jetzt wurde es transplantiert und wir fühlten uns wieder so krank wie zuvor, aber mit der Erinnerung daran, wie es war, sich kräftig, lebendig und frei zu fühlen.

Polen, Tschechen, Slowaken und Ungarn, jetzt sind sie alle Teil der Europäischen Union, aber damals waren sie es noch nicht. Aber dort hatte sie begonnen, die friedliche Revolution. Bei ihnen haben sich unsere Mitbürger erst angesteckt. Dort gab es mehr Perestroika und Glasnost als in Ost-Berlin, und Solidarność konnte man inzwischen sogar im Westen richtig aussprechen. Das erste polnische Wort, das ich aus den Nachrichten gelernt habe. Dabei sah man im Fernsehen immer einen Mann mit Schnurrbart, wie er einem auch in jeder Kneipe begegnen konnte. Ein Gewerkschaftsführer, vor dessen Nachnamen noch heute die Zungen im Westen kapitulieren. Honecker und Co. hingegen wollten sozialistischer als der Rest der Sowjetunion bleiben, und das brachte erst das Fass, und schließlich die Bevölkerung zum Überlaufen. Da schwappte ein kämpferisches Freiheitsverständnis zu uns herüber, das wir so gar nicht kannten. Real existierte der Sozialismus – wie in allen anderen Gesellschaftsformen ja auch –, nur für eine alle anderen nach Strich und Faden bescheißende Minderheit.

Wenn heute von westlichen, oder europäischen Werten schwadroniert wird, dann habe ich diese Wochen und Monate vor Augen, als etwas riskiert und angepackt wurde, und es nicht bei Sonntagsreden blieb. Die zweite Schlagader Europas verlief entlang der Donau, und zwar gegen den Strom. Was sollen das denn für Werte sein, wenn man die Hilfsbedürftigen nicht mehr mit offenen Armen empfängt? Dann verdienen wir es nicht besser, als die Sintflut eines sich selbst reinigenden Planeten. Wer heute Menschen im Mittelmeer ertrinken lässt, hat vorher seinen moralischen Kompass dort im Wasser verloren. Wer gestern Europa umarmt hat und heute nicht die Welt, hat nichts begriffen. Mit jeder Leiche, die im Mittelmeer versinkt, steigt der Wasserpegel an unserem eigenen Hals. Ein Meeresspiegel, in dem wir uns schon lange nicht mehr wiedererkennen.

Vielleicht würde es helfen, die Bilder von damals auszugraben, aber die, an die ich mich erinnere. Denn von dem, was an Videos und Interviews im Lager aufgenommen wurde, habe ich bis heute nichts gesehen. Den ORF bekamen wir ja rein, aber die ABC, BBC oder japanisches Fernsehen? Nicht mit unserer schiefen Hausantenne. Aber ich weiß inzwischen von anderen, die damals jeden Tag auf die Abendnachrichten gewartet haben, dass da nichts von uns dabei war. Mich hat niemand entdeckt – als wäre ich niemals dort gewesen. Damals hat mich das gefreut, weil es unnötigen Ärger in der Schule vermied, aber heute hätte ich gerne einen Videobeweis. Die Urkunde aus Bonn zählt da nicht. Weil nur wirklich stattgefunden hat, was es auch ins Fernsehen schaffte. Nicht einmal Interview-Schnipsel mit Uwe oder Jean-Michel waren drin, dabei habe ich sie täglich in Kameras und Mikrofone sprechen sehen. Wo ist das alles abgeblieben?

Mein Wunsch ist, dass sich die Gänsehaut, die ich bei der Erinnerung daran habe, so auch auf andere übertragen ließe. Oder vielleicht bin ich es nur leid, die immer gleichen Bilder von den Botschaften in Ungarn und Prag zu sehen – ganz selten war immerhin mal was aus Warschau dabei.

Das ist wie in der Schule zu pauken. Es werden nur die gleichen Informationen wiederholt, aber nie hinterfragt. Was nicht dazu passt, wird weggelassen, und je öfter man es wiederholt, desto weniger gehört dazu. Für Abweichung haben wir keine Zeit, „das lernt ihr später im Studium" – ein Teufelskreis. Ein ewiges Vertrösten, aber eben kein Trost. Man lernt, dass es sich nicht lohnt nachzufragen. Dann ist Schule nichts weiter als die Vorbereitung auf die Quizsendungen im Vorabend- und die Castingshows im Hauptprogramm.

Wie oft muss ich die Bilder von den Trabis an den Grenzübergängen noch sehen, bis ich vergessen habe, dass sie auch bei uns auf dem Volksfestplatz standen? Wieso macht sich da niemand auf die Suche in den Archiven, ob es Perspektiven gibt, die rückwirkend betrachtet ebenso spannend sind, als sich nur wieder und wieder jener immer gleichen Bilder zu vergewissern, die wir längst kollektiv verinnerlicht haben?

Aber die Wahrheit ist, dass ich eigentlich nur nach Nadine Ausschau halte. Ich möchte sie noch einmal sehen, wie sie damals war. Diesen ersten Stich ins Herz noch einmal spüren. Meinetwegen nur unscharf auf einem Foto oder im Hintergrund eines verwackelten Videos. Nur ein Schnipsel, ein Ausschnitt, irgendetwas.

Was ich aber auch ohne Fotobeweis nicht vergessen werde, ist, wie sie mich angesehen haben. Also unsere Flüchtlinge, oder auch Uwe, das THW, der BGS, die Gießener und alle, denen ich hier zum ersten Mal begegnet war, ja sogar die Pressevertreter. Die nahmen mich nämlich alle so an, wie ich war. Sie beurteilten mich nicht aufgrund eines einzigen Ereignisses, das ich in Vilshofen an keiner Ecke wieder loswurde, als stünde es mir an die Stirn geschrieben. Die Fremden beurteilten mich anhand dessen, was ich heute tat und definierten mich nicht über einen Fehler, den ich längst bereut hatte. Im Lager fühlte ich mich wohl, und meine Narben waren endlich unsichtbar geworden. Das war ein Gefühl, nach dem ich mich gesehnt habe. Jetzt, wo sich das Lager leerte, wurde auch ich wieder sichtbar für die Vilshofener und das ertrug ich einfach nicht mehr. Ich wusste, dass ich auch aus dieser Stadt herausmusste – und zwar bald, unweigerlich. Das konnte ich aber noch niemandem sagen. Das wäre zu viel für Daniel gewesen, nachdem er gerade schon Nadine verloren hatte. Und Lukas ... Ich wollte nicht an Lukas denken, sondern endlich mal an mich, und mich von Vilshofen befreien. Endgültig.

25.10.19

Seitdem ich auch die Kommentare unter den ASMR-Videos lese, weil dort häufig ähnliche Videos empfohlen oder Wünsche geäußert werden, ist mir nicht gleich aufgefallen, was dort anders ist. Irgendetwas fehlte, und dann traf es mich wie ein Blitz: die negativen Kommentare!

Wenn doch mal einer auftaucht, wird er von anderen nicht unkommentiert so stehen gelassen, sondern moderiert. Selbst das geschieht respektvoll, meistens sogar mit Humor. Es geht mir dort schon beinahe zu positiv zu. Andererseits hat es mehr was von Anfeuern und positivem Feedback, das nicht nur ein Like dalassen möchte. Die wollen tatsächlich Danke *sagen*. Nur ich trau mich diesen Schritt noch nicht.

Es ist fast so, als steckten sich die Leute gegenseitig mit ihrer guten Laune an. Gibt es etwa noch Nischen im Internet, die ohne Hass und aufeinander einzudreschen funktionieren? Eine Community, die sich umeinander kümmert? Das ist mir allemal lieber, als die Besserwisserei unter Onlineartikeln ertragen zu müssen, bei denen zu viele nie mehr als die Überschrift gelesen haben. Da gibt es noch richtige Gemeinschaft, die alles andere ist als gemein, nämlich nett. Eine „Nettschaft". Und ein bisschen langweilig. Wie *Rush*-Fans.

Ich habe eben Schwester Heide gefragt, ob sie schon mal davon gehört hat, und sie hat das bejaht. Wissen mal wieder alle außer mir Bescheid? Dann hat sie mir allerdings Videos gezeigt, in denen von Kristallen, Massagen und G-Strahlung die Rede war. Also ganz unironisch. Eher so gänzlich ganzheitlich und noch ganzer darüber hinaus. Musste mich anstrengen, weiter entspannt zu lächeln, während sie davon schwärmte. Andererseits, wer bin ich schon, der anderen vorschreiben wollte, wie und womit sie sich entspannen? Sie tut ja niemandem etwas. Im Grunde sind auch diese Videos nichts anderes als Rollenspiele. Halt eben nur nix für mich. Und nichts gegen Rollenspiele, wir haben früher *Das Schwarze Auge* gespielt und unsere Schicksale ausgewürfelt. Das war auch nicht jedermanns Havena, auf unseren Streifzügen durch Aventurien. Übertreiben kann man alles.

Das Wochenende, bevor auch ich wieder in die Schule musste, war das schlimmste. Wegen der Ungewissheit. Lukas und ich waren darauf vorbereitet zusammenzukehren, was von Daniel noch übrig war, nur eben nicht darauf, dass wir ihn gar nicht zu Gesicht bekommen würden. Er hatte Hausarrest. Lukas war davor schon der Verzweiflung nahe gewesen, weil er dem Elend schon zwei Tage lang in der Schule hatte zusehen müssen, aber jetzt verlor er jede Zuversicht.

„Wenn mia eam da ned ausse hoin, dann bringt er si um." Lukas sah mich an, und er bemerkte nicht mal meinen eiskalten Blick, sondern fuhr unbeirrt fort. „Oder sein' Oidn. Oana vo beiden überlebt des Wochenend ned!"

Ich versuchte ihn zu beruhigen. „Daniel hat schon Schlimmeres ausgehalten. Du siehst das zu schwarz."

„Na, i glaub diesmoi irrst du di. Es is schlimma."

Wir sind mehrmals zur Hördt hochgefahren, um uns dann doch nicht zu trauen, direkt an seinem Haus vorbeizufahren. Aber wir hofften, dass er vielleicht das Knattern von Monika in der Ferne wiedererkannte, unsere Nähe irgendwie trotzdem spürte. Wir parkten auch ein paar Straßen weiter und liefen zu Fuß so nahe heran, wie wir uns trauten, um irgendeinen Blick zu erhaschen, aber erfolglos. Dann fuhren wir wieder zu mir, falls das Telefon klingelte. Nichts. Wir saßen herum, hörten Musik, aber nie so laut, dass sie das Klingeln übertönt hätte, und warteten in die Ungewissheit hinein.

„Scheiße, moanst du des is a so, wennst Kinder hast?"

„Wahrscheinlich schon", antwortete ich nach kurzer Überlegung.

„Oh mei", fluchte Lukas. „So hob i mia des fei ned vorg'stellt."

Dann saßen wir wieder im Auto und fuhren um Vilshofen herum. Den Schweiklberg hoch, bei Waizenbach Richtung Alkhofen und über die Hördt wieder runter. Oder andersherum. Wie um wilde Tiere abzuschrecken, die sich Daniel hätten nähern können. Abends bezogen wir dort oben Stellung in einer S-Kurve, wo ein Kreuz stand, und sahen hinüber zu der Siedlung, in der mehr Straßenlaternen leuchteten als Lampen in den Wohnungen. Man konnte das Flackern von Fernsehern erkennen und sogar, wo das gleiche Programm geguckt wurde.

„Was die wohl schauen?"

„Im Erstn gibt's heut *Diese Zwei sind nicht zu fassen*, den hätt i gern g'sehn."

„Und sonst?"

„Irgend a Grieche im Zwoatn, a Kriegsfilm auf Sat.1 und Schmarrn auf RTL."

„Ich glaub, die da drüben schauen den Kriegsfilm", sagte ich und deutete auf ein Fenster, in dem es auffällig viel blinkte und blitzte.

„Kanntad sei. Oda grad Werbung", meinte Lukas.

„Auch wieder wahr. Aber ist dann ja dasselbe."

„Stimmt a wieda. Private hoid."

„Da kommt einer", flüsterte ich.

Ein Auto kam die Straße herauf und seine Scheinwerfer würden gleich den Teil der S-Kurve beleuchten, in dem wir parkten und wahrscheinlich keine Notiz von uns nehmen, aber dennoch lehnten wir uns in den Sitzen zurück und hielten die Luft an. Als das Auto an uns vorbei und schon auf der Höhe des Bauernhofs hinter uns war, atmeten wir auf.

„Wir zwei sind auch nicht zu fassen", behauptete ich und wir kicherten kurz, ehe unsere Augen sich wieder an die Dunkelheit gewöhnten und wie von selbst zurück zur Siedlung wanderten.

„Halt durch, Daniel", betete ich und Lukas klopfte bestätigend auf das Armaturenbrett.

Dabei schielte er heimlich zu dem Kreuz mit der Maria-Statue, das dort auf einen Felsen montiert war. Oder war da ein Jesus? Verdammt, bei der Kapellen- und Kreuzdichte in Bayern verlor man irgendwann den Überblick.

Der Sonntag verlief fast genauso schlimm. Wir belagerten wieder unser Telefon, und fuhren so oft hin und her, dass wir sicherheitshalber für ein paar Mark den Tank von Monika nachfüllten. Volltanken konnten wir uns nicht leisten. Jedes Mal, wenn wir den Klosterberg hochknatterten, bewegte sich der Zeiger der Füllanzeige regelmäßig vom rechten Rand des roten Reserveanzeige-Striches zum linken. Beim Hördterberg, wenn wir wieder herunterfuhren, verhielt es sich zwar genau umgekehrt, aber nach der dritten Runde wurde es uns einfach zu riskant.

„Kenna mia eam irgendwie wissn lassn, dass mia do san?", sprach Lukas aus, was wir beide dachten.

Mir fiel nichts ein, aber ich hoffte, Daniel würde unsere Nähe spüren. Um uns abzulenken, versuchte ich das Gespräch in eine andere Richtung zu lenken. „Wie könnten wir denn an Geld kommen? Meinst du der Geistler hätte einen Job für uns, dem man am Wochenende nachgehen könnte?"

„Na, eher ned." Lukas schwieg eine Weile und begriff erst dann, worauf ich hinauswollte. „Du moanst, um am Daniel a Geld mit aufn Weg gebn zum kenna?"

Ich nickte. „Das wird nie reichen, aber wenigstens für den Anfang."

„I kannt Nachhilfe gem", schlug Lukas vor.

„Nachhilfe?"

„Ja, in Schwänzen."

„Das ist … Also da rennen sie dir sicher die Bude ein, nur bezweifle ich, dass sich dafür zahlende Eltern finden."

„A wieda wahr."

„Aber die Idee ist nicht schlecht."

„Aba mi lasst jetzt ned für d'Nachhilfe zoin, oda?"

„Nein", sagte ich und schubste ihn. „Dir helf ich auch so weiter. Aber du könntest Werbung für mich machen."

„Markise, hoaßt des. Wia in D-Mark."

„Was?"

„Na, naie Kundschaft findn."

Ich sah Lukas fragend an und dann einigten wir uns darauf, dass wir uns jetzt ein Bier verdient hatten und fuhren zum Geistler. So viel zum Thema: „Geld sparen für Daniel".

Eben auf meiner Runde ging mir auf, dass ich noch gar nicht weiß, was ich mit meinen Freiwochen anfangen soll. Drei Wochen am Stück. Die erste werde ich mich von den Nachtschichten erholen, so viel weiß ich jetzt schon. Es zehrt halt doch, und das letzte Mal, als ich dachte, ich nehme die spontan als Urlaub, habe ich das mit einer laufenden Nase bezahlt und bin dann lieber im Hotel geblieben, anstatt mich durch Lissabon zu schleppen.

„Hast du dich eigentlich inzwischen schon gegen Grippe geimpft?", wollte ich von Schwester Heide wissen. „Ich war vorletzte Woche."

Sie schüttelte den Kopf. „Noch nicht dazu gekommen, und sicher nicht jetzt während der Nachtschicht, das ist mir zu riskant. Aber gleich, wenn ich damit durch bin." Das klang vernünftig, habe ich ja genauso gemacht.

Mir blieb jedenfalls noch etwas Zeit, ehe ich eine Entscheidung fällen musste. Aber bei zwei freien Wochen, da könnte ich schon irgendwo hinfahren. Wäre sicher günstig, so fett in der Nebensaison von allem, Mitte November. Nur Idee habe ich keine. Ich frag jetzt aber nicht Schwester Heide, welche Reiseziele sie mit empfehlen würde.

Im Dezember muss ich dann ja eh schon nach Vilshofen. Vorher sollte ich wirklich Energie getankt haben. Wie soll ich das denn anstellen? Skifahren will ich nicht fern vom Trubel, und auch nicht mit dem Flieger ans Meer. Wäre schon schön, Strand und Sonne, aber die Flüge dauern mir zu lang, außerdem reden dann die Zwillinge monatelang nicht mehr mit mir.

Heide fragt, was das denn für ein Buch werden würde, an dem ich da schreibe.

„Ich schreibe doch gar kein Buch", sagte ich irritiert, dann sah ich auf die dreistellige Seitenzahl im Programm und murmelte kleinlaut: „Dachte ich jedenfalls bis gerade eben."

„Es sieht aber so aus, als ob es dir guttut, also lass dich nicht stören."

Eine Ahnung davon, wie schlimm es wirklich um Daniel stand, bekam ich erst am Montag, als ich ihn sah und im ersten Moment nicht einmal wiedererkannte. Nur weil ihn sein Vater bis zur Tür begleitete, habe ich ein zweites Mal hingesehen, so krumm und gebrochen war er. Daniel wirkte kleiner, zusammengeschrumpelt, mit eingesunkenen, stumpfen Augen, die Haare in einen strengen Zopf gezwungen. Das war wahrscheinlich der „gepflegte" Kompromiss. Sonst trug er sie offen und sie fielen ihm in Wellen über die Schultern. Ich machte eine Faust hinter dem Rücken, kniff Lippen und Arschbacken zusammen und nickte dem alten Speck zu, der mich nicht einmal registrierte, als er seinen Sohn Goldhammer anvertraute. Von der Besserungsanstalt in die Sicherheitsverwahrung und wieder zurück. Ich trottete geschockt mit etwas Abstand hinterher.

Eins wurde mir in dem Moment klar: Das konnten wir unmöglich bis zum Ende des Schuljahres durchhalten. Obendrein war Goldhammer unser Kollegstufenleiter, denn er und Talmüller wechselten einander im Zweijahresrhythmus ab. Es gab Schüler, die deswegen überlegt hatten, absichtlich sitzen zu bleiben, damit sie beim Talmüller landeten. Lukas zum Beispiel.

Goldhammer unterrichtete Chemie und Erdkunde, war außerdem der stellvertretende Direktor und schlimmste Korinthenkacker südlich der Donau. Talmüller hingegen war Deutsch- und Geschichtslehrer, den nur wenige Jahre von der Pensionierung trennten. Dabei war er noch fit wie ein Turnschuh, weil er jede Distanz am liebsten mit dem Fahrrad überbrückte. Wenn die Klassenzimmer größer gewesen wären, hätte er noch freihändig im Kreis um uns herumfahren können, so lief er eben nur sich die Arme lockernd auf und ab.

Lukas war trotzdem nur mit Mühe davon abzubringen gewesen, nicht noch einmal sitzen zu bleiben. Uns zuliebe gab er sich einen Ruck, obwohl wir uns im letzten Halbjahr nicht mehr sicher gewesen waren, ob er nicht doch absichtlich hinter unserem Rücken schlechtere Noten schrieb.

Was ihn wahrscheinlich am Ende überzeugt hat, war, dass man im Unterricht trotzdem immer beide haben würde. In der Kollegstufe hing das natürlich in erster Linie von den gewählten Kursen ab, aber die Schule war mit ihren knapp 1000 Schülern einfach zu klein gewesen, um Goldhammer ganz aus dem Weg gehen zu können. Allein schon wegen der Krankheitsvertretung war es nahezu unmöglich, denn er sprang häufig ein und war einfach nie selber krank, also immer auf einem der Würfel des Schicksals drauf.

Lukas hatte versucht, sich seine Kurse um ihn herum zurechtzufummeln, aber dann hätte er zum Ausgleich mehr Sprachen machen müssen und dann immer noch wenigstens in Mathe Abitur. Egal wie er es drehte und wendete, am Ende blieb Lukas in diesem Spiel der Verlierer. Dieses System war ja so ausgelegt, dass es nur Verlierer gab. Jedenfalls in Bayern, denn uns waren Legenden zu Ohren gekommen, dass es anderswo möglich sein sollte, exotische Fächer wie Sport, Musik oder Kunst als Abitur-Hauptfach wählen zu können. Bei uns gab es nur die harten Brocken, also Sprachen und mindestens eine Naturwissenschaft dabei.

Bei Goldhammer hatten wir schon damit verloren, wie wir aussahen. Nämlich wie Versager. Mit unseren langen Haaren sahen wir aus wie Hippies, hörten weder Mozart noch Wagner, also eindeutig Versagermusik, und trugen nur notdürftig zusammengeflickte Versagerklamotten.

Dabei verdeckten die Aufnäher gar keine Löcher, wir bügelten sie absichtlich auf jene Stellen, die zu wenig abgenutzt aussahen. Ausgefranste Stellen trugen wir wie Auszeichnungen. Gut, die Schriften der Bandlogos waren selten auf ihre Lesbarkeit hin designt worden, aber eben genauso einzigartig wie jedes andere Firmenlogo auch. Wir übten uns also in Grafikdesign, ohne es zu wissen: wir kritzelten sie auswendig an die Ränder unserer Hefte und groß auf Ordnerrückseiten, jeder Bandname ein Statement. Wir sahen aus wie wandelnde Mixtapes. Für Eingeweihte waren wir dadurch so klar zu unterscheiden und einzuordnen wie die Popper in ihren Markenklamotten. Im Prinzip so einzigartig wie Moleküle oder Aminosäuren. Schade, dass Goldhammer nicht einmal diese Analogie zu seinem eigenen Fachgebiet auffiel: Die „Big Four" des Thrash Metal konnte man nämlich auch fast beliebig als Co-Headliner miteinander kombinieren, aber je nach Kombination und Reihenfolge machten uns das zu komplett anderen Menschen.

Aus der Ferne waren wir vielleicht nicht zu unterscheiden, aber wenn man näher herankam und wissen wollte, wie wir tickten, dann erkannte man z. B. daran, dass wir uns die Logos nur selber mit einem Stift aufgemalt hatten, die geringe Höhe unseres Taschengeldes, beziehungsweise die antikapitalistische Haltung. Alles daran war Zeichen und Botschaft.

Manche gingen einen Schritt weiter und schrieben noch Songtitel oder einzelne Textzeilen auf, was schon eher den Charakter eines – natürlich auf den Kopf gedrehten – Kreuzworträtsels hatte. *Peace sells but ... who's buying?* Von wem? Werr hat's errfunden? So in etwa. Im Video zu dem Song wird man derart mit Symbolen bombardiert, dass man dem heute eine Epilepsie-Warnung voranstellen müsste. Ich weiß nicht mehr, ob es Goldhammer selber oder ein anderer Lehrer war, der bei der Kanal-suche nach dem Videoeingang am Fernseher darüber gestolpert war – wobei, es kann gar nicht Goldhammer gewesen sein, denn der hätte niemals Video-Material im Unterricht genutzt. Es war ein Deutschlehrer, aber sein Name will mir nicht einfallen. Jedenfalls diente ihm der Clip gleich als Warnung vor den schlimmen Einflüssen der Rockmusik, genau als die beste Stelle im Video kam, eine kurze Spielszene, ohne Musik, wie sie sich täglich in tausenden Wohnzimmern abspielte: Ein Vater wechselt mit der Fernbedienung den Sender und sagt: „I want to watch the news." Aber der Junge, der direkt vor dem Fernseher auf dem Boden sitzt und mit seinen langen Haaren genauso aussieht wie wir, stellt mit der perfekten Antwort die Glotze auf das Video zurück: „This *is* the news." Daniel hatte sich das auf seine Jeansjacke geschrieben und dafür zu Hause natürlich Prügel bezogen, woraufhin er es nur noch dicker übermalte, bis es auf der Innenseite spiegelverkehrt durchschimmerte.

Für uns war das schon wie eine Tätowierung und nicht nur die Vorstufe dazu, denn eine echte hatte damals einfach noch niemand unter 18. Höchstens schnell verblassende Spuren eines Eddings auf der Haut. Aber den Drang, alle Oberflächen zu verzieren, die wir mit und an uns herumschleppten, hatten wir auch. Und Monika zu verzieren, war der nächste logische Schritt gewesen.

Uns Kuttenträger und anderen Versager traf man am ehesten in der Raucherecke, dem Hintereingang in den C-Bau. Manchmal stand auch ein Lehrer mit dabei, wenn man Pech hatte der Physiklehrer, der sich ja eigentlich das Rauchen abgewöhnen wollte und bei seinen Kollegschülern schnorrte, wenn man Glück hatte die schüchterne Französischlehrerin, oder der unausgeschlafene Kunstlehrer, der noch nichts mitbekam, am allerwenigsten die Kunst direkt vor seinen Augen.

Aber wer dort jetzt nicht mehr bei uns stand, obwohl er nie mitrauchte, war Daniel. Denn Goldhammer begleitete ihn zu seinem Klassenzimmer und beobachtete von der Tür aus, wie er seinen Platz einnahm. Er blieb dort stehen und wartete auf den Lehrer. Den klärte er dann für alle gut hörbar darüber auf, dass er sicherzustellen habe, dass Daniel an seinem Platz blieb, bis er wieder von ihm abgeholt würde. Goldhammer hatte verdammt noch mal vor, Daniel persönlich von Zelle zu Zelle zu verlegen. Das waren in der Tat Neuigkeiten, über die man in der Presse nichts lesen würde. Dort durfte gerade alles nur nach Freiheit duften, und wir saßen halt wieder in der Scheiße.

26.10.19

Verdammt, ich bin jetzt schon müde und der bekloppte Teil kommt erst noch. Alle Tabellen sind auf den 24-Stunden-Tag ausgelegt. Da misst man jede Stunde den Blutdruck und den Puls, schreibt die Werte in die entsprechende Spalte und gut ist. Bei der Umstellung auf Sommerzeit überspringt man dann die um 2 Uhr morgens, so weit, so gut; aber bei der Winterzeit fehlt dir dann eine. Also quetscht man die Werte von 2 und 3 Uhr zusammen rein. Ästhetisch tut mir das in den Augen weh, und ich werde mich nie daran gewöhnen. Ich habe mal vorgeschlagen, da einfach den Mittelwert einzutragen, der Unterschied würde gar nicht auffallen. Bei Umstellung auf Sommerzeit könnte man es umgekehrt machen und in die freie Spalte einfach die rechnerische Mitte zum nächsten Wert eintragen. Natürlich weiß ich, dass das Quatsch ist, aber die abweichenden Ausdrucke zum Eintragen, für die ich sogar mal Vorlagen gemacht habe, will auch keiner benutzen. Aber nein, bei Formularen hört der Spaß auf, die haben für alle 365 Tage im Jahr identisch zu sein, und fertig. Oder ist es sogar noch spießiger, wenn man neue erfindet?

Es wäre toll, wenn wir den Unfug mit der Zeitumstellung wieder abschaffen würden, und es sah ja schon so aus, als ob es dieses Jahr klappen würde, aber nein. Ich kann mich noch erinnern, wie es vorher war: Wir haben uns erst gar nicht darum gekümmert. Dass es im Sommer länger hell bleibt, hat doch nichts mit der Zeit zu tun, sondern mit der gekippten Erdachse und der Umlaufbahn um die Sonne. Ich glaube, das haben bis heute nicht alle begriffen und nehmen in ihrer Wirklichkeit die Uhrumstellung als eigentliche Ursache wahr. Haha, Uhr-Sache, ja genau. Als wäre die Erde eine Scheibe – flach wie ein Ziffernblatt. Auch bei Normalzeit ist es im Sommer um 22 Uhr draußen noch hell. Weder sind wir aktuell im Krieg und unsere Soldaten müssen früher raus, noch profitiert die Wirtschaft davon. Eher im Gegenteil: Wir bauen mehr Unfälle und Montagsgeräte, weil wir zweimal unseren Biorhythmus verstolpern. Ich bin für ausgeschlafene Soldaten und ewigen Winterschlaf für Kriege!

Dieses Jahr muss ich trotzdem noch mal durch, wenn die Uhr Schluckauf hat und ich ein Déjà-vu erlebe. Dabei könnte man theoretisch an zwei Orten zur gleichen Zeit sein, oder sich sogar selbst ein Alibi geben.

Gibt es eigentlich einen Krimi, der damit spielt? Ich meine, heute Nacht bleiben Züge stehen, dabei könnten sie da ihre Verspätungen aufholen. Oder dürfen die schummeln? Wenn sie vielleicht nur Schritttempo fahren? Wie absurd das alles ist! Eine Zugraubgeschichte fände ich toll: „Wo waren sie heute um 2 Uhr nachts?" – „Na hier! Ich habe mich nicht vom Fleck gerührt, Herr Wachtmeister." Ja, das gefällt mir.

Oder ein Mord.

Bord.

Lord.

Mir fallen die Augen zu.

Muss mich bewegen.

Jogge jetzt zur Abwechslung mal um die Station herum.

Umstellung auf Normalzeit ist übrigens, wenn man sich dabei ertappt, wie man sich die Fingernägel mit *Tipp-Ex* grundiert, um dann Wortpaare draufzuschreiben. „LOVE-HATE" zum Beispiel, und auf die Daumennägel entsprechend Herz und Totenkopf. Oder „MAHL-ZEIT" mit einem Sandwich und einer Uhr.

Habe Schwester Heide gefragt, ob sie sich noch erinnert, wieso damals die Zeitumstellung eingeführt wurde. Eigentlich müsste ich mich selber erinnern, denn ich wurde ja in die Zeit ohne geboren, aber beim *Tengelmann* habe ich nur vor dem Regal hockend die Comics gelesen, nicht die Tageszeitungen.

„Die haben wir von der DDR übernommen."

„Bitte was?"

„Die Sommerzeit."

„Ja, das ist mir schon klar, aber was hat denn die DDR damit zu tun?"

„Die haben sie zuerst eingeführt und Deutschland sollte halt nicht auch noch in Zeitzonen geteilt sein, darum hat Bonn nachgezogen."

„Ohne zu diskutieren?"

„Doch schon, diskutiert wurde vorher. Wie immer eigentlich, also ohne Ergebnis."

„Ja, das kommt mir bekannt vor", sagte ich und gähnte lange. „Damit ist dann ja die Frage geklärt, wer an der Uhr gedreht hat. Der Erich!"

Schwester Heide lachte und drehte jetzt ihrerseits eine Runde, um sich wach zu halten, während ich „HONNI-BONNY" auf meine Fingernägel schrieb, die Doppel-Ns auf den Ring- bzw. Zeigefinger.

Die Sommerzeit war also ursprünglich ein DDR-Überläufer gewesen, ein Flüchtling. Seitdem hat die Uhr einen Sprung.

Warum fahre ich eigentlich nicht mal nach drüben? An die Ostsee zum Beispiel? Da war ich noch nie. Und Berlin zählt inzwischen nicht mehr. Bei Urlaub denke ich irgendwie nie an Deutschland. Als wäre Entspannung hier einfach von Haus aus unmöglich.

Wer hat denn eigentlich noch frei? Ich guck gleich mal in die Dienstpläne, die müssten ja schon aushängen.

In Vilshofen hatte ich oft das Gefühl, dass die Zeit langsamer lief oder ganz stehen blieb, aber für Daniel muss es nach diesem Wochenende noch schlimmer gewesen sein. Denn Goldhammer kam später noch zu uns in die Klasse. Wir hatten eigentlich Englisch beim Geiger, aber stattdessen hielt er uns eine Mischung aus Standpauke und Verhör. Er genoss es, die Stille in den Klassenzimmern zu erzwingen, indem er so leise wie möglich sprach, weil er das mit Autorität verwechselte.

Geiger hatte eine ähnliche Technik: Er wechselte ansatzlos vom Schreien zum Flüstern und umgekehrt, so dass man stets einem Herzinfarkt nahe war. Aber Goldhammer genoss es, sich jede Klasse einzeln vorknöpfen zu können, ohne dass jemand auch nur einen Mucks machte. Die Klassenzimmer waren kleiner, er war uns näher, konnte jeden einzeln herauspicken, Augenkontakt herstellen und nach Schuldeingeständnissen fahnden.

Goldhammer hatte alle Schüler in Gruppen vorsortiert, ob wir überhaupt ans Gymnasium gehörten, in eine Besserungsanstalt oder gleich ins Gefängnis. Bei uns dreien war er sich längst sicher. Er sah es uns ja an der Nasenspitze an.

Sein Aufhänger war heute natürlich die Brandstiftung auf dem Sportplatz. Über das Wochenende muss ihm aufgegangen sein, dass das ein Glücksfall für ihn war, denn selten konnte er uns schon so früh nach dem Schulanfang disziplinieren. Das kam ihm derart gelegen, dass er das Feuer inzwischen wahrscheinlich selbst gelegt hätte, wenn es ihm nicht in den Schoß gefallen wäre. Obendrein war er der Held, der es gelöscht hatte, unter Einsatz seines Lebens. Schneller als die Feuerwehr.

„Der oder die Brandstifter dieses Anschlags fliegen von der Schule und werden den Behörden übergeben. Wer nähere Informationen darüber hat, die Täter beobachten konnte und das dem Direktorat noch länger verschweigt, macht sich mitschuldig. Das ist jetzt eure letzte Chance, um mit einer milden Strafe davonzukommen. Jede weitere Verzögerung hat dementsprechende Konsequenzen." In der viel zu langen Kunstpause sah er uns der Reihe nach an, die Mädchen zuerst. „Ihr habt noch 30 Sekunden Zeit."

Niemand rührte sich oder wagte auch nur, hörbar zu atmen. Es hatte ja wirklich niemand etwas beobachtet, aber das glaubte er uns nicht, und zwar mit einer solchen Überzeugung, dass die ersten von uns tatsächlich begannen, an ihrer Unschuld zu zweifeln. Goldhammer sah uns dabei an, als verfüge er längst über entsprechende Beweise.

Nach präzisen zehn Sekunden, die ich innerlich mitgeklopft hatte, nickte er kurz. „Wie ihr wollt. Ich hätte einige von euch für vernünftiger gehalten."

Da. Schon wieder ein Vorwurf. Nichts beobachtet zu haben und niemanden denunzieren zu können, nicht einmal sich selbst, war offenbar schon verkehrt. Damit waren wir alle in seinen Augen überführt, schuldig und seiner Schule unwürdig. Um Lukas' Hals machte es leise kling, und ich muss gestehen, das half sogar mir durch diese Tortur.

„Eine Schulwoche", fuhr er fort. „Gerade mal eine Schulwoche, und ihr habt schon jetzt mehr als 100 Fehlstunden zusammen." Dabei sah er automatisch Lukas an, dann kurz mich und am längsten Daniel, den Verlorenen. „Die ersten von euch sind inzwischen volljährig und nehmen das zum Anlass, sich Freiheiten herauszunehmen, die euch und anderen Schaden zufügen. Was ihr dabei vergesst, ist, ihr seid jetzt auch voll schuldfähig, und das heißt: Gefängnis. Anstatt also Verantwortung zu übernehmen, vernachlässigt ihr eure Pflichten. Pflichten der Schule gegenüber, euren Eltern, euch selbst und unserem Land gegenüber."

Ich sah, wie sich Daniel unter der Bank ins Bein kniff, ohne eine Miene zu verziehen. Dabei hatte er an der Stelle einen riesigen blauen Fleck. Das wusste ich da zwar noch nicht, aber es tat schon allein vom Hinsehen weh.

Goldhammer sah Daniel an und fuhr flüsternd fort. „Wenn krankheitsbedingte Schulversäumnisse bei einem Schüler besonders häufig auftreten, oder an der Erkrankung eines Schülers berechtigte Zweifel bestehen ..." Dabei sah er jetzt Lukas an. „... dann wird die Schule nach §36, Absatz 2 der Schulordnung die Vorlage eines schulärztlichen Zeugnisses vom Gesundheitsamt Passau verlangen. Ist das klar?"

Das ging noch eine Viertelstunde so weiter, was am Ende ziemlich genau unserer halben Schulstunde entsprach und ihm ermöglichte, noch vor dem nächsten Unterrichtswechsel die andere Hälfte unseres Jahrgangs mit exakt dem gleichen Vortrag beglücken zu können. Damit stellte er wahrscheinlich sicher, dass wir untereinander keine Absprachen treffen konnten. Ein willkommener Nebeneffekt seines Vorgehens war die in seinen Augen perfekte Balance aus Gruppendruck und getrenntem Verhör. Er hätte uns ja auch alle auf einmal in die Turnhalle beordern können, aber er wollte eben auch beim Letzten noch das Weiße in den Augen sehen. Sogar Geiger war so beeindruckt gewesen, dass er darüber vergaß, uns den Rest der Stunde wenigstens einmal anzuschreien.

Jeder dieser Tage war ein einziger Kampf um Daniels geistige Gesundheit gewesen. Seine Gedanken kreisten um nichts anderes mehr als seine Flucht. Lukas und ich bestätigten ihn darin, nur mahnten wir zur Geduld, bis wir die Einzelheiten geplant hätten. Leider hatten wir überhaupt keinen Plan, womit wir anfangen sollten.

Es war eine Woche, in der sich jeder verdammte Tag wie eine Zeitumstellung anfühlte, ohne je dort anzukommen. Nur stand sie nicht zwischen 2 und 3 Uhr in der Nacht still, sondern um 8 Uhr morgens. Lauter erste Stunden, alle hintereinander weg, und das Ende des Tages wollte und wollte einfach nicht näher kommen. Auch der Nachmittag war schon zum Großteil verplant, mit Hausaufgaben und Lernen auf die ersten anstehenden Schularbeiten. Daniel nahm es die Luft zum Atmen und nicht einmal in den Pausen hatte er Ruhe. Goldhammer behielt ihn im Auge; selbst dafür schien es eine Absprache zwischen ihm und dem alten Speck zu geben. Schöne Scheiße.

Das Gymnasium war eine von tödlichen Strömungen umgebene Gefängnisinsel, wie die am Ende von *Papillon*, auf die Dustin Hoffman und Steve McQueen verbannt werden. Daniel war bereits in die Vils gesprungen, aber nicht einmal die trug ihn in die Freiheit, sondern mit zerschmetterten Träumen zurück ans Ufer.

Auf das Abitur folgte der Wehrdienst, nach dem Studium dann das Berufsleben bis zur Rente oder dem frühzeitigen, sozial verträglichen Ableben. Das war kein Kreislauf, sondern dessen Ende, ein Herzstillstand.

Trotzdem blieb uns zunächst keine andere Wahl, als uns weiter stromabwärts treiben zu lassen. Weitermachen wie bisher, keine Wellen schlagen, die doppelt beschriftete Tabelle einfach hinnehmen, bloß nichts öffentlich hinterfragen.

Wären nicht ein paar Neulinge von „drüben" bei uns an die Schule gekommen, wir hätten die vergangene Woche für einen Traum halten können. Sie erinnerten uns daran, dass hier mehr in Bewegung gekommen war, dass wir in einem Albtraum lebten, aus dem wir aufwachen und entkommen mussten.

27.10.19

Die Nachtschicht nach der Zeitumstellung ist immer die Schlimmste. Einmal, weil die eigene innere Uhr noch falsch geht und dann hat es einfach mehr Unfälle, und wir entsprechend mehr Patienten. Die Leute sind gereizt und – da, es geht schon los!

Lebensmittelvergiftung, Armbruch, Verstopfung. Tropf, Beobachtung, Gips, Einlauf. Eine Aufnahme, zwei nach ambulanter Behandlung wieder gegangen, drei Stunden später alles so ruhig, dass man doch die aktuellen Hochrechnungen anguckt. Das war der dümmste Wahltermin, den man sich in Thüringen aussuchen konnte. Alle unausgeschlafen, gereizt und nicht zurechnungsfähig in den Wahlkabinen. Anders kann ich mir den Ausgang nicht erklären. Nach der ersten Prognose hatte ich schon die Schnauze voll und bin auf dem Weg zur Arbeit beinahe angefahren worden.

Es ist immer das Gleiche, wie schon nach der Österreich-Wahl, oder jeder anderen auch. Es gibt längst keine Entschuldigungen mehr dafür, immer die Idioten zu wählen, mit Protest hat das doch nichts mehr zu tun, der rechte Arm dieser Wähler hat sich doch längst wieder versteift, da versteckt niemand mehr seine Gesinnung. Ergebnis verdoppelt. Als stünde nicht gerade dieser Landesverband mit seinem Führer für etwas, das dem Grundgesetz widerspricht. Und wir nehmen das schon wieder als viel zu normal hin. Als könnte man bei Menschenrechten schlicht anderer Meinung sein. Entweder man tritt dafür ein, oder sie mit Füßen.

Vor allem ist Halle gerade mal zwei Wochen her. Ist da in Thüringen niemand vor sich selber erschrocken? Wenigstens ein bisschen? Ist das die neue Halbwertszeit unserer Aufmerksamkeitsspanne? Könnten dann bitte wenigstens die Halbwertszeiten von Atommüll und dem tausendjährigen Reich tauschen? Dann könnten Minderheiten in diesem Land ruhig schlafen und ich wäre ein Befürworter von Kernenergie.

Wenigstens die Liberalen scheinen weiter draußen zu bleiben, wenn auch knapp.

Verdammte Wahlen. Die einzigen Wahlen, die jemals einigermaßen transparent für mich waren, sind die zum Kollegsprecher gewesen. Nicht weil die anders abliefen als die Klassensprecherwahlen zuvor, sondern weil wir uns inzwischen kannten und wussten, wie wir tickten. In den ersten Schuljahren reichten noch bloße Sympathien aus, um zu gewinnen. Wer einen Freundeskreis mitbrachte, hatte Vorteile. „Weil Sie mich kennen." Den Spruch hat sich die Bundeskanzlerin doch von Klassensprecherwahlen geklaut. Vielleicht wirkt sie deswegen so vertraut auf einen, weil sie mit einem zur Schule gegangen ist. Dagegen kam man mit sachbezogenen Vorschlägen kaum an, oder musste sich unbequemen Fragen stellen wie: „Lädst du mich dann auch zu deinem Geburtstag ein? Bei Angela gab's übrigens eine bunte Tüte zum Mitnehmen."

Wirklich viel mitzuentscheiden gab es hinterher sowieso nicht, man war nur eine weitere Stimme in anderer Runde, die dort genauso viel Gewicht hatte wie alle anderen: keins. Denn egal wie einig wir uns waren, wir konnten immer noch vom Direktor überstimmt werden – einstimmig. Mit Betonung auf eins. So kann man sich natürlich jede Abstimmung schönrechnen. Eine antidemokratische Parallelgesellschaft. Aber daran gewöhnen tut man sich nie.

Wenn ich von direkter Demokratie höre, dann denke ich eher an Regionalpolitik. Die Stadträte und den Bürgermeister kennt man vom Sehen und kann beim Bäcker in der Schlange vor ihnen stehen und die Semmeln wegkaufen. Denn hier hält das Gedächtnis der Wähler länger, und so bekommt man dann eben als Quittung keine Brötchen mehr. Auch wieder ein Fall von wiederhergestellter Gerechtigkeit um die 50 Pfennig, weil wir das noch immer nicht in Euro umrechnen können, und bargeldlos schon gar nicht.

Rückwirkend haben der Gschwendtner und Dorfner vielleicht tatsächlich mehr in ihrer „Stunde der Stellvertreter" gesehen, die waren da ja schon mindestens eine Dekade in der Partei – einfach so wird man ja nicht mal eben Vize-irgendwas. Vielleicht haben sie nur auf einen Moment wie diesen gewartet, und dann war da die Chance auf erinnerungswürdige Fotos, ein Jahr vor den nächsten Kommunalwahlen. Selbst wenn es so gewesen sein sollte: Sie haben damals das Richtige getan und gehandelt, nicht nur zugesehen. Erstaunlicher ist eigentlich, dass sich die Wähler ein Jahr später noch daran erinnert konnten. Vielleicht hat sie auch diese Erfahrung daran erinnert, warum sie überhaupt in die Politik gegangen sind.

Mir fallen die Augen zu, ich muss jetzt eine rauchen, es hilft nichts.

Wir konnten in Goldhammer nichts anderes mehr sehen, als ein armes Würstchen, das sich darin suhlte, Daniel vorzuführen. Am nächsten Tag platzte mir der Kragen und ich konfrontierte ihn nach der großen Pause vor der Tür, wo wir auf Herrn Kantl, den Mathelehrer, warteten.

„Ich hätte da eine Verständnisfrage, Herr Goldhammer", begann ich.

„Ja?" Er musterte mich misstrauisch.

„Nur damit ich das gestern richtig verstanden habe: Sie vermuten Brandstifter unter uns?", fragte ich unschuldig.

„Allerdings."

„An Ihrer Schule."

„Ja."

„Quasi unter Ihrem Dach?"

„Worauf willst du hinaus?", fragte er ungeduldig schnaufend.

„Weil, dann ..." Ich legte nachdenklich die Stirn in Falten. „Dann wären Sie doch der Biedermann in dem Stück, oder?"

Die Temperatur fiel zusammen mit dem Geräuschpegel auf null. Goldhammer verzog keine Miene und ich hielt seinem Blick stand, mühelos. Dann kam Herr Kantl und ging um uns herum ins Klassenzimmer.

„Was stehts ihr denn no rum?", hörte ich ihn hinter mir sagen. „Mei, ned Sie, Herr Goldhammer, 'dSchüler moan i. Jetzt setzts eich hoid hi!"

Auf seinen fragenden Blick bekam er nur zur Antwort, dass es mit mir noch ein Wörtchen zu wechseln gelte, und ich später nachkäme.

Dann stand ich mit Goldhammer allein vor den Klassenzimmern auf dem Gang, damit hatte ich leider auch keine Zeugen mehr.

„War das dann alles, Mayr?"

„Ganz und gar nicht. Ihre Aufführung gestern: Was wollten Sie sich denn damit beweisen?"

Er blieb seelenruhig. „Für diese Frage bekommst du einen Verweis. Es sei denn, du nimmst das sofort zurück."

„Den Biedermann?"

„Nein, das andere."

„Was Sie sich damit beweisen wollen? Was ist daran denn verweiswürdig?"

„Das ‚sich'."

„Was wollen Sie damit beweisen, wäre als Frage also in Ordnung?"

„Ja."

Ich überlegte kurz. „Na gut, das macht für mich keinen Unterschied: Was wollen Sie damit beweisen?"

„Das geht dich einen feuchten Kehricht an", fauchte er und ließ mich stehen.

Den angedrohten Verweis habe ich nie bekommen, genauso wenig wie eine befriedigende Antwort auf die bekloppte Standpauke, die er uns gehalten hatte. Wie sagten wir so schön? „Welch ein Jammer, Goldhammer."

Bis heute bin ich mir nicht sicher, ob ich es darauf hätte ankommen lassen müssen, aber damals schien mir dieses „sich" keinen so großen Unterschied zu machen, und er gab sich ja schon mit der Andeutung eines Rückziehers meinerseits zufrieden. Konnte jemand so wenig Selbstvertrauen besitzen, dass einen schon dieses eine Wort ins Schwanken brachte?

Solche Leute sollten keine Verantwortung tragen. Man war besser beraten, wenn einer wie Uwe Suchomel den Ton angab.

Daniels Schürfwunden verheilten und seine blauen Flecken verfärbten sich langsam gelb und grün, im Prinzip wie nach jeden Sommerferien. Wie Schafe saßen wir wieder angepflockt in unseren Bankreihen und wenn die Flüchtlingskrise nicht noch immer die Nachrichten beherrscht hätte, dann hätte es auch 1988 oder 1986 sein können. In der Schule verlor man irgendwann jedes Zeitgefühl und aus Wochen wurden Jahre.

Aber solange sich Lukas auf dem Weg zum Geistler noch Zigaretten von den Bundesgrenzschützern schnorren konnte, hatten wir Beweise und in Monika einen weiteren Anker in eine andere Gegenwart. Ich mag mir nicht vorstellen, wie sich unsere Welt ohne diesen Trabi weiterentwickelt hätte. Wir waren endlich nicht mehr auf Lukas' Bruder angewiesen, sondern konnten uns jeden Abend, jede Nacht der Woche unserer Freiheit versichern und die Grenzen von Vilshofen hinter uns lassen wie die Flüchtlinge die DDR. Nur kehrten wir am Morgen wieder dorthin zurück. Das Freiheitsgefühl stand bunt und rückwärts eingeparkt auf dem Gymnasiumparkplatz wie ein Fremdkörper.

Wir konnten nichts für Daniel tun, außer in seiner Nähe zu sein, wo es uns möglich war. Lukas ist in seiner ganzen Schullaufbahn nie wieder so viele Tage am Stück pünktlich im Unterricht erschienen, und selbst wenn es anderen nicht auffiel, Daniel merkte es bestimmt. Trotzdem mied er unsere Blicke. Ich glaube, weil er sonst zusammengebrochen wäre.

Müde, müde, müde.

Wo soll es hingehen? Wenn schon Ostsee, dann gleich Rügen. Oder ich könnte über die Grenze nach Polen, wenn ich schon mal da bin. Dort würde wahrscheinlich auch mein Geld länger reichen und ich könnte mir sogar ein paar zusätzliche Tage leisten. Aber ich spreche ja kein Polnisch. Allerdings käme mir das wieder entgegen, wenn ich meine Ruhe haben will. Wie weit kommt man wohl allein mit Solidarność?

Müde, müde.

Heide würde ins Allgäu fahren. Warum frage ich sie überhaupt? Um nicht einzuschlafen, aber so komme ich ... mit der Bahn. Überallhin. Gerade geguckt. Stralsund, Rügen, Stettin, alles kein Problem. Nur entscheiden kann ich mich nicht.

Müde.

28.10.19

Jetzt rauche ich die berühmte Zigarette danach. Und gleichzeitig die längste, denn es ist schon nicht mehr die erste, die ich da zwischen den Fingern halte. So gut war der Sex. Wenn man das überhaupt so nennen kann, denn ich habe ihn ja nur geträumt. Ach, von wegen nur! Ich will ihn nicht allein vom Ende her beurteilen, der mich dazu veranlasst hat die Bettwäsche zu wechseln, aber so lustvollen Sex habe ich Jahre nicht gehabt, losgelöst von Raum und Zeit – und ich sollte jetzt vielleicht an was anderes denken, aber das kommt gar nicht in die Tüte.

Verbotenen Sex hatte ich, in der Schule, nur diesmal war es kein Albtraum. Ich schäme mich fast das aufschreiben und würde es auch nicht, wenn nicht ausgerechnet der so etwas wie ein Wachtraum gewesen wäre. Also muss ich doch, oder nicht? Vor allem kann ich davon schlecht den Zwillingen erzählen. Wenn ich herausfinden will, was der zu bedeuten hat, muss ich alleine dahinterkommen.

Es fing an wie ein gewöhnlicher Albtraum, ich war im C-Bau und hängte die beweglichen Wände des Musiksaales aus, oder versuchte es. Ich ruckelte an einem der Elemente und wollte es mit dem Fuß anschieben, als ich merkte, dass ich wieder keine Schuhe trug. Das fand ich komisch, denn die Aufgabe würde man ja wenigstens mit Arbeitsschuhen machen. Die Elemente bewegten sich überhaupt nicht und ich war drauf und dran aufzugeben, als Nadja zu mir hereinkam. Aber sie war eigentlich wieder Nadine, nur in einem älteren Körper. Ach, was weiß denn ich. Sie sagte, dass sie mir helfen würde, bat mich um die Schlüssel, die ich ihr gab, und sperrte die Tür von innen zu. Aber die Schlüssel ließ sie stecken und nahm meine Hand in ihre.

In der Mitte des Musiksaales stand zwar der Flügel, an dem Herr Haumann immer klimperte, aber da waren keine Saiten mehr drinnen, sondern eine Matratze. Ich blieb wie angewurzelt stehen und draußen vor der Tür hörte ich Schritte. Viele Schritte, es mussten mehrere Personen sein. Die gingen alle an der Tür vorbei und ich atmete auf. Als ich mich wieder zu ihr umdrehte, waren wir schon nackt.

Nadine zwinkerte mir zu und hauchte: „Unter dieser Decke, empfängt den Onkel meine Hecke."

„Was ist das hier?", fragte ich spitz.

„Komm schnell mit auf die Matratze", sagte sie und das klang so überhaupt nicht nach ihr, also schüttelte ich den Kopf, aber es kribbelte mich überall, als Doris mich berührte, und das weckte in mir das Tier.

Das war jetzt schon meine fünfte Zigarette und ich mach mir echt noch eine an, und damit ist's dann auch gut. Ich will gar nicht ins Detail gehen, auch wenn ich dabei gar nichts anderes mehr gesehen habe als Details, unscharf und wundervoll, und doch ergab alles erst so einen Sinn. Wieso ist mir die ganze Sache dann jetzt peinlich? Weil ich wusste, dass ich träume, und dass das nicht Nadja war, auch nicht Nadine, sondern nur, was ich wollte. Es ist auch schon verdammt lang her, dass ich mit ihr, also einer Frau zusammen war. Zuletzt im Frühjahr mit Manu am Bootssteg. Ich stehe anscheinend häufiger gern barfuß rum, nicht nur im eiskalten Wasser.

Trotzdem muss es Nadine gewesen sein, niemand sonst. Also Nadja. Ihre linke Brustwarze war „wia auf links drahd", wie es Lukas mal beschrieben hat - er hatte so eine vorher noch nie gesehen, erst beim Nacktbaden damals. Deswegen fing er immer wieder damit an. Im Traum waren ihre Nippel nicht lange so geblieben, nur waren ihre Brüste da eben schon voller entwickelt wie später, als sie schwanger war und die Zwillinge stillte.

Und was bedeutet das jetzt? Wohl dass ich dringend mal wieder Sex haben sollte. Mehr will ich darin nicht sehen. Sie ist die Frau meines besten Freundes, die Mutter meiner Patenkinder und obwohl ich damals genauso in sie verliebt war, ist sie doch nicht mehr das Mädchen von früher. Ein Mädchen, das wir da noch nicht einmal richtig kannten, von der Frau heute ganz zu schweigen.

Ich habe einfach in letzter Zeit zu viel von ihr geschrieben, das ist alles. Hätte ich stattdessen wochenlang von Sabine geschrieben, dann wäre sie in dem Traum gewesen und fertig. Vielleicht hätten wir dann sogar unser stümperhaft vergeigtes erstes Mal richtig hinbekommen. Beide waren wir steif wie ein Brett gewesen. Immerhin hatte es ihr nicht wehgetan, dafür habe ich mich aber wund gescheuert. Wofür die Arme ja nichts konnte, denn ich besorgte es schließlich der Sofaritze unter ihr, und die hatte auf lange Sicht wahrscheinlich am meisten davon gehabt, als wir sie danach wie bekloppt abschrubbten und dann trocken föhnten, ehe ihre Eltern zurückkamen. Wir sind auch gar nicht lange genug zusammengeblieben, um es wenigstens ein zweites Mal zu versuchen. Sabine war danach eingeschnappt, als wäre ich fremdgegangen. Technisch mag das ja gestimmt haben, aber ich empfand es trotzdem als unfair, dass sie mit mir Schluss gemacht hat. Ich war ja schließlich nicht mit der Couch durchgebrannt.

Aber dass der C-Bau beim Musiksaal und dem daneben bewegliche Wände hat, hatte ich glatt vergessen. Wahrscheinlich deshalb, weil man sie so selten in Aktion erlebte. Eigentlich kam es nur dann vor, wenn der Flügel für eine Aufführung dort herausgerollt werden musste. Aber der Gedanke, modulare Klassenzimmer zu haben, die eine andere Form annehmen konnten, das war eigentlich revolutionär. Nur machte man halt nichts anderes daraus als wieder nur ein ordinäres Klassenzimmer. Klassenzimmer, in die man Flügel einsperren konnte. Wie passend: Ein fliegendes Klassenzimmer, das nie die Starterlaubnis kriegt.

War mit Mutter draußen. Sie stand einfach vor der Tür und meinte, ich müsste jetzt mal raus in die Sonne. Welche Sonne denn? Aber die guckte tatsächlich hier und da zwischen den Wolken durch. Erst sträubte ich mich, wie es sich für einen echten Sohn gehört, bin dann aber widerwillig mit, selbstredend ohne hinterher zuzugeben, wie gut es mir getan hat – was man mir aber trotzdem an der Nasenspitze ansehen konnte.

Um den roten Waldrundweg hat sie mich gescheucht, wobei das für mich, der in der Hügellandschaft Niederbayerns aufgewachsen ist, eigentlich kein Problem hätte darstellen sollen, aber Mama ist deutlich fitter als ich. Das kann ich zwar auf die Zigaretten schieben, aber ich fürchte, das ist nicht mal die halbe Wahrheit. Scheiße, ich muss mich echt mehr bewegen. Vor allem nach allem, was ich in der *Waldschenke* verdrückt habe. Man kriegt halt Appetit, so an der frischen Luft. Die Nachtschichten haben mich mächtig einrosten lassen und vom vielen Schreiben vor dem Tablet habe ich schon einen krummen Rücken bekommen, den ich spüre.

Mama hat vorgeschlagen, sie zum Yoga zu begleiten, aber das habe ich dankend abgelehnt.

„Du versuchst doch nur wieder, mich mit jemandem zu verkuppeln."

„Das würde ich nie tun!" Mama war empört. „In dem Kurs ist niemand unter fünfzig. Du könntest unseren Altersschnitt ein wenig drücken."

„Nee, das wäre mir irgendwie unangenehm."

„Du willst nur nicht mit mir gesehen werden."

„Mama, man kann uns gerade jetzt schon zusammen sehen", hielt ich dagegen. „Es muss ja nicht gerade auf einer Matte in akrobatischen Verrenkungen sein."

Sie blickte ein wenig enttäuscht drein.

„Aber weißt du was? Clara und Mario sind miteinander ausgegangen."

„Ohne Dennis?"

Ich nickte. „Also am Anfang jedenfalls, denn er hat es natürlich spitzgekriegt und die beiden dann nach dem Schwimmen beobachtet."

„Im Ernst?"

„Ja", seufzte ich. „Es muss sehr peinlich gewesen sein."

„Vielleicht sollte sich Dennis lieber auch ein Mädchen suchen. Da ist doch bestimmt eine Nette dabei – so wie diese Greta."

„Er ist bei den Hormonen eher ein Spätzünder."

„Da ist er nicht der Erste."

„Sag mal, suchst du heute Streit, oder was ist mit dir los?"

„Ich? Nein."

„Also er ist ihnen zufällig begegnet, als sie aus dem Kino kamen. Aus einem asiatischen Film oder so."

„Die Yogalehrerin solltest du mal die große Kobra machen sehen."

Ich verschluckte mich an meinem Kaffee. „Wusste ich es doch!", rief ich hustend.

„So wie die sich aufbäumt, da ..."

„Mama!"

„Sie heißt Karin, und ich hab ihr schon so viel von dir erzählt."

„Ich hab Angst vor Schlangen!"

„Das bildest du dir nur ein. Die haben ganz trockene Haut. Karin kommt nicht mal ins Schwitzen."

„Mir steht jetzt schon der Schweiß auf der Stirn. Können wir bitte das Thema wechseln?"

Auf der Busfahrt zurück in die Stadt nahm ich den Gesprächsfaden von zuvor vorsichtig wieder auf, den wir schon auf dem Waldrundweg angeschnitten hatten: dass ich zu Lukas nach Vilshofen fahren würde und zuvor noch ein paar Tage allein nach Rügen. Komisch. Erst dadurch, dass ich es aussprach, hatte ich mich endlich festgelegt. Rügen also. Vielleicht als eine Art Bestrafung für den unzüchtigen Traum.

„Was willst du denn da um diese Jahreszeit?"

„Einmal ist es in der Nebensaison billiger, und auch wenn es dich eigentlich nichts angeht: Ich werde nachdenken."

„Das ist alles?"

„Ja. Kein Kreidefelsen, kein Tourismus, nur Seeluft, Spaziergänge, Nachdenken und nichts selber kochen müssen, dafür lecker essen gehen."

Dabei beließen wir es und erst im Nachhinein fiel mir auf, dass etwas gefehlt hatte, aber ich kam nicht gleich drauf. Mama hatte das Altenheim mit keinem Wort erwähnt. Es sei denn, der Yogakurs fand dort statt, was ich aber bezweifelte. Einige Bewohner würden sich wahrscheinlich schon bei dem Versuch, sich auf die Matte zu setzen, die ersten Knochen brechen. Oder wahlweise nie wieder von ihr aufstehen.

Schrecklich genug, dass mich meine Mutter wieder verkuppeln will, andererseits ist es auch geradezu unheimlich, weil ich ja erst heute Nacht einen Blick in meinen Hormonspiegel werfen durfte. Ich will aber wirklich alleine nach Rügen fahren und nachdenken. Sex wäre natürlich auch toll. Ich könnte ja dort jemanden ... Ah, nein, verdammt, nein, nein, nein! Bin so was von durch den Wind. Ich habe jetzt schon genug Probleme um die Ohren, da brauche ich nicht auch noch frische Beziehungsprobleme obendrauf, mit Mutter im Nacken, die sich wohl doch Enkel wünscht. Wie ich sie kenne auch gerne von jemandem, der sie gleich mitbringt, weil ich ja angeblich langsam zu alt werde, um noch welche zu zeugen. Also langfristig gesunde Enkel, oder was weiß ich. Weil das Haltbarkeitsdatum der Spermien von Männern ab 30 immer schneller abläuft, meinte sie. Ich habe nicht nachgefragt, wo sie das herhat. Nicht weil es mich nicht interessieren würde, sondern ... Wer will das schon mit seiner Mutter besprechen? Manchmal weiß ich wirklich nicht, wie sie tickt, nur halt nicht richtig, das auf jeden Fall. Wahrscheinlich ist ihre biologische Uhr auch noch nicht in der Normalzeit angekommen.

Wo war ich eigentlich stehen geblieben? Ah ja, in der Horrorwoche, in der Lukas auch noch Geburtstag hatte. Wir wollten Daniel natürlich gerne dabeihaben, aber aus bekannten Gründen wurde nichts daraus und so blieben wir unter uns. Nach Feiern war uns auch nicht zumute. Lukas wurde 19, er war immer schon der Älteste von uns dreien gewesen. Wahnsinn, zu welchen Erkenntnissen ich mich hier durchringe.

Lukas war älter als wir, weil er früh einmal sitzen geblieben und damit bei Daniel und mir in der Klasse gelandet war. Nach seiner Zeit vor dem Gymnasium habe ich ihn nie gefragt, das kann ich ja nachholen, wenn ich bei ihm bin. Ich weiß ja sowieso nicht, womit wir die Zeit totschlagen sollen. Oder soll ich ihm etwa den ganzen Scheiß erzählen, den ich hier die letzten Wochen aufgeschrieben habe? Eben.

Den Geburtstag haben wir gefeiert, indem wir Monika gepflegt haben. Also beinahe. Wir standen schon mit warmem Seifenwasser, Lappen und Schwamm davor, als bei Lukas ein Sinneswandel einsetzte.

„Du, mia kenna des ned mocha."

„Wieso denn nicht?"

„Wegn der Nadine."

„Ich versteh nicht ..."

„Da drin is ois, was er no vo ihrer hod. Wo sie g'sessn hod und ois, vielleicht no a Haar hier und da. Mei, mia kenna uns jetzt gar nimma neisetzn."

„Und wenn wir uns draufsetzen? Also zum Putzen."

„Des gangad."

Also kletterten wir vorsichtig auf das Auto und putzten es gründlich von außen. Vorsichtig, damit sich nichts von der Farbe löste, mit der sie es verziert hatten. Wahrscheinlich gab sie der Rennsemmel sogar zusätzliche Stabilität, hielt sie als Exoskelett äußerlich zusammen. Als wir damit fertig waren, zogen wir die Schuhe aus und stiegen in Socken auf das saubere Dach.

„Mir Deppen san's ganze Wochenend umanandg'fahrn, damit is jetzt Schluss, bis Daniel wieder bei der Nadine is. Des schwör i."

„Ich auch."

Wir müssen ein trauriges Bild abgegeben haben, da auf dem Dach des frisch geputzten Autos sitzend, dessen Inneres zum Museum für unseren Freund geworden war. Dieser Innenraum, diese nicht mal zwei Kubikmeter Luft waren alles, was uns noch von Nadine geblieben war, und das mussten wir unserem Freund zuliebe rationieren, für ihn aufbewahren.

Am nächsten Wochenende musste Lukas die Stellung in Vilshofen alleine halten, denn wir Helfer waren nach Bonn eingeladen worden, um offiziell geehrt zu werden, mit Urkunde und allem Pipapo. Das fand im Rahmen des Bürgerfestes zu 40 Jahren Bundesrepublik statt. Im Sinne von „in letzter Minute noch mit drangeklatscht". Dort angekommen ließ man uns nämlich im Regen stehen und anstelle von Applaus gab es klatschnasse Hosenbeine. Kohl war krank und hat wohl im Delirium die Bierpreise auf dem Fest gesenkt (immerhin), Genscher war auf dem Weg zur Uno und damit wohl niemand mehr da, der uns die Urkunden überreichen sollte. Ich habe vergessen, wer's am Ende gewesen ist. Irgendein Staatssekretär, oder es hat einer der Künstler von der Bühne nebenan für 'nen extra Fuffi bar auf die Hand gemacht, was weiß ich. Mir war kalt, das Bier zu herb und einfach alles daneben. Aus Bonn brachte ich eine feuchte Urkunde, einen Schnupfen und die Gewissheit mit, dass der hohen Politik völlig am Arsch vorbei ging, wie ihr eigener ehrenamtlich vor Ort gerettet wurde. Das sind so Lektionen, die man nie vergisst.

02.11.19

Zwei Monate schreibe ich jetzt schon und tatsächlich bin ich allen Punkten, die ich mir zu ergründen vorgenommen habe, ein bisschen näher gekommen, oder? Zwar ein bisschen verbogen und verdreht wie bei *Twister*, aber es ist alles in Bewegung geraten. Die Zwillinge kommen der Wahrheit näher, weil ich mich ein bisschen verplappert habe, und Daniel meldet sich vielleicht schon bald selbst bei Lukas. Das wird doch.

Und wollte ich nicht noch was? Ich komme nicht drauf. Scheiße, habe eben nachgeguckt: Schwester Heide ein Geschenk kaufen! Das hat sich leider nicht von selbst erledigt. Ob es zu spät ist, Schwester Anita zu sagen, das Buch wäre gar nicht für sie gewesen? Wäre ja eh gelogen.

Ist es noch zu früh, mit dem Geschreibe wieder aufzuhören? Es soll ja kein Buch werden, auch wenn es für Schwester Heide so aussehen mag. Ich muss es ja nicht gleich verbrennen wie letztes Mal. Das Löschen ginge jetzt sogar schneller, ein Klick und alles wäre weg, CO_2 neutral und ohne Backup. Aber dieses Mal macht es mir sogar Spaß. Vielleicht deshalb, weil mir Sachen einfallen, die bis an die Zeit des verbrannten Buches heranreichen, oder daran anknüpfen.

Aufschreiben, das ist es! Warum bin ich eigentlich nicht gleich darauf gekommen, dass ich das für mich optimale Tempo von ASMR ziemlich einfach herausfinden kann? Jetzt habe ich ein paar Mal mitgeklopft, und glücklich bin ich bei 50 Schlägen in der Minute und darunter. Ich kann mir gut vorstellen, dass das auch Auswirkungen auf den Puls hat. Der Ruhepuls geht dabei ganz bestimmt mit runter, vielleicht nicht so weit wie bei einem Sportler, aber auf jeden Fall in gesündere Regionen. Im Vergleich ist mein Puls dafür zu hoch, aber ich rauche ja auch. Da will er also gerne hin, der Schelm. Ganz so leicht wird es ihm das Nikotin nicht machen, das beruhigt ja auch die Nerven. Sag ich mir, obwohl ich weiß, dass es nicht stimmt. Eher die Pause, die damit einhergeht, wenn ich auf den Balkon gehe. Den Impuls, den die Kippensucht auslöst, aufstehen und rausgehen, wenn ich den erhalten könnte, ohne den Nebeneffekt, den er auf die Lunge und Gefäße hat – das wär's!

Die Zwillinge haben mir ja unabhängig davon schon vorgeschlagen, auf Verdampfer zu setzen, weil man damit leichter davon loskäme, aber was will ich denn mit dem Scheiß? Dann höre ich lieber gleich zu rauchen auf. Soll ich dann Leute um ihre Powerbank anschnorren, wenn die Batterie grad alle ist, oder was? „Hätten sie eine Batterie für mich? Ich möchte rauchen." Nee. Als wären noch mehr batteriebetriebene Geräte die Lösung für all unsere Probleme.

Gut, andererseits ersetzen die meisten Autohersteller die Zigarettenanzünder in ihren Fahrzeugen ja inzwischen gleich durch Stromspender, aber doch, um in erster Linie die Mobiltelefonsucht am Laufen zu halten und nicht E-Zigaretten. Der Gedanke, dass auch damit am Ende doch wieder geraucht (oder meinetwegen verdampft) wird, lässt mich schon schmunzeln.

Nein, ich bin mit Cowboys und Indianern im Fernsehen aufgewachsen, Kippen sind meine Friedenspfeife, sieht man sogar auf der Packung. Aber ich werde das Gefühl nicht los, damit so langsam der letzte Mohikaner zu sein, seit auch der *Marlboro*-Mann vom Kehlkopfkrebs dahingerafft wurde.

Vor Goldhammer hatten wir dann wenigstens im Unterricht Ruhe, und dort holte uns die Tagespolitik zu unserer Verblüffung doch noch ein, wenn auch etwas anders, als wir das erwartet hätten. Es war in einer Deutschstunde bei Talmüller gewesen, der als Einziger nicht gleich wieder Unterricht nach Lehrplan machte, sondern von sich aus die Flüchtlingsbewegung ansprach. Mit einem Mal waren Daniel und ich etwas aufmerksamer, während Lukas noch immer weiter verträumt in seinem Schulbuch am Rand herumkritzelte.

„Geschichte wiederholt sich nicht …", seufzte Talmüller und machte eine Pause, um die Worte wirken zu lassen, „ …aber sie reimt sich. Soll Mark Twain gesagt haben."

„Hä? Oba des reimt sie ja gar ned!", rief jemand.

„Es ist auch kein Gedicht, Herbert – äh, Hubert. Du bist also nicht der Einzige, der noch nicht richtig wach ist." Das brachte Talmüller ein paar Lacher ein, aber er selbst lachte nicht.

„Was meint ihr, worauf reimt sich das historisch, was sich letzte Woche auf dem Bergerparkplatz abgespielt hat?"

Schulterzucken und Schweigen war alles, was er erntete. Es war wieder eine jener Stunden, in der er aus uns herauszukitzeln versuchte, was wir dachten, während wir eigentlich nur nach Hause wollten, oder wenigstens raus aus der Schule. Doch selbst das war besser, als in anderen Stunden auf Autopilot zu pauken.

Jemand meldete sich und sagte selbst nicht wirklich überzeugt: „Auf den Wochenmarkt?"

Talmüller legte seinen Kopf schief, wie er es immer machte, wenn er lieber eine andere Antwort gehört hätte. „Ja, aber was haben wir denn von den Flüchtlingen gekauft? Gemüse?" Er wollte auf etwas hinaus und würde nicht aufhören danach zu bohren, bevor er sich schließlich mit einem Hauch von Ungeduld selbst – und uns natürlich auch – die Antwort geben würde.

„Autos!", rief Kurt.

„Ach, es Kindsköpf!", seufzte Talmüller.

„Doch, der Lukas hat sich einen Trabi gekauft", verteidigte sich Kurt. „Sag's ihnen!"

Lukas sah kurz auf, als er seinen Namen hörte, und nickte vorsichtshalber einfach mal, als er registrierte, dass es wohl nicht um seine fehlenden Hausaufgaben ging.

„Könnt ihr vielleicht ein bisschen weiter in der Geschichte zurückdenken, als bis zum letzten Wochenmarkt?" Jetzt wartete er erst gar keine falsche Antwort mehr ab. Talmüller öffnete das Fenster. „Dort auf dem Bergerparkplatz wiederholte sich, was schon 1945 passiert war. Damals flüchteten auch Deutsche zu Deutschen."

„Die Heimatvertriebenen!", schlug Gisela vor.

Talmüller schüttelte schnaubend den Kopf. „Nein, Flüchtlinge. Wir wurden nicht vertrieben, sondern gingen freiwillig, bevor man uns hätte vertreiben können. Weil alle längst wussten, was unsere Soldaten weiter im Osten taten. Wir haben mitangesehen, was sie vorher in unserer unmittelbaren Nachbarschaft getrieben haben und lieber zur Seite gesehen, wenn wieder jemand abgeholt wurde. Die Gelackmeierten waren am Ende wir."

„Oba des stimmt doch ned, mei Opa hod g'sagt, de san vertriebn wordn."

„Ach ja? War dein Opa denn einer davon?"

„Na. Sie?"

„Ja, Hubert. Ich war einer davon, und damals ungefähr so alt wie du."

Es wurde totenstill in der Klasse und selbst der Wind vor dem Fenster legte sich. Man hätte ihn jetzt auch draußen gut hören können.

„Als kleiner Bub habe ich noch den schicken Uniformen zugejubelt. Vertrieben haben wir die Juden, als wir ihnen die Schaufenster ihrer Geschäfte einwarfen und die Synagogen anzündeten. Das war genauso ihre Heimat wie unsere, ihre Wohnungen, aus denen unsere Leute sie dann zerrten. Das waren Vertriebene, Hubert. Die sind nach Übersee geflohen und nie zurückgekommen. In dem Moment haben wir schon unsere Heimat verloren, nur begriffen haben wir das erst später." Er ging zum Fenster und schloss es wieder. „Und warum das alles? Wegen Nachbarschaftsneid und aus Gier. Am liebsten noch Zoll am eigenen Gartenzaun verlangen, wie es schon im Kohlhaas steht." Er steigerte sich in einen seiner Monologe hinein und der Großteil seiner Schüler schaltete bereits ab, gab sich Tagträumen hin, oder genoss einfach die willkommene Pause aus dem Trott.

„Alles haben wir zurückgelassen und hier von vorne begonnen. Fünf Millionen hat allein Bayern aufgenommen, aufnehmen müssen, dabei war schon für die eigenen Leute nicht genug da. Trotzdem hat man es ertragen, und mehr noch: geteilt."

„Aber was denn?", fragte Gisela.

„Wie was?" Talmüller geriet kurz aus dem Konzept.

„Na, was haben sie geteilt, wenn alles kaputt war?"

„Die Erfahrung der Ohnmacht. Niemand hatte viel mehr, außer dem, was er am Leibe trug. So viele hungrige Mäuler. Einen Hunger, den ihr euch gar nicht vorstellen könnt. Wenn man davon träumt, pures Fett zu essen. Es gab aber nichts zu essen, keine Arbeit und es kamen trotzdem immer noch mehr, jeden Tag. Also gründeten die ‚Zuagroasten' die Firmen einfach selber. An denen geht ihr heute auf eurem Schulweg vorbei und glaubt, die wären schon immer da gewesen."

Ich sah zu Daniel rüber, den es kaum noch in der Bank hielt.

„Wir fingen gemeinsam wieder von vorne an, und niemand sprach über das, was wir angerichtet hatten. Von unserem geschwollenen Stolz blieb nichts übrig, das grelle Aufleuchten der Blitzkriege geschah woanders, hat uns trotzdem geblendet, danach blieb nichts als Dunkelheit, an die sich unsere Augen nicht gewöhnen wollten. Statt blank polierten, gewichsten Stiefel und geschniegelten Uniformen gab es jetzt nur noch Löcher, Dreck und Tod, Schutt und Asche, bittere Armut, Hunger und

Krankheit. Die Löcher, die es vorher schon in unser Land gerissen hat, die Vertriebenen, die Kulturschaffenden, die Philosophen und Denker, die ..."

Eine Hand meldete sich.

„Ja, was ist denn?", fragte Talmüller genervt.

„Schreibn mir darüba an Test?"

Seufzend schüttelte Talmüller den Kopf und nahm seine Brille ab.

Daniel meinte hinterher gesehen zu haben, dass seine Augen feucht glitzerten.

„Geschichte reimt sich. Jetzt wird wieder geteilt und keiner hat Angst, dass ihm etwas weggenommen wird. Das ist neu. Der Neid ist Geschichte. Und wer erinnert sich?"

„Sie, Herr Talmüller!", rief Kurt triumphierend.

„Dürf ma jetzt gehn? 's is gleich Pause. "

„Schleicht's eich", sagte Talmüller resigniert, aber mit dem Anflug eines Lächelns. Auch wenn ihm niemand richtig zugehört oder verstanden hatte, was er sagen wollte, so hatte er sich doch etwas von der Seele geredet. Das ist mir jetzt klar geworden.

Während die anderen aus der Klasse stürmten, blieben Daniel und ich noch zurück, Talmüller nahm müde hinter seinem Pult Platz.

„Millionen?", fragte Daniel ungläubig.

„Ja, ich kann mir das selbst nicht mehr vorstellen. Dabei war ich selbst dabei. Um ehrlich zu sein, ich will mich gar nicht daran erinnern, aber die Bilder, die ... die bringen alles wieder hoch. Wir schufteten tagein, tagaus bis zur Erschöpfung und darüber hinaus. Sonst hätten wir wahrscheinlich gar nicht schlafen können, mit unseren knurrenden Mägen. So fiel man einfach irgendwann um wie ein Stein."

„In einen traumlosen Schlaf", mutmaßte Daniel, und Talmüller nickte.

„Der Albtraum war gegenwärtig, wann immer wir die Augen wieder aufmachten. Niemand wollte noch darüber reden. Es war auch überhaupt nicht so freundlich wie jetzt, ganz im Gegenteil, wir wurden nicht gerne gesehen. Aber ist das ein Wunder, wenn man bei jemandem zwangseinquartiert wird? Es hieß nicht umsonst Fremdenzimmer, erst die Werbetexter haben später daraus Gästezimmer gemacht. Wir sehnten uns nach Trennwänden. Jedes andere Gesicht erinnerte uns an unsere Schuld, jedes Loch, jede kaputte Wand. So viel Nähe war kaum auszuhalten. Aber sie lehrte uns etwas."

„Was denn?", fragte Daniel.

„Demut", seufzte Talmüller. „Stünde uns jetzt auch wieder gut zu Gesicht."

„Meinen Sie, dass jetzt wieder Millionen kommen?", wollte ich von ihm wissen.

Er zuckte mit den Schultern. „Wer weiß? Vielleicht. Aber jetzt habe ich euch lange genug mit Geschichten von früher gepiesackt."

Wir schluckten. Dann stand schon wieder Goldhammer in der Tür, um Daniel zu begleiten, aber Talmüller verwickelte ihn in ein Gespräch.

„Einfach von vorne anfangen. Mit nichts", flüsterte Daniel. „Das wär's."

Währenddessen gingen die Montagsdemonstrationen in Leipzig zu unserem Erstaunen weiter, jede Woche waren da mehr Leute und auch in anderen Städten fingen Menschen drüben an, auf die Straße zu gehen. Wir konnten es kaum fassen. Nicht, weil wir ihre Ziele nicht teilten, sondern weil wir mit Demonstrationen im Westen einfach bittere Erfahrungen gemacht hatten: ob Ostermärsche, Pershing II, NATO-Doppelbeschluss, Startbahn West – die Liste war endlos, alles wurde ausgesessen. Politisch bewegten sich durch unsere Proteste nur die Wasserwerfer der Polizei von A nach B. Mal ohne, mal mit Tränengas. Wen glaubten die da drüben eigentlich damit beeindrucken zu können, wenn bei uns schon nichts ging? Das Politbüro? Gorbi? Drüben gab's doch sogar Schießbefehl! Der Mauerfall war zwar nur noch wenige Wochen entfernt, aber selbst nur als Gedanke noch genauso absurd wie die Wiedervereinigung. Nein, Proteste brachten nichts.

Abzuhauen erschien uns da als die vernünftigere Alternative. Auf die Idee, dass wir selber ja auch abhauen könnten, kamen wir nicht einmal. Vielleicht weil wir immer nur zu hören gekriegt haben: „Dann geh doch nach drüben, wenn es dir hier nicht passt." Das einzig andere, was uns optisch zugetraut wurde, war bestenfalls von der Springer Presse eines Tages als Sozialhilfeempfänger auf Mallorca inszeniert zu werden: *Malle-Lukas versäuft die Stütze am Strand* – was in der Art.

Irgendwann im Oktober verschob sich dann etwas. Zuerst habe ich gedacht, ich hätte mich verhört, als wir die Nachrichten schauten, aber ein Blick zu Mama bestätigte mir, dass ihr der Unterschied auch aufgefallen war. Auf dieser Montagsdemonstration war aus „Wir sind das Volk" überraschend „Wir sind *ein* Volk" geworden. Wie war denn das passiert? Und warum? Das hatten die sich doch nicht selbst ausgedacht, oder? Die hat doch irgendwer unterwandert und lauter geschrien.

Allein bei dem Versuch wäre man damit bei uns gescheitert und zusammengefaltet worden. Wir wurden jahrelang von den Talmüllers dieses Landes darauf sensibilisiert, dass das „nie wieder" gerade dieses Volk meinte – uns Deutsche – und dass die Teilung einem Zweck diente – nämlich diesem. Wir hatten trotzdem immer noch überall Nazis sitzen, sie mit den Republikanern gerade erst ins Europaparlament gewählt, während die DVU weiter einmal jährlich ungestört in der Passauer Nibelungenhalle hockte. Und die NDP war auch nie ganz tot zu kriegen. Und da sind noch nicht einmal die dabei, die an den Stammtischen nie ein Blatt vor den Mund genommen haben, oder die Überbleibsel der NSDAP in Ämtern, Geheimdiensten und den übrigen Parteien.

Aus dem Wunsch nach Mitsprache war drüben jetzt eine Forderung geworden, der ich mich nicht mehr ohne Weiteres anschließen konnte. Jetzt wurde aus dem Wunsch nach Freiheit wieder Politik von gestern. Wegen eines einzigen, beschissenen Wortes, das ein höchst unangenehmes Echo begleitete. Ein Echo unserer Geschichte, das sich verbot. Jetzt kann ich mir einen Reim darauf machen.

Der Protest verlor genau an diesem Punkt seine Unschuld, und Daniel saß immer noch hier fest.

04.11.19

Heute Nacht hatte ich in der Schule Kreide an den Händen. Nicht die zum Schreiben an der Tafel, sondern die vom Geräteturnen. Die man so gerne in der Handfläche zerbrach und zerdrückte. Dann hat man sich die Finger dick damit eingerieben und dem Nebenmann einen Klaps auf den Rücken gegeben, dass es nur so staubte. Wie Höhlenmenschen, die Abdrücke an Felswände machen. Auf unseren T-Shirts sah man die Abdrücke allerdings nicht, wir mussten ja weiße tragen zu den blauen Shorts. Die bayerischen Farben, Weiß und Blau. Was man als Hans guck in die Luft eben so sieht, bevor es einen in die Odelgrube haut. Wenn wir etwas mutiger waren, dann klatschten wir unsere Kreide-Wolken dem nächstbesten Gesäß auf den blaugewölbten Himmel.

Habe direkt mal geguckt, ob es das Geräusch auch online gibt, und natürlich ist auch das längst ein Sound in der Community: *Gym Chalk*. Musste das direkt den Zwillingen erzählen, die wollten aber lieber mit mir bei der Tafelkreide bleiben.

Dennis schlug vor, doch im Traum mit Kreide etwas an die Tafel zu schreiben. Oder zu malen, warf Clara ein. Und dann gucken, was da steht.

„Hast du sonst noch was Neues geträumt?", fragte Dennis.

„Eigentlich nicht", log ich. Den Teil, dass ich mit ihrer Mutter in einem Klavier geschlafen habe, ließ ich weg. „Aber mir ist was aufgefallen, das ich vergessen hatte. Nur ein Detail."

„Die sind oft am wichtigsten", sagte Dennis.

„Echt?" Ich war wirklich verblüfft. Und ungemein erleichtert. „Ja, also der Musiksaal hatte bewegliche Wände, weil manchmal der Flügel wieder raus musste, bei Schulaufführungen, Zeugnis-Verleihungen, solchen Sachen."

„Mama hätte gerne einen Flügel gehabt", warf Clara ein. „Aber dafür ist unsere Wohnung einfach zu klein."

„Ach ... so? Wusste ich gar nicht." Mir brach der Schweiß aus und ich hoffte, dass die Qualität meiner Webcam ihnen das verpixelte.

„Was verbindest du denn mit einem Flügel?", wollte Dennis wissen.

„S.. so Sachen. Wie Musik."

„Und weiter?"

„Weiß nicht ... fliegen vielleicht?"

„Ja, du bist doch auch geflogen vor ein paar Wochen!", rief Clara begeistert. „Dann ... willst du vielleicht bei jemandem landen! Der Flügel steht ja auf dem Boden."

„Willst du etwa bei jemandem landen, Smörre?", fragte Dennis.

Verdammt und zugenäht. „Nein, ich fliege weder zu noch auf jemanden."

„Smörre ist verlihiebt!", rief Clara.

„War da noch jemand in der Schule? Wem gehörten noch mal die Hunde?"

„Higgins, das habe ich euch doch schon erklärt. Ihr seid da glaube ich auf der falschen Fährte."

„Das glaub ich nicht", sagte Clara. „Und du?"

„Ich auch nicht", bestätigte Dennis. „Er wird ganz rot um die Nase."

„Ein Ständchen will er ihr spielen."

„Haltet mal die Luft an, ihr Heißlüfter."

„Ui ui ui", machten sie im Chor.

Mir blieb nur noch ein Themenwechsel als Ausweg. „Da fällt mir ein: Ist die Wiedervereinigung eigentlich in euren Geschichtsbüchern drin?"

„Was soll die Frage? Na klar."

„Ja, ich mein eigentlich: Gibt es ein danach? Weil bei uns damals hörte die Geschichte einfach mitten im Kalten Krieg auf, und damit noch vor unserer Geburt."

„Du möchtest also eigentlich wissen, ob wir in unseren eigenen Geschichtsbüchern schon geboren worden sind?"

„Ja, so könnte man es ausdrücken."

„Ich schau mal, Augenblick." Clara verschwand.

„Ein bisschen aufgekratzt ist sie ja heute schon, deine Schwester."

Dennis nickte und verdrehte die Augen. Ich malte Buchstaben in die Luft vor der Webcam. M, A – und sofort folgte sein bestätigendes Nicken. Da entwickelte sich die Mario-Geschichte offenbar weiter.

„Frag sie ob sie beim Friseur war", flüsterte Dennis.

„Was?"

„Frag ..." Er verstummte und Clara tauchte wieder auf.

„Und?"

„Nicht wirklich. Einführung des Euros, Osterweiterung der EU, 9/11 und die Rolle von Terrorismus in einer multipolaren Welt."

„Multipolar?"

„Nicht mehr wie im kalten Krieg, NATO gegen Warschauer Pakt, sondern mehr Player gegeneinander, auch noch China, EU und so."

„Ah, okay. Auch was zu Umweltthemen, Ungleichheit, arm und reich ...“

„Nein, nur Kriege: Syrien, Afghanistan ...“

„Als würde sich Geschichte nur um Kriege drehen. Findet ihr euch darin wieder?"

„Natürlich nicht."

„Ach übrigens, deine neue Frisur steht dir super."

„Oh, danke." Clara errötete. „An dem Haarwirbel ist der Friseur beinahe verzweifelt."

„Ist doch gar nicht so schwer", warf Dennis ein.

„Ja, bei dir vielleicht, weil du sie eh immer kurz trägst!"

„Also ich finde es steht dir prima", grätschte ich dazwischen. „Mario wird sie bestimmt gefallen."

Dennis verdrehte die Augen diesmal andersherum, Clara schien erleichtert, also nahm ich seufzend den Faden wieder auf. „Aber dass die Kultusministerien es noch immer nicht schaffen, dass der Geschichtsunterricht wenigstens beim Abitur die eigene Einschulung einholt ..."

„Vom *Club of Rome* haben wir nichts in Geschichte erfahren, sondern bei *Fridays for Future*", schimpfte Dennis.

„Das war halt kein Krieg", seufzte ich. „Nur eine Warnung an uns alle."

„Es hat aber einen ausgelöst, einen der Desinformation: Konzerne, die eigene Studien in Auftrag geben. Reiche, die ..."

„... noch reicher werden", ergänzte ich schnell. „Tut mir leid, ich muss gleich weg, zur Arbeit. Geld verdienen, indem ich wildfremden Menschen helfe."

„Gelebter Kapitalismus im Sozialismus?", fragte Clara.

Ich schüttelte den Kopf. „Das klingt zu sehr nach der Gehaltserhöhung, die wir nie kriegen. An der Gesundheit von Leuten kannst du leider nicht so viel verdienen, wie an ihrem Leid. Die Kohle fließt woanders hin, während wir uns um die Leidenden kümmern."

„Bist du sicher, dass das der richtige Beruf für dich ist?"

„Meistens, ja."

Dabei ließen wir es bewenden.

„Sind die Alpenveilchen nicht wunderschön?", freute sich Schwester Anita.

Alpen! Das war's, nicht Berge. Aber ich bin ja auch kein Skifahrer.

Schwester Irmgard auf der 4 hat sich kurzfristig krankgemeldet und ich muss heute zwischen den Stationen springen.

„Wer denen wohl in der letzten Woche gut zugeredet hat?"

„Ich hab gehört, die würden sich gerne was vorjodeln lassen."

„Haha", sagte Schwester Anita. Sie ließ sich von mir nicht provozieren und freute sich an der rosa Überraschung.

Ich klemmte mir das Tablet unter den Arm, verschwand auf Station 4 und steckte zur Abwechslung mal dort meine Nase ins Geschreibsel.

Ob der Goldhammer heimlich Kreide schniefte? Wenn ja, dann bestimmt, als wir die Parkplätze beschriftet hatten. Das war Lukas' Idee gewesen, weil er „Vorwärtseinparker" nicht ausstehen konnte. Ein Auto müsse so geparkt werden, dass man immer sofort damit losfahren könne, und da ließ er nicht mit sich diskutieren.

Aber Goldhammer stieß sich ja am entstellten Asphalt. Es galt herauszufinden, ob dieses Attentat auch noch mit Schuleigentum begangen wurde. Zuzutrauen war es ihm, dass er Proben vom Asphalt kratzte und später unter einem Mikroskop verglich. Er war ja Chemiker, und ich sah ihn schon Proben in Reagenzgläsern mit einer Flüssigkeit aus einer Pipette versetzen. Danach lief er halb paranoid durch die Schule, die von Kreidespuren geradezu verseucht war. Jedem klebte das Zeug irgendwo an den Klamotten oder am Schulranzen, jeder hatte früher oder später Tafeldienst und so standen in seinen Augen alle unter Generalverdacht.

Wir hatten „Gold-Röhrling" auf seinen Parkplatz geschrieben. Ja, das war sicher nicht nett, aber sogar ein essbarer Pilz. Dem Lateinlehrer Sattler hatten wir aus Gründen „(Echter) Knoblauchschwindling" und dem Geiger „Panzerrasling" auf die Stammplätze ihrer Autos geschrieben, und die hatten einfach darauf geparkt wie sonst auch. Der Regen würde sich schon irgendwann um unsere pubertären Auswüchse kümmern. Ehrlich gesagt waren die Pilze allesamt genießbarer als die darauf parkenden Lehrer.

Goldhammer war der Einzige gewesen, der nicht auf seinen Parkplatz fuhr, sondern davor stehen blieb, als sei da jetzt ein Pentagramm und der Teufel persönlich materialisiert. Die Polizei wollte deswegen nicht anrücken, von den Anwohnern war auch nichts in Erfahrung zu bringen, und so stand er da, vor seinem verschandelten, entweihten Parkplatz.

Also musste Elvis ran und es wegschrubben, wahrscheinlich mit einem Spritzer Weihwasser im Putzeimer. Aber Proben davon hortet Goldhammer bestimmt noch irgendwo, denn verjährt ist die Sache für ihn bestimmt bis heute nicht.

Verdammt, jetzt war ich auf der 3 und habe mit Schwester Anita eine Neuaufnahme versorgt, dann setzte ich mich zum Schreiben hin und hatte vergessen, Semmel von der 4 wieder mit rüberzunehmen. Zu meinem Glück war Schwester Anita so angespannt, dass ich immerhin nicht mit ihr reden musste und schnell wieder verschwinden konnte.

„Aber du hast deinen Tee noch nicht mal angerührt."

Ach. Wieso musste sie den auch wieder mitbringen? Hätte ihn doch in der Zwischenzeit zu Hause aufbrühen können.

„Ich trink den auch gerne kalt", log ich und machte mich dünne, ehe sie etwas darauf erwidern konnte.

Wo war ich? Kacke, ich wollte doch eigentlich noch was zum Talmüller loswerden. Denn er hatte nie Kinder gehabt, also eigene. Nur Schüler. Vielleicht ist er deswegen Lehrer geworden, ich weiß es nicht. Daniel könnte es wissen, er hat ihn immer gemocht. Das ist noch untertrieben, er war sein Lieblingslehrer, und das beruhte wahrscheinlich sogar auf Gegenseitigkeit. Talmüller hatte zwar ein Herz für alle seine Schüler, aber in Daniel muss er so etwas wie einen Sohn gesehen haben. Ihm war nicht entgangen, wie die Situation bei ihm zu Hause aussah. Woher die beidseitige Sympathie herrührte, kann ich nur erraten, vielleicht sah er etwas von sich in ihm, es spielt letztendlich auch keine Rolle. Sie hatten eben einen besonderen Draht zueinander.

Jahre später darauf angesprochen, schüttelte Daniel den Kopf. „Talmüller hat mir einmal gesagt, dass er es bereut hat, nie selber Kinder gehabt zu haben. Der Satz klingt nicht nach viel, aber wenn du seine Augen dabei gesehen hättest – so viel gelebtes Leben, Freud und Leid, sicherlich, aber dann war da eben immer diese eine Sache, die er sich nicht zugetraut hat: Elternschaft."

„Das ging mir auch so, im Zivildienst."

„Ich erinnere mich, wie du davon erzählt hast, wen du alles hättest adoptieren wollen." Daniels Blick wurde ernst. „Aber diese Traurigkeit, als er das sagte, die schrie förmlich ‚zu spät', verstehst du? Dass man manche Dinge tun muss, ohne schon dafür bereit zu sein. Du musst springen, ohne zu wissen, wie und wo du landest."

„So wie du in die Vils?", meinte ich sarkastisch.

„Nein, so wie mit Nadja." Daniel holte tief Luft und atmete langsam aus. „Als sie meine Hand in ihre nahm, konnte ich alles andere loslassen. So frei war ich noch nie gewesen und ich wusste, ich werde sie nie verlassen. Ich wusste es einfach."

„Aber du hast sie doch verlassen."

Er schüttelte den Kopf. „Nach außen mag das vielleicht für dich so gewirkt haben, aber nie im Herzen. Loslassen ist etwas anderes. Unsere Beziehung war immer wellenförmig, immer in Bewegung, auf und ab, nie festgebunden. Zur Miete statt Eigenheim, leichtes Gepäck, morgen woandershin gehen können. Mit so jemandem kannst du Pferde stehlen, auswandern oder gut gelaunt um den Block laufen ..."

„... und damit auch wieder aufeinander zu, selbst wenn sie schon ein paar Ecken weiter ist", ergänzte ich.

Daniel nickte. „Jedenfalls wollte ich Talmüller trösten, stand aber nur dumm da, hielt seine Hand, die ich schon viel zu lang drückte, aber auch nicht mehr einfach loslassen konnte."

„Scheiße."

„Dann legte ich meine andere Hand noch oben drauf – du weißt schon, fast wie in dem Spiel, wo man immer seine Hand unten wegziehen muss? Also ich packte die oben drauf und sagte was von wegen, er hätte doch mit uns mehr Kinder gehabt, als man sich nur wünschen könnte."

„Spitzenidee! Und dann?"

„Dann lächelte er, aber nicht so breit, wie wir es gerne gesehen haben, sondern mehr, wie um mich zu trösten. Ich weiß nicht, wie ich das beschreiben soll. Es war herzzerreißend. Und ich versprach ihm, dass ich nie etwas bereuen würde. Da hat er dann wirklich gegrinst."

„Wann war das?"

„Im Frühjahr vor der Kollegstufe glaube ich. Auf jeden Fall bevor wir nach Berlin zum Kirchentag gefahren sind, da bin ich mir sicher. Der Tag war kühl gewesen, aber da stand mir wahrscheinlich Schweiß auf der Stirn."

„Verdunstungskälte also?"

„Verdünnisierungskälte."

Mist. Diesmal habe ich beim Stationswechsel meine Semmel auf der 3 liegen lassen und in der Zwischenzeit vergessen, womit ich eigentlich weiterschreiben wollte. So ein Mist. Aber ich hätte ja schlecht nur deswegen noch mal rübergehen können. Heute war nur die Ordensschwester da und da wollte ich mich nicht versündigen. War eindeutig zu lange in Bayern. Der Respekt vor Pinguinen und Kreuzen sitzt tief, dabei war ich nie besonders gläubig.

Es war was mit ... Nee, fällt mir nicht ein. Kackmist! Goldhammer hatte jedenfalls kein Herz. Und wenn doch, dann wussten wir nicht, wofür es schlug. Nur wogegen. Zum Beispiel wenn man an einem Montag der Schule fern blieb, weil eine weitere Veranstaltung zu Ehren der Flüchtlingshelfer stattfand. Da wollte ich eigentlich gar nicht hin, die Erfahrung aus Bonn war mir eine Lehre gewesen. Aber erstens wollte ich das Gesicht von Goldhammer sehen, der mir eine Entschuldigung genehmigen musste, um ein paar Schulstunden fehlen zu dürfen, und zweitens fand es diesmal drinnen statt. Also ging es nach Passau in die Nibelungenhalle zu Max Streibl. Zu einem Stehempfang. Schon wieder. Am Ende fühlten wir uns auf dem Trockenen genauso verarscht. Ein drittes Mal hatte ich jedenfalls nicht vor, mich für meinen Einsatz ehren zu lassen.

Schwester Anita ist inzwischen wieder guter Laune und hat sich mehrmals für den Krimi bedankt, den sie während dieser Schicht ausgelesen hat. Hatte Mutter nicht gesagt, es ginge darin eher um Spionage und Liebe? Sie grinste zufrieden von einem Ohr zum anderen und ich glaube, sie hätte mit mir gerne darüber geredet, aber ich bat sie, nichts zu verraten, weil ich selbst noch nicht damit durch sei. Ehrlich gesagt habe ich es nicht mal angefangen, aber das hätte ich ihr in dem Moment ja schlecht sagen können, oder?

Ah, richtig, Flucht. Ich wollte noch was zu Talmüller und Flucht erzählen. Oder? Ich blicke nicht mehr durch.

Aber in einer der nächsten Stunden korrigierte sich Talmüller, dass es damals sehr wohl auch Vertriebene gegeben habe. Zug um Zug seien sie noch aus der Tschechoslowakei gekommen, den ganzen Winter lang, erfrorene Kinder darunter und Elend wohin man auch sah. Er sei so wütend gewesen, dass der Fokus immer auf dieser Opfersicht lag, als hätte man zuvor die eigenen Täter nicht anderswo machen lassen. Seine Familie sei gegangen, weil man um das nackte Leben fürchten musste, wenn man geblieben wäre.

Mir reicht ehrlich gesagt schon als Fluchtgrund, eine verdammte Tasse Tee angeboten zu bekommen. Deswegen gehe ich jetzt erst mal nach Hause und Anita hat freundlicherweise nichts dagegen, mich heute eine Viertelstunde vor der Übergabe gehen zu lassen. Dafür bin ich ihr doppelt dankbar, also ab nach Hause mit mir.

05.11.19

Jetzt kann ich mich endlich konzentrieren. Ich mampfe noch unausgeschlafen Müsli, kleckere dabei das Tablet voll und wische es einfach wieder trocken. Das ist viel praktischer, als so ein altmodisches Notizbuch. Auf jeden Fall sauberer und fängt nicht irgendwann an, unangenehm zu müffeln. Und was gegen Spritzwasser geschützt ist, wird doch wohl einen Kleckser Milch aushalten? Außerdem macht das Mikrofasertuch sie ja zu Reinigungsmilch.

Obwohl wir uns nichts anmerken ließen, Daniel die Zähne zusammenbiss und den geläuterten Sohn gab, dauerte es drei Wochen, bis er eines Freitags endlich mit uns raus durfte. Unser erster gemeinsamer Abend seit den Sommerferien, die inzwischen unendlich lang her schienen.

Wie teuer er sich dieses Quäntchen Freiheit erkauft hatte, wussten wir seit dem Moment, als er das Klassenzimmer betreten hatte. Es war schlagartig stumm geworden, als hätte man jedes einzelne, abgeschnittene Haar zu Boden fallen hören. Seine lange, gewellte Matte war weg und nur noch ein brutaler Kurzhaarschnitt übrig geblieben. Nicht ganz *Full Metal Jacket*, aber viel gefehlt hat da nicht. Ob es all die entsetzten Gesichter waren, die ihn andeutungsweise lächeln ließen, weiß ich nicht – ich war genug damit beschäftigt, überhaupt wieder zu atmen. Lukas hatte Tränen in den Augen.

„Was zum ...", stammelte ich. „War das etwa ..." Ich wagte nicht auszusprechen, was ich dachte.

Daniel schüttelte den Kopf. „Das war ich selber."

Ungläubig starrten wir ihn an, aber wir mussten ihm glauben. Denn wenn er es nicht selbst gewesen war, dann hätten wir mit weiteren Zeichen eines Kampfes rechnen müssen, aber da waren keine. Ihm war kein einziges Haar gekrümmt worden. Also im übertragenen Sinne.

„Vater sagt, ich käme endlich zur Vernunft", verkündete Daniel mit einem vielsagenden Lächeln auf den Lippen. „Wollen wir heute Abend was zusammen unternehmen? Ich hätte bis elf nichts vor."

Na endlich! Sein Alter ließ ihn wieder ein wenig von der Leine.

Lukas wollte ihn zu Fuß abholen, was Daniel ablehnte, aber aus anderen Gründen, als wir dachten. Er wollte seinen Eltern nicht den Hauch eines Anlasses geben, Verdacht zu schöpfen, also würde er zu Lukas kommen und so haben wir es auch gemacht. Als er sich verspätete, ist Lukas ihm bis zur Videothek an der Ecke zur Königsberger Straße entgegengegangen, da hat er ihn dann schon gesehen. Den Rest des Weges gingen sie schweigend nebeneinander her. Daniel hätte nur tief durchgeatmet, immer größere Schritte gemacht und ihn zwischendurch munter angelächelt. Lukas hätte kaum Schritt halten können, und das Lächeln unsicher erwidert. Als sie durch die Kreppe liefen, hörte ich schon das Echo ihrer Schritte, dann sah ich sie, lief ihnen entgegen und Daniel fiel mir um den Hals. Mir war, als ob er zitterte, aber das war vielleicht auch ich selber, gesagt hatte er da jedenfalls noch nichts.

Wir waren mit Monika nicht ganz aus der Fischerzeile heraus und auf die Vilsbrücke gefahren, da schrie Daniel endlich seinen ganzen Frust und Hass aus sich heraus, dass uns die Ohren klingelten. Lukas drehte die Anlage bis zum Anschlag auf, was nicht viel war. Lukas hatte vor, bessere Boxen zu besorgen, selbst wenn er dann mehr Luft in die Hinterreifen pumpen müsste. In dem engen Auto fühlte sich Daniel endlich unbeobachtet, frei, und uns blieb keine Wahl, als seinen Schmerz zu teilen. Nichts daran war befreiend, er klang wie ein verwundetes Tier, das sich sein Bein abgenagt hat, um aus einer Falle zu entkommen. Lukas und ich wagten nichts zu sagen. Nachdem wir aus der Stadt heraus waren und die Dunkelheit unser Gefährt umschlungen hatte, brach Daniel mit einem lauten Seufzer sein Schweigen mit einer Beiläufigkeit, die mich beinahe noch mehr erstaunte als der vorausgegangene Ausbruch.

„Wo ist denn der *A341 Tournee* abgeblieben?", wollte Daniel von Lukas wissen.

Ich verstand kein Wort und dachte nur, „Der was?" Wovon redete er bloß? Von der A3 bei Passau, oder was? Aber Lukas wusste Bescheid.

„Den hob i ausbaut, weil er koa Kassetten ned spuid."

Es ging um das Autoradio, über das sie mit Nadja geredet hatten, als sie noch Nadine war. Wie man eben über jeden Scheiß redet, wenn man nicht weiß, wie man ein Gespräch anfangen soll, und Nadine kannte sich damit aus. Sie wusste zum Beispiel, wie man die Sender einstellt, und so taute das Eis zwischen den dreien im Nu auf. Natürlich wusste ich nichts davon. Ich saß ja auch jetzt wieder nur auf dem Rücksitz, wie ein Kind, das den Gesprächen der Eltern nicht folgen kann. Daniel hatte sich jedes Detail des Trabanten eingeprägt wie Lukas ja auch. Er hat recht behalten. Dieser Innenraum war alles, was ihm von Nadine geblieben war, und es brach mir das Herz, ihn so zu sehen. Und dann auch noch die kurzen Haare!

Wir fuhren in den Wald über einen holprigen Weg bis zu einer Lichtung. Lukas muss schon einmal dort gewesen sein, denn er fuhr wie aus dem Gedächtnis. Waren sie da etwa zu dritt gewesen, ohne mich? Ehe ich fragen konnte, stiegen wir aus und kaum hatte Daniel das Auto verlassen, rastete er wieder aus.

Er schrie den Waldboden an, die Bäume, den Mond, uns, die ganze Welt. „Ich halte es hier nicht mehr aus! Versteht ihr?"

Es war eine rhetorische Frage, aber wir nickten trotzdem und sahen zu Boden.

„Nichts bewegt sich, nicht einmal hier im Wald, alles ist still, tot! Alles hier schreit: Tod! Ein gottverdammter Friedhof!"

Lukas wollte was erwidern, aber ich hielt ihn davon ab. Daniel hob einen abgebrochenen Ast vom Boden auf und drosch ihn gegen den erstbesten Baum. Dabei brüllte er seine Wut und Trauer heraus, so dass wir selber schlucken mussten, denn er hatte ja recht. Mit allem.

Keuchend kam Daniel langsam zur Ruhe, der Schweiß stand ihm auf der Stirn. „Habt ihr herausgefunden, wo sie jetzt ist?"

Betreten in den Wald starrend schüttelten wir die Köpfe.

„Ich hatte gleich im Lager danach gefragt, aber die Zettel waren längst weg, zusammen mit den Kolleginnen von der Erstaufnahmestelle", erklärte ich zum gefühlt hundertsten Mal. Inzwischen war das ganze Lager wieder weg und der Bergerparkplatz so öde wie zuvor. „Es ging alles zu schnell, Daniel."

Da wünscht man sich jahrelang, dass mal etwas passieren möge, aber wenn sich dann die Ereignisse tatsächlich überschlagen, man nicht mehr hinterherkommt mit dem Verstehen und Begreifen, dann ist es auch wieder nicht richtig. Seitdem macht mich zu hohe Geschwindigkeit misstrauisch.

Der langsame Rhythmus der Provinz bringt auch etwas ans Licht, das man sonst übersieht. Ein Gleichgewicht vielleicht, Ausgewogenheit. Ist ja auch beim Musikmachen so. Alle wollen schnell spielen, bevor sie sauber spielen. Dabei führt der einzige Weg dorthin über Verlangsamung. Langsamkeit muss man aber erst mal aushalten können. Langeweile auch. Bei allem. Nicht stets neue Attraktionen suchen, sondern umgekehrt die Abwesenheit von allem aushalten lernen. Das ist etwas, das Vilshofen leisten konnte. Es brachte einen zum Stillstand. Daniel hingegen zum Herzstillstand.

Alles war so schnell gegangen bei uns, und wieder vorbei, ehe es anderswo erst richtig losging. In Leipzig etwa. Da waren die Dinge langsamer in Bewegung geraten und jetzt nicht mehr aufzuhalten. Bei uns verlief wieder alles in alten Bahnen, als sei nie etwas gewesen. Ich bin vielleicht ein bisschen langsam und die beiden neckten mich deswegen immer, aber das ging jetzt sogar mir alles nicht schnell genug.

Lukas und ich saßen wieder auf dem Dach von Monika und bewegten uns so vorsichtig es ging, um ja keine Beule hineinzumachen. Genauso, wie wir auch jedes Wort abwogen, bevor wir es Daniel gegenüber aussprachen. Betrübt knabberten wir unsere Salzstangen, tranken Dosenbier und guckten in die Sterne.

„Kannst du nicht in Gießen anrufen und etwas herausfinden?" Daniel klang verzweifelt.

„Ja, werde ich. Das habe ich dir doch schon gesagt", seufzte ich. „Aber mach dir deswegen keine Hoffnungen. Ich glaube nicht, dass ich da weit komme."

„Wos sogst eana denn?"

„Dass sie bei uns was liegen gelassen haben und wir es ihnen nachschicken wollen."

„Mei, des is genial."

Dass sie mich danach aber wahrscheinlich bitten würden, es ihnen einfach nach Gießen zu schicken, behielt ich für mich.

„Ich halte das nicht mehr aus", flüsterte Daniel mit zitternder Stimme, die aber auch von den inzwischen nachts doch rasch fallenden Temperaturen kam, für die wir jetzt zu kalt angezogen waren. Als ließe sich der Sommer durch das konsequente Weitertragen von T-Shirts verlängern. „Ich muss hier raus und sie wiedersehen. Ich muss wissen, dass es ihr gut geht."

Lukas beugte sich vor und drückte Daniel die Schulter, der auf der Motorhaube kauerte, die ihn wärmte. „Uns foid scho no eps ei."

„Du könntest ja einfach von zu Hause weglaufen, wenn du volljährig bist."

„So lange halte ich es nicht mehr aus."

„Komm, die paar Monate."

„Bis nächsten verfickten Sommer? Nie und nimmer. Ich ertrage das alles nicht mehr, die Schule, meinen Vater, Vilshofen, diese ganze kleinkarierte Kacke."

Und er hatte ja recht. Wir hatten den Geschmack von Freiheit zwar kennengelernt, aber das Gericht noch nie selber zubereitet. Freiheit war mehr als ein Ausbruch aus Staatsgrenzen oder verinnerlichten Zwängen. Aber der erste Zaun, über den man springen muss, ist in einem selbst. Wie auch immer, wir mussten jetzt Daniel da raushauen. Aber wie?

„Wieso eigentlich ned?" flüsterte Lukas, setzte sich langsam auf und ignorierte, dass sich das Dach von Monika dabei gefährlich eindellte, was ich mit einer Gewichtsverlagerung meinerseits ausglich.

„Wieso eigentlich nicht was?", versuchte ich ihm den ganzen Gedanken zu entlocken.

„Von Dahoam weglaffa", wiederholte Lukas.

„Das haben wir doch schon durchgekaut."

„Na, des moan i ned. Scho, aber es muass ja koana wissn, dass du no ned volljährig bist. Wenn man nirgends mehr dahoam is, wo gehst hi? Ois a Fremda? Wennst ned allein fremd sei wuist?"

Ich verstand es nicht gleich. Und Daniel auch nicht, also guckten wir beide Lukas erwartungsvoll an.

„Zur Fremdenlegion!"

„Was?"

„Wenn du sonst nirgends hi konnst, dann geht immer noch d'Fremdenlegion", sagte Lukas überzeugt.

„Und Nadine?"

„Die nehman a Frauen, des hob i g'lesn."

„Ja, genau!"

„Doch, da gab's a berühmte Fremdenlegionärin, d'erste", erklärte Lukas. „Guad, gleichzeitig a die Letzte, oba mei, d'Nadine nehman's a. Die is zach."

„Ich weiß ja nicht, ob das eine so gute Idee ..."

„Doch, die gebn dir a a neue Identität, wennst mogst."

Daniel klopfte Lukas auf's Knie. „Stimmt schon, ich hab gesagt, dass ich um sie kämpfen werde und bis ans Ende der Welt für sie gehe, aber vielleicht nicht ganz so wörtlich? Ich möchte hier meine Schlachten schlagen, nicht im Dschungel."

Immerhin lächelte Daniel endlich wieder. Das war zwar noch immer kein Plan, aber ein Anfang. Nur wenn es in dem Tempo weitergegangen wäre, Nadine und Daniel hätten sich bis heute nicht wiedergesehen.

Aber dann kam ja ihr Brief bei mir an.

Schwester Anita hat mir heute nicht mal Tee angeboten. Schwein gehabt. Aber ein bisschen eingeschnappt scheint sie zu sein. Ist ihr wohl was über die Leber gelaufen. Gut so. Für mich.

Es war am nächsten Morgen gewesen, einem Samstag, als es früh an der Tür klingelte. Zu früh für Daniel oder Lukas, obwohl wir ja gestern früher Schluss hatten machen müssen, als gewöhnlich. Nur deshalb hörte ich die Klingel wahrscheinlich überhaupt. Normalerweise wäre ich um die Zeit eher noch wach gewesen als schon wieder. In meinem unausgeschlafenen Kopf hatte ich kurz die Hoffnung, es könnte wieder Nadine vor meiner Tür stehen. Es war ja noch nicht so lange her, da ... Also hastete ich wie damals die Treppe runter und stand dann ziemlich enttäuscht vor dem Tankwart der *Agip*-Tankstelle.

„Ja bitte", fragte ich überrascht und putzte sicherheitshalber noch mal die Gläser meiner Brille, aber es war danach immer noch der Typ von der Tanke, nur ungeduldiger.

„Wie hoaßt denn du mit Vornamen?", fragte er misstrauisch.

„Was? Wieso?"

„Mei, jetzt sog hoid einfach wiast hoaßt", maulte der Tankwart genervt. „I hob ned den ganzn Tag Zeit, zefix."

„Johann. Zufrieden?"

„Ja", sagte er und klatschte mir mit Nachdruck einen Brief in die Hand. „Der da is für di."

Ich sah auf den Briefumschlag in meinen Händen. Er war an die *Agip*-Tankstelle adressiert, Ortenburg Straße 40, 8358 Vilshofen. Die Schrift hatte allerdings etwas unmittelbar Vertrautes, das mir das Herz schneller schlagen ließ. Ich hätte ihre Handschrift auf allen Anträgen im Lager sofort als die ihre wiedererkannt. Dort stand der Name zwar gleich links oben, aber ich hatte sie schreiben sehen, war ihrer Hand über das Blatt gefolgt, wie sich ihre Finger um den Kugelschreiber gelegt hatten ...

„Das ist doch für euch?", sagte ich mehr zu mir selbst.

Der Tankwart stapfte weiter und winkte ab. „Na, schau hoid nei."

Da war ein kleinerer Umschlag im ersten, und der war an „Johann vom Nachbarhaus zur Linken" adressiert.

Ich taumelte in die Wohnung zurück, ohne dass ich der Tür genug Schwung mitgab, damit sie ins Schloss fiel, und riss den Umschlag auf. Tatsächlich. Ein Brief von Nadine. An mich!

Na ja, eigentlich an uns alle: „Johann, es ist schlimm so ins Leere zu schreiben. Ich habe inzwischen auch versucht, dich im Lager anzurufen, aber das gibt es ja nicht mehr."

So fing er an und ich stolperte nicht einmal über das Wörtchen „auch". Woher wusste sie, dass es das Lager nicht mehr gab? Ach so, das hatte man ihr wohl am Telefon gesagt. Stand ja auch da – ich Esel.

Dann weiter: „Bei der Telefonauskunft hatte ich das gleiche Problem wie bei den Briefen: Ich weiß deinen Nachnamen nicht!"

Woher auch? Hätte ich mich ihr nur damals so formal vorgestellt wie ihr Vater sich dem alten Speck, aber was weiß oder wusste ich jemals über korrekte gesellschaftliche Gepflogenheiten? Andererseits war es gut, denn wenn sie nur mit einem Ohr hingehört hätte, dann wäre aus Mayr schnell Meier geworden und davon lebten mindestens noch zwei hier in der Straße – der Brief wäre nie bei mir angekommen.

„Hoffentlich gelingt es jetzt beim dritten Anlauf über die Tankstelle, sonst weiß ich wirklich nicht mehr weiter."

Ah, das hat doch prima geklappt. Moment, wie, dritter Anlauf? Mir blieb die Luft weg.

Verdammt, die war viel zu schlau für uns Bauerntrampel und um Lichtjahre voraus. Wir waren gerade mal auf die Idee gekommen, dass Daniel von zu Hause weglaufen musste, da hatte sie schon eine neutrale Postadresse, unter der wir sie erreichen konnten. An der Gesamtschule Gießen-Ost, bei der Schülerzeitung? Was zum ... Ich verstand nur Bahnhof. Da war ich ja auch nur dumm herumgestanden. Sprichwörtlich.

Und dann kam der Satz, der mich zerstörte: „Sag Daniel bitte, dass ich ihn liebe."

Aber was hatte ich denn anderes erwartet? Nur weil er an mich adressiert war? Es stand ja auch was darüber drin, dass sie uns vermisste, doch war das wahrscheinlich mehr der Höflichkeit geschuldet. Augen hatte sie nur für Daniel gehabt. Es war der letzte Satz vor ihrer Unterschrift, dazwischen blieb kein Platz mehr für mich und Lukas.

„Man muss den Tee ja nicht selbst trinken, wenn man ihn nicht mag." Schwester Anita sprach beschwörend in ihre Tasse wie zu sich selbst, meinte damit aber eindeutig mich. „Ich mag ihn. Wenn du keinen möchtest, dann kannst du mir das sagen."

„Weiß ich doch. Wür... werde ich so machen. Ich schwör's."

Das schien sie nicht wirklich zu besänftigen, aber ich kann mich nicht um alles kümmern und habe jetzt wirklich andere Sorgen. Auch nur über den Brief zu schreiben tut wieder genauso weh. Ich kann ihn ja sogar noch auswendig. Wort für Wort.

06.11.19

Na gut, so auswendig dann doch wieder nicht. Ich halte ihn gerade in Händen. Er lag oben auf im Schuhkarton mit Briefen, die mir mit jedem seit der Jahrtausendwende vergangenem Jahr den Eindruck verstärken, dass ich sie illegal vor einem Museum verstecke.

„Ich sterbe vor Sorge um Daniel und würde euch so gerne wiedersehen. Ihr hattet mit allem recht. Jetzt sitze ich im Schulgefängnis genau wie ihr. Es ist schrecklich, wenn man nicht schon erwachsen ist."

Den Teil hatte ich vergessen. Wie auch, was in meinem Antwortbrief gestanden haben mag, also neben den offensichtlichen Sachen wie meiner Telefonnummer, der richtigen Adresse, Nachname und all das. Der Teufel muss mich geritten haben. Ein bisschen tat er das, weil ich unter Zeitdruck stand, denn die Post würde bald zumachen. Es war ja Samstag.

Mein Herz raste und ich schlug vor, dass sie auch weiterhin an mich schrieb, damit die Korrespondenz nicht dem alten Speck in die Hände fiel oder bei Lukas verloren ging. So weit, so logisch. Ich schrieb, wie sehr wir uns Sorgen um sie gemacht hätten, dass sie uns fehlte, und dann noch ein paar Sätze, an die ich mich eben nicht erinnern kann, oder will. Aus Selbstschutz. Wahrscheinlich habe ich sie für sehr subtil und clever formuliert gehalten. Das waren sie aber bestimmt nicht. Und manchmal bin ich mir nicht sicher, ob Nadja mir den einen oder anderen davon nicht als Zitat an den Kopf schmeißt, ohne dass ich es merke. Sie lächelt manchmal so wissend, verspielt, nachdem sie was gesagt hat, und ich begreife nicht immer gleich, was sie gemeint hat. Oder halt gar nicht. Oder erst nachdem mir Stunden, Tage oder Wochen später ein Licht aufgeht. Jetzt lege ich mich aber hin, die Schicht war lang und ich bin hundemüde.

Eben geträumt, dass ich tatsächlich was an die Tafel geschrieben habe, aber als ich einen Schritt zurückmachte, um es zu lesen, hat jemand das Licht ausgemacht. Ich habe mich zwar zum Schalter vorgetastet, aber der hat dann nicht funktioniert, und über meinen Ärger machte ich die Augen auf und war wach. Ein Omelett später auch satt.

Was ich meine, Nadine noch geschrieben zu haben, ist, dass wir einen Plan für Daniel und sie hätten, was natürlich nicht der Wahrheit entsprach, aber deutlich besser klang als: Wir sind zu doof. Mit Ruhm hatten wir uns wirklich nicht bekleckert und wenn sie herausfand, was für Nieten wir waren, würde sie womöglich lieber allein das Weite suchen, und wir sie niemals wiederfinden. Ich versicherte ihr, das alles gut werden und wir sie da rausholen würden, dabei rettete sie uns gerade den Arsch. Endlich hatten wir etwas, das wir Daniel sagen konnten. Endlich hatten wir wenigstens die Idee von einem Plan, einen Lichtblick, ja sogar einen Hauch Hoffnung.

Ob Nadine meinen Antwortbrief weggeschmissen hat, weiß ich nicht. Ich gehe zwar davon aus, weil nach Hause hätte sie den ja damals schlecht mitnehmen können, ohne aufzufliegen. Das war zu riskant. Vielleicht hat sie ihn bei jemandem zwischengelagert und dann dort vergessen? Ging ja danach alles ziemlich schnell. Aber wenn doch ... dann wären sie ständig mit ihm umgezogen und Daniel sicher irgendwann darüber gestolpert – das wüsste ich. Nein, den hat sie ganz bestimmt nicht aufgehoben, und ich werde den Teufel tun und sie danach fragen.

Jedenfalls schaffte ich es an dem Samstag noch zur Post, gerade eben so. Erst auf dem Rückweg fiel mir dann ein, dass sie weitere Briefe erwähnt hatte. Ich lief also ein zweites Mal hin und wollte fragen, ob vielleicht unzustellbare Post an mich herumliegen würde, aber dann war schon zu. Wie lange heben die solche Briefe wohl auf, ehe sie sie vernichten? Ich betete jedenfalls, dass es wenigstens noch nicht am Montag wäre. Vielleicht hoben sie die gerade auch länger auf, weil der neue Postbote noch nicht mit allen Namen auf seiner Runde vertraut war? Ich hoffte es, und kann mich selbst jetzt nicht an seinen Namen erinnern.

Irgendetwas stimmt mit Schwester Anita nicht. Sie hat noch nicht mal in ihr neues Klatschheft reingeschaut. Auf meine Frage, ob mit ihr alles in Ordnung sei, meinte sie nur, dass sie mich nicht vom Schreiben abhalten wolle, weil sie zu langweilig sei. Was ist denn in die gefahren? Besser erst gar nicht mehr darauf ansprechen.

Natürlich zeigte ich als nächstes Lukas und Daniel den Brief. Sie mussten ihn mit eigenen Augen sehen. Da lag er am Montag zwischen ihnen im Trabi, auf Daniels Schultasche, die Fahrer- und Beifahrersitz überbrückte. Abwechselnd nahmen sie ihn in die Hand, lasen ihn noch einmal und legten ihn ungläubig bis andächtig zurück. Daniel standen Tränen in den Augen und die Stumpfheit darin war wieder dem alten Leuchten gewichen. Seine Finger strichen zärtlich über das Papier und mir zerriss es die Seele. Es war ja trotz allem mein Brief. Ich hatte ihm alles ausgerichtet und sie würde bestimmt am gleichen Abend anrufen, wenn sie den Antwortbrief aufmachte.

„Du bist dann auch bestimmt zu Hause?" Daniel schluckte.

„Ja, jeden Abend jetzt. Natürlich. Ich sitze und schlafe neben dem Telefon. Mach dir keine Sorgen."

„Und wenn deine Mutter telefonieren muss?"

„Was? Wieso? Mit wem denn?"

„Weil es bei euch brennt, oder ihr einen Krankenwagen braucht, weil ..."

„Jetzt mach mal halblang, Daniel! Ich pass schon auf."

„Wenn's oruaft und du grad am Klo bist?"

„Sehr hilfreich, Lukas. Danke." Ich verdrehte die Augen. „Ich hab ihr doch geschrieben, wann sie mich sicher erreicht. Das wird schon klappen." Dann wendete ich mich an Daniel: „Pack du lieber mal deine Sachen."

„Das kann ich nicht. Sonst fällt es auf. Meine Mutter zählt noch die Sockenpaare in den Schubladen ab."

„Wega dir?"

„Wegen meinem Vater. Wenn der mal was nicht gleich findet ..."

„Okay, dann pack ich dir einen Rucksack mit Klamotten von mir", fuhr ich dazwischen. „Wir haben doch eh die gleiche Größe. Du kannst auch gerne selber bei mir packen, dann passen wir beide auf das Telefon auf."

„Danke, Mann."

„Und vo mia gibt's an Schlafsack und a Fresspaket für oa Wocha", sagte Lukas stolz. „Des habn mia ois scho fix und fertig, bevor's oruaft. Konnst di auf uns verlassn."

Ich weiß noch, wie sich Daniel darüber gewundert hat, dass ich ihm mein Lieblingshemd mitgegeben habe. Das hatte ich zur Konfirmation selbst im Geschäft ausgesucht. Es durfte nicht weiß sein, weil ich kein Engel bin, und seither habe ich es danach auf jeder Party getragen. Daniel hatte es abgelehnt, aber ich bestand darauf, damit er mich nie vergisst und auch was Eleganteres hat, falls er sich irgendwo vorstellen muss. Es würde ihm Glück bringen. Das stimmte zwar alles, aber der Hauptgrund war der gleiche wie bei allen anderen meiner Klamotten: Nur so konnte ich irgendwie näher bei Nadine sein. Wenn er sie in seine Arme nahm, war noch immer ich dazwischen, oder wenigstens dabei. Wie bei den Briefen oder Telefonaten auch. Und in das Hemd würde sie vielleicht eines Morgens schlüpfen – wie im Film, mit nichts drunter und darin barfüßig Kaffee trinken.

Jetzt hat sie mich nach einem Wort gefragt, für ihr Kreuzworträtsel, das damit wohl auch fertig ausgefüllt war, denn sie legte das Heft zur Seite. „Siehst du, wenn ich was nicht weiß, dann frage ich."

„Was? Jaja, gern geschehen. Kein Problem."

„Weil manche verwechseln das mit Neugier", lachte Schwester Anita gekünstelt.

„Äh, Kreuzworträtsel?" Heute gibt sie mir weit mehr Rätsel auf, als waagrecht oder senkrecht unterzubringen wären.

„Auch, aber mehr so allgemein."

Ich guckte etwas verkrampft auf das Tablet und hielt diesen Dialog fest, in der Hoffnung, dass sie mich dann wieder in Ruhe lassen würde. Und? Es hat geklappt!

Seitdem halte ich bei jedem Telefonklingeln zu Hause die Luft an. Sollte ich Herzrhythmusstörungen kriegen, dann haben die dort ihren

Ursprung. Mein Mobiltelefon hat nicht mal einen Klingelton, weil ich es bei Anrufen nur vibrieren lasse, und auf dem Festnetz ruft eh niemand an. Außer Mutter, weil die irgendwie immer weiß, wann ich zu Hause bin. So zuverlässig, dass es mir ein bisschen Angst macht. Ich habe keine Ahnung, wie sie das macht. Darauf angesprochen meinte sie nur, dass sie nicht darüber nachdenke. Ich wünschte, sie würde damit anfangen, weil ich glaube, dass das nur dann aufhört.

Jedenfalls dauerte es bis Freitag, dass Nadine tatsächlich anrief. Vorher waren alle möglichen Leute dran, nur sie nicht: Der Chef aus dem Altenheim, der Pfarrer, jemand von den Stadtwerken, auch Verwandte dem Bayerischen Wald, von denen ich noch nie gehört hatte. Es war unglaublich. Und bei jedem Klingeln sprang mein Herz so hoch, dass es mich aus einem Sessel hochkatapultiert hätte. Pfeilgerade nach oben, bis an die Decke. Mit trockener Kehle röchelte ich dann ins Telefon: „Johann Mayr."

„Hallo Johann, ich bin's", frohlockte sie durchs Telefon, als stünde sie im Nebenzimmer.

„Es ..." Ich räusperte mich. „Es tut so gut, dich zu hören. Wie geht's dir?"

„Beschissen, sag ich dir. Ich halte es hier nicht mehr aus. In der Schule ist es fast noch schlimmer als zu Hause. Da gehe ich mir nur selbst auf die Nerven, aber in der Schule? Sind die im Westen alle so? Die Schüler meine ich?"

„Keine Ahnung, ich bin selten länger aus Vilshofen rausgekommen."

„Ich dachte, ihr würdet mich damit nur aufziehen! Gießen kannst du aber gerne von deiner Liste streichen."

„Okay."

„So gut, dass es endlich geklappt hat. Ich dachte, ich werde noch verrückt. Ich hab sogar versucht, die Tankstelle anzurufen, aber da hebt nie einer ab."

„Ich glaub, die haben es nicht eingesteckt oder so. Lukas weiß da bestimmt mehr."

„Du, wir müssen uns etwas beeilen, ich hab heute nicht so viel Kleingeld."

„Wieso, ich ..."

„Ich bin in einer Telefonzelle. Aus dem Schülerzeitungsbüro habe ich mich nicht getraut, weil da könnte jemand mithören. Oder wer weiß, ob meine Eltern dort nicht die Verbindungsprotokolle anfordern, wenn ich weggelaufen bin, und dann würden die sie direkt zu dir führen."

„Du denkst ja wie James Bond!" Wer hätte gedacht, wie viele Geheimnisse man hinter Schülerzeitungen verbergen konnte? Erst unser *Eulenspiegel* als Codewort und jetzt ermöglichte uns eine andere sogar abhörsichere Kommunikation.

„Na ja, eher wie die Stasi, mit der haben wir mehr Erfahrung. Erweist sich jetzt aber als ziemlich hilfreich. Das nächste Mal rufe ich dich Montag oder Dienstag an, hörst du? Da ist am frühen Abend Tischtennis in der Halle."

„Du spielst Tischtennis?"

„Ja schon, aber das ist doch alles nur Tarnung. Ich muss doch irgendwie noch außerhalb der Schulzeiten aus dem Haus können und da schöpfen meine Eltern keinen Verdacht. Ich bin jetzt schon ein paar Wochen dabei und es ist so öde. Aber jetzt hör zu: Ihr müsst euch was einfallen lassen, wo wir hinkönnen, wenn wir weglaufen. Bei wem wir wohnen, wovon wir leben. All das, okay?"

„Ja ..." Ich schluckte und die Pause wurde schon zu lang. „Ja klar." Schob ich schnell nach.

„Gut. Dann bis Montag, wenn alles gut geht. Seid vorsichtig! Tsch..."

Noch ehe ich was erwidern konnte, wurde die Leitung getrennt. Nicht von der Stasi, sondern vom Kapitalismus. Ich blieb eine Weile regungslos sitzen, für den Fall, dass sie noch mal anrief, aber es passierte nichts. Ich saß nur im Dunkeln, denn die Fragen, die sie eben aufgeworfen hatte, überforderten mich. Darüber hatten wir noch überhaupt nicht nachgedacht. Was hatten wir denn bitteschön geglaubt, dass Nadine und Daniel sich wiederfinden und dann wie *Bonnie & Clyde* durch die Lande ziehen und Banken ausrauben würden?

Ein paar Wochen nachdem Daniel schon weg war und sich die Wogen bei uns langsam wieder glätteten, sprach mich auf der Post jemand an. Ich holte etwas für Mutter ab – oder vielleicht war es auch eine *Malibu*-Bestellung, es spielt eh keine Rolle –, als mich die Postangestellte fragte, ob ich nicht vor einer Weile nach einem verloren gegangenen Brief gefragt hätte. „Eigentlich sogar zwei", sagte ich. Sie lachte und verschwand kurz nach hinten. Als sie wiederkam, hatte sie einen in der Hand. Die Adresse wäre nicht ganz richtig gewesen und es stünde halt auch kein Absender darauf, stattdessen nur „Postlagernd von N.R. bitte". Daneben war ein kleines Herz gemalt worden und das gab wohl den Ausschlag dafür, dass er noch nicht im Schredder gelandet war. So war er in eine Kiste mit unzustellbaren Sammelobjekten gekommen, die einmal zu Neujahr entrümpelt wurde, oder so.

Mit ziemlicher Sicherheit handelte es sich dabei um den ersten Brief, denn dort stand im Prinzip das gleiche drin wie in dem, der angekommen war, nur ausführlicher. Auch den Brief habe ich heute noch. Dort beschrieb sie den Moment, in dem ihre Welt für sie auseinandergebrochen war, als ihr Vater Daniel schlug – damit hat er auch sie getroffen. Wie sie ihn gebissen hat und sie dann schweigend im Zug gesessen haben. Sie hat nie verwunden, dass Doris, dass ihre Mutter kein Wort gesagt hat, keiner von ihnen. Ich kann es mir nur so erklären, dass Doris genauso geschockt war wie Nadine selbst.

Der zweite Brief ist aber nie aufgetaucht, den hat wohl das Postgeheimnis mit ins Grab genommen.

07.11.19

Auf dem Weg zur Arbeit habe ich bei Dr. Heßler vorbeigeguckt, um ihn noch mal daran zu erinnern, dass er mir ein Tape aufnimmt, bevor ich in den Urlaub fahre. Er war nicht gerade begeistert, weil ihm dann nicht mehr viel Zeit blieb, so funktionierte er privat eben nicht.

Es ist mir unbegreiflich, wie man das derart trennen kann. In der Klinik ist er eine Ausgeburt der Zuverlässigkeit, aber privat lebt er wie in einer komplett anderen Welt. Darauf angesprochen meinte er nur: „Eben deshalb."

„Das verstehe ich nicht."

„Die beiden Welten bedingen einander. Die zeitliche Ordnung zu Hause lässt mich das Chaos in der Arbeit bewältigen."

„Du meinst andersrum."

„Nein, ganz und gar nicht. Ohne meine private Aufgeräumtheit und Ruhe könnte ich die Unvorhersehbarkeit und den beruflichen Stress nicht aushalten."

„Was?"

„Es ist wie mit den Zwillingsbrüdern, von denen einer mit einer Rakete in Lichtgeschwindigkeit unterwegs ist, während der andere zu Hause bleibt und nach der Rückkehr seines Bruders im Vergleich zu ihm stärker gealtert ist. Ich bin beide in einem."

„Dann ist die Klinik deine Rakete und zu Hause wirst du nur älter."

„Nein, genau andersrum", seufzte Heßler. „Hier bin ich viel mehr in Bewegung als in der Klinik. Hier passieren doch die aufregenden Dinge, die mich jung halten. Das ist meine Rakete."

„Ich versteh nur noch Weltraumbahnhof."

„Hier, in meiner Wohnung ist mein Erleben, mit mir als einzigem Beobachter eins, draußen in der Klinik aber nicht. Dort sind viele Menschen, also unterschiedlichste Beobachter, die alles ein klein wenig anders wahrnehmen als ich. So weit klar?"

Ich nickte vorsichtig, um das Kartenhaus meines Verständnisses nicht versehentlich zu berühren.

„Aus dem, was ich hier tue und denke, speist sich meine Disziplin und Ruhe, die beide Hälften miteinander verknüpft." Jetzt lächelte er selig. „Zeitdilatation. Lies da mal was drüber."

„Klingt ein bisschen nach Brüdern, die auf Sanduhren starren."

„Mehr was mit Zügen und Bahngleisen. Es kommt darauf an, von wo aus du etwas betrachtest."

„Also ich guck lieber selbst aus dem Zugfenster, als wenn ein Zug an mir vorbeifährt." Und schon musste ich wieder an Daniel denken.

Dr. Heßler sah mich an. „Nimm es mir nicht übel, aber ich glaube, einen so in sich ruhenden Beobachter wie dich habe ich selten gesehen."

„Das könnte ich auch von dir behaupten."

„Für einen relativen Beobachter tickt die Zeit nur bei ihm selber richtig."

„Ich muss jetzt zur Arbeit. Denkst du bitte an die Kassette? Oder lass sie von deinem Zwillingsbruder aufnehmen, während du in der Klinik bist."

Habe versucht, mir was zur Zeitdilatation durchzulesen, und gleich wieder aufgegeben. Schade um die Zeit für einen Dilettanten wie mich, das ist nichts für nebenher in der Nachtschicht. Da bringe ich lieber weiter Licht in meine eigene Vergangenheit, als damit durch einen Zug zu laufen, den andere aus den Augen verlieren.

Wir mussten dringend Geld auftreiben. Lukas und ich konnten ein bisschen was nebenher verdienen und vielleicht per Postanweisung schicken. Aber dazu brauchte man eine Adresse. Und Daniel einen Ausweis. In dem war er noch immer minderjährig. Das fiel also weg. Einfach so Bargeld im Brief wie die Großeltern aller anderen zum Geburtstag? Die Beträge würden ähnlich knausrig sein, dennoch wäre es schade um jede Mark gewesen, die nicht ihr Ziel erreicht.

Daniel meinte, er würde sich selber darum kümmern und arbeiten gehen. Aber wie? Er war minderjährig und es würde dann wahrscheinlich schon bundesweit über eine Vermisstenanzeige nach ihm gefahndet werden. Mit einem Preisgeld auf seinen Kopf – tot oder lebendig wieder im Gymnasium begraben.

„Dann rauben wir eben wirklich Banken aus, wenn es sein muss!"

„Mit Besteck und Lukas' Schlafsack, oder was?"

„Mit Pistolen!"

„Und wo nehmt ihr die her?"

„Mei Vater hätt a Jagdg'wehr. Aber des hängt scho so lang überm Kamin, i glaub des is scho mit Ruß verstopft."

„Daniel, du hast den Kriegsdienst verweigert, schon vergessen?"

„Ich will ja niemanden erschießen. Höchsten bedrohen", wandte er ein und fügte nach kurzer Überlegung hinzu, „Ein bisschen."

„So ein Quatsch!"

„Es muss ja auch keine Bank sein, vielleicht eine abgelegene Tankstelle ..."

„Und Flucht dann auf dem Fahrrad, oder wie stellst du dir das vor?"

„Ich weiß es doch auch nicht!"

„I kannt an Kredit aufnehma."

Daniel und ich sahen ihn an.

„I moan, wieso glei ausraubn? Dafür sans doch schließlich do, oda ned? Wennst dringend a Geld brauchst, aber ned so schnei oabatn konnst, wiast mogst. Da leihst des von der Bank und zoist es eana widerwillig z'ruck."

Wir haben Daniel unsere Ersparnisse mit auf den Weg gegeben, ein paar hundert Mark, mehr nicht. Wenn etwas mehr Zeit gewesen wäre, hätte ich noch mein Schlagzeug verkaufen können und Lukas seinen Bass, aber das wäre im Nachhinein wieder verdächtig gewesen. So blieb es nur bei unseren bescheidenen Ersparnissen. Deren Fehlen fiel zwar uns auf, aber für alle anderen waren wir so klamm wie eh und je, elendige „Hast du mal 'ne Kippe für mich"-Schnorrer. Jetzt mussten wir dieses Image weiter bedienen.

Daniel ging wesentlich weiter, das wussten wir aber damals noch nicht. Er stahl nämlich seinen Eltern etwas. Nicht um das später zu verkaufen, sondern um seinem Vater damit wehzutun. Es war ein für seine Eltern sofort sichtbarer Bruch mit der Familie. Er stahl seiner Mutter Schmuck, den sie nie leiden konnte und überhaupt nur dann trug, wenn der alte Speck mal mit ihr ausging. Damit er überhaupt ein Gesprächsthema hatte, weil die nicht ganz billig gewesen waren – zwinker zwinker. Dumme Klunker.

Wobei gestohlen nur zur Hälfte stimmt, denn er hat sie ja gespendet: Ans Rote Kreuz und die Flüchtlingshilfe. Im Namen seines Vaters. PS: Aber er möchte bitte anonym bleiben und verzichte auf eine Spendenquittung.

Die Unterschrift zu fälschen war nicht schwer gewesen,

Endlich, nach so vielen Jahren, konnte er die Unterschrift seines Vaters unter etwas setzen, wenn auch nur dieses eine Mal. Aber in doppelter Ausführung, um seinem Vater eine Kopie auf dem Tisch hinterlassen zu können, beschwert von seinem Hausschlüssel, bis ihm eine bessere Idee kam.

Ich war immer ein Schlüsselkind gewesen, meine Mutter musste mir früh vertrauen und Lukas hatte gar keine andere Wahl gehabt. Aber Daniel bekam erst spät einen eigenen Schlüssel, mit sechzehn. Nicht, weil es ihm seine Eltern nicht zutrauten, sondern um ihn besser kontrollieren zu können. Und selbst mit Schlüssel musste er zurück sein, während seine Eltern noch wach waren, was die ganze Angelegenheit nur absurder machte. Wehe, er verspätete sich, dann ließ der alte Speck nämlich absichtlich den

Schlüssel von innen stecken. Also musste Daniel klingeln und fing sich eine, dass ihm die Ohren klingelten. Schlimmer war es nur, wenn er erst am nächsten Tag wiederkam, weil er bei uns gepennt hatte.

„Wozu dir dann überhaupt einen Schlüssel geben?", fragte ich wütend.

„Weil ich ihn dann den ganzen Abend in der Hose spüre, als permanente Erinnerung daran, mich ja nicht zu verspäten."

Diese Demütigung hatte Daniel nie vergessen, und an diesem Tag war er es, der seinen Schlüssel von innen stecken lassen konnte und die Wohnung durch ein Fenster verließ. Dieses nur angelehnt offen stehen zu lassen, war das Tüpfelchen auf dem I.

Daniel hatte noch überlegt, einen Ring seiner Großmutter mitgehen zu lassen, aber dessen Verlust hätte er auch nicht mit einer kurzen Notiz erklären können, darum ließ er es sein. Seine Mutter liebte den Ring zwar, aber er war ihr zu eng, und ihn weiter zu machen kam nicht in Frage. Er sollte in der Familie vererbt werden. Tja, daraus wurde nichts mehr. Also schob er in der Schmuckkiste demonstrativ alles an den Rand, als hätten die Klunker den ganzen Raum dazwischen eingenommen, und legte den eleganten Ring in die frei gewordene Mitte. Vielleicht verstand seine Mutter, was er damit zum Ausdruck bringen wollte, und wenn nicht, war's ihm jetzt auch egal.

Sein Vater würde auf den ersten Blick verstehen, wie die zwar nicht an ihn adressierte, aber von ihm selbst unterschriebene Botschaft gemeint war.

Das Bargeld reichte, um sich für ein paar Tage ein Zimmer nehmen zu können. Das klang in der Theorie alles toll, sogar ein bisschen romantisch. Doch ohne Papiere in ein Hotel einchecken? Schon daran konnten sie scheitern. Ich hatte keine Verwandtschaft, zu der ich sie hätte schicken können, keinen Brieffreund, nichts. Und die Brandls waren eh alle in Niederbayern geblieben, oder hätte sie Markus etwa auf dem Kasernengelände verstecken sollen? Wir waren verflucht. Was, wenn sie in den Drogensumpf abstürzten, weil sie sich auf falsche Freunde einließen? Ich sah sie schon mit Überdosis auf dem Bahnhofsklo liegen und probierte die Bilder von *Christiane F.* abschütteln, indem ich versuchte die Melodie von „Axel F" zu pfeifen.

Uff. Scheiße. Eben war ein Kleinkind nach häuslicher Gewalt mit seinen Eltern in der Notaufnahme. Nach Mitternacht. Kein Zufall. Die Zeichen waren von Anfang an da. Der Typ roch förmlich schon nach Gewalt und einer eben nicht zu Ende gerauchten Zigarette. Wahrscheinlich, weil er sie auf jemandem ausgedrückt hat. Diese Schweine wissen ganz genau, weshalb sie lieber immer in der Nacht angekrochen kommen. Sie wissen ganz genau, dass sie dann nicht gesehen werden. Und sie wissen ganz genau, was sie getan haben. Die Frau kleinlaut, sieht einem nicht in die Augen und immer wieder prüfend zu diesem Arsch.

Ah ja, sie hätte das Kind zu heiß gebadet und es nicht gleich gemerkt. Verbrühte Füße, wir werden die Brandblasen aufschneiden müssen, dabei würde ich dem Sack lieber seinen ... aber stattdessen piepe ich den Doc an und höre mich selber was von „akuter Verbrühung 2. Grades" sagen. Er fragt dann, ob ich den Verdacht habe, dass es durch Fremdverschulden geschehen sei, als hätte er es schon an meiner Stimme gehört, und ich sage „Ja." Und zu den Eltern „Der Doktor kommt sofort." Wäre er schon im Behandlungszimmer gewesen, hätte er oder ich den Verdacht als „Ignivomus?" geäußert, denn bei uns an der Klinik ist dieses lateinische Wort für Vulkan unser Codewort für Arschgeigen mit Gewaltpotential. Wenn jemand misstrauisch wird und nachfragt, was das bedeutet, dann fragen wir, ob sich das Kind auch erbrochen hätte.

Wenn der Doktor hingegen gleich die Polizei verständigen sollte, hätte ich geantwortet, dass er noch einen Sizilianer mitbringen soll, weil der in der Ambulanz defekt sei. Bis ich dann den Eltern erklärt hätte, dass das keine Anspielung auf ein Pferd sei, sondern auf den Erfinder der Blutdruck-Armmanschette Scipione Riva-Rocci, stünde schon eine Streife vor der Klinik.

Diese Sache stinkt zwar zum Himmel, aber ich bin mir sicher, dass sie das Kind hierlassen, und wir werden versuchen, dass auch die Mutter bleibt. Ohne Eskalation. Polizei wäre immer Eskalation, und wenn es nicht sein muss, dann haben wir lieber morgen das Jugendamt auf Station, ja vielleicht sogar etwas Glück und es geht mit den beiden gleich weiter ins Mutterhaus. Als wenn da jemals ein Platz frei wäre. Ich bin so was von geladen.

Anita hat mich eben danach gefragt, weil ich so lange weg war, der Flurfunk aber längst die Neuigkeiten verbreitet hatte. Ich meinte, es bestehe kein Zweifel, die Ränder an den Unterschenkeln sind eindeutig. Und ich würde drauf wetten, dass die Mutter unter dem langärmligen, eng anliegenden Unterhemd selber Brandspuren auf der Haut trägt. Kreisrund und klein. Von denen wird sie zwar behaupten, dass sie sie sich selbst zugefügt hat, aber „Come on". Da vergeht selbst mir die Lust am Rauchen.

Es hat geklappt. Wir waren auf der Hut, aber eingespielt. Der Kleine kam auf unsere Station und die Mutter wollte erst nicht bleiben.

Aber Anita war super, sie sagte einfach: „Kein Problem, dann bleibt halt der Papa da."

So schnell würde ich auch gerne mal schalten. Der hielt es natürlich nach zwei Stunden Krankenhaus schon nicht mehr aus, sich länger kontrollieren zu müssen als unbedingt nötig, und hier präsentierte man ihm eine Exit-Strategie auf dem Silbertablett. Entweder die Mutter blieb, oder er.

Ich sprang direkt auf Anitas Dreh an. „Ach, Sie müssen wahrscheinlich morgen früh raus zur Arbeit?" Ich sah kurz zu Anita, weil ich mir nicht mehr sicher war, welchen Wochentag wir gerade hatten. War noch gestern oder schon heute? Aber es passte wohl, denn er willigte ein und Anita schrieb ihm noch die Besuchszeiten und die Telefonnummer auf einen Zettel, während ich Mutter und Kind in die entgegengesetzte Richtung führte.

Es ging erstaunlich leicht über die Bühne, aber plötzlich waren wir ihn los, versorgten die beiden Opfer und saßen dann schweigend auf der Station.

„Kannst heute nicht schreiben, was?", fragte Anita.

Ich nickte.

„Kann ich verstehen. Soll ich mal Schwester Birgit anfunken, ob sie mit dir eine rauchen geht?"

„Die hat heute Dienst? Wusste ich gar nicht."

„Auf der Eins, ist eingesprungen."

„Mir ist nicht nach Rauchen zumute, danke."

Dann schwiegen wir wieder und guckten mit leerem Blick dem neuen Tag entgegen.

08.11.19

Unruhig geschlafen. Keine Träume. Nur Wut und Erschöpfung. Kein Wunder nach der Nacht. Ich gehe jetzt trotzdem auf dem Balkon eine rauchen. Die Sucht will es so.

Je länger ich in der Kinderklinik arbeite, desto mehr bin ich davon überzeugt, dass meistens gar nicht die Kinder krank sind, sondern eigentlich deren Eltern in Behandlung gehören. Oder anders gesagt: Die Kinder sind häufig das Symptom, selten die Ursache. Das gilt leider auch für Dinge wie Knochenbrüche, bei denen Kinder unglücklich gestürzt seien. Man sieht es den Kleinen aber an, ob sie selber vom Rad gefallen sind oder ob ihr Fahrrad währenddessen in der Garage stand. Oder wer bringt bitte einem sechs Monate altem Kind das Fahrradfahren bei?

Und wenn es mal keine Frakturen sind, dann Flecken in allen Regenbogenfarben, und immer begleitet von diesen ängstlichen Augen, die man nie wieder vergisst. Man telefoniert mit dem Jugendamt, dem Kinderschutzbund, und in nahezu allen Fällen wissen die bereits, von wem die Rede ist, und einem sind darüber hinaus die Hände gebunden. Bis heute habe ich immer noch den Impuls, spontan Kinder aus diesen Verhältnissen heraus adoptieren zu wollen, und stattdessen muss man sie doch wieder in ihre Hölle von einem Zuhause zurückkehren lassen. Das ist einfach nicht fair.

Aber es sind ja nicht allein die gewalttätigen Eltern, die gab es immer. Verändert haben sich gerade die vormals normalen Eltern, kann das sein? Wir wurden uns noch mehr oder weniger selbst überlassen. Davon kann keine Rede mehr sein, die Kleinen haben heute schon vollere Terminkalender als ihre eigenen Erziehungsberechtigten. Die stopfen ihre Kinder mit Medikamenten voll, schleifen sie durch 16-Stunden-Tage und haben darin keine Zeit für eine Umarmung oder fünf Minuten Zärtlichkeit. Unermüdlich schleppen die einem dann hier noch Haus- und

Fleißaufgaben ans Krankenbett, wo Ruhe nötig wäre. Die rauszuschmeißen, wenn die Besuchszeit beendet ist, gehört zu meinen größten Freuden.

Wenn man dann mal einen weniger anstrengenden Tag hat und sich ein bisschen Zeit nehmen kann für die kleinen Patienten, dann verstecken sich in denen oft wunderbare, verschüchterte kleine Menschen, mit bescheidenen Wünschen und Träumen. Hier ein Hund, dort eine Katze, aber Papa ist allergisch und Mama erträgt den Geruch nicht. Berufswunsch ist gar nicht Anwalt oder Tennisprofi, sondern später einmal Straßenbahn-schaffner zu werden.

Es war Nadine, die den rettenden Einfall hatte. Sie rief wie verabredet an und ich schmolz dahin, obwohl mir nicht entging, wie traurig ihre Stimme klang.

„Hallo Johann, notier dir bitte die Nummer und ruf zurück, falls wir zu früh getrennt werden sollten. Es ist dringend."

Aber das Geld reichte. Zum Glück, denn die Nummer, die ich mit der falschen Hand notierte, war unleserlich.

„Was meinst du?", fragte sie dann.

„Wozu?"

„Hast du mir nicht zugehört?" Nadine schnaubte.

„Du hast was von Weglaufen gesagt."

„Ich hab noch mal weglaufen gesagt. Wir müssen *noch mal* weglaufen. Ich und Daniel. Wenn er nicht will, dann mache ich es alleine." Ihre Stimme zitterte.

„Aber sie haben euch doch wieder eingefangen."

„Nein, ich meine weglaufen wie ‚in ein Flüchtlingslager gehen'. Mit nichts was uns zurückhält."

„Aber du …"

„Johann! Verdammt, bitte versteh doch. Wir tun es einfach noch mal!"

Dann fiel bei mir endlich der Groschen. „Heilige Scheiße, das könnte funktionieren!"

„Stell dir doch vor, wie das ist, wir stehen einfach in der Schlange und schauen nur noch nach vorne, nicht mehr zurück. Wir sind nur noch Gesichter unter hundert anderen."

Sie hatte recht, mit allem. Warum war mir das nicht eingefallen? Ich hatte die Lösung doch die ganze Zeit vor der Nase, war angelernt worden und alles, aber für mich selbst in Betracht gezogen haben ich es nicht. Die Idee war genial.

Ich überlegte einen Moment, ob ich zu ihr fahren sollte, dann könnte sie mit mir weglaufen. Ich würde einfach behaupten, dass Daniel kalte Füße bekommen hätte, ich hingegen ... Nein, das konnte ich ihm nicht antun. Aber mir doch auch nicht!

„Johann, entweder Daniel ist diesen Donnerstag da, oder ich geh alleine. Sag ihm das und macht endlich."

„Aber ..."

„Nein, kein Aber mehr. Ich will kein Aber mehr hören. Ich hab genug davon. Es reicht. Die lügen sich hier alle die Hucke voll und ich bin wie eingesperrt, nicht mehr in der DDR, aber in einer ... in einer Stadt, einer Schule, die genauso ist."

„Er wird da sein, das verspreche ich." Was sagte ich denn da bloß?

„Gut, sag ihm, er soll mich im Theaterpark treffen, hinter der Skulptur, die wie Amors Herz aussieht."

„Was?"

„Amors Herz, Theaterp..." Piep, piep, piep, machte es. „Scheiße, guckt auf einen Stadtplan, da ..." Und weg war sie.

„Wieso Donnerstag?", fragte Lukas.

„Ich meine, sie hätte was von Bussen gesagt, die da ankämen? Und was von ‚unter die anderen mischen'."

Daniel strahlte. Seine Anspannung war wie verflogen. Er beschwerte sich nicht einmal darüber, dass ich mich nicht Wort für Wort an alles Gesagte erinnern konnte, denn er war zu glücklich mit dem, was er verstanden hatte. Noch zwei Tage und er war hier weg. Noch zwei Tage und er sah sie wieder. Zwei, zwei, zwei.

Lukas und ich sahen einander an. Wir verstanden, dass das ein Risiko darstellte, so kurz vor dem Ziel. Irgendwie mussten wir darauf reagieren, uns und seine bevorstehende Flucht absichern.

In der Klinik hatte es ein Nachspiel gegeben. Der Kerl kam mittags wieder und ist ausgetickt, als man ihn nicht zu Frau und Kind durchgelassen hat. Zum Glück ist niemandem was passiert, ein Blumentopf ist kaputtgegangen, den er gegen die Stationstür geschleudert hat – leider nicht der mit dem Alpenveilchen –, die Scheibe ist gesprungen, aber die Sicherheitsfolie hat gehalten. Jetzt ist er in Polizeigewahrsam und wir haben wenigstens 48 Stunden Ruhe vor ihm. Genug, um seine Familie in Sicherheit zu bringen. Wo kommen nur diese Männer her?

Damit nicht noch in den letzten Tagen vor Daniels Flucht etwas dazwischenkam, nahm Lukas die Schuld an der Hochsprungmatte auf sich. Goldhammer hatte ihn ja eh im Verdacht gehabt, wie alle, denen Haare über die Ohren wuchsen. Lukas hatte es zunächst wahrheitsgemäß abgestritten, da er zu der Zeit ja drinnen gewesen war.

„Aber dein Auto ist gesehen worden!" Hatte Goldhammer gebrüllt.

„Damit kim i doch jeden Tag zur Schui, so wie Sie a!"

Da wurde er ganz leise. „Vergleich dich nie wieder mit mir."

Und dann ging es wieder von vorne los.

Niemand hatte Nadine mit dem Benzinkanister gesehen. Oder sich nichts dabei gedacht. Was ... unwahrscheinlich ist. Ich meine, ich rede von Vilshofen, nicht Berlin Kreuzberg oder was weiß ich, einer Tankstelle. Sie war unsichtbar gewesen, aber nicht für uns, nicht einmal Wochen später. Für uns war sie immer noch da. Jede Runde, die wir im Sportunterricht über den Platz drehen mussten, zum Warmlaufen, sahen wir die Rußrückstände am Tatort und das Absperrband drum herum, als könnte man sich noch immer revolutionär daran entzünden, wenn man zu nah herankam. Selbst wenn wir in der Halle liefen, warfen wir aus den Türen in den Ecken verstohlene Blicke darauf, als könnten wir sie dort noch immer hocken sehen. Wir stellten uns vor, wie sie die Matte mit Benzin vollschüttete und dann die brennende Streichholzschachtel drauf schmiss. Wie gerne das jeder von uns selbst getan hätte, wenn wir nur mutig genug gewesen wären.

Aber es war ausgerechnet Lukas, der jetzt log. Für jeden, der ihn kannte, gut sichtbar. Wahrscheinlich sah es sogar Goldhammer selbst. Doch sein Glück, endlich eines Schuldigen habhaft zu werden, überwog klar. Schuldig war er für ihn schon vorher gewesen, da kam also selbst ein falsches Geständnis gerade recht. Uns andere würde er auch noch drankriegen. Egal für was. Und so kassierte Lukas die Strafe, nahm den Überführungsdruck, der permanent auf uns lag lange genug von unseren Schultern, um Daniel die Flucht zu ermöglichen. Mag sein, dass Goldhammer danach Zweifel kamen, aber im Grunde war auch das nichts weiter als ein weiteres Schuldeingeständnis, das er schon vor Jahren hatte kommen sehen: bei Daniels Einschulung ans Gymnasium.

Danach sammelte ich Geld für Lukas, um den entstandenen Schaden zu reparieren und neue Sprungmatten anzuschaffen. Alles in allem eine erschreckend teure Angelegenheit, die Summe habe ich inzwischen vergessen, aber nicht die Jahre, die es brauchte, um den Kredit abzustottern, den er dafür aufnehmen musste. Und das, obwohl allein die Taschengeldspenden der Schüler weit über 1000 Mark zusammengebracht hatten. So hat er dann doch für Nadine und Daniel einen Kredit aufgenommen, nur anders, als er sich das vorgestellt hatte.

Und wer weiß? Vielleicht hat es dieses Opfer tatsächlich gebraucht. Es hätte alles anders ausgehen können, die Aufmerksamkeit wäre nicht auf Lukas gelenkt gewesen, sondern hätte womöglich Fehler in unserem Plan entblößt, von denen wir gar nicht wussten, dass es sie gab. Wozu es am Ende gut war, werden wir vielleicht nie erfahren, aber es hat niemandem geschadet. Also nur finanziell und das war es wert.

Schwester Anita wollte mir einen Artikel über Mario Adorf aus ihrem Klatschheftchen vorlesen, weil sie glaubte, das könnte mich interessieren. Tat es nicht. Früher hätte er ihr Angst gemacht, aber jetzt, im gesetzten Alter, wäre er einer ihrer Lieblingsschauspieler. Aha. Schön für sie.

Schwieriger war der Teil mit unserem Alibi. Also dem von mir und Lukas. Denn wir konnten ja schlecht in der Schule sitzen und gleichzeitig Daniel zum Zug begleiten. Er hätte ja theoretisch gleich fehlen können, das war klar. Tat er aber nicht. Einmal, weil sein Vater ihn noch immer morgens zur Schule brachte und Goldhammer ihn in Empfang nahm, und dann noch, weil wir uns so ein bisschen Vorsprung davon erwarteten.

Auch der Plan ist natürlich nicht allein auf unserem Mist gewachsen, sondern wir haben uns dem Geistler anvertraut. Und der konnte sich noch gut daran erinnern, wie Daniel als begossener Pudel vor ihm gestanden hatte, verstauchter Knöchel und die ganze Geschichte.

„Mia bräuchten jetz dann doch an Traktor ..." hatte Lukas gesagt, und dann haben wir ihm alles erzählt, als die Stammgäste weg waren.

Er hörte sich das erstaunlich gelassen an, nickte hier, schüttelte den Kopf da, und stand ab und zu fluchend auf und ging in seiner Kneipe auf und ab. Als wir fertig waren blinzelte er und sagte: „Seid's es wahnsinnig g'worn? Aber ned vo maim Bier!"

Wir redeten auf ihn ein, dass er uns doch ein Alibi geben könnte.

„A Alibi, i? Na. Na, na, na. Nanana", stotterte er uns entgegen wie ein Motor, der nicht anspringen wollte. „Ihr kennt's doch ned mit dem Trabi fahrn, seid's ihr bled?"

„Wieso ned?", fragte Lukas erschrocken.

„Weil ihr Deppn den so bunt ang'malt habts, dass ihn de hoibe Stadt kennt!"

Lukas machte große Augen und ich wurde blass.

„Und wenn ihr ned in der Schui seid's, dann ..."

„Samma bei dir, da herin."

„Na, em ned!", herrschte er uns an. „Bei mia is ned der Kunde König, der Kini bin i, und ia deats, wos i eich sog! So weit klar?"

Wir guckten betreten auf den Tisch vor uns, Lukas wischte pflichtbewusst einmal mit dem Ärmel unter seinem Weizenglas und dem Bierdeckel durch.

„Ihr müssts denga wia d'Polizei. Wenn de Fragen stelln datn, zum Beispiel warum grad ihr drei ned in der Schui seid's."

„Also ... eigentlich wie immer?", fragte ich vorsichtig.

„Ja, nua dass es desmoi hoid ned wia imma is, du Depp." Geistler boxte mir schmerzhaft in die Schulter. Deutlich kräftiger als Daniel, aber es war genau die gleiche Stelle.

„Wia schaut's denn aus, wenn ihr alle drei in der Schui seids?"

„Langweilig", seufzte Lukas.

„Genau!" Er haute auf den Tisch, dass die Bierfilzl aus ihrem Ständer auf den Tisch purzelten. Ich sammelte sie wieder ein, während Geistler fortfuhr. „Genau so langweilig muass des ausschaun, dann schöpft neamand Verdacht."

„Ja, oba dann san mir ja in der Schui!"

„Da g'hört's a hi. Wenn jetzt der Daniel fehlt, ihr oba no do seid's, was denga sie de dann?"

„Dass er glei wieda kimmt, oder mir a glei verschwindn."

„Jetzt kapierst as."

„Dann kann Daniel abhauen, wenn wir da sind."

Geistler nickte.

„Aber dann ... dann können wir uns nicht verabschieden."

„Doch scho. Vorher hoid."

Ich schüttelte vehement den Kopf. „Nein! Ich muss wissen, dass er in den Zug gestiegen ist. Und ich muss wissen, dass der Zug Vilshofen verlassen hat. Mit eigenen Augen muss ich das sehen."

„Des is koa guade ..."

„Wenn ich das nicht sehe und dann nie wieder was von ihm höre, wer weiß warum, dann, dann ..." Ich lehnte mich zurück, schob mich samt Stuhl vom Tisch weg und vergrub meinen Kopf in den Händen.

„Eha." Geistler klopfte mir mit der flachen Hand auf den Rücken. „Des werd schwierig. Schwierig, aber ned unmöglich."

Tatsächlich kam er auf einen Plan, oder wir mit seiner Hilfe. So oder so hatten wir in ihm jetzt einen Mitwisser und Komplizen, der uns dann eben doch das rettende Alibi gab. Das war sicher nicht die beste Idee gewesen, genauso wenig wie Lukas' Geständnis, aber eben vielleicht auch eine weitere Bedingung für die gelungene Flucht. Denn so genial wie wir damals dachten, war natürlich auch dieser Plan nicht. Aber er gab uns Sicherheit, ein gutes Gefühl. Was Pläne eben so machen. Auch wenn sie mehr Aberglaube und Wunschdenken sind, mit Schmetterlings-Defekt.

Ob es für die Rothes so ähnlich gewesen war, ihre Flucht aus der DDR? Uns beobachtete zwar nicht die Stasi, aber eben alle anderen. Mitschüler und Lehrer in der Schule, Nachbarn und selbsternannte Ordnungshüter davor. Wir konnten uns niemandem anvertrauen, wenn man vom Geistler absah, und schon das war nicht die beste Idee gewesen. Wir konnten nirgendwo hin, mussten uns außerdem in der Schule sehen lassen, weil wir ja keine Pappkameraden an unsere Stelle in die Klasse setzen konnten. Wir mussten unsichtbar werden, und das erst innerhalb, und dann noch einmal außerhalb der Schule.

Draußen war es eigentlich nicht so schwer, denn es genügte, wenn wir uns umzogen wie Superman in der Telefonzelle, wenn er sich in Clark Kent verwandelte. Nicht gerade mit Brille und Anzug, aber die Haare ordentlich unter eine Mütze, den Kragen aufgestellt und niemand drehte mehr den Kopf nach einem um. Wir hatten sogar Schließfächer in der Schule und eine Toilette in der Nähe, die man dafür hätte nutzen können.

Aber selbst das war zu riskant, Schüler aus Parallelklassen oder anderen Jahrgangsstufen konnten einen immer noch dabei beobachten und sich erinnern. Aber in der Nähe der Schule musste es passieren. Nur Daniel durfte man natürlich erkennen. Und wenn er sogar die Aufmerksamkeit auf sich zog, jedenfalls bevor er zum Bahnhof kam, dann konnten wir vielleicht unbemerkt in die andere Richtung entkommen.

So weit, so gut, aber wie sollten wir aus der Schule kommen? Man konnte auf's Klo, aber nicht eine Schulstunde lang, oder anderthalb. Das konnten nur … Klassensprecher, die auf eine Versammlung mussten, oder Sportler, die mit ihrer Mannschaft wohin fuhren, aber in beiden Fällen war man ja auch immer unter Aufsicht.

Und wenn wir logen, würde es auffliegen, wenn jemand nachhakte. Also … musste ein externer Grund her. Ins Sekretariat gerufen werden, weil ein dringender Anruf kommt. Meine Mutter, weil sie den Herd nicht ausgemacht hat. Das würde zur Not gehen, aber ich wohnte so nah an der Schule, das alles über einer halben Stunde schon wieder zu lange dauerte. Das reichte nicht. Aber wenn Lukas' Mutter – aber nein, er wohnte ja nicht mehr zu Hause. Und wenn sein kleiner Bruder Fieber hätte, und aus dem Kindergarten abgeholt werden müsste oder so was? Das ginge vielleicht. Seinen Bruder Markus könnten wir ja einweihen … Wir drehten uns so lange um immer neu auftauchende Probleme, dass wir dann bei der erstbesten Lösung blieben, die halbwegs realistisch erschien. Alles andere hätte uns auch nur noch nervöser gemacht.

09.11.19

Mama hat mich aus dem Bett geklingelt. Immerhin erst mittags.

Sie stand schon unten an der Tür. „Wollen wir Stolpersteine putzen gehen?"

Auch wenn ich keine Lust darauf hatte, ließ ich mich doch von ihr mitschleifen. Sie hatte sogar einen gekauften Mitnehm-Kaffee für mich dabei, der im ganzen Treppenhaus verlockend nach Vanille duftete. Für sich selbst hatte sie ihre obligatorische Thermoskanne im Rucksack. Clever.

„Wo wollen wir hin?"

„Moltkestraße."

„Und die ist wo?"

„In der Nähe vom Bahnhof."

„So weit? Mama, bitte ..."

„Reiß dich zusammen, na komm."

Ich hatte keine Kraft zum Diskutieren und der Spaziergang hat mir gutgetan. Bis wir ankamen, war ich wach. Man war uns zuvorgekommen, denn jemand hatte Elly schon geputzt.

„Heilanstalt", las ich vor und Mama bestätigte meine Annahme, dass es ein Fall von Euthanasie war. Fünf Jahre alt. Wir schrubbten und polierten den Stolperstein, auch wenn man in diesem Fall keinen Unterschied zu vorher sah. Motorisch mag es nicht mehr als eine Geste gewesen sein, aber innerlich pauste ich die Oberflächenstruktur des Gedenksteins ab. Das gab dem Grauen die nötige Haptik und berührte mich.

„Schon ein erstaunlicher Zufall, dass die Mauer genau an dem Datum fallen musste", sagte ich.

„Na ja, von einem Verleser sind die Pogrome 1938 sicher nicht ausgelöst worden."

„Auch wieder wahr. Der Schalk hatte auch eher einen im Tee, als sich selbst im Nacken sitzen."

„Was?"

„Dummer Scherz", winkte ich ab. „Hast du noch was von deinem Kaffee übrig?"

„Ich dachte, der sei dir zu bitter?"

„Ist er ja auch, aber das ist erstens dem Anlass angemessen, zweitens ist er heiß und drittens klebt bei mir noch Sirup unten im Becher."

Mutter schenkte mir ein und wir hockten noch ein wenig neben dem Stein, bis meine Knie protestierten. Dann trennten sich unsere Wege und ich ging noch mal kurz nach Hause, den Kopf voller Gedanken.

Das Schicksal der Deutschen, zweimal geronnen in ein Datum, das symbolträchtiger nicht sein könnte. Als am neunten November die Mauer fiel, hat man das Rumpeln über die Grenzen Deutschlands hinaus gehört. Genauso wie die brennenden Synagogen 38. Wenn das keine Aufforderung ist, beiden zusammen zu gedenken, dann weiß ich es auch nicht. Das ähnelt doch dem, was mir Heßler mit den Brüdern erzählen wollte? Dass die Zeit stehen bleibt, wenn man selbst dabei war? Es ist, als wären die Scherben durch die Zeit gereist und füllten heute eine Hälfte der Sanduhr, aus dem sie in den anderen Kolben rieselten, und aus 89 vermengt mit Beton wieder zurück in den von 38. Alles, was ich dazu tun muss, ist, sie umzudrehen. Das macht mich dann wohl zum Beobachter.

Wenn es schon Gedenktage braucht, dann bitte solche, die genau den „Rechten" die Feierlaune verderben, wir brauchen Demut statt Freibier. Hier gehört die Deutsche Einheit hin, nicht in den Oktober. Als Warnung davor, dass neben Mauern auch gerne jene Hemmungen fallen, die uns vor uns selber schützen.

Apropos doppeltes Datum, das war ja mit dem 11. September genauso: Die Grenzöffnung 1989 und der Anschlag auf das World Trade Center 2001. Wer weiß, wie viele solcher Paarungen es noch gibt, wenn man erst einmal anfängt, danach zu suchen.

„Aber heute kann man doch nicht die Deutsche Einheit feiern!", meinte Schwester Anita vorhin zu mir, als ich ihr diesen Gedankengang ein wenig widerwillig erzählt habe, nachdem sie gefragt hatte, ob ich denn heute was dazu schreiben würde. Also zum Mauerfall. Sie schien ein wenig enttäuscht über die Antwort zu sein, was mich ein bisschen wütend gemacht hat.

„Ja eben!", rief ich. „Da gibt's nichts zu feiern, sondern dankbar zu sein."

„Wem denn? Wir haben uns doch selbst ...“

„Haben wir nicht“, unterbrach ich sie barsch. „Man hat uns gelassen. Angefangen haben die Polen, die Ungarn, Gorbatschow.“

„Denen sind wir doch auch dankbar, ich ...“

„Das meinte ich nicht!“ Schon wieder hatte ich ihr das Wort abgeschnitten. Sie fragte erst gar nicht nach, wahrscheinlich um kein drittes Mal so von mir angefahren zu werden. „Tut mir leid, ich ... wollte dich nicht unterbrechen. Ich rede nicht von uns. Wir reden viel zu viel von uns selbst, wo wir waren, als die Mauer fiel und all das. Wen wir fragen sollten, sind die Juden, Moslems und Atheisten, die Italiener, Türken, Griechen, die Homosexuellen, Menschen mit Behinderung und anderen Minderheiten. Wie haben die sich gefühlt, als die Mauer fiel, verstehst du?“

Schwester Anita sah mich an, geknickt, aber sie hörte mir zu.

„Jeder Jude, der heute wieder hier lebt gibt mir Hoffnung. Sie müssen wir feiern und feiern lassen. Oder jeden Fußballer, der sich outet und nichts zu befürchten hat. Ohne die, die unter den Nazis Opfer waren, kann man doch nicht von Einheit sprechen.“

„Das klingt erst mal ungewohnt“, sagte Schwester Anita. „Sehr ungewohnt. Komisch.“

„11. November 11 Uhr 11 komisch?“

„Nein, du Idiot, ich meine ungewohnt wie in ...“ Sie machte eine Pause, als könnte ich ihr gleich wieder ins Wort fallen, aber stattdessen beherrschte ich mich und schwieg. Ich war sogar zum ersten Mal seit langem wirklich gespannt darauf, was sie sagen würde. „Schön. Das ist ein schöner Gedanke. Gefällt mir.“ Sie lächelte.

Ich war baff.

„Was denn?“

„Nichts, ich freue mich, dass du dich mit dieser Vorstellung anfreunden kannst.“ Das tat ich wirklich. „Und ich schäme mich ein bisschen, weil mir der Gedanke erst heute gekommen ist.“

Sie lächelte mich weiter an, dass es mir beinahe unangenehm wurde. „Schreib nur, schreib.“

„Ich dreh jetzt erst mal meine Runde.“

Anita wirkte erleichtert, und ich auch. Eigentlich hatte ich befürchtet, dass das in einen Streit ausarten würde, der ein halbes Jahr Schweigen zur

Folge hätte, aber nein, wir waren uns tatsächlich einmal über etwas einig geworden.

Erst recht so kurz nach Halle war mir heute einfach nicht nach 30 Jahre Mauerfall zumute. Unmöglich. Es war jetzt gerade mal einen Monat her, und damit ist es viel zu sehr dem heutigen Datum nahe, an dem wir als Volk ohne jeden Zweifel den letzten Rest Unschuld verloren haben. Ab da wussten alle wie der Hase läuft. Warum stehen denn heute noch keine Lichterketten schützend vor den Synagogen? Nicht vereinzelt, sondern als breite Bewegung wie damals, Anfang der 90er? Reicht die Eskalation noch nicht? Auf was warten wir eigentlich, dass das von alleine wieder weggeht? Ich fürchte mich heute, konkret in dieser Nacht, vor Nachahmungstätern und bin nicht einmal Jude. Wie viele werden heute Nacht kein Auge zutun? Wie viele Koffer sind schon wieder gepackt, nur „für den Fall"?

Darum mag ich die Stolpersteine, sie bringen mich aus dem Tritt und zu überraschenden Gedankensprüngen. Die sind wie die Delle im Dach von Monika, nur halt beschriftet.

Ich weiß noch, wie die Delle hineinkam, und es war meine Schuld. Das geschah am gleichen Tag, als Daniel mit dem Zug aus Vilshofen hinausfuhr, und uns hier zurückließ. Lukas beobachtete es vom Bahnhof aus. Ich konnte dort unmöglich stehen. Nicht schon wieder. Also hatte mich Lukas mit Monika aus der Stadt fahren lassen. Das Fahren hat er mir am Vorabend beigebracht, auf den Parkplatz, wo noch überall die Farbflecken von seiner Bemalung zeugten. Die waren wirklich überall, Nadine und Daniel hatten ganze Arbeit geleistet. Da mussten wir beide schlucken. Dann fuhr Lukas die Strecke noch mit mir ab, damit ich mich zurechtfand, und wir machten aus, wo ich ihn hinterher wieder einsammeln sollte.

Irgendwie schaffte ich es rechtzeitig bis auf den halben Weg nach Pleinting, wo man links Richtung Sechssessel einbiegen konnte. Unterwegs dorthin hatte ich mehrfach den Motor abgewürgt, weil mein Fußgelenk so schmerzte. Das hatten wir nicht bedacht. Dort parkte ich, so dass man den Trabi auch vom Zug aus gut sehen konnte, vor allem natürlich dann, wenn jemand auf dessen Dach stand. Daniel musste nur aus dem Zugfenster gucken, dann würde er sehen, wie ich dort auf dem Dach stand, die Arme ausgebreitet wie der ans Kreuz genagelte Jesus auf unsichtbarem Holz. Als der Zug auf meiner Höhe war, also die Lokomotive, so dass ich alle Waggons sehen konnte, da salutierte ich mit der Faust an der Schläfe wie die Volksfront der Johanniter. Als der letzte Wagen an mir vorbei war, winkte ich ihm nach. Aber ehrlich gesagt habe ich da schon nichts mehr gesehen. Mir liefen die Tränen nur so runter und alles war verschwommen, als wollte ich mich selbst in die Donau hinter mir spülen.

Als ich wieder etwas sehen konnte, fuhr ich los, um Lukas an der *Aral*-Tankstelle einzusammeln, wo er wieder das Steuer übernahm und uns zurück in die Schule brachte. Ihm fiel ein Stein vom Herzen, denn alles war heil geblieben, bis er beim Einparken die Stelle auf dem Dach bemerkte.

„Tut mir leid wegen der Delle", gestand ich. „Ich drück sie dir wieder raus."

Er lehnte kopfschüttelnd ab. „De is für Daniel. De bleibt genau da wo's is. Für immer." So ist „Delle" für uns vorübergehend zum Codewort für Daniel geworden, bevor er später zu „Axel F" wurde.

In der Schule hat wie durch ein Wunder niemand unsere Abwesenheit bemerkt. Aber uns beiden stach der leere Stuhl von Daniel derart ins Auge, dass wir uns schwer zusammenreißen mussten, um weder zu betont Notiz davon zu nehmen, noch in Tränen auszubrechen.

Begonnen hatte es keine zwei Stunden zuvor so: Gegen Ende der zweiten Schulstunde klagte Daniel über Bauchschmerzen und durfte auf's Klo gehen. Von dem kam er nie wieder und es ging in die große Pause, danach hatten wir eine Freistunde. Das gab ihm genug Vorsprung, um sich beim Bahnhof zu verstecken, nachdem er sich von der Krankenhausstraße aus über die Gleise schlich, damit ihn niemand noch auf den letzten Metern in der Innenstadt abfangen konnte. Hätte ihn unterwegs jemand erwischt, wäre er auf dem Weg zum Krankenhaus gewesen. Wegen der Bauchschmerzen natürlich. Blinddarm oder so. Hanebüchen alles, aber für uns klang es überzeugend und vor allem beruhigend. Er lief ja auch am Krankenhaus vorbei über die Wolfach-Brücke zu dem Busch, wo wir am Abend zuvor einen der Rucksäcke versteckt hatten. Mit dem auf dem

Rücken sah er dann auf der anderen Seite der Gleise wie ein Rucksacktourist aus. Beim Bahnhof konnte er sich auf dem hinteren Teil des Parkplatzes verstecken, wo nichts los war und die Autos der Bahnangestellten parkten. Dorthin würden wir ihm den zweiten Rucksack bringen, der vorbereitet im Kofferraum von Monika lag. Während der großen Pause verschwanden wir dann auch und fuhren mit Monika ebenfalls die Krankenhausstraße hinunter aus Vilshofen heraus. Dort überquerte Lukas mit dem zweiten Rucksack die Gleise, wie es zuvor Daniel getan hatte, und ich fuhr unter der Unterführung (die gleiche, die Nadine damals verpasst hatte) mit dem Trabi auf die B8 und an Vilshofen vorbei. Nach meiner einzigen Fahrstunde war ich alles andere als sicher hinter dem Steuer und die hupend an mir vorbeifahrenden Autos machten es nicht besser. Ob sie wegen meiner Fahrweise hupten, oder weil sie mich als Flüchtling begrüßten, konnte ich gar nicht sagen. Mein bester Freund verließ die Stadt und das brach mir gerade das Herz. Ein zweites Mal, denn er fuhr zu der Frau, die ich genauso liebte wie er. Die Hupendrücker konnten mich alle mal, ich zog hier mein Ding durch und wenn es das Letzte sein sollte, was ich tat. Selbst wenn sie mich deswegen in den Knast gesteckt hätten ... „Ich würde es wieder tun, Herr Richter!" Was einem halt so durch den Kopf geht.

Währenddessen stellte Lukas den zweiten Rucksack zwischen zwei parkende Autos und ließ ihn dort stehen. Als Daniel aus seinem Versteck kam, um ihn zu holen, kehrte auch Lukas noch einmal zurück, der Idiot. Nicht, weil er ihm entgegen unserer Verabredung Lebewohl sagen wollte, sondern um ihm das Lederband mit den Ringen um den Hals zu binden. Umarmt wird er ihn trotzdem haben und inzwischen gönne ich ihm diesen Moment. Danach lief ja auch alles wieder nach Plan.

Wenn Lukas am Bahnhof erkannt würde, war er nur dort, um sich Zigaretten am Kiosk zu holen. Falls jemand wissen wollte, weshalb er dann nicht welche am Automaten an der Ecke zur Vereinsbank gezogen hätte, hätte er gesagt, dass sein Kleingeld nicht gereicht habe. Wer mit dieser Begründung immer noch nicht zufrieden gewesen wäre, durfte dann erfahren, dass er vorhatte, am Bahnhofskino ein Hochglanz-Magazin zu kaufen, in dem deutlich mehr Fotos von Frauen als Text abgedruckt waren. Spätestens da würde wohl niemand mehr weiter nachfragen.

Vom Kiosk aus konnte Lukas dann beobachten, wie Daniel ohne Fahrschein mit seinen beiden Rucksäcken in den Zug stieg. Also eher sprintete, denn er sollte als Letzter zusteigen, wenn der Zugbegleiter schon an der einzigen noch offenen Tür steht und zum Pfeifen ansetzt, damit der ihm später glaubte, dass er es nicht mehr geschafft habe, vorher ein Ticket zu lösen. Dabei hatten wir das nur gemacht, damit sich bei der Fahrkartenausgabe keiner an ihn erinnern würde, falls die Polizei dort später aufkreuzen sollte. Wir wissen nicht, ob das je ermittelt wurde, aber wir hatten sogar daran gedacht und fühlten uns, als hätten wir das perfekte Verbrechen begangen. Eigentlich mehr aus Versehen, weil wir immer noch annahmen, dass man uns wegen unseres Aussehens kontrollieren und er-innern würde, dabei hatte Daniel inzwischen ja kurze Haare und seitdem war er irgendwie im Gegensatz zu uns unsichtbar geworden.

Alles lief wie am Schnürchen, wir erregten keinerlei Verdacht. Geistler hätte uns ein Alibi gegeben, dass wir bei ihm Essen waren und dass wir von dort etwas zu spät in die Schule zurückkamen, war völlig normal, nur gefragt hat ihn niemand danach. Zum Glück, denn wahrscheinlich hätte er sich dann verplappert. Wichtig war, dass Lukas und ich zurück in die Schule kamen. Monika stand wieder auf dem Parkplatz, wir saßen auf unseren Plätzen, nur der von Daniel blieb leer. Als man uns fragte, wo er sei, gaben wir uns unwissend und ahnungslos. Jemand anderes in der Klasse erwähnte sein Bauchweh und damit war die Nummer zu unserer Verblüffung bis zum nächsten Tag gegessen.

Keinem war überhaupt aufgefallen, dass Monika nicht den ganzen Tag auf dem Parkplatz gestanden hatte, ja nicht einmal auf der gleichen Stelle. Das ärgerte uns fast, denn die Ausrede, weshalb wir überhaupt mit dem Trabi zum Geistler gefahren waren, anstatt einfach zu Fuß zu gehen wie sonst auch, hatte uns das meiste Kopfzerbrechen bereitet. Nur deswegen hatte ich mir in der dritten Stunde im Sportunterricht beim Klöppl absichtlich den Fuß verstaucht. Eigentlich hätte ich nur so tun sollen als ob, aber dabei hatte ich mich so ungeschickt angestellt, dass ich mir tatsächlich wehtat. Mit dem Fuß konnte ich dann nicht richtig Gas geben, und wahrscheinlich hat Lukas, der mich beim stotternden Wegfahren beobachtet hatte, dabei noch größere Schmerzen gehabt als ich.

Den Knöchel konnte ich immerhin kühlen, aber die Wunde, die Nadine und Daniel hinterlassen hatten, blutete unaufhörlich weiter vor sich hin.

So konnte es nicht weitergehen. Ich konnte so nicht weitergehen. In mir war mehr verstaucht als nur der Knöchel. Und jetzt hatte ich selbst das noch mit Daniel gemeinsam.

10.11.19

Oh Mann. Es ist doch eigentlich alles gut gelaufen mit den Träumen. Heute Nacht jedenfalls nicht. Ganz und gar nicht. Was für ein beschissenes Gefühl. Daniel hat versucht, mich umzubringen! Erst verhielt er sich normal, und dann plötzlich nicht mehr wie er selbst. Weshalb war Daniel denn so sauer auf mich? Weil ich den Zwillingen von Lukas erzählt habe? Oder weil ich zu ihm und nicht zu ihnen fahren würde? Es fühlte sich so echt an, als er mich würgte, mir wird immer noch ganz anders. Am Ende bekam ich keine Luft mehr und erbrach mich, und davon bin ich aufgewacht. Immerhin habe ich nicht ins Bett gekotzt.

Vielleicht kriege ich ja diesen falschen Daniel aus dem Kopf, wenn ich mich schnell an den richtigen erinnere. An den, der es wie geplant nach Gießen geschafft hat. Er kam dort am späten Nachmittag an, und es war gefühlt viel zu dunkel für Ende Oktober.

Nadine wartete am Bahnhof auf ihn. Sie hatte es nicht länger am vereinbarten Treffpunkt im Theaterpark ausgehalten. Nicht alleine. Außerdem hatte sie sich ausgerechnet, mit welchen Zügen er ankommen könnte, und eigentlich kam nur dieser in Frage, und so war es auch. So fielen sie sich nach anfänglichem Schreck über ihre abgeschnittenen Haare (denn dass sich auch Nadine fast zeitgleich ihre abgeschnitten hatte, wusste er da noch nicht) in die Arme und blieben so stehen. Vermutlich lange, und obwohl am Bahnsteig in aller Öffentlichkeit, werden sich beide zum ersten Mal unbeobachtet gefühlt haben. Die einzigen Blicke, die sie trafen, waren schamhaft, manche vielleicht neidisch, aber für die meisten boten sie wahrscheinlich einfach nur ein schönen, herzerwärmenden Anblick.

Da es laut Nadine zu spät für die Busse aus Prag war, mussten sie sich ein Quartier für die Nacht besorgen. Die Botschaft war nach der Ausreise derer, die dort Genschers berühmter Ansage auf dem Balkon gelauscht hatten, ja gleich wieder neu überrannt worden. Vielleicht kamen die Züge und Busse auch schon von woanders her. Es wurde alles immer chaotischer und die Berichterstattung verlagerte sich inzwischen ein bisschen zu den Protesten in der DDR.

Daniel investierte das knappe Geld für ein Hotel in Bahnhofsnähe, dem Bares wichtiger war als Ausweise, und dort erzählten sie sich alles, was in der Zwischenzeit passiert war. Außerdem haben sie sich gewissenhaft auf den nächsten Tag vorbereitet. Sie steckten sich ihre Ringe wieder an die Finger und holten ihre Hochzeitsnacht nach. Ohne Sex hätte ihre Geschichte sonst auch kaum gestimmt. Als junges Ehepaar sollte man sich vielleicht mal nackt gesehen haben, wenn man schon beschließt gemeinsam in ein neues Leben zu flüchten.

Ich hatte Daniel noch im letzten Moment den Tipp mitgegeben, dass sie angeben sollten, durch die Donau geschwommen zu sein. Solche Flüchtlinge hatten wir auch in Vilshofen gehabt und deren Papiere waren unleserlich, unvollständig oder ganz verloren gegangen.

„Und was soll ich dann jetzt mit den Rucksäcken? Das hätte dir mal früher einfallen können!"

„Oh, äh ..." Mir stieg das Blut zu Kopf. „Euch wird sicher was einfallen, Hauptsache ihr kommt ohne an."

„Na großartig ... Wird ja immer besser, der Plan."

Die Lösung hierfür war dann doch recht naheliegend, denn sie ließen die Rucksäcke am nächsten Morgen einfach in einem Schließfach am Bahnhof, der Schlüssel war ja leicht zu verstecken. Aber kaum, dass sie den Bahnhof verließen, wurde Nadine unruhig, als hätten die Rucksäcke ihnen Schutz geboten so wie ihr zuvor auch die langen Haare.

„Wo müssen wir jetzt hin?"

„Das ist gleich da vorne um die Ecke, im Meisenbornweg."

„Du bist so nervös, sollen wir vielleicht noch warten?"

Nadine schüttelte den Kopf. „Heute oder nie. Mein Vater fängt dort am Montag als Hilfsarzt oder so was in der Art an, bis dahin müssen wir da wieder raus sein."

„Das schaffen wir schon."

„So einfach ist das nicht!" Sie nahm ihn zur Seite. „Da sind bestimmt auch welche von der Stasi unter den Flüchtlingen."

„Unter den F... – das ist doch paranoid!"

Nadine boxte ihn. „Und du sei nicht so naiv! In Ungarn haben die Kinder in die Falle gelockt, um deren Eltern zu erpressen. Also erzähl mir nichts von paranoid. Da sind garantiert welche unter den Flüchtlingen!"

„So wie wir?"

„Nein, nicht so wie wir – denen nimmt man auch ab, dass sie aus dem Osten kommen!"

„Und die lassen uns und ihre eigene Tarnung auffliegen, weil ich so tue, als wär ich von drüben?"

„Glaub mir, es ist schlimm genug, wenn sie erst mal nur Informationen sammeln."

Daniel sagte mir später, dass Nadine gar nicht mehr wie sie selbst auf ihn gewirkt hatte. Was sicher auch an ihrem nur noch kinnlangen Haarschnitt lag, der ihm natürlich mehr ins Auge stach als sein eigener. Andererseits war auch er nicht mehr derselbe. Der zögerliche, in sich zurückgezogene Daniel war einem zu allem bereiten Draufgänger gewichen. So wirkte er jedenfalls auf uns. Wie verwandelt. Und da hatten sie sich noch nicht mal ihren neuen Namen überlegt.

„Ich war übrigens neulich in der *Mayerschen*, da hast du nicht zufällig das Buch für mich gekauft?", fragte mich Schwester Anita beiläufig.

„Im Forum oder der anderen? Kann schon sein, ich weiß es ehrlich gesagt nicht mehr. Wieso fragst du?"

„Ach, weil da an der Kasse zufällig auch der Tee stand, den du mir mitgebracht hast."

Oh weh, sie hat doch hoffentlich keinen ...

„Ich hab mir direkt wieder welchen gekauft. Für zu Hause."

Da fällt mir jetzt aber ein Sack voll aufgebrühter Teebeutel vom Herzen.

Oh ja, die Namen. Damit fing es an. Die beiden hießen ja nicht schon immer so wie heute. Daniel hieß mit Nachnamen Speck und da habe ich mich nie gefragt, warum er den loswerden wollte, allein schon deswegen, um nicht mehr so manisch auf seine Figur achten zu müssen.

Nadine änderte beides. Rothe war zwar ein schöner Nachname, und wenn ihre Eltern vor ein paar Wochen nicht so einen Zirkus veranstaltet hätten, dann wäre Daniel bestimmt gerne im Kreise ihrer Familie aufgenommen worden. Also wenn es nach ihm gegangen wäre, denn seinen Eltern hätte allein dieser Vorstoß wohl gereicht, um jede Hochzeit zu boykottieren. Und um ihn zu enterben. Nicht, dass es da noch viel zu erben gegeben hätte, nachdem er die Klunker gespendet hatte.

Sie haben es mir so erzählt, dass sie erst auf den letzten Metern vor dem Notaufnahmelager darüber geredet haben. Also über die Namenswahl. In einem Gebüsch, wo sie auf die Ankunft der nächsten Busse warteten. Ich habe schon oft versucht, mir die Szene vorzustellen:

Daniel fasste zusammen, worauf sie sich bisher geeinigt hatten. „Unsere Ringe haben wir an die Schlepper verloren, bevor wir durch die Donau geschwommen sind, aber ..." Er stockte. „Moment, haben wir von denen auch unsere Namen gekauft? Wie heißen wir denn überhaupt?"

„Mist, auch das noch." Nadine stöhnte. „Hast du eine Idee?"

„Jemand, den wir kennen? Wir könnten so heißen wie Johann."

„Spinnst du?" Nadine verschränkte die Arme vor der Brust.

„Wieso denn? Ist der Mädchennamen seiner Mutter, und die ist super."

„Mag ja sein, aber geht's ein bisschen weniger bayerisch als Mayr?"

„Was stört dich denn daran? Für die Dame muss es wohl gleich Goethe oder Schiller sein."

„Das glaubt uns dann ja keiner. Der Name darf nicht auffallen und soll erst gar nicht in Frage gestellt werden."

„Ja, eben!"

„Aber so ganz ohne ... Ich weiß nicht ... Charme?"

„Mein Deutschlehrer ist kinderlos gestorben, vielleicht wäre der was: Talmüller."

„Da war ja Mayr noch besser! Vielleicht mehr ein bisschen um die Ecke gedacht?" Nadine seufzte. „Na gut, warte. Das Gegenteil von Tal ... Hang, Berg, Schlucht ... Wie entsteht ein Tal?"

„Durch Wasser ... einen Fluss ..."

„Ja, das ist gut. Wie an der Donau, mit Lukas als Kapitän, das passt zu uns, oder?"

Daniel nickte und lächelte.

„Und vielleicht ein alter Beruf dabei ... Fährmann?", schlug Nadine vor.

„Der kriegt auch nasse Füße – wie wär's eher trocken?"

„Fluss ... Meer ... Fischer! Wie findest du Fischer?"

„Klingt ganz okay. Gibt's denn Fischer in der DDR?"

„Klar, was dachtest du denn?"

„Nein, ich meinte nicht als Beruf, sondern kanntest du jemanden, der Fischer hieß?"

„Äh, Oskar Fischer?"

„Joschka? Der von den Grünen? Der ist doch nicht von drüben!"

„Nein, unser Außenminister: Oskar Fischer."

„Oh."

„Hast dich nicht so für ‚drüben' interessiert, was?"

„Sagen wir mal, ich arbeite dran", behauptete Daniel und schämte sich ein bisschen. „Jetzt gerade zum Beispiel."

Nadine stand auf und stützte sich gleich auf Daniels Schulter ab. „Mir werden die Beine ein bisschen weich, du."

„Jetzt komm schon, nicht schlapp machen."

Nadine kicherte nervös. „Hör mal, du weißt echt nichts über die DDR, gibst aber gleich vor, von dort zu sein. Lass bitte mich reden, ja?"

Dann verließ sie das Gebüsch und ging voran, Daniel folgte ihr und war blass um die Nase geworden. In meiner Vorstellung. Wir schlitterten damals von einer unvorbereiteten Situation in die nächste, und wie durch ein Wunder klappte trotzdem alles. Wahrscheinlich deshalb, weil zu der Zeit irgendwie alle abgelenkt und mit ihren Gedanken woanders waren. Oder das Glück ist mit denen, die sich dumm hinten anstellen.

„Es wird schon gut gehen. Wirst schon sehen. Wie wär's, wenn ich ein bisschen huste? Noch vom Donauwasser und so", schlug Daniel vor.

„Lass es. Je weniger wir spielen, desto besser. Schau dir was bei den anderen ab, die vor uns in der Schlange drankommen."

Als dann die Busse kamen und es plötzlich von Menschen nur so wimmelte, mischten sie sich darunter und stellten sich mit an.

In der Menge wurde auch Nadine wieder ruhiger, nahm Daniels Hand, drückte sie und ließ ihn nicht wieder los. Dann hat er sicher vor Glück gestrahlt, wie alle um sie herum. Erschöpft und glücklich. Ich weiß genau, wie das aussah. Wer so was vor sich sieht, der legt niemandem mehr Steine in den Weg. Das genügte sogar den erfahrenen Beamten dort, ausnahmsweise. Es kam keine einzige dumme Frage, nichts. Nicht einmal, warum sie auf keiner der Buslisten auftauchten. Sie waren wahrscheinlich nicht die Einzigen, die dort zu Fuß ankamen und sich ganz auf sich gestellt irgendwie nach Gießen durchgeschlagen haben. In der DDR war die Stadt schließlich bekannter als Bonn.

Und so wurde aus Daniel Speck und Nadine Rothe das Ehepaar Nadja und Daniel Fischer. Irgendwie schön, dass sie sich beide einen neuen Namen gegeben haben, und fortan in Dokumenten aufpassen mussten, nicht versehentlich etwas unter „geb." einzutragen.

Fischer gefiel mir, es war ja auch im, am und auf dem Wasser gewesen, wo sie sich verliebt hatten, vom Stausee zur Donau und Daniels Sprung in die Vils. Ich habe sofort wieder Nadines nasse Haare vor Augen, wie sie ihr im Nacken klebten und ich sie dort gerne zur Seite gestrichen hätte, was sie hasste.

Aber warum hat Nadine ihren Vornamen abgelegt? Ich glaube inzwischen, dass ihr der zu weich klang, zu westlich, und sie deshalb noch spontan auf Nadja umgeschwenkt ist. Nicht, wie sie es jetzt erzählt, mit „da steckt Ja und Nein drin, vor allem das Bejahende". Eine Ecke vom neuen Leben entfernt wird man auch mutiger, und so verwischte sie nicht nur ihre Spuren weiter, sondern machte es glaubwürdiger, dass sie wirklich aus dem Osten kamen. Nadine hat ihren Namen geopfert, ohne zu zögern, um auf Nummer sicher zu gehen. Das war ihr abergläubischer Moment, so wie auch das Geständnis von Lukas oder unsere Fluchtorganisation. Jeder von uns brachte ein symbolisches Opfer für diesen Neuanfang. Und Fischer inspirierte mich und Lukas dazu, ihnen Codenamen zu verpassen: Axel und Christiane F. Die ganze Geschichte ist eigentlich viel zu schön, um sie nicht Clara und Dennis zu erzählen.

Ein Mädchen auf Zimmer 4 ist aufgewacht und kam zu uns ins Stationszimmer, sie könne nicht einschlafen. Sie wollte, dass ich ihr etwas vorlese. Das geht halt schlecht, mitten in der Nacht mit anderen Kindern (und Elternteilen) im gleichen Zimmer. Aber dann hatte ich eine Idee. Ich nahm eine Packung Taschentücher und knisterte damit vor ihrem Kopf.

„Kannst du das hören?"

„Ja", war ihre knappe Antwort.

„Mach die Augen zu und achte darauf, wohin das Geräusch wandert." Ich knisterte bedächtig um ihren Kopf herum, wie ich es inzwischen dutzende Male in Videos gesehen hatte. Schwester Anita wollte schon was sagen, aber ich schüttelte nur leicht den Kopf und legte den freien Finger vor meine Lippen. Sie schwieg und beobachtete fasziniert, wie dem Kind langsam die Aufmerksamkeit entglitt und der Kopf nach vorne fiel.

„Komm, wir gehen zu deinem Bett und schauen, ob du das Knistern auch noch zwischen den piepsenden Geräten heraushören kannst, ja?"

Und was soll ich sagen, es hat funktioniert! Ich habe ASMR in der Arbeit benutzt. Musste sogar ein bisschen unverständlich flüstern, weil das Knistern alleine nicht reichte, aber dann glitt sie problemlos hinüber in den Schlaf. Die Zwillinge werden stolz auf mich sein!

Ich habe mir nie groß Gedanken über unsere Namen gemacht, bis Nadja und Daniel damit angefangen haben. Mir war ihre Herangehensweise sympathisch, dieses Verknüpfen des Namens mit Menschen, die sie inspiriert haben, die ihnen etwas bedeuteten. Nicht wie bei mir. Johann hieß auch mein Großvater väterlicherseits, und ironischer Weise habe ich den ebenso wenig kennengelernt wie zuvor meinen eigenen Vater. Die Tradition, den Namen der Großeltern einzubauen, als Zweitnamen zu vergeben, wo kommt die noch mal her? Wenn es das Einzige ist, was einem von vorherigen Generationen bleibt und man es doch mit nichts verknüpfen kann, was soll das dann?

Bei den Zwillingen war es dann noch eine Nummer kleiner. Es sollten Namen sein, mit denen man möglichst wenig verknüpfte. Keine Kindheitsfreunde, niemand, den man kannte, sie sollten unbeschriebene Blätter und Namen sein, ohne den Ballast voriger Generationen, oder Überbleibsel eigener Erinnerungen und womöglich damit verbundenen, unbewussten Erwartungen: Clara und Dennis. Klarer konnte die Ansage nicht sein. Und wenn ihnen ihre Vornamen nicht gefielen, dann sollten sie sich einen aussuchen und im Standesamt ändern lassen. Sie würden es selbst in der Hand haben, und das gefiel mir sehr.

Den Vornamen von mir, Daniel und Lukas hing immer noch dieses Bibel-Echo an, was für Niederbayern jetzt nicht gerade ungewöhnlich war. Nur der alte Speck war natürlich nicht nur bei der Namensgebung alttestamentarisch unterwegs, sondern ebenso bei Züchtigung und Strafe. Aber ihre eigenen Kinder sollten weder mit Religion noch Tradition belastet werden. Wenn überhaupt, dann sollten sie ihren Weg dorthin selbstständig finden. So hatte der Plan ausgesehen.

Dann kamen die Fragen nach den Großeltern, die es nicht gab. Offiziell waren Nadine und Daniel ja Waisenkinder. Trotzdem ziehe ich Clara und Dennis mit erfundenen Geschichten auf, wie und warum sie beinahe ganz anders geheißen hätten, zum Beispiel Clara und Robert, weil ihre Eltern gerne Schumann gehört hätten. Das fand Clara deutlich lustiger als Dennis. So haben sie es zum Glück nie sonderlich ernst genommen, und ich hoffe, Nadja wird mir einmal dafür dankbar sein, wenn sie den beiden die Wahrheit erzählt. Und Daniel natürlich auch. Nur habe ich den Verdacht, dass – wenn überhaupt – sie es sein wird, die das Schweigen bricht.

Anita hat mich jetzt gefragt, ob das ASMR gewesen sei, was ich da gemacht hätte. Bin etwas überrascht, dass sogar sie schon davon gehört hat, andererseits ist das ja nicht der erste Trend, von dem ich als Letzter etwas mitbekomme. Sie meinte sogar, dass sie das jetzt auch mal ausprobieren würde, wenn ein Kind nicht schlafen könne. Der Kleinen waren die Augen zwar auch schon so zugefallen, aber ich sagte lieber nichts und damit war das Thema gegessen.

11.11.19

Drei Wochen frei, bis Ende des Monats! Jaaa! Und was mach ich? Heute erst mal rein gar nichts. Im Bett rumfläzen, pupsen, am Hintern kratzen. Juckt mich nicht, aber ich kann mich trotzdem kratzen. Ich recke und strecke mich wie eine Katze, schubse dabei Decke und Kopfkissen aus dem Bett. Beides ziehe ich dann vorsichtig wieder aus der Lava und mache es mir gemütlich. Warum ich überhaupt schreibe? Weil ich gerade nicht weiß, was mich eher aus dem Bett treiben wird: meine Blase oder mein Magen.

Wenn ich den Kühlschrank doch nur näher am Bett stehen hätte. Dann würde mich dessen Brummen wahrscheinlich wach halten. Oder beim Einschlafen helfen, je nachdem. Dann könnte ich mir die Videos sparen und würde mich nicht mehr in den Kopfhörerkabeln verheddern, obwohl die unter dem Kopfkissen verlaufen. Aber wehe man dreht sich auf den Bauch und schiebt im Halbschlaf eine Hand drunter – schon hängt man drinnen, im Kabelsalat.

Die Blase hat gewonnen. Habe mich dann auf dem Rückweg ins Bett mit allerlei Material eingedeckt: Butter, Käse, Hummus, Cracker, Chips. Jetzt wird YouTube geguckt. Vielleicht sollte ich mir ja auch so ein Streaming-Abo anschaffen, aber ich will nicht. Das lenkt zu sehr ab. DVDs sind mir lieber, die stehen geduldig im Regal. Liegt wahrscheinlich daran, dass für mich der Videorekorder das Gerät war, auf das meine Medienkompetenz zurückgeht, wie für meine Mutter der erste eigene Fernseher. Mit den Videorekordern war man weniger an die Glotze gebunden und konnte sogar Filme sehen, die da gar nicht erst liefen – wegen Jugendschutz und so. Das waren die gleichen Leute, die uns ohne Fahrradhelm und Knieschoner draußen rumlaufen ließen, aber auf Teufel komm raus Sex und Gewalt von uns fernhalten mussten. Auf Letzteres hätten wir zugunsten von Ersterem später sogar freiwillig verzichtet, nur gab es da eh keine Verhandlungsbasis mit der Bundesprüfstelle.

Der erste Film, den wir überhaupt auf Video gesehen haben, war *Rambo – First Blood*. Lukas' Bruder hatte über drei Ecken einen Tipp bekommen, wo man angeblich auch Filme bekam, die es in keiner Videothek gab. Dazu zählte *Rambo* zwar nicht, aber wenn man bei der Bildqualität ein paar Abstriche machte, konnte man ihn umsonst gucken. Und wer wollte nicht jemandem begegnen, der als der „Videoguru Niederbayerns" galt? Dunkel wie in einem Kinosaal sei es bei ihm gewesen, berichtete Markus, und gesehen habe er ihn eigentlich nicht, vielmehr nur seine Silhouette mit einem zerzausten Lockenkopf. Der Film musste also gut sein, und tatsächlich beeindruckte er uns sehr. Das konnten wir von dem anderen Streifen leider nicht behaupten – irgendetwas mit Chuck Norris und in etwa so unterhaltsam, als würde man sich die heute über ihn verbreiteten Fakten ironiefrei erzählen. Wir vermuteten später, dass es andersherum war, als Markus behauptete, und er sich ursprünglich den ausleihen wollte und es der Videoguru war, der ihm noch Rambo in die Hand gedrückt hatte. So geht Medienkompetenz, die den Zuschauer da abholt, wo er ist. Der Ruf des Gurus festigte sich in den nächsten Jahren und wir kamen in den leicht ausgebleichten Genuss von *Alien*, dem *Terminator* und *Stirb langsam*.

Irgendwann erfuhr Markus bei einem seiner Besuche, dass der Videoguru angeblich auch Sänger war, also kam Daniel das nächste Mal mit, um ihn sich anzuhören. Vielleicht wäre der ja was für unsere Band? Vorgesungen hätte er ihnen dann eine Eigenkomposition, und danach wären sie mit den Videokassetten wieder gefahren.

„Ja und?", fragte ich nach. „War er gut?"

„Sehr", sagte Daniel und seufzte. „Aber leider nichts für uns."

„I versteh koa Wort."

„Es war das beste und kürzeste Vorsingen, das ich jemals erlebt habe."

Wir sahen ihn verständnislos an, also machte Daniel es uns vor, so gut er konnte. Der Videoguru sei wie in Zeitlupe aus seinem Sessel im Halbdunkel aufgestanden, mindestens 2 Meter groß und schlank wie ein Besenstiel. Dann hätte er locker losgesungen wie Udo Lindenberg: „Die Nacht ist so dunkel, mein Zimmer ist leer. Helft mir zu verstehen ..." Dann bäumte sich Daniel auf und schloss mit einem beeindruckenden

Crescendo ab: „… warum ich so viel trinke!" Ehe noch die letzte Silbe verklungen war, sei er wieder genauso in seinem Sessel zusammengesackt, wie sie ihn darin vorgefunden hatten.

„Und was habt ihr darauf gesagt?"

„Nichts." Daniel zuckte mit den Schultern. „Was hätten wir denn sagen sollen? Ich glaub, Markus sagte so was wie ‚cool' und ich hab nur genickt. Es war das vielleicht Tragischste, was ich in meinem Leben gesehen habe. Ich werde das nie vergessen."

YouTube ist einfach nicht so charmant. Den Videoguru musste man beeindrucken, ein paar der richtigen Filme gut finden, dann erweiterte er deinen Horizont mit etwas, von dem du noch nie vorher gehört hattest. Dagegen kann bis heute kein Algorithmus anstinken. Es macht eben einen Unterschied, ob es nur mehr von dem gleichen Kram ist, oder den Rahmen des bisherigen schlechten Geschmacks ein wenig sprengt. Internet ist halt mehr Chuck Norris als Rambo, der eine stellt die Ordnung nur wieder her, der andere stellt sie in Frage.

Außerdem gefallen mir diese neuen Sachen meistens nicht, oder ich komme erst gar nicht dazu, sie zu sehen, weil sie zu lang sind. Nicht nur Serien, auch die Spielfilme. Alles wird immer länger, oder kommt mir das nur so vor? Ich guck ja auch kein Fernsehen mehr, seit da nur noch Talkshows laufen. Wann war ich überhaupt zuletzt im Kino? Außerdem wechseln beim Streaming die Filme wohl auch ständig die Plattform. Das klingt mir zu anstrengend. Aber Clara und Dennis kennen sich da besser aus, und die sagen, daran würde man sich gewöhnen. Ich glaube, das möchte ich gar nicht. Ich kann zwar manche meiner DVDs nicht gleich wiederfinden, oder nur deren Hülle, aber irgendwo in der Wohnung sind die Scheiben ja. Um sie zu finden, brauche ich kein Internet, sondern muss mich fragen, wie sehr ich den Film wirklich sehen will. So sehr, dass ich aufstehe und ihn aus dem Regal hole, oder so sehr, dass ich vorher aufräume? Solche Hürden halten einen in Bewegung. Auch geistig.

Was mich daran erinnert, dass ich noch aufräumen wollte, um nach dem Urlaub in eine aufgeräumte Wohnung zurückzukommen.

Statt aufzuräumen, Musikvideos geguckt. Alte aus den 80ern. Endlich nicht mehr warten müssen und alles nur einen Klick weit entfernt. Das macht mich glücklicher, als es sollte und widerspricht eigentlich dem, was ich eben geschrieben habe, oder? Das kommt aber nur von dem *Formel-1*-Trauma von Illmann, Lück, Tücking und dann Böcking regelmäßig enttäuscht zu werden. So tief sitzt das immer noch. Nur bei „Thriller" war es mal spannend gewesen, das war gefühlt, wie in der ersten Reihe zu sitzen.

Ach, das „White Wedding"-Video habe ich ewig nicht gesehen. Ob *Billy Idol* sich das mit der verzogenen Lippe von *Sylvester Stallone* abgeguckt hat? Wie heißen die eigentlich richtig? Also auf ihren Steuererklärungen? Muss mal nachschauen: William Michael Albert Broad. Bitte was? Okay. Der andere Michael Sylvester Gardenzio Stallone. Gardenzio? Wie toll ist das denn bitte! Klingt nach einer Dynastie von Landschaftsgärtnern.

Eben auf dem Balkon darüber nachgedacht, wie ich mich nennen würde, wenn ich die Wahl hätte. Meinen Vornamen habe ich ja lange nicht leiden können. Dafür kann er nichts, ist halt nur ein bisschen langweilig. Der Hans, die Johanns waren in Niederbayern schon von jeher beliebt gewesen, und sind es noch. Und das war immer noch besser als Johannes, Oliver oder Jens. Trotzdem hätte ich dem etwas Originelleres vorgezogen, seit sich im Kindergarten immer mehr als ein Kopf umgedreht hatte. Sogar die Kindergärtnerin war origineller gewesen, um uns auseinanderzuhalten: Bei ihr wurden wir zu Johann Schniefnase, Johann Zahnlücke und Johann Schwarzfuß, nur dass sie schon ein paar Tage später gänzlich auf die Vornamen verzichtete. Das war kürzer. Bald danach ließ sie noch mehr weg und übrig blieben Nase, Lücke und Schwarz.

Wenn ich mir als Kind einen Namen hätte geben können, wäre es wahrscheinlich Luke Skywalker geworden, obwohl ich den Han sogar im Namen gehabt hätte. So kurzsichtig kann auch nur ein Kind sein. Luke Mayr. Aber niemand würde „Luke" mit stummem E aussprechen. So blieben mir immerhin die Rückfragen erspart.

Beim Vornamen. Und ehrlich gesagt bin ich mit Mayr heute glücklicher, als ich es mit Skywalker jemals gewesen wäre. Selten dämlicher Name, der nur so lange gut klingt, bis man Englisch lernt. Weg ist die Exotik und übrig bleiben die gleichen profanen Inhalte wie bei uns, das lyrische Ich heult leise, aber mit Genugtuung.

Natürlich hätten sie mir Johann auch als zweiten Vornamen geben können, den ich dann lässig mit einem „J." abgekürzt hätte. Der Nachfrage, wofür das stehe, wäre ich dann vielsagend ausgewichen, als sei es ein Geheimnis. James? Nur ein müdes Lächeln. Jakob? Ein irritierter Blick. Jeevan? Jaime? June? So viele Möglichkeiten.

Allerdings wäre das Problem des ersten Vornamens geblieben. Wie machen Schriftsteller das eigentlich? Würfeln die oder was ist ihr Geheimnis?

Johann war die Idee meines Vaters gewesen, von wegen Tradition und so. Als hätte es dann keinen Bruch mit der Tradition dargestellt, sich aus dem Staub zu machen, wenn das Vatersein zu anstrengend wurde. Alltägliche Fluchten wie in den Job, den Verein oder das Wirtshaus hätten es doch auch getan – musste es denn unbedingt die „Ich komme nicht wieder"-Fraktion sein?

Als ich dann nicht nur von der Kindergärtnerin, sondern auch von Spielgefährten und Freunden Spitznamen bekam (Jo, Hansi, Hansee und so weiter), wurde es besser, weil ich begriff, dass ein Name gar nicht so festgeschrieben ist, wie er auf den ersten Blick scheint.

Aber um langfristig meinen Frieden damit machen zu können, brauchte ich etwas anderes, ein Vorbild. Ich suchte nach wenigstens einem Johann, mit dem ich was anfangen konnte. Nur einen. Goethe? Hallo? Danke, der Nächste! Einer, mit dem ich auch was gemeinsam habe, ein Hobby oder so. Bach? Nee, zu alt. Strauss? Maaann, immer noch zu alt. Wie wäre es denn wenigstens mit einem Musiker aus dem letzten Jahrhundert? Hölzel? Haha, ja genau mein Punkt, Falkenauge Amadeus, Amadeus?

Aber das ging alles am eigentlichen Problem vorbei. Denn ich suchte nicht wirklich eine bessere Bedeutung oder Assoziation für meinen Namen. Was daraus würde, lag ja einzig und allein an mir, an dem, was ich tue und nicht an dem, was andere namhafte Johanns irgendwann mal vor mir getan haben. Ich würde meinen Johann neu bespielen, aufladen, mit allem, was ich tue. Und jetzt gehe ich erst mal raus.

Spazieren gegangen, gestolpert.

13.11.19

Oha, das war jetzt doch noch knapp. Habe nur mehr zufällig was erwischt, weil da wohl jemand im letzten Moment sein Zimmer storniert hat, Glück im Unglück. Einmal, weil ich dort nicht die Nebensaison treffe, sondern – man höre und staune – sogar die Sparsaison. Keine Einwände meinerseits. Außerdem liegt das Appartement direkt am Meer. Eigentlich viel zu groß für mich ... allein. Wird mir doof vorkommen, aber ich wollte es ja so. Besser überhaupt noch was kriegen als nix. Sparsaison, hey! Aber was soll dieses „mer veille" heißen? Mehr weil, weil was? Veilchen? Dr. Wolf würde mir den Hals umdrehen. Aber nicht im Appartement 204, vom 18. bis 22.11., ohne Wochenende. Das hat mich gerettet.

Hinkommen ist auch nicht so ganz meins. Knapp 11 Stunden Zugfahrt ... über Berlin. Da würde sich eigentlich anbieten, dass ... Oh verdammt. Das sind immer die Momente, in denen ich es bereue, keinen Führerschein gemacht zu haben. Andererseits kann ich im Zug schreiben. Oder lesen. Und niemals Parkplätze suchen und später wiederfinden müssen. Wer braucht das denn?

Den Fehler begangen, in die Nachrichten zu gucken. Heute beginnen also die Anhörungen zum Impeachment. Es ist, wie Heßler sagte: „Nur noch Theater". Natürlich ist er schuldig, natürlich wird er im Senat freigesprochen, alle wissen es, und man fragt sich, für wen diese Show überhaupt aufgeführt wird. Ich will endlich wieder unschuldig eine Orange in die Hand nehmen können, wie noch vor zweieinhalb Jahren. Wenn heute nur jemand eine Mandarine in meiner Gegenwart isst, wende ich mich ab.

Der einzige Weg, den loszuwerden ist, ihn nächstes Jahr abzuwählen, und daraus wird wahrscheinlich nichts. Ich habe so was von die Schnauze voll. Vor allem davon, dass sich die Medien auf jeden Furz stürzen und man tagtäglich damit bombardiert wird, was genau die Strategie dahinter bedient. Eine penetrant lärmende Faszination von einem nicht enden wollenden Autounfall, aber keine Hilfskräfte an der Unfallstelle. Es ermüdet und wir verschwenden an solche Populisten unsere wertvolle Aufmerksamkeit, während sich andere gleich ganz von den Nachrichten abwenden, und „die da" mal machen lassen. Die machen auch sofort, was sie wollen, was deren Fans auch prompt als Stärke auslegen. In Filmen würde man das unglaubwürdig finden.

Ich erinnere mich noch daran, wie es Anfang der 80er bei Reagan gewesen war. Danach wurde in Zeitreise-Filmen gerne der Gag gemacht: „Wie, der Schauspieler?" – ein bisschen in echt vorgespult war dann Schwarzenegger Gouverneur von Kalifornien, und jeder Rest von Ironie von der Wirklichkeit plattgewalzt.

Mein Vertrauen in die Politik ist längst erloschen, wir werden in der Pflege kaputtgespart und auch sonst wird überall immer noch weiter privatisiert und die Hand aufgehalten, ein einziger großer Ausverkauf an Rudis Resterampe. Die Leute lassen sich jeden Unfug erzählen. Ein Wunder, dass uns der Laden nicht schon längst um die Ohren geflogen ist. Was hält den eigentlich am Laufen? Eigentlich kann es nur die Dummheit sein, denn ansonsten würden wir ja alle streiken. Aber wie sollen wir Pflegekräfte das bitte anstellen? Wir sind nicht nur zersplittert in private, kirchliche und staatliche Trägerschaften, sondern ganz buchstäblich für das Überleben der Schwächsten verantwortlich, die wir nicht mal eben sich selbst überlassen können. Nein, genug jetzt, ich habe heute frei, keine Nachrichten mehr. Raus aus der Wohnung.

War wieder spazieren und dann hatte ich spontan Lust auf Kino. *The Report* hätte mich schon interessiert, aber bitte nicht schon wieder Amerika. Auch nicht zum Abreagieren in *Zombieland 2*. Mir stand der Kopf eher nach etwas Leichterem. *Booksmart* hätte ich vielleicht in der Sneak erwischen können, dafür war ich aber einfach zu früh dort. Dann fiel mein Blick auf einen deutschen Film: *Im Niemandsland.*

Und ich mache mir nichts vor, das klang so sehr nach Nadine und Daniel, nur halt einen Sommer später und in Berlin. Ein Sommer, in dem ich selbst mit Lukas dort war. Natürlich konnte ich nicht widerstehen, und natürlich habe ich es hinterher bereut. Warum können wir keine einfachen Geschichten über diese Zeit erzählen? Irgendwann schreien sich in diesen Filmen immer alle gegenseitig an und dann habe ich keine Lust mehr. So war es einfach nicht.

Hinterher habe ich Clint Eastwood beim Pinkeln mein Leid geklagt, aber er blieb unbeeindruckt und wahrscheinlich sollte ich mir ein Beispiel an ihm nehmen. Am besten gefallen hat mir noch der Trailer zu *Der Leuchtturm*. Mal gucken, ob ich mich nach dem Rügen-Urlaub überhaupt noch traue, den zu schauen. Oder umgekehrt, denn eigentlich habe ich jetzt ein bisschen Bammel vor dem, was mich dort erwarten könnte.

Das Wort „Niemandsland" geistert mir noch immer durch den Kopf. Immerhin war bei den Archivaufnahmen mal was anderes dabei, wie dieser umgestürzte Wachturm. Dieser Streifen durch die Stadt ist so unglaublich schnell verschwunden. Ich dachte, das dauert Jahre. Gut, hat es auch, nur fühlt es sich eben nicht mehr so an. Zwar war da diese riesige Wanderbaustelle am Potsdamer Platz und im Regierungsviertel, oder wie auch immer die Stadtteile heißen. Wenn der Zug mal langsamer fuhr, konnte man weit in die Tiefe gucken, wo Taucher unter Wasser am Schweißen waren. Habe ich das gesehen oder nur gelesen? Oder vielleicht beides? Es verschwimmt in der Erinnerung sowieso.

Die Schauspieler in dem Film waren da vielleicht noch nicht einmal geboren, und aufgewachsen sind sie eh schon ohne diese unfassbar hässliche, gigantische Narbe in der Hauptstadt. Ich glaube, wir hätten sie stehen lassen müssen, die Mauer. In ihrem zerbröselten, löchrigen Zustand, genau wie jene, durch die das Mädel am Anfang die Seiten von West nach Ost und wieder zurück wechselt. Nicht als Mauerpark, sondern ganz. Nicht nur Fotos und Filme in Museen, Touren mit Zeitzeugen oder Rundfahrten mit einer von drei Sprachen nach Wahl auf den Kopfhörern. Immerhin der Walkman passte noch halbwegs in die Zeit. Aber nur damit dem Jungen nicht die Peinlichkeit erspart geblieben ist ein Mixtape machen zu müssen. Dem Ergebnis sah man ja an, dass er davon keine Ahnung hatte. Wenn man zu der Zeit seiner Flamme ein Tape aufnahm ... Ich meine, oh Mann. Ehrlich gesagt würde ich gerne mal wieder jemandem eine Kassette aufnehmen, wenn ich das überhaupt noch kann.

Nur an einer Stelle hat der Film recht: Wenn dieser Sportlehrer den beiden sagt, dass sie die Zukunft wären. Also theoretisch, denn Nadine und Daniel sind ja nicht in die Politik gegangen. Gut, Daniel war sogar mal im Bundestag, haha, aber nee, im Ernst: Wie können wir die Zukunft sein, wenn wir sie nicht auch politisch gestalten? Liebe allein ist nicht genug.

14.11.19

Als ich kleiner war, habe ich öfter bei Mama im Altenheim im Kino gesessen. Es war kein richtiger Kinosaal, sondern nur ein fensterloser Raum, der sich deswegen besser als andere für Vorführungen mit einem 16mm Projektor eignete. So sah ich einige Filme, die für mich meistens langweilig waren. Es fehlte ihnen an Action, wie ich sie vom Videoguru gewöhnt war, aber sie sollten dem Publikum ja nicht den Blutdruck in die Höhe treiben. Das Programm unterschied sich nur unwesentlich von dem, was man an einer Schule im Religionsunterricht hätte zeigen können.

In einigen Fällen entsprach das auch exakt den Tatsachen, denn Herr Schlichting, den man im Gymnasium nie ohne Filmrolle unter dem Arm begegnete (und der vielleicht deshalb immer ein wenig aus der Puste war), tauschte Filme mit meiner Mutter, oder überließ sie ihr für eine Vorführung. Ich erinnere mich an die Einzelheiten nicht mehr so genau. Manchmal führte er auch selbst bei uns vor, denn diese älteren Schäfchen waren ja ebenfalls seine, auch wenn die nicht mehr auszubüxen drohten. Ich glaube, er guckte einfach wirklich gerne Filme. Niemand in Vilshofen verstand die wahre Macht der bewegten Bilder besser als er. Außer vielleicht dem alten Ehepaar, die das kleine Kino in der Furtgasse betrieben.

Herr Schlichting trug den Projektor schon damals wie an seinen Arm gelötet herum, mehr als 20 Jahre vor den Smartphones. Ein Cyborg, wie er im Buche steht, wenn auch nicht gerade der Bibel. Aus ferner Zukunft zu uns zurück gereist, nicht um uns zu töten – na ja, höchstens mit Langweile, und dann aus Versehen –, sondern um uns Katzenvideos zu zeigen. Oder was auch immer. Ein sympathischer Cyborg, kein bisschen bedrohlich, mit schnellen, kurzen Schritten unterwegs und meistens zu spät dran. Aber seine Stimme klang eigentlich immer leicht außer Atem, als hätte er gerade einen kleinen Berg überwunden. Seine Sätze trieben in einer Geschwindigkeit dahin wie ein Boot über Wellen, in beständigem Auf und Ab.

Wie genau er Filme im Unterricht nutzte, weiß ich nicht, dazu hätte ich ja katholisch sein müssen. Aber angesehen wird er sie haben, wieder und wieder. Bis sie ihm langweilig wurden, und er stattdessen begann, die Reaktion auf die Filme in den Gesichtern seiner Schüler zu lesen. Das stelle ich mir jedenfalls vor, denn ich habe es im Altersheim genauso gemacht, und irgendwann lieber die Zuschauer beobachtet. Anfangs störte ich mich vor allem am Geruch dort, dieser zu süßlichen Mischung aus sehr viel altem Parfüm, Desinfektionsmittel und wenig vorteilhaften Körperausdünstungen, unter dem immer auch ein Hauch von Urin zu schweben schien. Aber wenn man sich daran gewöhnt hatte (und man gewöhnt sich an alles), dann übernahmen andere Sinne die frei gewordene Aufmerksamkeit. Ich konnte auf fünf Minuten genau vorhersagen, wann Herr Kahlisch einschlafen und zu schnarchen beginnen würde. Mama sagte, er schliefe dort an die Wand gelehnt besser als in seinem Bett. Darum kam er auch jeden Tag. Mutter versuchte, ihn dazu zu bringen, dass er alle paar Tage die Seite wechselte, was er ablehnte, und so hing sein Kopf eben immer ein wenig nach links, als würde er über etwas nachdenken. Die anderen drehten einfach ihre Hörgeräte auf seiner Seite leiser, so dass sie nicht von seinem Schnarchen abgelenkt wurden.

Die Geräusche des Publikums waren grundsätzlich lauter als die vom Film, und der Projektor ratterte in meinem Kopf alle Eindrücke neu zusammen wie eine Nähmaschine. In den zuschauenden Gesichtern spiegelten sich meistens mehr Emotionen als auf der Leinwand, manchmal setzten sie die Handlung sogar fort oder umgekehrt. Etwa wenn jemand glaubte, seine Kinder in den Filmen zu erkennen und aufstand, nur um sich einen Schnitt später nicht mehr in der Welt hier und jetzt zurechtzufinden. Mit solchen Dramen konnte kein Film mithalten, und es sind solche Reaktionen, die ich bis heute mehr mit manchen Film-titeln verbinde als deren Schlüsselszenen.

Als wir dann einen eigenen Videorekorder bei uns zu Hause hatten, konnte auch ich endlich Filme aufnehmen, ausleihen und tauschen. Einer mit VPS wäre mir lieber gewesen, aber das überstieg halt unser Budget. Natürlich versuchten wir uns auch an Kopien und dazu brachte Lukas manchmal ihren Rekorder von zu Hause mit, wenn Markus in der Kaserne war. So konnten wir Fernsehwerbung herausschneiden, was einerseits wieder Kassetten frei machte, andererseits verloren wir mit jeder Generation an Qualität. Das ließ sich auch mit der Longplay-Funktion nicht ausgleichen, eher im Gegenteil. Mehr Speicherplatz bei gleichzeitigem Qualitätsverlust mit jeder Generation – jetzt klinge ich schon so, als würde ich über junge Menschen sprechen. Na ja, wir mussten uns schon damals den gleichen Blödsinn anhören.

Problematisch wurde es, wenn ich auf die Hilfe von Mutter angewiesen war, die Aufnahmen stoppen oder beginnen sollte. Regel-mäßig legte sie die falsche Kassette ein, oder nahm gleich die, die noch drinnen steckte. Daher begannen manche Aufzeichnungen kurz vor Ende der Kassette, was zur Folge hatte, dass halbe Filme fehlten oder bestenfalls nur ein paar Minuten. Dann war sie vor dem Fernseher eingeschlafen und von dem Geräusch des automatisch zurückspulenden Rekorders aufgewacht, so dass sie gegenwärtig manuell auf Aufnahme drückte und den Schluss vorne aufnahm. Vorausgesetzt natürlich ich stand morgens rechtzeitig auf und überspielte nicht gerade wieder den Anfang des Films. Es war ein einziges Drama, wobei manche Filme durch die unfreiwilligen Kürzungen sogar an Qualität gewannen. *Die Körperfresser kommen* zum Beispiel. Da fehlte nicht viel, aber der Schluss war so schon der pure Horror: Donald Sutherland ging weiter wie eine Maschine seinem Bürojob nach, um nicht als letzter lebender Mensch enttarnt zu werden, im Gleichschritt den Flur entlang. In meiner Version für immer, sein restliches Leben lang.

Wahrscheinlich lag es auch daran, dass ich seitdem offene Enden bevorzuge, weil die Geschichten länger nachwirken, wenn sie vorher gut erzählt worden sind. Man muss sich halt selbst einen abschließenden

Reim darauf machen, genau wie im Leben auch, sonst verfolgen sie einen für immer.

Mama konnte einen 16mm Projektor im Dunkeln bedienen und den Film richtig einfädeln, wenn er aus der Perforation hüpfte, aber was sich im Inneren dieser geschlossenen Elektronik-Kisten abspielte, blieb ihr ein Rätsel. Vielleicht hätte ich ihr das Gehäuse aufschrauben sollen, damit sie die Mechanik in Aktion sah, so wie sie es gewöhnt war.

Wieder draußen gewesen ... trotz Nieselregen und Wind. Ich hatte den Stadtpark fast für mich allein, das war toll. Bin zu den drei Linden raufgelaufen, dann dort ein bisschen im Kreis herum und habe auf hochgeistige Eingebungen gewartet, aber die muss wohl bereits der Kopf eines anderen Spaziergängers vor mir abgefischt haben. Dann bin ich eben wieder runter und noch Kippen holen gegangen. Jetzt bin ich zwar ein bisschen durchgefroren, aber auch so langsam in Form für meinen Besuch an der Küste.

Einmal hat Mutter zusammen mit uns Jungs *Terminator* angesehen, um zu gucken, was wir an dem so gut fanden. Hinterher war sie wenig begeistert, aber wir dafür umso mehr davon, wie sie ihn zerlegte. Denn für sie war der Film der Inbegriff dessen, was man heute wohl „toxische Männlichkeit" nennen würde. Nicht wegen Arnie oder der Gewalt, sondern der Perspektive, für die kein Platz mehr blieb, weil dort die Fantasie und männliche Vorstellung des Regisseurs endete – nämlich ihrer. Die, der alleinerziehenden Mutter.

„Da kommen diese Kerle aus der Zukunft, beide sind sie hinter dir her, der eine nimmt dich ins Fadenkreuz, der andere will dich aufs Kreuz legen."

„Aber Mama, der will sie doch vor dem Terminator retten", warf ich ein.

„Ja, das sagen sie am Ende alle", schnaubte meine Mutter. „Alle geben sie vor, dein Retter zu sein, und kaum dass sie dich geschwängert haben, gehen sie drauf und du darfst den ganzen Scheiß allein fertigmachen."

„Reese rettet ihr doch in der Disco das Leben!" Daniel versuchte es noch einmal versöhnlicher.

„Ach ja? In der Disco wollen sie alle mit dir ins Bett. Guck doch mal, wie die sie dort anstarren! Solche Blicke kennt jede Frau, die jemals in einer

Disco war. Deswegen gehen die Kerle doch dorthin, oder nicht? Um jemanden aufzugabeln."

Wir sahen betreten zu Boden und Mutter fuhr fort. „Da wimmelt es nur so vor Terminatoren, denen nur an einem One-Night-Stand gelegen ist. Die einen direkt aus der Muckibude, die sich in ihrem eingeölten Bizeps spiegeln, andere, die auf teure Klamotten und schnelle Autos setzen, und zur Krönung noch Tänzer, die sich ungefragt an dir reiben – alles das Gleiche."

„Du kannst doch Reese nicht mit denen vergleichen", protestierten abwechselnd Lukas, Daniel oder ich. Wir hatten das Gespräch so oft geführt, fast wie ein Ritual, weil es uns so gut gefiel, allen vieren.

„Und ob ich kann! Der will sie doch auch nur für sich haben, bevor sie ihm ein anderer wegschnappt. Sarah liegt schon auf dem Rücken! Ein Penisvergleich mit Knarren, die ganze Disco ist voller Opfer. Kaum bist du gerettet, fährt er wie ein Bekloppter, lässt dich nicht raus und sagt dir, dass du dich nicht bewegen und die Klappe halten sollst."

Und sie hatte recht. Wenn man sich den sie verfolgenden Terminator nur mal für einen Moment wegdenkt, dann ist Reese nicht mehr und nicht weniger als ein gemeingefährlicher Psychopath.

„Wie satt ich solche Typen hab! Am Ende ist es dann nämlich er, der plötzlich gerettet werden muss", schimpfte Mama. „Hat alles von Anfang an die Merkmale einer typischen Aufreißergeschichte: Behauptet einfach mal so, er käme aus der Zukunft. Spätestens da sollten bei jedem Mädel die Alarmglocken läuten. Der Muskeltyp aus der Disco sei gar kein Mensch, sondern eine Maschine, eine Killermaschine, ebenfalls aus der Zukunft, um ihren ungeborenen Sohn umzubringen. Mooooment, du Laufmasche. Jetzt halt bitte mal kurz die Luft an." Mama legte den Kopf zur Seite und stemmte die Arme in die Hüfte. „Du zerrst mich hier durch die Hinterhöfe, tischst mir diesen ganzen Quatsch auf ... und ist Kyle überhaupt dein richtiger Name?"

Meine Mutter war und ist die wahre Sarah Connor! Und machte mich das nicht automatisch ein wenig zu John Connor?

„Dem hätte ich was gehustet!", sagte sie. „Wollt ihr noch was zu trinken?"

Wir nickten, und als sie in die Küche verschwand, sprach Lukas aus, was wir alle dachten. „Könnt dei Mutter bitte a no *Alien* mit uns oschaun?"

Weibliche Wut ist *so* gut. Bevor man eine Frau nicht in ihrer Wut erlebt hat, weiß man nicht, mit wem man es zu tun hat.

Liebe ist, einer wütenden Frau zur Seite zu stehen.

15.11.19

War noch mal bei Dr. Heßler, aber er hat noch keine Zeit gefunden, um eine Kassette aufzunehmen. Hab's schon geahnt, dann halt nicht. Ist dann immerhin ein Gerät weniger, das ich mitschleppen muss, weil zum Digitalisieren wäre ich jetzt nicht mehr gekommen, wie ich mich kenne. Im „Zeit für was anderes" finden bin ich inzwischen selbst schon ähnlich geübt wie er.

Beinahe hätte er mich wieder in ein Gespräch über Züge und Zwillingsbrüder verwickelt, aber zum Glück konnte ich da die Weichen anders stellen. Über Amerika wollte er dann allerdings auch nicht reden.

„Du erinnerst dich doch an meinen Rat? Warte, bis dort der unweigerlich kommende Bürgerkrieg vorbei ist. Europa hat genug eigene Probleme."

„Fang nicht wieder damit an! Ich meinte, was, wenn es immer einfach so weitergeht und der wiedergewählt wird wie der Schwiegersohndarsteller in Österreich?"

„Die sind sich ähnlicher, als man auf den ersten Blick denkt. Der Personenkult ist identisch. Lichtgestalten, Retter ..."

„... Führer", ergänzte ich.

„Aber natürlich ... wollte ich nur nicht laut sagen, weil das viele nicht hören wollen, auch wenn es stimmt."

„Och, ich hör dir gerne zu, solange es bei dir Freibier gibt."

„Man merkt, dass du in Bayern sozialisiert wurdest", seufzte er.

„Hey, du musst nicht gleich beleidigend werden", protestierte ich.

„Jedenfalls könnten die beiden sogar noch was voneinander lernen", fuhr Heßler fort.

„Besser zu schreddern, oder woran denkst du da?"

„Auch das. Fakten stören nur. Die wirken wie ein Angriff auf das eigene Weltbild. Wenn ihren Fans zum Beispiel jemand erklärt, dass sie

318

nicht reich geboren worden sind, wie ihre Vorbilder, und es auch kaum mehr werden. Das etwas verkehrt läuft, wenn sie permanent zu Spenden aufgerufen werden, obwohl sie selbst kaum genug zum Leben haben. Aber denen ist es echt wichtiger, dass die anderen auch nichts kriegen. Dass jemand noch mehr leidet als sie selbst."

„Das geht mir nicht in den Kopf", gestand ich. „Und Angst macht es mir auch."

„Das ist echt ein harter Brocken, nicht wahr? Wie man so hasserfüllt sein kann. Komm, lass uns lieber noch ein Bier aufmachen und Musik hören."

Also legte er eine Blues-Platte auf und als ich fragend auf das Kassettendeck deutete, verdrehte er nur die Augen – und dann die Musik lauter. Dazu tranken wir ein obskures belgisches Flaschenbier, das mir sogar überraschend gut schmeckte. Alles war besser als die Aachener Marken, aber ich vermisste trotzdem mein vertrautes *Hacklberger*. Wie sehr mir Brezen und Bier fehlen würden, hätte ich nicht im Traum gedacht. Da sind sie mir zwar noch nicht erschienen, aber warum können die hier oben kein Laugengebäck herstellen und trinken freiwillig diese bittere Plörre? Mit Weißbier kann man mich auch jagen, aber ein ordentliches Helles? Wieso gibt es das nicht deutschlandweit? Oder wenigstens in den Großstädten? Immerhin kriegte ich *Augustiner Edelstoff* beim *Durstlöscher*. An der Sozialisation ist wohl doch was dran, aber das muss ich ihm ja nicht auf die Nase binden.

Während wir so tranken überlegte ich, ob so ein Minimalismus, wie ihn Dr. Heßler pflegte, nicht auch was für mich wäre. Denn ich fühlte mich sehr wohl bei ihm. Also wieso eigentlich nicht mal selbst ausprobieren? Wenn ich nur vorher nichts sortieren, ausmisten und aufräumen müsste. Zum Beispiel Heßlers Kassetten, nummeriert habe ich die ja schon. Nur leider auch so wie ich sie wiederfinde, darum schreibe ich seit neuestem das Datum dazu.

Ach richtig, auf meine Beobachtung mit dem sich wiederholenden Datum hat er laut gelacht, weil noch etwas, nämlich ein Geburtstag, auf den 11.9. falle: der von Theodor W. Adorno. Dessen *Negative Dialektik* würde gut zu meiner Haltung von der Wiedervereinigung passen.

Ich tat einfach so, als würde ich verstehen, was er mir damit sagen wollte und nippte wissend an meiner leeren Bierflasche.

Wer auch endlich mal wieder was Neues aufnehmen könnte, wären *Rush*. Stattdessen haben die sich letztes Jahr überraschend aufgelöst. Das war ein ziemlicher Schock gewesen, ich hätte sie gerne noch einmal live gesehen. Das letzte Album war so stark wie lange nicht, und einmal mehr könnten sie sich doch bestimmt noch neu erfinden. Ich gebe da die Hoffnung nicht auf.

Andererseits laufen sie so nicht Gefahr, dass sie ähnlich peinlich werden wie andere Berufsjugendliche, die seit über 40 Jahren immer nur die gleichen Songs aus der guten alten Zeit spielen. Warum sollten sie nicht aufhören, wenn es am schönsten ist? Na, meinetwegen! Weil, ist doch Quatsch: Woher soll man denn heute wissen, wo der Höhepunkt war? Vielleicht kommt das Beste ja erst noch? Das beurteilen am Ende doch sowieso andere, wenn längst alles vorbei ist. Natürlich erfinden sich *Rush* noch einmal neu.

Bisschen weitergelesen und frage mich jetzt, ob man uns bei der Fahrenden Symphonie aufgenommen hätte? Natürlich als Musiker, weil zu Schauspielern taugen wir alle drei nichts. Wobei Daniel wahrscheinlich auch dafür wieder Talent hätte, wie bei allem, was er nur anfasst. Lukas könnte sich seinen Bass zur Not selber basteln ... aber Pauken kann in einem Orchester jeder bedienen, oder die Triangel. Da wäre ich wohl überqualifiziert und die Warteliste endlos lang. Wahrscheinlich müsste ich in der Postapokalypse eh einen auf Arzt machen. Ausgerechnet ich.

16.11.19

Habe heute Früh angefangen, ein paar Sachen auszusortieren und in einen Karton gepackt. Versuchsweise. Weil einzelne Stücke habe ich dann doch wieder herausgenommen und zurück ins Regal gestellt, nur um es mir dann eine Viertelstunde später noch einmal anders zu überlegen. Nach zwei Stunden war er trotzdem endlich voll und dann hatte ich keine

Lust mehr. In den Regalen und auf den Abstellflächen war kein nennenswerter Unterschied zu erkennen, dafür stand jetzt ein voller Karton störend mitten im Zimmer. Ich verließ die Wohnung.

Ehe ich mich's versah, war ich auf dem Weg in die Klinik. Macht der Gewohnheit? Ich wollte schon umkehren, als mir einfiel, dass ich doch nach ein paar meiner kleinen Patienten schauen könnte, von denen ich mich gerne noch verabschieden wollte. Morgen wäre ja meine nächste Nachtschicht gewesen, dann wieder mit Schwester Heide. In knapp zwei Wochen wäre keines der Kinder mehr da, das ich mit aufgenommen habe oder kennen würde. Das ist dann immer wie ein kleiner Neuanfang. Mir ist auch so, als hätte ich mir das von jemandem abgeschaut, und das hat mir so sehr gefallen, dass ich es übernommen habe. Gute 10 Jahre mache ich das jetzt schon. Oder seit die Zwillinge auf der Welt sind? Ich bringe es nicht mehr zusammen. Aber damit es ein Neuanfang wird, muss man das bisherige Kapitel schließen. Ob das auch in anderen Berufen so ist? Ich stehe ja nicht am Fließband. Bei Lehrern vielleicht, nur langsamer.

Bei unseren Lehrern war es mit Ausnahme von Talmüller nur kurz Thema, dass Daniel nicht zurückkam. Manche nahmen es mehr oder weniger gleichgültig zur Kenntnis, verloren einen knappen Satz dazu und hielten sich weiter an den Lehrplan. Das unser bester Freund weg war, kam darin nicht vor, also kümmerten sie sich auch nicht darum.

Goldhammer sah sich natürlich in allem bestätigt. Lukas hatte gestanden, Daniel Reißaus genommen und ich war in seinen Augen ja sowieso der größte Versager gewesen. Im Unterricht sitzen zu müssen, war eine Qual.

Mitschüler versuchten uns zu trösten, indem sie sagten, Daniel hätte es geschafft. Als wäre er ausgebrochen und säße jetzt irgendwo bei Softdrinks mit Schirmchen unter Kokosnüssen in der Südsee, ganz dem Klischee des Springer-Verlags entsprechend, nachdem sie ihm Sozialhilfe vermittelt hätten. Seine Abwesenheit schien manchen beinahe Hoffnung zu machen, oder schlimmer noch, die Kraft zu geben, ihr eigenes Los länger zu ertragen, weil sie annahmen, Daniel sei tot.

Am härtesten von uns allen traf es aber Talmüller. Denn wir wussten immerhin, dass er Vilshofen quicklebendig verlassen hatte. Sein Blick blieb so oft an dem leeren Stuhl hängen, wie er den Faden im eigenen Unterricht verlor. So hat der alte Speck nicht *einmal* aus der Wäsche geguckt.

Talmüller vermisste jemanden, suchte Daniel in der Klasse, als ob der nur gerade unter seiner Bank einen heruntergefallenen Bleistift aufhob.

Speck suchte währenddessen nach einem Schuldigen, einem Mitwisser.

Talmüller hingegen überlegte sich, was er vielleicht hätte mehr tun oder sagen können.

Speck war sich keiner Schuld bewusst, ließ sich nichts anmerken. Also bis er Lukas grün und blau schlug, aber das schien man ihm eher zu verzeihen, als Lukas zu bemitleiden. Es war wirklich grotesk, dass ausgerechnet der Geprügelte kaum Mitleid abbekam, weil der arme Vater doch so sehr litt. Da konnte es schon mal passieren, dass man die Selbstbeherrschung verlor. Irgendetwas würde Lukas schon verheimlichen, die heckten in dem Alter doch alle was aus, und wahrscheinlich steckt er mit dem missratenen Sohn sogar unter einer Decke. Dem tat es bestimmt ganz gut, wenn er mal windelweich geschlagen wurde, hat uns ja auch nicht geschadet.

Seit Talmüller davon erzählt hatte, wie es war, nach dem Krieg in Vilshofen ein Flüchtling gewesen zu sein, ging es mir nicht aus dem Kopf. Sich wieder auf Augenhöhe begegnen, wenn niemand mehr hat als der andere. Wenn niemand mehr Vorteile genießt, weil er in der Partei ist oder in eine wohlhabendere Familie geboren wurde. Wenn einem stattdessen das Wohlergehen des Huhns vom Nachbarn mehr am Herzen liegt, weil man von den Eiern länger hungrig überlebt, als sich einmal satt zu essen. Die Frage Huhn oder Ei war so eindeutig zu Gunsten der Eier zu beantworten. Wenn man sich die Frage überhaupt nur stellt, geht es einem schon zu gut.

Unsere Flüchtlinge hatten nur ihre vergitterten Legebatterien gegen welche mit bunten Schaufenstern getauscht. Die Sachen hinter dem einbruchsicheren Glas konnten sie sich genauso wenig leisten wie wir. Im gemachten Nest sitzt immer schon ein anderer. Das Begrüßungsgeld war schnell alle, dann begannen die Sorgen, die Schulden, die Steuern wieder von vorn. Anstelle von Stasi-Spitzeln gab es halt neidische Nachbarn. Für die Bürokratie war man auch im Westen wieder eine Verwaltungsnummer und kein Mensch aus Fleisch und Blut mehr. Hühner eben. Wollmilcheilegende.

Diese ersten Tage im Flüchtlingslager gingen so schnell vorbei. Aber man hatte kurz erlebt, dass es auch anders ging. Miteinander, unbürokratisch, menschlich. Was man tat, half anderen, ganz konkret, und das machte ... glücklich.

Fremden Menschen in Not helfen zu können, macht glücklich.

Dann spielt es keine Rolle mehr, ob man das Gegenüber kennt. Das erwartet man doch auch von einem Arzt oder Beamten, dass jeder gleich gut behandelt wird. Oder stellt sich ernsthaft jemand hin und sagt: „Ja, wenn jetzt einer meiner Freunde, oder wer aus meiner Familie ertrinken würde, dann würde ich die natürlich retten."

In Fremden nur eine Bedrohung zu sehen, schürt Hass. Warum sagen sie nicht einfach, dass sie auch Hilfe brauchen? Egal wobei? Niemand muss oder kann heute mit den Problemen der Welt alleine fertigwerden. Der einzige Weg ist, zusammen etwas zu bewegen. Alles andere ist „Wir oder die" und endet im Faschismus. Entweder eine solidarische Gesellschaft oder jeder gegen jeden. Nur eins von beidem hat uns überhaupt bis hierher gebracht.

17.11.19

Morgen früh steht die Zugfahrt nach Rügen an und ich habe noch immer nicht gepackt, liege wach. Nach Mitternacht. Mit einem Heißhunger auf Süßes. Habe aber nichts da, auch nicht für die Fahrt, weil ich mir das erst morgen am Bahnhof kaufen wollte, aus genau dem Grund, dass ich es nicht in der Nacht vorher anbreche – oder sagen wir es, wie es ist: aufesse.

Wie erkläre ich jetzt meinem Unterbewusstsein, dass es sich seine Gelüste sonst wohin stecken kann? Reicht mein schlechtes Gewissen denn nicht? Na ja, macht halt nicht satt. Wenn ich mir jetzt aber was in den Bauch schaufle, schlafe ich beschissen. Oder träume garantiert Unfug. Also?

Zu kalt auf dem Balkon, um zu rauchen, mache ich es halt drinnen. Ausnahmsweise. Verfliegt ja wieder, bis ich aus dem Urlaub zurückkomme. Wieso stehe ich jetzt am Herd über einer Pfanne, in der ich Butter zerlaufen lasse? Nun beobachte ich mich dabei, wie ich Haferflocken hineinstreue, so dass sie gerade den Boden bedecken. Natürlich saugen die sich mit der Butter voll und mir läuft schon das Wasser im Mund zusammen. Jetzt ertappe ich mich dabei, wie ich braunen Zucker darüberstreue und alles herumschiebe, damit es nicht anbrennt, sondern nach und nach verklumpt. Dann nehme ich die Pfanne vom Herd und habe mir schon an einem dieser Brösel die Zunge verbrannt. Die anderen puste ich vorher an und ehe ich mich's versehe, ist alles verputzt, der Bauch zufrieden und ich falle vollgefressen ins Bett.

Es klingelt an der Tür. Mama hat mir eine Mütze vorbeigebracht, gegen den Wind auf Rügen, falls ich dort am Strand spazieren gehen würde.

„Die sieht aus wie selbst gestrickt, Mama. Und schön ist sie auch noch, danke!"

„Das werde ich Karin ausrichten, die freut sich bestimmt."

„Welche Kari ..."

„Unsere Yoga-Lehrerin."

„Ahhh!" Ich schreie und pfeffere die Mütze in die Ecke, als hätte ich mich daran verbrannt. Später werde ich sie aber doch einpacken, denn die sieht wärmer und weniger kratzig aus als alles, was ich Müffelndes im Schrank habe.

Mama riecht in der Luft. „Sag mal, hast du drinnen geraucht?"

„War nicht so geplant", log ich.

Schon hat sie die Balkontür aufgerissen, während ich noch barfuß in Shorts herumstehe.

„Was machst du überhaupt hier?"

„Sicherstellen, dass du deinen Zug nicht verpasst. Jetzt hör auf, lange Fragen zu stellen, packe und zieh dich an. Und zwar in der Reihenfolge."

„Und du?"

„Ich mach hier so lang sauber und Frühstück."

Was soll ich sagen? Es hat funktioniert. Mutti ist die Beste. Bevor sie ging fragte ich sie noch nach ihrer Meinung, ob die Sachen in dem Karton eher für den Sperrmüll seien oder ob man davon vielleicht noch was verkaufen könnte.

„Ein paar bestimmt, warum fragst du?"

Ich wusste es ehrlich gesagt selber nicht.

Habe die Zwillinge noch vor meiner Abreise angefunkt, weil ich nicht wusste, ob ich aus dem Hotel überhaupt dazu kommen würde, oder wie es dort mit der Internetverbindung aussah. So hätte ich dort wirklich meine Ruhe, aber noch jemand wüsste in einem Notfall, wo ich bin und man nach mir suchen müsste.

„Und Smörre, nicht vergessen: Was man in der ersten Nacht träumt wird wahr!", erinnerte mich Clara.

„Oh, prima, kein Druck."

„Guck auf die Tafel, wenn dort was geschrieben steht", ergänzte Dennis. „Und denk an Lichtschalter, die nicht richtig funktionieren."

„Ja, ist ja gut."

Dann erzählte mir Dennis noch, dass für ihn die beste Methode zum Klarträumen sein Mobiltelefon sei.

„Weil er es nie aus der Hand legt!", juchzte Clara und zeigte wie zum Beweis auf ihren Bruder, der sich schützend zur Seite drehte und es schnell verschwinden ließ.

„Es funktioniert nie richtig: mal ist die Batterie bei minus 20%, dann geht der Fingerabdrucksensor nicht, weil ich plötzlich Handschuhe anhabe, aber gar nicht meine, sondern so ganz dicke aus Wolle, auch die Fingerspitzen – solche Sachen halt."

„Das wird bei mir nicht klappen, ich lasse meins ständig irgendwo liegen und wenn ich es mal brauche, ist die Batterie so leer, dass es nicht mehr angeht. Wenn es im Traum ginge – *das* würde mich skeptisch machen."

„Gegen Albträume hilft übrigens auch, wenn du neue Details einbaust", warf Clara unvermittelt ein.

„Was meinst du mit ‚einbaust'?", fragte ich nach. „Eine Küche? Möbel?"

„Na, jemand, der dir hilft, oder ein Hilfsmittel ..."

„Eine Waffe", warf Dennis ein.

„Aber mehr so ein Schwert, nichts Kompliziertes."

„Weil das wieder klemmen könnte, hab's verstanden. Aber ehrlich gesagt würde ich mich wohl auch mit einem Schwert eher selber verletzen. Was wäre denn eurer Meinung nach eine gute Waffe in einem Albtraum?"

Da fiel ihnen dann nichts ein. „Vergesst es, ich bin eh Pazifist. Auch im Traum. Ihr habt mir doch selbst gesagt, dass ich dort eigentlich nur mir selbst begegne, oder nicht? Und bisher bin ich immer noch jedes Mal aufgewacht, wenn mich da etwas beinahe umgebracht hat. Das beabsichtige ich auch in Zukunft so zu halten."

Wir wünschten uns dann gegenseitig eine schöne Woche, wobei sie ja Schule hatten. Aber ich meinte, sie müssten mir versprechen, auch Pause zu machen und dabei alle Geräte und Videos beiseitezulegen, was sie mit einem Augenrollen quittierten.

Früher habe ich mir einen Spaß daraus gemacht, ihnen ihre Telefone und Gadgets zu verstecken. Man kam darum nicht herum, irgendwer im Kindergarten schleppte den Scheiß immer an, und im Nu hatten es alle, genau wie Erkältungen. Wenn sie dann fragten, wo dies oder jenes sei, habe ich so getan, als hätten Wichtel sie versteckt oder gestohlen. Manchmal hinterließen die auch kryptische Hinweise. Das war aber schon nachdem einfache „Kalt oder heiß"-Spiele nicht mehr zogen. Als sie noch kleiner waren, hat ihnen das alles mehr Spaß gemacht als die Hypnose-Bildschirme selbst. Wahrscheinlich, weil körperliche Bewegung dabei war. Kleine Kinder lieben ja auch noch das Fangen oder Versteckspiel. Je älter sie werden, desto schwerer sind sie dazu zu motivieren. Genau wie Erwachsene. „Geh und spiel mit deiner Schwester! ..." und die Großen bleiben währenddessen langweilig am Tisch hocken.

Wenn das Spiel dann vorbei war, hielten sie mir ihre Telefone hin und sagten „Noch mal!". Bis dann doch irgendwann die Bildschirme gewannen. Ich vermisse die Tage von früher. Einfach nur dasitzen, gucken und atmen, zur Ruhe kommen, das haben sie nach und nach vergessen, bis es fast komplett aus ihrem Alltag verschwunden war. Ironischerweise finden sie es jetzt über den Umweg der gleichen Geräte wieder – als ASMR. Die bringen mich inzwischen aber auch mehr runter als meine Zigarettenpausen.

Mehr fällt mit nicht ein, um die Pause vom Packen künstlich zu verlängern. Mein eigentlich für die Fahrt aufgehobenes Buch, *Das Licht der letzten Tage* habe ich versehentlich fertig gelesen, das kann ich jetzt schon mal hierlassen. Aber ein bisschen was muss ich dann halt doch mitnehmen. Packen wir's an, und dann ein. Irgendetwas vergisst man ja sowieso immer.

Rügen - Herbst 2019

Hab keinen Bock, auch im Urlaub die Tage durchzunummerieren. Die werden schon oft genug durch Zahlen bestimmt, jetzt ist Schluss damit! Zeit, was anderes zu probieren.

SMS von Schwester Heide bekommen. Soll ihr Heilkreide mitbringen. Bitte was? Aber dann muss ich mir immerhin kein Geschenk mehr für sie aus den Fingern saugen. Nur finden muss ich das Zeug noch. Und wenn ich schon dabei bin, sollte ich auch der Station was mitbringen. Alles, nur keinen Bernstein, das ist schon mal klar. Zur Not halt was Hochprozentiges, das geht ja immer.

Hinfahrt

Uh, gleich mal eingeschlafen und hinter Hannover zwischen völlig anderen Leuten aufgewacht, als mit denen ich losgefahren bin. Dabei wollte ich hier über das, was Dr. Heßler von Zügen gesagt hat, nachdenken, wenn ich schon in einem sitze. Immerhin sind Koffer und Rucksack noch da. Und ein Speichelfleck auf dem Pulli. Hoffentlich ist's meiner. Für einen Beobachter, der bei dessen Entstehung zugeguckt hat, verging die Zeit garantiert langsamer als für mich. Auch eine Form von Dilatation, bei der aber den Zuschauern die Spucke wegbleibt.

Pinkeln vor Wolfsburg.
Könnte auch eine Textzeile in einem Punksong sein.

Mit ein bisschen Verspätung Berlin Richtung Stralsund verlassen. Mir wird ein bisschen schlecht beim Schreiben. Wackelt zu dolle und im

Augenwinkel zieht die Landschaft vorbei. Nicht gut. Versucht, in mein Buch zu gucken, aber das habe ich ja gar nicht mehr mit eingepackt. Also Musik gehört: *Permanent Waves*. Ich fahr ja ans Meer.

Angekommen, eingecheckt, dann noch schnell einkaufen gewesen. Wurde knapp, habe mich aber mit dem Nötigsten eingedeckt: Junkfood, Alkohol und Zigaretten. Bevor ich jetzt aber mit dem Schreiben anfange, gehe ich noch mal raus auf den Pier oder wie das heißt. Ach, jetzt weiß ich auch, was ich vergessen habe: meine Kamera.

Ganz schön frisch draußen. Aber noch was zur Bahnfahrt, bevor ich es vergesse, vor lauter neuen Eindrücken. Ha, vorlaute Eindrücke, genau! Die drängeln sich immer vor. Meistens mag ich das Zugfahren ja. Ausdrücklich das Fahren, nicht die Umsteigerei, wenn man den Anschlusszug zu versäumen droht, oder erst gar nicht das richtige Gleis findet. Nach Sassnitz musste ich öfter umsteigen, als mir lieb war. Hinter Hannover saß mir im Abteil eine elegant gekleidete, ältere Frau gegenüber, bei der mir erst auf dem zweiten Blick auffiel, dass sie keinen ausgefransten Fuchsschal trug, sondern in den Kleider- und Mantelfalten versteckt einen kleinen Hund. Einer von der Sorte, die immer so aussehen, als würden sie frieren, vor Angst zittern oder sich wie im Zeitraffer bewegen. Ein Schoßhündchen, aber das ist ja keine Rassebezeichnung, da kenne ich mich Null aus, eher so als Größenbestimmung. Er blinzelte – oder versuchte es wenigstens – aus verklebten, ängstlichen Augen durch das Abteil und die Dame parkte ihn auf ihrem Schoß. Bestimmt hat sie schon bessere Tage gesehen, denn sie fuhr gerade zweiter Klasse und nicht auf dem Rücksitz einer Limousine, wie es ihrer Garderobe angemessen gewesen wäre. Vom Geruch her hätte es auch ein Theaterfundus sein können.

Jedenfalls kramte sie nach dem Zwischenstopp in Wolfsburg in ihrer Handtasche herum und zog dort ein Arzneifläschchen heraus. Als sie den Deckel abmachte, erkannte ich den Applikator und ich erwartete, dass sie sich jetzt Opium auf die Zunge träufeln würde, aber sie näherte sich mit der Pipette ihrem Hund, den sie mit der anderen Hand festhielt. Die wollte doch nicht etwa den Hund unter Drogen setzen? Aber sie zielte gar nicht auf die Schnauze des Tiers ab, sondern auf dessen Augen. Oh mein Gott, wollte sie etwa Augentropfen verabreichen, während der Zug jeden Moment auf den Gleisen durchgeschüttelt werden konnte? Mir war es schon zum Tippen zu holprig, und die wollte Tropfen abzählen? Dann erst fiel mir ihre Hand auf. Die war so zittrig, dass sie sich wie der Kopf einer gerade anlaufenden Nähmaschine bewegte. Damit hätte sie Löcher in einen Gürtel stanzen können, aber doch keine Augentropfen verabreichen! Jetzt verstand ich die Angst in den Augen des Hundes und sah krampfhaft aus dem Fenster, in der Erwartung eines gequälten Aufheulens. Aber das blieb aus. Kein Winseln, nichts. Als ich ungläubig wieder hinsah, schraubte sie den Deckel bereits wieder auf die Flasche und der Hund hatte noch beide Augen, aus denen mich jetzt zwei riesige Pupillen vorwurfsvoll fixierten. Als wollte er wissen, weshalb ich nicht eingegriffen hatte. Bei Kindern immer die richtigen Worte finden, aber wenn es um Tiere geht, es erst gar nicht versuchen? Toller Freund! Betreten wandte ich den Kopf ab, er hatte ja recht.

Dann fragte ich mich, wann ich mich zuletzt so geborgen gefühlt hatte wie dieses dumme Schoßhündchen. Wenn mir auf der Insel was zustoßen würde, wer kümmert sich dann so um mich? Oder vermisst mich? Lässt nach mir suchen? Liege ich vielleicht schon morgen unter einem frischen Abbruch vom Kreidefelsen? Was das wohl für ein Geräusch macht, wenn niemand da ist, der es hört? *Und unter den Fingernägeln war noch Kreide.* Guter Titel für einen Johannes Mario Simmel Roman. Ha, noch ein Mario!

Obwohl ich schon im Zug gedöst habe, fallen mir jetzt die Augen zu und es ist nicht mal Mitternacht. Aber zum Fuchsschal muss ich noch was festhalten: Ich erinnere mich daran, mal irgendwo mit einem gespielt zu haben, als ich ein Kind war. Fasziniert hat mich vor allem der Schließmechanismus, weil das meinen kleinen Fingern wehtat, wenn die Fuchszähne hineinbissen, obwohl der Unterkiefer so klein war. Es war, als stecke noch Leben in ihm, solange er zubeißen konnte. Ich kann mich nicht mehr erinnern, was mit dem Fuchs passiert ist, aber dafür beinahe wieder an meinen Fingern spüren.

Das Bett ist mir ehrlich gesagt zu groß, aber was will ich machen? Na ja, die Augen fallen mir heute auch ohne ASMR zu, ab in die Falle mit mir. Warum sollte ich jetzt noch mal aufs Licht aufpassen? Irgendetwas war damit. Ob ich es ausgemacht habe wahrscheinlich. Knips!

Erster Tag

Oder doch schon der zweite Tag? Bin ja gestern angekommen. Zählen da nur ganze Tage, oder wie? Ach, egal jetzt.

Es war schön, gestern am Meer. Saukalt, aber schön. Wegen der Brise. Bin extra noch mal zurück ins Appartement, um die Mütze von der Yoga-Frau zu holen. Ist mir zwar voll peinlich, aber es war ja dunkel. Habe vor, mir heute eine zu kaufen, die mehr zu mir passt. Was immer das heißen soll. Apropos, „mer veille" bedeutet wohl Meerblick. Hätte man draufkommen können. Jetzt bei Tageslicht ist der Anblick sogar beeindruckender. Der Meerblick hat jetzt nämlich einen Horizont. Wenn man tief genug im Zimmer sitzt, ist es fast so, als wäre man auf einem Schiff, nur ohne dass man dabei seekrank wird. Da bin ich ja ein Kandidat für. Mich kriegt man ja schon kaum auf ein Tretboot.

Aber jetzt dazu, was ich gestern beziehungsweise heute Nacht geträumt habe, weil ich nicht weiß, ob ich vielleicht nur geschlafwandelt bin oder ob das ein Wachtraum war. Endlich mal nichts von der Schule, sondern von diesem Appartement. Ich wachte auf, weil das Licht der kleinen Leselampe auf dem Fensterbrett flackerte.

Oder war das vielleicht eine Reflexion vom Leuchtturm rechts die Promenade runter? Nein, die Lampe war aus, da war ich mir sicher. Wieso sollte ich die auch brennen lassen, wenn ... Und dann hörte ich ein Geräusch. Ganz leise, irgendwie kratzend, schabend und nach kurzer Pause, in der ich den Atem anhielt, ein „Ffft". Als würde vielleicht etwas abgerissen? Etwas Kleines? Aber genug, um mit aufgerissenen Augen reglos im Bett liegen zu bleiben. Das waren keine Wellen draußen, nicht der Leuchtturm, das war eindeutig hier mit mir in der Wohnung, und noch nicht da, als ich mich schlafen gelegt hatte.

Die Lampe war an und dort saß etwas auf dem Boden, verdeckt von der mir zugewandten Lehne der Couch. Es bewegte sich aber sichtbar ein Schatten darunter ... Danach raschelte etwas und mir blieb fast das Herz stehen.

Da ich meinen Mut nicht finden konnte bin ich halt barfüßig über das kalte Laminat geschlichen, und dort sah ich einen blonden Hinterkopf, der über die Couchlehne ragte. Vermutlich zu einem Zopf gebändigtes Haar, aber um das zu bestätigen, musste ich noch näher heran. Das traute ich mich aber nicht. Dann machte es wieder ritsch, als ob man ein Post-it vom Block abreißt. Es knisterte wieder, hielt kurz inne, und plötzlich gab es einen scharfen Knall, dass ich mich hastig aufrichtete und abtastete, als hätte mich etwas getroffen, aber ich war unverletzt. Vorsichtshalber ging ich auf die Knie und sah unter der Couch durch. Da lag Papier und ein orangener Druckkugelschreiber neben einem aufgeschlagenen Buch, und jetzt machte etwas irgendwo darüber „Mmhm". Wie eine Beschwörungsformel, als würde sich etwas anstauen, mit dem nicht zu spaßen war, wenn man es störte. Also krabbelte ich vorsichtshalber auf allen vieren rückwärts zum Bett, ohne die Couch und den blonden Schattenwerfer aus den Augen zu lassen. Mich fröstelte, also zog ich die Decke vom Bett und muss irgendwann beim Beobachten auf dem Boden eingeschlafen sein, denn als ich wieder zu mir kam, war es dunkel in der Wohnung und draußen wurde es langsam hell. So langsam wie die Sonne aufging, rappelte ich mich auf und schlug die Decke schützend um mich. So gewappnet tappte ich auf eiskalten Füßen zur Couch und weiter zum Fenster. Ich knipste die Lampe testweise an und wieder aus. Mir blieb das Herz stehen und die Knie gaben beinahe nach, denn in dem kurzen Moment spiegelte sich etwas in der Scheibe: Auf der Couch schlief jemand. Als ich mich langsam umdrehte knallte es wieder ...

... und dann lag ich neben dem Bett, wo sich mein Fuß beim Umdrehen im Ladekabel meines Telefons verheddert und es vom Nachttisch zu Boden gerissen hatte.

Die Couch sah in der Morgensonne genauso blau und abgenutzt aus wie gestern Abend, als ich dort gesessen und geschrieben habe. Plus die Chips-Brösel, die ich wohl nach dem Aufstehen draufgeschüttet habe, und – lag da nicht was Silbriges unter dem Kissen? Ich hob es hoch und fand ein Stück Alufolie darunter, wie von Schokolade. Ja, eindeutig Schokolade, aber ich hatte gar keine gekauft. Ich bin also von einem blonden Schokoladenmonster besucht worden. Gibt wahrscheinlich schlimmeres. Bin gespannt, ob die Zwillinge damit was anfangen können. Ich jedenfalls nicht.

Nach dem Frühstück ging ich spazieren, nach rechts Richtung Hafen. Also eigentlich viel zu kurz für etwas, das ein Spaziergang sein sollte. Dafür muss ich wohl eher in die andere Richtung gehen. Was mir schon gestern bei der Ankunft aufgefallen ist: Das sieht hier auf den ersten Blick überhaupt nicht nach Deutschland aus. Irgendwie wirkt es südlicher, vielleicht wegen der Holzverkleidungen der Villen und Hotels und dem Meerblick an sich sowie den verwinkelten, engen Gässchen mit Kopfsteinpflaster. Erst wenn man die Backsteinbauten dahinter und landeinwärts entdeckt, weiß man dann doch wieder, wo man ist. Aber auf eine angenehme Art. Andererseits war ich bei uns noch nie an der Küste, auch nicht an der Nordsee. Küste verbinde ich einfach mit Mittelmeer. Halt, stimmt das denn überhaupt? Ich war bisher nur in Kroatien am Meer, und das ist die Adria ... Oder ist das Kroatisch für Mittelmeer? Fließt doch eh um Italien und Griechenland rum, also ... Nun ja, Erdkunde war nie meine Stärke, und Architektur auch nicht, also wie auch immer: Ich find's hier im Norden sehr, äh ... südlich. Ob ich jemals ohne Kompass ins Hotel zurückzufinde?

Beim *Schiffsausrüster* gab's Mützen. Aber eindeutig mehr Auswahl an Messern, Seilen, Angelhaken und Gummistiefeln. Da behielt ich lieber die auf dem Kopf, die ich schon die ganze Zeit spazieren trug, Yoga-Tante hin oder her. Gab im Hafen auch tatsächlich diese Heilkreide zu kaufen, die Schwester Heide wollte. Habe ihr die mit echtem Unwohlsein im Bauch gekauft, mir vorher aber die Mütze tiefer in die Stirn gezogen. Wenn ich nach den Alpenveilchen noch mit Heilkreide in der Klinik auftauche und vielleicht noch das Rauchen aufgebe, weisen die mich direkt am ersten Arbeitstag in eine Geschlossene ein. Zu Recht.

Der Traum, oder was das war, hat wahrscheinlich mit den ASMR-Videos zu tun. Habe ich da nicht erst neulich eins geguckt, in dem auf handgemachtes Papier geschrieben wurde? Oder das andere, in dem jemand eine Steuererklärung machte? Die waren schon ein bisschen miteinander verwandt.

Genug jetzt, ich schreibe um den heißen Brei herum, denn eigentlich denke ich letztens dauernd an meinen Vater. Vermutlich deshalb, weil die erste Urlaubsreise, die ich jemals allein unternommen hatte, die zu ihm gewesen war. Eigentlich nicht zu ihm direkt, sondern um ihn überhaupt wiederzusehen. Wovon ich Mama bis heute nichts erzählt habe, weil mir die ganze Aktion hinterher so peinlich war.

Ich habe immer Angst gehabt, Mama könnte früher oder später etwas in mir sehen, das sie an ihn erinnert und dass sie mich dann genauso verlassen würde wie ihn.

Puh, jetzt ist es raus. So aufgeschrieben hat der Gedanke gleich weniger Macht über mich. Mama hätte mich nie verlassen, das wusste ich auch damals, aber das war halt auch immer ein Ansporn gewesen, auch ja immer ein „guter Junge" zu sein, wie son Hund. Hauptsache anders, nicht wie mein Vater. Er wollte ja wieder zurückkommen wie so viele Male zuvor, an die ich mich nicht erinnere, aber sie hat ihn nicht mehr gelassen. Aber wie war er überhaupt so? Ich habe Mama unzählige Male mit dieser Frage gelöchert, und sie hat immer ausweichend geantwortet. Wenn ich also gut war, das Gegenteil von meinem Vater, dann musste er doch ein schlechter Mensch gewesen sein, oder nicht? Aber wieso war sie dann überhaupt mit ihm zusammen gewesen? Das ergab alles keinen Sinn für meinen kindlichen Kopf. Und andererseits war das auch wieder nicht so ungewöhnlich, wenn man sich andere Eltern und Ehepaare ansah. Bei uns zu Hause wurde immerhin nie geschrien.

Wie er war, kann ich überhaupt nicht sagen. Mein Bild von ihm als Kind war überlebensgroß, verzerrt. Darüber hinaus wusste ich nur das bisschen, was mir Mama erzählt hatte. Opa hat ihn wohl nie gemocht, aber wahrscheinlich hat er auch pauschal alle Jungs für nicht gut genug befunden. Im Falle von meinem Vater hat es leider gestimmt. Ob Mama vielleicht auch mehr von ihm wegwollte, also von Opa?

So wie Daniel aus seinem Zuhause? Da weiß ich eigentlich erstaunlich wenig darüber.

Jedenfalls wollte Mama nicht länger beschützt und behütet werden. Und da mein Vater alles andere als ein Beschützertyp war, muss er ihr wohl als richtig vorgekommen sein. Dass er nicht mal für sich selber sorgen konnte, konnte sie da ja höchstens ahnen. Aber wie denn, wenn man gerade verliebt ist?

Eine Sache hatte ich dann doch von meinem Vater: auch ich rauche. Gut, Mama auch, also früher, aber angefangen habe ich, weil er ja eigentlich nur zum Zigarettenholen gegangen war, und nicht wiederkam. Jedenfalls hatte ich das lange geglaubt. Was ich nicht wusste, war, dass er nach ein paar Wochen eben doch wieder angekrochen kam, Mama ihm dann aber nur noch seine gepackten Sachen im Koffer vor die Tür stellte. Den hatte sie schon vorbereitet unter dem Bett liegen gehabt. Kann auch sein, dass sie ihm den nur aus dem Fenster nachgeschmissen hat. Vielleicht war der Koffer dabei auch versehentlich nicht richtig zu.

Noch heute denke ich jedes Mal an ihn, wenn ich mir Kippen kaufen gehe. Als wäre ich ihm wenigstens dann näher, denn er könnte ja vor mir in der Schlange stehen, oder gerade gegangen sein. Vielleicht stellte er sich auch gerade hinter mir an und würde mich anlächeln, wenn ich mich umdrehte. Aber da war nie jemand, und Schlangen bilden sich auch keine mehr. Früher wurde mehr geraucht.

Eine Sorge, die mit mir wuchs war: Würde er mich jetzt noch erkennen, mit Brille, langen Haaren und so groß wie er selbst? Und wie verhielt es sich andersherum? Wenn er eine Glatze hätte, und auch sonst nichts mehr mit der Erinnerung eines Sechsjährigen übereinstimmte?

Wir waren schon nach Aachen gezogen, Mutter und ich. Meine Ausbildung zum Kinderkrankenpfleger hatte ich gerade beendet und meinen ersten Job würde ich in Kürze antreten. Was mir fehlte war ein Schlussstrich. Meine Ausbildung war abgeschlossen und damit auch der symbolische Übertritt zum Erwachsenendasein. Ein Schritt, den mein Vater nie richtig gemacht hat, wenn es stimmte, was Mama erzählte. Ich wollte weder ihn noch solche Gedanken länger mit mir herumschleppen, sondern das Was-wäre-wenn und alles andere mit ihm Zusammenhängende hinter mir lassen. Die Adresse hatte ich gehütet wie meinen Augapfel. Ich habe so oft Angst gehabt, mein Vater wäre inzwischen umgezogen, dass ich ihn nie wiederfinden würde. Das Einzige, was ich beinahe nicht wiedergefunden hätte, war der Zettel, weil ich sein Versteck so oft gewechselt habe. Insofern passt der Vergleich nur, wenn ich ein Glasauge hätte, das mir ständig herausfällt. Der Zettel steckte abwechselnd in CD Booklets, in Büchern und sogar unter dem abblätternden Furnier meines Schreibtisches. Anschließend vergaß ich, wo – wie so ein Eichhörnchen –, und fand bei der Suche danach regelmäßig gute neue Verstecke. Ein Teufelskreis. Aber mit der Adresse in der Hand war es enttäuschend einfach gewesen.

Er war immer noch in Gmund am Tegernsee und schlug sich als Tagelöhner durch, genau wie Mutter gesagt hatte. Gefunden habe ich ihn mehr zufällig. Also wenn man es Zufall nennen kann, wenn man den ganzen Tag in einem sehr begrenzten Umkreis abwechselnd im Café sitzt, hinter einer Baumgruppe im Schatten steht oder beim Sich-die-Schuhe-binden diese eine konkrete Haustür im Blick behält, anstatt einfach hinzugehen und zu klingeln. Da gingen schon Leute ein und aus, aber ich war mir nie ausreichend sicher, ob er es auch war. Ich addierte und subtrahierte Kilos, Kopfbedeckungen, kopierte meinen Vater aus den wenigen Fotos, die es von ihm gab in die Klamotten dieser Leute hinein und wog dann ab. Vergeblich. Wenn er dabei gewesen war, erkannte ich ihn nicht wieder, und so war ich kurz davor das Experiment an dieser Stelle abzubrechen. Ein paar meiner freien Tage könnte ich ja noch woanders verbringen.

Aber dann habe ich ihn gleich am darauffolgenden Morgen sofort erkannt, als er aus dem Haus trat. Ich folgte ihm und der Kaffee in meinem Pappbecher wurde darüber kalt. In meinem Kopf ging ich all die Fragen durch, die ich ihm seit Jahren stellen wollte, änderte ihre Reihenfolge, stellte diese vor, jene zurück und fing wieder von vorne an.

Sein Weg führte ihn zu einem Abenteuerspielplatz am Ostufer des Sees, wo er anfing, eine Rutsche zu streichen. Der Kies dort erinnerte mich an die Schotterwerke vor Ortenburg, wo ich stehen geblieben war, nachdem ich die Adresse gefunden hatte. War das ein Zufall? Ein Herz aus Stein.

Ich sah ihm eine Weile aus der Ferne zu und beobachtete ihn. Er war sogar recht konzentriert bei der Sache, aber vielleicht eine Idee zu sorgfältig und langsam, als für meinen Geschmack überzeugend gewesen wäre. Verdammt, wie sollte ich es nur anstellen? „Hallo Papa, wann hast du in den letzten 15 Jahren an mich gedacht?" Es gab einfach keinen richtigen Weg.

Ich sammelte meinen Mut, während ich mit dem Schuh ein paar Kieselsteine herumschob, ging dann wie ein Spaziergänger über den Weg und setzte mich unauffällig auf eine Bank in seiner Nähe. Dort zündete ich mir nervös eine Zigarette an, und versuchte mir die Sonnenbrille so auf die Nase zu schieben, dass sie mehr von meinem Gesicht verdeckte. Ich hatte noch keine Dreimal an der Zigarette gezogen, da sprach er mich an. Genauer: Er schnorrte mich an, und ich hielt ihm verkrampft die Schachtel hin. So aus der Nähe betrachtet bestand kein Zweifel mehr: Er war es.

„Mit einer Frau verabredet?"

„Sieht man das?", log ich krächzend.

Er lächelte wissend. „Bist so nervös. Da geht's immer um Frauen." Ohne zu fragen setzte er sich neben mich auf die Bank und für einen Augenblick glaubte ich, er würde mich gleich umarmen, weil er mich erkannt hatte. Aber da war nichts in seinen Augen. Überhaupt nichts. Stattdessen streckte er die Beine aus und lehnte sich zurück.

Ich grinste gequält und wollte nur wieder weg, meinen Fragen hinterher, die sich in alle Winde zerstreut hatten.

„Kannst es kaum erwarten, was?"

Wie man so überzeugt vom eigenen Urteilsvermögen sein konnte, war mir ein Rätsel. Ich habe mir immer gewünscht, selbstbewusster zu sein, aber doch um Himmels willen nicht so. Niemals. Bitte.

„Wenn ich dir einen Rat geben darf: Geh nie gleich mit ihr in die Kiste."

Ganz schön übergriffig, aber vielleicht hatte er ja doch etwas aus der Sache mit mir gelernt und war seitdem vorsichtiger geworden? Ich bezweifelte es.

„Geht zuerst essen. Lass sie bestellen, egal wie teuer. Da ist jeder Pfennig gut angelegt." Er griff sich mit beiden Händen andeutend unter die Brust. Dann lehnte er sich auch schon schmierig zu mir herüber und flüsterte den Satz, der mir heute noch Gänsehaut bereitet: „Wie eine Frau isst, so ist sie auch im Bett."

Der einzige Rat, den er mir gab, hatte ausgerechnet mit Sex zu tun. Dabei willst du doch nicht an deinen Vater denken. Oder deine Mutter. Du willst gar nichts denken.

Es ist auch gar nicht beim Sex selber, dass ich an meinen Vater denke, sondern wenn ich Frauen beim Essen zuschaue. Oder sie seitdem eher dabei beobachte. Was sie bestellen, wie sie es ansehen, ob sie zurückhaltend essen, sich darauf stürzen, ob sie kleckern, welche Geräusche sie dabei machen, ob sie sich mit der Serviette abtupfen oder eher mit dem Ärmel über den Mund wischen, einfach alles – und ich hasse mich dafür. Oder besser gesagt: Ich verachte meinen Vater dafür. Weil das immer sein Blick war, nicht mehr meiner. Der Blick von jemandem, der am guten Sex hinterher interessiert ist und kein bisschen an dem, was die Frauen vorher von sich erzählen. Ich ertrug es nicht, dass er meine Mutter genauso angesehen haben musste. Ohne Umschweife vom Nachtisch zur Nachgeburt, ich kam dazwischen überhaupt nicht vor.

So wollte ich nie werden. Wie soll das gehen? Seine eigenen Kinder nicht aufwachsen sehen, 15 Jahre nicht dabei sein. Ich brauch eine Zigarette.

Bin wieder im Hotel. War im Café am Fenster gesessen und da ist es mir zu kalt geworden. Draußen frische Luft zu schnappen hat gutgetan, die rechte Hand ist jetzt noch immer eiskalt, weil die ja die Kippe halten musste. Kann mir ja eine Packung Heilkreide anrühren, wobei die Steifheit ja von der Kälte herrührt und nicht von Rheuma. Habe mir jetzt einen Kaffee gemacht, nur so bittere Brösel-Plörre zum Aufgießen, aber an der Tasse kann ich immerhin meine Finger aufwärmen.

„Wie eine Frau isst, so ist sie auch im Bett." Dieser Satz hat sich mir eingebrannt, und auch wenn da was dran ist, ist meine Beobachtung doch eine andere. Nicht großartig anders, aber eben doch fundamental. Die Essgewohnheiten sind tatsächlich ein Spiegel des Körperbildes, auch bei Männern, so weit, so richtig. Aber die interessantere Frage ist, wie die Frauen gegessen haben, als sie noch kleine Kinder waren. Da gibt es noch keinen Unterschied zwischen Jungen und Mädchen, gegessen wird mit beiden Händen und die Mahlzeit zu gleichen Teilen in den Mund, um den

Teller herum und auf den Klamotten verteilt (nicht nur den eigenen), ohne Rücksicht auf klebrige Finger oder die mehr oder weniger begeisterten Fütterungsberechtigten. In der Phase ist das Körperbild noch intakt, hat nichts mit Sex zu tun, aber schon da fängt es an, dass bei Töchtern andere Maßstäbe angelegt werden als bei Söhnen.

Jungs dürfen weiter im Matsch herumtoben, oder beim Fußballspielen die Grasnarbe umpflügen, während Mädchen sauber und nett anzusehen sein sollen. Aber wer sagt das? Ich fand auch damals gerade die Rabaukinnen toll, die das ignoriert haben, weil sie genauso am und im Dreck Spaß haben wollten wie wir. Die waren mehr Vorbild für mich als die größten Dreckschweine unter den Kerlen. Weil von Füchsinnen, die sich selbst gegen solche Typen durchsetzen konnten – von denen konnten wir *alle* noch etwas lernen. Mehr Fantasie haben zum Beispiel.

Anderen Kindern sah man an, dass sie das auch gerne getan hätten, aber die hatten bereits die mahnenden Worte ihrer Eltern im Ohr, dass Mädchen so etwas „nicht machen". Die spießen dann später die Salatblätter einzeln mit der Gabel auf, nachdem sie sie auf dem Teller vor sich wie Origami zusammengefaltet, gelocht und abgeheftet haben. Dabei kann man auch Salat mit Genuss essen, wenn sich die für den Mund zu großen Blätter wie ein aufgespannter Regenschirm an den Lippen einklappen und einem die Vinaigrette über das Kinn läuft.

Allein darauf achtete mein Vater, allein auf das „Wie" und nie auf das Trauma dahinter. Denn es gibt immer eine Geschichte dahinter und die will man hören. Und die hört man nicht im Bett, wenn man miteinander stöhnt, sondern wenn man miteinander kocht. Oder sich zunächst mal abwechselnd bekocht, denn beim Kochen erfährt man am ehesten alles über die Körperbilder, die wir mit uns herumschleppen, und dort in der Küche, kann man sie auch ablegen, sich seelisch ausziehen und nackiger machen als im Schlafzimmer nach neuneinhalb Wochen.

Gelernt habe ich das in der Küche bei meiner Mutter. Aber woher hätte mein Vater das wissen sollen? Dazu ist er ja nicht lange genug geblieben. Gekocht hat er sicher auch nie für sie, oder uns. Zum Essen eingeladen und ausgeführt? Ja, sicherlich. Für ihn war sie nicht mehr als ein Menüpunkt auf der Karte, wo sich die Nummern der Gerichte mit den Stellungen im Bett überschnitten. „Ich nehme die 69." - Haha, sehr lustig.

Wo und wann das wohl seinen Anfang genommen hatte? Schon vor oder erst nach meiner Mutter? Hat er ... noch andere zu Müttern gemacht, von denen ich nichts weiß? Ich weiß nicht mal, ob ich die Antwort darauf wissen will. Wenn sich die Art und Weise, was für Sex du haben möchtest, schon an der Wahl zwischen Restaurant und Imbissbude festmachen lässt: Französisch, Griechisch oder Italienisch? Döner? Pommes? Currywurst? Grauenhaft.

Nein, mein Credo (was meine Mutter mir gesagt hätte, wenn ich eine Tochter gewesen wäre) ist: „Jeder Kerl kann wie ein Schwein essen. Deshalb schau ihnen beim Kochen zu. Wirf Blicke in ihren Kühlschrank, auf das Gewürzregal, beobachte sie beim Abspülen." Oder noch knapper: „Liebe schlägt auf den Magen, Verhütung beginnt in der Küche."

Mein Vater erzählte noch dies und das, und dabei interessierte ihn offensichtlich gar nicht, was ich davon hielt, oder ob ich das hören wollte. Es genügte, dass ich in den richtigen Momenten nickte oder lächelte, während ich eigentlich studierte, wie er aussah. Ungepflegter, als er auf den ersten Blick auf mich gewirkt hatte: Die abgetretenen Schuhe, der eher neue Trainingsanzug, der aber an den falschen Stellen spannte, wenn er sich bewegte, die trockene, rissige Haut seiner Hände, während das Gesicht unter Feuchtigkeitscreme oder Schlimmerem erstickte, der zu intensive Geruch eines Deos, das hoffentlich nicht allzu entzündlich war, weil es mir schon in der Nase brannte. Er bot das Bild von jemandem, der Angst vor dem Altwerden hat, ohne sich tatsächlich um seinen Körper zu kümmern. Ich sehe solche Kerle jede Woche kurz in der Notaufnahme rumstehen. Fehlende Konsequenz bei allem, was sie anpacken. Die neigen zwar seltener zu Gewalt, aber interessieren sich mehr für die Neuzugänge in ihrem Bundesligaverein als für den eigenen Nachwuchs. Und immer behalten sie die Autoschlüssel in der Hand, sind immer auf dem Sprung, aber nie irgendwo angekommen.

„Danke für die Kippe", sagte mein Vater, stand auf und machte sich wieder an die Arbeit.

Danke für nichts, dachte ich und warf ihm spontan die ganze Schachtel zu, die er geschickt auffing.

„Das wäre doch nicht nötig gewesen", rief er mir nach.

Allerdings. Da hatte er ausnahmsweise mal recht. Beinahe hätte ich gesagt, dass die Kippen eh nur schlechten Atem machen, stattdessen kniff ich die Lippen zusammen und verbeugte mich zum Abschied, meine Vorstellung war hiermit beendet. Dann drehte ich mich um und sah ihn nie wieder.

Ich war kein bisschen wie mein Vater, genauso wenig wie Daniel seinem ähnelte. Aber die Frage stellt sich wohl jeder früher oder später.

Selbst der abwesende Vater in meinem Kopf war väterlicher gewesen als dieses Elend in Gmund. Dorthin hatte ich alles projiziert, alle guten Eigenschaften versammelt, die ich an anderen Vätern beobachtet hatte, selbst denen im Fernsehen. Ein idealisiertes Bild mit dem Gesicht meines Vaters, dem niemand hätte gerecht werden können. Unmöglich. Ein Wunschkonzert, dessen Repertoire man sich nicht hätte draufschaffen können. Das war mir schon damals bewusst gewesen, aber dass so rein gar keine Übereinstimmung oder wenigstens Überraschung in ihm steckte, tat dann doch weh.

Vielleicht wäre mir etwas aufgefallen, wenn ich länger geblieben wäre oder mich zu erkennen gegeben hätte, aber ich bezweifle es. Damit hätte ich ihn nur in die Flucht getrieben oder alles noch schlimmer gemacht. Dieser Mann hatte vor 15 Jahren aufgehört, Teil meines Lebens zu sein, und ich war derjenige, der die ganze Zeit nicht losgelassen hatte. Da kann ich doch jetzt nicht einfach Adressen tauschen, um an Feier- und Geburtstagen anzurufen.

Wäre da nur ein Aufblitzen des Erkennens in seinen Augen gewesen, irgendetwas, das darauf hätte schließen lassen, dass er wusste, wer ich war, ich hätte ihm alles verzeihen können. Aber da war nichts. Ich hatte ihn sofort erkannt, konnte ihn für die Zeit, die ich ihm nachgegangen war deckungsgleich mit meinem Phantom-Vater sein lassen, der mich über die Jahre begleitet hatte, aber wie war es für ihn gewesen? Im besten Fall war ich für ihn der Sechsjährige geblieben, den er zuletzt gesehen hatte, eingefroren wie eine Tiefkühlsuppe, auf die man doch nie Appetit hat, und die ganz hinten im Eisfach klebt. Ich hatte keine Fragen mehr an diesen Mann, für den ich zu existieren aufgehört hatte, als er damals die Tür hinter sich zuzog.

Tut gut, mir das mal von der Seele zu schreiben. Er kann mir mal die Rutsche runterrutschen, die er damals gestrichen hat, und sich heute die absplitternde Farbe unter einem Fingernagel einziehen.

War jetzt noch schnell Schokolade kaufen. Vielleicht lässt sich mein Gespenst so besänftigen? Ja, ich weiß, dass das Quatsch ist, aber wenn man alleine reist und obendrein das Appartement nachts größer wirkt, als es tagsüber ist, mit den vielen dunklen Ecken und Schatten, dann scheint eine Tafel Schokolade keine allzu große Investition zu sein. Gut angelegtes Geld, würde ich sagen. 280 g. Zur Sicherheit eine mit ganzen Nüssen.

Zweiter Tag

Bessere Vorbilder waren meistens in der Nähe gewesen: Talmüller, Geistler, Suchomel. Und doch suchte ich weiter, keiner hatte mir genügt, weil ich meinen Vater überlebensgroß imaginiert hatte. Ganz sicher ist es heute Heßler für mich, aber damals, als ich am meisten einen gebraucht hätte, war keiner da, weder der echte noch ein Ersatzvater.

Wenn mein Vater wenigstens ein Pilot im Krieg gewesen wäre, wie der von *Garp* aus John Irving's Roman. Den hat mir Mama früh zu lesen gegeben und ich habe lange einen Bogen darum gemacht, weil ich wusste, dass sie selbst während der Lektüre mehr als einmal geweint hat. Dann siegte irgendwann die Neugier über die Angst und ich fand heraus, dass sie gar nicht weinte, weil das Buch so traurig war, sondern weil sie so viel von sich darin wiederentdeckte und daraus Kraft schöpfen konnte. Das tat ich dann auch und wir verschlangen danach alle seine Bücher und jedes neue bis in die 90er Jahre hinein, nur kam für uns keins mehr an dieses eine heran. Wie denn auch? Es ging darin ja um uns!

Heute bin ich am Pier in die andere Richtung gelaufen. Das, was ich dann dort für Toiletten unter einem Pilzhut gehalten habe, ist angeblich eine Bühne. Danach wird es aber grüner, schöner, der Kies knirscht unter den Schuhen, und bald ist es ruhig genug, dass man die Brandung wahrnimmt. Ohne könnte man fast meinen, dass man an der Vils spazieren geht. Schon irre, wie man überall, egal wo man ist, nach Anhaltspunkten Ausschau hält, die einen an Orte erinnern, an denen man einmal gewesen ist.

Ach sieh an, wie schön: Steine arrangiert wie Neil sie in „Natural science" beschrieben hat ... Und dann ist man schon am Strand. Halt nur ohne Sand, es sei denn man bringt sehr, sehr viel Zeit mit. Große Kieselsteine, so weit das Auge reicht. Wie abwesende Väter. Wird ganz schön anstrengend, darauf zu laufen nach einer Weile. Hatte vor, bis zum Königsstuhl zu kommen und bin mir nicht sicher, ob ich dafür weit genug gelaufen bin. Da ist ja vorher schon reichlich Kreidefelsen, an dem man vorbeistolpert, und Bäume, die so aussehen, als hätten sie sich von der Klippe in den Tod gestürzt. Bestimmt Lemming-Bäume.

Die Wellen brachen sich hypnotisierend am Strand, als würde Blätterteig übereinander gefaltet. Ich dachte daran, dass Nadine hier gebadet haben könnte. Das hatte Doris doch erzählt, oder nicht? Das war alles Ostsee hier und ich weiß nicht wieso, aber ich zog mir spontan Schuhe und Socken aus. An der Luft ging's, aber schon die feuchten Steine waren eiskalt. Und das Wasser erst! Alter Schwede, viel zu kalt, kalt, kalt, selbst für eine Kneippkur zu kalt. Nein, in so kaltem Wasser war sie sicher nie gewesen. Und nur ein Idiot wie ich kommt im November auf die Idee, seine Füße da mal reinzuhalten. Völlig überraschend kriegt man dann auch die Socken nicht so leicht wieder angezogen. Ich zog mir die Außenseite der Socken durch die Zehen, um sie zu trocknen, und irgendwie schaffte ich es mit den dann total verdreht sitzenden Dingern wieder in die Schuhe. Romantische Gefühle sind einfach nur scheiß ungesund.

Ob Nadja inzwischen mal wieder in der Ostsee baden gewesen war? Ich weiß es gar nicht und sollte es überhaupt nicht wissen wollen. Warum kann ich beide nicht dort ihre Bahnen ziehen lassen, warum muss ich hier voller Sehnsucht am Ufer stehen und hinausschauen? Für mich ist da draußen nichts, ich bin kein Seemann. Dem Meer kann ich genauso wenig abgewinnen wie den Bergen. Ich bin eher so der Tal-Typ. Flach und langweilig. Deswegen sind die Nadjas und Nadines immer nur an mir vorbeigefahren, statt auf mich abzufahren. Für das Meer war ich nie beständig und sanft genug, für Gebirge nicht angeberisch spitz genug. Dazwischen eingeklemmt tauge ich höchstens zum Pinkelpausen-einlegen.

Nicht Daniel hätte sich Talmüller taufen sollen, sondern ich. Bei mir gab es weder Ebbe und Flut noch Lawine und Steinschlag, alles kommt im Tal zur Ruhe. Da, wo's ein bisschen langweilig ist, man sich aber geborgen fühlt wie ein Schoßhündchen. I wanna be your Schoßhündchen.

Was einen im Tal aber voll erwischt, ist die Einsamkeit. Dort kann man ihr nicht entfliehen. Sie wird nicht von der Strömung mit hinaus aufs Meer gerissen, so dass man am Strand seine Ruhe hat, und man kann nicht aus ihr herausklettern und von den Gipfeln aus über sie hinwegschauen. Im Tal suppt sie herum und bleibt an einem hängen wie der Geruch von einem alten, modrigen Haus. Dagegen hilft mir nur die Pflege von Freundschaften.

Wortwörtlich, denn wenn ich nicht aktiv den Kontakt zu ihnen halten würde, würden sie mich doch alle vergessen. Außer Mutter natürlich. Aber wen tröstet das noch, wenn man Ende 40 ist? Ganz so ist es nicht, da ist jetzt auch eine „Brise" Selbstmitleid dabei, wahrscheinlich vom Meer angeweht wie Gischt. Die Zwillinge, Daniel und Lukas rufen mich schon auch von sich aus an, aber ich tue es öfter. Und was ich mir wirklich wünsche, ist, dass mich Nadja anruft wie damals Nadine. Dieses Gefühl will ich zurück, so irrational es auch sein mag. Sie hat eben nicht nur wegen Daniel angerufen. Das ist mir erst mit den Jahren deutlicher geworden. Ich war zu langsam, habe es zu spät begriffen.

Kann ich mich deswegen nicht an andere binden? Weil ich sie nicht loslassen kann? Oder ist es doch die Angst, dann vielleicht mehr nach meinem Vater zu kommen? Denn was mich an der Begegnung so schockiert hat, war, dass ich zu Beginn meiner Ausbildung selbst ein bisschen so gewesen bin.

Daniel hatte doch sogar noch mehr Angst davor gehabt, so zu werden wie sein Vater, als ich. Gerade in Stresssituationen ergriff Daniel gerne die Flucht, zog sich aus ihnen zurück, bevor etwas passieren konnte. Andere sahen das schon als Flucht an, obwohl er manchmal nur einen Schritt zurücktat. Aber Daniel sah darin eine Vorsichtsmaßnahme vor sich selbst. Dabei neigte er überhaupt nicht zu Jähzorn wie sein Vater. Der entlud sich so schnell in Gewalt wie ein Blitz. Und Daniel war für ihn leider der Blitzableiter. Geerdet. Und die Blitze hatten ihn nie umgeworfen. Man fühlte sich sicher in seiner Nähe, er war immer standhaft und zuverlässig. Zwar hegte er auch hin und wieder Gewaltfantasien seinem Vater gegenüber, ließ die aber symbolisch hinter sich, als er ihm vor seiner Flucht mit dem Spendenbrief einen Spiegel vorgehalten und ihn zu einem besseren Menschen gemacht hatte, als er war.

Hätte ich Daniel nur ein Freund sein können wie Birdy. Wie der Al's Vater konfrontiert hat! Bei dieser Szene blieb mir immer die Luft weg, ohne zu zählen. „16 Mississippi!" Aber selbst Birdy hatte einen Vater, noch dazu einen guten. Der schämte sich nicht für seinen Job oder seinen Sohn, hatte immer ein offenes Ohr und setzte sich für ihn ein. So einen hätten wir beide gerne gehabt. Den könnte ich mir mal wieder ansehen. Habe ewig nicht daran gedacht.

An die Beziehung seines Vaters zu seiner Mutter dachte Daniel überhaupt nicht. Oder weniger. Darüber sprach er nicht, der physische Gewaltaspekt überlagerte alles. Vielleicht steckte er die Schläge auch ein, um seine Mutter zu schützen? So habe ich das noch nie gesehen, aber es könnte sein, denn nachdem Daniel weg war, und nur wenig später ich und Mama nach Aachen gezogen waren, verließ auch Daniels Mutter den alten Speck und der saß fortan alleine da.

Wobei, jetzt fällt mir ein, dass er auch einen grässlichen Spruch für seinen Sohn gehabt hatte: „Mit Speck fängt man Mäuse." Wahrscheinlich hätten sich unsere alten Herren sogar prima gegenseitig ergänzt, wenn ihre Frauen nicht dabei gewesen wären. Hätten auch gerne gleich miteinander durchbrennen dürfen und es wäre uns allen besser ergangen.

Vorher hat er sich einen Dreck gekümmert und dann, als sein Sohn nicht wieder kam, gab ihm dessen Abwesenheit plötzlich einen Lebensinhalt. Nach außen. Denn das machte man doch so, wenn man sein Kind tatsächlich liebte, oder? Also wurde die sinnlose Suche sein Lebensziel, einen abwesenden Sohn zu lieben ist einfach. Das überspielt alle vorherigen Versäumnisse, und die Übergriffe auf Lukas waren nicht mehr und nicht weniger als eine Inszenierung seines Schmerzes für die Nachbarn gewesen, und alle anderen, die es sonst noch wissen sollten. Innerlich muss er aber gekocht haben. Dafür würde Daniel büßen.

Allerdings müsste er ihn dazu erst mal finden, und daraus wurde nichts. Stattdessen nahm er die unvollendete Suche mit ins Grab. Nicht aus gebrochenem Herzen, wie es in der Todesanzeige hieß, sondern weil der angestauten Wut kein anderer Ausweg blieb, als sich am Ende gegen sich selbst zu richten.

Die Nachricht von seinem Tod hatte Daniel weniger mit Genugtuung als mit Gleichgültigkeit entgegengenommen. Er war da schon nicht mehr auf der Flucht gewesen, beziehungsweise hatte mit größeren Sorgen in Berlin zu kämpfen. Deswegen können sie doch jetzt endlich Lukas an ihrem Leben teilhaben lassen. Welcher Tod ihm wirklich naheging, war der von Talmüller, denn ihn hatte Daniel geliebt und dieser ihn wie den eigenen Sohn, den er nie gehabt hatte. Und natürlich Valentin.

So gesehen, hatte ich es wirklich besser getroffen, aber ich war lange zu doof gewesen, das auch zu begreifen. Manchmal ist etwas gar nicht zu haben besser als eine schlechte Imitation.

Morgen gehe ich dann an der Oberkante der Kreidefelsen entlang durch den Nationalpark. Da komme ich nicht in Versuchung, mir die Füße zu verkühlen. Und hoffentlich denke ich auch nicht daran, mich wie Birdy mit einem Flugapparat auf dem Rücken dort hinunterzustürzen. Aber das Fliegen in den Träumen könnte ich gerne noch mal ausprobieren.

Dritter Tag

Ich hätte die Schokolade nicht selber anbrechen sollen. Heute Nacht war die blonde Frau nämlich einfach auf der Veranda und nicht vor der Couch. Sie stand an einen der Stützbalken gelehnt da und sah aufs dunkle Meer hinaus. Das Mondlicht ließ den Rauch ihrer Zigarette leuchten wie im Film. Was sie wohl raucht? Waren das etwa meine? Nein, die lagen noch hier neben dem Bett auf dem Nachttisch. Ob das vielleicht eine Art Bestellung war, so wie bei der Schokolade? Ich wollte schon rausgehen und sie fragen, habe mich dann aber doch nicht getraut. Sie sah ohne mich besser aus, wie sie da so stand.

Angst hatte ich diesmal keine mehr, und ich hätte sie gerne fotografiert, allein um zu beweisen, dass ich sie mir nicht nur einbildete. Andererseits wollte ich sie unter keinen Umständen erschrecken, oder schlimmer noch: verscheuchen. Ich war froh, dass sie wieder da war. Nachdenklich guckte sie aufs Meer und doch ein bisschen wie auf dem Sprung, als würde ihr Schiff bald ablegen. Dabei war sie ganz bei sich, oder einfach nur geduldig vielleicht? Als hätte sie für eine Weile vergessen, die Sekunden, Tage und Minuten zu zählen. Gerne hätte ich sie zu einem Kaffee nach drinnen eingeladen, aber ich hatte ja nur lahmen Instantkaffee in Tütchen da, den ich vom Frühstücksbuffet habe mitgehen lassen. So blieb mir nichts anderes übrig, als ihrem Hinterkopf dabei zuzusehen, wie sie auf der anderen Seite aus ihm rausguckte. Aufs Meer. Darüber bin ich dann wohl eingenickt.

Jetzt sitze ich da und esse gerade den Rest ihrer Schokolade zum Frühstück, obwohl ich mir ja heute frische Brötchen holen wollte. Haha, genau. Melancholie zergeht mir klebrig auf der Zunge. Sich einen Ans-Bett-bring-Dienst leisten zu können, das wär's.

War jetzt doch draußen. Wenn man sein eigener Bringdienst, oder der von einer guten Geistererscheinung ist, dann macht einen das wacher. Vor allem, wenn einen dabei Seeluft durchpustet. Auf dem Weg zum Bäcker habe ich eine Abkürzung genommen und bin über einen Zaun geklettert. Erst auf dem Rückweg fiel mir auf, dass ich das vorhin so ähnlich beiläufig gemacht hatte wie mein Vater, als er meinen Ball holen war. Jetzt stand ich mit der Brötchentüte im Arm davor und kaute auf einem frischen Buttercroissant. Ähnlich grüblerisch war ich 1989 mit meinem ersten Döner vor der Mauer gestanden. Kaut man sich Erinnerungen etwa direkt ins Gedächtnis? Hatte ich damals als Baby auch etwas gegessen, dass mir dieser Zaun so im Gedächtnis geblieben ist? Wenn ja ist es bestimmt besser, dass ich mich daran nicht genauer erinnere.

Ich frage mich, ob ich den Zaun wiedererkennen würde – vielleicht wenn ich dabei auf die Knie ginge? Als Kleinkind erschien er mir so un-überwindbar wie später die Berliner Mauer auf dem Kirchentag. Durch den Zaun konnte ich den Ball auf der anderen Seite sehen und doch war er weg. Die DDR konnte ich in Berlin von einer Aussichtsplattform aus sehen, ebenso wie mich umgekehrt die Wachposten drüben. Hier aufgekratzte Touristen, dort gelangweilte Soldaten. Unüberwindbare Hindernisse, alle zusammen. Eine Schwelle zum Tod, eine Warnung, alles dahinter unerreichbar, obwohl in Sichtweite. Ich Orpheus, Ball Eurydike.

Eine Kippenpause später. Eigentlich war ich ja wieder bei meinem Vater. Es ging mir nicht um das Hindernis, sondern um die Bewegung, mit der er es überwunden hatte. Ich wusste nicht, dass Menschen dazu in der Lage waren. Gut, ich damals ganz sicher nicht, aber dieser Sprung über den Zaun! Darum hat er sich mir eingeprägt. Ein magischer Trick, mit dem man dem Tod ein Schnippchen schlagen konnte. Als würde Orpheus dabei zusehen, wie jemand anderes ihm seine Eurydike aus dem Hades rettet und an seiner statt stirbt. Oder halt einfach mit dem Ball zurückkommt und dann auf Nimmerwiedersehen verschwindet. Das ist doch das hoffnungsvollere, schönere Ende, oder nicht? Alle am Leben, wieder vereint. Keine tragische Wendung auf den letzten Metern. Mein Vater, der beim Sprung mit den Zehen am Zaun hängen bleibt wie ich beim Bocksprung, auf die Fresse knallt und dann dort verhungert. Das wäre mir auch im Gedächtnis geblieben. Ich glaube, mit dem unsichtbaren Vater bin ich besser dran. Und mit diesem Blick auf die Wiese, wo mal mein Ball lag. Dort blüht es nicht grüner als hier. Ich bin schon hier ziemlich glücklich. Und außerdem wieder am Ball.

Der Ball ist lange weg, vergessen. Dafür habe ich heute selbst den Sprung gewagt. Nicht so elegant, wie ich es von meinem Vater in Erinnerung habe, aber immerhin. Ich kam stolpernd auf der anderen Seite zum Stehen, und damit habe ich mehr überwunden als nur den Zaun. Was ich hinter mir gelassen habe, ist die erste Erinnerung an meinen Vater. Metaphorisch wie praktisch. Jetzt kann ich auch das selber, ich bin nicht mehr auf seine Hilfe angewiesen. Ja, ich kann sogar für andere über Zäune springen, wenn ich es möchte. Und ihnen ein Traktor sein.

War wie geplant im Nationalpark spazieren. Wenn das Meeresrauschen nicht gewesen wäre, hätte ich fast glauben können, ich sei im Bayerischen Wald. Wobei das mit den Baumarten nicht passte, klar. Ob umgekehrt dort das Verkehrsrauschen der Straßen schon so lückenlos ist wie hier das der See?

Der Anblick der Kreidefelsen ist selbst im feuchten Herbst recht hübsch. Leider haben sie mich zu keinem Gedicht inspiriert. Das einzige was mir einfallen wollte, war mal wieder „Zicke Zacke Hühnerkacke". Ist das überhaupt eins? Maler sind Dichtern gegenüber eben manchmal im Vorteil:

Denn Caspar David Friedrich,
der malt dich auch mit Lidstrich!

Gut, dass ich schon im Hotel bin, hätte ich dort oben auch nur gekichert, wäre ich von Feingeistern mindestens böse angeguckt worden.

Am Herthasee bin ich beinahe vorbeigelaufen. War ein bisschen wenig Wasser drin, da macht ja der Taferlsee an der Vils mehr her. Und die Herthaburg ist einfach nur ein Hügel mit einem Schild davor. Das kann doch jeder sagen. Also ein bisschen was fehlte mir da. Vielleicht könnte man da für die Generation Smartphone was mit „Augmented Reality" machen. Ich bin jedenfalls lieber wieder zurück ins Hotel, als mir auch noch das Kreidemuseum zu geben. Davon kriege ich nur wieder Albträume.

Morgen schaue ich mir jedenfalls das U-Boot an. Das ist fest angekettet und drinnen sieht man keinen Horizont, wie sollte ich da drinnen also seekrank werden?

Eine Sache ist mir klar geworden: Ich kann nicht von Nadja und Daniel erwarten, dass sie mit den Zwillingen reinen Tisch machen, wenn ich mich selber darum drücke, Mutter endlich die Wahrheit zu sagen. Das mit der versteckten Adresse und der Fahrt nach Gmund. Ich will dieses Geheimnis nicht länger mit mir herumtragen. Ich will es hier zurücklassen, über den Zaun springen, den Ball aufnehmen und weitergehen. Dort, auf der anderen Seite ist viel mehr Platz zum Spielen, als hier jemals war.

Es ist dunkel über dem Meer, aber das Licht vom Leuchtturm schleicht manchmal darüber wie der Sekundenzeiger über das Ziffernblatt einer

Uhr. Bin jetzt doch ganz froh, dass ich den Film noch nicht gesehen habe. Allein wegen dem Trailer bin ich nicht mal in seine Nähe gegangen.

Vierter Tag

Heute habe ich so was von gut geschlafen! Keine Träume, auch sonst nichts, woran ich mich erinn... Moment, es klopft.

22.11.19

Scheiße, jetzt habe ich meinen Zug verpasst! Vor lauter Tage nicht zählen und dann tatsächlich nicht mehr aufs Telefon gucken, habe ich mich vertan. Ich hätte schwören können, es ist erst Donnerstag. Nicht morgen ist meine Abreise, sondern die war heute, am Freitag. Ist! Ist heute. Jetzt.

Zeit vergeht im Urlaub echt anders. Erst zu schnell, dann langsamer, ja beinahe rückwärts, und dann ist es vorbei, wenn plötzlich das Zimmermädchen vor dem Bett steht und man mindestens ebenso erschrickt wie sie. Ob der Zug wenigstens auf mich wartet? Rhetorische Frage, denn das schreibe ich gerade am Bahnhof, wo ich auf meinem Koffer sitzend auf den nächsten warte. Nur so viel ist sicher: Mit dem schaffe ich es heute nicht mehr nach Hause, es sei denn ich versuche ihn zu entführen: „Folgen Sie dem Fahrplan des ICE 846!" Werde wohl oder übel in Berlin übernachten müssen.

Habe bei Daniel angerufen, sie sind heute übers Wochenende weggefahren, aber die Kinder wären da und würden sich sicher freuen. Das hoffe ich jetzt auch … Schreibe ihnen eine SMS, weil sie eh nicht rangehen, wenn man sie anruft. Schade, ich hätte sie so gerne mal wieder alle zusammen gesehen.

Das Hotel habe ich zwar etwas überstürzt verlassen, aber da es dann eh schon egal war, habe ich eine Tafel Schokolade bei der Couch und eine Schachtel Zigaretten auf der Veranda versteckt. Als Opfergabe, und um irgendwie Danke gesagt zu haben. Ein bisschen wie bei den Indianern oder so. Und wenn ich damit stattdessen nur den nächsten Gast oder die Angestellten vom Hotel beglücke, dann ist mir auch das recht. Dann war ich halt ein guter Geist für die nachfolgenden Besucher. Ostereier finden ist ja eh viel schöner, wenn sie gar nichts mehr mit Ostern zu tun haben. Also wenn sie aus Schokolade sind. Und im übertragenen Sinne.

Versuche mich gleich im Zug höchstens noch an Textfragmenten. Habe mir dafür am Bahnhof eben ein Notizbuch gekauft. Hatten nur welche aus der *Lady-Reihe*, was willst du machen? Entweder *Oriental*, was mir zu sehr nach Teppich aussah, oder *Butterfly*. Mist. Jetzt fehlen mir nur noch kleine Herzchen Aufkleber dazu, oder was? Aber den Schmetterlingen könnte ich ja Totenköpfe auf die Rücken malen, so wie in *Das Schweigen der Lämmer* dann geht's. Aber besser nicht während der Zugfahrt.

Sanddorn für die Kolleginnen auf Station war natürlich aus, eh klar. Sogar die kleinen Flachmann-Teile hinter der Kasse. Habe da aber den Verkäufer im Verdacht, wegen Eigenbedarf. Pharisäer light, ohne Kaffee.

Jetzt kritzele ich übungsweise rum, wie man Totenköpfe auf einen Schmetterlingsrücken bringt, und eben habe ich mich noch über Aufkleber lustig gemacht. Um meine Hand lockerer zu kriegen, habe ich mich mit Metalband-Logos aufgewärmt. Erstaunlich, wie viele ich noch immer aus dem Kopf kann. Nur meins von *Anthrax* sah eher danach aus, als sei es mittlerweile an sich selber erkrankt. Was ich natürlich auf das Geholper des Zuges schob, obwohl der gerade in einem Bahnhof steht, als ich das hier tippe. Immerhin sind nur die Zeichnungen schlecht geworden, und nicht mir beim Zeichnen. Ups, geht weiter.

Bin in Berlin angekommen und warte an einer Currybude darauf, dass mich Dennis abholt. Beide sind unterwegs, also habe ich ein bisschen Zeit, zu schreiben. Dazu begleitet mich die *Presto* von *Rush*, weil ich das Gedudel aus dem Radio nicht ertrage. Als die erschienen ist, war Daniel erst Tage oder Wochen weg und wir hatten noch immer nichts von ihm gehört. Die Platte kam da wie ein Hoffnungsschimmer, gerade richtig, und gleichzeitig wie ein Telegramm an ihn, sich doch bitte endlich zu melden. Es war die erste *Rush*-Platte, die ich nicht zusammen mit ihm zum ersten Mal gehört habe. Und ich wusste, was mir da entging, denn es war alles, was er sich seit Jahren von ihnen gewünscht hatte: wieder mehr Gitarren, mehr 70er. Schon nach den ersten Takten von „Show me don't tell me" war klar, dass sie wieder eine neue Phase ihrer Bandgeschichte begonnen und sich neu erfunden hatten – wie immer nach einem Livealbum. Ich heulte mindestens so sehr vor Glück wie aus Ärger darüber, damit allein zu sein. „The pass" ging mir dann zu nah, und kam doch zur rechten Zeit. Neil sprach mir damit direkt ins Gewissen – wie der Vater, den ich immer haben wollte.

Lukas war nicht so der große *Rush*-Fan, ist es nie gewesen. Die alten Sachen ja, aber danach holten sie ihn nicht mehr ab. Für ihn war mit der *Moving Pictures* Schluss.

Für uns drei begann damals nach Daniels gelungener Flucht eine neue Zeit, nur eben nicht mehr zusammen. Eigentlich hatte es schon mit dem Flüchtlingslager begonnen, es war ein längerer Prozess, aber wo genau hörte der auf? Ist er überhaupt schon zu Ende? Einerseits hatten wir immer davon geträumt, von Freiheit – aber doch nicht so! Vielleicht nicht als Band, aber doch wenigstens als Freunde?

Oh, gut – da kommt Dennis.

23.11.19

So, bin wieder zu Hause und völlig gerädert. An einem Samstag quer durch die Republik Zug zu fahren ist einfach eine Scheißidee. Dann empfing mich schon im Treppenhaus Kochgestank, weiß der Geier von wem diesmal, und ich flüchtete mich nur schnell in die Wohnung und widerstand mit Mühe der Versuchung, nasse Handtücher in die Haustürritze zu stopfen. Wie sollte man da eigentlich im Notfall einen Brand herausriechen? Auf die Rauchmelder im Treppenhaus ist ja offensichtlich kein Verlass. Erst vom Winde verweht, dann vom Gestank verwest. Ich danke Berlin, der Deutschen Bahn und der überzogenen Garzeit von was immer das vorher einmal gewesen war. Kohlerevier in der Küche.

Nun ja, immerhin ist es mir erspart geblieben, an einem Samstag Vormittag einkaufen gehen zu müssen, wie ich ursprünglich gedacht hatte. Dafür dann morgen, haha, können vor Lachen. Mist. Der leere Kühlschrank lässt mir die aus dem Treppenhaus in die Wohnung ziehenden Gerüche jetzt glatt weniger penetrant wirken. Das kann nicht sein, also rauche und schreibe ich jetzt gegen den Hunger an, und morgen plündere ich dann Mamas Kühlschrank. Selber schuld, die hat mich ja zum Frühstück eingeladen.

Gestern war ich noch mit Dennis einkaufen, nachdem wir meinen Koffer in der Wohnung abgestellt haben. Wir drei wollten zusammen kochen so wie früher. Sie hatten sich auf Koreanisch verständigt. Dazu brauchten wir aber noch ein paar Zutaten und mussten in einen konkreten koreanischen Supermarkt in einer Seitenstraße Nähe Görlitzer Bahnhof. Dennis war deswegen ein wenig angepisst, wollte aber nicht darüber reden und winkte ab.

Der Laden selbst hat mir gut gefallen und ich wollte was mitnehmen, wusste nur nicht was und habe es am Ende gelassen. Wie so oft weiß man halt erst nach dem Kochen, was einem schmeckt und man ab sofort immer zu Hause haben möchte. *Kimchi* zum Beispiel, aber das kann man angeblich auch einfach selber machen.

Gekocht wurde dann zu meiner Überraschung nicht mehr nach Kochbuch, sondern mit YouTube Videos. Meins war auf dem Kanal von einem Nachbar aus der Zukunft, oder so ähnlich – sie haben mir das Video zu schnell bildfüllend geklickt. Meine Aufgabe war, Tofu in der Pfanne zu machen, weil das wohl der einfachste Teil war. Ich ließ es mir gefallen, das Video war mir gleich sympathisch und ob man das kurz zurückspult oder eine Beschreibung noch mal liest, macht ehrlich gesagt keinen Unterschied. Begabten Händen bei der Zubereitung zusehen zu können hingegen schon. Vor allem ging es da tatsächlich ohne Umschweife ums Kochen, nicht um Gespräche mit Gästen, die einen entweder so sehr langweilen, dass man einschläft, oder so sehr interessieren, dass man darüber das Kochen vergisst. Ich habe den Reiz dieser Formate nie verstanden. Bis auf ein einziges Mal, als Heinz Hoenig bei Alfred Biolek war und der in seiner eigenen Fernsehküche nichts mehr umrühren durfte. Denn seinem Gast war es ganz und gar nicht recht, wenn sich jemand in seine Küchenabläufe einmischte. Mit den Kindern war es natürlich anders gewesen und ehrlich gesagt vermisse ich unser Chaos von damals. Das jetzt ist sogar mir zu ordentlich geworden, so präzise und pingelig, dass ich selbst dastand wie der Biolek.

Ach, jetzt dämmert mir, warum Dennis genervt war: Clara hatte mit dem Koreanisch angefangen, nachdem sie zuletzt öfter mit Mario ausgegangen war! Der hat wohl nicht nur ein Faible für asiatisches Kino, sondern auch deren Küche. Außerdem macht er bei *Fridays for Future* was mit Videos, und ich habe ein bisschen den Verdacht, dass das mit den Kochvideos auch auf seinem Mist gewachsen sein muss. Dennis schöpfte anfangs keinen Verdacht, weil die ja inzwischen alle im Netz rumhängen und lineares Fernsehen gar nicht mehr kennen. Cleverer Bursche, dieser Mario.

Während ich mein erstes *Tofu-Banchan-Style* in der Pfanne wendete, fragten mich die beiden nach meinem Urlaub aus und natürlich erzählte ich den Zwillingen vom blonden Schokoladenmonster.

„Das war deine Anima", erklärte Clara.

„Meine was?"

„Nach CG Jung", ergänzte Dennis.

„Könnt ihr nicht Comics lesen wie normale Kinder in eurem Alter?" Auf meine übliche Provokation gingen sie erst gar nicht ein. Profis eben.

„Anima ist das Weibliche in dir. Deine weibliche Seite."

„Ach was."

„Oder das heißt einfach nur, dass dir eine Frau fehlt." Clara guckte mich vorsichtig an.

Ich erschrak übertrieben. „Das wäre jetzt nicht zu naheliegend?"

„Nein, ganz und gar nicht. Vielleicht wollte dir deine Anima genau das sagen."

„Mit Post-its, Schokolade und Kippen?"

„Vielleicht hättest du mit ihr reden sollen", sagte Clara und schüttete geschnittenes Gemüse in eine hohe Pfanne.

„Worüber denn?"

„Keine Ahnung, woran schreibst du denn?", erkundigte sich Dennis. „Vorhin, als ich dich abgeholt habe, worüber hast du da geschrieben?"

„Ach, nichts Besonderes. Über ein *Rush* Album von 1989, das ich damals gerne wieder mit Daniel ... also, wenn wir uns vorher schon ... das ich gerne mit ihm angehört hätte." Scheiße, wie war das angeblich noch mal gewesen?

„Wieso?"

„Das ist schwer zu erklären."

„Lies uns doch einfach vor, was du geschrieben hast."

„Oh ja, bitte bitte!", stimmte Clara mit ein.

Scheiße, ich saß in der Klemme. „Es war wie ein Neuanfang für die Band und wir hatten uns ja gerade erst kennengelernt, also ...“ Dann fiel mir was ein. „Ich spiel es euch lieber vor. Wisst ihr, auf dem Album ist ein Stück mit dem Titel ‚Red tide‘ drauf.“

Dennis gähnte. „Jaja. Über die bevorstehende Invasion der Kommunisten.“

„Nein, es meint tatsächlich den steigenden Meeresspiegel. Das ganze Lied ist ein Kommentar zum Klimawandel und die globale Erwärmung.“

„Cool, wann war das noch mal?“

„1989. Wollt ihr mal hören?“

„Du weißt schon, dass du das *S5e* auch mit Gesichtserkennung entsperren kannst?“

„Mag schon sein, aber das lass ich lieber. Ich erkenn’ mich ja morgens manchmal selber nicht im Spiegel. Mit meinen Daumen gab’s da aber noch nie Probleme.“

Dennis verdrehte die Augen.

„Hab’s schon gefunden“, verkündete Clara und spielte es ab.

„Laaangweilig!“

„Pscht!“

„Das ist ’n Lyric-Video, kannst doch eh alles mitlesen.“ Dennis rümpfte die große Nase. „Die Synth-Sounds gehen ja mal gar nicht.“

„Ach nö, Fehlalarm? Echt jetzt?“ Auch Clara war enttäuscht.

„Hört doch erstmal zu“, nörgelte ich beleidigt.

„Das ist leider auch nichts für die nächste Demo, Smörre.“ Dennis’ Urteil war gnadenlos.

„Was war das eben? Endloser Winter? Das klingt ja wie ... ‚Winter is coming‘!“

Ich schüttelte den Kopf. „Das war vor *Game of Thrones*, lange vor dem ersten Buch. Da hat George noch für *Die Schöne und das Biest* geschrieben.“

„Den Disney Film?“

„Nein, die Serie. Jetzt guckt nicht so. Die war gar nicht mal so übel.“

„Das gab’s auch als Serie?“

Was war ich froh, dass sie von selbst wieder das Thema gewechselt haben. Um ehrlich zu sein, hatte ich damals einen ziemlichen Crush auf

Linda Hamilton gehabt, wie sie da über die Straße lief und verträumt wissend auf die U-Bahn Gitter guckte. Aber sie starb dann in der Serie und mit ihr auch mein Interesse, weiter dabei zuzugucken, wie Ron Perlman auf dem U-Bahn-Dach schwarzfahrend zu ihrer Rettung eilte. Immerhin nahm er dafür stets die Öffis, das war schon ziemlich fortschrittlich, nach den ganzen autolastigen Serien der 80er.

Ob ihr Ausstieg damals vielleicht schon mit den Dreharbeiten zu *Terminator 2* zusammenhing? Da gefiel sie mir ja nicht mehr, das war eine andere alleinerziehende Sarah Connor, die ich wirklich niemandem zur Mutter gewünscht hätte. Merkwürdig übereinstimmend war nur, dass ich zu der Zeit in Aachen ebenfalls schon getrennt von meiner Mutter lebte. Allerdings in keiner Pflegefamilie, wobei ... im engeren Sinne ist ein Schwesternwohnheim doch auch eine Pflegefamilie?

Wenn ich damals wenigstens schon gewusst hätte, dass Linda Hamilton eine Zwillingsschwester hat, Leslie, die sogar in *Terminator 2* bei der Spiegelszene mitspielte. Eine zweite Nadine, das wär's gewesen. Oder ich müsste einfach nur jemanden finden, der mich so verträumt anguckt, dass selbst ein Gullydeckel wie ich noch mal weich würde.

Das Essen ist total lecker geworden, obwohl sich Clara über den zu pampigen Reis beschwert hat, der in den Aufgabenbereich von Dennis gehört hat. Der meinte, das lag nur an dem *Rush*-Video, weil deswegen niemand mehr an den Reis gedacht hatte und so weiter und so fort. Meinem Gaumen war das für den Moment so was von egal, nachdem ich ihn auf Rügen zu Gunsten der Schreiberei ziemlich vernachlässigt hatte.

Dann lenkten die beiden das Gespräch wieder auf die Blondine in meinen Träumen. Oder rügten mich dafür, ich bin mir nicht sicher.

„Du solltest neue Details in deine Träume einbauen, aber doch nicht Schokolade und Zigaretten verstecken!", schimpfte Dennis.

„Also ich find das sogar besser", sagte Clara lachend.

„Es war ja diesmal auch kein Albtraum", verteidigte ich mich halbherzig. Oder hatte ich da was falsch verstanden?

„Dann könnte er die doch in den Schulträumen einbauen?", schlug Clara vor.

„Schokolade und Zigaretten?"

„Nein, die blonde Frau. Dass sie dir zu Hilfe kommt, wenn du nicht weiterweißt."

„Ah, okay. Ich versuch, dran zu denken."

„Ruf nach ihr."

„Heißt die denn auch tatsächlich bei allen Anima? Weil nach meiner Erfahrung mögen es Frauen nicht sonderlich, wenn man sie mit falschem Vornamen anspricht."

Clara schüttelte den Kopf und zeigte ihre Grübchen. „Im Prinzip kannst du ihr jeden Namen geben, aber nimm doch einfach den, der dir auf der Zunge liegt."

Besser nicht, dachte ich.

„Aber so als wäre sie in der Nähe, nicht mit dem Telefon", ergänzte Dennis, der immer noch damit haderte, dass Elektrogeräte in seinen Träumen nicht funktionierten. Aber mir was von Gesichtserkennung erzählen.

Anima also. Dabei stehe ich gar nicht auf Blond. Schokolade und Kippen, ja klar, aber Blond? Habe ich doch schon ausprobiert. Hat nicht funktioniert. Aber wahrscheinlich lag das gar nicht an der Haarfarbe. Außerdem ist es völlig unerheblich, was genau mich von diesen Albträumen befreit. Und im Dunkeln ist es egal, wessen Hand man halten darf.

Die Nacht in Berlin habe ich nichts geträumt, dafür aber so tief und fest geschlafen wie lange nicht. Die beiden tun mir gut. Wir hatten bis in die frühen Morgenstunden gequatscht, gelacht und Musik gehört.

Die Zwillinge haben mich alten Mann danach ausschlafen lassen und nach dem Frühstück hat mich Clara noch zum Zug begleitet. Unterwegs hat sie mir von Mario vorgeschwärmt und wollte dann wissen, wie denn meine Traumfrau aussehen würde. Auf die Frage konnte ich ihr ja schlecht antworten, „Ach, wie deine Mutter", also zuckte ich nur mit den Schultern und sagte den Namen der erstbesten Schauspielerin, die mir einfiel.

„Sarah Connor?" Clara blieb entsetzt stehen.

„Das ist ihr bekanntester Rollenname, mit Catherine konntet ihr doch gestern nichts anfangen ...", und mir war er unter Druck nicht gleich eingefallen, sondern erst, als ich ihn eben nachgeschlagen habe.

„Ach, die aus den *Chronicles.*" Clara atmete erleichtert auf.

„Was ... Ich ..." Ich blickte nicht mehr durch.

„Na die aus *Game of Thrones*, wo wir gestern drüber geredet haben."

„Äh ... ja?", stimmte ich vorsichtshalber zu.

Da sie sich damit zufriedengab, beließ ich es dabei, und sie nahm die Schwärmerei für Mario wieder auf. So wie sie sich dabei anhörte, ist sie bis über beide Ohren verliebt. Ich freue mich sehr für sie und sie musste mir versprechen, dass sie uns bei meinem nächsten Besuch einander vorstellt. Clara meinte, jetzt seien erst ihre Eltern dran, das habe sie sich aber ohnehin für die Adventszeit vorgenommen.

Scheiße, das geht ja schon am kommenden Wochenende los! Die Erkenntnis trifft mich jedes Jahr wieder genauso unvorbereitet.

24.11.19

Aus der Nebenwohnung von der Musik aus der *Sendung mit der Maus* geweckt worden. Die Stimme von Armin konnte ich noch durch die Wand erkennen, auch wenn ich nicht verstand, was er sagte. Das brachte mich automatisch zum Lächeln. Diese Stimme sprach nie von oben herab zu uns, wie wir es in der Schule erlebt hatten. Armin war mindestens genauso neugierig wie man selbst. Das steckt an. Oder er ließ sich von Kinderfragen leiten und erklärte alles anschaulich, wenn nötig mit viel Fantasie. Diese Wertschätzung für die Details, das Innehalten und Nachfragen, habe ich dann mit Clara und Dennis auch selbst erleben dürfen. Beide gingen mit der gleichen Begeisterung auf jede Baustelle oder an jedes Tier heran, und ihre Aufmerksamkeit hielt immer länger an als meine eigene. Seinen inneren Armin muss man erst mal finden und die Welt fortan immer mit Kinderaugen sehen. Lukas ist so einer.

Mein innerer Armin brummt jetzt jedenfalls so hungrig, dass er sofort zu Mama Maus läuft, um sich den Wanst vollzuschlagen.

„Ich hab dir schon hundert Mal gesagt, dass die Kantine bei uns im Altenheim ..."

„Mama!" Ich bin noch nicht mal richtig da, und schon fängt sie wieder an. Als wenn es jemals aufgehört hätte. „Selbst wenn dem so ist, bei uns in der Kantine putzt sich niemand vor dem Dessert noch mal eben die Zähne."

„Vielleicht sollten sie das aber."

„Mit einer Zahnbürste im Mund, ja gerne, aber mit einer Serviette über dem Teller?"

„Frau Lachnicki sieht halt so schlecht."

„Seit wann muss man beim Zähneputzen hingucken, als ... Warum rede ich überhaupt darüber?", sagte ich zu mir selbst. „Ich sollte es inzwischen besser wissen."

„Mit wem redest ..."

„Und du solltest es auch besser wissen!"

Dann ging es noch ein bisschen hin und her, wir lachten, ich bedankte mich für das Essen und rauchte am gekippten Küchenfenster.

„Habe ich als Kind eigentlich viel gelogen? Oder wenn ja, bei was?"

Mutter zuckte nur mit den Schultern. „Nichts Besonderes ... Also außer, wenn du was ausgefressen hattest."

„Aufgefressen?"

„Ja, das auch."

„Haha."

„Lach nicht, du hast mal Hundefutter gegessen."

„Was?"

„Guck nicht so entsetzt, nicht das aus der Dose, sondern diese Snacks. Das in Form gepresste Zeug?"

„Moment, warum hatten wir denn Hundefutter im Haus?"

„Als wir auf den Hund von Brammeiers aufgepasst haben, den Dackel?"

Erleichtert drückte ich meine Zigarette aus und schloss das Fenster. „Nein, so was meinte ich nicht. Richtige Lügen."

„Wie was zum Beispiel?" Mutter klang jetzt ernster.

Ich holte tief Luft und schloss kurz die Augen. „Na ja, wie ... einen Briefumschlag aufmachen, der gar nicht für mich war." Dann gestand ich ihr alles, die aufgehobene Adresse, wie ich Vater besucht habe, erzählte ihr von seinem Job und wie er mich nicht erkannt hatte.

Das wollte sie zunächst nicht glauben, akzeptierte es dann aber. Sie nahm es weit gelassener auf, als ich erwartet hätte, es sprudelte nur so aus mir heraus, nachdem der Knoten endlich geplatzt war. Wie viele Jahre habe ich das jetzt mit mir herumgeschleppt? Das Herz war mir leichter geworden, und dafür der Magen schwer. Mein Bauch war so voll, dass ich mich fühlte wie Obelix, darum gingen wir spazieren.

„So schlimm wie du ihn gemacht hast, war er gar nicht", sagte Mutter plötzlich.

Ich verschluckte mich fast an der eigenen Spucke. „Verteidige ihn jetzt bitte nicht auch noch!"

„Tu ich nicht, wir waren halt jung. Zu jung vielleicht, und noch von nichts auch nur eine Ahnung. Aber er ist auch bestimmt nicht das Monster, zu dem du ihn dir gemacht hast."

„Was habe ich denn von ihm, außer dass ich mit dem Rauchen angefangen habe? Das und wie er mir einmal den Ball geholt hat."

Mutter wartete einen Moment. „Wie, das ist alles, was dir einfällt?" Sie seufzte. „Und was ist mit deiner Silberbüchse?"

„Meiner was?"

„Dem Gewehr von Winnetou, das ..."

„Ich weiß, was die Silberbüchse ist, aber ich hatte nie eine."

„Doch, aus Holz. Er hat dir ein Gewehr geschnitzt. Kurz bevor er abgehauen ist, erinnerst du dich nicht mehr?"

„Ein Holzgewehr?"

„Ja, es war nie weiter als eine Armlänge von dir entfernt, weder im Bett noch in der Badewanne."

Ich grübelte und leise regte sich die Ahnung einer Erinnerung in mir. „Aus Holz sagst du?"

„Ja, aber ganz leichtem, weichen Holz. Das konnte man mit den Fingern eindrücken. Deswegen ist es dir dann auch zerbrochen."

„Konnte man es nicht reparieren?"

„Ich hab's versucht, Opa auch, aber es hat nie lange gehalten und du konntest nicht mehr so damit spielen wie vorher. Dann hast du's eines Tages einfach gelassen. Weil ... War halt nicht mehr zu ändern."

„Da war Opa noch bei uns?"

„Ja, aber auch nicht mehr lange", seufzte Mama. „Dein Vater wollte es dir noch anmalen, aber so lange hast du es nie aus der Hand ge..."

„Balsaholz! So hieß es. Kann das sein?"

„Möglich. Ich weiß es nicht."

„Mama, was ist?"

Sie schüttelte den Kopf. „Ich hab mich oft gefragt, ob es nicht doch ein Fehler war, dass ich ihn nicht wieder reingelassen hab."

„Das war besser für uns beide", sagte ich schnell.

„Es tat mir weh, wenn du über ihn sprechen wolltest. Obwohl ich es verstand und wusste, wie sehr dir ein Vater fehlt." Ihre Augen wurden glasig. „Ich hab alles für dich getan und trotzdem wanderten deine Gedanken immer wieder zu ihm, dem Abwesenden. Es war, als wäre alles, was ich tat, unsichtbar für dich, einfach alles."

„Aber das stimmt nicht!"

„Später, als du älter warst nicht. Vorher war es ... anders."

Ich wollte etwas antworten, bremste aber meine Zunge, denn ich spürte eine Wahrheit zwischen ihren Worten, ob sie es nun richtig ausdrückte oder nicht.

„Es war schlimm genug, dass die ganze verdammte Stadt mich anguckte, als sei es meine Schuld gewesen. Dabei war ich doch diejenige, die geblieben ist, nicht er."

„Gut, dass wir von da weg sind."

Sie nickte. „Ich bin Daniel rückwirkend so dankbar, weißt du? Danach ist es dir leichter gefallen, obwohl du wegen Lukas lange ein schlechtes Gewissen hattest."

Ich begleitete Mutter nach Hause und beim Verabschieden sagte sie etwas, das ich nie so gesehen hatte: „Du hast ihm aber noch etwas zu verdanken. Deinem Vater."

„Was denn?"

„Das Schlagzeugspielen."

Ich erschrak. „Aber du hast mir doch mein erstes Kit besorgt?"

„Ja, damit du nicht noch mehr meiner Töpfe kaputt machst, und die Kissen wieder auf der Couch landeten."

„Daran erinnere ich mich schon, und das war wegen Vater?"

„Ja. Du hast so deine Wut kanalisiert. Darum habe ich dich auch gelassen. Der Lärm war dabei nicht das Problem, eher dass dabei ständig was zu Bruch ging. Und überall roch es nach Waschpulver, weil du die Papp-Tonnen umgedreht hast", lächelte sie.

„Oh ja, die waren toll!"

„Als du damit aufgehört hast, habe ich gehofft, dass du die Wut auf ihn in Vilshofen gelassen hast."

„Das habe ich auch gedacht, aber das hatte nichts mit dem Schlagzeug zu tun. Ich habe es doch nur bei Lukas gelassen."

„Ja, aber nie nachgeholt. Der hat's bestimmt inzwischen verhökert."

„Niemals. Außerdem habe ich damals gedacht, ich hätte Vati längst überwunden. Mit der Therapie, dem Tagebuch und allem. In Aachen fing es dann wieder an. Erst wollte ich ihm schreiben, aber das war einfach nicht richtig."

„Wieso hast du nie etwas gesagt?"

„Geschämt habe ich mich dafür. Ich wollte dich nicht schon wieder damit traurig machen."

„Ach Junge." Sie strich mir zärtlich über die Wange, was ich sonst hasste, jetzt ließ ich es zu.

„Ich glaube, das Problem war, dass nicht nur das Gewehr, sondern auch mein Vater aus Balsaholz geschnitzt war."

Mama lachte endlich. Dann fiel ihr etwas ein und sie zählte mir Geld aus ihrem Portemonnaie ab. „Übrigens, hier sind 136 Euro und 64 Cents."

„Danke." Stirnrunzelnd nahm ich das Geld entgegen. „Habe ich dir das ausgelegt?"

„Du wolltest die Sachen aus der Kiste loswerden, schon vergessen?"

„Das hast du verkauft?"

„Das wolltest du doch?"

„Ich wollte es mir überlegen, hab ich gesagt. Oder gedacht, ich ... War da vielleicht die *Birdy* DVD drin?" Ich schluckte. „Oder meine Kamera?"

„Weiß ich nicht mehr. DVDs auf jeden Fall, aber eine Kamera wäre mir aufgefallen."

„Mist, ich weiß, dass ich beides an dem Tag mehrmals in der Hand hatte. Trotzdem danke, irgendwie ... Wenn ich nicht schon so voll wäre, würde ich dich glatt zum Essen einladen."

Es tat gut, dass wir uns ausgesprochen hatten. In mir löste sich ein komplizierter Seemannsknoten, der da schon viel zu lange saß. Ein Palstek oder Rindersteak, wie die halt so heißen. Viel zu lange hatte ich an seinen Enden gezogen, und ihn dadurch nur noch fester zugezurrt, und jetzt nach dem Urlaub am Meer gelernt, wo er sich einfach lösen lässt.

Noch etwas ist mir eben aufgefallen! Armin Maiwald ist unser Bob Ross. Clara hat mir erzählt, dass für viele der erste Kontakt mit ASMR die Sendung von Bob Ross war, der einem das Malen beibrachte und beseelt Farben mit seinen Pinseln über die Leinwand tupfte oder spachtelte. Das lief bei uns mal irgendwo im Nachtprogramm und ich bin mehr als einmal dabei eingenickt. Da gab es noch keinen eigenen Namen für dieses kribbelige Phänomen, aber allein diese Stimme und ihm zuzusehen hatte etwas wohlig Beruhigendes, Entspannendes. Und was seine Stimme auf der anderen Seite des großen Teichs war, war Armin Maiwald für uns. Unser aller erste Lieblingsstimme.

Da kommt alles zusammen, die Stimme, die Ruhe und das Betrachten von Gegenständen. Oder Rohstoffe, aus denen Gegenstände wurden. ASMR ist vielleicht nicht mehr als die Sehnsucht nach einer unschuldigen Kindheit, in der man noch staunen durfte, ohne gleich weitergezerrt zu werden. Wieder zuhören lernen. Mit allen Sinnen.

Darum lieben auch Erwachsene sofort die Maus wieder, wenn sie selber Kinder haben. Die Maus funktioniert besser, als ... was weiß ich, die Tagesschau? Armin ließ sich stellvertretend für uns alle die angeblich dummen oder naiven Fragen beantworten. Von Experten, Fabrikarbeitern und Wissenschaftlern – allen begegnete er mit dem gleichen Respekt, auch wenn die umgekehrt vor der Kamera meist steif wirkten. Das Erklären wird viel zu oft den falschen Leuten überlassen, sonst wäre ja selbst Tagespolitik interessanter. Oder man sollte ausschließlich Kinderreporter einsetzen wie damals in Vilshofen. Ich könnte zum Vergleich mal *Logo* gucken.

Und es fällt mir prompt noch einer ein! Es gab in den 80ern einen Werbesprecher mit sehr markanter Stimme, die ich sehr gerne gehört habe. Auch eher tief, irgendwo zwischen Maiwald und Ross, aber es mag mir einfach nicht einfallen. War das vielleicht der aus dem Vorspann von *Hart aber Herzlich*? Ups, nee. Habe nachgeguckt. Markant und tief ja, aber nee.

26.11.19

Ach, Scheiße. Und ich hatte schon Hoffnung gehabt, dass es aufgehört hat, aber heute Nacht war es eben doch wieder so weit. Keine Blondine weit und breit, die mir zu Hilfe gekommen wäre. Was ich dringender gebraucht hätte, war ein Versteck, denn die Wachhunde hatten wieder meine Fährte aufgenommen. Aber dann waren es gar keine Hunde, sondern Daniel und Nadines Vater. Das machte mich noch mehr fertig als die Tatsache, dass sie mich überhaupt suchten: dass sie sich zusammengetan hatten. Ausgerechnet die beiden, von allen Menschen. Was es aber noch verstörender machte, waren die Werbeunterbrechungen.

Wahrscheinlich hätte ich mir gestern vor dem Einschlafen nicht Werbeblocks aus den 80ern ansehen sollen, auf der Suche nach dieser einen Stimme. Noch schlimmer ist, dass ich die ganzen Sprüche automatisch vervollständigen kann. „Kaum steh' ich hier und singe ...", „nicht immer, aber ...", „Sie baden gerade Ihre Hände ..." – mein Großvater konnte Schillers Glocke auswendig, und „... heute bin ich der Großvater". Königsnamen weiß ich keine mehr, dafür aber noch ein paar Vornamen der Mainzelmännchen. Und die Otto-Platten könnte ich wahrscheinlich noch immer mitsprechen.

Auf Rügen hatte ich doch einen imaginären Buchtitel von Johannes Mario Simmel erdacht, und sofort ergänzte Otto in meinem Kopf: „Du kaufst mir jetzt den Simmel ab, sonst schneid ich dir ins Ohrläppchen." Das können alle in den 70er Jahren Geborene bis in alle Ewigkeit auswendig, allzeit bereit für den *Großen Preis* mit Wim Thoelke. Hätte Otto zum Spaß Goethe und Schiller vertont, wir wüssten es noch. So wie seine NDW-Hitparade mit „Hänsel und Gretel". Dabei gelang ihm sogar das Kunststück, die Texte von Pop-Hits zu überschreiben. Der konnte machen, was er wollte, wir saugten es auf.

Der Traum hat mich leider noch in doppelter Hinsicht durch den Supermarkt begleitet. Einerseits habe ich versucht, absichtlich nichts zu kaufen, was mir auf der Zunge lag, dabei änderte das ja nichts an meiner Einkaufsliste. Denken sie jetzt nicht an den *weißen Riesen* vor dem Waschpulverregal! Andererseits kamen meine Gedanken immer wieder zu der Blondine zurück, mit der es sich genau andersherum verhielt: An die dachte ich, aber sie tauchte nicht mehr auf – und wo standen noch mal gleich die Nudeln? Ach, im Gang hinter mir, aus dem ich gerade gekommen bin.

Als ich dann zu Hause den Kühlschrank auffüllte, dämmerte mir, dass sich das alles vielleicht um Tina drehte. Schwester Tina, der ich in der bevorstehenden Tagschicht begegnen würde, wegen der ich überhaupt einkaufen war. Unsere Affäre ist jetzt wie lange her? Gute fünfzehn Jahre dürften es sein, deswegen hatte ich seinerzeit die Klinik gewechselt. Als sie dann vor zwei Jahren überraschend bei mir auf Station anfing, ging ich ihr aus dem Weg, weil es beinahe wieder genauso wehtat. Dabei war ich mir sicher, inzwischen darüber hinweg zu sein. Hatte ich nicht sogar ihretwegen mit den längeren Nachtschichten begonnen? Möglich wär's, aber das war nicht der alleinige Grund.

Ich kann ihr ja schlecht übel nehmen, dass sie damals nicht meinetwegen ihren Mann und die Kinder verlassen wollte. Ja, ich war verliebt, und sie genoss es, begehrt zu werden, sich wieder jung zu fühlen, und heute bin ich der Großvat... Aaah!

Mit ihr habe ich meinen Anne-Bancroft-Traum ausgelebt, der mir nicht erst bei Doris durch den Kopf gespukt war. Wir hatten uns auf der Arbeit kennengelernt, ich weiß noch, wie ich sie erst für eine Mutter hielt, die sich versehentlich ins Behandlungszimmer verlaufen hatte, dabei trug sie nur ein Sommerkleid, weil sie gerade nicht im Dienst war. Sie hatte nach Kindern gesehen, genau wie ich es jetzt tue, und dann aus Gewohnheit noch eine Infusion vorbereitet. Sie stand im Gegenlicht und es war meine Szene wie aus *Die Reifeprüfung*.

Ich liebte es, mit ihr Dienst zu haben, irgendwann sahen wir uns auch außerhalb der Arbeit und gingen miteinander spazieren. Es war völlig klar, dass die Funken zwischen uns flogen, aber wir behielten die Nerven. Es musste ja geheim bleiben, und es war sehr reizvoll, so versteckt zu flirten, dass es niemand merkte. Einmal aber saßen wir nach so einem Spaziergang in ihrem Auto und da haben wir uns zum ersten Mal geküsst.

Alles fühlte sich richtig an, um nicht zu sagen perfekt. Der nächste Schritt wäre gewesen, sich ein Zimmer zu nehmen, aber stattdessen zog sie genau dort den Schlussstrich. Fast so, als hätte ich nur ihre Ehe repariert, weil ich ihr das Gefühl gab, noch immer begehrenswert zu sein, nachdem sie zu früh geheiratet hatte, als das erste Kind schon unterwegs gewesen war. Aber das stimmte nicht. Wir verstanden uns prächtig, mit mir konnte sie reden, wie sie es sich von ihrem Ehemann gewünscht hätte. Wahrscheinlich hatte ich mir deswegen Hoffnungen gemacht. Dass ich mit Kindern jeden Alters umgehen konnte, sah sie ja jeden Tag. Als dann auch mir endlich klar wurde, dass sie ihn nie verlassen würde, hielt ich es nicht länger aus und wechselte die Klinik.

Als sie vor zwei Jahren hier auftauchte, ging ich ihr aus dem Weg, aus Angst, die Wunde könnte wieder aufreißen, dabei war sie nie richtig verheilt. Das wusste ich aber erst, als sie wieder vor mir stand.

Ist es mir mit Nadja nicht genauso ergangen? Ich hatte mich in Nadine verguckt und dann wieder in Nadja, als wäre da kein Bruch gewesen.

Es könnte also doch damit zu tun haben, dass ich einsam bin und mich nach einer Beziehung sehne, wie die Zwillinge behaupten. Wie son wandelnder Kitschroman, wegen denen ich Anita immer aufgezogen habe. Dafür aber immer noch Tina verantwortlich zu machen, ist nicht gerade dufte von mir. Mir war aber auch bis eben noch gar nicht klar, wie sehr mich das verfolgt hat. Ich habe mir ja nicht einmal eingestanden, dass ich rein „zufällig" wusste, wann sie Dienst hat, so dass ich genauso „zufällig" von meinen Nachtschichten immer etwas früher ging oder später kam, je nachdem. Wahnsinnig subtil von mir.

Das bringt mich gerade so durcheinander, dass ich besser nicht selber koche. Ich hatte schon eine Dose Thunfisch aufgemacht, dabei wollte ich ... Ich weiß es nicht mehr. Nee, ich koch besser nix, sondern bestell mir eine Pizza, da kann ich wenig verkehrt machen.

Ich singe „something on its way" und mache Mhmm-mmm.

Damit ich hier nicht vor Hunger kollabiere, schreibe ich noch bis die Pizza eintrifft.

Richtig, das war ja auch noch 1989 gewesen! Im November, als ich und Lukas nach Gammelsdorf gefahren sind. Oh Mann ...

Dass wir die vergleichsweise lange Fahrt überhaupt auf uns nahmen, lag daran, dass im Circus ein damals noch recht unbekanntes Trio aus Seattle spielte, und wir hatten ja eine Schwäche für Trios, mit denen wir uns dann verglichen, selbst wenn wir inzwischen nur noch zu zweit die Stellung hielten.

Obwohl wir bereits am Nachmittag aufbrachen, benötigten wir schon ab Pfarrkirchen Scheinwerfer. Der einsetzenden Dunkelheit zum Trotz waren wir uns dennoch ziemlich sicher, dass uns ein Auto folgte. Jedenfalls wollte es uns offensichtlich nicht überholen, obwohl der Trabi an jeder Steigung langsamer wurde, als sei die Straße dort nicht geteert, sondern mit frisch gekautem Kaugummi gepflastert. Beim Schalten klapperte es schon irgendwo verdächtig, aber ich traute mich nicht, Lukas darauf aufmerksam zu machen, weil er angespannt genug wirkte. Ohne es auszusprechen, waren wir uns ziemlich sicher, dass das der alte Speck sein musste, oder jemand, den er bezahlte. Vielleicht sogar ein Privatdetektiv? Denn wohin könnten wir schon fahren, wenn nicht, um heimlich Daniel zu treffen? Tja, da würden wir ihn enttäuschen.

Wir waren Trabi hin, Trabi her, sogar zu früh dran und kriegten draußen noch den Soundcheck mit. Da spielten sie einen neuen Song, von dem wir irrtümlich annahmen, dass er es auf's zweite Album schaffen würde: „Kiss kiss, Molly's Lips". Wo war der dann eigentlich noch mal drauf? Das Konzert tat uns gut, vor allem war es laut und betäubte die Sinne. Endlich schalteten wir wenigstens für eine Weile ab. Es passierte gerade viel zu viel gleichzeitig, dass wir selbst einem auf dem Parkplatz abgestellten UFO höchstens mit einem Achselzucken begegnet wären. Dort war ja inzwischen nicht einmal mehr Monika eine Attraktion. Die Trabis und Wartburgs fuhren hier inzwischen so selbstverständlich herum, dass sich die Einheimischen längst daran gewöhnt hatten. Nur für die Mofas war seitdem wahrscheinlich der Sprit immer öfter mal knapp geworden.

Nach dem Vorwärtseinparker, der uns verfolgt hat, haben wir natürlich auch während des Konzerts Ausschau gehalten, aber mehr als Verdachtsfälle waren nicht im Publikum, die sich in allen Fällen als genervte Eltern entpuppten, die ihre Kinder dort wieder abholen mussten und vermutlich zu früh dran waren.

Hinterher standen wir dann draußen und machten den Trio-Vergleich.

„Da, da, da?"

„Red koa Russisch mit mia, des versteh i ned."

„Ha, ha, ha."

„Scho bessa."

„Natürlich kein Vergleich zu *Rush*, aber sonst ganz okay. Hätten wir hinkriegen können."

„Ob i den Bass a so diaf spuin soid wia der, was moanst?"

„Das macht der mit Absicht, glaube ich. Weil er so ein langer Lulatsch ist. Oder er weiß nicht, wie man den Gurt kürzer macht, was weiß ich." Ich räusperte mich, weil mich etwas in der Kehle kratzte und Lukas klopfte mir auf den Rücken. „Vielleicht sollten sie sich einen anderen Schlagzeuger suchen."

„I fand den guad."

„Okay, ja, und besser als ich, aber halt nicht gut."

„Dafür spuid Delle oba fui besser Gitarre."

Ich nickte.

„Er fehlt ma."

„Mir auch Lukas, mir auch. Nur so singen und schreien kann keiner von uns. Das macht alles wieder wett."

„Und mia hom ned amoi an Bandnamen."

„Da haben sie sich auch einen der besten geschnappt."

„I glaub, des is wia mit da Henna und am Oa. Wos z'erst da war, Bandname oda d'Songs."

„Na, die Songs."

Lukas schüttelte den Kopf. „Da Bandname", seufzte er. „Mia foid jetzt nur mehra was Ähnlichs ei. Wie: Mia-warn-a ... scho do?"

„Wieso nicht Mikado?"

„Woaßt, was mia machen soidn?" Lukas rieb sich eins der Pflaster, die ihm noch von der Begegnung mit Speck geblieben waren. „An neuen Gitarristn suchn. Für d'Kapelln."

„Dafür bin ich echt noch nicht bereit, Lukas."

„I doch a ned. Oba so ois Ablenkungsmanöva."

„Die Idee ist gut", seufzte ich. „Ach Daniel ..." ... wo steckt ihr denn nur?, dachte ich den Satz zu Ende ...

Und da klingelt es schon. Pizza!

Damals in Gammelsdorf krähte noch kein Hahn nach Kurt, er war einfach nur einer von uns gewesen, und genau so sollte es sein. Dann hatten sie zwei Jahre später diesen Scheißhit und ab da wurden sie genauso verscherbelt wie die Betriebe in der DDR von der Treuhand. Die zu großen Bühnen machten Cobain kaputt, und die Band dann aus Protest ihre Instrumente. Egal was für lärmige Songs sie auch schrieben, den Erfolg wurden sie nicht mehr los wie Hundekacke am Schuh, und von Geld kann man sich keine Anonymität mehr kaufen.

Plötzlich hörten Leute unsere Lieblingsmusik, die uns vorher nicht mit dem Arsch angeguckt haben. Wieso durften die das? Diese Musik war unser Ventil und Rückzugsort gewesen! So ans Tageslicht und in die Charts gezerrt starb sie wie Dracula. Cobain war dem genauso wenig gewachsen gewesen wie ich, als ich mir die Pulsadern aufgeschnitten hatte. Nur ich hatte Glück gehabt. Er nicht. Oder war's umgekehrt? Er kam tot in die *Tagesthemen*, ich war Jahre zuvor in Vilshofen jeden Tag Thema gewesen, weil ich dem Tod von der Schippe gesprungen war. Alle wussten es. Ich musste umziehen, er endlos auf Tour.

Grunge. Was soll das eigentlich heißen? Schluss mit den Labels. Von da an nannten wir alles nur noch Rockmusik. United by Rock'n'Roll. Wir waren auch nicht mehr links, sondern höchstens ... Backbord. Back, back, back. „Mein *Bac*, dein *Bac* – *Bac* ist für uns alle da!" - Nein, liebe Werbetexter, und wenn es euch noch so stinkt: Rock ist erst dann für uns alle da, wenn wir gemeinsam tanzen, grölen und schwitzen.

Moment mal, Tina hat sich doch die Haare blond gefärbt zu der Zeit, als ich sie kennengelernt habe! Macht sie das jetzt zu meiner Anima, oder zur Büchse der Pandora? Apropos offene Dose, der Kühlschrank riecht jetzt schon komplett nach Thunfisch, den muss ich morgen in irgendetwas verarbeiten, oder es gibt eine Katastrophe.

29.11.19

Den gleichen Traum wie gestern gehabt, nur werbefrei. Diesmal wusste ich aber, was die beiden vorhatten: Dass ich sie zum Zimmer 107 führe. Ausgerechnet ich! Das wollte ich auf keinen Fall, obwohl ich es ja selber suchte. Also versteckte ich mich bei den Schließfächern der Kollegstufe, die aber aussahen wie die Postfächer in Plattling. Was, wenn die 107 genau dort wäre, dann ... Ich musste dort wieder weg, aber natürlich waren sie jetzt schon viel zu nah. Das war nicht Daniels richtige Stimme, die da flüsterte, sondern die von dem, der mich gewürgt hatte. Ich hätte Hilfe brauchen können, aber weder Tina noch die echte Blondine ließ sich blicken und ich konnte ja schlecht nach ihnen rufen, ohne mein Versteck zu verraten. Wäre mir nicht mal im Traum eingefallen. Ist es ja auch nicht. Und Lichtschalter? Wieder vergessen. Dabei hätte mehr Licht nicht geschadet. Wusste ja schon mein berühmter Namensvetter.

Wie wär's denn mit einem Feuerzeug? Habe ich doch sowieso immer dabei, und immer andere, weil ich beim Einstecken nie darauf achte, wem die eigentlich gehören. Ich brauche gar keine Lichtschalter. Wenn ich kein Feuerzeug dabeihabe, muss ich also träumen. Wenn ich mich bei jeder Kippe frage, ob ich gerade wach bin oder schlafe, dann tue ich das irgendwann auch im Traum, so haben es mir die Zwillinge beigebracht. Nur dass ich im Traum noch nie geraucht habe, wenn ich mich nicht irre. Dabei wäre das bestimmt die gesündeste Art zu rauchen. Und billiger.

Weniger rauchen wäre jetzt auch bei der anstehenden Weihnachtslogistik angebracht, nur verhält es sich genau andersherum, mindestens bis ich die Geschenkliste zusammen habe. Neulich konnte ich nicht einmal den Schokoladen-Weihnachtsmännern in die Augen sehen, ohne ein schlechtes Gewissen zu bekommen, weil mir nicht gleich für alle etwas eingefallen ist. Wie jedes Jahr nervt mich die Sucherei, aber noch schlimmer wäre es, wenn hinterher die Geschenke nichts taugen. Also dann:

- Mama ... Keine Idee
- Lukas und Wieheißtsienoch / Irgendetwas für's Kind?
- Dennis / Super Mario Gameboy (auf _ebay_ gucken oder via Kleinanzeige. Muss ja gar nicht funktionieren, nur der _Playstore_ Gutschein drinnen)
- Clara / Reiskocher
- Heßler / Bunte Farbbänder für die Schreibmaschine
- ...

Na los, denk nach! Mein Kopf macht das gleiche hohle Geräusch wie die Drumcomputer Snare am Anfang von Phil Collins' „In the air tonight". Muss ich mir jetzt direkt anhören. Ach, ganz vergessen, das war auch in _Miami Vice_. Gänsehaut.

Während ich so dasaß und am Laptop Crockett hinter neuen Tubbs weiterfahren ließ, klingelte Clara durch. Woher weiß die immer, wann ich auf dem alten Ding online bin? Ich glaube, die haben mich gehackt.

„Hast du schon die Bilder gesehen?", fragte sie und biss in etwas, das wie eine Frühlingsrolle aussah.

„Äh ... welche Bilder", fragte ich nervös und machte hektisch den Browser zu, auf dem ich gerade ihr Geschenk bestellen wollte, als hätte sie etwas davon sehen können.

„Vom dem Demmo ...", sie schluckte den Bissen runter. „Heiß, heiß ... Heißt das etwa, du warst gar nicht?"

Scheiße, sie hatten mir in Berlin erzählt, dass ein weiterer Klimastreik anstünde und heute war Freitag. Wenn ich nicht arbeite, verliere ich da sofort den Überblick. Währenddessen fächerte sie sich Luft in den Mund und nahm dann einen großen Schluck aus einer Cola-Dose.

„Ich hab verschlafen", log ich. „Übermorgen ist Frühschicht und ich bin noch nicht umgestellt."

„Smörre, Smörre, Smörre, du enttäuschst uns", sagte sie und putzte sich die Nase.

„Wo ist denn Dennis?"

„Der ist noch unterwegs." Clara war wegen irgendetwas wütend. „Erinnerst du dich an Severn Suzuki?"

„An wen?"

„Severn Suzuki."

„Hat die was mit Motorrädern zu tun? Oder koreanischer Küche, ich ..."

„Smörre!" Sie klang wütend. „Kannst du einmal ernst bleiben?"

„Verzeihung, nein, ich weiß nicht wer das ist."

„Sie war die Greta Thunberg von 1992, auf der Umweltkonferenz in Rio."

„Es gab schon ein Greta vor Greta? Greta 1.0? Oder halt, eigentlich andersrum: Beta Greta."

„Smörre!"

„Tut mir leid, ich – das wird wohl damals eine Randmeldung geblieben sein."

„Das war auch in den Nachrichten."

„Hab ich nicht mitbekommen. Das war vor Social Media und der Tagesschau vor 20 Jahren."

„Ja, darauf wollte ich ja hinaus. Ist das nicht frustrierend?"

„Kann man so sehen."

„Was willst du denn damit sagen?", rief sie erbost.

„Na, dass es natürlich Wahnsinn ist, immer noch die gleichen Sachen sagen zu müssen. Ich will auf was anderes hinaus, Clara."

„Was denn?"

„Dass die Zeiten heute andere sind, und ihr gehört werdet wie nie zuvor. Selbst wenn es euch so vorkommt, als wäre dem nicht so. Von Greta haben heute alle gehört, ihr habt eine Stimme, eine Bewegung rund um die Welt, die wächst und wächst. Seit der Garbo hat niemand mehr so viel für diesen Vornamen getan."

„Wer?"

Ich seufzte. „Lass uns bitte bei der Sache bleiben. Unsere Greta, die ..."

„Severn."

„Die Motorradfahrerin wurde weggewischt, vergessen, so wie wir alle damals und unsere Proteste."

„Aber ihr habt die Mauer zu Fall gebracht!"

„Ehrlich? Da wäre ich mir nicht so sicher. Vielleicht war das mehr Pfusch am Bau. Oder Korrelation, das kann man leicht verwechseln."

„Mama und Papa erzählen das anders."

Ich biss mir auf die Lippen. „Bei uns im Westen war die Erfahrung halt eine andere. Bei uns wurde alles ausgesessen. Ausnahmslos. Das zeigt, wie unerfahren die Demokratie drüben im Vergleich zu unserer war."

„Bitte mach keine Witze darüber."

„Tschuldige. Ich wollte dich aufmuntern, denn ihr werdet gehört. Ihr hinterlasst mehr Eindruck in Wochen als wir in Jahren. Ihr erlebt wahrscheinlich noch Veränderungen zum Guten, die wir uns nicht einmal vorstellen konnten, die für uns Science-Fiction waren. Und jetzt sind wir hier, 30 Jahre später, und es stimmt! Das ist alles Science-Fiction für mich. Nur ohne Flugtaxis und *Soylent Green*."

„Das klingt nett. Was ist das?"

„Ist nicht die Art Recycling, nach der wir verlangen sollten. Außerdem ein Film."

„Okay."

„Sag mal, ist dir bei der Stimme von Armin aus der *Sendung mit der Maus* was aufgefallen?"

„Habe ich immer gemocht, wieso?"

„Weil das allen so geht. Er ist unser Bob Ross."

„Smörre, du hast den deutschen Ursprung für ASMR gefunden!"

Dann erzählte sie mir noch was von einem Video, an dem Mario arbeitete, und einem Bong. Keine Ahnung ob das ein Gericht oder ein Filmemacher ist, oder was mit Drogen zu tun hat. High ist Clara auf jeden Fall. Und verliebt. Wie wir damals. Und ich will das nicht mehr länger verstecken müssen, möchte, dass wir uns mit Lukas treffen und es wieder ein bisschen so wird wie früher.

Meine Güte, es gibt wirklich keine Zufälle: Da erzählt mir Clara was von Suzuki und jetzt sieht dieser Reiskocher aus wie ein Motorradhelm. Wenn das kein Zeichen ist, was dann? Ist bestellt.

Noch einmal so verliebt sein wie Clara in Mario. So unvorbereitet sein, wie in dem Moment, wenn man das erste Lied seiner zukünftigen Lieblingsband hört – wie ich damals bei „Tom Sawyer", das war Liebe auf den ersten Ton. Na ja, mehr Geräusch als Ton, wie von einer Ufo-Landung, das endlich kam, um uns abzuholen. Mich holten sie auf jeden

Fall ab, meine Retter aus dem All. Eigentlich sind sie ja nur aus Kanada, aber das war für mich damals genauso unerreichbar weit weg wie die Milchstraße. Dann dieser ikonische Groove, der Gesang, und wenn die Gitarre einsetzt ... Perfektion. Von da an flog ich mit, bei Tag und Nacht, überallhin.

Mehr als das, *Rush* haben mir beigebracht wie man liebt. Zuerst liebte ich den unverkennbaren Sound, den ich seitdem überall und immer heraushören kann, dann ebenso ihre musikalische Weiterentwicklung, die zuverlässig alle paar Jahre eine neue Phase einleitete. Welche andere Band kann das denn von sich behaupten? Jaja, die *Beatles*, aber bei denen kriselte es auch hinter den Kulissen, bei *Rush* nie. Jede Phase bin ich mitgegangen, selbst die von vielen Puristen eher gemiedenen, poppigen 80er. Ist das nicht wunderbar? Wie sie sich gegenseitig Raum gegeben haben, zum Experimentieren, auch wenn es mal nicht gleich den eigenen musikalischen Vorlieben entsprach? Wenn das nicht Liebe ist, was dann? Hätten ja auch Soloalben aufnehmen können. Gut, die kamen später noch obendrauf, aber halt erst nach 20 Jahren und mehr. Da hatten sie sich schon dreimal neu erfunden, oder gefunden, wie man's nimmt.

Was bei *Rush* Liebe auf den ersten Ton war, war bei Nadine Liebe auf den ersten Blick – beides brannte sich direkt ins Hirn, eine Sonne ging auf, um die man sich fortan dreht. Ein ganzes Sonnensystem in einem drin! Da passte mein ganzes bisheriges Leben rein, das Flüchtlingslager, und vor allem der Abend, an dem sie sich an mich gelehnt hat. Sie war so anders, dass es einem auch ein bisschen Angst machte. Und ein bisschen Angst sollte man vor der Frau haben, die man liebt, sonst ist es nicht die Richtige. Wenigstens die Angst, sie könnte einen für jemand anderen verlassen. Nicht im Sinne von Eifersucht, sondern Selbstbestimmtheit, wie man sie auch ganz selbstverständlich für sich selbst als Junge in Anspruch nimmt. Komischerweise waren aber genau diese Qualitäten manchen der Jungs bei uns schon wieder zu viel. Die wollten lieber eine haben, die sie bemutterte, zu Hause blieb, ihnen die Wäsche faltete und sie darüber hinaus einfach ihren Scheiß machen ließ.

Selbst als sich Nadine als Nadja neu erfand, blieb unverkennbar etwas von früher in ihr übrig, auch wenn man es nur schwer benennen konnte.

Genauso kannte ich es ja schon von meiner Lieblingsband. Danach suchte ich in allen Frauen wieder nach ihr, nach diesem Moment, der die Sonne in einem aufgehen lässt, aber es blieb dunkel, oder da war nur eine flackernde Glühbirne mit kurzer Haltbarkeit.

Bis mich der Anblick von Tina im Sommerkleid im Gegenlicht unvorbereitet traf. Ist es das? Weil ich nicht mehr damit gerechnet habe? Doch noch einmal Liebe? Moment, das stimmt so nicht. Ich war nicht auf den ersten Blick verliebt, sondern geblendet. Das ist schon ein Unterschied. Eigentlich warnt uns doch schon die Vorsilbe davor, dass da etwas nicht stimmt: verkehrt, verrückt, verliebt. Man macht sich einseitig Hoffnungen. Eine gemeinsame Zukunft habe ich mir mit Tina vorgestellt, die überhaupt nie zur Diskussion gestanden hatte und sich in Rauch auflöste. Ich hätte sie nur fragen müssen. Ja, nicht einmal das, zuhören hätte gereicht. Ein Hirngespinst oder ein Kondensstreifen hinter einem Flugzeug, um bei *Rush* zu bleiben.

Es lag überhaupt nicht an den Frauen in meinem Leben, sondern an mir. Die Ohren müssen von Anfang an mit dabei und offen sein, ich glaube, das macht den Unterschied. Besser gleich alle Sinne. Bei Sinnen sein. Man beachte die Mehrzahl. Einem allein ist nicht zu trauen.

01.12.19

Wie ungewohnt das schon wieder geworden ist, bei Tageslicht in der Klinik zu sein. Es wird langsam hell auf dem Weg zur Arbeit und das Licht bleibt die ganze Schicht über da, wenn auch eher trüb. Aber es ist noch nicht wieder dunkel, wenn man geht.

Die Übergabe war anstrengend, tatsächlich alle Kinder neu, ich muss die Kolleginnen mehr als sonst fragen und natürlich ziehen sie mich deswegen auf. Zum Glück habe ich ihnen aus Berlin noch Sanddorn-Schnaps mitgebracht und behauptet, der sei von Rügen. Hatte ich ja auch so vorgehabt, wenn nicht meine überstürzte Abreise dazwischengekommen wäre. Dennis fand aber auf seinem Smartphone blitzschnell heraus, wo man welchen bekommt. Es scheint ihm wirklich in seiner Handfläche festgewachsen zu sein.

Und wie laut so ein Tag auf Station vergleichsweise ist. Alles wirkt viel geschäftiger, aber es ist auch mehr Personal um einen herum unterwegs, so dass man auch nicht sehr viel mehr zu tun hat als während einer Nachtschicht. Nur in weniger Stunden, dafür gleichmäßiger verteilt. Allein der Wegfall der Assistenz in der Notaufnahme sorgt ja schon für Entspannung. Nur Schreiben geht halt nicht. Deswegen war ich noch schnell in der Kantine mittagessen und sitze jetzt entspannt mit vollem Bauch zu Hause. Unterm Strich ein stotternder Anfang, aber das dürfte der Laienkommission in Brüssel heute auch nicht anders ergangen sein.

Jeder Wechsel von Schulferien zu Unterricht hatte sich schlimmer angefühlt. Der nach dem Sommer 1989 war aber mit nichts zu vergleichen, da kamen wir wie von einem anderen Planeten. Der lag zwar mit dem Bergerparkplatz gleich um die Ecke, aber es war nur eine Handvoll von uns je rübergegangen. Es mag ein kleiner Schritt für uns gewesen sein, aber noch lange kein Katzensprung für die anderen. Wie Astronauten waren wir über den Mond gelaufen, leichtfüßig, zu großen Sprüngen fähig, und die Erde erschien uns von dort aus tatsächlich schöner, schützenswerter. Die Zelte blieben unbenutzt stehen wie die Mondfahrzeuge und Fahnen auf unserem Trabanten, der Trabant auf dem Schulparkplatz. Mit Monika konnten wir zwar zurück in die Umlaufbahn um die Erde, aber die Sehnsucht nach dieser anderen Heimat blieb. Eine Sehnsucht, die nicht mit dem Mond selbst zusammenhing, sondern den Kosmonauten, denen wir dort begegnet waren und deren Rakete einen geheimen Kurs eingeschlagen hatte, ohne Navigationshilfe von Major *Tom Tom*.

Auch die Vilshofener waren wieder so grantig wie zuvor, genau wie wir es den Journalisten die ganze Zeit zu erklären versucht hatten. Keine einzige Doppelspalte erschien dazu in der Zeitung, weil genau wie beim Doppelspaltexperiment nur dann etwas anderes zu sehen ist, wenn niemand hinguckt. Nichts schaltete diesen Schmerz ab. Einfach so hatte sich die Flüchtlingswelle verlaufen.

Niemand hatte hier Verwandtschaft „drüben". Oder sie verschwiegen es. Ich glaube, manchen wäre das peinlich gewesen, warum auch immer. Mir wurde diese Möglichkeit auch selber erst bewusst, als Uwe von seiner Tante dort erzählte. Dass die deutsche Teilung Familien auseinandergerissen hatte, war mir trotz des Wissens von Kehrpaketen irgendwie nicht in den Sinn gekommen. Was auf der anderen Seite der Mauer geschah, blieb auch dort. Das war zu weit weg. Wie Sibirien. Irgendwie schon Teil der Sowjetunion, aber gefühlt unbewohnt. Kalte, endlose Weite, eine unbeschriftete weiße Karte, unberührte Natur: So stellte ich mir die DDR vor. Dabei waren uns deren Bürger so ähnlich, dass die internationalen Reporter uns nicht auseinanderhalten konnten. Für sie klangen wir gleich und sahen genauso aus. In ihrem Blick waren wir alle Deutsche. Als hätte uns jemand beiläufig über dem Frühstück eröffnet, dass wir ein unbekanntes Geschwisterkind hätten, in unserem Alter – und jetzt spielt morgen brav miteinander. Man lässt sich darauf ein, staunend, ist zunehmend begeistert, öffnet sich, fühlt sich zum ersten Mal nicht mehr allein und im nächsten Augenblick sind alle wieder weg wie ein schöner Traum, aus dem man zu früh aufwacht.

Alles war mir wieder hochgekommen, das von allen beäugt werden, zu jeder Sekunde, keinen Moment Ruhe zu haben. Jetzt war es nicht mehr auszuhalten. Ich wollte schreien und biss die Zähne so sehr zusammen, dass mir abends der Kiefer wehtat. Mama wachte manchmal sogar von meinem Zähneknirschen auf, so laut war es. Sie machte sich zunehmend Sorgen um mich.

Aber ich war nicht der Einzige gewesen, der unter der Dauerbeobachtung und der Leere litt, die Daniel hinterlassen hatte. Sein leerer Stuhl war eine schreckliche Lücke wie ein Holzkreuz für einen im Gefecht gefallenen Kameraden. Wie nahe es auch Lukas ging, merkte ich erst, als sich Hubert im Deutschunterricht frech auf Daniels Fensterplatz setzte, als sei dass das Normalste der Welt gewesen.

Lukas war aufgestanden und baute sich drohend vor der Bank auf. „Mach, dass du da wegkummst", zischte er.

„Wenn Daniel kommt, räum ich den Platz." Hubert legte es absichtlich darauf an.

„Na, du räumst ihn jetzt. Sofort." Wenn Lukas beinahe Hochdeutsch sprach, sollte man in Deckung gehen, das wusste ich (bei meiner Mutter ist es ja genau andersrum). Das wusste eigentlich jeder, auch Hubert. Da er aber keine Anstalten machte, aufzustehen, sondern stattdessen auch noch damit anfing, seine Sachen auf dem Tisch auszubreiten, sprang Lukas halb darauf, bereit sich auf ihn zu stürzen, wenn nicht ich und noch jemand ihn festgehalten hätten. Das darauffolgende Gerangel endete nach einigem Hin und Her, als Lukas Daniels Stuhl aus dem Fenster auf das kiesbedeckte Flachdach warf und Talmüller in die Klasse kam. Alle setzten sich auf ihre angestammten Plätze, auch Hubert sammelte seine Sachen ein und trollte sich.

Die ganze Stunde nahm Talmüller keinen Bezug auf den Vorfall und fragte auch nicht nach. Erst als er ging, murmelte er etwas von, man möge doch jetzt bitte Daniels Stuhl wieder in die Klasse holen. Er klang leblos und traurig, und es zerriss Lukas und mir das Herz.

Ob ich wegen des Stuhles geträumt habe, Lukas auf das Dach gefolgt zu sein?

Dann saß plötzlich doch wieder wer auf seinem Stuhl, ein DDR-Mädel. Die hatte noch mal ihre Kurse geändert und war deswegen auch öfter anderswo, bei mir oder Lukas mit im Unterricht gewesen, aber eben nicht im Grundkurs Deutsch. Sie sah Nadine kein bisschen ähnlich, aber erinnerte uns trotzdem an sie. Sie war genauso von drüben und trat hier mit einem Selbstbewusstsein auf, das sie von uns abhob. Wir gingen ihr beinahe absichtlich aus dem Weg, weil uns das überforderte. Vielleicht auch deswegen, um uns vor ihr nicht versehentlich zu verplappern, dass wir sehr wohl wussten mit wem Daniels Flucht in Wahrheit zusammenhing. Sie kam aus irgendeinem Kaff aus der Oberlausitz und so füllte sich nach und nach der blinde Fleck, der die DDR für uns gewesen war.

Es hat endlos lange gedauert, bis sich Nadine und Daniel bei uns meldeten. Wir hatten vergessen, das vorher zu besprechen, und jetzt fehlte uns die Fantasie, wie das überhaupt vonstattengehen sollte. Schon wieder. Als sich Daniel dann endlich rührte, geschah es so unkompliziert, wie es nur zu erwarten gewesen war: Er rief aus einer Telefonzelle an. Ich bekam immer noch bei jedem Klingeln einen halben Herzinfarkt, seit dem Tag, als Nadine angerufen hatte, obwohl mir klar war, dass das so schnell nicht wieder passieren würde. Die Hoffnung hatte ich längst aufgegeben, nur um dann doch wieder überrascht zu werden. Ich nahm den Hörer ab und sagte automatisch „Bei Mayr", wie sonst auch.

Im Hörer stöhnte es, dann nuschelte eine vertraute Stimme „Entschuldigung, verwählt. Alles gut", und hängte auf, ehe ich etwas erwidern konnte.

„Was zum?" Ich sah den Hörer vorwurfsvoll an. Daniel würde mir später erklären, dass das so kurz gewesen war, für den Fall, dass das Telefonat zurückverfolgt wurde. Nadja hatte ihm zwar gesagt, dass er nur darauf achten brauche, ob es noch mal in der Leitung knackt, denn so sei das bei der Stasi. Aber Daniel war so nervös wegen der Sache, dass er kein Risiko eingehen wollte. Selbstverständlich ohne zu wissen, worin es überhaupt bestand. Dieses Lebenszeichen war sehr unbefriedigend, um es mal milde auszudrücken. Es änderte überhaupt nichts.

Dass sie uns nicht schreiben würden, war klar, nachdem die Specks ihre Postkarte bekommen hatten. Die gab uns aber immerhin die Steilvorlage, vor den Augen der Polizei eine Szene zu machen und große Erleichterung zu spielen – denn es war ja für uns genauso das erste offizielle Lebenszeichen von Daniel gewesen wie für seine Eltern. Danach hatten wir dann auch erst mal Ruhe. Das muss kurz vor den Weihnachtsferien 1989 gewesen sein.

Ein schlechtes Gewissen hatte ich allerdings Herrn Talmüller gegenüber, da wir ihm nicht sagen konnten, dass es Daniel gut ging und er sich seinetwegen keine Sorgen zu machen brauchte. Aber Lukas hat schon damals richtig vermutet, dass ihn die Versicherung von uns beiden wohl in keiner Weise beruhigt hätte. Vielleicht hätte es sein Leben verlängert, aber stattdessen starb er während der Weihnachtsferien allein in seiner Wohnung.

Das Letzte, woran ich mich erinnere, ist, wie er uns in den Tagen zuvor noch ins Gewissen zu reden versucht hatte. Wir verfolgten zwar die Entwicklung mit den anhaltenden Protesten in der DDR und den Versuchen von Krenz und Co., ihre Bevölkerung mit ersten Zugeständnissen wieder in den Griff zu bekommen, aber wir dachten nicht weiter darüber nach.

„Ihr seid so jung ...", sagte Talmüller und seufzte. „Was fangt ihr mit dem 17. Juni an? Ich weiß noch, wo ich am 17. Juni 1953 war. Oder am 21. August 1968. Oder im Oktober und November 1956. Das war halt alles vor eurer Zeit und deswegen haltet ihr euch für unverwundbar."

Es wurde still in der Klasse. Gelangweilte Blicke wanderten gen Himmel vor dem Fenster.

„Wisst ihr, was diese Zeiten miteinander gemeinsam hatten? Über Demonstranten rollende Panzer. In der DDR, in der Tschechoslowakei, in Ungarn. Was lässt euch so sicher sein, dass das diesmal nicht wieder passiert? Weil Honecker seinen Stuhl geräumt hat? Nein, weil ihr nicht dabei wart, als etwas aus dem Ruder lief. Weil ihr es nicht selber erleben musstet." Seine Stimme bebte und er verstummte.

Nach einem quälend langen Moment fragte Anne leise in die Stille: „Aber ist das denn schlecht?"

Die Frage riss Talmüller aus seinen trüben Gedanken. Er legte den Kopf schief, lächelte schließlich und schüttelte den Kopf. „Ganz und gar nicht. Vergesst, was ich gesagt habe. Gerade dafür braucht es euch jungen Leute, dass ihr euch eben nicht an alles erinnert und die Füße nicht länger stillhaltet. Ihr habt euch schon viel zu lang von uns Alten angehört, was geht und was angeblich nicht. Ich wünsche euch alles Glück der Welt. Mehr als wir hatten. Nur verlasst euch nicht darauf."

Die Füße nicht stillhalten. Komisch, das ausgerechnet in der Schule zu hören. Das war doch die Definition von Schule. Alles auszusitzen. An seinem Stuhl zu kleben, wie es unser Kanzler in Bonn vormachte. War Talmüllers letzter Rat an uns etwa gewesen, die Schule zu schwänzen?

Und doch irrte sich Talmüller gleichzeitig ein wenig. Er und unsere Eltern hatten vor schlechten Fernsehern dabei zugesehen, wie Männer auf den Mond geschossen wurden. Wenn einen das nicht mit dem Gefühl erfüllte, alles sei möglich, was dann? Das Ding hatte weniger Rechenkraft, als eine Casio-Armbanduhr in den 80er Jahren, ganz zu schweigen von dem, was wir heute mit uns herumschleppen, nur um damit unseren Hunger nach Katzenvideos zu stillen.

Weniger ist wohl doch mehr. Denn wir sahen dafür sowohl den Jungfernflug des Space-Shuttles, wie dann auch die Explosion der Challenger 1986. Live. Rückschläge und Tote hatte es genauso im Apollo-Programm gegeben, sicher, aber hier war der Einschnitt spürbar, man nahm die Opfer nicht mehr hin, oder als Vorwand, um Geld anders verteilen zu können. Wir entkamen dem Gravitationsfeld der Erde nicht mehr. Wenn man weiter hinaus wollte, gab es kein Gefährt mehr dafür, außer bei den Russen. Ein paar Monate später flog dann auch noch Tschernobyl in die Luft, und der Glaube an Fortschritt durch Technologie war so nachhaltig verstrahlt, wie Pilze und Wildschweine im Bayerischen Wald bis heute.

Von Talmüllers Tod erfuhren wir erst durch Goldhammer, als die Schule im Januar wieder anfing. Aus irgendeinem Grund hatte sich diese Nachricht nicht von Haus zu Haus verbreitet. Es stand wohl in der Zeitung, aber Mama guckte aus Prinzip nicht in die Todesanzeigen. Talmüller lag schon unter der Erde, als wir von seinem Ableben erfuhren.

Alles zusammengenommen führte dazu, dass ich es nicht mehr länger dort an der Schule oder auch nur in Vilshofen aushielt, und Mama hörte mir zu. Als sie dann Ja sagte, mit einem Nicken, und wie sie mich dabei ansah, da brachen bei mir alle Dämme. Ich hatte geheult wie noch nie in meinem Leben. Wegen Nadine, Daniel, Lukas, Talmüller, der Kindheit und Jugend, der Schule, den Flüchtlingen, des Mauerfalls, wegen allem. Aber Vilshofen oder Westdeutschland weinte ich keine Träne nach. Es war Osteuropa und die DDR, die in jeder Hinsicht in Bewegung gekommen waren. Wahrscheinlich deshalb, weil deren runden Tische erst gar nicht eckig waren.

04.12.19

Ich nehme alles zurück, das mit den Tagschichten ist so gar nicht mein Ding, die Umstellung wird länger brauchen, als ich dachte. Wenn die Schichten jeden Tag wechseln, ist es halt doch kacke. Vor der Spätschicht kam ich nicht zum Schreiben, danach war ich zu fertig und bin gleich ins Bett gefallen, weil wieder Frühschicht anstand. Gestern Nachmittag hatte ich dann keinen Bock mehr, überhaupt was zu schreiben. Heute habe ich ja zum Glück frei.

Der Wechsel von Nacht- auf Tagschicht dauert ja immer etwas, aber das? Früher hat mir das weniger ausgemacht. Oder fällt es mir jetzt nur auf, weil ich überhaupt mit der Schreiberei angefangen habe? Was habe ich denn vorher mit meiner ganzen Zeit gemacht? In meinem Leben ist kein Platz mehr für eine weitere Routine, oder sind Berufe etwa nicht mit dem Privatleben vereinbar? Heßler schafft es doch auch!

Auch lustig, dass mir mehrfach gesagt werden musste, dass ich auf Station ruhig lauter sprechen könne. Was denn jetzt: ruhig oder lauter? Das kam gut an.

Und dann war da noch Tina. Ich hielt es für das Beste, Frieden mit ihr zu schließen, darum habe ich mich für mein ausweichendes Verhalten in den letzten Monaten entschuldigt. Ich gestand ihr sogar meine Einsamkeit, und dass mich meine Mutter verkuppeln wolle. Da musste sie lachen.

„Mit wem denn?"

„Jetzt fang du bitte nicht auch noch an!"

Jedenfalls hat sie mich dazu ermutigt, es doch mit der Yoga-Frau zu versuchen. Einmal mit ihr auszugehen könne ja nicht schaden. Jetzt bin ich tatsächlich ein bisschen hin und her gerissen. Aber viel wichtiger ist, dass ich wieder mit Tina reden kann. Es ist mir fast peinlich, wie einfach das war.

Warum war ich mit Mama noch mal ausgerechnet in Aachen gelandet? Es hatte auch mit dem Dreiländereck zu tun gehabt, das vermittelte meiner Mutter einen Hauch von Vertrautheit, selbst wenn hier alles viel zu flach für ihren Geschmack war. Wir würden eigentlich nur Österreich und Tschechien gegen Belgien und die Niederlande tauschen. Luxemburg und Frankreich waren auch nicht weit, also das war alles in allem schon eine Verbesserung. Mama hatte noch so was gesagt wie „Nie wieder Kleinstadt", und sie wolle nicht mit dem Rücken an Deutschland stehen, oder war's andersrum? Damals klang das irgendwie alles einleuchtender.

Begeistert davon, eine neue Stelle suchen zu müssen war Mutter allerdings nicht. Außerdem noch eine Wohnung und den Umzug organisieren – auch wenn wir gar nicht so viel Zeug hatten. Andererseits fühlte sie sich immer noch jung genug für einen Neuanfang und auch ihr gingen die Blicke auf die Nerven, nur dass sie ihre besser wegsteckte als ich meine. Die im Altenheim sahen auch nicht mehr so gut. Trotzdem würde es hart werden, aber alles war besser, als in Vilshofen zu bleiben.

Altenpflegerinnen waren zum Glück immer und überall knapp, deswegen ging es wirklich überraschend flott. Sie nahm mich zu den Vorstellungsgesprächen mit, von denen ich mich mehr an die Zugfahrten erinnere, obwohl ich mir doch eigentlich die Städte ansehen sollte. Schon an jedem Bahnhof hielt ich Ausschau, ob ich nicht vielleicht irgendwo zufällig Nadine und Daniel in der Menge sehen würde, was natürlich nie geschah. Aber ich war ihnen wieder näher gewesen, draußen, in der großen weiten Welt, raus aus Vilshofen. Mir war es vollkommen egal, wo es diesmal hingehen würde, Hauptsache wir legten noch viele weitere Kilometer zwischen uns und Niederbayern.

Eigentlich sollte ich die Städte, die wir besuchten, auskundschaften, während Mutter sich vorstellte. Wo man spazieren gehen konnte, Grünanlagen, war es laut in einem Viertel, hörte man Kinder spielen, gab es Geschäfte, Restaurants, Cafés, wie war die Verkehrsanbindung? Stattdessen blieb mein Blick aber an jedem größeren Parkplatz hängen. Wie viele unserer Zelte hätten dort wohl drauf gepasst? Wo die Waschcontainer gestanden?

Aachen also, mit seinem gähnend schönen Doppel-A, wie man es nur noch aus Aal und Aas kennt. Und die einzige Stadt, die keinen Hehl daraus macht, ein bisschen kacke zu sein. Das ist schon mutig. In Grenznähe zu leben hatte auf jeden Fall Vorteile und da haben wir wahrlich einen guten Tausch hinbekommen: Schokolade, Fritten und Gras sind eine Kombination, die nicht so leicht zu überbieten ist, und die Aachener Printen treiben einem dem nur noch mehr in die Arme. Es fand auch niemand mehr lustig, als ich vorschlug, eine neue Zeitung doch die „Aachener Printe" zu nennen. Fremden gegenüber waren die Aachener auch aufgeschlossener, als ich die Bayern erlebt habe. Arschlöcher gab es natürlich auch dort, aber ich fühlte mich endlich nicht mehr so beobachtet und überwacht wie in Vilshofen.

Nun also tief im Westen, tiefer, als es Herbert Grönemeyer je besungen hatte. Aus dem tiefsten Südosten in den weitesten Westen. Deutschland, deine Ränder sind mir sympathisch.

Durchlässige Grenzen, Osmose, hier atmet Europa, und den Menschen ist es anzumerken.

Zum Unmut meiner Mutter habe ich dann aber dort die Schule endgültig abgebrochen und direkt im Anschluss an meinen Zivildienst eine Ausbildung als Kinderkrankenpfleger begonnen. Mama hatte ich die ganze Zeit damit vertröstet, dass ich nach der Ausbildung ja immer noch studieren könne. Das Abitur nachzuholen, sei doch hier ein Klacks. Das hat nur funktioniert, bis ich halt gleich den ersten Job annahm. Zwar habe ich sogar tatsächlich eine Weile damit geliebäugelt, Kinderarzt zu werden, blieb dann aber doch lieber auf Station. Und ich habe es wirklich nie bereut.

Bei Nadine und Daniel lief es auch gut an. Von der Bundesaufnahmestelle hatten sie Überbrückungsgeld bekommen, außerdem etwas Taschengeld vom Roten Kreuz, und auch bei der Wohnungssuche war man ihnen behilflich gewesen. Das lief bei uns im Vilshofener Lager ja genauso. Die beiden landeten in Mönchengladbach, Nadja als Kindergartenhilfe und Daniel bei der Klaus Fischer GmbH, wobei ihm sein neuer Nachname womöglich Bonuspunkte gebracht haben dürfte. Daniel gab sich als Metallhandwerker aus, was gar nicht so leicht war, obwohl er schon den zweiten Sommer in einer Montagehalle gearbeitet hatte. Ein Empfehlungsschreiben vom Zeisler hätte ihm vielleicht sogar geholfen, aber wo hätte er das jetzt hernehmen sollen, noch dazu unter seinem neuen Namen? Papiere bekam er nach seiner Probezeit von den Ämtern, wo er sich beinahe verplappert hätte. Schon bei der ersten Frage stellte er sich dumm an, weil er auf „Wo haben sie denn ihre Lehre gemacht?" nicht vorbereitet war. „In Hah...lle?" klang mehr nach Gegenfrage als überzeugend, aber er kam damit durch.

Bestimmt auch deshalb, weil ihm Nadine weiter Ost-Nachhilfe gab. Sie war es überhaupt erst gewesen, die einen neu eingestellten Arbeiter aus der DDR vor der Fabrik erkannt und angequatscht hatte. Man traf sich, klärte die Einzelheiten und schon hatte Ulf drüben angeblich schon mit Daniel in Halle gearbeitet. Die Anlaufschwierigkeiten überwand er, weil ihm der „ehemalige Kollege" half, bis Daniel sich allein zurechtfand. Ulf war schnell klar geworden, dass Daniels Geschichte hinten wie vorne nicht stimmen konnte. Aber für einen Spitzel von der Stasi stellte er sich zu dumm an. Als sie ihm beichteten, dass Daniel seine Freiheit als Westdeutscher erst erlangte, als er sich als Ostdeutscher ausgab, muss er vor Lachen vom Stuhl gefallen sein. So haben sie nebenbei auch noch ihren ersten neuen Freund gefunden.

Rückwirkend macht es mich echt fertig, wie knapp wir uns verpasst haben, denn nachdem wir Ostern 1990 nach Aachen zogen, wären wir uns wahrscheinlich irgendwann auf Konzerten über den Weg gelaufen, spätestens bei *Rush* 1992. Doch wegen der verkackten Wehrpflicht, die Daniel auch als Flüchtling einholte, kam es halt anders.

Lukas und ich wussten aber sowieso noch nichts von alledem.

06.12.19

Es Lukas beibringen zu müssen, dass auch ich gehen würde, war schrecklich. Als würde ich ihn verraten. Noch saßen wir gemeinsam in der Schule, ertrugen Goldhammer und verbrachten unsere freie Zeit miteinander, beinahe wie früher. Aber dann fehlte ich immer öfter in der Schule, weil ich mit Mama durch die Lande fuhr. Sie nutzte ihre Urlaubstage und mir schrieb sie Entschuldigungen. Lukas wusste noch nicht Bescheid, aber ahnte längst, dass etwas im Busch sein musste. Nur fragte ihn niemand, und er mich auch nicht. Lukas wartete geduldig auf den Moment, in dem ich es von mir aus ansprechen würde. Dafür war ich ihm sehr dankbar, denn es machte mir die Entscheidung leichter. Ich fühlte mich wohler damit. In Vilshofen war ich nur noch ein Gespenst, schon fast so unsichtbar wie Daniel.

Wenn ich überhaupt mal da war, dann fuhren wir nahezu jeden Tag mit Monika aus Vilshofen raus. Ich bin mir aber sicher, dass er das später beibehielt und weiter die einschlägigen Diskotheken abklapperte, in denen Hard-Rock und Heavy Metal gespielt wurde. Normale Diskotheken gab es in Niederbayern zwar auch, aber dort lief fast ausschließlich die

Musik aus den Charts, die man schon im Radio kaum ertrug. Außerdem war es uns da immer zu hell und der Boden nie klebrig genug. Letzteres war ein Feature, auf das man beim Headbangen ungern verzichtete, gerade wenn das dritte Bier so langsam den Gleichgewichtssinn zu beeinträchtigen begann.

Als unser Lieblingsziel kristallisierte sich zunehmend Dietersburg heraus. Also eigentlich das *Blamage*. In diesem Fall war die betreffende Diskothek auch mal nicht nur ein Wirtshaus, vor dem einen Abend im Monat mehr Autos parkten als üblich. Wenn sie das überhaupt konnten. Denn nicht selten standen sie vom Ortskern bis vor die Ortsschilder heraus, Stoßstange an Stoßstange. Von überall her kamen wir angefahren, die hohe Anzahl halb in den Straßengraben abrutschender Autos war das Signal, dass es zu lesen galt: Dorfdisco! Die Nummernschilder erzählten dann etwas über die Reichweite. Die der Disco wohlgemerkt, nicht der Autos. War ein Landshuter darunter? Gar ein Münchner Kennzeichen? Oder ein bei Braunau versehentlich rechts abgebogener Österreicher?

Dietersburg hatte sich nicht verändert, seit wir zuletzt mit Lukas' Bruder dort gewesen waren, dafür aber die Musik und das Publikum: Es lief weniger Punk und Hardcore, sondern mehr Seattle. Weniger *Fugazi* und *NoMeansNo*, stattdessen jetzt *Mudhoney*, *TAD*, *Alice in Chains*, *Soundgarden*, *Mother Love Bone*, der ganze Scheiß halt, und *Nirvana* natürlich. Nur *Rush* gab es eher selten zu hören, zum Beispiel wenn noch nicht so viele Leute da waren. Keine Ahnung warum. Aber für Lukas war Dietersburg nach meinem Wegzug der rettende Anker.

Das *Blamage* hatte eigene, über dem Wirtshaus gelegene Räumlichkeiten. Vielleicht nicht gerade das Paradies, aber unser Refugium, die rettende Insel, zu der wir immer zurückkehrten, um danach einen Tinnitus für uns auf den Alltag pfeifen zu lassen.

Geredet wurde dort nie etwas, dafür war es ohnehin viel zu laut. Alles, was es zu sagen galt, drückte bereits die Musik aus. Außer man war Bierholen an der Theke, da mussten es häufig Handzeichen tun: Auf die Biermarke deuten, zur Not auf eine der Flaschen, die gerade am Tresen saßen bzw. getrunken wurden, zwei Finger hochhalten, nicken, fertig.

Außerdem war man ja dort, um sich die Seele aus dem Leib zu tanzen. Oder den Frust der Woche. Meistens beides. Ähnlich wie sonst nur beim Essen und Kochen erzählt auch das Tanzen viel über das eigene Körperbild. Das beginnt selten in der Disco, sondern im Jugendzimmer, wenn man sich unbeobachtet fühlt. Natürlich kann man sich auch da eine andere Identität überstülpen, einer Choreografie folgen, die man einem Video abgeguckt und einstudiert hat. Aber unbefangene Bewegungen? Die man einfach so tanzt, wie man als Kind bei einer Kissenschlacht auf den Betten herumgehüpft ist? Das geht nicht vor einem Spiegel. Genauso hielten wir es in Dietersburg, und versteckten uns anfangs hinter unseren langen Haaren vor den Blicken anderer, die selbst nur ungeduldig auf die eigenen Lieblingssongs warteten.

Jeden zweiten Samstag lief auch mal etwas zwischen den bekannten Tracks, das neu für einen war, man aber auf Anhieb toll fand. Also ging man zum DJ, um zu fragen, wie die Band hieß, anstatt sich nur was zu wünschen, das dann nie kam oder angeblich vor einer halben Stunde lief, während man noch im Nachbarort am Einparken war. Wurden diese Fragen seltener, wurden es irgendwann auch die Besuche. Das Publikum veränderte und verjüngte sich, der Generationenwechsel spülte die alte Garde von der Tanzfläche zurück in ihre Autos und die Berufstätigkeit. Nach fünf Jahren kannte Lukas fast niemanden mehr, er war selbst zum letzten Ausdruckstänzer geworden, dem nur noch ein oder zwei Songs geblieben waren, um sich auf der Tanzfläche auf die Knie zu werfen, und seine Sorgen in Schweiß zu übersetzen. Als sich dann auch noch ein Mädel seinen löchrigen Lieblingspullover borgte und die Woche darauf nicht wiederkam – und die danach auch nicht –, wurde es ihm zu bunt und das Kapitel *Blamage* geschlossen.

Apropos bunt, die Idee mit den Farbbändern für Heßler war im Prinzip toll gewesen, ich kannte ja sein Modell: *Olympia Traveller de Luxe.* Ich fand gleich welche im Internet, aber warum gibt es die verdammten Bänder nur in Schwarz oder Schwarz-Rot? Was soll denn das? Ich wollte Blau. Und Grün. Muss ich dann wohl selbst machen, wie es aussieht. Aber wie macht man das? Er sollte sich doch grün und blau über mich ärgern können, stattdessen sitze ich jetzt dumm da und tu es selber.

Und Mama? Was soll ich ihr besorgen, wenn ich Weihnachten schon nicht mit ihr verbringe? Ein Buch ginge immer, aber bis ich da etwas gefunden habe, das sie noch nicht gelesen hat? Bei uns ist es immer sie, die mir etwas empfiehlt, nicht umgekehrt. Auch das ist also eher eine Sackgasse oder würde mehr Zeit erfordern, als ich habe.

Lukas kann ich auch keine Baby-Klamotten schenken, bevor das Kind da ist. Wegen der Sache damals mit Valentin ... Oh Mann, da habe ich lange nicht dran gedacht. Scheiße. Nein, da muss ich mir auch was anderes einfallen lassen. Was Selbstgemachtes vielleicht?

Ach, was sind Lukas und ich end- und ziellos herumgefahren. Es muss während dieser Fahrten gewesen sein, dass Lukas einen sechsten Sinn für McDonalds entwickelt hat, denn er konnte die immer zuverlässig finden, ohne Navigationssystem oder Straßenkarten, selbst dann, wenn er zum ersten Mal in einer Stadt war. Beinahe unheimlich und ich wollte ihn damit schon bei *Wetten dass...?* anmelden. Bevor ich dazu kam, war ich dann schon selber weg, die verlorene Außenwette aus in sich zusammenfallenden Buchstaben. Was blieb, war ein schlechtes Gewissen. Ich ließ ihn mit allem alleine zurück: der Schule, Vilshofen, mit sich selbst und sogar mit meinem Schlagzeug, das ich nur ein paar Monate bei ihm unterstellen wollte.

Anfangs telefonierten wir mindestens einmal wöchentlich miteinander, aber dann wurde auch das weniger und weniger, weil jeder von uns anfing, sein Leben an den neuen Gegebenheiten auszurichten. Ich verbrachte immer mehr Zeit mit Kolleginnen in der Ausbildung und mir tat deren Aufmerksamkeit gut, und was bei Lukas passierte, wusste ich gar nicht mehr so richtig, hörte nur mit einem Ohr zu, während mir jemand am anderen knabberte. Er war natürlich weiter viel mit Monika unterwegs gewesen, hatte immer längere Fahrten unternommen, auf der Suche nach der Bayerischen „Route 66", wie er es nannte.

„Traveller on Route 66" als T-Shirt vielleicht? Mit einem Ufo-Motiv. „Traveller" hieß auch ein Song von *Agent Steel*, daran würde er sich doch noch erinnern, oder? Bei denen drehte sich alles um Außerirdische, auf die wir jahrelang vergeblich gewartet hatten. Früher natürlich noch zu dritt, wann immer wir keinen Bock mehr auf Disco hatten oder noch nicht nach Hause wollten. Dann deckten wir uns mit Dosenbier und Salzstangen bei der *Aral* ein und parkten im Umland, wo man Blick auf die Sterne hatte. Da flüsterten wir dann manchmal bedeutungsschwanger das Wort „Traveller" vor uns hin, wie einen Lockruf ins Nichts.

Nadine war dann unsere Außerirdische gewesen, aber die hatte nur Platz für einen gehabt. Mit den Sternen hat Daniel sie rumgekriegt, mit mir hätte sie noch den abwesenden Vater gemeinsam gehabt, aber sie suchte ja nicht nach jemandem, mit dem sie gemeinsam warten konnte, sondern nach einem, der ihr das Weglaufen beibrachte. Das war es, was ihr gefehlt hatte, das war es, was sie zu Daniel hinzog. Eigentlich haben sie es ja erst zusammen gelernt, das richtige Weglaufen, aber Daniel hatte den Drang dazu seit Jahren in sich getragen, und Nadine seine Lunte gezündet.

Nadine war das Raumschiff gewesen, mit dem Daniel die Flucht vor seinem Vater gelang. Und Nadine streifte ihren Vornamen ab, wie man sich von eine ausgebrannten Raketenstufe trennte. Erst später brauchte Nadja dann einen, der auch warten konnte, und damit kam sie endlich zu mir.

Was uns dann Wochen nach dem kryptischen Anruf erreichte, war ein Brief ohne Absender, in dem ein Schlüssel steckte. Ich hatte keine Ahnung, von wem er war, oder wo er passte. Zwar ahnte ich, dass Nadine und Daniel dahintersteckten, mehr aber auch nicht. Auf die Idee, dass uns der Stempel des Briefes etwas hätte verraten können, kamen weder Lukas noch ich.

Dann waren wir eines Tages wie gewohnt beim Geistler und er war verdächtig nervös gewesen, überhaupt nicht er selbst. Ständig redete er von Plattling, als hätte er dort was zu erledigen, fast so, als wolle er dort eine Filiale eröffnen und ausgerechnet unseren Rat dazu hören. Als wir gingen, klopfte er mehrmals auf den Bierdeckel von Lukas, obwohl der längst bezahlt war. Geistler verdrehte die Augen und steckte ihm den Bierdeckel in die Hemdtasche. Draußen sahen wir dann, dass er neben die üblichen Striche noch eine vierstellige Nummer geschrieben hatte.

Als ich dort versuchsweise anrief, nahm jemand ab und ich legte gleich wieder auf. „Das war das *Café Treffer* am Stadtplatz. Ich versteh nur noch Bahnhof."

„Mei, san mia deppert – des is a Nummer in Plattling! Der Daniel und d'Nadine san in Plattling!"

Als wir das ausprobierten, hieß es allerdings „kein Anschluss unter dieser Nummer", und wir waren ratloser denn je.

Ein paar Tage später, erneut beim Geistler, bat er uns nach hinten, um ihm irgendetwas tragen zu helfen, und dann fragte er geradeheraus, ob denn alles geklappt hätte. Lukas und ich sahen einander an und noch dümmer aus der Wäsche.

„Ja, Himmelherrschaftszeiten, ihr Deppen! Der Schlüssel is für eia Postfach in Plattling, und jetzt schleichts eich!"

Bedröppelt und beschämt fuhren wir hin und es war nur ein an Geistler adressierter Brief drin. Nachdem wir eine halbe Stunde diskutiert hatten, ob wir ihm den nun zum Öffnen zurückbringen oder besser selbst aufmachen sollten, riss ich ihn einfach auf. Darin war ein Brief von Daniel. An uns gerichtet. Er verriet uns nicht, wo er war, nannte weder Namen noch Adressen, aber ansonsten stand darin unverschlüsselt alles, was wir wissen mussten: Es ging ihnen gut.

Später erfuhren wir dann, dass er Geistler telefonisch bekniet hatte, doch bitte das Postfach auf dessen Namen einzurichten und mir den Schlüssel anonym zu schicken. Dafür war Daniel extra nach Köln gefahren, um von dort aus einer Telefonzelle anzurufen. So sehr fürchteten sie immer noch, dass man ihnen auf den Fersen sein könnte. Es brauchte mehrere Anläufe, aber irgendwann hatte er ihn dann so weit. Vielleicht weil es der Anruf aus Frankfurt am Main gewesen war, bei dem er Geistler dafür Geld angeboten hatte, was ihn schließlich dazu bewog, sich auf den Weg ins für ihn so ferne Plattling zu machen.

Als Geheimagenten taugten wir alle nicht die blaue Bohne, die uns zu Fall bringen würde, aber wenigstens fühlte sich unser Leben spannender an, als es tatsächlich war. Und niemand trug bleierne Schäden davon.

Den gefühlt treffendsten Vergleich, der unserer Situation gerecht wurde, machte Lukas, als er sich mit Mike aus Stephen Kings *ES* verglich. Denn bei uns war er derjenige, der allein in dem verwunschenen Kaff blieb und die Stellung hielt. Aber wer oder was war dann das Monster?

In meinem Kopf war ich das Monster, und blieb es. Lukas half uns sogar noch beim Umzug, schleppte Möbel und Kartons, und fuhr den Umzugslaster alleine zurück nach Vilshofen. Beim Abschied sah ich zu ihm auf, wie er in der Führerkabine saß, und versprach, dass wir im Sommer mit Monika nach Berlin fahren würden. Immerhin das Versprechen habe ich halten können.

Ach ja, und ich habe ihm den Schlüssel vererbt, denn von nun an würde er sich um das Postfach in Plattling kümmern, über das Daniel so überraschend Kontakt mit uns aufgenommen hatte. Das verwaiste allerdings wenig später, als die Fischers erfuhren, dass auch ich Vilshofen den Rücken gekehrt hatte, und nach Geistlers Tod wurde es ganz abgemeldet.

08.12.19

Es fängt an, mich zu nerven, meine Träume gleich nach dem Aufwachen aufschreiben zu müssen, aber wenn ich es nicht tue, sind sie nach dem Frühstück futsch. Jetzt brösel mir die Asche auf die Tasten, aber anders geht's halt nicht. Asche auf mein „HJKL".

Wieder begann es in der Schule, nur diesmal suchte ich kein Zimmer, sondern Lukas, von dem ich wusste, dass er in der Turnhalle war. Sonst alles wie üblich, dunkel und menschenleer. Die Turnhalle entpuppte sich dann als das Hallenbad und Lukas stand am Beckenrand, drauf und dran rückwärts ins Becken zu springen.

Ich rief: „Das ist zu tief, du kannst nicht schwimmen." Natürlich kann Lukas schwimmen, aber das habe ich im Traum wohl vergessen, und schlimmer noch: Lukas auch.

Er antwortete: „Hier kann man noch stehen." Sprach's und machte einen Satz rückwärts – und ging sofort unter wie ein Stein. Er antwortete: „Hier kann man noch stehen." Sprach's und machte einen Satz rückwärts – und ging sofort unter wie ein Stein. Ich stürzte hin und da war statt Wasser etwas zähflüssiges im Becken wie Schlamm oder Moor. Außerdem trieben Briefe darauf herum, und Müll, und was weiß ich noch. Ich hielt mich mit einer Hand am glitschigen Beckenrand fest, fischte grabschend gegen überraschend starken Widerstand unter der Oberfläche herum, schrie seinen Namen bis ich selbst den Halt verlor und auch unterging. Dann fiel ich aber wie im freien Fall, da war nix mehr zäh – und schwups ... war ich wach.

Das fand ich weniger schlimm als Daniel, der versucht hatte, mich zu erwürgen. Obwohl ich kam auch hier dem Tod wieder sehr nahe. Hat mich Lukas etwa in eine Falle gelockt? War das überhaupt Lukas? Es spricht schon was dagegen. Sein Hochdeutsch zum Beispiel. Also war er wütend. Auch das habe ich nicht gemerkt. Gar nicht lustig.

Ich war nie gut im Witzeerzählen. Oder im Überhaupt-irgendwas-erzählen. Spontanität? Fehlanzeige. Es hat Jahre gedauert, bis ich gemerkt habe, dass es nicht an den Witzen oder Worten selber lag, sondern am Sprechen. Die Worte waren ja da, formten sich zu Sätzen, nur leider oft erst nachdem das Ereignis, zu dem sie gepasst hätten, lange vorbei war. Aber ich erinnerte mich daran, und diese Ungleichzeitigkeit konnte ich, wenn schon nicht aussprechen, doch wenigstens überwinden und sichtbar machen: indem ich sie aufschrieb, und so endlich vergessen.

Dafür hatte ich schon immer ein Talent zum Schweigen. Und Zuhören. Das sind zwei grundverschiedene Dinge, die sich nur äußerlich ähneln. Das eine richtet sich mehr nach außen, das andere eher nach innen. Außerdem kann ich mir Dinge gut merken. Also wenn ich sie aufschreibe. Manchmal fallen mir sogar erst dann wieder Sachen ein, an die ich mich eigentlich erinnern sollte. Schreiben macht mir richtig Spaß, und ich fühle mich tatsächlich besser. Sogar Tina war von mir beeindruckt, ich hätte jetzt so anders, so viel reifer auf sie gewirkt als noch im Sommer.

Aber während der Nachtschichten konnte ich mich besser darauf konzentrieren als jetzt tagsüber. Jetzt fehlt mir sogar das Summen der Getränkeautomaten gegenüber der Notaufnahme. Wie schön das eigentlich ist. Hat beinahe ASMR-Qualitäten. Am Tag gibt es so viel Gerede auf Station, dass mir darüber die Konzentration flöten geht. Wenn ich dann wie jetzt frei habe, kann ich nicht alles nachholen, gutes Gedächtnis hin oder her. Wenn ich vor oder nach den Tagschichten was aufschreiben will, ist mir immer so, als würde ich die Hälfte vergessen.

Prompt ist auch die Versuchung groß, stattdessen wieder nur ein Buch zu lesen, einen Film zu gucken oder laut Musik zu hören. Bei Tageslicht bereitet es mir nicht halb so viel Freude, die Tasten klackern zu hören. Nicht einmal dann, wenn ich meine eigenen Schreibaussetzer mit ASMR-Keyboard-Videos überbrücke, in denen eine Koreanerin auf teuer blinkenden Tastaturen Kauderwelsch tippt. Das ist ein magisches Geräusch, das mich zuverlässig runterbringt, selbst wenn mein eigener Bildschirm leer bleibt.

Ob das erste Anzeichen meiner schleichenden „Heßlerisierung" sind? Werde ich zum Einsiedler, der anstelle von Aktenordnern Memory-Sticks vollschreibt?

Wer weiß, vielleicht ist auch das nur eine Phase, das merkt man ja eh erst hinterher, wenn sie längst vorbei ist. Auch die Schreiberei wird wieder gehen und durch etwas anderes ersetzt werden, und vielleicht kommt sie dieses Mal nicht mehr zurück. Hat ja auch lange genug gedauert. Hat Nadine (oder Nadja) nicht was in der Richtung gesagt, dass Pluto noch gar nicht einmal um die Sonne herum ist? Manche brauchen halt immer etwas länger.

Natürlich gibt es noch eine Inspiration für mich, zu schreiben: Neil Peart. Der hat ja nicht nur seine genialen Texte geschrieben, sondern später auch Bücher. Sehr viel später. Vor allem *Ghost Rider* ist ihm dabei zur Selbsttherapie geworden, nur hat er es veröffentlicht, anstatt feierlich zu verbrennen wie so ein anderer Dummkopf. Vielleicht ist es bei mir einfach nur umgekehrt und ich komme über diesen Umweg endlich zum Texten? Bislang bin ich über erste Fragmente im Schmetterlings-Notizbuch nicht hinaus gekommen.

Den Sommer fuhren Lukas und ich mit Monika nach Berlin, wie ich es ihm versprochen hatte. Die Fußball-WM interessierte uns nicht, schon eher die Reste der Mauer. Daniel und ich hatten sie etwas über ein Jahr zuvor auf dem evangelischen Kirchentag noch intakt gesehen. Ihr jetzt wieder zu begegnen, so löchrig und respektlos mit Hämmern bearbeitet, das war im Kopf kaum zu begreifen. Auch Lukas stürmte einfach los und klöppelte sich Brocken aus der Mauer, während ich versuchte, die einander widersprechenden Bilder in meinem Kopf zur Deckung zu bringen. War ich hier nicht vor einem Jahr gestanden? Oder habe ich mir das eingebildet? Was hier vor mir zerfiel, war auch meine Realität, und ich wusste das nicht einzuordnen.

Genauso wenig wie die neue Wetterkarte in den Fernsehnachrichten. Denn dort war die Wiedervereinigung bereits vollzogen. Deutschland in den Grenzen von 1990. Die Wetterkarte hatte jetzt wieder Grenzen, so dass sie an den Geschichtsunterricht erinnerte. Eben war Deutschland noch in Europa aufgegangen, jetzt war die gekrümmte BRD schwanger geworden, vermutlich mit den Grenzen von 1939. Genau wie es Brecht vorhergesagt hatte, und mir war tatsächlich zum Kotzen zumute.

Zuvor waren dort nur Hochs und Tiefs mit ihren eingedellten Kringeln über Europa unterwegs gewesen, jetzt war da plötzlich ein hochschwangeres Deutschland, dessen Bauch mir Angst einjagte. Nicht, weil ich mich vor Rechten im Osten fürchtete – Rostock-Lichtenhagen war noch etwas entfernt, und diejenigen von drüben, denen ich bisher begegnet war, gaben mir auch nicht den geringsten Anlass dazu. Auch nicht die noch immer leidenschaftlich diskutierenden Bürgerrechtsbewegungen, sondern ausgerechnet das ARD-Studio der Tagesschau in Hamburg, oder wo auch immer sie sich das ausgedacht hatten. Diese verdammte Idee kam aus dem Westen, aber zum Sex gehören zwei. Man kann es jetzt nicht dem Osten vorwerfen, wenn sie ungeschützt auf jene Köppe trafen, denen im Westen niemand mehr Gehör schenkte, und jetzt Rückenwind spürten.

Erst mehr versehentlich „ein Volk" skandieren, dann die vorschnell wiedervereinigte Wetterkarte – es war wie einem Zug bei der Entgleisung zuzusehen, in dem man selber sitzt. Brachte es da noch etwas, die Notbremse zu ziehen?

Mit Lukas wagte ich mich auf die Ostseite der Stadt und wir kauften todesmutig Ost-Kippen. Die waren billiger als im Westen und genauso ungesund wie lecker. Lukas qualmte sich auf *Cabinet* oder *Karo* ein – welche waren noch mal die ohne Filter gewesen? Ich blieb gleich an den *F6* hängen, als wären sie die logische Fortsetzung meiner Obsession mit Zelt Nummer F5. Kam ja hin. Als uns dann vom vielen

Quarzen schwummrig wurde, hatten wir Lust auf Döner und Falafel – als Ausgleich für die ungesunde Lungengymnastik. Nur gab's die im Ostteil der Stadt noch nicht flächendeckend. Wir hielten mit Monika am Alexanderplatz, weil wir uns dort aus irgendeinem Grund sicherer fühlten. Mehr Fluchtmöglichkeiten vor … keine Ahnung, das wussten wir auch nicht so genau. Dort kauften wir uns eine Grilletta und setzten uns damit auf die Stufen einer Treppe, mit Blick auf den Fernsehturm.

Ein paar Meter neben uns saßen zwei Jungs in unserem Alter, irgendetwas zwischen Punks und Grufties, oder Wavern aber mit Springerstiefeln.

Einer von ihnen sprach uns nach einer Weile an. „Seid ihr Bundis?"

Wir nickten verlegen. Ertappt.

„Woher habt's des g'wusst?", fragte Lukas, und ich verschluckte mich fast an meiner Frikadelle, denn ich hätte eigentlich auf unsere Turnschuhe getippt.

Sie zuckten dankenswerterweise nur mit den Schultern. „Hättet ihr vielleicht eine Zigarette für uns?"

Ja, hatten wir. Die beiden waren zwar etwas enttäuscht, dass wir ihnen nur Ost-Zigaretten anbieten konnten, aber gemessen an unserem Erscheinungsbild war das nun wirklich nicht gerade überraschend.

„Ich bin Lutz, und das ist Günni."

„Hi."

„Lukas."

„Johann."

Dann gaben wir ihnen schnell Feuer, weil uns schon wieder der Gesprächsstoff ausgegangen war.

„Schmeckt's?", fragte Günni und deutete auf die Grilletta.

„Des Fleischpflanzerl is a bissl trocken, aber des geht scho."

„Fleisch-Pflanze? So heißt das bei euch?"

„Bayrisches Oxymoron", sagte ich und Lukas schmatzte bestätigend.

„Des kimmt vom Rindviech. Weil des nur Gras frisst."

„Was bringt euch denn nach Berlin?"

Dann erzählten wir ihnen vom Flüchtlingslager bei uns und von Daniel, wie er mit Nadine durchgebrannt ist, und dass die beiden jetzt im Westen ein neues Leben angefangen hatten. Sie hörten uns erstaunlich unbeeindruckt zu.

„Aber wieso sucht ihr ihn dann in Berlin?" Günni war nicht überzeugt.

„Wir rechnen nicht wirklich damit, sie hier zu finden, aber irgendwie trifft sich ja gerade gefühlt die halbe Welt hier ..."

„Na ja, wir sind auch nicht aus Berlin."

„Gera", sagte Lutz.

„Ist mir echt peinlich, aber ich weiß nicht mal, wo das ist."

„Ich weiß auch nicht wo dieses ..."

„Vilshofen."

„Wo Vilshofen ist. Außer halt in Bayern." Günni zuckte mit den Schultern. „Thüringen. Also Gera ist in Thüringen."

Ich guckte betreten zu Boden.

Lutz seufzte. „Links von Sachsen?"

„Duad uns leid, mia hom bei uns nix über d'DDR g'lernt."

„Wir bei uns auch nicht viel über euch. Also nicht in der Schule. Aber wir hatten West-Fernsehen."

„Mia zum Glück a an ORF", sagte Lukas entschuldigend.

Wir schwiegen wieder und die DDR löste sich vor unseren in blauen Dunst auf. Minütlich war sie weniger greifbar als beim Kirchentag. Die Mauer musste etwas Konservierendes an sich gehabt haben. Mindestens haltbar bis 1990. Von der Wiedervereinigung wollten wir alle vier nichts wissen und das besiegelten wir bei einem Bier. Also sprichwörtlich bei einem, das wir herumgehen ließen. Außerdem müsse Lukas ja noch fahren, und dann wollten sie natürlich unbedingt Monika sehen, also zeigte er sie ihnen voller Stolz – seinen Ring am Finger und als Motiv auf der Motorhaube, Beweisführung abgeschlossen.

„Damit seid ihr hergefahren?", staunte Günni. „Mutig. Was ist das denn für ein Baujahr? Siebziger, oder?"

„Vierasiebzge", präzisierte Lukas zwei perplexen Gesichtern.

„Vierundsiebzig", übersetzte ich. „So lang hat sich auch die Reise hierher angefühlt."

„Sieht gut gepflegt aus unter der Farbe da."

„Wenn's wollts, dann foarn mia eich moagn hoam", schlug Lukas vor, und ich nickte einwilligend. „Mia kenna a via Thüringen z'ruckfoarn."

„Danke, aber das ist keine gute Idee."

„Wieso ned? Des packt d'Monika scho."

„Es ist nicht wegen dem Trabi, sondern ...", Lutz sah hilfesuchend zu Günni.

„Wir sind hier selber auf Urlaub."

„Laufts a vor den Spießern in der Provinz weg?"

Sie schüttelten die Köpfe. „Vor Nazis."

„Was für Nazis?" Ich dachte, ich hätte mich verhört.

„Na die, die überall aus ihren Löchern gekommen sind, die, mit denen uns alle allein lassen."

„Und ein paar aus dem Westen sind jetzt auch noch dabei", warf Lutz ein.

„Scheiße", entfuhr es mir.

„Dit kannste laut sagen."

Lutz und Günni waren sich sicher, dass das die Kehrseite der Fluchtbewegung in den Westen gewesen sei. Jetzt saßen sie mit den Glatzen alleine da und die Polizei hatte schon damals begonnen, aufzugeben, nicht erst Jahre später. Eigentlich hatten wir uns auf Anhieb gut verstanden, aber eine gewisse Zurückhaltung ihrerseits blieb und das konnten wir ihnen nicht verübeln. Wir fuhren ja auch wieder in den Westen zurück und ließen sie in Gera und all den anderen uns unbekannten Städten allein, deren Namen wir bald lernen und nie wieder vergessen sollten.

„Wie ko des denn sei?"

„Wir hatten keine Demokratie, sondern die SED – schon vergessen?"

„Ja und? Mia hom d'CSU, des is sogar no schlimma", bleckte Lukas wütend zurück.

„Willst du uns verarschen?" Günni fühlte sich auf den Arm genommen.

„Die Blockflöten haben doch genauso auf uns gepfiffen", ergänzte Lutz.

„Es is doch a so: Wenn's bei eich 99 % g'wählt ham, da hod a jeda g'wusst, dass des g'longn is."

Beide nickten, Lutz verschränkte aber seine Arme vor der Brust.

„Und bei uns hod d'CSU immer 51 % der Stimmen. Da glaubst immer, dass gar ned vui fehlt", erklärte Lukas. „Nur no oane Legislaturperiode, und dann is er furt, unsa Kini. Die CSU is bei uns scho länger an der Macht, ois de SED bei eich je war."

Günni pfiff anerkennend durch die Zähne.

„Von wegen ‚Viele, viele Bundi Smarties'", sagte Lutz.

Dann hörten wir noch ein bisschen Musik bei Monika aus der offenen Autotür, bis sich Lukas Sorgen um die Batterie machte. Zum Abschied tauschten wir Kassetten. Wir bekamen das Livealbum *101* von *Depeche Mode* für die Rückfahrt, und die beiden eines mit *Ein kleines bisschen Horrorschau* von den *Toten Hosen* auf der einen und der ersten *Mudhoney* auf der anderen. Was war ich froh, mal eine Weile nichts mehr von Alex hören zu müssen. Für *Rush* waren sie nicht zu begeistern gewesen, was ich ihnen ein bisschen übelnahm. Dafür war ich ihnen im Umkehrschluss später dankbar dafür, dass sie uns keinen Ostrock angedreht hatten.

Wir verließen die noch nicht wieder Hauptstadt als Fußball-Weltmeister, ohne auch nur eine Dose gekickt zu haben. Hier lagen sich eindeutig die Falschen in den Armen, besoffen von sich selbst. Da war keine Spur von Demut mehr, alles wurde von Leuten übertönt, die nicht einmal singen konnten. Laut Karl-Heinz waren wir sogar für „Jahrzehnte unschlagbar" geworden und mir lief es der Sommerhitze zum Trotz eiskalt den Rücken runter.

Inzwischen ist die Mauer schon länger weg, als sie gestanden hat. Das ist so irre. Wir waren bei der Wende zwar live dabei, haben aber selbst mittendrin immer nur einen Bruchteil mitbekommen. Alle waren wir überfordert: die Volkspolizei, der Staat, seine Bürger und auch wir ach so erfahrenen Wessis. Das ging alles viel zu schnell.

Die ganzen Ereignisse um die Flucht im Sommer, den Mauerfall bis zur Wiedervereinigung sind etwas, das ich so nur dieses eine Mal erlebt habe. Wenn ich es recht überlege, dann war der Zeitraum sogar kürzer, einschließlich der letzten Wahlen in der DDR. Bis dahin war alles in Bewegung geraten, was vorher unbeweglich schien – wie eben die Sache mit der Wiedervereinigung. Gefragt hat uns das im Westen ja keiner.

Für wenige Wochen war alles offen, nicht nur die Grenzen, sondern ein … Zeitfenster? Man konnte es förmlich mit Händen greifen, weil es so sperrangelweit offen stand, dass es durch das Deutsche Haus zog, etwas lag in der Luft. Lange habe ich geglaubt, dass es Freiheit war, aber da war weit mehr aus den Fugen geraten. Die verdammte europäische Geschichte hat sich in eine andere Richtung bewegt, ein neues Zeitalter eingeleitet. Eine Zeitenwende. Alles auf Zeit, Zeit, Zeit – gleich müssen wir abgeben, bitte alle jetzt die Stifte fallen lassen.

Haben wir den Test bestanden? Ich glaube nicht ganz. Da war mehr drin, auch für uns. Verkackt haben wir es im Westen, weil uns das Licht zu spät aufging, oder schlimmer: gar nicht erst interessiert hat. Jalousien runter, das blendet und stört wie die Sonne beim Fernsehen. Und jetzt haben wir den Salat. Wenn man von klein auf mit einer Mauer aufwächst, dann war sie für einen schon immer da, selbst wenn die vorher jemand gebaut haben muss. Wahrscheinlich fühlte sich deswegen das Betongebilde in Berlin für mich und meine Generation so unvergänglich an wie die Pyramiden. Für Clara und Dennis existierte sie nie. Nur abstrakt, und damit jederzeit überwindbar.

Und wohin war die Jugend damals verschwunden, die sich dem sich anbahnenden braunen Wahnsinn hätte widersetzen können? Die schwitzte sich ebenso tanzend in den Kellern der Hauptstadt die Seele aus dem Leib, so wie ich und Lukas es bei Rockkonzerten und in Dietersburg taten. Wir wollten mit alldem nichts mehr zu tun haben, weder mit Politik, Begrüßungsgeld, Währungsunion oder Bananenschalen in blühenden Landschaften, auf denen wir gerade alle in Zeitlupe ausrutschten und zufrieden riefen: „Noch haben wir uns ja nicht auf die Fresse gelegt ..."

War noch mit Mutter spazieren und habe eingewilligt, dass sie ein Date mit der Yoga-Lehrerin für mich anleiert. Das fühlt sich jetzt schon wie ein Fehler an, ich hätte besser nicht auf Tina hören sollen. Oder ich hätte es ihr weniger witzig erzählen sollen, dabei war es gar nicht als Witz gedacht. Wie gesagt, ich kann keine Witze erzählen. Aber wie hätte das auch anders rüberkommen können, wenn nicht als Witz?

09.12.19

Der PJler mit seiner Laktose-Intoleranz (oder war es Gluten? Was weiß ich, irgendeine Allergie oder Lebensmittelunverträglichkeit), hat gestern zur Nachtschicht die leckersten veganen Weihnachtsplätzchen mitgebracht, die ich jemals gegessen habe. Also gemessen an der letzten Mandelecke, die ich noch ergattern konnte. Ich glaube, niemand erinnert sich deswegen hinterher an Details der Übergabe, aber das Rezept wollten alle haben.

Eben war er noch beim Ofen auf 175° vorheizen gewesen, und auf einmal war da von einer 60 km langen Feuerfront in unserer Teeküche die Rede. Wo sollte ich die denn jetzt hernehmen? Ach so, es ging um ein Megafeuer vor Sydney. Jemand muss den Ton am Fernseher laut gedreht haben.

Ich kann mir das nicht vorstellen. Das ist länger als die Strecke von Vilshofen nach Dietersburg, die ich mit Lukas so oft gefahren bin. Wenn da eine Feuerwand wäre. Das würde auffallen. Aber wenn das Klima die andere Seite der Welt erwischt, ist das den Leuten hier egal. Umgekehrt wahrscheinlich genauso. Wir machen da grundsätzlich schon viel zu lange was verkehrt.

Warum messe ich eigentlich noch immer alle Entfernungen in den Dorfabständen von Niederbayern? Vielleicht weil sich die Abstandsangaben der Ortsausfahrtsschilder so ins Gedächtnis eingebrannt haben, wenn man Woche um Woche dran vorbeifährt? Sonst gab es dort auch nichts zu sehen, dafür war es einfach immer zu dunkel. Ohne Fernlicht konnte man nicht weiter als 50 Meter gucken. Und der Straßenverlauf ist so kurvig, dass die nächste scharfe Abbiegung nie weiter als 75 Meter entfernt schien. Zum Glück ging der Trabi nicht so schnell wie der VW-Bus von Markus, so dass uns nichts überraschte, außer vielleicht mal ein Reh beim geglückten Seitenwechsel.

Das einzige Feuer, das mir mal Sorgen bereitet hat, war, als Lukas versuchte, ein Feuer mit Benzin aus dem Reservekanister anzufachen, und stattdessen der Kanister selbst Feuer fing. In Panik hatte er den dann in den Stausee geworfen, an dem wir saßen. Wenn wir Hilfe holen gefahren wären, hätte das Feuer in der Zwischenzeit auf das Ufer übergreifen können. Also entschieden wir uns, zu bleiben und stupsten den brennenden Kanister mit Stöcken zurück aufs Wasser, wenn er dem Ufer zu nahe kam, bis er schließlich erlosch. Das hatte sogar irgendwie Spaß gemacht. Dann fischten wir ihn heraus und fuhren nach Hause.

Nach dem Sommer 1990 holte uns ein neuer Alltag ein, der uns das ganze Tamtam um die bevorstehende Wiedervereinigung vergessen machte. Ich trat meinen Zivildienst an, der direkt im Anschluss in meine Ausbildung überging.

Lukas wiederholte das verkackte Schuljahr einfach noch mal und war so Goldhammer immerhin als Kollegstufenleiter losgeworden, denn der Nachfolger von Talmüller übernahm diesen Jahrgang. Deswegen hatte ihn Goldhammer zwar noch immer auf dem Kieker, kriegte ihn aber nicht mehr so oft zu Gesicht wie bisher. Aber es gab eine weit wichtigere Entwicklung, die den entscheidenden Unterschied machte: Sein kleiner Bruder kam aufs Gymnasium und zog zu ihm nach Vilshofen. Es war ein bisschen so, als wäre er über Nacht Vater geworden, und der Anforderung wurde er problemlos gerecht. Sicher hat er auch ein wenig von sich selbst in Lothar gesehen, dem er ein ebenso guter großer Bruder sein wollte wie Markus für ihn. Jetzt waren nur noch seine beiden kleinen Schwestern bei den Eltern in Eging.

Lothar war der Erste aus der Familie, der es direkt aufs Gymnasium schaffte. Lukas platzte schon immer vor Stolz auf seinen jüngeren Bruder und umsorgte ihn sehr. Das bekamen wir nie so mit, weil er grundsätzlich nichts von Daheim erzählte, obwohl er selten, aber eben doch regelmäßig hinfuhr. Er schämte sich für seine Eltern, und wir bohrten da nicht nach. Brachte er doch mal etwas über die Lippen, hatte es mit Lothar zu tun. Er hätte alles für ihn getan. Das ging so weit, dass er bei seiner eigenen Musterung für ihn geschwiegen hat. Denn zum Bund wollte er nicht ansatzweise, schon gar nicht, nachdem wir alle von Markus wussten, was einen dort erwartete: nichts. Aber wenn er ging, dann würde Lothar als dritter Bruder nicht mehr müssen. Also nahm er dieses eine Jahr auf sich, was ihn dann vorübergehend seine langen Haare kostete. Damit war ich der Letzte, der seine noch hatte, und daran hat sich bis heute nichts geändert, außer, dass sie dünner und spärlicher geworden sind.

Ach, die Musterung. Da waren wir noch zu dritt langhaarig gewesen. Auf dem Weg zum Kreiswehrersatzamt in Deggendorf hatten wir im Bus gescherzt, dass sie uns dort die Köpfe rasieren würden. Sie karrten unseren ganzen Jahrgang auf einmal hin. Schuljahrgang, wohlgemerkt, was wohl bürokratisch einfacher zu bewerkstelligen war, als nach Geburtsjahr vorzugehen. So ging die Schulpflicht mit der Wehrpflicht Hand in Hand. Was machten eigentlich die Mädchen an dem Tag? Hatten die frei, oder Unterricht? Ich weiß es nicht mehr.

Was ich noch weiß, ist, dass jemand die Legende vom Apfelsaft anstelle der Urinprobe erzählte, ein anderer prahlte, gestern Gras geraucht zu haben, um als drogensüchtig ausgemustert zu werden und war tatsächlich noch immer ein bisschen grün um die Nase. Daniel auch, aber nur wegen der schaukelnden Busfahrt. Der Nächste wollte versuchen, auf einen Zuckerwürfel zu pinkeln, um als Diabetiker drum herum zu kommen, und so weiter. Das Einzige, was diesbezüglich auch tatsächlich funktioniert hat, waren ärztliche Atteste, die zuverlässig und ausschließlich Arztsöhne vorweisen konnten.

Wir freuten uns auch so über den schulfreien Tag, auch wenn wir dafür früher raus mussten als zur Schule. In Deggendorf war dann alles ein wenig langweiliger als erwartet, anderes aber genau wie befürchtet: Man musste tatsächlich vor einem Arzt die Hosen runterlassen und mal husten, während er nicht die eigenen Klöten in der Hand hielt. Mit im Zimmer saß eine gelangweilte Krankenschwester, die protokollierte, was der greise Arzt über einen blubberte. Daniel und Lukas klatschten einander hinterher ab, weil er zu beiden „linke Schulter hängt" gesagt hatte. Die körperlichen Folgen des Tragens von Gitarrengurten reichten leider noch nicht als Ausmusterungsgrund und so durften wir uns die Waffengattungen sogar aussuchen, bis wir sagten, dass sie uns damit mal könnten. So hatten wir es gemeint, uns aber nicht zu formulieren getraut. Daniel fragten sie in einem letzten Versuch, ihn zu bekehren, noch, ob sein *Queensrÿche*-Anhänger nicht ein Wurfstern sei, aber vergeblich. Wir verweigerten.

Daniel und ich den Wehrdienst, Lukas uns gegenüber die Aussage. Er drückste herum, wirkte aber bedrückt. Wir dachten allerdings, dass das mit der Krankenschwester beim Husten zu tun gehabt haben musste, weil das bei uns allen die erste Frau war, die uns pubertäre Hanswürste nackt sah, und dann haben wir es vergessen. Bis wir es 1992 auf die harte Tour erfuhren.

Tja und Daniel ... Oh Mann. Auch das war eine Geschichte, wie man es sich unnötig schwer machen kann. Wobei das im Nachhinein zu sagen leicht fällt. Die Geheimhaltung rund um unsere Kontaktaufnahme nach ihrer Flucht war natürlich übertrieben, aber hat sich damals richtig angefühlt und uns ein Gefühl von Sicherheit gegeben. Vielleicht weil Geistler sich davon genauso hatte anstecken lassen wie wir, ich weiß es nicht.

Jedenfalls fing es damit an, dass einer seiner jungen Kollegen aus der DDR in Mönchengladbach einen Einberufungsbescheid bekam. Im Westen! Da hat es Daniel mit der Panik zu tun bekommen – scheiße, was, wenn sie ihn jetzt auch einziehen? Was wird dann aus Nadine? Ihre Beteuerung, dass sie zusammen schon klarkommen würden, beruhigte ihn nicht. Stattdessen aber die Idee nach West-Berlin zu gehen, die letzte Zuflucht der Totalverweigerer. Nadja war von der Aussicht, wieder in den Osten zu gehen überhaupt nicht begeistert.

„Es heißt West-Berlin!", beharrte Daniel.

„Liegt aber dummerweise mitten in der DDR."

„Die Mauer ist gefallen und Deutschland bald wiedervereinigt."

„Ich trau der Sache nicht, Daniel."

So oder ähnlich drehten sie sich im Kreis. Daniel war mit seiner Familie früher so oft umgezogen, dass es ihm nichts ausmachte, aber Nadine setzte das zu. Sie hatte endlich das Gefühl gehabt, irgendwo angekommen zu sein und jetzt sollte es schon wieder weitergehen?

Daniel war da zu Hause, wo Menschen waren, die er liebte und denen er vertraute, es waren nie die Orte selbst. Nadine brauchte auch ein Zuhause, in dem sie sich einrichten konnte, egal wie klein die Wohnung oder wie eng ihre Ecke war. Eine Kosmonautin braucht eine Bodenstation.

Dann gingen sie aber trotzdem nach Berlin, beide schweren Herzens, denn sie hatten sich in Mönchengladbach wohlgefühlt, ihre Wohnung war winzig gewesen, aber ohne Möbel fühlte sie sich für sie geräumiger an, als sie war, und tolle Kollegen hatten sie auch noch. Aber so wiegte er sich in Berlin vor dem Zugriff der Bundeswehr in Sicherheit, bis er von den in diesen Belangen deutlich kompetenteren Kreuzberger Einheimischen erfuhr, dass sie als Verheiratete gar nichts zu befürchten hätten, da könne man sich von der Wehrpflicht befreien lassen. Für die Berliner war das viel zu spießig. Also beides: Wehrpflicht ernst nehmen und verheiratet sein. Was für Exoten ey. Eine Alternative wäre noch gewesen, dass Nadja stirbt und Daniel alleinerziehend wird, nur war sie weder schwanger, noch beabsichtigte sie es zu werden, geschweige denn bei oder nach der Geburt zu sterben. Das Kind hätte man Daniel in Berlin besorgen können, hieß es, aber vielleicht haben sie sie auch nur damit aufgezogen und für ihre Naivität verhöhnt.

Allein auf die Ehe wollten sie sich dann doch nicht verlassen. Nicht dass an ihrer Liebe ein Zweifel bestanden hätte, sondern weil das Papier, auf dem das stand ziemlich dünn und blass bedruckt war. Eine kirchliche Trauung hätte daran auch nichts geändert, es blieb einfach die Angst, dass sie jederzeit auffliegen könnten. Und dann waren sie Heiratsschwindler, und Daniel immer noch wehrpflichtig. Und da die Wehrpflicht erst mit der Vollendung des 60. Lebensjahres endete, galt es mit ihrer Tarn-Ehe ebenso lange durchzuhalten.

Die Krönung der Geschichte war dann, dass er sich zum Entsetzen ihrer damaligen Berliner Bekanntschaft 1992 freiwillig zum Zivildienst meldete. Aber dazu trieb ihn nicht mehr die Angst, sondern Hunger. Es war unglaublich schwer geworden, in Berlin und Umgebung Jobs zu finden. Die Ossis nahmen jeden Job an und wenn er noch so mies bezahlt wurde, drängten dadurch unbeabsichtigt die Gastarbeiter aus immer mehr Berufen und große Firmen lachten sich ins Fäustchen, weil sie keine Betriebsräte einrichten mussten. Alle wurden wir vom Kapitalismus über den Tisch gezogen und nackig gemacht. Solidarität war leider gerade aus.

Erst nach der Wiedervereinigung, als das erste Jahr ihrer Flucht hinter ihnen lag und sie auch tatsächlich volljährig waren, erfuhr ich über den Umweg des Postfachs in Plattling ihre Adresse in einem Umschlag, der an mich adressiert war und den Lukas ungeöffnet an mich weiterleitete. Ab da bildeten wir ein Dreiländereck im Inland.

Eigentlich ist ganz Deutschland ein Land der Zuagroasten, nicht nur Bayern oder Berlin. Uns alle verschlägt es doch irgendwann woanders hin, in andere Bundesländer, Städte ... Na ja, und Lukas halt in eine andere Straße. War denn die Völkerwanderung was anderes gewesen? Erst rumlatschen, dann irgendwo hängen bleiben, wegen 'nem Job, Blasen an den Füßen oder nur keinen Bock – und Zack, biste plötzlich sesshaft. Warum? Wahrscheinlich haben die Kinder gequengelt: „Ich kann nicht mehr! Isses noch weit? Ich muss mal! Hunger!" Ausgeträumt der Traum vom Am-Strand-liegen. „Aber du, hier im Moor und Wald voller Wölfe, da isses doch auch ganz schön. Wollen wir nicht hier ..." Und alle so: „Ja, ja, ja!"

So war das wahrscheinlich. Ein Kelte wird erstaunt „Surprise" gerufen, ein betrunkener Germane „Saupreiß" verstanden haben, und damit war Bayern geboren.

Oha, ich glaub, das zweite Bier ist mir zu Kopf gestiegen. Oder es liegt an dem Zeug, das ich gerade auf den Kopfhörern habe. Ist ja ausnahmsweise kein ASMR, sondern etwas, was ich plötzlich in den Empfehlungen hatte. Wahrscheinlich, weil ich was zu diesen komischen Mikrofonen wissen wollte, an denen Ohrmuscheln kleben. Dieses Zeug zieht mich echt immer tiefer in den Kaninchenbau. Über die binauralen Aufnahmetechniken und Mikrofone sollte ich mich eh mal mit Daniel unterhalten, und jetzt hat mich der Algorithmus vorhin über „binaurale Beats" stolpern lassen. Da bin ich als ehemaliger Schlagzeuger hellhörig geworden, und jetzt brummen mir die gerade durch das Hirn. Ein bisschen enttäuschend wäre schon weit übertrieben. Da geht's irgendwie um Hirnwellen? Die beeinflusst man angeblich, wenn man auf beiden Ohren nicht die gleiche Frequenz hört, sondern auf einem eine leicht verschobene. Das klingt so ähnlich wie ein Brummen im Studio, das man eigentlich loswerden will, weil es die Aufnahme stört wie bei einem nicht richtig eingesteckten Kabel. Total esoterisch das alles. Und von einem Beat war da eh keine Spur.

10.12.19

Der Umzug nach Berlin gefiel Nadine anfangs gar nicht. Sie brauchte eine Weile, um sich einigermaßen sicher zu fühlen, und Daniels Argumentation, dass man sie dort garantiert zuletzt suchen würde, überzeugte sie nicht. Wahrscheinlich nicht mal Daniel selbst. Wäre die Mauer noch geschlossen gewesen und nicht löchrig wie Schweizer Käse, hätte Nadine sich vielleicht sicherer gefühlt. Denn so konnten auch Stasi-Agenten leichter denn je durch den eisernen Vorhang schlüpfen und einem auflauern.

„Bist du bekloppt? Dann haben die mich ja gleich!"

„Wenn wir im Westen bleiben, dann haben sie mich gleich."

„Ach ja? Wer denn?"

„Na der Bund", erklärte Daniel. „Oder die Polizei, die holt sogar Schulschwänzer ab."

„Besser eure Bullen als unsere Stasi."

„Jedes Mal kommst du wieder mit der Stasi! Das ist deine Antwort auf alles, ich hab noch keinen davon gesehen."

„Weil du eben kein Auge für sie hast!"

Aber noch gab es das alte West-Berlin und dort siedelten sie sich an.

Nach einer eher gruseligen Zeit in einem besetzten Kreuzberger Haus fanden sie eine Mini-Wohnung in Steglitz in der Kniephofstraße. Wenn der Wind schlecht stand, hörte man die S-Bahn oder die Stadtautobahn. Eigentlich konnten sie sich nicht einmal die Butze leisten, aber irgendwie schafften sie es doch, alle paar Monate, die rückständigen Mieten immer genau dann zu bezahlen, wenn der Hauseigentümer mal wieder drauf und dran war, sie vor die Tür zu setzen.

Aber je mehr Möbel sie anschafften, desto mehr sah er davon ab. Vielleicht, weil es dann nicht mehr nur ein paar Kartons und zwei Koffer waren, die er spontan auf die Straße hätte stellen müssen, sondern einen zunehmend die Bandscheiben belastenden Hausstand. Außerdem bewies ihm die Reihenfolge der Anschaffungen, dass es sich hier nicht um potentielle Hausbesetzer handelte, sondern um in ihre Rolle als

Mieter hineinwachsende, junge Erwachsene. Denn dass sie sogar noch vor Matratze und Kühlschrank eine gebrauchte Waschmaschine erwarben, muss ihn nachhaltig beeindruckt haben.

Er konnte ja nicht wissen, dass sich hinter der Abdeckung der Waschmaschine ein Kilo Gras versteckte, das sie im Tausch gegen die Maschine abseits vom Kreuzberger Kiez und möglichen Hausdurchsuchungen für ihre ehemaligen Mitbewohner zwischenlagerten. Eine echte Win-win-win-Situation, mit der sie sich alles andere als wohlfühlten, eher ein bisschen dreckig. Vor allem, weil sie die Waschmaschine nicht ohne Risiko in Betrieb nehmen konnten und ihre Wäsche stattdessen lieber im Waschbecken wuschen. Aber es war ihr Weg in die ersten eigenen vier Wände in Berlin gewesen. Als das Zeug endlich zur Neige ging, hatten sie tatsächlich ihre Ruhe, denn Steglitz war den Kreuzbergern schon zu weit weg vom Schuss.

Die spartanische Einrichtung wurde langsam aufgestockt und sogar gemütlich, zum Überleben reichte es. Ihr Kühlschrank, so eine DDR-Marke, läuft sogar angeblich noch immer. Nur steht der nicht mehr bei ihnen zu Hause, sondern in dem Studio, in dem Daniel arbeitet.

Jetzt wohnten sie im Brunnenviertel, oder war das schon Wedding? Jedenfalls ziemlich genau da, wo mal die Mauer verlaufen ist, ich weiß gar nicht, ob das jetzt früher West oder Ost gewesen wäre.

Habe heute beim Bettenquartett verloren. Dabei hatte ich im Zimmer 3 mehrere gute Kandidaten, aber Tina hat mich beim Blutdruck mit ihren aus Zimmer 7 gestochen, und deswegen durfte ich dem Kind auf Zimmer 8 mit der Nikolaus-Verstopfung den Einlauf machen. Es ist jedes Jahr dasselbe, fressen an einem Tag den Kalender leer und ihre Nikoläuse auf, können dann drei Tage lang nicht kacken, kriegen Bauchschmerzen und haben Eltern die das sofort als akute Blinddarmentzündung diagnostizieren. Es ist auch nicht der Einlauf selber, der nervt, sondern die Diskussion mit den Erziehungsberechtigten. Sollte ich jemals an Feiertagen einen Rohrbruch haben, dichte ich das mit einem Gemisch aus Schoko-Lebkuchen, Zimtsternen und Spekulatius ab. Wird dann mindestens bis Ostern halten.

In den Nachrichten liefen Bilder, die das Opernhaus von Sydney zeigten, dessen Muscheln man im dichten Rauch kaum erkennen konnte. Die Buschfeuer wüten ungebremst weiter, Kinder werden nicht mehr aus den Häusern gelassen, auf den Straßen laufen die Leute mit Atemmasken herum. Gruselig, und ich muss den Blick abwenden. Ich kann es einfach nicht ausstehen, wenn in den Patientenzimmern Fernseher an sind. Auch da haben Nachtschichten klar die Nase vorn.

Auf dem Russenmarkt besorgten sich Nadine und Daniel noch neue falsche Zeugnisse für ihre Tarngeschichte mit dem Waisenhaus, und was sie sonst noch an Papieren brauchen konnten. Das muss schon nach der Wiedervereinigung gewesen sein, denn vorher hatte sich Nadine nicht in den Ostteil der Stadt getraut. Daniel war zwar mal heimlich dort gewesen, obwohl er ihr versprochen hatte, es nicht zu tun. Aber das grau-braun-gelbe Drüben erwies sich ganz von alleine als unspannend. Es fehlte die blinkende Reklame aus dem Westen vor den Schaufenstern. Zum Glück, denn die hätten ihn davon abgelenkt, nach Schlaglöchern und potenziellen Fußfallen auf den Gehwegen Ausschau zu halten.

Für ihre toll gefälschten Dokumente interessierte sich aber nie auch nur eine gesamtdeutsche Behörde, aber sie in der Schublade gehabt zu haben beruhigte sie genauso wie all unsere anderen überflüssigen Aktionen zuvor auch.

Daniel entspannte sich in Berlin wieder, aber ihn schmerzte, dass er dort keine Arbeit fand, die annähernd so gut bezahlt war wie die in Mönchengladbach. Oder überhaupt eine. Ein halbes Jahr lang hatte er sich als glücklicher Ernährer für sie beide gefühlt, jetzt standen sie vor dem Nichts. Irgendwie mussten sie aber über die Runden kommen, also begann Daniel, Gitarrenstunden zu geben, bevor er gar nichts tat. Anfangs sogar ohne selbst eine zu haben, denn seine Gitarren hatte er ja in Vilshofen zurückgelassen. Das schmerzt ihn bis heute, denn inzwischen war uns ja klar geworden, dass er sie ohne Probleme hätte mitnehmen können. Aber vielleicht wäre damals dann alles genau deswegen schiefgelaufen? Schmetterlingsfragen.

Nadja ging auch arbeiten, sie jobbte als Kellnerin und Kiosk-Verkäuferin, was immer sich gerade anbot. Am liebsten werkelte sie aber als

Teilzeit-Automechanikerin an den Trabis von Wessis herum. Was in Vilshofen funktioniert hatte, war genauso in West-Berlin gefragt. Trotzdem reichte es ihnen gerade nur zum Leben, auch weil sie viel zu selten gleichzeitig einen Job hatten. Es war mehr ein Sich-gerade-so-über-Wasser-halten – Wasser schlucken und Wasser treten, immer kurz vor dem Ertrinken. Das gab Daniel das Gefühl, nicht gut genug zu sein, es kratzte an seinem ohnehin verzerrten Selbstbild, seiner Männlichkeit, das ganze dumme Gesabbel vom alten Speck im Ohr, der Mann als Ernährer, bla, bla, bla. Wenn es in Berlin nicht vor Leuten gewimmelt hätte, die sich bei Weitem weniger anstrengten und trotzdem irgendwie über die Runden kamen, wäre es ihm sicher noch schwerer gefallen. Und wenn das Geld sehr knapp war, dann gingen sie halt beide Blut spenden.

Wenn sie von Berlin aus dieser Zeit erzählen, klingt das in meinen Ohren immer wie der blanke Horror, aber sie versichern mir dann, dass es sich viel besser anfühlte, als es klang, und besser als „jetze". In Berlin pulsierte zu der Zeit das Leben, und wenn man sich an das Chaos gewöhnte, dann lernte man in seinen Teichen zu schwimmen und ging anderen Kröten, die man nicht schlucken wollte aus dem Weg: Techno, dem Tresor, der Loveparade – damit konnte Daniel nichts anfangen.

„Wie son Spießer", hatte Daniel geklagt. „Du gehst zur Arbeit, während die gerade aus dem Club kommen oder nur in einen anderen wechseln, was weiß ich. Berlin war so hip, die wollten nur Spaß haben, sich austoben, während um uns herum alles schlimmer wurde. Und wenn du dann diese pillenfressenden Plastikmenschen siehst, bei denen es keine Musiker mehr braucht, die ihre Instrumente beherrschen, dann platzt mir der Kragen."

„Und es ist so viel besser, wenn du in einer Villa in Reinickendorf einem verwöhnten Bonzen-Schnösel Songs der *Scherben* beibringst?", lästerte Nadja sarkastisch.

„Schön wär's. Nicht mal die *Toten Hosen* oder *Ärzte*. Wenn ich noch einem das Riff von ‚Everything about you' beibringen muss, dann drehe ich durch."

„It's *your* life ...", sang Nadja albern und er stürzte sich kitzelnd auf sie.

Nadja machte währenddessen ihr Abitur an der VHS nach, denn sie wollte unbedingt Raumfahrttechnik oder Astronomie studieren, Hauptsache was mit Sternen. Gerade als sie sich im ersten Semester eingeschrieben hatte, blieb ihre Periode aus.

Scheiße, ich sollte eigentlich ins Bett, ich bin völlig fertig vom heutigen Tag, aber auch zu unruhig, um schlafen zu können. Und diese eine Sache spukt mir schon seit einer ganzen Weile durch den Hinterkopf.

Denn worüber sie eigentlich nie redeten, ist Valentin. Nur bevor er zur Welt kam und jetzt wieder seit die Zwillinge älter sind. Valentin wäre der große Bruder von Clara und Dennis gewesen, im Frühling 1993 hätte er auf die Welt kommen sollen, aber dann kam er schon im Januar. Eine Totgeburt. Nein, das klingt falsch, ich sollte stille Geburt sagen, denn das trifft es besser. Es war auch die Stille, die ihnen blieb, die zwischen und mit ihnen wuchs.

Sie hatten sich so sehr auf das Kind gefreut, als Nadja schwanger wurde. Die Schwangerschaft war nicht geplant gewesen, aber sie hatten sich schon Gedanken darüber gemacht und waren einander einig: Falls sie einen „Unfall" haben sollten, bevor sie sich bewusst fürs Kinderkriegen entschieden hätten, dann würden sie den Wink des Schicksals annehmen. Sie haben zwar an allem gespart, aber sicher nicht gerade bei der Verhütung. Glaube ich. Kondome oder die Pille werden schon im Spiel gewesen sein. Wie auch immer, sie wollten das Kind haben. Die Aussicht, Eltern zu werden brachte etwas in ihr Leben, was vorher gefehlt hatte: eine Richtung, Struktur, einen Zug.

Nadja stellte das Studium zurück und jobbte halbtags. Wenn das Kind alt genug für die Kita war, würde sie es wieder aufnehmen. Daniel bemühte sich um einen regelmäßigen, lückenlosen Job-Mix. Er half wieder in den Hansa-Studios aus, wo er mal ein Praktikum gemacht hatte, als gerade *U2* dort ihre Berlin-Platte aufnahmen. Bei kleineren Produktionen verdingte er sich als Studiomusiker und behielt darüber hinaus nur noch die Gitarrenschüler, bei denen er mehr verlangen konnte, weil es deren Eltern nicht so an Geld mangelte wie ihrem Nachwuchs an Talent.

Ihr Vermieter guckte misstrauisch, was für Anschaffungen nun auf einmal in seine Wohnung kamen. Tapeten? Meinetwegen, aber Farbe? Was war da los? Beim Kinderbett erwog er, ihnen zu kündigen, aber Nadja setzte ihm einen anderen Floh ins Ohr: Dank ihrer Renovierungs- und Verschönerungsarbeiten könnte er nach ihrem Auszug den Nachmietern eine Erhöhung aufbrummen. Denn sie würden sicher bald in eine größere Wohnung umziehen. Als sie dann noch meinte, dass das Babygeschrei vielleicht sogar die Junkies unter und über ihnen aus dem Haus trieb, war er kurz davor gewesen, ihnen eine Provision anzubieten.

Wie sehr sie sich auf dieses Kind gefreut haben, merkt man daran, dass sie sich schon auf einen Namen geeinigt hatten, bevor es zur Welt kam. Das erstaunt mich umso mehr, weil im Vergleich dazu war einen Bandnamen zu finden doch Pillepalle. Wie er sich so schnell mit Nadja einig wurde, kann ich mir nur mit Glückshormonen erklären. Walentina, wenn es ein Mädchen wird, nach der ersten Kosmonautin, und Valentin, falls es ein Junge würde, nach Karl Valentin. Daniel und ich sind, seit wir uns kennen, Fans von ihm und konnten sogar mal das Medikament auswendig, dass er in einer Apotheke holen sollte.

Zu der Zeit telefonierten wir fast täglich, weil sie natürlich inzwischen wussten, dass ich in einer Kinderklinik arbeitete. Ich musste ihnen Tipps geben, die ich mir zum Teil erst von Kolleginnen erfragen musste, weil ich mit meinem Latein längst am Ende war. Meine Kinder waren ja alle schon aus den Bäuchen raus. Sie würden mich als Patenonkel und Babysitter nach Berlin holen, und wie wunderbar es ist, ihnen so nahe zu sein, habe ich dann ja 10 Jahre später bei den Zwillingen erfahren dürfen. Ich hatte sie noch Silvester in Berlin besucht, Nadjas Bauch bestaunt, und da war Valentin vielleicht schon gar nicht mehr am Leben gewesen.

Die Wehen kamen am dritten Januar und im Kreißsaal folgte kein Schrei, stattdessen wurden der Arzt und die Hebamme stumm, während Nadja noch von der Anstrengung keuchte. Daniel sagte, er bekäme heute noch Gänsehaut, wenn er nur daran dachte. Es sei dunkler im Zimmer geworden, als ob sich eine Wolke vor die Sonne geschoben hätte, aber es schneite schon gefühlt den ganzen Tag bei klirrender Kälte. Dann wurde auch Nadja immer leiser, man legte ihr Valentin auf die Brust und ließ die drei im Zimmer allein. Kann sein, dass davor noch etwas gesagt wurde, nur konnte sich Daniel an nichts mehr erinnern. Da war dieses kleine, zarte etwas, noch kein ganzes Kilo, aber alles dran. Ich habe Kinder, die so früh kamen in Inkubatoren gesehen, sie beim Wachsen begleitet, bis sie langsam zu groß für die Kinderklinik wurden. So gerne hätte ich ihnen von denen erzählt, aber für Valentin kam jede Hilfe zu spät.

Niemand hatte Schuld an irgendetwas, es sollte einfach nur nicht sein. Nadja musste sogar Milch abpumpen, damit sich ihre Brüste nicht entzündeten, und das ganze Drumherum machte den Verlust nur noch schlimmer. Unsensible Ärzte, der Wunsch das Kind begraben zu dürfen – und doch haben sie das alles zusammen durchgestanden und für sich und Valentin erstritten, was sie wollten.

In der danach eintretenden Erschöpfung traf sie dann die zweite, die andere Stille: ihre eigene. Sie hatten sich nichts mehr zu sagen, wurden sogar noch stiller, leiser und einsilbiger, als wäre es ein Wettbewerb. Als müssten sie nur leise genug sein, um ihr Kind im Nebenzimmer atmen zu hören. Ihr Sternenkind lebte ein Phantomleben mit den beiden, tauchte in Streitereien mal zugunsten des einen, mal zugunsten des anderen auf, und so übten sie sich pantomimisch in ein Elterndasein hinein, das die Leerstelle zwischen ihnen weiter vergrößerte. Er hatte einen Geburtstag. Wie lange er schon tot in ihrem Bauch gewesen war, wussten sie nicht, und auch diese Vorstellung machte ihnen im Nachhinein zu schaffen wie jedes noch so unscheinbare Detail. Selbst wenn es nicht stimmte, beide fühlten sich schuldig, gaben abwechselnd ihren Körpern, dem Wetter, den Ärzten, dem Erdmagnetfeld, dann einander oder wieder sich selbst die Schuld.

Wir sprechen alle zu wenig über Dinge, die wir nicht wahrhaben wollen, die aber trotzdem geschehen. Darauf bereitet uns die Schule nicht vor, Fehlgeburten bleiben für viele nur eine statistische Größe. Kein Wort fällt über den Schmerz von Eltern, die ein frisch eingerichtetes Kinderzimmer wieder ausräumen müssen, weil wir es genauso wenig ertragen könnten. Aber damit lassen wir ausgerechnet diejenigen allein, die uns gerade dann am meisten brauchen.

11.12.19

Oh, gestern Abend hatte es ein Erdbeben gehabt, eine 2 auf der Richterskala. Ob ich deswegen nicht schlafen konnte und so unruhig war? Möglich wär's. Oder das ist wie mit dem Vollmond, bei dem man aus dem Fenster guckt, wenn man nicht schlafen kann, und wenn da ein Vollmond ist, sagt man: „Klar, das ist wegen des Vollmondes!" Aber wenn man gut schläft, guckt man da aus dem Fenster und bemerkt mal einen Vollmond? Eher nicht. Also erinnert man sich nur an den Vollmond. Und ich glaube jetzt eben, dass ich Erdbeben spüren kann. Bin ja auch lang genug hier, länger als manche meiner Kolleginnen.

Iris fragt, ob ich morgen die Schicht tauschen kann. Klar kann ich.

Jetzt sitze ich müde zu Hause, obwohl ich gerade einen Mittagsschlaf gehalten habe. Freiwillig, weil heute Nachmittag das Date mit der Yoga-Frau ansteht. Geträumt habe ich glaube ich sogar auch was, aber das ist alles wieder weg, verschwommen und versickert. In den ersten Jahre in Aachen habe ich sehr viel an Nadine gedacht. Wahrscheinlich deshalb, weil ich alle Frauen um mich herum mit ihr verglich, und schon in der Zivildienstzeit war ich allein unter Frauen, also blieb mir gar nichts anderes übrig. Während der Ausbildung durfte ich sogar im Schwesternwohnheim wohnen. Ich hatte mich lange keusch und brüderlich gegeben, es genügte ja niemand meinen Ansprüchen, von denen ich nicht mal wusste, woran ich sie eigentlich festmachte, denn ich kannte Nadine nur flüchtig. Aber ich projizierte alles auf sie, machte sie zu einer Heiligen, der einzig wahren Frau, die ich lieben könnte, und natürlich war das bekloppt.

Ich ging hier zwar fast jeden Tag mit einer anderen aus, aber eben nur zum Essen, auf ein Bier, ins Kino, Theater oder sogar Ballett, ohne dabei Hintergedanken zu haben. Wir arbeiteten zusammen, und alles, was zur Abwechslung mal nicht nach Desinfektionsmitteln roch, war gut. Auf irgendetwas wartete ich, und hielt es fälschlicherweise für Liebe. Eher ging es mir um Sex, denn ich war damals noch Jungfrau, aber das konnte ich mir unmöglich eingestehen. In Vilshofen hatte sich nach der Sache mit der Rasierklinge nie wieder etwas ergeben, wahrscheinlich war ich vielen deswegen suspekt, kein Mädchen wollte danach mehr mit mir allein sein. Vielleicht hat mich auch erst das zum Frauenversteher gemacht, denn das war meine Periode gewesen, halt alle auf einmal, und ab da galt ich anderen als schmutzig. So richtig Mittelalter, „Da wird die Milch sauer, wenn der nur an einem vorbeigeht." Erst Nadine lehnte sich an mich, ohne deswegen gleich um ihr Leben zu fürchten. Oder meins.

Aus dem Schwesternwohnheim heraus verstand ich auch die Perspektive der Frauen besser denn je. Ich sah ja Männer um den Block schleichen wie Wölfe. Die hatten offensichtlich eine andere Vorstellung davon, was sich in einem Schwesternwohnheim abspielte. Mehr so *Schulmädchen-Report*, oder was weiß ich, Ferienlager, aber nicht Medizin pauken und sich zur Übung gegenseitig in Venen stechen. Unsere Arme sahen zum Teil so schlimm aus wie die von Junkies an den Bahnhöfen, dabei hätten wir uns wahrscheinlich von denen noch so einiges abschauen können. Im ersten Jahr erkannte man sich an den blauen Flecken vom Handrücken bis zur Ellenbeuge.

Wenn ich Kippen holen war, lauerten mir manchmal welche von den Kerlen auf, die wollten ständig von irgendwem die Telefonnummer und baten mich um Hilfe, beinahe so, als wäre ich ein Zuhälter, der dort wie im Harem lebte. Ich riet ihnen dazu, sie doch einfach selbst zu fragen. Dabei wusste ich, dass ihnen selbst dann der Mut anzurufen fehlen würde, wenn ich ihnen eine erfundene Nummer gab, um Ruhe zu haben.

Das hat mich aber vielleicht dazu angestachelt, dann doch wenigstens selbst mit den Schwesternschülerinnen zu flirten. Sie haben mich ja sowieso auf alle Partys eingeladen, was blieb mir also groß anderes übrig? Mich allein volllaufen lassen? Andere Männer trifft man da auch nicht gerade, also genießt man es ausnahmsweise mal, im Mittelpunkt zu stehen, und eben nicht wie sonst immer Daniel, auf den alle flogen, oder Lukas, der so lustig war. Das musste ich erst lernen, und es machte Spaß. Ich kam richtig auf den Geschmack, aber mich auf ein Zimmer mitnehmen zu lassen, lehnte ich immer höflich ab. Als würde ich irgendetwas gewinnen, wenn ich Jungfrau bliebe.

Geheilt davon hat mich mein erstes Mal. Kennengelernt hatten Marie und ich uns vor einiger Zeit auf einer jener Partys, wir fühlten uns zueinander hingezogen, kamen hervorragend miteinander klar und unterhielten uns prächtig. Für Außenstehende sahen wir wohl schon wie ein Paar aus, nur dass wir eben nicht ineinander verliebt waren. Auf jeden Fall war sie offen für mehr als unsere freundschaftliche Verbindung. Dagegen sträubte ich mich, denn für mich musste Liebe dabei sein. Weil ich mich „aufsparen" und auf die Richtige warten wollte, wohlwissend, dass die bereits mit meinem besten Freund verheiratet war. Ich war ein Esel, weiter nichts.

Als ich eine ältere Schwester um Rat fragte, lachte die mich beinahe aus und sah mich an wie ein Relikt aus dem vorigen Jahrhundert, das sich versehentlich in ihre Zeit verirrt hatte. „Seid ihr aus Bayern alle so drauf?" – Ich verneinte, war mir aber ehrlich gesagt gar nicht so sicher.

Schließlich gab ich nach, denn was hatte ich schon zu verlieren? Also abgesehen von meiner Unschuld? Schuldig fühlte ich mich schon wegen so vieler Dinge, darunter fiel Sex ohne Liebe gar nicht weiter auf. Wer weiß, vielleicht macht Sex haben ja sogar Spaß? Möglicherweise war ich da etwas auf der Spur.

Was soll ich sagen, unser erstes Mal war wundervoll. Denn es war auch für sie der erste Sex gewesen. Und dann der zweite, dritte und so weiter. Wir hielten es geheim – glaubten wir –, konnten aber nicht voneinander lassen, kaum dass wir damit begonnen hatten.

Einmal waren wir so schnell nach einer Übung im Schwesternwohnheim verschwunden, dass vor uns noch niemand zurück war. Wir schlüpften unbeobachtet durch die Tür in mein Zimmer und dann noch schneller aus unseren Klamotten. Es war wundervoll, viel Haut und Haar, Arme, Beine über und untereinander, Küsse, schnuppern, tasten, viel Hin- und Zugabe. Wenn wir draußen auf dem Gang jemanden hörten, verharrten wir ineinander verknotet, so leise atmend, wie wir konnten, und vertieften uns danach sofort wieder ineinander. Als wir uns dann irgendwann wieder angezogen hatten, konnte ich meine Schlüssel nicht finden. Der Schlüsselbund musste mir unterwegs aus der Hose gefallen sein. Aber wie waren wir dann überhaupt ins Zimmer gekommen? Des Rätsels Lösung war denkbar einfach: Er steckte noch immer von außen in der Tür.

Danach war uns klar, dass es längst alle wussten und wir mit unserem spionagehaften Vorgehen, mit all den geheimen Handzeichen und Kopfnicken vor allem nur uns selbst etwas vorgespielt hatten.

Als die erste Lust langsam nachließ, wusste ich, dass es irgendwann mehr bräuchte, um zusammenzubleiben. Ich wollte mich in sie verlieben und nahm ihre Einladung an, sie zu Hause zu besuchen. Das war ein Fehler, denn was im Schwesternwohnheim noch den Hauch von etwas Verbotenem hatte, wurde hier plötzlich spießig und banal. Das Begehren war weg, und die Liebe noch nicht da. Ich nahm sie zwar in den Arm und alles, aber wenn sie mehr wollte wurde ich abweisend, zog mich zurück. Das muss schrecklich für sie gewesen sein und ich sehnte mich nach der Leichtigkeit unserer ersten Tage zurück, verstand nicht, wie oder wohin sie verflogen sein konnte.

Ich glaube, der Auslöser war die Bekanntschaft mit ihren Eltern gewesen. Genauer mit ihrer Mutter, denn die erinnerte mich an Doris. Genau so eine Mutter brauchte es, wenn man sichergehen wollte, dass man mit der richtigen Frau zusammen war. Oder eben, dass nicht, weil zwar die Mutter stimmte, aber deren Tochter nicht Nadine war. Ich hatte von da an mehr Augen für die Mutter als für die Tochter, suchte und fand Gründe, die gegen Liebe sprachen, verglich sie wieder unfairerweise mit überhöhten Idealen, die nicht einmal Doris und Nadine hätten erreichen können. Alles, was mir blieb, war mich mit einem Tunnelblick auf die Abreise zu konzentrieren und möglichst wenig mit ihrer Mutter zu tun zu haben, obwohl ich mich ja offensichtlich gut mit ihr verstand. Ich ließ mir von Marie die Umgebung zeigen, in der sie aufgewachsen war, wir redeten ohne Unterlass, aber es half alles nichts.

Es hatte sich richtig angefühlt, als wir uns kennengelernt hatten, aber jetzt, da ich mir sicher war, dass sie sich in mich verliebt hatte, und ich diese Gefühle nicht erwiderte, wollte ich ihr nicht wehtun, nur weil vielleicht meinem Pimmel der Sinn danach stand. Ich wollte ihr freundschaftlich verbunden bleiben, aber auch daraus wurde nichts. Wir gingen auf verschiedenen Krankenhäusern in die Praxis, sahen uns immer seltener und bald war sie mit einem anderen zusammen. Vergessen habe ich sie nie, und wo immer ich einen verwaisten Schlüsselbund in einem Schloss stecken sehe, denke ich an sie und lächle dabei. Wer hätte ahnen können, dass Sex so viel Spaß macht? Ein so schönes erstes Mal in Serie würde ich allen verschreiben, aber ich bin ja kein Arzt.

Von da an klopften die Gelegenheiten an meine Tür. Wortwörtlich. Weil mich Manu wahrscheinlich durch die Tür hat heulen hören. Sie nahm mich in die Arme und ich habe alles herausgelassen. Also an Tränen, weil sprechen konnte ich nicht darüber. Ich wusste gar nicht, was mit mir los war. Aber Manu redete mir gut zu und dann sprudelte es irgendwann selber aus ihr heraus, der Ärger, den sie mit ihrem Freund hatte, und so heulten und hielten wir uns gegenseitig, die ganze Nacht.

Zwischen uns war sonst nichts passiert, aber meine empfindsame Seite sprach sich im Haus herum und ich weiß nicht, wieso, aber wenige Tage später lag mir schon die Nächste in den Armen und heulte sich bei mir aus. Es war ein gutes Gefühl, helfen zu können. Bei Lena war es dann eher Neugier, glaube ich, denn ihre Geschichte war recht kurz, oder lag schon länger zurück, ich weiß es nicht mehr, aber wir lagen plötzlich knutschend aufeinander in meinem Bett, außerdem nackt und mehr zum Stöhnen tendierend als heulend. Im Schwesternwohnheim habe ich nicht nur allmählich meinen Kummer überwunden, über Nadja und Daniel, Marie, Doris und Anne Bancroft, sondern auch Nadine aus ihrer Umlaufbahn zurück auf die Erde geholt. Denn sie war nie der Engel gewesen, zu dem ich sie in meinem Kopf gemacht hatte.

Oh, Scheiße, ich sollte mich mal zurechtmachen. Hieß sie jetzt Katrin oder Karin? Vielleicht stellt sie sich ja vor, denn als Erkennungszeichen soll ich ihre Mütze tragen. Dabei bin ich mir sicher, dass ihr Mama längst Fotos von mir gezeigt hat, wenn auch nur welche, auf denen ich jünger war als Kerstin heute. Nein, Katharina? Irgendetwas mit K – aber jetzt werfe ich mich besser mal in Schale.

12.12.19

Was für ein Desaster. Nie wieder auf meine Mutter hören, ihr einen Gefallen tun, oder Tina, oder allen beiden! Was habe ich mir nur dabei gedacht?

Anfangs sah es ja noch ganz gut aus, denn wir fanden einander ohne Probleme, aber die fingen an, sobald sie den Mund auf- und nicht wieder zumachte.

Hatte Mutter nicht gesagt, sie sei Mitte 20? Diese K..., K..., K... – ey, ich hab's echt schon wieder vergessen! Dann halt Frau K.

Frauke! Ich nenne sie jetzt Frauke. Hat sie nun davon. Frauke sah so jung aus, dass ich ihr Vater hätte sein können. Also mindestens rechnerisch. So unausgeschlafen, wie ich heute herumlief, sah ich aber garantiert älter aus, als ich bin und die Blicke um uns herum gaben mir recht. Da glaubten sicher einige, dass da jemand seine Tochter ausführte; Geburtstag, Einschulung, irgendwie so was. Alle guckten immer wieder zu uns.

Kann natürlich auch an ihrer Hose gelegen haben. Wenn das überhaupt eine war, denn im ersten Moment erschrak ich und dachte, sie habe vergessen, einen Rock über die Strumpfhose anzuziehen, und das im Dezember! Aber ich traute mich nicht, sie darauf anzusprechen, weil das geheißen hätte, es wäre mir aufgefallen, was sich alles darunter abzeichnete. Also alles im Sinne von alles. Deswegen war ich mir sicher, dass da bestimmt noch was drüber gehört. Sie benahm sich aber so, als sei das das Normalste der Welt. Noch nie fühlte ich mich so erleichtert, endlich an einem Tisch zu sitzen. Auf dem Weg dorthin hinter ihr herzugehen und ihre Pobacken dabei auf- und abhopsen zu sehen, brachte meinen Puls durcheinander. Frauke bemerkte nichts von alledem, beziehungsweise war es schlicht gewohnt, dass sie bei all ihren Bewegungsabläufen beobachtet wurde.

Dann bestellte Frauke sich einen Salat, aber ohne Dressing, sowie ein stilles Wasser, nahm sich an Letzterem aber kein Beispiel und plapperte drauflos, bevor der Kellner meine Bestellung aufnehmen konnte: „Eigentlich hätte ich Lust auf Gyros, aber ich muss auf meine Linie achten, und ..." da fragte ich mich, welche Linie, Mädchen, du bestehst nur aus ineinander übergehenden Kurven, von denen keine einzige einen Umweg darstellt, aber hatte darüber vergessen ihr zuzuhören.

„Kohlensäure finde ich furchtbar, in allen Getränken. Ist ja eine Säure, wie der Name schon sagt, und das will ich nicht in mich reinschütten, wenn ich doch ..." nichts verpasst. Ich nickte dem Kellner verständnisvoll zu, oder peinlich berührt, ich könnte es nicht sagen, denn sie redete ja immer noch und ich vergaß meine eigenen Gedanken darüber. Ob das vielleicht ein normales Mitteilungsbedürfnis ist, wenn man den ganzen Tag vorturnt?

Oh, sie hatte aufgehört zu reden und ich hörte mich schon „einen Gin Tonic" in die Pause sagen, und der Kellner fragte ebenso schnell zurück, was dazu, und ich antwortete einen weiteren Gin Tonic mit extra Eis.

„Ich glaube er meint, was du essen möchtest", übersetzte Frauke und empfahl mir dann der Reihe nach die Speisekarte, die ich selber vor mir liegen hatte. Während sie die zweite Empfehlung des Hauses vorlas, signalisierte ich, dass ich nichts essen wolle, und er machte sich mit einer eleganten Drehung aus dem Staub, der Glückliche. Ich wettete, dass er zurück sei, noch bevor sie am Ende der Karte angelangt wäre, doch dann fiel ihr doch seine Abwesenheit auf.

„Hatte noch einen Termin", sagte ich schnell.

Frauke sah mich fragend an.

„Sollte ein Scherz sein ... Da kommt er auch schon mit unseren Getränken."

Während der Kellner sie abstellte, sagte ich noch mal das Gleiche, und als er weg war, fragte ich Frauke, ob sie vielleicht ein Glas Wein trinken wolle, was sie verneinte und ich bereits geahnt hatte. Himmel, was fand Mutter nur an der? Oder schlimmer: Warum um alles in der Welt dachte sie, dass mir diese plappernde Kindsfrau eine Partnerin sein könnte? Der einzige Grund, der mir einfiel, war, dass sie auf Teufel komm raus noch Enkel haben wollte. Ich bin doch nicht drauf wie mein Vater, und das machte mich ein wenig wütend – und so sah mich auch Frauke gerade an. Außerdem ein bisschen beleidigt.

„Verzeihung, ich glaube, ich hab den letzten Satz nicht ganz mitgekriegt."

„Deine Mutter hat gesagt, du wärst ein so guter Zuhörer."

„Nein, was du eben gesagt hast, nicht meine Mutter."

„Na, dass du ein guter Zuhörer wärst, und ich fange ehrlich gesagt gerade an, daran zu zweifeln", schnaubte sie.

Der Abend eskalierte erst danach noch so richtig. Frauke knabberte an ihrem trockenen Salat, während ich bei dem eigentlich als Aperitif gedachten Gin Tonic blieb, den ich dann auch als Hauptgericht und Nachtisch nahm. Das Gemisch stieg mir auf nüchternen Magen zwar schnell zu Kopf, aber ich nahm den angebrochenen Abend danach wenigstens von der lockeren Seite. Nicht wie mein Vater locker, sondern wie meinen Vater unter den Tisch und damit aus meinem Kopf gesoffen. Nur gelang mir das Zuhören bei ihr trotzdem nicht.

Während Frauke mir ihr halbes Leben zweimal erzählte, dachte ich an Nadine, wie wir auf dem Bergerparkplatz in den Himmel geschaut hatten, an Tina in ihrem Sommerkleid, an Marie im Schwesternwohnheim und an Evelyn, mit der ich im Gang hinter der Bibliothek bei einer Schuldisco geknutscht hatte. Ihre Spange hatte mir dabei die Lippen derart aufgescheuert, dass ich hinterher aussah, als hätte ich Herpes.

Alle meine Flammen zogen an mir vorbei, als ginge es mit mir auf mein Ende zu. War das ein Hinweis darauf, dass ich eine Nacht mit Frauke nicht überleben würde? Zweifellos. Nackt gesehen hatte ich sie ja quasi schon und sie war garantiert fitter als ich – auch ohne Gin Tonic im Blut. Andererseits hatte der wohl in mir drin ein bisschen Blut in Körperteile verdrängt, die eindeutig anderer Meinung waren als ich, oder es wenigstens mal darauf ankommen lassen wollten. Ich war in einer Zwickmühle, oder einer die sich darauf reimte.

„Wollen wir noch woanders hingehen?", fragte Frauke gerade, und nach dem Satz kam tatsächlich eine Pause. Wir hatten gerade gezahlt, 50/50, weil sie sich nicht einladen lassen wollte. Das wäre das 21. Jahrhundert und so weiter, und damit lag der offizielle Teil hinter uns.

War da was Zweideutiges in ihrer Stimme gewesen? Verdammt, ich konnte es nicht sagen, war zu blau. Also zuckte ich mit den Schultern und legte dabei den Kopf schief, so ein bisschen flirtend, verlor das Gleichgewicht und dann flutschte der Stuhl unter meinem Hintern weg. Frauke sammelte mich auf – und meine Güte, was hat die Frau einen Händedruck. Bevor der Kellner helfend an unseren Tisch geeilt war, hatte sie mich schon wieder auf die Beine gewuchtet.

„Ich glaube, dann begleite ich dich mal nach Hause", sagte ich verdutzt.

„Besser ich bringe dich nach Hause", entgegnete Frauke ebenso verdutzt.

Draußen an der frischen Luft knallte der Alkohol in meinem Blut so richtig rein und mir wurde ein bisschen schwummrig.

„Trinkst du immer so viel?", fragte sie unsicher.

„Nein, nur wenn ich nervös bin", lallte ich übertrieben, und schob schnell „War ein Scherz" hinterher.

„Soso."

„Wo nimmst du eigentlich so viel Kraft her, wenn du nur trockene Salatblätter isst?"

„Solltest du vielleicht auch machen, dann müsstest du dich nicht stützen lassen."

„Da ist was dran. Also an dir. Deiner Theorie meine ich."

„Du hast den ganzen Abend überhaupt nichts von dir erzählt."

Ach nee, versuchte sie jetzt etwa witzig zu sein? Stattdessen sagte ich: „Hat meine Mutter denn irgendwelche Leerstellen in meinem Lebenslauf gelassen? Das sieht ihr gar nicht ähnlich."

Jetzt musste sogar Frauke kichern und mir verging bei dem Geräusch glatt die Lust, sie zum Lachen bringen zu wollen. „Aber sag mal, K... kann es sein, dass du auf ältere Männer stehst? Und wieso? Ich mein, du könntest doch jeden in deinem Alter ..."

„Bist du schon mal mit welchen in meinem Alter ausgegangen?"

„Ja und nein, also ich mein ich erinnere mich, wie wir in dem Alter waren."

„Und dann fragst du noch?"

„Okay, Punkt für dich. Aber was lässt dich glauben, das würde mit dem Alter besser?"

„Wer sagt denn, dass ich das tue?"

„Deswegen frag ich doch!"

Frauke schwieg zum zweiten Mal an diesem Abend und ich konnte unsere Schritte auf dem Weg angenehm knirschen hören.

„Von nun an geht's bergab", sang ich leicht beschwingt.

„Wo?", fragte Frauke irritiert.

„Na, Hildegard?"

„Karin."

„Nein ...“

„Doch!“ Und hier muss sie mich losgelassen haben, denn es semmelte mich schmerzhaft in feuchten Kies und Laubmatsch.

„Knef mich mal.“

„Du kennst nicht mal meinen Namen!“

„Und du nicht Hildegard Knef. Ich finde, damit sind wir quitt.“

„Dann geh doch mit der aus!“

Das wäre ich nicht nur zu dem Zeitpunkt gerne.

„Ich hab doch gewusst, dass das ein Reinfall wird!“, schniefte sie.

„Ich steh ja schon auf,“ keuchte ich und rappelte mich auf fast alle viere, rutschte mit der letzten Hand weg und stützte mich reflexartig an ihr ab, um nicht wieder im Dreck zu landen. Dabei muss ich wohl Laub mit etwas Hundekacke an ihren Oberschenkel gedrückt haben.

„Ist das etwa ...“

„Tut mir l...“

„Iiiiiiiiiihh!“, brüllte sie, und in weniger als drei Minuten griff eine Polizeistreife nicht vermittelnd, sondern mir meinen Arm voller *Kommissar Rex* auf den Rücken drehend ein. Frauke war demonstrativ mehr mit ihrer Hose beschäftigt, als um Aufklärung bemüht, und so wurde ich eben abgeführt.

Im Streifenwagen stellte sich dann leider heraus, dass auch die Beamten nichts mit Hildegard Knef anfangen konnten. Ich schlug eine Google-Suche, oder noch besser eine auf YouTube vor, stattdessen stellten sie lieber meine Personalien fest. Auf dem Revier. Währenddessen habe ich dann dort angeblich was von Zement und einem Jagdgewehr gelallt, und nur weil im letzten Moment ein älterer Kollege eingriff, wurde ich wieder auf freien Fuß gesetzt. Auf der Straße war ich dann auch schnell halbwegs nüchtern und vom Aufschreiben bin ich endlich müde geworden. Mal sehen, ob in der verbliebenen Nachtstunde noch ein SEK meine Wohnung stürmt, um sie auf Waffen zu durchsuchen. Vielleicht finden die dann ja meine *Birdy* DVD.

Gut, dass ich mit Iris getauscht habe, denn nach dem Dienst hätte ich das nicht mehr so rekonstruiert bekommen. Oder ich würde es mir selbst nicht glauben. Ohne dieses Gedächtnisprotokoll könnte ich meiner

Mutter nicht unter die Augen treten, aber nützen wird es mir nicht viel. Das wird ein Nachspiel haben, auf das mich kein Training der Welt vorbereiten kann.

14.12.19

Puh, gestern nach der Arbeit habe ich schon das nächste Nachmittagsschläfchen halten müssen. Die halbe Nacht auf der Polizeiwache war zu viel für mich. Wie habe ich so was bitte früher weggesteckt? Also ohne verhaftet worden zu sein, einfach nur durchmachen, wenig Schlaf und all das? Jetzt haut mich immer mehr aus den Latschen. Ja, ich weiß, dass das dieses Älterwerden sein muss. Oder schlimmer: man altert so ein bisschen vor sich hin und steht dann plötzlich bedröppelt als alter Sack da. Ich bringe besser mal meinen Biorhythmus unabhängig vom Dienst in Ordnung und stehe einfach jeden Tag früher auf. Schweren Herzens habe ich jetzt meinen Wecker gleich auf fünf Uhr morgens stehen lassen.

Gestern Abend bin ich nur rumgesessen und habe Musik gehört: *A Farewell to Kings*. Wie passend, aber ein wunderbares Album, auch zum Nebenherhören. Das entlockt einem schon hier und da ein Lächeln, wenn dann aber der Bass von „Cygnus X-1" lauter wird, lässt man alles stehen und liegen. Man muss einfach das 1-2-1-3 Pattern mitzählen, als würde es an der Tür klopfen. Der Groove ist so geil, den muss man reinlassen. Und der Bass Sound kickt einfach nur hart.

Die Schockwellen, die der Verlust von Valentin ausgelöst hatte, haben Nadja und Daniel noch lange durchgeschüttelt, mehrfach stand ihre Beziehung vor dem Aus. Eine Weile haben sie sogar getrennt voneinander gelebt, aber auch das nicht ausgehalten. Sie fanden immer wieder zueinander, egal was passierte. Sonst hatten sie ja niemanden, außer mir vielleicht. Lukas wäre auch immer für sie da gewesen, wenn sie ihn kontaktiert hätten, aber das Risiko erwischt zu werden wollten sie damals nicht eingehen. Wenn ausgerechnet dann noch der alte Speck aufgekreuzt wäre ... Nee. Einfach nur nee.

Nadja schrieb sich wieder an der Uni ein, erstickte sich im Studium, und Daniel tat es ihr gleich und arbeitete bis zum Umfallen. Weil sie zu Hause nicht lernen konnte, ohne auf Geräusche aus dem Nebenzimmer zu warten, die nie kamen, suchte sie sich einen Job. Sie übernahm zunächst die Nachtschichten einer Hotelrezeption am Wochenende, die es ihr ermöglichten parallel weiterzulernen. Das passte ja zusammen, von den Sternen zu lesen, während sie draußen über einem leuchteten. Theoretisch jedenfalls, denn in der Stadt war es immer viel zu hell, um sie sehen zu können. Nadja schlief am Wochenende länger, und Daniel blieb dann nicht im Haus, sondern gab Gitarrenstunden.

Als Daniels Zivildienst zu Ende ging, begann er eine Ausbildung in dem Betrieb, der wenige Jahre später den Bundestag verkabeln sollte. Ausgerechnet der leere Bundestag hatte ihm dabei mehr über Mikrofonie beigebracht als die Hansa Studios. Darauf war er stolz und es erfüllte ihn mit einer Genugtuung, die besten Voraussetzungen für Parlamentsdebatten geschaffen zu haben, in denen jeder alles hören konnte. Also theoretisch. Das war zwar schade um die guten Mikrofone, aber anderswo wurden damit halt schlechte Platten aufgenommen, also fand er sich damit ab. Außerdem gelang ihm mit der Referenz im Rücken und seinem musikalischen Gehör ohne Probleme der Wechsel in die Berliner Musikszene als Tontechniker und Studiomusiker. Leider wiederholte er zu Hause zwischen sich und Nadja, was er im Betrieb gelernt hatte. Daniel machte ihre Beziehung schalldicht, da blieb keine Melodie mehr, kein Rhythmus, kein Kling mehr bei seinem Klang.

Für jemanden, der eigentlich Musik in sich trägt, war diese Überhöhung der Stille eine Katastrophe. Dort braucht es auch Pausen, ja, aber Daniel gab keinen Ton mehr von sich. Weder mit der Gitarre noch mit dem Mund. Seine Lieder verstummten, fortan trug er ein Vakuum spazieren. Ein Aufnahmestudio, das auf Künstler wartete, die ihm irgendwann Noten vorlegen würden, die er einstudieren konnte.

Was Daniel übersah, war, dass er in seinem Schmerz Verhaltensmuster seines Vaters reproduzierte. Nicht mehr mit Nadja reden zu können gehörte ebenso dazu, wie sich in Arbeit zu flüchten. Das irgendwann zu erkennen, hat ihn, glaube ich, mehr erschreckt als alles andere. Sich voneinander abzuschotten ist nicht das Gleiche wie zuzuhören.

Eine Binsenweisheit, aber selbst nur die in die Tat umzusetzen, fällt schwerer, als man denkt.

In Vilshofen musste er seine Stille noch unter Anstrengung erzeugen, indem er sich auf die Zunge biss. Die Stille seines Vaters war nur die Ruhe vor dem Sturm gewesen, nein eigentlich dessen Zentrum, mit dem man sich mitbewegen musste um nicht erwischt zu werden. Daniel hatte sich immer gewünscht, seine Mutter würde den hirnverbrannten Speck verlassen und ihn mitnehmen. Sich einfach aus dem Sturm nach oben herausschleichen und aus der Ferne zusehen, wie er in sich zusammenfallen würde, wenn er auf Land traf.

Daniel hatte das Gefühl, das alles ausgesprochen war und Nadja ihn mit Valentin verlassen hatte. Sie hatte irgendwie einen Draht zu ihm behalten, selbst nachdem die Nabelschnur durchtrennt worden war. Er wusste nicht, wie sie das machte, aber er spürte, dass es so war. Ich glaube, er hat sich da auch für sich einen ähnlichen Zugang zu seinem toten Kind gewünscht. Stattdessen war er wie sein Vater von etwas ausgesperrt und selber daran schuld. Ohne die gewaltsamen Ausbrüche und alles, aber im Grunde doch sehr ähnlich. Viel zu ähnlich. Er spielte nur die Songs von anderen nach, oder seinen Schülern vor, aber wo blieb seine eigene Musik? Ihr Rhythmus, ihre Melodie? Alles war möglich, aber nichts kam zu ihm zurück, keine Reflexion, kein Ton, kein fernes Echo, nichts, so sehr er auch horchte. Die Vergangenheit suppte ihm in Wellen in die Gegenwart und zog ihn zurück auf's Meer wie eine Unterströmung. Hatte Lukas uns nicht immer damit aufgezogen, dass es solche im Eginger See gäbe? Da half nichts, er musste dagegen anschwimmen, oder er würde untergehen.

Bis Daniel wieder mit Nadja zu sprechen gelernt hatte, war auch die Berliner Mauer abgetragen. Mit jedem Stückchen Beton, was dort verschwand, erkämpfte Daniel sich ein Wort zurück, stückelte sich bröckchenweise einen Wortschatz zusammen, der nicht mehr so recht ineinanderpassen wollte.

Aber wie Nadja es anstellte, blieb ihm ein Rätsel. Wo war ihr Schmerz die ganze Zeit? Etwa zwischen den Sternen? Dunkle Materie? Für die Antwort darauf war es in Berlin einfach zu hell.

Zeit verläuft überhaupt nicht linear, sondern nur überallhin wie ausgekippte Flüssigkeit. Ungelebtes Leben, das versickert. Das Glas bleibt leer, auch wenn man es wieder aufrichtet. Dann macht es auch keinen Unterschied mehr, ob das Glas selbst dabei heil geblieben oder kaputtgegangen ist. Es sei denn, jemand schenkt nach.

16.12.19

Im Traum den Mathetest verhauen. Das ist mir noch nie passiert. In echt ja, aber davon geträumt habe ich zum ersten Mal. Ich hatte keinen Taschenrechner, sondern meine Zähne vor mir auf dem Tisch liegen, aufgereiht wie ein Abakus, von dem ich natürlich nicht wusste, wie man damit rechnet. Na vielen Dank auch. Alle anderen hatten den Test schon abgegeben, nur ich saß noch alleine da und raffte die Aufgabe nicht. An der Tafel stand eine komplizierte Formel mit x und y, deren Anfang ich vergessen hatte, bevor ich das Ende erreichte. Wurzeln waren dabei, Brüche, Variablen und ein großes Fragezeichen. Der Mathelehrer war der Kellner aus dem Restaurant neulich und ungeduldig, denn andere Tische warteten schon. Ich schüttelte entschuldigend den Kopf.

„Na gut, ich geb dir eine Hilfestellung." Er ging zur Tafel und klappte die äußeren Flügel zu, die jetzt die Formel verdeckten. Auf sie war ein Diagramm gezeichnet, das sich erst wölbte und dann wieder senkte wie ein riesiger, auf dem Rücken liegender Bauch. Ich bedankte mich und guckte erneut auf mein Blatt vor mir, auf dem unter meinem Namen ein Kalenderspruch stand: Was du heute kannst besorgen, lernt Hans nimmermehr. Was sollte das denn bedeuten? Ja, toll Dennis, jetzt kann ich zwar tatsächlich lesen was überall steht, aber weiterhelfen tut es mir nicht. Das Gymnasium hat mich nicht umgebracht, aber Vilshofen beinahe. Ausgerechnet dahin fahre ich natürlich noch zurück. Zwar nicht heute, aber bald. Viel zu bald. Vielleicht sollte ich ja Vilshofen entschlüsseln? Da lagen ja auch meine Milchzähne vor mir auf dem Tisch, und die letzten sind mir dort ausgefallen ... Ach, ich weiß es doch auch nicht.

Fühle mich tatsächlich heute fitter, obwohl ich früh aufgestanden bin. Hat mich zwar aus dem Traum gerissen, aber immerhin erinnere ich mich daran.

Mutter hat nach der Schicht bei mir Sturm geläutet. So aufgewühlt habe ich sie lange nicht gesehen. Sie war sauer, weil sie jetzt die Yoga-Klasse wechseln müsse, dabei mochte sie die Lehrerin. Der könne sie aber nach dem, was passiert sei nicht länger in die Augen sehen.

„Was hat Frauke dir denn erzählt?"

„Wer?" Wollte Mutter wissen.

„Ach, ich mein natürlich Kat...ja?"

Mama runzelte die Stirn.

„Kat... nein? *Katjes*?"

„Karin, Junge. Sie heißt Karin, Herrgott noch mal." Sie verdrehte die Augen. „Du hast sie doch nicht etwa ...“

„Ich glaub nicht", log ich und begann eine gänzlich unvorbereitete Verteidigung. „Die hat glatt vergessen, ihre Hose über ihre ... Thermounterwäsche anzuziehen."

„Leggings."

„Du weißt, wie so was heißt?"

„Karin trägt die immer."

„Ich wusste nicht, ob sie nur vergessen hat, sich umzuziehen. Da sieht man alles durch!"

„Dann wusstest du doch, woran du bist. Und beschwerst dich noch?"

„Hättest mich wenigstens vorwarnen können, dass sie nie den Mund hält."

„Vielleicht war sie nur nervös."

„Redet sie etwa in der Yoga-Klasse nie?"

„Doch, fast pausenlos."

„Wieso hast du mich dann nicht gewarnt?"

„Das gehört da einfach dazu, und ab dem dritten Mal hört man nicht mehr hin."

„Na, den Luxus hatte ich nicht!"

„Noch mal mit dir ausgehen wird sie ja leider nicht. Was hast du dir denn nur dabei gedacht?"

„Was hat sie denn nun eigentlich erzählt?"

„Dass du läufig wie ein Hund gewesen wärst, und dass du versucht hättest, sie in deine Wohnung zu locken ..."

„Um ihre Leg-dings sauber zu machen! Sie war in Hundekacke getreten."

„Mit dem Oberschenkel?"

„Nein ich, mit der Hand."

„Du hast ihr deine Hand auf den Oberschenkel gelegt?"

„Ich bin ausgerutscht!"

„Das sagt ihr immer!"

„Mama!" Ich zeigte ihr meine aufgeschürfte Handfläche zum Beweis. „Sogar die Polizei hat mir eher geglaubt als du! Ich war betrunken und bin hingefallen, mehr war nicht."

„Warum sind deine Hände denn grün? Haben die dir auf der Wache deine Fingerabdrücke abgenommen?"

„Nein, dass ..." Ich seufzte. „Ich hab gestern versucht, Schreibmaschinenbänder zu färben."

„Junge, die kann man auch kaufen." Sie legte besorgt die Stirn in Falten.

„Aber nicht in Grün!", rief ich und wedelte mit meinen Händen vor ihrem Gesicht herum. „Ist ein Weihnachtsgeschenk für Dr. Heßler."

„Wieso ... hast du dabei keine Handschuhe getragen?"

„Ja, das weiß ich jetzt auch, danke. Hab vergessen, mir welche aus der Klinik mitzunehmen."

Sie schüttelte den Kopf. „Wie dem auch sei, das ist alles keine Ausrede für sexuelle Belästigung. Und wie sie sich anzieht, spielt dabei überhaupt keine Rolle."

„Mutter, ich wollte nicht mit ihr ins Bett. Ich könnte ihr Vater sein!"

„Rechnerisch vielleicht, aber da hast du dich gar nicht für Mädchen interessiert. Du hast dich ehrlich gesagt so lange nicht für Mädchen interessiert, dass ich mir schon dachte, dass ..."

„Mama!"

„Was denn? Hätte mir nichts ausgemacht, solange du nur glücklich bist. Ist vielleicht meine Schuld, ich hätte dich nicht meine Platten hören lassen sollen."

Es war zwecklos. Jeder weitere Versuch, so zeitnah alles zu erklären, machte es nur noch schlimmer. Also versuchte ich das Thema zu wechseln. „Und wenn du dir stattdessen einen Videokurs zulegst?"

„Karin hat einen aufgenommen."

„Das ist doch perfekt!"

Mutter schüttelte den Kopf.

„Wieso denn nicht? Du hast doch eben gesagt, dass es eh jedes Mal dasselbe wäre."

„Schon, aber ich muss vorher hingehen und bin damit nicht alleine zu Hause", seufzte sie. „Wenn ich dabei auf einen kleinen Bildschirm gucken muss, tun mir hinterher noch die Augen weh oder ich schubs ihn versehentlich um, wenn ich ihn näher an die Matte hole. Außerdem würde ich von jetzt an immer an diese Sache denken, wenn ich ihre Oberschenkel sehe, und das möchte ich nicht."

Immerhin habe ich jetzt eine bessere Idee, was ich Mama zu Weihnachten besorge. Ich werde ihr kein Buch kaufen, sondern einen Gutschein für einen Yoga-Kurs. Am besten geleitet von einem Kerl in Spandex Hosen aus den 80ern, dessen Hoden sich deutlich abzeichnen, wenn er sich bückt. Und zur Sicherheit schenke ich dem vorher noch eine CD mit den größten Hits von Hildegard Knef, selbst wenn er das als Anmache interpretiert.

„Meinst du, es wäre eine gute Idee, wenn ich ihr als Entschuldigung einen Gutschein für eine Reinigung zukommen lasse?"

„Willst du ihr signalisieren, dass sie schmutzig ist?", wollte Mutter wissen.

„Nein, um Himmels willen. Dann vielleicht einen Einkaufsgutschein?"

„Weil sie schlecht angezogen war?"

„Nei..., doch, ja. Fand ich schon."

Mutter seufzte. „Junge, damit machst du es nur noch schlimmer."

Gut, dass ich meine ursprüngliche Idee mit einem Strauß roter Rosen in einem Regenschirm für mich behielt, aber da war sogar mir aufgegangen, dass ich damit wahrscheinlich nur das nächste falsche Signal senden würde. Manchmal ist eine längere Funkstille vor der Entschuldigung wichtiger als die Entschuldigung selbst.

Lukas hat mal gesagt, dass er sich in Vilshofen deshalb wohlfühlt, weil wir dort wenigstens noch bei ihm sind, in seiner Erinnerung. Dort könnten wir gefühlt jeden Tag hinter einer Ecke auftauchen und das tröstet ihn angeblich besser über die Wahrheit hinweg: Wir haben ihn dort sitzen lassen. Und jede Geschichte, die ihn von uns erreicht, webt er in die Straßen der Stadt mit ein, als sei sie in Vilshofen passiert. Für ihn gehört das zusammen. Wenn er mich in Aachen besuchte, war das nicht mehr als ein gemeinsamer Ausflug und ich kehrte mit ihm nach Hause zurück.

Ob es eine so gute Idee war, dass er in unsere alte Wohnung gezogen ist, und dann in meinem Zimmer wohnte? Wobei auch das schon wieder Jahre zurückliegt. Seine Wohnungen hat er ja fast so oft gewechselt wie seine Jobs, aber das kümmerte ihn nicht weiter.

Das Einzige, was für Lukas eine Rolle spielte, waren die Freundschaften, die er pflegte. Nach uns waren noch einige hinzugekommen, aber nur eine wurde ähnlich intensiv wie die zu uns. Vielleicht weil sie ihren Ursprung auch in den damaligen Ereignissen hatte: die zum Fährmann in Sandbach. Bis heute springt Lukas noch manchmal für ihn ein, damit er mit seiner Familie in Urlaub fahren kann. Das ist der einzige Job, zu dem er bis heute immer gerne zurückkehrt. Da muss eine geistige Verwandtschaft vorliegen, die sich mir noch nicht erschließt. Bei ihm hat er sogar seine Angst vor fließenden Gewässern abgelegt.

Die Ereignisse damals hat der Fährmann Lukas so erklärt: „Woaßt, des is wie die G'schicht mit dem Hasen und dem Igel, nur zu Wasser." Wenn einer tobe wie Anton Rothe, dann zeige ihm das, wie sehr der Kunde innere Ruhe nötig habe. Er verstehe es als seine Pflicht, potenziellen Fahrgästen die Zeit zu geben, die sie bräuchten, um sich für die Überfahrt zu beruhigen. Das sei sogar gratis, denn bezahlen lässt er sich ja nur den Transport. Wer sich für eine Fähre entscheide, um einen Fluss zu überqueren, der könne das Innehalten üben. Wem das nicht passe, dem stünde es ja frei, zur nächsten Brücke zu fahren. Wer aber ein Fährticket bei ihm löse, der erkaufe sich damit auch die Zeit zurück, die er damit einspart. Wie er die verbringt, bleibe jedem Fahrgast selbst überlassen, solange er das Boot nicht zum Kentern bringe. Einfach mal den Fluss und das Wasser auf sich wirken lassen, den Wert der Entschleunigung erkennen: Man kommt entspannter ans Ziel.

„Mei, des is ja wia des Rätsel mit dem Wolf, dem Schaf und dem Kohlkopf!", bemerkte Lukas. „Des hob i glei g'löst. Aber genau so is. Ned nur logischer, sondern a scheener."

Lukas brachte wahrscheinlich die richtige Ruhe mit. Im Herzen war auch er ein Fährmann, einer, der immer auf der Brücke stand, dem kein Windhauch entging, der jeden Sturm aufziehen sah, bevor er zur Gefahr werden konnte. Jeden Eisberg meldete er zuverlässig. Ein echter bayerischer Kapitän, in der Tradition von Achternbusch, Polt und Zimmerschied. Bei denen habe ich auch lange nicht begriffen, warum die stur in Bayern geblieben sind, anstatt dorthin zu gehen, wo sie besser verstanden und geschätzt wurden. Sie blieben unbeirrt genau da, wo sie waren, und da sind sie heute noch. Aber keiner hat es so schön formuliert wie Herbert: „Diese Gegend hat mich kaputt gemacht, und ich bleibe so lange, bis man ihr das anmerkt."

Solche wie ihn kann man nur lieben, und immer noch überall in Bayern antreffen, wenn man denn nach ihnen sucht. Sie sind wirklich dort zu Hause und glücklich. Sie haben ihren Frieden mit der Welt gemacht und zu ihrer Erleuchtung reichte ein Stein, über den sie stolperten, oder ein Radl Wurst am Gaumen. An solche Bayern denke ich, wenn ich das Wort Heimat höre, und wenig überraschend ist keiner von ihnen Politiker.

Außerdem war Lukas derjenige, der als Erster von uns Abitur gemacht hat. Nach insgesamt 15 Jahren, aber immer noch schneller als wir. Nur wollte er überhaupt nicht studieren, sondern nur seinen jüngeren Geschwistern ein Vorbild sein. Er nahm über die Jahre jede Arbeit an, die ihm unter die Finger kam, auf dem Recyclinghof, als Bademeister im Freibad bis hin zum Busfahrer, als es in Vilshofen eine innerstädtische Linie gab. Als die eingestellt wurde, fuhr er eben Taxi. Zur Entwöhnung, wie er meinte. Ob er insgeheim vielleicht den Plan hatte, das Vilshofener Branchenbuch einmal durchzuarbeiten? Apropos Buch, natürlich half er auch für ein Jahr in der Buchhandlung *Kirmse* am Stadtplatz aus.

Es mag keine Universalgelehrten mehr geben, außer vielleicht Dr. Heßler, aber Lukas war ein Universalangestellter: Egal was er auch anpackte, er biss sich durch, passte seine Methodik so lange an, bis er sich wirklich wohlfühlte – und ging wieder. Der einzige Job, den er jemals abgelehnt hatte, war der im Sägewerk gewesen. Also beim ersten Mal, denn er holte ihn nach, als er seinen Berufstraum vom Bassisten an den Nagel hängte. Erst hatte er noch in Coverbands gespielt, aber nach ein paar Jahren gab Lukas selbst das auf. „Woaßt, de Coverbands bei uns san nia üba 1989 hinauskemma. Die spuin heut no de gleichn 80er Jahre Hits. Als wolltens unbedingt in de Zeit vorm Mauerfall z'ruck. Da hob sogar i aufgebn." So behielt er zwar alle Finger, aber diese eine Lücke in seinem Lebenslauf blieb.

Es ist vor Mitternacht, aber mir fallen trotzdem schon die Augen zu. Das ist wohl der Preis für den frühen Vogel, nehme ich an. Dann gehe ich halt schon ins Bett, obwohl ich morgen freihabe. Was stimmt nur nicht mit mir?

17.12.19

Der Nachbar hat geklopft und mich nach meinen Schichten gefragt, weil er wohl am Wochenende meinen Wecker in der Früh gehört hat, sich dann aber wunderte, dass ich erst so spät aus dem Haus gegangen bin. Er dachte, ich hätte jetzt schon den dritten Tag in Folge verschlafen. Sein Lächeln wirkte ein wenig gezwungen, also behielt ich das mit dem Biorhythmus mal für mich, versprach aber, meinen Wecker leiser zu stellen.

„Dann haben sie doch immerhin jetzt am Wochenende nicht *Die Sendung mit der Maus* verpasst", scherzte ich.

„Wie bitte?" Er blinzelte verwundert.

„Weil ich das neulich aus ihrer Wohnung gehört hab? Hat mich daran erinnert, wie ich das früher geguckt habe."

„Ach so, das." Er entspannte sich. „Da hatte ich nur Besuch mit Kind und weil wir ... Also das Kind wollte unbedingt fernsehen."

Ich glaube, wir waren im Nachhinein beide froh, es dabei belassen zu haben.

Schauen wir doch mal, ob ich wie Armin Vilshofen wieder zusammensetzen kann, so verstreut, wie es in meinem Kopf herumliegt.

Wenn man von Westen her mit dem Zug hineinfährt, wo ich die Delle in das Autodach gestanden habe, dann kommt man in die Oststadt, und die Zementtürme vom Bergergelände erinnern einen daran, dass es Zeit zum Aussteigen wird. Moment.

Wieso heißt die Oststadt denn Oststadt, wenn sie eigentlich im Westen liegt? Also von einem Kompass aus gesehen? Nur wenn man über die Donaubrücke auf Vilshofen zukommt, also aus dem Norden, dann erstreckt sich die Oststadt nach rechts ... aber im Westen? Na prima, hab mich schon verheddert. Erdkunde war nie meine Stärke, weder mit Hauptstädten, von denen ich bis heute keine bereist habe, noch mit Gesteinsschichten, unter welchen ich nicht begraben sein will.

Dafür weiß ich etwas anderes: Wenn man mit dem Auto bei Nacht von Albersdorf kommend den Hang herunterkommt, dann spiegelt sich die Stadt als atemberaubendes Lichtermeer in der Donau. Von dort oben aus gesehen hält man Vilshofen wirklich für eine Stadt. Aus der Nähe betrachtet wird sie sofort zum Dorf.

Daniel hat in der Oststadt gewohnt, beim Gericht gegenüber, unter der Bahnunterführung durch, wo sich ein Siedlungsgebiet vom Fuß über den Hang und äh ... den Gipfel des Hördterbergs erstreckte. Natürlich nicht wirklich ein Berg, aber hoch genug, um in der schwülen Sommerhitze aus der Puste oder im Winter ins Rutschen zu kommen. Daniels Eltern hatten dort eine Wohnung in etwa auf halber Höhe, wo eine Brücke über die Pfudrach zum Kloster auf dem gegenüberliegenden Schweiklberg führte.

Die Pfudrach war Daniels wirkliches Gewässer, nicht die Vils, und wäre er hier von der Brücke gesprungen, hätte er sich das Bein gebrochen, statt nur den Fuß verstaucht, denn die Pfudrach ist ein Bach. Natürlich haben wir den auch mal gestaut, weit oberhalb der Brücke, damit uns ja nicht Daniels Alter dabei erwischte. Das übernahmen dann halt die Anwohner, beließen es aber beim Schimpfen und der Aufforderung, das sofort wieder wegzumachen, was nur ein paar Handgriffe erforderte.

Trotzdem hatte Daniels Vater bis zum Abend Wind von der Aktion bekommen und ihm den Hintern versohlt. Dieses verdammte Netzwerk aus Anwohnern und Nachbarn war so lückenlos wie das der Stasi, und wurde von Generation zu Generation nur noch enger geschnürt. Die schlafen nie und schleichen den ganzen Tag um die Häuser, auf der Suche nach Einbruchspuren oder Fremden, die sich verdächtig machten. Wobei Fremde für sie von Haus aus bedenklich waren, weil: Wieso blieben die nicht bei sich zu Hause? Alles und jeder machte sich verdächtig, der nicht bei drei auf den Bäumen war, im Zweifel sogar die Eichhörnchen. Die Hand mit dem Telefonhörer verweilt am Vorhang, während die andere mit dem Zeigefinger abwartend in der Wählscheibe auf der Null steckt, denn die 11 ist längst vorsorglich gewählt: Das *Elfer raus!* für Fortgeschrittene.

Um diese Pest in den Häusern zu halten, brauchte es schon einen Starkregen, danach konnten wir endlich unbeobachtet raus. Die Pfudrach hatte sich in einen reißenden Strom verwandelt und die braune Brühe stand knöcheltief auf der Straße bis hinunter zur Bahnunterführung. Es gab abgerissene Äste, versprengte Gullydeckel, blubbernd sprudelnde Rinnsteine, keller-leer- pumpende Feuerwehrfahrzeuge und uns mittendrin in Gummistiefeln. Endlich war in der Stadt mal was los, und bis zum Flüchtlingslager 1989 blieb es danach auch wieder so ruhig wie eh und je. Lukas hat zwar was von einem großen Feuerwerk im Sommer erzählt, das es jetzt schon seit einigen Jahren gäbe, aber das klang eher danach, als würde ein Ölteppich auf der Donau angezündet werden.

Nichts in dieser Stadt lud wirklich zum Verweilen ein. Nicht einmal das Volksfest am Ende der Sommerferien war für jemanden über 14 noch interessant, wenn man sich nicht die Wampe mit Bier und Grillhendln vollstopfen wollte, um anschließend alles in den Fahr- und Schleudergeschäften wieder auszukotzen wie die Erwachsenen. Beim Volksfest war der Schulanfang nicht mehr weit und das allein reichte schon, um einem die Stimmung zu vermiesen.

Zur Oststadt fällt mir sonst nur noch Fahrschule ein. Deren Autos klebten regelmäßig am steilen Ende der Breslauer Straße und übten das Anfahren mit oder ohne angezogene Handbremse. Moment mal, heißt die Oststadt vielleicht deswegen Oststadt? Alter Schwede, äh Schlesier.

Breslauer Straße, Königsberger Straße ... Darüber habe ich ehrlich gesagt noch nie nachgedacht. Und jetzt ist es zu spät, um Talmüller danach zu fragen. Hat man dort etwa nach dem Krieg die Vertriebenen angesiedelt? Wie viele Hundert Menschen aus Ostpreußen es wohl nach Vilshofen verschlagen hatte? Oder sogar Tausend? Wer weiß. Talmüller hat von Millionen in Bayern gesprochen, dann wird es hier wohl für zwei Straßenzüge gereicht haben. Ob die sich deswegen mehr zu Hause gefühlt haben, wage ich zu bezweifeln. In der Schillerstraße gegenüber wurde ja auch nicht mehr Glocken gegossen.

Wo die Kapuzinerstraße aus der Oststadt mit der Verlängerung der Donaubrücke zusammentrifft, liegt der Stadtturm mit dem meist offenen Stadttor, und dahinter der Stadtplatz, das kopfsteingepflasterte Herz des Ortes. Ließ man den Stadtturm links liegen, führte einen die Straße über den Schweiklberg schon wieder aus der Stadt hinaus und die Benediktiner zurück in das nach ihnen bimmelnde Kloster. Moment mal. Wieso heißt die dann überhaupt Kapuzinerstraße? Wie dem auch sei, vorher orientierten sich die Mönche vielleicht fälschlicherweise am Glockenspiel im Stadtturm, oder an jenem der Stadtpfarrkirche, die in Luftlinie gleich am anderen Ende des schnurgerade verlaufenden Stadtplatzes lag.

Diese drei bimmelten gerne miteinander um die Wette, dabei aber immer leicht zeitversetzt, was es nicht gerade leichter machte, sie auseinanderzuhalten. Vor allem waren sich darüber nicht einmal die Bewohner selbst einig, was aber meist an den Stadtteilen lag, in denen sie wohnten, und welches Geläut ihnen von dort aus am nächsten war. Das bringt eben nicht nur Mönche durcheinander, sondern auch Einwohner um den Verstand, denn auch die Viertelstunden werden durch Glockenschlag angekündigt. Manchmal bimmeln auch alle drei einfach grundlos durcheinander, weil was weiß denn ich, wem warum gerade dann danach war. Rabimmel, Rabammel, Rabumm!

Das ist aber bei Weitem noch nicht alles, was so durch das Stadttor lärmt. Das Kopfsteinpflaster verwandelt nämlich alle Autos in Rappelkisten, selbst wenn da gerade keine hippen Beats aus heruntergekurbelten Seitenfenstern hoppeln. Wobei die höhenarme Beschallung mehr den Gästen der Eisdielenpizzeria *Cappuccini* gilt, einem der beliebtesten Treffpunkte der Stadt – mit der Folge, dass die auto-gewordenen Klingeltöne davor langsamer fahren. Man nickte einander kurz bejahend zu oder zum Beat (das war schwer auseinanderzuhalten) und dann schob sich schon dahinter das nächste Auto wummernd durch das Stadttor. Praktischerweise ist gleich am anderen Ende des Stadtplatzes die konkurrierende Eisdielenpizzeria *Roma*, deren Gäste ebenfalls von der verdauungsfördernden Tiefbassbeschallung profitieren dürfen. Auf dem Weg dazwischen beschleunigen tollkühne Männer ihre tief(f)liegenden Kisten auf Höchstgeschwindigkeit, nur um vor dem Rathaus vom Ritter-Tuschl-Brunnen überrascht zu werden, der sich dort überraschend von links auf die Fahrbahn zu werfen pflegt.

„Herr Wachtmeister, ich schwör, der war früher noch nicht da gestanden."

Das mit den Blechschäden müsste sich allerdings inzwischen gelegt haben, denn im Rathaus sah man sich dazu veranlasst, den offenbar schwer magnetischen Brunnen vorsorglich mit Betonpollern zu umzingeln. Übrigens von beiden Seiten, obwohl es sich beim Stadtplatz um eine Einbahnstraße handelt. War das jetzt eher der Symmetrie geschuldet, oder lag's am Rückwärtsgang eines besonders kreativen Unfallfahrers? „Wos war denn des? I setz no amoi z'ruck und schau nach."

Laut Lukas wird diese Tradition des gewissenhaft verinnerlichten, aber äußerlich nicht mehr aktuellen Straßenverlaufs in Vilshofen an jedem neuen Kreisverkehr tapfer gepflegt. Vorausschauend werde dort aber inzwischen auf die Anpflanzung von Bäumen in der Mitte verzichtet, was allen Parteien entgegenkomme.

Darüber hinaus bot der Stadtplatz die üblichen Wirtshäuser, Bäcker, Metzger, Apotheken und Einzelhandelsgeschäfte sowie eine Buchhandlung mit Schreibwarengeschäft. Nur freie Parkplätze waren immer Mangelware und auch hier wiederholte sich ein durchaus ähn-liches Prinzip: „Ich hab hier noch nie auf Anhieb einen Parkplatz gefunden und werde jetzt eben so lange warten, bis jemand ausparkt ..." Wahrscheinlich ist das sogar der Grund dafür, weshalb die motorisierten Lärmbelästigungen abgesehen von ihren zwei „Boxenstopps" immer im Kreis fahren, und damit „Surround Sound" völlig neu definieren.

Das angeblich inzwischen errichtete Parkhaus auf der Bürg hat daran nichts geändert. Was mich nicht wirklich überrascht, das haben schließlich die Parkplätze, die Jahre zuvor der Donau abgerungen wurden, ja auch nicht geschafft. Sind zwar keine fünf Minuten Fußweg, aber damit noch immer eine Zumutung für all jene, die gerne bei laufendem Motor zehn Minuten über die Ausparkkünste anderer schimpfen wollen.

Nach dem Stadtplatz knickt die Hauptstraße nach rechts ab und führt über die Vilsbrücke in die andere Stadthälfte. Die knöpfe ich mir dann morgen vor.

Aber direkt vor der Brücke und leicht zu übersehen geht es nach rechts in die Fischerzeile hinunter, wo früher Lukas mit seinem Bruder gewohnt hat. Deswegen war auch die Vils ganz klar sein Fluss. Wir trafen uns gerne bei ihm, denn er wohnte ziemlich genau in der Mitte von uns dreien, und nur so konnten wir vermeiden, dass er sich verspätete. Vilsaufwärts lag dann noch das Freibad, wo man fast den ganzen Sommer verbrachte. Im Winter konnte man dort auch bei Radiobeschallung Schlittschuhlaufen, aber halt nur im Kreis mit Richtungswechsel alle Viertelstunde – immerhin via Ansage, und nicht durch das nächste Geläut.

In richtig kalten Wintern fror die Vils auch schon mal bis zur Donau zu und dann spielten wir Eishockey darauf, während gegenüber ältere Semester am Eisstockschießen waren und überall Kinder lachend herumrutschten. Einfach mal ohne Bande geradeaus gleiten können, die Kufen auf dem Eis hören, kalte Luft in den Lungen, und rote Nasenspitzen im Gesicht haben. Hunger spüren, frieren, aber auf keinen Fall schon nach Hause wollen. Das war unvergleichlich, friedlich, wie aus einer anderen Zeit – ein Motiv wie von Peter Brügel oder wie der heißt, es hätte nur mal jemand malen müssen.

Mist! Das wäre das perfekte Weihnachtsgeschenk für Mama gewesen.

18.12.19

Habe einen Morgenspaziergang gemacht, als würde ich zur Arbeit gehen, nur ohne zur Arbeit zu gehen. Das war tatsächlich mal was ganz anderes. Mit frischem Gebäck nach Hause kommen, sich weihnachtliche Musik anmachen (*Sympathetic Resonance*) und die Pflichten erledigen.

So, Weihnachtsgeschenke sind jetzt endlich alle verpackt, verschickt, bestellt oder werden bald persönlich abgegeben. Mutter kriegt einen Gutschein für einen Einzeltermin bei Nick, den ich ihr in einer DVD-Hülle von Fraukes Kurs versteckte. Das Cover habe ich im Internet gefunden und ausgedruckt, allerdings noch von Hand um einen Schnurrbart unter der Nase sowie einen braunen Klecks auf der Trainingshose ergänzt. Ich konnte das unmöglich so lassen. Ein Pieter Bruegel steckt eindeutig nicht in mir, aber dafür ein Schelm, der das gerade sehr, sehr drollig findet. Damit Mama die Verpackung auf jeden Fall aufmacht, habe ich Glitter und kleine Kiesel reingepackt, so dass es bei jeder Bewegung dolle klappert, als sei der Inhalt kaputt. Die Form habe ich mit zerknülltem Zeitungspapier verschleiert, das mir beim Einpacken der anderen Geschenke übrig geblieben ist. Bin voll der Recycling-König, ich glaube, Clara und Dennis wären stolz auf mich. Den kleinen Schreck wird sie mir hoffentlich verzeihen. Wenn nicht, ist sie selber schuld, denn den Humor habe ich eindeutig von ihr geerbt.

Höre gerade in den Nachrichten, dass es gestern in Australien durchschnittlich 40,9 Grad heiß war – ein Rekord. Nachrichten wieder aus. Das ist doch kein Wettbewerb, bei dem wir um die Wette schwitzen. Eine Horromeldung unter vielen, und es juckt keinen mehr, ist ja nur Wetter. Gut, das halbe Land brennt, aber dann sollen sie halt baden gehen, oder wie? Oder Golf spielen wie auf diesem einen Foto aus Kalifornien, auf dem die Hügel im Hintergrund in Flammen stehen. War das letztes Jahr gewesen, oder vorletztes? Das werden unsere Kindeskinder noch weniger verstehen können als unsere eigenen heute.

Das Offensichtliche einfach derart zu ignorieren, als ginge es einen nichts an.

Ich glaube, es war nach dem ersten Irakkrieg, als in Kuwait die Ölquellen brannten, dass man den Qualm sogar auf Satellitenbildern sehen konnte. Die Vorstellung, dass die noch Wochen und Monate so weiterbrennen würden, war damals ein Schock. Das Begreifen, dass das den ganzen Planeten betraf und man das Feuer wahrscheinlich überall auf der Welt hätte riechen können, wenn nur der Wind entsprechend gestanden wäre. Heute haben wir uns bereits an die Dauerkatastrophe gewöhnt. Es herrscht wirklich mehr Panik, wenn Internetseiten mal ein paar Stunden nicht erreichbar sind. Passend dazu gehe ich jetzt natürlich eine rauchen.

Ich bin noch immer völlig baff, an was ich mich gestern alles erinnert habe. Bei jeder Kippenpause sind neue Bilder aufgetaucht, von denen ich nicht wusste, dass sie überhaupt noch da waren. Und jetzt eben wieder! Wie wenn man beim Umzug was hinter einem Schrank findet, das gleich beim Einzug dahintergerutscht war.

Der schnelle Meyer hatte damals ziemliches Glück, dass er bei Nacht auf Vilshofen gestoßen war, weil dann die Straßen wie leer gefegt sind. Er kam von Passau und an der Ampel sah er die blau leuchtende *Aral*-Tankstelle, um die wir an den Wochenenden kreisten wie Motten, weil man nur dort noch Tabak, Überraschungseier und Eis bekam, wenn uns das durch vier geteilte Benzingeld auch Verpflegung erlaubte. Aber es war ein Wochentag, also kaum was los.

Dahinter waren nur Straßenlaternen, aber kein Gegenverkehr mehr, nichts. Dann eine weitere Tankstelle, die aber geschlossen war, unser Bahnhof zur Linken, sowie eine Kreuzung mit gelb blinkenden Ampeln. Meyer folgte dem Straßenverlauf nach links, beschleunigte unter der Bahnunterführung durch und dann war er auch schon am Lager. Vielleicht waren es die zwei Jungs, die ihn haben abbremsen lassen, die zufällig gerade dort entlangliefen und die man eventuell nach dem Weg hätte fragen können. Der Rest ist Geschichte.

Auch vom Stadtplatz aus hätte man nur über die Vilsbrücke immer weiter geradeaus der Straße folgen müssen und wäre am Bergerparkplatz herausgekommen. Der gleiche Berger, dessen Unternehmen man in der ganzen Region ständig begegnete, wo immer etwas gebaut oder in Beton gegossen wurde.

Vor der Bahnunterführung führte noch eine Sackgasse nach rechts zur Vils bzw. zum einzigen Kino, das damit zwar direkt an der Bahnstrecke lag, aber deswegen noch lange kein Bahnhofskino war. In Ermangelung von häufigeren Programmwechseln guckten wir dort eben die gleichen Filme mehrmals. *Back to the Future* war mein erster *Groundhog Day*, das ältere Ehepaar, das es leitete, unsere ureigenen *Ghostbusters*, die uns hinausscheuchten, wenn wir uns in eine der Vorstellungen über 18 schmuggeln wollten, indem wir einfach sitzen blieben. Einmal hat es geklappt, dass uns Lukas' Bruder von innen den Notausgang aufgemacht hat, und wir kamen umsonst in den Genuss von *Die Fliege* von David Cronenberg – der war sogar richtig gut, und die Aufregung, ihn so zu sehen, dem Film beinahe ebenbürtig. Das Kino gibt es inzwischen nicht mehr – ob's an uns gelegen hat, weil wir weggezogen sind? Ein paar Jahre hat es sich laut Lukas noch gehalten, indem es seinen Saal in mehrere aufgeteilt hat, aber gegen die Konkurrenz aus Passau konnte es sich nicht mehr behaupten und die wenigen Schulvorstellungen retteten es (wenig überraschend) ebenfalls nicht.

Hinter der Bahnunterführung gabelte sich die Straße, links ging es Richtung Ortenburg aus der Stadt heraus, rechts Richtung Aidenbach, wenn man vorher schnell am Bergerparkplatz vorbeifuhr, damit man nicht auf Höhe der Post an der letzten Ampelanlage hängen blieb. Staute es sich dort, gingen wir frech zwischen den wartenden Autos über die Straße Richtung Schwimmbad und ich sagte unterwegs kurz Mama im Altenheim Bescheid, weil das auf dem Weg lag.

Die beiden Ausfallstraßen verband noch zweimal eine Straße: Die erste kam gleich nach der Ampel, über die man zum evangelischen Gemeindehaus oder der Sankt Georg Hauptschule nebst Dreifachturnhalle kam, wo wir unsere 1000-m-Läufe um deren Leichtathletikplatz absolvieren mussten. Die zweite Verbindungsstraße lag gleich dahinter, und manchmal glaubte man, während man im Kreis lief den Duft der Limo aus dem dortigen Getränkemarkt riechen zu können.

Hätte man uns gleich dorthin laufen lassen, wären unsere Zeiten wahrscheinlich deutlich besser gewesen. Auch weil es bergab ging. Fuhr man von dort über die Ortenburger Straße zurück stadteinwärts, kam man an der Tankstelle vorbei, neben der ich mit meiner Mutter wohnte – die Schülerlotsen zum nahen Gymnasium beinahe vor dem Fenster. Hinter dem Gymnasium kam dann nur noch das Krankenhaus.

Falls man von den Hauptstraßen abzweigte, fand man sich in Siedlungen wieder, deren Straßen gerne nach Schriftstellern oder Künstlern benannt sind. Allesamt Männer und dementsprechend Sackgassen. Eine Warnung an die Bewohner. Oder haben diese Häuser und Villen jemals Autoren hervorgebracht?

Zu den Stadträndern hin wurden die Gebäude vom Baujahr jünger, von den Budgets größer, aber keinesfalls schöner. Wenn man sie überhaupt sah, weil auch die Hecken mit dem Einkommen wuchsen, um dann fast überall nahtlos in Wald überzugehen. Da musste schon niemand mehr hinter dem Vorhang stehen, das übernahmen bereits die elektronischen Alarmanlagen.

Zum Verweilen lud einen dort nichts ein, außer, man verlief sich auf einer der Ringstraßen, die Namen eher monothematischer Autoren trugen. Oder eins der Anwalts- beziehungsweise Arztkinder feierte Geburtstag und man gehörte zum Kreis der geladenen Gäste, was bei uns Langhaarigen eher selten der Fall war. Es sei denn, der Nachwuchs wollte seine Eltern anpissen. Wir verdufteten dann sowieso schnell wieder von alleine, wenn es in der Hütte weder Alkohol noch Tabak zu stibitzen gab. Danach blieb nur der Gang zur *Aral*, weil wir am Arsch der Welt wohnten. An einem der vielen Ärsche am Ende der Welt, aber das hier war unserer.

Das ist halt der Vorteil, wenn man auf einer Kugel wohnt, da ist immer und überall hinten. Es braucht dazu auch gar keine Öffnung ins Innere des Planeten haben, einen Vulkan oder so. Für den Arsch der Welt genügten zwei Backen. Oder Bäcker: *Stöhr*, *Treffer* – versenkt.

Apropos sinken: Bleibt nur noch die Frage zu klären, was mein Fluss war, wenn die Pfudrach zu Daniel, und die Vils zu Lukas gehörte. Blieb ja eh nur die Wolfach übrig. In ihr stand aber das Wasser meist mehr, als dass es floss. Zur Freude der Mücken. Und mehr als das hatte sie auch nicht zu bieten.

Scheiße, bei der Zigarette eben ist mir jetzt keine weitere Ecke in Vilshofen eingefallen, sondern wen ich noch alles vergessen habe, der auch was von mir zu Weihnachten geschenkt bekommen sollte ... Na das wird ein Spaß, so auf den letzten Drücker, aber nicht mehr heute, morgen dann vor der Arbeit.

Immerhin habe ich mich beim Anzünden endlich mal daran erinnert, mich zu fragen, ob ich gerade träume oder wach bin. Allerdings hat mir die Antwort nicht gefallen.

21.12.19

Wäre ich nicht von alleine vor dem Wecker aufgewacht, hätte ich ihn wahrscheinlich überhört wie schon die letzten Tage. Da hatte ich ihn aber auch mal unter einem Kopfkissen liegen und in der Küche stehen – beides entpuppte sich als eher suboptimal. Auf einem Kissen im Flur ebenfalls. Ich könnte ja stattdessen mein Telefon laut stellen und mich von einem der Töne wecken lassen, aber da ist einer entsetzlicher als der andere, deswegen lasse ich es doch ausschließlich vibrieren. Nein, mein Wecker piept. Ich mag auch kein Radio hören. Genauer: keine Radiomoderatoren.

Halt, eine Ausnahme gab es! Da war diese eine beim Bayerischen Rundfunk gewesen, im Nachtprogramm? Dieser sanften Stimme konnte ich endlos zuhören, obwohl ich die Musik, die sie auflegte, ausnahmslos scheiße fand. Und zwar so scheiße, dass ich ihr irgendwann eine Mixtape aufgenommen habe. Boah, wie hieß die noch? Nach Wochen oder eher Monaten habe ich als Antwort eine Autogrammkarte bekommen, mit ein paar netten Zeilen dabei. Damit war trotzdem der Traum kaputt, denn ich hatte zuvor keine Ahnung gehabt, wie sie aussah, konnte mir das Gesicht dazu nur vorstellen und kam doch nie weiter als bis zu den Kopfhörern. Ich hatte mich in diese unfassbar weiche Stimme verliebt und hier war eine in die Kamera schreiende Schwarzhaarige abgebildet, die so gar nicht zu dem Bild passen wollte, das ich in meinem Kopf gehört hatte. Die Stimme bettete mich auf Wolken, das Foto wollte mir die Augen auskratzen. Daher trennte ich mich lieber wieder von der Autogrammkarte. Leider scheine ich darüber auch ihren Namen vergessen zu haben, dann könnte ich vielleicht alte Programme googeln und auf ihre ASMR-Qualitäten hin untersuchen.

Tina hat sich halb totgelacht, als ich ihr erzählte, dass ich wegen Hildegard Knef weder mich selbst noch meinen Schwanz hatte hochkriegen wollen. Dann fing sie an, von einer Schwester auf Station 2 zu erzählen, die Single sei, und ich winkte gleich dankend ab.

„Keine Experimente mehr. Ich bin für den Rest des Jahres bedient."

„Und wie sieht es bei dir im Januar aus?"

„Hörsturz, trallala – ich bleib lieber ‚Single bells, single bells, Single all the way ...'"

Wir lachten und damit war das Thema vorläufig vom Tisch. Aber das kam immer wieder – wie Unkraut. Warum muss ständig alles miteinander verkuppelt werden? Wir sind ein Volk der verkappten Eisenbahner.

Dann geschah noch ein Wunder: Heßler hat mir grummelnd ein neues Tape mitgebracht und frohe Weihnachten gewünscht. Morgen bringe ich ihm seine neuen Farbbänder vorbei. Zum Glück ist die Farbe inzwischen wieder fast vollständig von meinen Händen runter.

Am Nachmittag mit Daniel telefoniert, der mir sagte, dass meine Weihnachtsgeschenke eingetroffen seien, für die er sich jetzt bedankte. Gleich nachdem er mich zunächst verflucht haben musste, weil der Postbote ihn wohl aus dem Bett geklingelt hatte.

„Keine Ursache," sagte ich. „Wenn es dir ein Trost ist, ich stehe wegen der Tagschichten jetzt konsequent jeden Tag früh auf, auch am Wochenende."

„Klappt das?"

„Jein? Ich weiß noch nicht, wohin mit meinem Wecker."

„Äh, ins Zimmer, wo du schläfst?"

„Da ist mein Nachbar anderer Meinung."

„Ah, okay." Daniel überlegte, wechselte dann aber einfach das Thema. „Und du willst wirklich nach Vilshofen fahren?"

„Ja."

„Würde mir nicht im Traum einfallen."

„Da hast du mehr Glück als ich."

„Was? Ach so, das hatte ich ganz vergessen. Entschuldige."

„Auf die Träume könnte ich gut und gerne verzichten. Hast du ihnen denn inzwischen von Vilshofen erzählt? Von Lukas und uns?"

„Nein."

„Worauf wartet ihr denn?"

„Darüber haben wir doch schon gesprochen", seufzte Daniel gereizt. „Wenn sie volljährig sind. Warum hast du es letzter Zeit so mit ..." Er suchte nach den richtigen Worten und ich konnte förmlich vor mir sehen, wie sich seine Stirn in Falten legte. „... unseren Vätern und Vaterschaftsfragen?"

„Hab ich das? Weiß nicht, vielleicht weil Lukas Vater wird. Und ich hab auf Rügen an meinen Alten denken müssen, und dann auch an deinen."

„Du willst doch hoffentlich nicht sein Grab besuchen?"

„Nein, nicht mal wenn es auf dem Weg zu dem von Talmüller läge. Und selbst bei dem bin ich mir noch nicht sicher, ob ich das will."

Daniel schwieg. Ich glaube, er hatte schon länger nicht mehr an ihn gedacht. „Wenn du das machst, dann richte ihm bitte Grüße von mir aus und erklär ihm, wieso ich nicht persönlich kommen kann."

„Aber das könntest du doch. Der alte Speck ist längst Humus und niemand wird dich mehr erkennen."

„Das ist es nicht." Daniel atmete angestrengt. „Weißt du, ich hab mir lange eingeredet, dass ich nicht so werde wie mein Vater, wenn ich mir keinen sicheren Job ans Bein binde so wie er. Dass es besser ist wie nach Mönchengladbach: sich durchschlagen, von Projekt zu Projekt. Noch heute ertappe ich mich dabei."

„Soll das heißen, das war ein Grund, nach Berlin zu gehen? Gar nicht die Wehrpflicht, sondern der schmierige Speck?"

„Inzwischen glaube ich das, ja. Da war schon auch die Angst vor dem Bund, aber ... was mir mehr Angst eingejagt hat, war der feste Job, die Wohnung, die Ehe ... alles schon wie bei meinem Alten, vor dem ich doch gerade weggelaufen war."

„Deswegen musst du deinen Kindern jetzt auch was anderes sagen als deine Eltern zu dir! Wiederhole nicht ihren Quatsch, sondern sag, was du damals gerne von ihnen gehört hättest."

„Manchmal wünschte ich, du würdest beim Abtrocknen unter der Dusche noch mal versehentlich den Wasserhahn aufdrehen, weißt du das?"

Ich kicherte.

„Mir geht es um etwas anderes", sagte Daniel ernst. „Es ist gar nicht der Job, an dem ich mich störe, sondern das Sich-als-Erzeuger-und-Ernährer-fühlen, und dass man deswegen das Sagen hat. Also zu Hause, denn in der Firma wird gebuckelt, zu Hause dann ausgeteilt – das hat nichts mit der Arbeit zu tun. Das ist der Wunsch, Macht über andere zu haben. Bis ich das auseinandergeknotet habe ... Aber wir sind nicht so Johann, oder irre ich mich da?"

„Also ich mag meinen Job", begann ich.

„Herrgott noch mal Johann, ich meine im übertragenen Sinne. Jetzt mach es mir doch nicht so schwer!"

„Das läge mir fern."

„Weißt du, wir sind dir dankbar, Johann, für alles, was du für uns getan hast." Daniel rang mit sich, suchte vorsichtig nach den richtigen Worten. „Ich meine das auch so, wie ich es sage: für *alles*. Verstehst du?"

„Ich denke schon", sagte ich, weil ich glaubte, dass er das hören wollte, aber ich fand, er übertrieb jetzt wegen der doofen Weihnachtsgeschenke wirklich etwas. Da er nichts sagte, schob ich noch ein „Keine Ursache" nach.

„Dann lass uns nicht mehr davon anfangen, ja?"

„Einverstanden", sagte ich erleichtert.

„Hast du denn schon einen Text fertigbekommen? Clara hat mir von deinem Notizbuch erzählt."

„Scheiße, hab ich etwa was in der Richtung gesagt?"

„Jep."

„Sagen wir mal, ich spiele mit Gedanken. Aber das sind mehr Splitter als richtige Bilder. Ich wünschte, ich könnte das wie Neil."

„Nein", widersprach er. „Mach es wie du. Neil ist Neil, und Johann ist ..."

„Smörrebröd!"

„Smörrebröd, röm pöm pöm pöm", sang Daniel mit quäkender Stimme.

„Du klingst ja sogar wie Willy", lobte ich.

„Gekonnt ist gekonnt."

„Sag mal, was hältst du eigentlich von diesem ASMR-Zeug? Also der Toningenieur in dir?"

„Ach, dass die Kinder nicht mehr auf die Worte, sondern nur noch die Zwischentöne hören gefällt mir sogar", sagte Daniel. „Erst dachte ich noch, warum hören die denn keine Musik? Aber dann dämmerte mir, dass das ja unser Ding war. Der Lärm. Wir haben unseren Schmerz übertönt, die Wut herausgelassen bis uns die Ohren gepfiffen haben. Bei ihnen ist es jetzt eher andersherum: Sie hören in sich hinein und kommen da zur Ruhe."

„Immer anders als die Eltern, nicht wahr? Aber sag mal, kannst du mir mal das mit der binauralen Mikrofonie erklären?"

„Ach, die Kisten, an denen seitlich Ohren angeschraubt sind? Der Grundgedanke ist einfach, die Tonaufnahme so zu reproduzieren, wie wir sie selbst erleben und die Membranen der Mikrofone dort zu positionieren, wo die Trommelfelle sind."

„Und ist da was dran?", wollte ich wissen.

„Also außer den Silikon-Ohren?" Daniel seufzte. „Wie lange hast du Zeit? Die Sache ist schon etwas komplexer, aber im Grunde sorgt das tatsächlich für einen außergewöhnlich guten Effekt von Räumlichkeit, also Stereo-Wahrnehmung."

„Ach, jetzt fällt bei mir der Groschen! Bi und aural ..."

„Heißt nicht viel mehr als Stereo, ja. Das ist Marketing. Inzwischen hat sich zum Glück ein viel breiteres Spektrum an guter Mikrofonie etabliert und allein daran könnten sich inzwischen manche Profis mal ein Beispiel nehmen. Leise Geräusche so klar und dabei rauschfrei aufzunehmen, ist echt 'ne Kunst. Zum Beispiel wenn du ..."

„Daniel", mahnte ich. „Bitte."

„Was? Ach so. Warum fragst du dann?"

„Mir ging es eigentlich mehr um diese Schachteln. Wobei da auch welche ganze Köpfe haben. Das ist wahrscheinlich auch einfacher, wenn sie einem die Ohren zuhalten. Schon irre, wie echt sich das anhört."

„Die meisten gehen schon richtig gut mit ihrem Equipment um, jedenfalls die, bei denen wirklich die akustischen Reize im Vordergrund stehen und nicht visuelle rund um das Dekolleté dahinter."

„Ach, das verbessert gar nicht den Höreindruck?"

„Als Schallisolation vielleicht, aber da gäbe es bessere Methoden."

Wir sprachen dann noch ein bisschen über Musik, welche Platten er aufnahm und was er gerade hörte. Die *Fear Inoculum* von *Tool* sei prima, wenn man einfach den Hype, der im Vorfeld darum gemacht wurde, subtrahiere. Genau deswegen hatte ich es im Sommer ignoriert. Aber wenn Daniel das sagte, dann würde ich dem Album jetzt eine Chance geben.

Zuletzt gestand er mir, dass er damit begonnen habe, Fahrrad zu fahren. Nicht in Berlin selbst, aber im Umland, wenn er mit der S-Bahn ein bisschen rausfuhr. Fast wie Talmüller, wollte ich beinahe sagen, aber dessen war er sich auch ohne meine Mithilfe bewusst. Keinen Scheiß reden, Johann. Ausnahmsweise.

Damit hat er sich also längst sein eigenes Stück Vilshofen nach Berlin geholt, aber was war mit mir? Ich könnte Fotos machen. Dann könnte ich Nadja und Daniel welche von Sandra und Lukas schicken. Nur müsste ich dazu den Apparat erst mal wiederfinden. Bei der Aufräumaktion vor Rügen hatte ich ihn noch in der Hand gehabt, aber danach nie wieder gesehen. Ein Foto der beiden lässt sich zur Not auch anders besorgen und in dem Kaff gibt es sonst eh nichts zu fotografieren.

23.12.19

Bin nach drei Tagen Frühschicht völlig gerädert, obwohl ich heute früher gehen konnte, damit ich den Zug noch erwische. Iris ist für mich eingesprungen, mit dicker Wange, weil sie direkt vom Zahnarzt kam. Das regelmäßig frühe Aufstehen hat sicher geholfen, aber wenn alles derart stressig wird, dann möchte man dem frühen Vogel nur noch einen Wurm eng um den Hals binden. Habe außerdem bis tief in die Nacht die Mandelecken von unserem PJler nachgebacken als Geschenk für Sandra und Lukas. Oder zumindest versucht.

Erst ging mir die Margarine aus. Ich brauchte da nicht nur welche für den Teig, sondern auch den Belag. Einfach 50 g weniger nehmen? Nee. Zum Nachbarn? Viel zu spät, also heimlich Butter genommen. Schmeckt eh besser. Ist zwar geschummelt, aber keiner von uns ist Veganer, also wozu die Aufregung? Ob mein Mürbeteig mit Butter vielleicht auch besser geworden wäre? Oder nun ja, nicht gar so mürbe? Dinkelmehl stand im Rezept und ich hatte halt nur normales. Wer hat denn so was auch zu Hause? Pinkelmehl hätte ich auf die Schnelle noch selber machen können und wahrscheinlich wäre das sogar eine geschmackliche Verbesserung gewesen. Was weiß denn ich, woran's lag, jedenfalls war das Ergebnis nach dem Backen erschreckend bröselig.

Die Ecken wie im Rezept noch in Kuvertüre zu tunken, war keine gute Idee. Beim ersten Oberflächenkontakt sind sie an der flüssigen Schokolade zerbrochen, wie die mit dem Heck aus dem Wasser ragende Titanic. Also habe ich danach nur Schokolade vom Löffel drauflaufen lassen, in der Hoffnung, das würde die wenigstens ein bisschen von oben zusammenhalten. Eine halbe Stunde später war der Batz überall, aber die Plätzchen davon kein bisschen stabiler, Schokogerüst hin oder her. Die Hälfte meines Bleches habe ich bei dem Versuch, sie zu retten, verloren, aber lecker waren sie und mir danach schlecht.

Die wenigen Überlebenden transportierte ich wie in *Lohn der Angst* auf dem Schoß in einer Geschenkkiste. Explodiert sind sie mir zwar unterwegs nicht, aber sie zerlegten sich wahrscheinlich auch ohne äußere Einwirkung wieder in ihre Ausgangsbestandteile. Die Zugfahrt versprach heiter zu werden. Zum Glück rüttelt da ja nichts.

Musste mehrfach nachgucken, ob ich wirklich am richtigen Tag im richtigen Zug sitze, weil es draußen nur noch dunkel ist. Oder ist grad Sonnenfinsternis, von der ich nichts weiß? Vielleicht ein Vulkanausbruch? Ist der Qualm aus Australien inzwischen über Aachen?

Was mit jeder Haltestelle immer mehr aus den Nähten zu platzen droht, ist mein Abteil. Hätte gerne mal nachgesehen, ob der Rest des Zuges leer ist, aber ich darf die Kiste auf meinen eingeschlafenen Beinen ja keinesfalls bewegen. Man wird mich völlig versteift aus dem Zug heben müssen und draußen auf einer Bank absetzen. Ich bereue die ganze Reise jetzt schon.

Andererseits bin ich bei der Übergabe Schwester Anita begegnet. Sie hat mich gefragt, ob mir nicht mal wieder nach Nachtschicht zumute sei, sie würde sich freuen. Ich glaube, die ist total überzuckert und hat jetzt Visionen unter Zimtsterneinfluss. Habe ihr frohe Weihnachten und einen guten Rutsch gewünscht und zum Frühschoppen was von dem Rügener Sanddorn-Schnaps ausgeschenkt, weil der kaum die Weihnachtsfeier heute Abend überleben dürfte, und da kann sie ja schlecht.

Wurde höchste Zeit, dass ich aus dem Laden rauskam, aber vorher gab's noch mal Aufregung um ein Kind mit Nasenbluten. Hatte aber nur die Kappe von einem Buntstift in der Nase und sich bei dem Versuch, den wieder zu verschließen, die Oberlippe grün angemalt. In Panik sind alle Eltern farbenblind. Oder es liegt an der verdammten Dunkelheit!

War eingenickt. Sind erst hinter Nürnberg und es trübt sich alles schon wieder ein. Muss ich eigentlich in Plattling umsteigen? Früher stand der Zug dort immer recht lange, wenn man aus München zurückkam, weil auf Anschlusszüge gewartet wurde. Heute bleiben Züge ja immer mal wieder gerne einfach irgendwo auf der Strecke stehen. Meine Vermutung ist, dass der Lokomotivführer die nächste Weicheneinstellung nicht sehen kann und ein bisschen kurzsichtig ist. Deswegen hält er an, steigt aus und guckt zur Sicherheit nach. Das gibt mir immerhin die Zeit zu schreiben und ich schreibe nur, um mich von den Gerüchen, der Enge und dem Inhalt der Kiste auf meinem Schoß abzulenken. Für den Rest gebe ich mir jetzt aber die Kassette von Heßler, weil ich auch aus dem Zugfenster gucken will, ob ich vielleicht was wiedererkennen kann.

PS: 18 der 37 Leute in meinem 6-Personen-Abteil haben noch nie einen Walkman gesehen, geschweige denn eine Audio-Kassette. Weitere 10 sind davon überzeugt, dass ich den aus einem Museum geklaut haben muss und dem Rest war die Sicht versperrt.

27.12.19

Sitze wieder im Zug. Wollte nicht noch einmal am Wochenende in einem überfüllten Abteil stecken. Ist natürlich trotzdem voll. Verdammt.

Endlich zu Hause! Was für ein Trip. Zum Glück habe ich mir Notizen machen können (und wenn es da nicht stünde, würde ich die Hälfte inzwischen für gelogen halten). Als Lukas wissen wollte, was ich da ständig in mein Büchlein schreibe, sagte ich ihm, dass ich nichts vergessen wolle, und dass ich an Texten schreiben würde.

„Ah, wie Neil. Mei des is super."

Ehrlich gesagt hatte es auch damit zu tun, dass ich jeden Tag lange vor den beiden aufwachte. So viel zum Biorhythmus. Also schrieb ich halt ein Gedächtnisprotokoll, und da mir noch Zeit blieb, bin ich sogar in Vilshofen spazieren gegangen. Was sicher auch daran lag, dass ich nur draußen rauchen konnte. So früh schon auf der Straße zu sein, erinnerte mich an durchgemachte Nächte von damals, als uns langsam die Augen zufielen. Diesmal war ich aber mit meinem nüchternen, ausgeschlafenen Kopf am Start, bereit für die Frühschicht. Dabei überlagerten sich Vergangenheit und Gegenwart in einer Klarheit, die mich zum ersten Mal ahnen ließ, was Lukas dort hielt. Obwohl er schnarchend im Nebenzimmer lag.

Aber der Reihe nach, denn bevor ich es dann gleich vergesse: Mich erwarteten zwei Geschenke zu Hause. Das von Mama lag schon auf dem Tisch und entpuppte sich als *Birdy* DVD. Großartig. Gucke ich später. Das andere hat mein Nachbar für mich angenommen und vorhin rübergebracht, als er hörte, dass ich wieder da bin. Wäre nicht eine Karte der Fischers dabei gelegen, hätte ich angenommen, dass es von ihm selbst ist. Darin war ein Wecker, der eigentlich eine Lampe ist? Ich hab's noch nicht ganz verstanden, aber das scheint wohl zu funktionieren, wenn man mit der Sonne aufzustehen versucht wie ich neuerdings. Und wenn die Sonne im Winter erst später aufgeht (oder halt gar nicht), kann man sie mit dem Ding simulieren. Eine tolle Idee.

Dreiundzwanzigster Dezember

In Plattling stand der Zug tatsächlich ein bisschen und ich meine Anspannung stieg minütlich. Es sah dort unverändert aus. Viel zu erkennen war auch auf der Strecke dahinter nicht und vielleicht bildete ich mir sogar das eine oder andere nur ein. Halt in Osterhofen. Vergesse ich immer noch jedes Mal. Dann die beleuchteten Türme vom Pleintinger Ölkraftwerk, das inzwischen stillgelegt ist. Aber heute rührte mich etwas an dem Anblick beinahe zu Tränen. Weil ich es vergessen hatte. Die Vertrautheit war überwältigend. „Jetzt seh ich schon das Kraftwerk", schoss es mir durch den Kopf.

Dann auf dem anderen Donauufer, hoch über dem Fluss die beleuchtete Burg Hilgartsberg, oder was von ihr übrig ist – die hatte ich auch komplett vergessen! Dabei waren wir dort mehr als einmal mit den Fahrrädern gewesen. Die Plackerei die da hochzuschieben ... später dann die Angst, die Bremsen könnten auf dem Weg nach unten verschmoren ... Und wie ich so nachdenke und die Donau glitzern sehe, kommt auch schon der Berger und ich packe meine Sachen.

Auf der Rückfahrt sind mir dann mehr Unterschiede zu früher aufgefallen. Die hatte ich in der Dunkelheit aber auch nicht sehen können. Gleichzeitig schärften die besten Brezen, die ich seit Jahren gegessen hatte, meine Sinne. Knusprig und mit Biss außen, innen noch warm und weich, akzentuiert von dicken Salzkörnern. Ein Traum. Meinen Augen entging darüber nicht, was früher schon vereinzelt zu finden war und jetzt so allgegenwärtig die Dächer zierte: Photovoltaik. Clara und Dennis wären Stolz auf diese Niederbayern. Dabei hat es bestimmt mehr damit zu tun, dass die Höfe große Dachflächen zur Verfügung hatten und die Bauern rechnen konnten. Der Umweltgedanke spielt da nur die zweite Geige, gleich nach der niedrigeren Stromrechnung.

Am Bahnhof stieg ich aus, Gleis 2. Schnee hatte ich keinen erwartet, mir aber gewünscht. Es hätte einfach schöner ausgesehen, etwas eher Einladendes gehabt als diese neblige, nasskalte Dunkelheit. Mir war alles schlagartig vertraut, als wäre hier alles 30 Jahre stillgestanden. Ach, was sag ich, 50 Jahre! Vertraut war mir auch, dass Lukas sich verspätete. Am Verkehr lag's nicht, aber ich hatte ihn ja selbst gebeten, mich zu Fuß abzuholen.

Die anderen mit mir ausgestiegenen Fahrgäste waren schon in der Unterführung zum Gleis 1 verschwunden, während ich noch den Karton mit den Keksen vorsichtig auf meinem Rollkoffer abstellte, um endlich richtig in meine Jacke schlüpfen zu können. Jetzt, da der Zug außer Hörweite war, rappelte es verdächtig im Karton.

Da Lukas von der Ortenburger Straße kommen würde, wollte ich ihm ein Stück entgegengehen. Als ich zu der Stelle kam, wo ich mit Doris und den Koffern gewartet hatte, drehte ich mich um, ob beim Gymnasium vielleicht diesmal weißer Rauch aufsteigen würde, aber so weit konnte man im Nebel nicht sehen. Ich beschloss, dort zu warten, weil ich zu wenig freie Hände hatte.

Das Bahnhofsgebäude war längst geschlossen, aber seit es den Fahrkartenautomaten draußen gab, habe ich es sowieso nicht mehr betreten. Dabei hat mich die Fensterscheibe mit der Schleusenschublade darunter immer fasziniert. Die sahen aus wie die Zaubertrickschachteln, deren volles Fach man innen arretieren konnte, so dass man überraschend eine leere Schublade herauszog, die eigentlich nur die erste umschloss. In die durfte man natürlich nichts hineinlegen, aber bei der Kasse war der Mechanismus ja ein anderer, oder? Wer wusste schon, ob da nicht auch in der Mitte ein Geheimfach Dinge verschlucken konnte.

Und an noch etwas erinnerte mich dieses kleine Verkaufsfenster im Wartesaal. An ein Kino. Auch dort gab es sehr ähnliche. Nur dass sich danach im Kino die Bilder vor einem bewegten, während im Gegensatz dazu das Zugfenster wie eine durch die Welt fahrende Leinwand war. Das eine verkaufte einem innere Reisen, das andere äußere. Aus beidem taumelte man am Ende blinzelnd heraus, ohne sich gleich zurechtzufinden. Einmal ist man in der Fremde angekommen, das andere Mal aus der Fremde nach Hause.

Wo blieb Lukas nur?

Also ging ich seufzend und die Kekskiste wie ein Kellner mit einer Hand balancierend an der verschwundenen Bahnhofskneipe vorbei die Treppe hinunter zur Bahnunterführung. Weil die Rollen so obszön laut waren, trug ich den Koffer lieber. Ich war wieder 16 und genauso verunsichert, jetzt bloß niemanden stören. Es hätte mich nicht überrascht, wenn aus der Polizeiwache um die Ecke schon ein Polizist zu mir auf dem Weg gewesen wäre. „San Sie wahnsinnig? Noch um die Uhrzeit Ihren Rollkoffer zu betreiben? Zeigen Sie mal Ihren Führerschein. Wie, Sie haben nur einen Fahrradführerschein? Außerdem ist der längst abgelaufen!" Stattdessen kam aber endlich Lukas von der anderen Seite angelaufen.

„Mei, mia warn am kochen, und da hob i an Alarm g'stellt am Ofen. Do is immer früher g'wordn und i hob mir dacht, hob ja eh no Zeit."

Er sah so im Halbdunkel keinen Tag älter aus. Erst bei ihm zu Hause sah ich, dass die Haare dünner und vereinzelt grauer geworden waren, aber in den Augen war das gleiche Leuchten geblieben, hell und warm wie eh und je.

„Schon gut. Komm her, altes Haus!" Wir umarmten einander und drückten uns lange.

„Nehmt's eich a Zimmer!", schimpfte jemand von der anderen Straßenseite.

„Nur wennst mitkimmst", rief Lukas zurück und ging in die Knie, um mich einen Moment später von den Füßen zu pflücken, als wollte er mich über eine Schwelle tragen, und ich zerdrückte dabei ein wenig den Karton mit der Hochzeitstorte.

„Kindsköpf."

Lukas stellte mich wieder auf die Füße. „Du warst a scho amoi leichter."

„Und du kräftiger."

„Jo mai, oba für den Koffer g'langt's no allawai." Er nahm mir den Rollkoffer ab und bereute es sofort. „Was host denn da drin? Ziegelstoana?"

„Und sieben Geißlein."

„Oh mei, hob i dir eps in der Schachtl kaputtg'macht?"

Ich schüttelte den Kopf. „Da war eh nix mehr zu retten." Wir strahlten einander an. „Hier hat sich überhaupt nichts verändert."

„Doch, und wie. Du bist nur blinder, ois d'Polizei erlaubt."

„Ach ja? Dann können wir sie doch gleich mal fragen gehen."

Lukas hob die Augenbrauen. „So? Dann mach amoi. Nur zu."

Ich drehte mich um und da, wo immer das Schild der Polizeiwache gewesen war, war nun ... keins mehr. Da brannte auch kein Licht. „Ich könnte schwören, dass die Polizeiwache eben noch da war, als ich die Treppe runterkam."

„Weil's immer scho da war?"

„Ja."

„Du siehst G'spenster. Des werd i dir schon no austreibn."

„Ist das deine neueste Beschäftigung? Exorzismus? Men?"

„Na, nur ex. Mit ismen hab i's ned so. Räucherwerk für moderne Exorzisten gibt's übrigens glei da drübn." Er deutete geradeaus in eine Hecke und ich erinnerte mich, dass dahinter mal ein Supermarkt gewesen war. Vielleicht meinte er aber auch die Hecke. Wir setzten uns in Bewegung. „Warum wolltest eigentlich z'Fuaß geh?"

„Um mir Vilshofen in Ruhe anzugucken. Und wegen der Kreisverkehre, vor denen du mich gewarnt hast."

Wir gingen die Ortenburger Straße hinauf, Lukas keuchte bereits bedenklich, wollte aber nicht den Koffer gegen die Schachtel voller Brösel tauschen. „Du, kriag jetzt bloß koan Schreck."

„Wieso denn? Was … Oh." Dann verstand ich, was er meinte. Das Haus, in dem ich mein ganzes Leben in Vilshofen verbracht hatte, war nicht mehr da. „Ein Parkplatz? Allen Ernstes?"

„Duad ma leid. I konnt's dir ned am Telefon sogn. Hob's ned übers Herz bracht."

Schweigend gingen wir den Berg weiter hinauf.

„Ist es noch weit?", fragte ich extra quengelig.

„Na, glei san ma do."

Lukas hatte nicht zu viel versprochen, sie wohnten am Hammerberg, gleich in der ersten Kurve, in einer Dreizimmerwohnung, wo Sandra schon auf uns wartete.

„Wo bleibts ihr denn? Glei is ois koid!" Sie hatte eine Stimme wie Inga Humpe. Wie großartig!

„Dafür bist du hoaßa denn jeh." Lukas stellte meinen Koffer ab, streichelte ihr über den gewölbten Bauch und sie klebte ihm eine mit dem Kochlöffel an die Wange, der dort von alleine hängen blieb.

„Und du muaßt der Johann sei, richtig?", wandte sie sich ohne Umschweife an mich, also nickte ich schnell. „Dann kimm eina, sonst fangst dir a oane."

Der Aufforderung kam ich lieber nach.

Im Vorbeigehen hörte ich sie fragen: „Sag amoi, hast du da etwa Kuvertüre in den Haaren?"

Wir setzten uns zum Essen und das war eine Wohltat nach der langen Bahnfahrt. Schweinebraten mit aus Linsen zusammengemantschten Knödeln, weil für Semmelknödel weder Semmeln noch Milch im Haus waren, ganz wie bei mir daheim. Die Kruste entschädigte mich sowieso für alles, wenn man seit Jahrzehnten keine mehr gegessen hatte.

„Mei, ganz vergessn di zum fragn: Du bist ned zufällig allergisch auf Katzen?", wollte Sandra wissen.

„Nein, wieso? Versteckt sich hier eine?"

„Ja, mit Betonung auf versteckt." Sandra rief versuchsweise in die Wohnung: „Marlene!"

„Wie die Dietrich?"

„Ja, weil's immer überoi irgendwie einekimmt."

„Wie habt ihr euch eigentlich kennengelernt?", wollte ich von Sandra und Lukas wissen.

„Telefonisch."

Visionen von teuren Vorwahlnummern schossen mir durch den Kopf.

„I hob a Anzeige im Donauboten aufgebn, dass i a Waschmaschine verkauf und d'Sandra hat ogruafa."

„Waschmasch."

„Waschmasch?" Ich konnte nicht folgen.

„Mei, des war kürzer. Des und mei Nummer."

„I wollt eigentlich nur wissn, ob de Waschmaschine no da war."

„Oba i wollt dir ned d'Wahrheit sogn, dass i's scho verkaft hob, weil i mi da scho in dei Stimm verliabt hob."

„Am Telefon?"

Lukas nickte.

„Ihr nehmt mich doch auf den Arm."

Sandra schüttelte den Kopf. „Mir habn sicher nur fünf Minuten telefoniert."

„Oba i hob glei g'wusst, dass sie de Richtige is."

„Am Telefon?"

„Ja, i woaß, wie des klingt, aber du warst da ned am Apparat. D'Sandra hod eps in mir zum Schwinga bracht, des ... I woaß ned, wia i des beschreibn soll."

„Wie ASMR?", schlug ich vor.

„Ja, des ist guad, nur eben koane Kribbel-Duschn übern Kopf, sondern in mir drin. Wia a Ventil, was aufging, a Tür in a Zimmer, des i no nie bemerkt hob."

„Ach, du Charmeur."

„Und wenn's a no Französisch redt, dann schmelz i dahi."

Sie versanken einander in den Augen und ich schenkte mir selbst nach. Hätte ich ihnen bloß eine andere Frage gestellt. Sie bekamen nicht einmal mit, dass ich den Karton zum Tisch holte.

„Erst is es mir ned aufg'fallen, weil ich ihn kaum verstanden hab, und ihn bitten musste, des zu wiederholen."

„Dabei wollt i, dass sie ois no amoi sagt. Gleichzeitig hob i überleg'n müssen, wo i so schnell a anderne Waschmaschin herbring."

„Du bist und bleibst mei Waschmasch."

Ich öffnete den Karton und betrachtete kurz das Elend. „Ihr habt nicht zufällig was zum Plätzchenausstechen da?"

„Na wieso, hast du da drin etwa an Teig mit'bracht?"

„Mehr um die wieder in Form zu bringen." Ich zeigte ihnen den zerbröselten Inhalt. „Die waren mal dreieckig."

„Ah geh."

„Mit einer offenen Knoblauchpresse vielleicht? Dann sehen sie bestenfalls wie Pralinen aus."

„I könnt Eischnee anrühren, der bappt des zam," schlug Sandra vor.

„Die sollten eigentlich vegan sein."

„Des sogst du ausg'rechnet nach am Schweinsbraten?" Lukas schüttelte den Kopf. „Außerdem habn mia a koane Eier mehr."

„Was soll sie dann zamhalten? Liebe?"

Ich nickte. „Mit Luft hat's schon mal nicht funktioniert."

Lukas vermengte die Brösel mit etwas Marmelade, stopfte das Gemisch anschließend in die Fächer einer Eiswürfelform und stellte sie über Nacht ins Tiefkühlfach.

Vierundzwanzigster Dezember

Sie haben mich im zukünftigen Kinderzimmer einquartiert und das war mir ein bisschen unangenehm. Vielleicht lag es am Gitterbett neben der Luftmatratze oder eher dessen Schatten, den die Straßenlaterne auf den Boden warf. Jedenfalls stand ich früher auf, nahm mir den Schlüssel, den mir Sandra rausgelegt hatte, und machte einen Spaziergang.

Es zog mich zum Bergerparkplatz. Lukas hatte doch etwas von einer Plakette erzählt? Ich fand sie nicht gleich, wahrscheinlich weil ich nach etwas Größerem gesucht hatte. Es war mehr wie ein Pflastersteinaufzug, der auf Hüfthöhe feststeckte, mit einer drangenieteten Plakette. „Tor zur Freiheit in die Deutsche Einheit" stand darauf. Das reimt sich sogar, nur zum Singen animierte es nicht gerade. Davon hätte ich dann doch ein Foto machen wollen. Tja. Ohne „Sams & ung" keine Erinnerung.

Ich ging weiter zum *Stöhr*, Semmeln holen. Nachdem ich bezahlt hatte, fragte die Bedienung: „Sie san oba ned von hier?" Es klang wie eine Beleidigung. War es doch auch, verdammt! Oder mindestens eine Unterstellung.

Ich drehte mich noch einmal um. „Was soll man denn da drauf antworten? Wieso ,aber'? Darf man nur ,hier' einkaufen, wenn man von ,da' ist? Wenn ich gerade nicht ,hier' wäre, könnte ich doch gar nicht einkaufen."

Die Bedienung lächelte gequält und sah sich hilfesuchend im Laden um, aber die wartende Kundschaft war verstummt.

Ich kam richtig in Fahrt: „Was wollen Sie eigentlich hören? Es klingt so, als hätten Sie sich längst selbst eine Antwort auf die Frage gegeben, noch bevor Sie sie gestellt haben. ,Nein, den hab ich noch nie gesehen, also ist er fremd und ich will, dass er wieder geht, jetzt wo er bezahlt hat, und wenn ich schon dabei bin, zähle ich es besser gleich nach, man weiß ja nie bei diesen Ausländern!'"

„Des hob i doch gar ned so g'meint!"

„Aber gedacht haben Sie's! Im Kopf!"

„Na, hob i ned!"

„Warum sagen Sie dann nicht, was Sie wirklich sagen wollten?"

„Der Nächste bitte?", riet die verunsicherte Verkäuferin.

„Nein!", rief ich wütend. „Beehren Sie mich bald wieder!" Damit drehte ich mich um und stapfte aus der bimmelnden Tür.

Auf dem Rückweg probierte ich eine der frischen Semmeln. Wie erwartet. Die vom *Treffer* sind eh die besten.

Nach dem Frühstück ging Lukas zuerst mit mir in die Furtgasse, an deren Ende das Kino ... verschwunden war. Mich packte die blanke Wut. „Gibt es eigentlich einen Platz, der mir was bedeutet hat, aus dem sie noch keinen Parkplatz gemacht haben? Und wieso ist der jetzt kleiner als das Kino von drinnen war? Das darf doch alles nicht wahr sein!"

„Wenn's di beruhigt", sagte Lukas, „beim Geistler is no immer a Metzger drin. Aber i wollt dir eps anders zoagn."

Er ging zu einer der Garagen und suchte den passenden Schlüssel an seinem gigantischen Schlüsselbund. Ich habe noch nie einen so großen gesehen und der in der Klinik ist schon nicht ohne.

„Gehören die Garagen nicht zu den Anwohnern von dem Hochhaus?"

„Logisch."

„Und wieso hast du dann hier eine Garage?"

„Weil i da a amoi g'wohnt hab."

Wieso fragte ich überhaupt? „Wollte der Nachmieter die nicht zurück?"

„Die Nachmieterin hod koa Auto und hätt trotzdem dafür zoin müssen, da hob i ihr a Angebot g'macht."

Jetzt passte der Schlüssel, er drehte den Hebel und ließ die Tür nach oben ins Innere gleiten.

„Mein lieber Scholli!", entfuhr es mir. In der Garage stand Monika in ihrer ganzen Pracht. „Du hast den Trabi aufgehoben?"

Lukas grinste von einem Ohr zum anderen. „Und no vui mehra a."

Das konnte man laut sagen, denn links wie rechts von Monika stapelten sich Kisten mit Wer-weiß-was-allem. Ich riet ins Blaue: „Wegfahrsperre?"

Lukas grinste. „Kimm, pack amoi mit o."

Während wir uns zu den Autotüren vorarbeiteten, musste ich der Sache einfach auf den Grund gehen. „Sag mal, das mit dem Schlüsselbund ..."

„Des is wie a Versicherung. I woaß no, bei wem des og'fanga hod: Eigentlich wollt i nur den Schlüssel beim Vermieter abgebn, aber der hod sein verloren g'habt und sich vo derer Wohnung ausg'sperrt. Der war so froh, dass er mi bitt hod, ob i den ned b'halten mog. Seitdem moch i Schlüssldienst, weil i ja nix verlier."

„Du hast noch die Schlüssel zu allen Wohnungen, in denen du mal gewohnt hast?"

„Na, ned alle, aber fast. Nur wer des wollt. Und no vui anderne a. Nachbarn und so. Weil i bin nie weit weg und billiger, wie neia Schlösser eizumsetzn. Des rechnet si für alle Parteien." Er begann zu suchen. „Irgendwo müsst i a no den vo deim Haus habn."

„Aber das steht doch gar nicht mehr!"

„Des scho, aber der Schlüssel is übrigbliebn", erklärte Lukas entschuldigend, obwohl er nichts dafürkonnte. „Zefix, i find'n ned."

„Lass ruhig." Ich winkte ab und war einmal mehr verblüfft, wie sich die Dinge für Lukas entwickelten. Ihm flog im wahrsten Sinne alles zu und er integrierte es in sein Leben, und damit hatte es sich.

„Wolln ma a Rundn drehn?"

Und wie ich wollte.

Aber Monika nicht. Sie wollte nicht anspringen, und bei jedem Versuch klapperte es verdächtig. Im Handschuhfach entdeckte ich dann aber dessen Quelle: eine Schachtel *Tic Tac*.

„Ach du Scheiße", stöhnte Lukas.

„Was denn? Ist doch gut, dass wir die Ursache gefunden haben."

Er wurde so kreidebleich wie die Dragees und schüttelte den Kopf. „Oba de san ... Des san vom Daniel."

Mein fragender Blick half nicht wirklich weiter.

„Woaßt, damals am Bahnhof, als i eam no d'Ring gebn hob, da ..." Lukas schluckte. „Da hod er mir seine *Tic Tac* dag'lassen."

„Nicht dein Ernst? Und das sind ... Die sind da 30 Jahre drin gelegen?"

Er nickte.

„Die müssen wir ihm bringen", beschloss ich und sah nach oben, ob die Delle immer noch im Dach war.

„Zu seim Geburtstag?"

„Früher", sagte ich kopfschüttelnd. „Und unbedingt persönlich." Woher kam nur diese Gewissheit meiner Worte? Ich hob den Arm, als hätte ich eine Antwort, fühlte aber nur die Beule im Autodach, die man bei dem Licht nicht sehen konnte.

Lukas nickte. „Vielleicht probier i's mit am Anlassjodler?"

Weil ich die Gedenkplakette erwähnt hatte, zeigte mir Lukas den Stolperstein in der Vilsvorstadt und weitere am Stadtplatz. „Das versöhnt mich dann doch mit der Plakette, denn die find ich wichtiger. Dezenter."

„Von wegn dezent …" Lukas wollte gleich mit mir weiter zum Fragment der Berliner Mauer im Ginkgo-Park, aber nicht ohne noch schnell beim *Treffer* die letzten Semmeln als Wegzehrung zu ergattern. Das versöhnte mich mit allem.

Dann stand ich zum ersten Mal seit 1990 vor der Berliner Mauer. In Vilshofen. Zwischen den Bäumen des Jahres, neben einem Spielplatz. Davor stand ich tatsächlich noch ratloser als am Morgen vor der Plakette am Bergerparkplatz.

„Und?", fragte Lukas. „Was moanst?"

„Ehrlich gesagt weiß ich es nicht. Es ist mit Sicherheit das schlechteste Gedicht, das ich jemals gesehen habe – wenn es überhaupt eines sein soll?"

„I würd ja ‚Aua' ois drittes Wort nehma."

„Statt ‚keine'?"

„Ja."

„Mauer Aua Dauer, Dauer Mauer Aua, Aua Dauer Mauer?" Ich seufzte. "Immerhin wären das Binnenreime. Talmüller wäre begeistert."

Lukas wurde vor meinen Augen einen Zentimeter größer.

„Wenigstens taugt die Plakette an der Seite was. Ohne die Erklärung wüsste ich das nicht einzuordnen."

„I hob a no a Stück echte Mauer dahoam, woaßt no, aus dem Sommer?"

„Bundi Smarties? Natürlich!"

Am Abend hatten wir Bescherung, verzichteten aber auf Gesinge, Weihnachtsgeschichte und anderen Firlefanz. An Dekoration tat es eine Lichterkette im Fenster sowie ein paar an den Kratzbaum getackerte Tannenzweige, hinter denen sich jetzt Marlene versteckte und mich misstrauisch beäugte. Sandra war nicht sehr religiös und froh, nicht mehr bei sich zu Hause mit der Familie feiern zu müssen.

„Weißt du noch, wie uns der Geistler früher immer seine depperten Apostel genannt hat?"

„Evangelisten," verbesserte Lukas.

„Evangelisten? Nein, die depperten Apostel: Daniel, Lukas und Johannes."

„Matthäus. Er hat an Daniel imma Matthäus g'rufn, um eam zum ärgern."

„Wieso denn das?"

„Na wengam Fußballer? Weil er dem nie verziehn hod, dass er von München nach Mailand g'wechslt hod. Und wegam neuen Testament. Daniel hod ned zu de andern passt. War scho z'oid."

„Ach deswegen hat er ihn immer nach den Fußballergebnissen gefragt."

„Genau, und i glaub, dass es am Daniel Spaß g'macht hod, die zu erfindn."

Dann packten wir unsere Geschenke aus, ich bekam von ihnen *Neil Peart Signature Drumsticks* in einem Stick Bag, und sie von mir Würfelringe in verschiedenen Größen.

„Mir san doch nur zu zweit?", wunderte sich Lukas.

„Wann hast du dir zuletzt deine Wurstfinger aus der Nähe ang'schaut?"

„Ah so, jetzt klingelt's."

„Hey, die drehen sich ja!", wunderte sich Sandra.

„Ich dachte, dann könnt ihr eure Probleme in der Not auswürfeln? Wer sich den höheren Pasch dreht hat gewonnen."

„Mei hob i dir des verzählt mit ..."

„... de Eheringe für deine Freunde? Nur tausendmoi."

Dann probierten sie die Ringe an und zum Glück war für jeden ein passender dabei. Die übrigen wollten sie aber nicht behalten, obwohl ich das eigentlich so gedacht hatte. Ihnen war einfach das Risiko zu groß, dass sie sich deswegen zur Polygamie angestachelt sehen könnten. Außerdem bekamen sie noch ein Mobile mit Plüschmonstern aus *Wo die wilden Kerle wohnen* für ihr kleines Ungeheuer und sie freuten sich sehr darüber.

„Wuist du eigentlich Kinder?", wollte Sandra plötzlich von mir wissen.

„Was ich? Nein. Nicht mehr. Also ich hätte lange auch nichts dagegen gehabt, aber jetzt bin ich dafür zu alt."

„Du bist doch jünga ois i!", protestierte Lukas. „Ah geh, du bist ebn no ned der Richtigen begegnet."

Oh doch Lukas, das bin ich. Wenn du nur wüsstest, aber ich war zu langsam.

„Wie wär's denn mit deine Schwestern?", warf Sandra ein.

„Na, oane g'langt."

„Du meinst ..." Scheiße, ich konnte mich nicht an ihre Namen erinnern. Irgendetwas mit K, oder W. Aber diesmal war es nicht meine Schuld, er erzählte uns ja nie was von zu Hause!

„Petra wär doch super?"

Oho, Sandra wusste also Bescheid. Dann hat er wohl inzwischen damit angefangen, aus den Nähkästchen zu plaudern, sieh einer an.

„Johanna geht ja vom Namen her eher schlecht", warf Lukas ein. „Johann und Johanna?"

„Vielleicht wenn sie den Nachnamen noch in Johansson ändern und nach Island ziagn?", schlug Sandra kichernd vor. „Tut mir leid, dass mir di hier so aufziehn. Aber im Ernst, wieso wuist du koane Kinder?"

„Ich hab die Kraft nicht mehr", log ich. „Für die Kinderklinik reicht es, aber darüber hinaus bin ich mit dem Thema durch." Ich sah die Enttäuschung in ihren Augen. „Für euch bin ich natürlich da", schob ich schnell nach.

Lukas sah fragend zu Sandra, die ihm zunickte. „Es is eigentlich no zu früh, aber mia würdn di gern fragn, ob du ned der Patenonkel für unser Kind werden wuist?"

„Ich ... ja freilich!", jauchzte ich mit sich leicht überschlagender Stimme.

„Mei, da foid ma a Stoa vom Herzn!", rief Lukas.

Wir begossen die gute Nachricht mit *Hacklberger* (ich) und *Aldersbacher* (Lukas), während sich Sandra wacker an ihren Glühtraubensaft aus der Mikrowelle hielt.

Als sie schlafen ging und Marlene sie begleitete, hörten Lukas und ich noch etwas Musik. Allerdings war Lukas' Plattenspieler kaputt, oder wollte einfach nicht mehr auf höheren Umdrehungen abspielen. Trotzdem legte er eine Single auf. „Major Tom" von Peter Schilling, die dann natürlich zu langsam lief. Aber das Riff klang so viel geiler. Richtig heavy. Dann eierte der Ton, weil Lukas versuchte, das Tempo manuell anzupassen.

„Lass mal so, das klingt voll super," rief ich.

Als endlich der Bass einsetzte leuchteten Lukas' Augen auf. Wir sahen einander an und hatten urplötzlich ein Projekt. Ich trommelte mit meinen neuen Sticks auf den Sofakissen und Lukas zupfte auf einem unsichtbaren Bass.

„Mei, morgen geh ma in den Proberaum."

„Du spielst noch?"

„Ja, oba alloa macht's koan Spaß ned", sagte er schwankend. „I check's ned, wo der Bass eisetzt."

„Vorgezogen. Auf der vier und."

„Und was?"

Es war hoffnungslos. Ich zählte ihm vor, was ich bis eben noch mitklopfen konnte, und jetzt, als ich versuchte, laut zu zählen, kam ich selbst durcheinander. Wir waren offiziell zu doof, um bis vier zu zählen.

28.12.19

Der Lichtwecker hat mich tatsächlich aufgeweckt. Und wirklich das Licht, denn draußen war es ja noch dunkel. Erschreckt haben mich nicht einmal die Ziegen, die ich als Geräuschkulisse gewählt habe. Das erschien mir gestern als bessere Wahl, als wegen Wellenrauschen gleich Toilettendrang zu spüren. Na ja, stattdessen hat mein Nachbar jetzt halt eine Ziege in meinem Schlafzimmer meckern hören, was könnte da schon schiefgehen?

Was ich nach zwei Tagen in Vilshofen (Muss ich eigentlich die Anreise als dritten Tag mitzählen?) nicht geschafft habe, war Lukas zu sagen, wie leid es mir tat, ihn dort allein gelassen zu haben. Und dann erst noch der ganze Rest über den ich reden wollte, aber nichts sagen durfte. Wenigstens hatte ich sie schon darum gebeten, mir ein Foto von sich zu schicken, angeblich um mich geistig auf die Paten-schaft vorzubereiten.

Fünfundzwanzigster Dezember

Als ich mich aus dem Haus schleichen wollte, ertappte ich Marlene dabei, wie sie mit ihrem Kopf in meinem Schuh feststeckte. Bei ihrem Fluchtversuch hätte die Katze beinahe alle geweckt, doch dann ließ der hinterhältige Gegner endlich von ihr ab und sie sah mich aus sicherer Entfernung vorwurfsvoll an, als sei das alles meine Schuld gewesen. Da sie weder alle Bewohner aufgeweckt, noch mir eine „Überraschung" in meinen Tretern hinterlassen hatte, verließ ich die Wohnung und ging runter an die Wolfach. Als ich so vor ihr stand, fiel mir ein, wie wir einmal versucht haben, dort mit ein paar Brettern ein Lager in den Hang am anderen Ufer zu bauen. Ich war kurz davor, zwischen den Bäumen nach Spuren zu suchen, aber die Brücke dorthin lag jetzt auf Privatgelände. Also lief ich den Wolfachweg entlang bis zu der Stelle, wo wir für Daniel den Rucksack versteckt hatten, und von dort über das Krankenhaus zurück am Gymnasium vorbei, das ich von vorne nicht wiedererkannt hätte. Die neue Außenverkleidung des B-Baus und vor allem das aufgestockte Verbindungsstück zum A-Bau verwirrten mich. War da überhaupt jemals ein Eingang gewesen? Ich meine nein, stand jetzt aber völlig verunsichert davor und wünschte mich beinahe in einen meiner Albträume, in dem noch alles genauso war wie früher. Mit seinen modernisierten Verzweigungen erinnerte es mich jetzt mehr an die Module der ISS als an eine Schule.

In der Wohnung machte ich uns Omeletts zum Frühstück, weil wir gestern noch einkaufen waren, und Sandra kam noch vor Lukas aus dem Schlafzimmer geschlichen.

„Hab ich dich geweckt?"

Sie schüttelte den Kopf. „Mei Blase. Weil unser Kind die wohl ois Kopfkissen nutzt, oder was woaß i. Jedenfalls möcht i des, was du da in der Pfanne hast bitte glei auf'm Teller haben, wenn i aus'm Bad kimm."

Als sie kurz darauf zufrieden auf dem Omelett kaute, musterte sie mich eine Weile und deutete dann mit den Gabelzinken auf mich. „Du hast wegen was a schlechts G'wissen."

„Wie kommst du denn darauf?"

Sandra perforierte ihr Omelett mit der Gabel. „Weil man's schmeckt."

„Ich will's ja gar nicht abstreiten …"

„Hah!", schmatze Sandra zufrieden und stand auf. „Kaffee?"

Bevor ich mir die ersten Brocken von der Seele reden konnte, fragte ich sie, wie viel sie über unseren Freund Daniel wusste. Das mit den Ringen musste ja schon Thema gewesen sein. Und es war einfach alles dabei bis zu unserem Treffen vor der Jahrtausendwende in Bad Dingens, irgendetwas mit *Prince*, ich komm grad nicht drauf. Seitdem hätten wir uns aus den Augen verloren und er säße halt mit dieser Nadja in Berlin.

„Du hättst di früher auch öfter g'meldet", schloss sie mit gut hörbaren, sarkastischem Unterton.

„Als ich damals weggezogen bin, hat mich ewig ein schlechtes Gewissen geplagt", begann ich zögerlich. „Das weiß er auch. Aber was er nicht weiß, ist, dass ich mir geschworen hab, das nie wieder zu tun."

„Was genau?"

„Nur an mich zu denken."

„Du, soweit i des beurteilen kann, hat er des scho lange verwunden", winkte Sandra ab.

Ich sah zu Boden und nickte, dann suchte ich ihren Blick. „Und was, wenn es wieder passiert ist?"

Ihr Lächeln verschwand und sie studierte mein Gesicht. „Dann solltest es eam sagen." Und nach einer Pause fügte sie hinzu: „Oder ihr eam, je nachdem." Oh, sie war gut. Gefährlich gut.

Nachdem auch Lukas aufgestanden war und sein Omelett verdrückt hatte, gingen wir zum Proberaum. Gefühlt in die falsche Richtung, weil ich damit gerechnet hätte, zum katholischen Pfarrzentrum zu müssen.

„Na, da spui i scho lang nimma. Schaug amoi do."

„Ach schau an, hier ist jetzt die Polizeiwache!" Dann blieb ich abrupt stehen. „Du hast doch nicht etwa deinen Proberaum bei der …"

„Na, spinnst du? Obwohl i könnt da fragn, ob's schalldichte Räume im Keller haben. Oder na, ebn ned. Besser neben der Verhörzelln. Wann da bei uns oana bei der Probe schreit, dann g'steht eana jeder Zwoate."

Ich sah schon die Euro-Zeichen für einen neuen Nebenjob in seinen Augen. Es gab nichts, das er nicht auch in eine Einnahmequelle verwandeln konnte. Außer das mit den Gaskartuschen.

„Ach du heilige Scheiße, was ist denn das für eine Baustelle?"

„Des wird a Verbindung zur B8, bei Zeitlarn auffe, hier durch an Galgenberg und dann an der Wolfach auf d'Stelzn runter zur Donau."

„Sagtest du durch den Galgenberg? Und was für Stelzen?"

„Ja, wegerm dunklen Wiesenknopfameisenbläuling", sagte Lukas schnell.

„Du ziehst mich auf."

Vergnügt schüttelte er den Kopf. „Des hob i extra auswendig g'lernt: Wiesen-Knopf-Ameisen-Bläuling, eigentlich ganz einfach. Und weger Fledermäusen a. Wega de Viecher gibt's da heruntn a koan Waldlauf mehr für d'Gymnasiasten. Is ois g'sperrt."

Ich schlug mir auf den Oberschenkel. „Hätten die die Fledermäuse nicht früher schützen können wollen ... können? Oder zur Abwechslung mal uns Kinder? Was habe ich es gehasst, wenn die uns da raufgehetzt haben!"

„Was glaubst denn du, warum der Galgenberg hoaßt? Und wehe, wenn ma stehnbliebn is, habn oan d'Mücken aufg'fressn."

„Gedenken wir eine Minute den Gefallenen", schlug ich vor und teilte mir mit Lukas eine Zigarette.

„Verzähl des fei ned der Sandra."

Ich schwor: „Bei Galgenberg und Mückenpest."

Wir erklommen den Berg und ich machte einen großen Ausfallschritt über eine trocknende Pisspfütze. Lukas blieb stehen und betrachtete sie eingehend, während ich froh um die Verschnaufpause war.

Lukas wurde regelrecht philosophisch: „Morgendliche Spuren, wo jemand heid Nacht hibrunzt hod. Frech auf'n Gehsteig g'soacht, von wo es auf d'Straß rinnt. Waren's sieben Hoibe? Meine? Man woaß' ned."

Ein Stück oberhalb von *Vitos* hatte Lukas seinen Proberaum. Hausnummer dreieinhalb. In echt. Ich war total aus der Puste. Als er aufschloss und sich meine Augen an die Dunkelheit gewöhnten, traute ich ihnen trotzdem nicht. Denn sie beharrten darauf, dort mein Schlagzeug zu sehen.

„Doch, des isses."

Ich fiel Lukas um den Hals und fing an zu schluchzen, ich kann nicht mal genau sagen, warum. Das war einfach alles zu viel. Er hatte es nicht verkauft. Nichts. Alles war noch da!

„I hob amoi versucht, drauf zum spuin, aber des ging ned. I woaß scho, du hast mia's erlaubt und so, oba des war … ned richtig. I konnt's ned. Verstehst? Es hod einfach zu wehdo." Die Sticks, mit denen ich auf den Sofakissen getrommelt hatte, musste er vorhin heimlich eingesteckt haben, denn jetzt drückte er sie mir in die Hand.

Ich nickte, setzte mich hinter mein Kit und richtete alles ein, während Lukas seinen Bassverstärker anwarf, sich die Fingerhüte über die Finger zog und damit Slap Bass spielte, dass mir die Ohren schlackerten. Alter Schwede, war er gut geworden. Ich schämte mich und drehte den Stuhl ein bisschen tiefer. Dann traf mich noch etwas wie ein Blitz: Lukas hatte den Raum so eingerichtet, wie wir früher geprobt hatten, und in der Ecke von Daniel war Platz frei geblieben. Bei Lukas ist nie irgendwo etwas demonstrativ freigeräumt, und hier war eindeutig Raum für jemanden gelassen worden, der entweder gerade auf die Enterprise gebeamt worden war oder sich seit 30 Jahren nicht mehr hat blicken lassen.

Lukas nahm zwei Fingerhüte wieder ab und stimmte den Bass tiefer, ich glaube bis auf C runter, so dass die Saiten schon an den Bünden zu schnarren begannen. Dann begann er den Groove von „Major Tom" zu spielen und ich setzte ein. Wir spielten dieses verdammte Lied mindestens eine halbe Stunde lang, mal improvisierte Lukas, mal ich. In dem Tempo machte es mordsmäßig Spaß, aber ich kam verdammt schnell aus der Puste. Muss am Berg gelegen haben.

Mir schmerzten schon die Hände von sich bildenden Blasen. Schade, dass er mir nicht gleich auch Tapes zum Fingerabkleben gekauft hat. Egal, inzwischen waren fast alle Felle im Eimer. Sowieso ein Wunder, dass welche bis heute überlebt haben. Aber das kann man genauso gut über uns sagen.

In einer Pause sprachen wir über den Geist im Raum, weil mich Lukas nach Daniel fragte. Ob es Neuigkeiten gäbe und so. Ich Feigling schüttelte den Kopf und bestätigte ihm, was er schon wusste: dass Daniel nichts verlernt hatte, sondern im Gegenteil noch besser geworden sei. „Aber du spielst inzwischen in einer ähnlichen Liga, mein Freund."

„Ah geh, des is doch nur a bissl Angeberei."

„Deine Fingerhut-Technik macht dir niemand nach."

„Klingt schee hart, ned war? Metallisch hoid."

„Wie wär denn das als Bandname? Fingerhut. Also auf Englisch."

„Na, fang bloß ned wieder damit o!", stöhnte Lukas.

„Keine Sorge", sagte ich kopfschüttelnd. „Ich weiß es eh nicht."

Dann stöberten wir in alten Schulbüchern, von denen Lukas hier auch welche gelagert hatte. In einem fand ich eine Karte und las Ortsteile vor: „Primsdobl. Knadlarn. Dirnberg. Hirnschnell ... Das ist doch, wo dieser Hof in der Senke steht?"

„Der Winkelhof, ja, da geht's in der Kurve auffe nach Hirnschnell."

„Und wer zu schnell nach Windorf will ..."

„... steckt im Winkelhof seim Dachstuhl drin!"

Lukas und ich tauschten zwei Blicke, dann verschwand ich wieder hinter dem Schlagzeug und er schnallte sich den Bass um. Wir jammten endlos zu bekloppten Ortsreimen, wobei uns schnell wieder warm wurde.

„Was wuist denn du in Mattenham?", rappte Lukas.

„Nix!", schrie ich und zählte neu ein.

„I frag nur, weil's da Matten ham!"

Das Niveau unterboten wir den ganzen Tag und hatten eine Bombenstimmung.

„Was reimt sich auf Scheunöd?"

„Frag doch nicht so blöd!"

Als wir beide nicht mehr konnten, warteten wir noch bis der Schweiß an uns getrocknet war, um uns auf dem Nachhauseweg keine Erkältung einzufangen. Wir setzten uns zwischen seinen warmgelaufenen Verstärker und einen Heißlüfter.

„‚Die Wüste lebt' wäre auch ein guter Cover Song in dem Tempo, oder?"

„Auf jeden", stimmte mir Lukas zu. „Aber jetzt schreib du amoi auf, was mia da für an Schmarrn komponiert habn."

Gesagt getan, ich zückte mein Notizbuch und trug dankbar alles ein. So musste ich nicht aussprechen, was mir tatsächlich auf der Zunge lag.

Wir sperrten den Proberaum wieder ab und machten uns auf den Heimweg.

„Weißt du eigentlich, was aus Goldhammer geworden ist?", wollte ich wissen. „Lebt der überhaupt noch?"

Lukas schnaubte. „Ja, aber der Vorwärtseinparker is scho lang pensioniert."

„Und?"

„Nix und. Irgendwas hod er no mit Bibliotheken zu tun g'habt."

„Ausgerechnet?"

„Ja. Woaßt du eigentlich, was ich dem Goldhammer damois verzählt hab? Als er wissen wollt, warum i de Hochsprunganlag o'zündt hab."

„Wenn ja, dann hab ich's vergessen. Tut mir leid."

Lukas schüttelte den Kopf. „Des passt scho, aber i muass grad dran denkn. Weil ... I woaß a ned, aber irgendeps hob i damals ja sagn müssen, dass er mit der deppertn Fragerei aufhört. Oiso hob i g'sagt, dass i a solchane Höhenangst hätt."

Das brachte mich zum Lachen, aber dann fiel mir der Traum ein, in dem ich geflogen war, als ich ihm auf's Dach vom Gymnasium folgte. Ich erzählte ihm sogar, was mir die Zwillinge über Klarträume beigebracht hatten, schaffte es aber nicht, sie zu erwähnen oder mehr zu sagen.

„Mei, des würd i a gern kenna", staunte Lukas. „Des hoaßt i muass mit am Schuh schlofa und damit des Licht o'schmeißn?"

„So in etwa."

„Fliagn müsst ma kenna."

Oder die Wahrheit sagen, verflixt und zugenäht.

„Aber woaßt was? In Aunkirchen haben's a Straß nach'm Pfarrer Schlichting benannt."

„Nicht dein Ernst!"

„Doch."

„Gibt's da ein Kino?"

Lukas verneinte und das stimmte mich ziemlich traurig.

Zurück vor ihrer Wohnung suchte ich die Straßenlaterne, die in mein Zimmer leuchtete. Dann versuchte ich etwas, was ich ebenfalls seit 30 Jahren nicht mehr gemacht habe: Ich trat sie aus. Es funktionierte immer noch!

„Wofür war jetz des?", wollte Lukas wissen.

„Einschlafhilfe", sagte ich und grinste vielsagend.

Sechsundzwanzigster Dezember

Hat leider nicht so lange gehalten. Bis ich auf der Luftmatratze lag, war die Straßenlaterne wieder an und der gestreifte Schatten zurück. Aber jetzt baumelte schon das Mobile mit den wilden Kerlen darüber, und darunter bin ich dann erschöpft und ungeduscht eingepennt.

Geweckt hat mich Marlene, die sich unter meine Decke zwischen die Füße gelegt hat. Das war angenehm warm, aber als sie anfing, mit ihrer rauen Zunge meine Zehen zu lecken, bin ich so zusammengezuckt, dass sie sich unter dem Sofa versteckte. Habe ich denn Katzenminze an den Füßen?

Also sparte ich mir den Morgenspaziergang und duschte ausgiebig. Als ich aus dem Bad kam, wartete schon das Frühstück auf mich, aber dem fragenden Blick von Sandra konnte ich nur beschämt ausweichen, woraufhin sie mit den Augen rollte.

Lukas wollte mir etwas zeigen, dazu führte er mich am Gymnasium vorbei in eine Straße, in der er eine Einzimmerwohnung mietete, die mit allerlei Gerümpel vollgestellt war.

„Sag mal, wie viele Wohnungen und Stellplätze hast du denn noch in der Stadt?"

„Na, des verstehst du foisch", erklärte Lukas. „Des is ja mei aktuelle Wohnung und i bin nur mit meine Sachn zur Sandra zogn."

„Du meinst ohne deine Sachen."

„Na, des Zeig da war ja vorher wieder woanders."

Ich beschloss, nicht weiter nachzufragen.

„Nachdem du gestern des von deine Dram verzählt hast, da hab i direkt heid Nocht a oan g'habt. A von der Schui, aber ned am C-Bau."

„Sondern?"

„Woaßt du no den Keller im B-Bau? Wo der Computerraum und de Bücherausgab war?"

„Dunkel", sagte ich. „Hast du einen Lichtschalter gefunden?"

„Na, des ned, oba unter a Bodenplattn hob i a Geheimzimmer g'fundn, in dem warn alle meine Sachn und Comics, die's mia wegg'nomma habn: a *Yps* Heft – und des war ned amoi meins, a 3-D-Brille mit den Dia-Scheibn und mei, i war so froh."

„Das freut mich für dich. Aber ich weiß nicht, was das bedeuten soll."

„Oh, des woaß i scho", winkte Lukas ab. „Mir brechan da hoid ei, und holen ois ausse." Er hieb sich mit der Faust in die flache Hand, dass ich zusammenzuckte. Dann lachte er. „Mei, du hättst grad dei G'sicht seh miassn!"

„Ich dachte du meinst das ernst!"

Lukas klopfte sich auf die Schenkel vor Vergnügen. Dann zeigte er mir ein paar zerfledderte Schulbücher oder eigentlich, was dort an die Ränder gemalt und geschrieben worden war. Es gab Bilderrätsel zu entdecken, aus übermalten Fotos wurden überraschende Comics, abgewandelte Kurvendiskussionen bekamen Körper und dazwischen immer wieder viele T-Fighter. Die waren aber auch leicht zu zeichnen: l-o-l. Unsere Kugelschreiber verschossen dann die „Laserstrahlen", mit denen wir sie zu treffen versuchten: Dazu wurde der Stift unter leichten Druck zwischen Papier und einer Fingerspitze eingeklemmt. Drückte man dann fester obendrauf, flutschte unten die Mine weg und hinterließ einen kurzen Strich, der als Treffer zählte, wenn er das Raumschiff erreichte. Könner schafften es sogar, mit der Kugelschreibermine langsam über das Papier zu fahren und die Richtung zu korrigieren, aber das galt nicht. Echte Laserstrahlen hatten gerade zu sein. Dafür gewannen sie ja Autorennen, deren Strecken mir Lukas voller Stolz zeigte.

Andere Bücher hatten rührende Einträge und Geständnisse am Rand, die einem das Herz brachen, und dann hielt ich es nicht mehr aus, ich musste klar Schiff machen.

„Lukas, ich muss dir etwas gestehen", begann ich, und er sah mich aufmerksam an. „Ich bin schon Patenonkel. Sogar für Zwillinge."

„Ach, deswegen wuist du koane Kinder mehr", stöhnte er. „Wenn i des g'wusst hätt, dann hättn mir die ned g'fragt."

„Nein, das ist es nicht. Wenn ihr mich haben wollt, dann bin ich liebend gern Patenonkel für euer Kind. Aber halt ... gebraucht."

„Is des koa ... wie soll i des sagn ... Interessenkonflikt?"

„Was? Nein, die beiden werden bald volljährig. Ich glaub, die sind froh, wenn sie mich weiter haben."

„Ah so!" Lukas lachte. „Des is doch dann überhaupt koa Problem!"

Ich war sehr erleichtert, wusste aber auch, dass ich den wirklich schweren Teil noch immer weggelassen hatte.

„Du bist mir nicht böse deswegen?"

„Na. Wie hoaßen's denn, de Zwilling."

Ich zögerte, lächelte, schluckte. „Ähm ... Dennis. Clara und Dennis."

„Mei, und woher kennst du die?"

„Oh, äh ... ach, Bekannte", hauchte ich. „Die kennst du ... nicht."

„Wenn i nur wüsst, ob i a guada Vater werd."

„Aber natürlich! Doch vor uns, denk doch an Lothar."

„Ned so guad wie Markus für mi", sagte Lukas bitter. „Anfangs war i guad, des hob i ja no selber g'merkt, aber später eben nimma." Er seufzte. „Ihr habt's den Markus a liaba g'mocht ois mi."

„Was? So ein Blödsinn", protestierte ich.

„Na, er hod den Bus g'habt und ois. Auf uns g'wart mit am Kasten Bier und des ... Und i hab ned g'wusst, ob i a so sei konn. Immer de bestn Ideen hom und so. Des war fei sauanstrengend!"

„Wieso hast du nie was gesagt?"

„Weil i Angst g'habt hob, dass i eich dann verlier. Und dann hob i eich ja verlorn."

Ich wusste nicht mehr, was ich sagen sollte und nahm ihn in den Arm. Da heulte er, und heulte, und heulte.

Als er sich wieder gefangen hatte, wollte ich eine rauchen.

„Da herin? Spinnst du?" Er deutete auf die Bücherstapel, die uns umgaben. „Des is derart leicht entflammbar, und mei einziger Feuerlöscher liegt bei der Monika im Kofferraum. I glaub aber ned, dass der no geht."

Also gingen wir nach draußen und ich rauchte. Diesmal lehnte Lukas dankend ab. Ich glaube, Sandra hat es noch in seinem Atem gerochen. Schwangere. Dagegen kann so mancher Massenspektrometer einpacken.

„Moanst du, i sollt mia no an andern Job suchn?", fragte Lukas unvermittelt. „Bis des Kind da is, moan i. Und danach natürlich a."

Ich schüttelte den Kopf. „Es kommt nicht auf die Länge an. Ned nur beim Kindermachen."

„Ha, ha."

Wieder zu Hause hob Sandra die Augenbrauen und ich nickte schnell.

„Wos is denn hier los?"

„Ob du auch einen Kaffee willst", übersetzte ich.

Lukas wollte und Sandra verschwand in der Küche.

„Weißt du, an wen du mich erinnerst? An Howie aus *Ein Colt für alle Fälle*. Der hat jede zweite Folge von sich behauptet, irgendetwas zwei Semester lang studiert zu haben."

„Na, so lang war i nirgends."

„Das wurde ja wöchentlich ausgestrahlt, insofern passt das schon, so im Mittel."

„Der is doch bei uns an d'Schui gangen?", überlegte Lukas. „Und i hob nie a Universität vo innen g'sehn."

„Howie wahrscheinlich auch nicht. Vielleicht war das eher so Fernstudium? Ich erinnere mich nicht mehr. Genauso wenig erinnere ich mich an alle deine Jobs."

„I a ned. Aber mei Sachbearbeiterin beim Arbeitsamt erinnert si an ois, a ohne Computer. I wär wie a Bumerang, hod's g'moant, und dass i inzwischen des Alphabet mindestens oamoi durch hob, und es koan Beruf mehr da heruntn gabad, den i no nie g'mocht hob. Außer Arzt und Bürgermeister. Aber des dat i eh ablehna."

„Warst du denn mal selber im Arbeitsamt?"

„Ja scho, aber ned ois Sachbearbeiterin. Mei, da hod de arme Frau an Schreck griagt. ‚Wohna Sie jetzt do?' hod's g'fragt, und i hob an Kopf g'schüttlt: ‚Oba der Hausmeister bin i jetzt da herin.'"

„Und wieso bist du's nicht geblieben?"

„Des war zwenig zum doa. Da ging z'weng kaputt. Und es war zu deprimierend, jeden Tag so vui Leid ohne Job zum sehn."

„Lukas, jetzt weiß ich's! Jetzt ergibt alles einen Sinn! Du musst Bürgermeister werden!"

„Was? I? Wieso?"

„Um ein Kino in der Pfarrer-Schlichting-Straße bauen zu lassen, natürlich!"

„Host des g'hört, Sandra? I werd Bürgermeister!"

In der Küche fiel eine Schüssel scheppernd zu Boden, und in der Ferne bellte ein Hund.

„Weißt du noch, wie wir oben auf der Hördt in der Kurve geparkt haben?"

Lukas nickte und reichte mir das nächste Bier.

„Da stand doch ein Kreuz auf einem Felsen?"

„Mei, des steht da bestimmt no immer. Und a komplett neue Siedlung a."

„War da ein Jesus dran, oder ein Marienschrein? Eins von diesen überdachten Teilen? Ich kann mich nämlich nicht mehr erinnern."

„Na, a nackada Jesus. Mit INRI drüber, des is ois." Dann runzelte er die Stirn. „Glaub i jednfalls. Schwörn dad i's jetzt ned. Wolln ma ebn auffefahrn?"

„Ihr fahrts nirgendwo mehr hi, ihr besoffenen Kindsköpf!", mischte sich Sandra ein. „Sonst gib i euch gleich d'Maria und an Josef hinter d'Löffel."

„Ich hätt jetzt so Lust auf a g'scheide Brezn", sagte ich, und als mich die beiden fragend ansahen: „Was denn? In Aachen gibt's keine g'scheidn."

„Dann muaßt du die vom *Bachmeier* probiern, des san die Besten!"

„Das wird wohl knapp werden ...", seufzte ich.

Nachdem ich meine Sachen gepackt hatte, wollte ich noch mal nachsehen, wann mein Zug fährt, aber Semmel ließ sich nicht verbinden. „Kann es sein, dass euer Internet nicht geht?"

Lukas seufzte. „Du Sandra, sitzt dei Katz wieder aufm Router?"

Ehe ich nachfragen konnte, rief sie schon zurück: „Na, die liegt hier im Klo."

Ich sah fragend zu Lukas.

„Oh, mei. Dera ihr Katz folgt der heiligen Dreiheizigkeit."

„Bitte was?"

„De heilige Dreiheizigkeit diktiert, wo d'Marlene am ehesten is. Zuallerst amoi de Fußbodenheizung im Bad. Mei, pass da fei immer auf in der Nocht, weil die schloft manchmal do."

Oder bei mir im Zimmer, obwohl die Tür sogar von innen zu war. „Und der Router wird auch warm, verstehe."

„Genau. Da konn se se ned ausstreckn wia im Bad, oba immerhin draufsitzn und sich an Arsch wärmen."

„Vater und Sohn hätten wir, und der heilige Geist ist ...“

„Die Heizlampn. Die is hoid mobil, vo daher ...“

Ich grunzte vor Vergnügen.

Sandra kam aus dem Bad. „Manchmoi sitzt's betend davor. Als wui's ihn so o'schalten. Aber mehr ois fünf Minuten gibt's eam ned."

„Und des is eh scho lang."

„Wenn mia die Fußbodenheizung im Bad abschalten, is sie fast in Panik, oba der Router hod's noch nie enttäuscht."

„Mich allerdings schon ...“, warf ich versuchsweise ein und hielt mein Tablet hoch.

„Na, mir habn hier hintn so a langsams Internet. I glaub, des is sogar schneller, wenn d'Katz draufsitzt."

Sandra schüttelte den Kopf. „Lukas meint, durch die Katz wär die Temperatur im Gerät a bisserl ...“

„... messbar, hob i g'sagt. Messbar!", warf Lukas ein.

„A bisserl messbar wärmer, und dann könnt ja a sonst kalte Lötstelle wieder kontaktieren."

„Grad g'nua hoid. Wega der Ausdehnung."

Ich nickte anerkennend.

„Wenn's nimmer kontaktiert, san die Kontakte doch auseinander?", wandte Sandra ein. „Bei Kälte würden die si zusammenziehen, des fänd i jetzt logischer."

Lukas hob seinen Zeigefinger. „Na, Schatz, des war ja dann Supraleitung. So koid mogst du's da herin ned habn. Glaub's ma."

Sie sah mich strahlend an. „Is er ned wundervoll?"

„So einen wie ihn gibt's nur einmal", bestätigte ich.

Siebenundzwanzigster Dezember

Ich wachte etwas früher auf, weil ich fror. Marlene lag diesmal zusammengerollt hinter meinen Knien und hatte mich so weit von der Luftmatratze geschubst, dass mir nur ein kleiner Rest Decke blieb. Trotzdem war ich ungemein glücklich. Ich streichelte die Katze, die unter Protest aufwachte, sich dann aber schnurrend etwas zur Seite bugsieren ließ, so dass ich mich auch wieder zudecken konnte. Das war besser als ASMR, aber eine Katze wollte ich deswegen noch lange nicht. Dann schlief ich noch mal ein.

Sandra war früh aufgestanden, um mir frische Brezen zu besorgen. Die Tüte war noch warm, aber ich musste ihr versprechen, dass ich sie erst im Zug anbrechen würde. Wir verabschiedeten uns und auch wenn ich es mir wahrscheinlich nur eingebildet habe, meine ich, dass ihr Nachwuchs mir von Bauch zu Bauch ein High five mitgegeben hat.

„Ich glaub, das heißt, dass er mich als Patenonkel akzeptiert", vermutete ich. „Zwar nur recycelt und alles andere als neu, aber noch hab ich TÜV. Was meint die Mutter?"

„Sie akzeptiert di ois Patenonkel ... sie. Und die Mutter a. Oan Kindskopf mehr oder weniger schafft die a no", versprach Sandra.

Als mich Lukas dann zum Bahnhof begleitete, wurde er ganz still. „Des hob i no neamandm verzählt. Versprich mia, dass du des nie am Daniel sagst."

„Versprochen."

„D'Nadine hod mir damals oan obag'haud. Woaßt scho, beim Nacktbadn?"

„Was?"

„Oiso ned direkt sie selber, oba sie hod g'moant, i soi mi da untn anfassn, damit i mia da ‚nichts verkühle.' Hod's g'sogt, i schwör."

Ich konnte mir ein Grinsen vor Erleichterung nicht verkneifen, was Lukas aber gar nicht bemerkte.

„Wenn sie des ned g'sogt hätt, mei dann wär i wahrscheinlich impo... oiso zeugungsunfähig, und würd jetzt ned Vater werdn."

„Ich glaub, du übertreibst."

„Mei, i bin so schnell hoad g'woan und wie's des g'sagt hod: ‚... damit du dir da unten nichts verkühlst' – des hob i nie vergessn."

„Hätte ich auch nicht."

„Moanst, i muass des der Sandra verzähln?"

„Wenn du auch hören willst, was sie so alles getrieben hat? Wahrscheinlich seid ihr glücklicher miteinander, je weniger ihr wisst. Jedenfalls jetzt, so am Anfang."

„S'is nur, weil seitdem hob i erst drauf g'achtet, dass i mi da untn ned verkühl. I woaß ned, ob mia sunst schwanger g'wordn warn."

Ich verkniff mir einen Kommentar mit anderen Möglichkeiten, von denen ich selbst einigen in der klinischen Praxis beiwohnen durfte. Das Lukas „da unten" überhaupt noch zeugungsfähig war, grenzte tatsächlich an ein Wunder. Einmal war er nämlich beim Eishockeyspielen auf der gefrorenen Vils eingebrochen, und wir hatten ihn nur mit viel Glück an unseren Stöcken wieder herausziehen können. Dann hat er trotzdem noch darauf bestanden, das Match fertig zu spielen, also hatten wir ihn kurz das Siegtor schießen lassen und dann schleunigst ins Trockene gebracht.

Wir umarmten einander verdammt lange am Bahnhof und die Blicke der Leute um uns herum waren mir so egal, dass ich ihm mit beiden Händen an den Hintern packte und er wie auf Kommando an mir hochsprang, als sei ich ein Baum, und seine Beine um mich schlang.

Dann saß ich im Zug und winkte, bis ich ihn nicht mehr sah. Wir fuhren über die Vils und ich konnte nicht fassen, dass Daniel da hinuntergesprungen war. Aber Lukas konnte es bezeugen und auch mich hat er hier wieder an Land gezogen. Er sieht immer im richtigen Moment hin, wenn alle anderen weggucken.

Wenn es ein ganzes Dorf braucht, um ein Kind zu erziehen, heißt das nicht im Umkehrschluss, dass es ein Kind braucht, um einem Dorf einen Sinn zu geben? Ohne Lukas wäre Vilshofen nichts. Jeder Ort braucht einen Kindskopf, der uns davor bewahrt, uns unsichtbaren Kaiserschmarrn andrehen zu lassen. Und wenn die ganze Welt jetzt wirklich ein Dorf geworden ist, wieso hört es dann nicht auf seine Kinder?

29.12.19

Eines habe ich ganz vergessen: Ich hatte einen Traum, gleich in der ersten Nacht. Wahrscheinlich schon allein wegen der Nähe zum Gymnasium, aber diesmal war das Licht an, oder sogar Tag. Ich war wieder allein drinnen, ohne irgendwelche Väter, die mich suchten. Sandra und Lukas standen vor der Schule, als würden sie Wacheschieben. Ich sah sie nicht, wusste aber, dass sie da waren.

Überall auf dem Boden im C-Bau lagen Tonkügelchen herum, die aus den Pflanzenkübeln, mit denen wir uns immer beworfen haben, aber stattdessen wusste ich, dass Sandras Katze ihr Geschäft da drin verrichtet hatte und hier irgendwo sein musste. Wie zum Beweis hörte ich ihr Maunzen, also ging ich sie suchen. Wahrscheinlich würde ich sie dort finden, wo es warm war. Also ging ich nach unten, was mir jetzt unlogisch erscheint, denn Wärme steigt doch nach oben? Das Maunzen kam von rechts, also ging ich dort entlang, an der Bibliothek und den Toiletten vorbei zum kleinen Pausenhof. Da hatte ich mit Evelyn gesessen und war der glücklichste Junge auf der Welt gewesen, aber die Katze hörte ich jetzt hinter mir. Auch das war wieder unlogisch, nur wundert man sich in Träumen nie über so etwas. Also umgedreht und jetzt suchte ich sie auf einmal in der Bibliothek zwischen den Regalen. Hatten die nicht Nummern? Jetzt hörte ich das Maunzen nicht mehr, sah die Bücher vor mir an und da waren 500er-Nummern. Auf dem Brett darunter 400er. Das, auf dem die 100er gewesen wären, war leer. Dann hörte ich eine Maus quieken – war ich jetzt die Katze? Nein. Aber ich ging in die Hocke, wo es deutlich kühler war, und das Quieken kam von den Rollen des Bibliothekswagens, auf dem einzusortierende Bücher lagen. Ob meins darunter war? Ich krabbelte auf allen vieren durch den Gang und da, bei den Heizungen, lag die Katze, und als ich zu ihr wollte, rauschte der Rollwagen in mich rein und ich wachte auf.

Nummerierte Bücher, unterstes Brett, Rollwagen, Bibliothek, Katze. Und was hatte Evelyn mit all dem zu tun? Denn im Traum ist sie nicht gewesen, nur musste ich eben an sie denken. Warum eigentlich? Blond war sie ja auch nicht. An dem Abend saßen wir vor einem Ausgang. Genauer: Dem Hinterausgang zum Pausenhof, und von dort war nur ein kleiner Zaun zu überwinden, wie es Daniel und Lukas im Sommer 89 getan hatten. Nur ich saß noch immer hier. Jedes Mal, wenn ich an dieser Ecke bin, und sei es nur im Traum, dann denke ich an sie, weil ich glücklich war ... und komme nicht weiter.

Dann war vielleicht das Umdrehen ein Fehler? Der Gang in die Bibliothek, die Suche nach der 107? Einfach alles loslassen, der Katze folgen, meine Freunde halten mir draußen den Rücken frei. Draußen. Endlich die Schule verlassen, vom Dach oder durch den Hinterausgang, Hauptsache raus.

Ach, was weiß ich.

Schöner war es im echten Vilshofen gewesen. Mit Sandra und Lukas Zeit zu verbringen, drinnen wie draußen. Die könnten doch nach Aachen kommen, dann ... wäre ich hier nicht so allein. Das wollte ich gerade gar nicht schreiben, ist aber so. Meine Finger überholen jetzt schon meine Gedanken. Ich werde mir trotzdem kein Haustier anschaffen, das dann hier alleine rumsitzt, während ich arbeiten gehe. Nein, wer mir hier fehlt, ist Lukas. Nur kann man Lukas nicht verpflanzen. Er würde beim Umtopfen eingehen. Sein Wurzelwerk zieht sich da unten quer durch die ganze Stadt.

Lukas war trotzdem froh, dass ich nicht über Silvester bleiben wollte. Da will er mich nicht mehr sehen. Was ich gut verstehen kann. Unser letztes gemeinsam verbrachtes Silvester war das von 1989 auf 1990 gewesen und da hatte ich ihm endlich gestanden, was ich schon wusste: dass ich mit Mutter wegziehen würde. Ach stimmt ja, die Entscheidung muss schon vor Talmüllers Tod gefallen sein. Da habe ich wohl was durcheinander gebracht. Geahnt hatte er es natürlich schon, aber es zu hören, noch dazu so spät, tat trotzdem weh. Nur ein Silvester zuvor waren wir noch zu viert gewesen, und jetzt verließ ihn mit mir auch noch der letzte Freund, während in Berlin die größte Party stieg. Lukas wusste nicht mehr, was er überhaupt feiern sollte.

Von uns war keiner außer Markus in Berlin dabei, aber einige aus unserer Klasse waren hingefahren. Sie holten dort nach, was wir Monate zuvor erlebt hatten, so als hätten wir nun die Rollen getauscht: Jetzt saßen wir vor dem Fernseher und guckten dabei zu, wie sich andere in den Armen lagen. Es sah nach einem berauschenden Fest aus und das haben sie bestätigt. Aber eben auch erzählt, was man im Fernsehen nicht sehen konnte: den von Scherben übersäten Boden. Das haben die Kameras irgendwie versäumt einzufangen, genau wie die feststeckenden Krankenwagen, die nirgendwo mehr durchkamen.

Dieses Silvester würden sie bei Freunden von Sandra verbringen, die einen Bauernhof hatten, und sogar Marlene mitnehmen, weil die sich in der Stadt bei Feuerwerk unter das Sofa flüchtete, dort tagelang blieb und einem in die Fersen krallte. Bei den Ställen explodierte nichts, da wurde zum Jahreswechsel höchstens mit einer Peitsche geknallt, oder auf einem Amboss gehämmert. Das würde ich gerne mal ausprobieren, aber ich ging ja eh arbeiten. Ein Freund von der Böllerei war ich nie, wenn man stattdessen auch knutschen konnte.

Habe mit Mutter telefoniert und mich für die DVD bedankt, und sie sich für den Gutschein. Dann fragte sie natürlich nach Vilshofen und ich berichtete ihr alles knapp, sogar den Teil, dass ich vergessen hatte, zu erwähnen, wer die Eltern meiner Patenkinder sind.

„Feigling."

„Mama!"

„Jaja, ist ja gut", beschwichtigte sie.

„Aber weißt du was? Unser Haus ist weg."

„Wie, weg?", fragte Mutter.

„Na abgerissen. Für einen Parkplatz."

„Schade."

„Das ist alles, was du dazu zu sagen hast?"

„Was soll ich denn sonst sagen? Ich hing da nicht so dran wie du. Erinnerst du dich noch an unsere Wohnung in Passau?"

„Nein, da war ich zu klein."

„Siehst du? Mit der verbinde ich viel mehr. Deine Geburt und die ersten Jahre mit deinem Vater, als alles noch so aussah, als würde es sich irgendwie einrenken."

„Da willst du glücklicher gewesen sein?"

„Rückwirkend, Johann", seufzte Mama. „Natürlich hatten wir Sorgen, aber geteilte. Und Opa hat mit Geld geholfen und aufgepasst hat er auch auf dich. In Vilshofen waren meine Sorgen vielleicht nicht größer, aber ich musste alles alleine stemmen. Wir zwei, meine ich."

„Das haben wir wirklich." Wir schwiegen einen Moment, dann fiel mir etwas ein: „Mama, kannst du dich erinnern, dass ich mal mit einem Fuchsschal gespielt habe als Kind?"

„Wie kommst du denn jetzt darauf?"

„Mir saß jemand auf der Fahrt nach Rügen mit so einem Ding gegenüber und dann waren da Bilder in meinem Kopf, von einem kleinen Maul, das zwar tot war, aber immer noch kneifen konnte. Das war mir unheimlich."

Mutter lachte.

„Was denn?"

„Das war in Passau! Du musst drei oder vier Jahre alt gewesen sein. Wir hatten eine Nachbarin, der gehörte so einer. Die hat mit dir Rotkäppchen gespielt."

„Ich war Rotkäppchen?"

„Ja, weil du ihr was zu essen gebracht hast und sie dafür am Nachmittag auf dich aufgepasst hat."

„Daran kann ich mich überhaupt nicht erinnern!"

„Tust du doch gerade!" Es klapperte in der Leitung. Mutter schlürfte an ihrem Tee und tunkte jetzt bestimmt ein Plätzchen zu lange darin ein. Das machte sie immer so. „Eines Tages war der Fuchs weg und sie war nicht davon abzubringen, dass du dahinterstecken musstest."

„Und, war ich's?"

„Mist! Jetzt ist mir doch glatt das ... ach, was soll's. Aus dir war jedenfalls nichts herauszubekommen", sagte Mutter und kaute die Überreste ihres Spritzgebäcks. Davon hatte sie mir hier ja auch eine Dose zurückgelassen. „Aber man sah dir an, dass du etwas wusstest. Bis du es dann selbst irgendwann vergessen hast."

„Daran hat sich bis heute nichts geändert, muss ich gestehen."

„Oh, der Fuchs ist wieder aufgetaucht. Monate später. Was noch von ihm übrig war. Das Scharnier und Reste von Zähnen sind in einem Rasenmäher hängen geblieben. Jemand muss ihn hinter dem Zaun ausgesetzt haben."

„Hinter einem Zaun?"

„Ich weiß nicht, wie du da hingekommen bist, auf die andere Seite und wieder zurück, aber so war es."

Anscheinend steckt Marlenes Dietrich auch in mir. „Wie kannst du sicher sein, dass ich das gewesen bin?"

„Weil es nachträglich dein Verhalten im Winter erklärt hat. Du hast den Schneemännern immer ihre Nase ausgerissen und über den Zaun geworfen."

„Füchse fressen doch keine Möhren!"

„Erklär das mal einem Vierjährigen."

„Okay, okay", sagte ich seufzend. „Die mag ich ja heute noch."

„Wahrscheinlich hast du von dir auf andere geschlossen." Das scheint ja in der Familie zu liegen. Und am Boden ihrer Tasse. Dann verabredeten wir uns noch lose für das nächste Jahr zum Frühstück.

War mir die Beine vertreten und habe darüber nachgedacht, wo ich eigentlich hingehöre. Vielleicht steht ja dafür das verloren gegangene Zimmer in meinen Träumen. Ist es Aachen, Vilshofen oder Passau? Mein Leben in umgekehrter Reihenfolge, und bewusst als Zuhause habe ich sie alle nicht wahrgenommen. Niemals einen Ort. Aber irgendwo gehört man doch hin. In meinen Albträumen ist es eindeutig, aber sollten die wirklich der Maßstab sein? Man will sich da ja schon eigentlich eher wohlfühlen. Ich bin jetzt in meine Wohnung zurückgekehrt, mein Zuhause. Aber Heimat? Ich weiß nicht. In Passau bin ich geboren, und da habe ich noch in einer magischen Welt gelebt, in der tote Fuchsfelle dank Möhren wieder zum Leben erwachen. In Aachen bin ich dann schon vernarbt angekommen, aber auch von schwerer Last befreit, ein Neuanfang eben. Vilshofen hat mir das Herz gebrochen. Ist es das vielleicht? Dass Heimat da ist, wo einem zum ersten Mal das Herz gebrochen wurde?

Ich bin wie Marlene und verkrieche mich an Silvester in meiner Bibliothek, die ich erst noch vollschreiben muss. Von unten nach oben, Brett für Brett. Oh, das klingt gut. Richtig sogar. Zeus und Apollo sein, die auf Higgins warten. Schoßhündchen von jemandem sein, einen Platz an der Seite haben, überall mit hingenommen werden. Das ist Zuhause. Nicht rational zu erfassen, aber fühlen kann man es.

Nicht Lukas muss zu mir kommen, sondern umgekehrt ich zu den Menschen, die ich liebe. Es kann nicht darum gehen, sie zu mir zu locken. Ich muss etwas tun, mich in Bewegung setzen. Und wenn ich hier nicht wegkann, dann muss ich eben welche da finden, wo ich gerade bin. So wird ein Schuh draus.

30.12.19

Verdammt, jetzt weiß ich es wieder, 107! Das war kein Raum in der Schule, auch kein Buch in der Bibliothek, sondern eben doch ein Hotelzimmer. Nadjas Hotelzimmer in Darmstadt. Nicht meins. Sie kam zu mir in den vierten Stock. Aber wieso erinnere ich mich an ihre Zimmernummer und nicht an meine?

Es ist schon nach Mitternacht, aber ich kann jetzt nicht schlafen, also fuck it. Mein Herz schlägt gerade fast so schnell wie damals. Wann war das noch mal? Es muss 2002 gewesen sein, in dem Sommer mit Hochwasser, als ein paar Gummistiefel später die Bundestagswahlen entschieden.

Nadja wollte sich das ESA-Satellitenkontrollzentrum ansehen, und als sie fragte, ob ich nicht Lust hätte sie zu begleiten, da habe ich nicht überlegen müssen. Mit ihr wäre ich auch zum Mond geflogen, wenn sie gefragt hätte.

Ich hatte die Zimmer für uns gebucht und mich geärgert, dass sie nicht auf dem gleichen Stockwerk lagen. Natürlich hätte ich ein Doppelzimmer nehmen können, nichts lieber als das, aber dann wäre Nadja wohl kaum gekommen. Da war sie zwar gerade wieder von Daniel getrennt, wenn ich mich recht erinnere, aber deswegen waren sie ja trotzdem irgendwie weiter zusammen – wie immer.

Ich wollte nichts dem Zufall überlassen, also bin ich schon am Vorabend hingefahren und habe uns die Zimmer vor Ort gebucht. Das Hotel lag sehr nah am Bahnhof, wie auch das Kontrollzentrum. Via SMS hatte ich gefragt, welches sie bevorzugen würde, und Nadja wählte die 107. So muss es gewesen sein.

Ich habe in der Nacht kein Auge zugetan – genau wie jetzt. Mir war gleichzeitig zu heiß und zu kalt. Damals lief ich erst im Zimmer auf und ab, und dann durch die nächtlichen Straßen, ohne etwas von der Stadt mitzubekommen. Ein Wunder, dass ich den Weg zurück ins Hotel fand.

Irgendwann muss ich eingenickt sein, denn mich weckte eine SMS, die sie mir von unterwegs schickte. Heute würde ich sie zum ersten Mal alleine treffen, seit sie aufgelöst vor meiner Haustür gestanden hatte. Ich antwortete, dass ich mich auf den Weg machen würde und wälzte mich aus dem Bett Richtung Bad. Bevor ich dort ankam, piepte bereits das Handy mit ihrer Antwort. Also hechtete ich zurück aufs Bett, wo es am Ladegerät hing.

So spät erst?

Ich begriff nicht gleich, dann sah ich auf die Uhr. Sie saß schon seit zwei Stunden im Zug. Also schrieb ich, dass ich nicht schlafen konnte, und so ging es von da an hin und her, wir schrieben und piepsten einander in einen Rausch.

Mich hielt nichts mehr im Hotel. Der Fahrstuhl nach unten brauchte zu lange, also verließ ich ihn beim ersten Stopp wieder und nahm zur Überraschung anderer Hotelgäste die Treppe daneben. Immer in Sorge, dass ich ihre nächste Antwort verpassen könnte. Das musste ich ihr direkt schreiben. In der Lobby fragten sie mich, ob ich schon auschecken wolle und ich verneinte. Ich muss komisch ausgesehen haben, wie ich da so auf und ab lief, ständig auf das Telefon starrend, das auch ohne Unterlass fiepte. Aber wo ich schon mal da war, wollte ich wissen, ob ich denn das Zimmer morgen eventuell verlängern könne. Nein, es täte ihnen leid. Keine Ahnung, was ich da im Kopf hatte. Ein Gefühl, als würde sich wieder ein Zeitfenster schließen. Eins, von dem ich noch nicht einmal wusste, ob es überhaupt offen war, aber ich wünschte mir nichts sehnlicher.

Am Bahnhof ging ich den Bahnsteig auf und ab, und die Frequenz unseres „Gesimses" nahm noch zu, je näher ihr Zug auf mich zukam – auf mich … das unbewegte Objekt. War sie jetzt nicht Kosmonautin, wie sie es sich immer gewünscht hatte? Nur zweidimensional, auf dem Boden statt in der Schwerelosigkeit? Ich tippte jetzt schon, ohne hinzusehen und lief gegen eine der Laternen. Immer noch besser als die Bahnsteigkante zu überschreiten. Ein Helm wäre trotzdem gut gewesen.

Wo ist deine Weltraumkapsel gerade, Majorin?

Dann fiel mir ein, dass ich gestern gar nicht geguckt hatte, wann überhaupt Züge zurück nach Aachen fuhren. Sie könnte ja morgen auch mit zu mir kommen ... wollen. War ich jetzt am richtigen Gleis? Eine Sekunde später interessierte mich das schon nicht mehr, denn mein Telefon vibrierte.

Auf Kurs

Die Anzeigetafel aktualisierte sich. Scheiße.

Andockmanöver verzögert sich um 5 Minuten

Bsss, Bsss.

Darmstadt, haben wir ein Problem?

Ich sah mich um. Keine Panik am Bahnsteig, nur gelangweilte Gesichter wartender Fahrgäste.

Alles im Griff, schrieb ich und drückte auf senden.

Dann mache ich mich jetzt bereit für den Weltraumspaziergang

Mir blieb fast die Luft weg und ich tippte: *Sitz des Helms prüfen!*

Bin jetzt in der Schleuse

Meine Aufregung wuchs von Sekunde zu Sekunde, so etwas habe ich noch nie erlebt. Obwohl alles dafürsprach, dass sie mir immer näher kam, hatte ich das Gefühl, es dauere immer länger. Ob Nadine meine Beobachtungen gefallen hätten? Oder Heßler? Ich weiß es nicht, denn als sie dann vor mir stand, konnte ich mich an nichts mehr erinnern. Alles um sie herum verblasste. Sie schien neben mir zu schweben, und ich klebte schwer auf der Erde. Obwohl wir nur Zentimeter voneinander entfernt waren, lagen wir Lichtjahre auseinander.

An die Führung durch das Zentrum kann ich mich nicht einmal erinnern. Einige der Leute, die dort arbeiteten, kannte sie sogar mit Namen, glaube ich – wie gesagt, ich sah nichts anderes als sie, umkreise sie wie ein Satellit oder Mond, der in ihrem Orbit dazu verdammt war, immer den gleichen Abstand halten zu müssen, sonst käme es zu einer Katastrophe.

Sie hatte ihr Studium abgeschlossen und überlegte, für die ESA entweder hierher oder nach Oberpfaffenhofen zu gehen. Das klang so sehr nach Trennung von Daniel, der weiter durch die Berliner Tonstudios tingelte, und ich konnte oder wollte mir nicht vorstellen, dass es zwischen den beiden vorbei sein sollte. Sie hatten so viel miteinander durchgemacht, das Schlimmste lag damals schon lange hinter ihnen. Okay, das weiß ich jetzt, aber sie müssen seinerzeit einen anderen Eindruck von ihrer Situation gehabt haben. Als Nadja dann ohne Daniel vor mir stand und mich umarmte, purzelten die Jahresringe von mir ab und ich fühlte mich wieder so, als sei kein Tag seit dem Flüchtlingslager vergangen. Wie konnte das sein?

Die widersprüchlichen Gefühle in mir führten zu einem Kurzschluss. Oder eine Sicherung war durchgebrannt, das rote Kabel durchgeschnitten und die Bombe tickte trotzdem weiter. Wenn ich ihr zu nahe käme, würde ich verglühen. Mein Herz brannte bereits „lichterfroh".

Nadja muss das gespürt haben. Es war eh nicht zu übersehen, glaube ich. Sie hielt Abstand und sah wenig in meine Richtung. Das kann auch an der Führung gelegen haben, der ich eindeutig zu wenig Aufmerksamkeit schenkte, aber da war nie mehr als ein kurzer Seitenblick, kein Lächeln, nichts, fast so, als würde sie durch mich hindurchsehen. Und damals wollte ich nichts mehr, als endlich von ihr bemerkt werden. Vergeblich.

Dann ging es ins Hotel, wir verabschiedeten uns am Fahrstuhl voneinander und ich fuhr nach oben. Bevor die Türen wieder aufgingen liefen mir schon die Tränen über das Gesicht, ich fand mit Mühe mein Zimmer und dort brachen alle Dämme.

Ein paar Tage keine Nachrichten mitbekommen und auf der Arbeit dreht sich alles um ein Kinderlied mit neuem Text. Ich kann mich nicht entscheiden, was ich satirischer finde: das Lied selbst oder die Auseinandersetzung damit. Talmüller hätte uns das um die Ohren gehauen. Von wegen Lesekompetenz. Fehlender Respekt vor der Generation unserer Großeltern – dass ich nicht lache. Als ob sie ihren Opas jemals kritische Fragen gestellt hätten, wieso ihre Heimat plötzlich einfach so in Schutt und Asche lag und überhaupt ein Wirtschaftswunder benötigte? „Also mein Opa war sehr viel in einer Wirtschaft gewesen und Oma hatte sich derweil zu Hause gewundert, wo er denn blieb." Lieber Hühnerstall als dieses ewige Rumgegockel.

War noch schnell einkaufen, weil heute schon die ersten Deppen mit 'nem Knall ihre Böller ausprobiert haben.

Nadja hörte vor ihrer eigenen Tür stehend, wie im Nebenzimmer jemand Sex hatte und wollte ihre Nachbarn weder dabei belauschen müssen noch versehentlich stören. Also kam sie stattdessen mit einer Pulle Whisky und zwei Gläsern aus der Hotelbar zu mir. Unterwegs begann langsam aus Nadja wieder Nadine zu werden.

Wir waren beide schrecklich nervös und sagten zunächst kein Wort. Ich saß da wie eine Salzsäule und kämpfte vergeblich mit der Schutzfolie der Flasche, sie lief im Zimmer auf und ab. Dann setzte sie sich neben mich auf das Bett, sah mir tief in die Augen und runzelte die Stirn. „Hast du neue Kontaktlinsen oder so was?"

„Was? Nein, auch keine Brille mehr", erklärte ich.

„Wie kommt's?", fragte sie.

„Das war kurz vor der Jahrtausendwende, wegen des Jahr-2000-Bugs, der Y2K-Sache? Falls es danach tatsächlich keinen Strom mehr gibt. Ich wollte nicht in der Postapokalypse mit geklebtem Gestell und gesprungenem Glas herumlaufen, oder bei der Suche nach einem Fläschchen Kontaktlinsenflüssigkeit in einer Apotheke von Kannibalen verspeist werden. Also hab ich mir die Augen lasern lassen."

„Nicht dein Ernst!"

„Doch, und ich muss sagen, das war die beste Nebenwirkung einer der vielen Weltuntergänge, die wir bisher überlebt haben."

„Das hätte ich mich nicht getraut."

„Es hätte ja auch schiefgehen können." Ich stellte die Flasche zur Seite und holte uns Leitungswasser aus dem Bad.

„Uns sind wirklich schon genug andere Dinge schief-gegangen", sagte sie.

Dann erzählte mir Nadine, wie sie damals auf der Zugfahrt zu Nadja geworden war, und dass sie es seitdem hasse, Zug zu fahren, weil sie jedes Mal wieder daran denken müsse. Aber war sie nicht auch gerade mit dem Zug nach Darmstadt ... Ja, schon, aber dieses Mal wollte sie sich daran er-innern. Noch einmal wie Nadine vor der Zugfahrt sein, mit mir. Da wurde mir plötzlich sehr heiß.

Aber dahin gab es ja gar kein Zurück mehr. Ihr Vater hatte Daniel ange-griffen, der doch auf ihrer Seite stand, aber das nahm er nicht einmal zur Kenntnis. Es ging ihm allein um die Durchsetzung seines Willens. In dem

Moment erinnerte sie sich an andere Momente in ihrem Leben, in denen sich ihr Vater nicht schützend vor sie stellte, sondern nur sich selbst zwischen sie und einen Jungen, der sich für sie interessierte – oder schlimmer, mit dem sie gerne gespielt hätte: Ingo im Kindergarten. Sven in der Grundschule. Maik im Urlaub. Die Liste war schon vor Daniel viel zu lang gewesen. So viele Momente, in denen er sie für sich allein behalten wollte, um dann doch nie da zu sein, wenn sie ihn brauchte. Nie wieder. In Gießen stieg schon Nadja aus dem Zug und ließ die niedlichen Buchstaben auf ihrem Sitzplatz zurück. Jedenfalls hatte sie das bis hierhin geglaubt. Aber so einfach war es eben nicht.

Denn Nadines Faszination für Sterne kam ja von ihrem Vater. Wie hätte sie nicht beides miteinander verknüpfen sollen? Sein Wissen verband die fernen kleinen Lichter zu Bildergeschichten, und je mehr sich ihre Augen an die Dunkelheit gewöhnten, desto mehr sah sie dort oben. Als ihr Papa dann immer später nach Hause kam, fand sie ihn eben allein zwischen den Sternen wieder und wieder.

Dann fing sie schließlich selbst damit an, mehr über die Sterne, Galaxien und den Weltraum zu lesen, und sendete dieses neue Wissen wie eine weitere Voyager-Sonde zu ihrem Vater aus, an dem sie vorbeiflog und oft nicht mehr als ein Foto schießen konnte, wie er müde mit dem Kopf nickte und ein wenig lächelte. Jetzt war schon immer häufiger sie diejenige, die mehr wusste als er. Ihr Vater tauchte nur aus dem Nichts auf, wenn sich ihr ein Astronaut näherte oder umgekehrt.

„Johann, ich bin mein Vater. Was will ich denn hier? In einem Kontrollzentrum sitzen, wenn ich doch nur den Himmel sehen will? Nicht durch eine Kamera oder Daten auf einem Bildschirm, nicht projiziert wie in einer Sternwarte, durch kein Fernrohr, sondern auf dem Rücken liegend, mit nichts über mir als den Sternen."

„Du bist nicht dein Vater. Er hat dich auf die Sterne gebracht, ja, aber was du daraus gemacht hast … was du dort oben findest …"

„Sein Licht kam schon von einem toten Stern, Johann. Das Licht konnte ich auf der Erde zwar noch sehen, aber da war kein Leben mehr dahinter, der Ursprung war längst erloschen. Die Sterne in einem Sternbild sind ja nicht einmal auf einer Ebene, weißt du?" Ich lächelte gequält und sie seufzte. „Damals wäre ich mit jedem von euch dreien abgehauen, egal wer da in Gießen vor mir gestanden hätte. Ich war schon nicht mehr die gleiche Person wie in Vilshofen, aber ich hatte Vertrauen zu jedem von euch. Ich weiß nicht wieso, es lag irgendwie an der Zeit, dem Moment, man konnte euch direkt in die Seele gucken. Leider auch meinem Vater. Ihr wart alle noch so naiv und unschuldig. Ich konnte es kaum fassen."

„Waren wir das?"

„Und ob. Oder hatte einer von euch etwa schon Sex gehabt?"

Ich schüttelte den Kopf. „Nicht dass ich wüsste. Du etwa?"

Nadine lächelte vielsagend.

„Was ... Soll das etwa heißen, du hattest damals schon ... also vorher, in der DDR?"

Ihr Lächeln wurde bitter und sie sah zur Seite. „Wenn mein Vater das nur geahnt hätte, wäre ich dann noch seine Sternschnuppe gewesen? Oder nur noch schnuppe ..."

„Okay, ja, nein, ich ... weiß nicht." Also hielt ich die Klappe und zündete uns stattdessen eine Zigarette an, die wir gemeinsam rauchten. Wie damals. Dann nahm ich all meinen Mut zusammen. „Das heißt, wenn ich und nicht Daniel nach Gießen gekommen wäre, dass du mit mir durchgebrannt wärst?"

Nadine nickte. „Es spielte wirklich keine Rolle. Ich hatte vielleicht eher Daniel im Auge, aber nur, um an was anderes zu denken. Ich weiß, du glaubst da schon etwas gesehen zu haben, aber nichts davon, was in Vilshofen passiert war spielte für mich noch eine Rolle. Ich kannte Daniel damals ja noch gar nicht, keinen von euch. Als ich auf den Zug gewartet habe, wusste ich nicht, wer von euch drinnen sitzt. Ich habe mit Daniel gerechnet, Daniel gedacht und alles, aber in dem Moment wäre es mir egal gewesen. Weil ich nicht mehr auf meinen Vater wartete, sondern auf einen Zug. Und der kam sogar mit Ansage."

„Und wer aussteigt war dein Daddy? Au!"

Nadine hatte mich in die Seite geboxt. „Red doch keinen Scheiß, Johann!" Sie sagte es genauso wie Daniel. Ob das ein Zufall war? Kann eigentlich nicht sein. „Mit diesem Zug kam nicht mein Vater, sondern meine Zukunft. Der Mut wegzugehen, mein Startschuss. Denn während die Minuten vergingen und sich in die Länge zogen wurde mir klar, dass ich nie wieder warten würde: auf keinen Vater, auf keinen Mann, auf niemanden. Ich wäre auch alleine ins Erstaufnahmezentrum gegangen."

Wir schwiegen eine Weile und reichten uns die Zigarette hin und her.

„Sag mal, hast du jemals das blaue Hemd von Daniel getragen?"

Nadja überlegte. „Ich glaub schon, wieso fragst du?"

„Ach, nur so", seufzte ich zufrieden und hätte ihr so gerne einfach gesagt, dass ich sie liebe, dass ich sie immer schon geliebt habe, vom ersten Moment an.

„Jetzt sag schon."

Ich schüttelte den Kopf. Wenn ich es in dem Moment, an jenem Abend gesagt hätte, wäre wahrscheinlich nichts passiert, aber ich verkniff es mir. Einmal habe ich im richtigen Moment die Klappe gehalten, als schon mehr als genug geredet worden war, und einfach noch länger gewartet.

„Und?", fragte sie. „Welche Uschi bin ich jetzt für dich?"

Ich verschluckte mich am Rauch und drückte die Zigarette aus. „Was?"

„Ach komm, der Herr weiß ganz genau, wovon ich rede."

„Hat Lukas ..."

„Ja, hat er. Beim Versuch, mir Schafkopfen beizubringen. ‚In jeder deutschen Muschi steckt nur eine Uschi.' Richtig?"

Ich nickte mit schmerzverzerrtem Gesicht. „Wir waren jung und missbrauchten die dummen Sprüche."

„Glas...klar, du ‚Obermeier'. Johann Obermayr. Also?"

„Aufhören, hast ja recht, wir sind alle Schweine."

„Und der Ober sticht den Unter." Sie schubste mich um und schwang sich rittlings auf meinen Bauch. Ich wusste nicht wie mir geschah und wenn es noch einen Restwiderstand in mir gegeben hätte, dann brach er in jenem Moment in sich zusammen wie meine Mandelecken. Wir rauften miteinander wie Teenager, die sich sehr wohl in ihrer Haut fühlten, und eins führte zum anderen, obwohl man doch zum Spielen vorher die Sechser aus dem Blatt nimmt. Damit waren wir beide aus dem Schneider, weil sie im richtigen Moment die Sau gespielt hatte. Alles kam vor: Mischen, Abheben und Geben, Stiche, Bettel und Ramsch, Kontra und Legen und vom Tout zum Sie.

31.12.19

Wenn ich wenigstens sagen könnte, dass wir betrunken gewesen wären, aber das waren wir nicht. Nicht einmal richtig beschwipst. Getrunken haben wir hinterher, die halbe Nacht. Vor allem Nadja. Bis sie kotzen musste.

Ich wollte ihr dabei die Haare aus dem Gesicht halten, aber dann wurde sie aggressiv und schlug mir die Hand weg. Sie duschte sich lieber danach den Kopf bis sie wieder nüchterner war, dann trank sie weiter.

Auch die nassen Haare ließ sie sich nicht aus der Stirn streichen. Oder ihrem Nacken, ich versuchte es erst gar nicht mehr. Sie trank zu viel, obwohl klar war, dass sie es nicht vertrug und sie nötigte mich dazu, es ihr gleich zu tun. Deswegen fällt es mir so schwer, die schönen Stunden davor von den schweren danach zu trennen. Wir kotzten alles wieder aus uns heraus und Nadine hatte sich in Luft aufgelöst.

„Er ist in meinen Armen kalt geworden Johann, verstehst du?"

Was soll man denn darauf sagen? Also schwieg ich. Hätte ich ihr da sagen sollen, wie ich gelitten habe, als mir Patienten gestorben sind? Babys, Kleinkinder, Teenager? Jeder einzelne Tod war schlimm und einige kann ich bis heute nicht akzeptierten. Sein eigenes Kind zu verlieren ist sicher noch eine ganze Ecke schlimmer und wahrscheinlich wollte ich auch deswegen selber keine mehr haben. Aber was ich in dem Moment spürte, war, dass sich bei ihr gerade etwas Bahn brach, wofür sie noch keine Worte gefunden hatte.

Nadja zündete sich eine Zigarette an. „Meine Eltern hinter mir zu lassen, war überhaupt nicht schwer. Als Kind hat mir allein die Vorstellung eine Riesenangst gemacht, und dann reichte eine Zugfahrt. Sie hatten es mir außerdem gerade vorgemacht, wie man flieht. Also bin ich einfach weiter geflohen, nach Mönchengladbach, nach Berlin, bis Valentin unterwegs war. Da wollte ich plötzlich irgendwo ankommen. Dann hat er mich verlassen, ohne dass ich es gemerkt habe. Aus mir herausgeschlichen hat er sich, aus dem Bauch ..." Sie schluchzte. „Ich war das Raumschiff, Johann."

„Das Raumschiff?"

„Die Kapsel, die im Weltraum treibt. Dann kommt der Kosmonaut heraus und hängt an der Versorgungsschnur."

„Wie ein Kind an der Nabelschnur", ergänzte ich leise.

„Valentin war mein Kosmonaut, und erstickt. Die Versorgungsleitung ..." Nadja brach ab und schluckte den Kloß in ihrem Hals trotzig herunter wie eine faulige Traube.

Ich erinnerte mich noch an alles. Wie sehr sich die beiden gefreut hatten und nicht wissen wollten, ob es ein Junge oder ein Mädchen würde, dann aber ein Ultraschallbild keinen Zweifel daran ließ. Wie mich Daniel aufgelöst anrief und ich zurück nach Berlin kam. Die Beerdigung und wie es die beiden zerrissen hatte. Dass sie sich das Begräbnis alleine nicht leisten konnten und gar keins nötig gewesen wäre, wenn er nicht schon mehr als 1000g gewogen hätte. Warum gibt es für alles eine bürokratische Regelung, aber kein Mitgefühl? Anstelle von Empathie steht in Deutschland eine Küchenwaage. Wie sollte man denn von so etwas zurückkommen?

„Es war nicht deine Schuld, Nadja", sagte ich wie der letzte Trottel.

„Dann eben meine Strafe, für das, was ich meinen Eltern angetan habe."

„Was sie dir angetan haben", korrigierte ich sie behutsam. „Sie haben sogar mehrere Wochen Zeit gehabt, um sich bei dir zu entschuldigen. Sogar das haben sie versäumt." Hörte sie mir überhaupt zu? Wenn nicht, war es wahrscheinlich besser so.

„Jetzt bin ich eben da draußen allein mit ihm. Im Weltraum, ohne Sauerstoff, umgeben von Kälte, jeder Stern unendlich weit weg, deren Licht genauso tot ist wie mein Kind und ich."

„Du bist nicht tot."

Sie nickte trotzig. „Doch, ich – die Raumkapsel. Ich war kein sicherer Hort für ihn, keine lebenserhaltende Maßnahme, sondern eine kalte Blechdose." Nadja kratzte sich abwesend ihre Narbe am Knie. „Wir umkreisen als Weltraumschrott die Erde. Ich konnte ihn da draußen doch nicht alleinelassen."

Auch darauf wusste ich nichts zu erwidern, dabei war das SOS-Signal deutlich zu vernehmen, aber welche Worte hätten da Trost spenden sollen?

Und warum trösten? Die Trauer war berechtigt. Und irgendetwas sagte mir, dass sie das Daniel noch nie so erzählt hatte.

Mir war schlecht, so unendlich schlecht von dem bisschen Whisky, und mein irgendwie doch in Erfüllung gegangener Wunschtraum verwandelte sich in einen Albtraum. War das eben alles nur Einbildung gewesen?

Nadja hat mich gar nicht in ihr Zimmer gelassen. Nie. Das war die 107 aus dem Albtraum, weil es das nirgendwo gibt und ich keinen Schlüssel dafür habe. Auch Lukas nicht. In 107 hat sie nur Daniel und später die Kinder gelassen, und die warteten dort schon auf sie.

Für mich war sie noch einmal kurz Nadine geworden. Vielleicht auch ein klein wenig für sich, aber es war ein Spiel gewesen, dessen Spielregeln ich noch nicht einmal verstand, genauso wenig wie die vom Schafkopfen. Aber jetzt wusste sie, dass sie nicht mehr Nadine sein konnte, da war nur noch Nadja. Das weiß ich jetzt. Damals, in meinem besoffenen Kopf, suchte ich nach Nadine in den Laken, aber die war nicht mehr da, hatte sich in Luft aufgelöst.

Bin wieder von der Arbeit zu Hause, von „guten Rutsch", „bis morgen" und „drauf geschissen" war alles dabei. Auf dem Nachhauseweg begegnete ich schon den ersten Partygästen beim tapferen Vorglühen auf ihren Wegen in die Nacht. Das konnte mir alles gestohlen bleiben. Auch ohne die Buschbrände in Australien, wo sich Touristen vor einem Feuertornado an den Strand retten müssen, weil es sonst schon überall brennt. Worauf warten wir denn bitte noch? Ich wusste bis vorhin gar nicht, dass es so was wie einen Feuertornado überhaupt gibt – ich meine, was zur Hölle … Einmal Apokalypse bitte, aber All inclusive.

Nachher knallt bestimmt jemand auf seinem Balkon und bei mir im Haus steigen ein paar konkurrierende Partys, von Wänden und Decken ein wenig gedämpft.

Vorher halte ich vielleicht Ausschau nach Valentin, wie er da oben seine Kreise zieht. Ich habe zwar kein Auge dafür, wie Nadja, aber ich kann es wenigstens versuchen.

Was ich damals hätte sagen sollen, war: „Valentin braucht jetzt keine Raumkapsel mehr, sondern eine Bodenstation. Seine Umlaufbahn ist doch stabil, oder?"

Nadja hätte dem nur schwer widersprechen können.

„Dann ... genügt doch ein Kontakt einmal im ... Monat?"

„Übertreib's nicht, Johann. Aber danke für den Versuch."

Dann hätte sie gelächelt, nur ein bisschen. Aber sie hätte sich später daran erinnert. Und mit jedem Tag, der verging, hätte sich dieser Gedanke in ihrem Kopf eingenistet und die Bodenstation an Form gewonnen. Sie hätte neue Module hinzugefügt, aber nicht auf der ISS, sondern hier unten, bei uns, wo wir ihr Halt geben konnten, und sie nicht länger mit Valentin allein um die Erde kreiste. Hätte, hätte, Arschvignette.

Stattdessen war das Einzige, was mir einfiel, Daniel gewesen. Hatte ich damals in Vilshofen nicht schon den gleichen Fehler begangen? Über ihn geredet, anstatt über sie? Sie war wirklich Nadja geworden, aber ich der gleiche alte Idiot geblieben.

„Hast du ihm das schon mal so gesagt? Also so, wie mir eben?"

„Das kann ich nicht", sagte Nadja. „Dann fühlt er sich schuldig."

„Tut er doch sowieso?", warf ich ein.

„Ja, aber ... Ich weiß nicht."

„Mach es einfach, okay? Was habt ihr schon zu verlieren?" Dabei war es offensichtlich: einander.

Nadja weinte sich an meiner Schulter aus bis mein T-Shirt nass von Tränen und Rotz war. Ihr Körper bebte an meinem, ich spürte ihre Hitze, und so sehr mich das erregte, sie war nicht mehr bei mir wie noch wenige Stunden zuvor. Ich hielt sie so fest ich konnte, weil sie mich darum bat, als würde sie sonst davontreiben, in die Schwärze des Weltraums. Aber sie war woanders, das konnte ich spüren. Ich hielt nur die Raumkapsel, aber die Kosmonautin selbst war auf Außenmission, oder auf der Bodenstation, was weiß ich. Scheiß auf die Weltraum-Metaphern. Ich wollte Nadine zurück!

Und Daniel auch! Und Lukas – mein Leben wie es einmal war, nur woanders. Wie in Vilshofen, aber ohne in Vilshofen zu sein. Wieso waren wir nicht zusammengeblieben und alle zusammen weggelaufen?

Wir brauchten einander, und jetzt saß ich hier alleine. Einer ist halt immer der Depp.

Als wir langsam wieder nüchtern wurden, gingen wir zum Frühstück und aßen schweigend, was wir schon herunterbrachten. Danach packten wir unsere Sachen und trafen uns in der Lobby. Ich fühlte mich schmutzig und auch Nadja vermied Augenkontakt. Ich begleitete sie zum Bahnhof und wir hatten noch ein bisschen Zeit, bis ihr Zug ging.

„Was hast du jetzt in Berlin vor? Das Oberpfaffenhofen nicht attraktiv klingt, hätte ich dir auch vorher sagen können."

Sie rang sich ein Lächeln ab, und immerhin hatte Nadja die Grübchen ihres alten Ichs behalten dürfen.

„Keine Ahnung. Wahrscheinlich gebe ich weiter Führungen im Großplanetarium. Aber ich glaube, ich brauch noch was anderes."

„Daniel?", warf ich fragend ein.

Sie seufzte und beließ es dabei. „Danke, Johann. Auch wenn es wehtut, es ist gut zu wissen, dass Nadine nicht mehr da ist. Ich kann das nicht noch einmal."

Ich nickte. Sie hatte ja recht, nur wahrhaben wollte ich es nicht. Damals wie heute. Wobei sich das mit dem „heute" erst noch herausstellen wird. Es könnte sein, dass ich jetzt so weit bin.

„Woher wusstest du damals eigentlich, wo ich wohne? Ich weiß, Vilshofen ist ein Dorf, aber das war dann doch ..."

„Lukas hat auf das Haus gedeutet, als wir dran vorbeigefahren sind, es war nicht schwer zu finden. Gleich das Fenster rechts neben der Tür hat er gesagt, aber da hat niemand reagiert."

Da musste ich lächeln. Das sah ihm ähnlich. Das war der „Partykeller" im Erdgeschoss, aber nicht mein Zimmer.

Als ihr Zug kam, nahm ich sie in den Arm und wir drückten einander. Dann war sie weg, der Zug wurde kleiner und ich musste mich setzen. So leer und verlassen habe ich mich nie wieder gefühlt. Mit einer Ausnahme vielleicht, aber diesmal bildete ich mir nicht die Hälfte ein. Sondern vielleicht nur noch ein Drittel? Es tat trotzdem weh.

Und ich konnte mit niemandem darüber reden, nicht mit meiner Mutter, nicht mit Lukas. Ganz zu schweigen von Daniel. Gut, theoretisch waren Nadine und Daniel ja nie wirklich verheiratet gewesen. Also nur auf dem Papier, aufgrund einer Lüge mit einem Körnchen Wahrheit. Darauf haben sie sich älter gemacht, als sie waren. Eine arrangierte Ehe von zwei Minderjährigen, nur dass in diesem Fall deren Eltern nichts damit zu tun hatten. Ganz schön armselig, dass ich mich darauf rauszureden versuche. Außerdem war da noch Lukas' irre Flusshochzeit gewesen und die wog ohnehin schwerer.

Nein, ich muss der beknackten Tatsache ins Auge sehen, dass ich mit der Frau meines besten Freundes geschlafen habe – verdammt – und das Wissen darum werde ich mit ins Grab nehmen.

Aber war denn alles daran schlecht? Ich meine, die beiden lebten gerade getrennt, und hat sie das nicht vielleicht sogar wieder zusammengebracht? Sie fuhr doch zurück und nicht weiter in den Süden. Wäre sie nicht nach Darmstadt gefahren und zu der Erkenntnis gekommen, dass sie dort gar nicht hin will, dann – gut, dazu hätte es mich nicht gebraucht. Wozu dann? Sie hat sich ausgeheult, sicher, das wird aber doch noch nicht ihre Beziehung gerettet haben. Trotzdem mag ich die Vorstellung, dass ich ihnen ein zweites Mal zueinander verholfen habe. Wozu sind denn Freunde da?

Was bin ich nur für ein lausiger Lügner. Ich glaube mir ja nicht mal selber! Sogar Lukas wäre glaubwürdiger. Daniel, dieses eine Mal habe ich dir wehgetan, ohne dass du davon weißt. Aber spielt das überhaupt noch eine Rolle nach so vielen Jahren? Wenn ich es jetzt endlich vergessen kann, dann musst du es vielleicht auch nicht mehr erfahren.

Hilft ja nix, ich lege mir die *Hold your Fire* auf. Ist mir egal, wenn die keiner meiner Freunde so richtig mochte, aber ich. So laut wie ich es ertrage, und dann tanze ich dazu durch die Wohnung, als gäbe es kein Morgen. Und das tut es im Moment ja auch nicht.

Da habe ich dich also doch wiedergefunden, Nadine. Für einen Moment nur. Nun muss ich dich aber ein für alle Mal ziehen lassen. Mein Herz ist jetzt so weit und dann wird ihm vielleicht auch mein Kopf folgen.

Eben in meinem Notizbuch gekramt und ein bisschen umgebaut:

Gedacht, gesagt, getan
Ich will kein Held sein
Sondern nur mit deinem Traktor fahrn

Geirrt, gemacht, vertan
Schenk reinen Wein ein
Brenne lichterfroh, nichts aufbewahrn

Kein Wort zurück
Nur schnelles Glück
Ich mieses Stück
Kein Wort zurück

Ist das tatsächlich von mir? Nicht gerade „Turn the page", aber gar nicht übel, wenn man die schlechten Stellen einfach weglässt. Weglassen ist eh gut. Machen wir halt mehr „licht".

Wo habe ich eigentlich meine Schere?

Anmerkungen

Dieser Roman ist Fiktion, doch die darin erwähnten historischen Ereignisse sind es nicht. Das Flüchtlingslager in Vilshofen gab es wirklich. Dieses wird, wie die Ereignisse aus dem Jahr 2019 auch, aus der Perspektive von Johann Mayr erzählt, so wie er es wahrnimmt beziehungsweise wie er sich daran „erinnert". Er selbst ist, wie die anderen drei Hauptfiguren, ihre Familien und Geschichten, frei erfunden, um durch ihre Augen diese bewegende Zeit erlebbar zu machen, als wäre man selbst dabei gewesen. Ich habe mir zwar erlaubt, hier und da einige echte Anekdoten darunterzumischen, aber nur, weil ich sie in ihrer Anonymität für die Nachwelt festhalten wollte. Manche habe ich selbst so erlebt, andere wurden mir aus erster Hand berichtet, aber sie alle wurden dem Kontext der Geschichte und den dramaturgischen Notwendigkeiten untergeordnet.

Gewisse Ähnlichkeiten mit toten wie lebenden Personen ließen sich nicht vermeiden. Wenn ihre Namen beibehalten wurden und sie Text mit den fiktiven Hauptfiguren haben, dann wurden sie so weit möglich vorab um ihr Einverständnis gebeten oder ich stütze mich dabei auf Aussagen, die ich der Presse bzw. meinen eigenen Interviews mit ihnen entnommen habe. Darüber hinaus vorkommende Ähnlichkeiten sind zufällig und nicht beabsichtigt.

Dies ist zwar keine journalistische Arbeit, dennoch beantworte ich gerne Rückfragen (Quellenangaben, Bücherliste, etc.), wenn einer entsprechenden Veröffentlichung auf dem Produktionsblog www.generation89.de zugestimmt wird. Dort findet sich neben einer Playlist mit im Buch erwähnten Medien eine frühe Romanfassung, ein Drehbuch, sowie weitere Materialien, die die Wartezeit auf die abschließende Fortsetzung „Erdenkinder" verkürzen.

Danksagung

Ohne die Beiträge und Hilfe dieser Menschen würde es dieses Buch nicht geben, weder in dieser Form noch einer der anderen. Ich bedanke mich von Herzen für alles, weil ich es ohne euch niemals bis hierher geschafft hätte:

Wolfgang „Wolfi" Byell, Armin Aulinger, Gabriele und Dieter Köckhuber, Uwe Suchomel, Hans Gschwendtner, Fritz Greiler, Elke Fischer, Andrea Rasche, Toni Hobelsberger, Gisela Stadler, Ludwig Maier, Wolfgang Bauer, Melanie Hartl, Dr. Klaus Rose, Tobias Semmler, Gerd Raabe, Christian Eberle und den Stadtrat Vilshofen des Jahres 2012, Georg Bergmeier, Paul Wiegand, Dieter Will, Elisabeth Rauch, Martin Hobmeier, Stephan Puchtler, Matthias Klein, Pauline Pirngadi, Gisela Lang, Rainer Birnkammer, Christina Wittmann, Rainer Stuchlik, Simone Giese, Matthias Meister, Markus Kögl, Oliver Bosch, Roland Lang, Peter Stockinger, Sylvia Hofbauer, Elke Huber, Jürgen Wellerdt, Jan Bischof, Irene Hummel, Cyrus Freye, Corinna Manz, Klaus Irler, Marc-André Klotz, Jens Leske, Esther Löwe, Nicole Kypker, Annette Hess, Silja Clemens, Volker Langhoff, Torben Maas, Christian Füllmich, Karin Michalke, Astrid Kahmke, Denise Schöwing, Florian Hasslob, Jörg Schneider, Sebastian Kaufmann, Lisa Giehl, Stefan Schwarz, Kirsten Fuchs, Jennifer F. Morscheiser, Katrin Engstfeld, Marie Gaté-Stallforth, Dirk Leitloff, Marcus Jürgensmeier, Elia Beldzik, Andreas Gerold, Miri Pelzman, Malte Nisch, Jan Blatt, Edgar Bąk und Veronika Moosbuchner.

Besonderer Dank gilt meiner Familie, Mira und Ian, ihr seid das Licht und die Traktoren in meinem Leben. Danke Papa, dass du dich als einer der Ersten durch (nicht nur) dieses Manuskript gekämpft hast.

Und Mama, ich hätte dich so gerne noch über dieses Buch lachen hören. Es tröstet mich ein bisschen, dass ich deine mitreißende Lache bei allem, was ich schreibe, immer im Hinterkopf habe und dann steckt es vielleicht als Echo hier zwischen den Zeilen ...

PS: Falls ich euch vergessen haben sollte, dann nur, weil ihr Teil eines aktiven Zeugenschutzprogramms seid. Bitte frischt mein Gedächtnis auf und schreibt mir unter www.generation89.de – dort wird alles offen dokumentiert.

© ℗ 2023